HEYNE <

Das Buch

Im zweiten Teil der Trilogie ist es Idun, die Tochter von Freja und Thor, die das Schicksal der Vanen bestimmt. Um die tödliche Schwarzsucht zu stoppen, die Menschen und Götter bedroht, muss sie den Kampf gegen den mächtigen König Gorm und seine Priesterin Hyndla aufnehmen, die nach der Herrschaft streben. Dazu braucht sie jedoch die Hilfe ihres Vaters, der seinen alten Groll gegen Freja noch nicht vergessen hat. Freja hat inzwischen durch ihren Hochmut die Gunst der Mondgöttin verwirkt und wendet sich an Hel, die Herrin der Unterwelt, zu. Die Göttin verspricht ihr Hilfe beim Kampf gegen die Schwarzsucht, doch dafür muss Freja ihr einen gefährlichen Dienst erweisen. Idun steht eine große Aufgabe bevor, denn nur wenn Freja und Thor ihre Kräfte vereinen, kann die Seuche besiegt werden und die Hoffnung nach Vanaheim zurückkehren.

Die Autorin

Die Schwedin Johanne Hildebrandt schlug nach dem Studium jedoch eine Journalistenlaufbahn ein. Während ihrer langjährigen Korrespondententätigkeit bereiste sie nicht nur Kroatien, Bosnien und den Kosovo, sondern berichtete auch aus Somalia, dem Sudan, dem Yemen, Pakistan und Afghanistan. Heute ist sie als Kolumnistin der größten schwedischen Tageszeitung »Aftonbladet« bekannt, sie produzierte vier Fernsehserien und hat bereits zwei Bücher über den Balkankonflikt veröffentlicht. Mit ihrem Debüt »Die Priesterin« eröffnete sie ihr großes Epos über die nordische Götterwelt, das mit diesem Roman fortgesetzt wird.

Lieferbare Titel

Die Priesterin (3-453-87383-1) ist ihr erster Roman.

JOHANNE HILDEBRANDT

Tochter des Donners

ROMAN

Aus dem Schwedischen von Gabriele Haefs

WILHELM HEYNE VERLAG
MÜNCHEN

Titel der Originalausgabe
IDUN – SAGAN OM VALHALLA

Redaktion: Birgit Groll

Deutsche Erstausgabe 02/2005

Printed in Germany 2005
Umschlaggestaltung: Nele Schütz Design, München,
unter Verwendung eines Ausschnitts aus dem Gemälde
MIRANDA – THE TEMPEST
von John William Waterhouse, 1916
Gesetzt aus der Berkeley
Satz: Buch-Werkstatt GmbH, Bad Aibling
Druck und Bindung: GGP Media GmbH, Pößneck
http://www.heyne.de

ISBN: 3-453-87384-X

1

Die dreizehn Steinquader standen in einem Kreis auf der Heide. Wie Riesen reckten sie sich seit dem Morgen der Zeiten gen Himmel.

Nur wenige Wesen erfassten die Ausmaße ihrer Kraft.

Die Priesterin hockte am Feuer in der Kreismitte, das Licht tanzte über ihr schwarz bemaltes Gesicht. Auf ihrem Gewand funkelten goldene Stickereien, ihr Halsband war schwer und kostbar.

Schön war sie und die Männer begehrten sie wegen ihrer Schönheit. Aber ihrem Blick fehlte jegliches menschliche Leben.

Der Wind fegte leise jammernd über die öde Heide und die Steine stießen eine gequälte Klage aus.

Die Priesterin betrachtete ihre blutverschmierten Arme. Sie hatte ihre Aufgabe erfüllt. Jetzt ließ die Kraft ihres Opfers sie erzittern.

»Komm, Finsternis!«

Abermals loderte das Feuer auf. Die Priesterin hob die Arme und sang eine Beschwörung.

Ihre gellende Stimme durchdrang die Welten und erreichte sogar das Totenreich. Sie schloss die Augen und trank die Lebenskraft ihrer Opfer. Dabei bebte ihr Körper vor Genuss.

»Nimm meine Gabe, lass sie an Kraft gewinnen.«

Sie hob den Bronzedolch und schnitt sich tief in die Handfläche. Das Feuer fauchte, als das Blut in die Flammen tropfte. Die Luft um die Priesterin verdichtete sich, im Rauch waren flüsternde Stimmen zu hören.

»Komm Finsternis, komm Bosheit, erhebt euch, verzehrt, vernichtet. Ich rufe euch, ich beschwöre euch!«

Die Priesterin griff zu dem blutbefleckten Umhang, der neben ihr lag, und bedeckte damit die Flammen.

Der Boden bebte. Ein Todesschrei zerriss die Luft.

»Ich befehle euch, ich gebe euch Kraft, um diese Leben zum Verlöschen zu bringen.«

Noch einmal loderten die Flammen auf. Der Gesang der Priesterin schwoll auf Sturmstärke an. Langsam erhoben sich aus dem Umhang Schatten.

»Tötet die Feinde meines Herrn. Rottet sie aus!«

Die Schatten wogten aus dem Feuer empor, stiegen zum Himmel. Ein albtraumhafter Schrei ließ die Erde erzittern. Dann war alles vorbei. Stille kehrte ein.

Die Frau ließ sich erschöpft zu Boden sinken. Sie schaute ihre blutige Hand an und lächelte.

Es war vollbracht.

Der frische Südwind blähte das graue Segel. Skidbladnir ritt mit schäumendem Bug über die Wellen. Thor stand an der Reling und schaute besorgt zu den Inseln hinüber. Sie hatten nicht mehr viel Zeit.

Wenn sie es nur schafften!

In den blaugrauen Wellen tauchte ein Seehund auf. Thor musterte ihn mit hungrigen Blicken. Er war schon lange nicht mehr zur Jagd gegangen, weder an Land noch zur See. Hatte die Freude, wenn der Speer sich in den fetten Körper bohrte, den Ruck am Seil, wenn das Tier zu fliehen versuchte, schon lange nicht mehr gespürt; den Todeskampf des Seehundes, wenn sein schwerer Rumpf über die Reling gezogen wurde nicht miterlebt, wie auch den heißen, fetten Speck nicht genossen. Er wusste schon gar nicht mehr, wann er zuletzt einen sorglosen Tag erlebt hatte.

»Komm her, Vater«, rief Ull.

Thors Gedanken wandten sich wieder dem schlingernden Schiff zu. Er kämpfte sich zum Bug vor, wobei sein Umhang seinen Rücken peitschte. Die Männer standen nebeneinander. Kampfbereit wachten sie über dem Kranken.

Thor packte das Stag und ging neben dem leblosen Freyr in die Hocke.

»Ist er tot?«, fragte er seinen Pflegesohn, der an der Seite des Alfenpriesters wachte.

Ull schüttelte den Kopf.

»Er ist zu sich gekommen und hat etwas gesagt, das ich nicht verstehen konnte«, sagte der Junge und rückte das Bärenfell gerade, mit dem der Alfenpriester zugedeckt war.

Thor nickte beruhigend, als er die fragenden Blicke seiner Männer sah. Freyr war noch am Leben.

Skidbladnir bäumte sich auf wie ein Pferd. Thor packte die Bahre des Alfenpriesters, ehe das Schiff zurück in die Wellen geschleudert wurde. Das Wasser schäumte über den Bug. Verdammte Seuche!

Thor schaute düster auf den Kranken hinunter. Hart war das Schicksal, das Freyrs Leben auf diese unmännliche Weise beenden wollte. Aber gegen die fauligen Beulen gab es keine Hilfe. Wer krank wurde, starb.

Sommerfieber und Lungensiechtum konnte ein erwachsener Mann überwinden. Aber das hier?

Thor schüttelte den Kopf. Es war unnatürlich.

Die Frauen tuschelten untereinander, dass die Krankheit ein Fluch sei, der den Asen auferlegt worden war. Sie hatten an Torpfosten und Türen Lederbeutel aufgehängt. Vergebens. Freyr, ihr Opferpriester, war dennoch mit der Krankheit geschlagen worden.

Das war ein böses Omen.

Thor legte Ull die Hand auf die Schulter. Sein Pflegesohn versuchte, sein trauriges Gesicht unter seiner braunen Haarmähne zu verbergen.

»Gib mir zu essen, Knabe.«

Ull reichte ihm den Hirschfellranzen, den Siv ihnen mitgegeben hatte.

Zwischen Laubbündeln und Brotkuchen lagen einige Fleischbissen. Elch. Thor reichte Ull ein Stück, ermahnte ihn, es anzunehmen.

»Kein Unglück wird durch einen leeren Magen erträglicher.«

Der Junge nahm widerwillig einen Bissen. Thor nickte beifällig und aß dann auch selbst. Das Fleisch war sehnig und schmeckte ranzig.

Für den Jungen war es am schlimmsten, denn Freyr war schließlich Ulls Vater.

Jetzt, wo der Alfenpriester sie gebeten hatte, ihn in seine Heimat Alfheim zu bringen, würde der Junge nicht einmal einen Grabhügel besuchen können. Thor reichte ihm eins von Sivs flachen Broten. Ull wandte sich ab.

»Reiß dich zusammen, Knabe. In Alfheim wimmelt es doch nur so von Hexen, vielleicht können die deinem Vater die schwarze Seuche austreiben.«

Ull strich sich die Haare aus den Augen und blickte Thor düster an.

»Es gibt keine Heilung.«

»Die Hexen haben schon seltsamere Dinge geschafft. Und dein Vater wird nicht schneller gesund, wenn du ihn betrauerst, während er noch atmet.«

Thor schluckte das letzte Stück Fleisch hinunter und erhob sich. Er war besorgter, als er zugab. Die schwarze Seuche hatte sich auf den Höfen von Idunvallen wie ein Lauffeuer verbreitet. Zwölf erwachsene Asen waren schon in die Nachwelt hinübergegangen. Aber Thor durfte seinen Männern seine Angst vor der Krankheit nicht zeigen, Sorge und Düsterkeit würden schließlich niemandem helfen.

Also reckte er den Rücken und zog eine Grimasse. Die Meeresluft schien seinen alten Narben neues Leben zu geben. Bei jeder Bewegung schmerzten sie.

Thor band seinen Lederharnisch auf, ließ die Luft an seine feuchte Haut vordringen. Kratzte sich an der halb verheilten Wunde auf seinem Rücken.

Wenn nur Odin zu Hause gewesen wäre, er hätte sicher Rat gewusst. Aber der Vater war von seiner Reise zu Gorm noch nicht zurückgekehrt. Das war eine andere Geschichte, über die Thor sich den Kopf zerbrach.

Am Ufer öffnete sich nun eine schmale Bucht. Zwischen den glühenden Herbstbäumen waren bereits zwei Höfe zu erkennen. Auf den Weiden stand Vieh.

»Wir werden heute Abend dort sein«, rief Thor seinen Männern zu.

Die nickten stumm und wandten sich wieder ihren Aufgaben zu. Keiner wollte sprechen, während der sterbende Freyr im Boot lag.

Nur Bragi erhob sich vom Deck. Der Jüngling kämpfte sich durch das schlingernde Boot nach vorn und setzte sich neben Ull. Er legte dem Freund die Hand auf die Schulter.

»Wir werden Alfheim besuchen, soweit ich weiß, soll das ein großartiger Anblick sein.«

Ull zuckte mit den Schultern.

»Erzähl von der Insel. Stimmt es, dass die Königin dort eine Halle aus Gold bewohnt?«

Thor schnaubte und schaute zum Land hinüber. Er hatte Königin Alfhild nicht mehr aufgesucht, seit sie Frieden geschlossen und Freundschaftsbande geknüpft hatten. Das war lange her. Der Gatte der Königin, Sigvard, kam im Frühling zu ihnen, um Felle einzutauschen. Aber Thor hatte nie einen Grund gefunden, um nach Alfheim zu segeln.

»Über die Leute von Alfheim kann ich nichts Schlechtes sagen, aber goldene Hallen haben sie nicht«, antwortete er ausweichend.

»Hüte dich, Bragi. In Alfheim wimmelt es nur so von Hexen, die es auf deine junge Stange abgesehen haben«, rief Loki von der Reling her.

Obwohl es ein heißer Tag war, trug der Schamane einen dicken Pelzmantel. Fuchsköpfe hingen über seine Schultern, die Amulette und Knochenstücke an seinem Kraftgürtel bewegten sich im Rhythmus des Schiffes.

»Meine Stange kann jedes Frauenzimmer haben, das gut aussieht«, sagte Bragi wahrheitsgemäß.

»Die Hexen reiten dich, bis du den Verstand verlierst, und opfern dich dann ihrer Weibergottheit«, warnte Loki und grinste.

»Jetzt reicht es.«

Thor sah den Schamanen unwillig an.

»Wenn sie die schwarze Seuche aus Freyr vertreiben können, dann müssen wir ihnen dankbar sein. Es sind harte Zeiten. Und nur ein Narr wendet sich von denen ab, die ihm helfen können.«

Loki schlug die Augen nieder, um seine Beschämung darüber zu verbergen, dass seine Beschwörungen der Seuche gegenüber machtlos geblieben waren. Aber er konnte nicht lange schweigen.

»Ich hatte ein Gesicht. Ich habe Freya in Alfheim gesehen. Schön und mächtig verzehrt sie sich nach dir.«

Der Schamane zog sich kichernd den Fuchsmantel über seine strähnigen Haare. Sogar der Wind schien sich für einen kurzen Moment zu legen, um sich Thors Antwort anzuhören. Die Männer auf dem Schiff tauschten viel sagende Blicke.

Freya.

Thor legte die Hand auf Mjölnir. Sein Zorn quoll hervor wie der Eiter aus Freyrs fauligen Beulen. Er musste all seine

Kraft aufwenden, um seine Wut zu beherrschen, denn er hatte nicht vor, vor seinen Männern die Beherrschung zu verlieren.

»Ich habe eher Vertrauen zu meinem Hund als zu einem schwanzlosen Schamanen, der nur zu gern Röcke tragen und wie ein Weib die Beine breit machen würde«, erwiderte Thor.

Lokis Lächeln verschwand und er versank in der Tiefe seines Mantels. Die Männer lachten schallend. Die düstere Stimmung an Bord war verflogen. Man plauderte und scherzte und Baldur trank ausgiebig aus einer mit Met gefüllten Urne.

Nur Freyr lag nach wie vor reglos da.

Thor kehrte den anderen den Rücken zu und versuchte, sich zu sammeln. Was Loki gesagt hatte, konnte durchaus zutreffen. Er hatte gehört, dass Freya in der Nähe von Königin Alfhild lebte.

Vielleicht besaß die Hexe die Macht, die schwarze Seuche zu vertreiben. Thor umklammerte die Reling so fest, dass seine Fingerknöchel weiß wurden. Verdammte trügerische Hexe.

Er hatte sie mit seinem Leben beschützt, hatte sie zur Frau nehmen und einen Hof bauen wollen. Trotzdem hatte sie seinen Namen und seine Männlichkeit entehrt und beschämt.

Hexenkünste und Trugbilder.

Was war er für ein Narr gewesen, dass er auf ihre Lügen gehört hatte.

Und jetzt würde er vielleicht abermals vor diese Hündin treten und um ihre Hilfe bitten müssen. Thor biss die Zähne zusammen. Tiwaz war ihm wahrlich nicht gnädig. Sollte er, der größte Held der Asen, gezwungen werden, vor Freya seinen Stolz hinunterzuschlucken?

Der Wind riss die Wolken in Fetzen. Die Herbstsonne schien über dem Schiff.

Thor schaute aus zusammengekniffenen Augen zu den Wolken hoch.

»Wir werden schon sehen, Tiwaz. Wir werden schon sehen.«

Idun lehnte den Kopf an die raue Baumrinde und schaute zufrieden über den Apfelhain hinweg. Nie zuvor war die Ernte so reich gewesen.

Sie hatte einen Korb nach dem anderen mit Äpfeln gefüllt, hatte jede Frucht in schützende Grashalme gewickelt. Ihr Rücken schmerzte noch immer von der vielen Arbeit.

Aber jetzt hingen die Körbe an den Balken des Langhauses. Das Obst würde für den ganzen Winter reichen.

Idun nahm ein braunes Blatt, drehte es zwischen ihren Fingern und spürte, wie warme Zufriedenheit durch ihren Körper strömte.

»Du siehst zufrieden aus«, sagte Sot.

Idun lächelte das etwas ältere Mädchen hilflos an.

»Die Göttin war gütig«, sagte sie bescheiden.

»Ich habe Kol zu deiner Mutter sagen hören, dass du sehr gute Arbeit geleistet hast«, sagte Sot und schaute Idun viel sagend an.

Das konnte doch nicht wahr sein! Idun lächelte glücklich. Kol hatte sie gelobt. Das war fast noch nie vorgekommen.

»Ich fühle mich geehrt.«

Sie legte die Hand aufs Herz.

Idun war für die Apfelbäume verantwortlich, sie kannte jeden knotigen Ast so gut wie ihren eigenen Körper. Sie hatte sich solche Mühe gegeben, hatte Platz geschaffen, damit jeder Baum Luft und Licht bekam, und sie hatte die Eichen vertrieben, die immer wieder versuchten, auf der Anhöhe der Apfelbäume Wurzeln zu schlagen.

Ihre Arbeit war belohnt worden. Früher wirkten die alten Bäume wie verzerrte, gequälte Geister. Ihre Früchte waren sauer und hart gewesen. Aber Idun hatte sie gepflegt, hatte mit ihnen gesprochen und sie liebkost. Jedes Jahr hatte sie deren Plagen gelindert, und jetzt gaben die neuen Triebe süße und saftige Früchte.

»Das machst du gut, Apfelmädchen, auch wenn du keine Priesterin bist«, sagte Sot.

Iduns Stolz versickerte wie Spülwasser auf einem trockenen Hof.

»Nicht alle können sein wie du«, sagte sie leise.

Sot stellte sich taub. Sie erhob sich mit geschmeidiger Bewegung und schaute über die schmale Landzunge, die zwischen der Insel der Priesterinnen und Alfheim lag. Ein kühler Herbstwind spielte mit ihrem blauen Gewand und ihren dunklen Haaren. Mit ihren breiten Hüften und ihrem üppigen Busen war Sot eine der schönsten Frauen von Alfheim.

Die Alfenpriester besangen ihre Schönheit, die Männer auf den Höfen der Umgebung machten lange Umwege, um einen Blick auf sie zu erhaschen. Und bald kam das Alfenopferfest, da würden sie sich um Sot scharen, während Idun vergessen am Rand stand.

Düster betrachtete diese ihre sommersprossigen Arme. Warum sollte jemand sich um sie kümmern? Sie war mager, hässlich und dumm. Und sie taugte zu gar nichts.

Sie wusste durchaus, dass die Leute hinter ihrem Rücken lachten. Sie sagten, die Tochter der Hohepriesterin fürchte sich vor ihrem eigenen Schatten.

»Sei nicht traurig, deine Zeit kommt auch noch«, sagte Sot, als habe sie Iduns Gedanken gelesen.

Idun hob den Kopf und blickte die Priesterin mit neuem Interesse an.

»Hast du in der Opferquelle meine Zukunft gesehen?«

Sot verdrehte die Augen.

»Aber sicher. Du wirst Alfhild als Königin nachfolgen; und eine Quelle mit flüssigem Gold finden und mit bloßen Händen einen Drachen töten. Und im folgenden Sommer wirst du den größten Hof von Vanaheim bauen und dort mit so stattlichen Alfenpriestern leben, dass es in den Augen wehtut.«

Idun kicherte, wurde dann aber wieder ernst.

»Ich wünschte, du könntest nachsehen, was sich in meinem Lebensgewebe befindet.«

»Das ist einzig und allein Sache deiner Mutter. Das weißt du.«

»Mutter ist stumm wie ein Stein«, flüsterte Idun traurig.

»Steine schweigen selten. Du kannst sie nur nicht hören«, sagte Sot.

Idun seufzte. Sie konnte ihre Mutter nicht bitten. Von nah und fern kamen Menschen, um die Hohepriesterin um Hilfe zu bitten, und Idun wusste, dass sie deshalb keine Zeit für sie hatte. Es war nicht leicht für Freya, eine Tochter zu haben, die weder zur Priesterin noch zu sonst etwas wirklich taugte. Das Beste, was Idun tun konnte, war zu schweigen und nicht zu stören. Das hatte sie lernen müssen.

Aber trotzdem. Idun kratzte sich an ihrem sommersprossigen Arm und schaute aus zusammengekniffenen Augen in die Sonne. Wenn sie nur erführe, was ihr Lebensgewebe enthielt, dann würde ihr jegliche Unruhe erspart bleiben.

Sie wünschte sich so sehr, eines Tages auf ihrem eigenen Hof leben zu können. Jeden Abend sah sie ihn vor sich, ein Langhaus mit geschnitzten Möbeln, fettes Vieh auf der Weide, starke Töchter, die lachend auf dem Hofplatz spielten.

Und jeden Abend fragte sie sich, ob dieser Traum jemals Wirklichkeit werden könnte.

»IDUN! SOT!«

Idun fuhr zusammen, als sie Njörunns Rufe hörte.

Ein Vogel hob erschrocken von einem Zweig ab und flog schreiend zum Wasser hinüber.

Sot schnitt eine Grimasse.

»Die haben uns aber keine lange Pause gegönnt«, sagte sie und zog Idun auf die Beine.

»IDUN!«

Wortlos gingen die beiden Mädchen zum Langhaus. Der Weg wand sich den Hügel hinunter und verschwand dann unter uralten Eichen.

Die Sonnenstrahlen drangen wie goldene Pfeile durch die Baumkronen und ließen den Weg im Licht schimmern. Hinter den dicken Baumstämmen raschelte und prasselte es. Der Wald war erfüllt von unsichtbaren Wesen, Geistern, kleinem Volk und Mahren. Idun spürte, wie sie hinter ihrem Rücken ihre Krallen ausstreckten.

Sie lief zu Sot und nahm deren warme Hand. Sofort fühlte sie sich weniger unwohl in ihrer Haut.

Die beiden gingen an den fast ganz mit graugrünem Moos bedeckten Steinquadern vorbei. Bald erblickten sie zwischen den dicken Baumstämmen das Langhaus.

Die Bäume wuchsen so dicht hinter der Rückseite der Halle, dass die Zweige das Dach streiften. Die Priesterinnen sagten immer, der Wald halte seine schützenden Hände über ihr Heim. Solche Reden liebten sie.

Idun warf einen düsteren Blick auf das Strohdach. Es war fast verfault und von Gras überwuchert. Sie brauchten ein neues. Im Winter hatte es durchgeregnet und sie hatten sich neue Schlafplätze suchen müssen.

Aber die Priesterinnen ließen den Sommer verstreichen, ohne etwas zu unternehmen. Sie hatten wichtigere Dinge zu tun, sie sprachen mit den Geistern und suchten in der Opferquelle nach Zeichen.

Wenn sie ihren Hof nur in Ordnung halten könnten. Sie waren reich genug, um jemandem damit zu beauftragen. Alle, die Rat und Hilfe der Priesterinnen erbaten, brachten Geschenke mit. Die Truhen waren gefüllt mit Bronze und Reichtümern, sie besaßen ausreichend Vieh und kostbare Gewänder. Aber sie hatten nur zwei Knechte.

Idun seufzte düster.

Wenn sie jemals auf ihrem eigenen Hof leben könnte, würde sie ihn so gut wie möglich in Ordnung halten.

»Da seid ihr ja.«

Njörunn stand neben dem Abfallhaufen. Eine Wolke aus fetten Fliegen saß auf den verfaulenden Essensresten. Es stank entsetzlich, aber die Priesterinnen schienen nichts zu bemerken.

Njörunn sah müde aus, die Falten um ihre Augen waren tiefer als sonst. Grauschwarze Haarsträhnen hatten sich aus ihren Zöpfen gelöst. Ihre Kleidung war verschmutzt.

»Idun, geh zu Kol, sie hat eine Aufgabe für dich. Sot, für dich gibt es Arbeit im Kräutergarten.«

Sot seufzte tief.

»Na, worauf wartest du noch? Du weißt, was du zu tun hast.«

Njörunn war mürrisch und barsch wie immer. Aber Idun ließ sich davon nicht schrecken. Hinter Njörunns Derbheit und ihrer scharfen Zunge verbarg sich sehr viel Zärtlichkeit. Wenn Idun in ihrer Kindheit eins gelernt hatte, dann das.

Idun verließ Njörunn und Sot und bog um die Ecke.

Der Hof war leer, bis auf Handfaste, der bei einer der Hütten Holz hackte. Der alte Knecht murmelte etwas vor sich hin. Er war nicht ganz normal, dachte nur langsam, aber an Holz mangelte es ihnen nie. Unter dem hervorspringenden Dach um das Haus herum war immer genug aufgestapelt. Die Schläge der Axt aus Feuerstein hallten über den staubigen Hof.

Zwei graue Hunde trotteten müde vorüber und ließen sich am Tor zum Ziegenpferch zu Boden sinken.

Die Tür des Langhauses stand offen. Idun blieb auf der Schwelle stehen und nahm den vertrauten Geruch von kalter Feuerstätte, getrockneten Kräutern, Blut und Staub in sich auf.

Unter den Dachbalken bewegten die Bündel aus getrockneten Kräutern, die Körbe und die Lederbeutel sich langsam hin und her.

Bunte Kreise, Sonnenspiralen und Göttinnenzeichen leuchteten schwach an den braunroten Lehmwänden.

»Kol?«

Bei den Urnen bewegte sich ein Schatten.

Sie schien Blutgrütze für den Winter anzusetzen. Idun schluckte. Das war die widerlichste Speise, die sie kannte.

»Endlich! Njörunns Gemecker hätte mich fast um den Verstand gebracht«, knurrte Kol und ging zu den Sitzstöcken an der Feuerstätte.

Dort nahm sie einen aus Weidenruten geflochtenen Korb und reichte ihn Idun. In diesem Korb lagen drei runde Schachteln aus Baumrinde und einige Laubbündel. In Idun keimte eine schwache Hoffnung auf.

»Bring das zu Alfhild. Du kannst einige Tage bei ihr bleiben.«

»Danke.«

Im Langhaus schien die Sonne aufzugehen. Endlich würde sie die Halle der Königin besuchen dürfen. Sie hatte sich so danach gesehnt. Dort gab es Geschichtenerzähler und Musiker, Leben und Wärme, ganz anders als an den langen, stummen Abenden auf der Insel. Idun strahlte Kol an und lächelte.

»Komm. Du musst dich so anziehen, wie es sich für ein Mädchen von deiner Geburt gehört.«

Idun lief zu ihrer Schlafbank. Sie ließ ihren grauen Kittel auf die Felle fallen und zog sich ein braunes Wams über den Kopf. Kohl half ihr, den kurzen Wickelrock zu binden. Ihr Geschmeide, das schwere, zweireihige aus Bronze, trug sie bereits.

Idun suchte sich zwei breite Armbänder aus und streifte sie über ihre Handgelenke. Sie lächelte, als sie sie im Dunkeln schimmern sah. Die Kleider ließen sie wachsen, schon kam sie sich älter vor.

Kol legte ihr den blauen Umhang mit den goldenen Stickereien um die Schultern und schloss dann die Schlangenschnalle.

Schuhe und langer Rock wurden in den Ranzen gepackt.

Dann war sie bereit. Kol musterte sie und seufzte zufrieden.

»Aber benimm dich«, sagte sie und gab ihr den Korb in die Hand.

Idun küsste ihre Wange und lief hinaus in den staubigen Sonnenschein. Der Ranzen schlug gegen ihren Rücken, als sie über den Weg zum Wasser ging. Beim Kräutergarten blieb sie stehen. Sots Rücken war hinter den gelben Hopfenstangen zu sehen. Idun lächelte und winkte, dann lief sie weiter.

Drei Boote und ein Kanu waren am Strand vertäut. Das bedeutete, dass keine Priesterin die Insel verlassen hatte. Trotzdem war das Langhaus leer. Wo konnten sie stecken? Sicher draußen auf der Landspitze, wo sie ihre Rituale durchführten. Idun erschauerte ein wenig, als sie auf das stille Wasser hinauspaddelte. Sie durfte den Norden der Insel, wo der Steinkreis stand, nicht betreten. Aber das machte ihr nichts aus. Jedenfalls jetzt nicht, wo sie unterwegs zu Königin Alfhild war.

Idun bewegte das Paddel einige Male, mehr war nicht nötig, denn schon hatte sie das andere Ufer erreicht.

Sie band das Kanu an einer alten Birke fest, die sich im lehmigen Boden festklammerte, dann stieg sie die steile Böschung hoch.

Atemlos erreichte sie die Geisterheide.

Sie hielt Ausschau nach Menschen. Sie fühlte sich sicherer, wenn sie wusste, dass jemand in der Nähe war. Aber alles war leer und öde, bis auf einige Kühe, die schweigend zwischen den grauen Steinen grasten. Idun verließ der Mut. Der Wald war nichts im Vergleich zu dieser Gegend. Hier gab es viele gefährliche Geister.

Sie ging mit gesenktem Kopf weiter, blickte auf ihre nackten Füße. Der geflochtene Griff des Korbes wurde durch ihren Schweiß nass. Sie durfte mit denen in der Nachwelt nicht sprechen und sie durfte sie auch nicht ansehen, denn sonst könnten sie sie in die Unterwelt locken. Es wäre nicht das erste Mal. Sie durfte keinerlei Kontakt zu den Toten haben.

Wieder erschauerte Idun, dann sah sie zum Totenhaus auf der rechten Seite hinüber. Dort lebten die bösen Geister. Die, die Menschen töteten.

König Alvarin hatte dieses Haus vor seinem Tod bauen lassen. Es war dem Zwillingsgott geweiht und galt als das größte Bauwerk der Welt. Die dicken Steinmauern ragten in die Wolken. Ein Dach gab es nicht. Einmal hatte sie ihre Mutter nach dem Grund gefragt. Wenn sie an die Antwort dachte, errötete sie. Es war doch selbstverständlich. Die Geister mussten zur Göttin nach oben steigen, und da durfte ihnen nichts den Weg versperren.

Idun blieb stehen, hob einen rauen Stein aus dem Gras und küsste ihn. Dann warf sie ihn gegen die Wand des Totenhauses. Der Stein landete mit einem leisen Geräusch auf den anderen Steinen, die die Menschen im Laufe der Jahre geworfen hatten. Steine waren das Einzige, was die Toten an die Erde binden konnte, für die Zeit, in der sie als Geister bei den Menschen blieben.

Zu ihrer linken Seite befand sich der Hügel mit Alfheims anderem Totenhaus, das Hel geweiht war.

Als König Alvarin und die Alfenpriester das neue Haus auf der Landspitze gebaut hatten, hatten sie die Gebeine der Toten aus Hels Totenhaus ausgegraben und ins neue überführt. Aber dort war es dann so gekommen wie immer, wenn die Lebenden die Toten stören. Die Geister waren wütend gewesen und hatten Menschen und Tiere angegriffen. Sie tranken ihre Lebenskraft und schlugen sie mit Krankheit.

Alvarins Torheit wurde in den Langhäusern verflucht. Es wussten doch alle, dass die Göttin Hel über das Totenreich regierte und nicht der Zwillingsgott. Seine Macht konnte die Toten nicht zur Ruhe bringen.

Die Alfenpriester konnten die Geister nicht bezwingen.

Das Gebäude, von dem Alvarin sich Unsterblichkeit versprochen hatte, hatte Alfheim seine schwerste Zeit eingebracht. Niemand konnte ihnen helfen. Selbst die Priesterinnen von Vanaheim nicht.

Aber Königin Alfhild, die für ihre Klugheit weithin bekannt war, hatte Rat gewusst. Sie hatte Schiffe über das ganze Sommermeer gesandt, um Freya suchen zu lassen.

Sigvard hatte sie tief in den Wäldern gefunden. Als Freya von Alfheims Notlage gehört hatte, war sie herbeigeeilt. Sie hatte einen Klingstein mitgebracht, dessen Kraft nicht seinesgleichen fand. Wenn Freya darauf schlug, ertönte aus seinem Inneren ein tiefer Ton, denn der Stein war mit einem großen Zauber erfüllt.

Mithilfe des Steins hatte Freya gesiegt, wo viele andere versagt hatten. Sie hatte die bösen Geister bezwungen. Die Gebeine waren in ihr altes Totenhaus zurückgekehrt und schließlich zur Ruhe gekommen. Aber Freya musste weiterhin die düsteren Mächte auf der Heide beschwören.

Idun fuhr zusammen. Ein Schatten reckte sich ihr entgegen und sie hätte schwören können, dass er sich über den Boden bewegte. Ein Vogel schrie heiser irgendwo über ihr.

Sie rannte so schnell sie konnte auf Alfhilds Halle zu. Vorbei am heiligen Baum, vorbei an dem uralten Grabhügel, der hoch wie ein Berg aufragte. Sie hatte keinen Blick für den rot angestrichenen Pfosten, der das Grenzland zwischen Leben und Tod markierte. Erst als sie das erste Feld erreicht hatte, verlangsamte sie atemlos ihre Schritte.

Hier gab es Menschen. Erleichtert sah sie einige Männer, die den Boden düngten, während die Ochsen, die den Karren zogen, ihr Gebrüll über die Heide erschallen ließen. Eine Magd legte um einen Garten einen Zaun an. Sie lächelte Idun strahlend an, hob ihren ärmellosen Kittel und strich sich den Schweiß aus der Stirn.

»Kommt die Kleine von der heiligen Insel zu Besuch?«

Idun senkte höflich den Kopf und lief weiter. Die Frau lachte und fing an, mit einem runden Stein einen Holzpfahl in den Boden zu schlagen. Einige Schweine schnüffelten zwischen den Büschen herum. Sie hatte ihr Ziel jetzt fast erreicht.

Unten am Strand drängten sich die Boote. Alfhilds flachbödiges Prachtschiff und Sigvards Langfahrschiff ließen die anderen aussehen wie kleine Kanus.

Die Netze hingen an ihren Gestellen, ein Greis holte gerade Trockenfisch. Nur einige Steinwürfe weiter ragte die Halle der Königin auf.

Laute Kinderrufe trug der Wind zu Idun herüber. Sie lächelte, lief zwischen die geflochtenen Hütten, die den Hofplatz umstanden, und war am Ziel. Aufgeregt schaute sie sich um.

Menschen eilten hin und her, Geschrei und Gelächter waren zu hören. Die Mägde drängten sich um die Kochgrube, die nach Rauch und gebratenem Fleisch roch. Alfhilds Sohn, Bolde, kämpfte mit einem Mädchen, das Idun noch nie gesehen hatte. Ihre nackten Oberkörper glänzten vor Schweiß, wenn sie einander wütend mit ihren Holzschwertern angriffen. Idun sah neugierig zu, wie Boldes Muskeln unter seiner Haut spielten. Aber er war nicht geschmeidig genug.

Idun lächelte, als Boldes Gegnerin ihn mit einem wütenden Ausfall zurückdrängte und mit ihrem Schwert gegen seines hämmerte. Mit einem raschen Schlag auf die Hand hatte sie ihn entwaffnet.

Sie schob das Schwert mit einem Fußtritt fort und drückte ihm die Spitze ihres eigenen auf den Hals.

Die Männer auf dem Hof lachten grob, mehrere feuerten das Mädchen an, worauf diese mit breitem Grinsen ihre Waffe von Boldes Hals entfernte. Das Ganze hatte nur zwei Atemzüge gedauert.

Idun ging weiter. Zwei Mädchen beruhigten ein goldbraunes Pferd, das sich aufbäumen wollte. Das Gebell der Hunde vermischte sich mit dem Gehämmer aus der Schmiede. Moira, die Hausfrau auf dem Hof, und die übrigen Frauen saßen mit ihren Webrahmen im Schatten.

Idun lächelte, hob die Hand zu einem Gruß und schaute sich dann um. Wo waren die anderen?

Ein kleines Kind kam angerannt und warf sich mit glücklichem Geheul in ihre Arme.

»Da bist du ja«, lachte Idun und stellte ihren Korb sorgfältig ab, ehe sie Svea, die jüngste Tochter der Königin, in die Arme nahm. Sie hatte solche Sehnsucht nach ihr gehabt. Sie küsste ihre Locken, nahm den schweren Duft von Kind und Schweiß in sich auf. Gleich darauf schlangen sich zwei weitere Arme um ihre Taille.

»Geh weg! Das ist meine Idun!«, schrie Svea ihre ältere Schwester empört an.

»Ich hab genug Platz für euch beide«, lachte Idun und legte ihren anderen Arm um Alfheims zukünftige Königin.

Ingvild lächelte ihr feines Lächeln.

»Du bleibst doch hier, Idun, sag, dass du hierbleibst.«

»Ja, wenn deine Mutter es erlaubt.«

»Jaaa.«

Die beiden Mädchen wanden sich aus ihren Armen und stürzten zum Langhaus, um zu fragen. Ihre Kittel wehten im Wind, ihre schmutzigen Füße wirbelten Staubwolken auf. Idun wurde es ganz warm ums Herz. Lächelnd hob sie ihren Korb hoch und ging auf die dunkelbraune Doppeltür zu. Darüber thronte Alfheims Kennzeichen, das Stierhorn. Alfhilds Hof war von Reichtum erfüllt. Die Halle war groß und hatte ein goldgelbes Strohdach. Alles war geputzt und gepflegt, hier waren eifrige Hände am Werk.

Dann kam die Königin aus der Halle. Idun fuhr sich mit der Hand über die Haare und reckte sich. In ihrem hellgelben, mit goldenen Fäden bestickten Kleid überstrahlte Alfhild sogar die Sonnenkönigin. Selbst Sots Schönheit musste davor verblassen.

Idun schaute überrascht die beiden Bronzebroschen an, die über der Brust der Königin befestigt waren. Sie hatte noch nie so große Schmuckstücke gesehen, jedes war größer als vier Fäuste und gefüllt mit ineinander verschlungenen Schlangen. Eine Kette zog sich zwischen ihnen hindurch und klirrte leise, als die Königin jetzt auf Idun zukam und ihre Wange küsste.

»Schau an. Die Einzige, die meine Jüngste zähmen kann. Dich muss die Göttin geschickt haben, jetzt haben wir endlich ein wenig Ruhe hier auf dem Hof«, sagte sie und schaute die Mädchen mit gespielter Strenge an.

Die kicherten und knufften einander, während sie sich um Alfhild drängten. Sie verschmutzten ihr Kleid mit ihren Fingern, aber das schien die Königin absolut nicht zu stören.

Idun legte die Hand aufs Herz und senkte demütig den Kopf, ehe sie Alfhild den Korb hinhielt.

»Das schickt Kol mit vielen Grüßen.«

Alfhild musterte den Korb kurz und gab ihn einer Magd. Dann richtete Alfhild ihre tiefblauen Augen auf Idun und legte den Kopf schräg.

»Du warst schon viel zu lange nicht mehr bei uns zu Gast.«

Idun musterte ihre bloßen Füße, sie hätte ihre Schuhe anziehen sollen, denn ihre Füße waren jetzt verschmutzt von Staub und Lehm

»Ich war so sehr mit der Ernte beschäftigt.«

»Man sollte dich nicht wie eine Leibeigene schuften lassen. Ich verstehe deine Mutter nicht. Was macht sie eigentlich? Was macht ihr da drüben überhaupt? Ich habe auch sie schon sehr lange nicht mehr gesehen.«

»Ich weiß nicht«, antwortete Idun und merkte, dass sie rot wurde.

Sie durfte nicht über die Unternehmungen der Priesterinnen sprechen, nicht einmal mit Alfhild. Ihre Mutter war in dieser Hinsicht sehr streng.

Die Königin runzelte die Stirn, doch dann verflog ihr Unmut so rasch, wie er gekommen war.

»Na, deine Mutter hat ja immer schon getan, was ihr gerade passte. Aber ich hoffe, dass du lange bleiben wirst.«

»So lange, wie ich darf«, flüsterte Idun.

»Dann bist du willkommen.«

»Danke«, flüsterte Idun, aber Alfhild hatte sich schon abgewandt. Sigvard kam von den Feldern her. Die Königin lächelte und winkte ihrem Gemahl zu.

»Du kannst immer zu meiner Feuerstätte kommen, junge Verwandte«, rief sie noch.

Sigvard legte lachend den Arm um seine Gemahlin. Sie steckten die Köpfe zusammen und redeten miteinander, als seien sie lange voneinander getrennt gewesen, dabei war er sicher erst im Morgengrauen aufgebrochen. So sollte eine Frau mit ihrem Mann leben.

Eine kleine Hand zog an Iduns Rock.

»Spielen wir ein Brettspiel?«

Svea schaute erwartungsvoll zu ihr hoch.

Idun nahm ihre Hand.«

»Aber natürlich«, sagte sie und lächelte.

Das Herdfeuer loderte auf, in der Halle drängten sich schon die Menschen. Idun ließ sich auf einem Sitzstock nieder und verteilte die weißen und schwarzen Steine auf dem Brett. Svea überlegte angestrengt, wie sie die auslegen sollte.

Idun seufzte zufrieden und schaute sich um. Die ganze Halle schien vor Wärme zu strahlen. Die Leute redeten und lachten. An den Wänden hingen große Stickereien in leuchtenden Farben, zusammen mit Tierhörnern und Fellen. Das Licht der Feuerstätte und die Fackeln ließen sie fast lebendig aussehen.

Aber das Fantastischste von allem war der gewaltige Bronzeschild hinter dem Sessel der Königin. Der war ein Geschenk der Alfenpriester. Schon oft hatte Idun die vollendeten Spiralen bewundert, die dem Schild Ähnlichkeit mit der Sonne gaben.

An der Querwand standen Truhen, die die Kostbarkeiten der Königin enthielten. Idun gefiel die große Silberschale mit den vielen kleinen Figuren am besten. Sie war ein Geschenk von Königin Åse, der Herrscherin der Wanen. Wie gern würde Idun einmal die Königin von Vanaheim kennen lernen. Ihre Halle und ihr Reichtum galten als die größten auf der Welt. Wenn Idun das alles richtig verstanden hatte, dann war Åse ihre Großmutter. Aber niemand sprach über ihre Verwandtschaft mit der Königin. Idun wusste genau, dass sie keine Fragen stellen durfte, aber sie hatte schweigend gelauscht und daraus ihre Schlüsse gezogen. Ihre Mutter war Königin Åses Tochter, aber aus irgendeinem Grund hatte Freya ihre Mutter verlassen. Das musste vor Iduns Geburt geschehen sein. Vor der Geburt dieser untauglichen Tochter. Die Schande sorgte dafür, dass ihr Magen sich zusammenzog.

Idun holte Atem. Es hatte doch keinen Sinn, hier Trübsal zu blasen. Alles war eben, wie es war. Sie war keine Priesterin. Sie war eine Enttäuschung.

Die Königin kam herein und nahm in ihrem geschnitzten Sessel Platz. Sie legte den Kopf schräg und wickelte sich eine Haarsträhne um den Finger. Ach, wie gern hätte Idun sie als Mutter gehabt und immer hier gelebt.

Um die Königin versammelten sich Alfenpriester und Gäste. Alfhild war die Sonne von Alfheim, alle wollten sich an ihrem Licht wärmen.

Die Königin beugte sich vor und flüsterte Njörd etwas zu. Der alte Alfenpriester lachte laut und tief. Sein Mund war zahnlos, seine Augen von einer weißen Haut überzogen. Es hieß, er sei blind und sehe trotzdem. Sein Bart, der ebenso weiß war wie sein Kittel und sein Umhang, hüpfte beim Lachen auf und ab. Idun hätte gern gehört, wovon da vorn die Rede war.

Neben Njörd saß Widar, der Hohepriester der Alfen. Sein Mund war verkniffen, sein weißer Umhang mit Goldstickereien besetzt. Idun konnte ihn nicht leiden. Er war aufgeblasen wie eine Pissblase am Morgen und er prahlte damit, dass er der Auserwählte von Vanaheims Hohepriesterin war.

»Du bist dran«, sagte Svea.

Idun schaute das Spielbrett an. Von ihren weißen Steinen waren schon einige verschwunden.

Der Blick der Kleinen funkelte vor unschuldiger Erwartung.

»Schummeln ist deiner unwürdig.«

Svea riss in tiefem Erstaunen ihre blauen Augen auf.

»Das habe ich nicht verstanden.«

»Schummeln ist dasselbe wie lügen.«

Sofort füllten Sveas Augen sich mit Tränen. Ihre Unterlippe zitterte.

»Sag Mutter nichts.«

Idun zog das Kind auf ihr Knie.

»Reiß dich zusammen, Königinnentochter. Denk daran, dass du Würde zeigen musst«, flüsterte Idun.

Sie verbarg ihr Gesicht in Sveas Locken und genoss die Wärme der Kleinen.

Alfhild betrachtete Idun. Ihr Herz tat ihr weh, wann immer sie den gebeugten Rücken des Mädchens ansah. Sie, die von höherer Geburt war als alle anderen, verhielt sich ängstlich wie ein geprügelter Hund.

»Es ist eine große Schande, dass Freya ihre Tochter nicht besser erzieht. Es kann ja sein, dass Idun nicht die Priesterin ist, die sie sich gewünscht hat, aber sie ist trotzdem Åses Enkelin. Weißt du, was sie im Sommer gemacht hat? Äpfel geerntet.«

Alfhild schnaubte und trank den süßen, warmen Met. Njörd legte seine runzlige Hand auf ihre und drückte sie herzlich.

»Freya versucht, ihrer Tochter Verantwortung beizubringen. Das ist doch nichts Schlechtes.«

»Für einen Blinden siehst du wirklich viel«, erklärte Alfhild.

Njörd lachte und ließ ihre Hand los.

»Ich sehe, was ich sehen will. Und wir wissen nicht, was Freya in der Opferquelle gesehen hat. Sie erzieht das Mädchen sicher so, wie es richtig ist.«

»Ich hoffe, dass du Recht hast«, sagte Alfhild.

Dann beugte sie sich zu Widar vor und lächelte ihr strahlendes Lächeln.

»Und jetzt erzähl von deiner Reise nach Vanaheim. Haben sie Gorms Schiffe vertrieben? Und wie geht es Åse?«

Von den Inseln, Höfen und Reichen der Wanen war Vanaheim am mächtigsten. Von dieser Insel aus hatte sich das Volk der Wanen im Land ausgebreitet. Vanaheim war die Mutter der Sippe und die dortige Königin war die reichste und mächtigste. Alle Wanen mussten sie ehren und ihr gehorchen. Sogar Königin Alfhild. So war es immer gewesen, seit dem Morgen der Zeiten. Widar senkte bescheiden den Kopf, ehe er antwortete.

»Gorm hat Vanaheim im Frühjahr überfallen. Sie haben einen Hof angesteckt, der der Halle der Königin so nahe lag, dass sie ihn von ihrer Tür aus sehen konnte.«

Alfhild schüttelte den Kopf. Krieg im Herzen Vanaheims. Sie lebten wahrlich in bösen Zeiten.

»Hat die schwarze Seuche sie getroffen?«

Widar räusperte sich und runzelte die Stirn.

»Ja, das hat sie. Viele sind krank, am schlimmsten ist es auf Lillön, wo ein ganzer Hof betroffen ist.«

»Aber die Priesterinnen können sie doch sicher beschwören?«

»Snotra hat die schönsten Tiere der Insel geopfert. Die Kraft der Hohepriesterin ist groß. Bald werden sie die schwarze Seuche aus Vanaheim vertrieben haben, darauf kannst du dich verlassen«, sagte Widar voller Überzeugung.

Man kann nie ganz sicher sein, dachte Alfhild und dankte der Göttin dafür, dass sie ihr Freya geschickt hatte. In Alfheim war niemand erkrankt. Sie war sicher, dass sie das der Kraft der Priesterin verdankte, und sie hoffte, dass die Mächte sich aller erbarmen würden.

Alfhild spielte mit ihrem Halsband und ließ sich in ihrem Sessel zurücksinken.

»Wie geht es Königin Åse?«

»Die ist alt und kraftlos. Trotzdem weigert sie sich, den Drachenthron aufzugeben und ihn Gefion zu überlassen. Das ist dort jetzt das einzige Gesprächsthema.«

»Åse war immer schon halsstarrig«, sagte Njörd so leise, dass Alfhild es kaum hören konnte.

Widar beugte sich vor und flüsterte:

»Angeblich ist auch ihr Verstand jetzt verdunkelt.«

»Armes Vanaheim«, sagte Alfhild leise und dachte an ihren verstorbenen Vater.

Die Schatten ihres Vaters hielten sich noch immer in der Halle auf. Sie konnte ihn in sich zusammengesunken am Herd hocken sehen, gekrümmt und knotig, mit seinem grauen strähnigen Bart und den mageren, gefleckten Händen. Gegen Ende hatte der Alte weder Vernunft noch Zähne besessen. Wenn er er selbst gewesen wäre, hätte er sich niemals von den Alfenpriestern zum Bau dieses verdammten Totenhauses überreden lassen, das fast ihr ganzes Reich ins Verderben gestürzt hätte. Verfluchter Alvarin!

Wenn sie es nicht geschafft hätte, Freya zu finden und sie dazu zu bewegen, Vanaheim zu helfen, würde sie jetzt über eine Insel aus Asche regieren. Die Eitelkeit wahnsinniger Kerle! Sie hätte Alvarin rechtzeitig Gift geben sollen. Aber sie war zu weichherzig gewesen, und dafür hatte sie dann teuer bezahlen müssen.

Widar hob sein Horn und trank zu ihren Ehren. Alfhild nahm diese Ehrenbezeugung gnädig an.

Der Hohepriester hatte Alvarins verdunkelten Verstand ausgenutzt. Und jetzt saß er an ihrer Feuerstätte und schmiedete seine Ränke.

Alfhild drehte einen ihrer Ringe. Es gefiel ihr nicht, dass sie sich mit ihm gutstellen musste. Seit dem Morgen der Zeiten hatten die Göttin und ihre neun Töchter über die Menschen geherrscht und die Priesterinnen hatten ihren Willen ausgeführt. Aber die Menschen brauchten auch den Zwillingsgott, den die Alfenpriester verehrten. In Alfheim war seit jenem verdammten Tag, an dem ihr Vater sich von Widar hatte verleiten lassen, das Gleichgewicht gestört worden und die Macht dieses Gottes war immer größer geworden.

Wenn Alfhild gekonnt hätte, hätte sie die Alfenpriester längst von ihrer Insel vertrieben, aber sie brauchte sie und ihre Kenntnisse im Schmieden und Bronzegießen. Und solange Alfhild Freya und die Priesterinnen begünstigte, würden Widar und seine Priester um ihr Wohlwollen kämpfen.

Der Alfenpriester wusste, welche Schande er über die Insel gebracht hatte. Deshalb wand er sich nun zu ihren Füßen wie ein Wurm und das Handwerk der Alfenpriester füllte ihre Truhen mit Gold und Geschmeide. Trotzdem musste sie diese Ränkeschmiede sorgsam im Auge behalten.

Ein Gebrüll ertönte bei den Schlafbänken, wo die Männer mit Armdrücken beschäftigt waren. Einer der Kämpfer sprang auf und hob stolz die Faust über den Kopf. Sigvard versetzte zwei Hunden, die aufeinander losgegangen waren, Tritte. Die zottigen Tiere verzogen sich knurrend unter einen Sitzstock. Alfhild trank den warmen, süßen Met und ließ sich zurücksinken. Sie hatten jetzt zu viele Hunde, sie würden sich von einigen trennen müssen.

»Hat Gefion endlich eine Tochter bekommen?«

Widar schüttelte den Kopf.

»Dafür gibt es noch keine Anzeichen. Und das ist Vanaheims großer Kummer. Die Göttin verweigert ihr die Fähigkeit, Leben zu schenken.«

Widar zog an dem weißen Kittel, der über seinem Schmerbauch Falten warf. Alfhild machte ein besorgtes Gesicht, niemand durfte sehen, wie zufrieden sie war. Die Spaltung von Vanaheim gab Alfheim mehr Macht und neuen Reichtum.

Immer mehr Schiffe suchten ihre sicheren Strände auf, um sich dem Tauschhandel zu widmen. Sie kamen zu ihr, nicht zur kraftlosen Königin Åse. Alfhild brauchte nur noch geduldig abzuwarten.

Wenn Gefion keine Tochter gebar, dann gab es nur eine Erbin, die Åses Platz einnehmen könnte. Sie schaute noch einmal zu Idun hinüber, die sich über das Brett beugte und einen Stein versetzte. Die Kleine hatte keine Ahnung, welche Macht auf sie wartete. Und deshalb würde Alfhild sie leicht für immer an sich binden können.

Sie seufzte zufrieden. Das alles hatte sie sehr gut gemacht.

Njörds halb geleertes Horn fiel zu Boden.

Sein zahnloser Mund verzerrte sich und er stieß einen entsetzlichen Schrei aus, so, als rissen die Mächte der Finsternis ihm das Fleisch von den Knochen. Alfhild fuhr zusammen und schaute den Alten verdutzt an. Njörd musste den Verstand verloren haben. Seine runzligen Hände irrten durch die Luft, als kämpfe er gegen einen unsichtbaren Feind. Widar erhob sich und versuchte vergeblich, den Alten zu beruhigen.

Alfhild sprang wütend auf.

»Das reicht jetzt!«

Solche Szenen wollte sie in ihrer Halle nicht sehen. Die

Hofleute starrten den schreienden Alfenpriester verwundert an.

Svea fing in Iduns Armen an zu weinen.

Alfhild packte den Alten an den Schultern und schüttelte ihn heftig.

»Schweig oder sprich!«

Njörds Schrei wurde zu einem Jammern.

»Mein Junge!«

Ein Speichelfaden rann aus seinem schlaffen Mund. Dann verstummte er und wandte sich den Türen zu.

»Trauer über Alfheim!«

In diesem Moment fingen die Hunde an zu bellen, vom Strand her wurden Rufe laut. Alfhild schnappte nach Luft.

»Macht euch bereit«, befahl sie.

Sigvard hatte schon das Schwert von der Wand genommen, die Hofleute rannten los, um Äxte, Schwerter und Dolche zu holen.

Alfhild fluchte. Ein Boot so spät im Jahr verhieß nichts Gutes. Aber wenn der verfluchte Gorm sich ihrer Insel näherte, dann würde er es bereuen. Sigvard warf ihr ihren Dolch zu, sie fing ihn auf und befahl Moira: »Versteck die Kleinen. Macht euch bereit zu Kampf oder Flucht!«

Idun hatte die Arme um die weinende Svea gelegt. Moira hob Ingvild auf. Die Mägde standen bereits mit den Waffen bereit, um für Alfhilds Erbin zu sterben. Die Nichte der Königin, Astrid, trug ein Schwert. Sie war eine gute Kämpferin. Sie würde die Mädchen sehr gut verteidigen.

»Wir warten hier«, schrie Moira.

Sigvard und die anderen Männer liefen aus der Tür.

»Hütet euch vor Brandpfeilen«, rief Alfhild und ging mit dem Dolch in der Hand auf die Tür zu. Gorms Männer würden versuchen, die Halle anzustecken. Dabei konnten die Menschen wie ein Hammel in einer Kochgrube verbrannt werden.

Sie schaute zu den Schatten über den Dachbalken hoch, suchte im Stroh nach grauen Rauchschlingen. Aber noch war nichts zu sehen.

Kindergeschrei und Greisengejammer füllten den Saal. Vom Hof her waren gedämpfte Rufe zu hören. Alfhild trat kampfbereit in den Abend hinaus und schaute sich um. Was immer auf sie wartete, sie würde ihm mit ganzer Kraft begegnen.

Gefions Schritte hallten in Königin Åses Prachthalle einsam wider. Alles war dunkel und leer. Sie hob ihre Fackel und suchte in den Schatten. Leere Bänke, ein Bronzesessel.

»Mutter?«

Ihre Stimme klang verloren in dem riesigen Raum. Langsam drehte Gefion sich um. Die Glut in der erlöschenden Feuerstätte schwelte nur noch.

»Vielleicht musste sie mal kurz raus«, sagte Sigrid und stieg vorsichtig über ein Bärenfell.

Gefion schüttelte langsam den Kopf. Åse war nicht draußen, und sie lag auch nicht auf ihrer Schlafbank. Dort hatte das Gesinde schon gesucht. Die Schatten schlossen sich immer dichter um sie. Ihr schauderte.

Vanaheim brüstete sich mit der größten Halle der Welt, aber nicht einmal riesige Flammen hätten die Kälte vertreiben können, die sich durch die Lehmwände fraß.

»Wir brauchen mehr Licht.«

Sigrid blieb bei einem Balken stehen, nahm eine Fackel von der Wand und hielt sie an Gefions. Die Fackel flammte auf und erleuchtete die öde Halle.

»Da!«

Gefion folgte Sigrids Blick zum Drachenthron. Dort bewegte sich ein Schatten. Hatte die Alte denn ganz und gar den Verstand verloren? Gefion lief zu dem geschnitzten Hochsitz mit den verschlungenen Schlangen. Die Königin saß in sich zusammengesunken auf dem Thron und starrte vor sich hin. Ihre grauen Zöpfe hingen leblos um ihr runzliges Gesicht. Ihr Mund bewegte sich lautlos.

»Mutter!«

Gefion schüttelte ihre Schultern und Königin Åse schaute mit vorwurfsvollem Gesicht auf.

»Freya, bist du das?«

Die Stimme war ein trockenes Knurren.

Gefion fluchte in Gedanken, während sie zum Schwert Sigil an der Wand hochblickte.

»Nein, Mutter. Ich bin deine Tochter Gefion. Es sind wieder Boten gekommen. Sie wollen mit dir über die Seuche sprechen.«

Åse starrte mit leerem Blick vor sich hin, nichts ließ darauf schließen, dass sie Gefions Worte gehört oder verstanden hatte.

Das war doch Wahnsinn. Warum sollte sie wie eine Magd herumlaufen und Åse um Rat fragen, wo sie doch die wahre Herrscherin war? Gefion starrte wütend den zusammengesunkenen Körper an. Der war nur noch eine leere Hülle.

»Ich hole das Gesinde«, sagte Sigrid und lief davon.

Gefion schaute ihr hinterher, als sie in den Schatten verschwand. Als sie sich umdrehte, schaute Åse ihr ins Gesicht. Ein schwacher Schein von Vernunft leuchtete in den leeren Augen auf.

»Meine Kinder, ich habe euch so viel angetan«, flüsterte Åse und glitt dann wieder ins Grenzland zwischen Wahnsinn und Tod.

Gleich darauf kam das Gesinde mit niedergeschlagenen Blicken hereingeschlichen.

»Wenn das noch einmal vorkommt, werde ich eure wertlosen Rücken blutig peitschen lassen«, brüllte Gefion.

Alle zogen schweigend die Köpfe ein. Gefion versuchte, Åse auf die Füße zu ziehen.

»Komm jetzt, Mutter.«

»Gullveig, bist du das?«

Gefion seufzte.

»Deine Schwester ist schon lange tot. Überlass die Geschichte Snotra und ihren Priesterinnen und geh ins Bett. Morgen früh werde ich zu den Hallen der Hohepriesterin reiten.«

»Schick einen Boten zu den Quänen, meine Tochter muss herkommen.«

»Ich bin Gefion und habe dir von der schwarzen Seuche erzählt.«

Sie konnte ihren Zorn nicht unterdrücken.

Mit einer Handbewegung befahl sie dem Gesinde, Vanaheims Königin zu den Schlafbänken zu führen. Gefion wartete, bis sie verschwunden waren und alles wieder still war.

Nun erst setzte sie sich auf den Drachenthron und streichelte das glatte Holz mit den Fingern.

Das hier war ihr Platz.

»Sie treibt mich zum Wahnsinn!«

Sigrid glitt neben Gefion und drückte ihren weichen Körper an ihren.

»Du bist doch die Stärkste, die ich kenne«, sagte sie sanft und ließ ihre Hand über Gefions harte Arme gleiten. Gefion wurde von Wohlbehagen erfüllt und ließ sich zurücksinken.

»Du begreifst nicht, wie schlimm das ist.«

Sigrid schüttelte ihre blonden Locken und lächelte traurig.

»Doch, ich weiß. Wenn du Königin wärst, würdest du Gorms Krieger daran hindern, unsere Höfe abzubrennen. Du würdest deine Leute sammeln und alte Freundschaftsbande stärken. Vanaheim wird unter deiner Herrschaft wieder stark werden. Mach dir keine Sorgen, du wirst eine großartige Königin«, sagte Sigrid und lächelte strahlend, während sie sich noch enger an Gefion anschmiegte.

Gefion konnte dieses Lächeln nicht erwidern.

»Vielleicht ist es schon zu spät. Vanaheim war zu lange gespalten und schwach. Wenn Åse nicht bald stirbt, werde ich kein Reich mehr haben.«

Sofort wurde Sigrid ernst.

»Kannst du denn gar nichts machen?«

»Ich werde mit Snotra sprechen, beim nächsten Vollmond, wenn sie die Zeremonien durchführt.«

»Glaubst du wirklich, dass die Hohepriesterin darauf eingeht? Vanaheims Königinnen müssen sterben, ehe ihre Nachfolgerinnen ihr Amt antreten.«

Sigrid kämpfte, um ihre Stimme ruhig klingen zu lassen. Fast gelang es ihr.

Gefion schaute schweigend in die Schatten und ließ ihre Gedanken das Verbotene streifen. Es wäre so einfach, das Leben der Alten zum Verlöschen zu bringen. Es wäre eine Erlösung für sie und für die Insel.

Aber die eigene Mutter zu töten! Gefion schluckte.

»Wenn Åse stirbt, gehört die Macht dir.«

Jetzt konnte Sigrid ihre Angst und ihre Erregung nicht mehr verbergen.

Gefion lächelte die Schöne an und gab ihr einen Kuss, der nach Honig und Met schmeckte. Sigrid war wie ein frischer Wind vom Meer, wenn die Hitze des Sommers das Gras trocken und unfruchtbar gesengt hatte. Keine andere konnte ihr solche Linderung schenken.

»Lass mich etwas holen, das dich deine Sorgen vergessen lässt. Was möchtest du? Met? Vielleicht etwas zu essen?«

Gefion schüttelte den Kopf und griff nach ihrer Hand. Die Bronzearmbänder, die sie im Sommer erhalten hatte, klirrten leise.

»Ich möchte nur dich«, sagte Gefion.

Sigrid legte ihr den Kopf an die Schulter und spielte mit ihren kurzen schwarzen Haaren.

»Mich hast du doch schon«, murmelte Sigrid. Gefion lächelte und spürte, wie die Freude ihren Bauch mit Wärme füllte.

»Die Asen kommen.«

»Sie bringen einen Sterbenden!«

So hallten erleichterte Rufe über den Hofplatz wider.

Idun drängte sich eifrig durch die Türöffnung. Sie hatte an Alfhilds Feuerstätte viel über die Asen gehört. Die Asen waren Krieger, die den Wanen mehrmals im Kampf gegen Gorm geholfen hatten. Idun blieb stehen und befreite ihren Umhang, der sich an der Schnalle einer Magd verfangen hatte. Vor den Türen bewegten die Fackeln sich durch den Abend wie Glühwürmchen.

Echte Krieger. Die Spannung kroch ihr über den Rücken wie ein Zug schwarzer Ameisen.

Was für ein Glück, dass sie hier war. Idun drängte sich an den anderen vorbei, hob den Kopf und konnte die Krieger endlich sehen.

Neun Männer standen mit erhobenen Fackeln auf dem Hofplatz. Das Licht tanzte über ihre düsteren Gesichter.

Idun keuchte auf. Diese Männer schienen einer uralten Sage entstiegen zu sein. An ihren Gürteln hingen riesige Schwerter. Einige trugen lederne Harnische. Kostbare, mit verschlungenen Mustern bestickte Umhänge ruhten auf ihren breiten Schultern. Sigvards Männer sahen neben ihnen aus wie kleine Knaben.

»Sind sie wirklich?«

Diese Frage flüsterte sie vor sich hin.

»Sie sind aus Fleisch und Blut wie wir anderen«, sagte die alte Werda, die neben Idun stand.

»Ich habe gehört, dass sie sich im Kampf in Bären verwandeln«, murmelte hinter ihnen eine Magd.

»Das ist wahr, und auf ihr Wort ist kein Verlass«, sagte Werda.

»Aber sie sind immerhin was fürs Auge«, kicherte die Magd, und noch mehrere Frauen hinter Idun prusteten los.

»Zum Ficken taugen sie immer«, stellte Werda fest.

»Dann müssen wir uns heute Abend um sie prügeln«, sagte Astrid, trat vor Idun und legte die Hand auf das Schwert, das an ihrer Hüfte hing.

Idun wich beiseite und sah zu, wie Sigvard auf den Größten der Asen zuging. Dieser Mann war riesengroß, seine Arme waren dick wie Baumstämme. Bronze funkelte an seinem Mantel und an seinem breiten Gürtel. Idun bekam eine Gänsehaut. Mit diesen groben Händen hatte er sicher viele Nacken gebrochen.

Aber Sigvard legte dem Riesen die Hand auf die Schulter, beide schienen einander Freundschaft entgegenzubringen.

»Das ist Thor, der Sohn ihres Häuptlings Odin«, flüsterte jemand.

Thor ging zu Alfhild weiter, legte die Hand auf sein Herz und senkte den Kopf. So riesengroß er auch war, er wusste immerhin, wie man sich bei den Wanen zu benehmen hatte. Idun ließ ihren Blick zu den anderen Asen weiterwandern. Neben dem Riesen stand ein blonder Jüngling. Sein Blick war neugieriger als der der anderen. Idun legte den Kopf schräg, sie sah, wie wunderschön seine Locken sein fein gemeißeltes Gesicht umgaben, sehr männlich und doch weich.

Einen solch perfekten Mann hatte sie noch nie gesehen. Lange starrte sie ihn an, sie musste sich einfach in seine Schönheit vertiefen. Abends würde Astrid ihn sich holen, oder vielleicht sogar Sot. Es hatte jedenfalls keinen Sinn, dass Idun sich nach ihm sehnte. Sie riss ihren Blick von ihm los und schaute nun die Bahre an, die die Männer auf dem Hof abgestellt hatten. Wer konnte der Tote sein? Njörd lag weinend auf dem Boden. Widar stand hilflos neben dem Alten, dessen Schultern bebten. Das Getuschel verbreitete sich wie ein Lauffeuer auf dem ganzen Hof.

»Sie haben Freyr mitgebracht.«

»Er liegt im Sterben.«

Idun hätte gern gewusst, wer dieser Freyr sein mochte, sie wollte aber nicht fragen und damit ihre Unwissenheit preisgeben. Immerhin begriff sie, dass dieser Mann für Alfheim wichtig war, da jetzt der ganze Hof tiefen Ernst zeigte. Alle ließen traurig ihre Köpfe sinken, manche weinten laut.

»Idun!«

Sie fuhr zusammen, als Alfhilds Stimme wie ein Peitschenhieb über den Hof hallte. Was konnte die Königin von ihr wollen? Vorsichtig setzte sie sich in Bewegung, spürte die Blicke der anderen in ihrem Rücken brennen. Ihr Herz dröhnte in ihrer Brust.

Es kam ihr vor wie eine Ewigkeit, bis sie dann an der Bahre stand.

»Hol so schnell du kannst deine Mutter. Wir brauchen heute Nacht die Stabträgerin«, befahl Alfhild und wandte sich dann Sigvard zu.

Idun starrte wortlos ihren Rücken an. Die Königin konnte doch wohl nicht verlangen, dass sie ganz allein über die düstere Heide wanderte? Die bösen Geister würden sie schon auf halber Strecke verschlungen haben.

»Ich …«

Alfhild fuhr herum und brachte sie mit einem einzigen Blick zum Schweigen.

»Beeil dich, sonst stirbt er!«

Idun kannte keine Beschwörungen, keinen Zauber, sie war nicht mit den Mächten verbunden. Die Dunkelheit hatte sich um den Hof geschlossen. Es war Neumond, die Geister tanzten auf der Heide. Dort draußen konnte alles möglich sein.

Idun schluckte. Ihr Mund war wie ausgedörrt und hatte einen bitteren Geschmack. Jemand drückte ihr eine Fackel in die Hand und stieß sie in den Rücken.

Sie hatte keine Wahl. Niemand wagte es, Alfheims Königin zu trotzen.

Idun schluchzte auf und lief hinaus in die Dunkelheit. Ihre Beine waren schwer und steif, sie musste sich mit aller Kraft zum Gehen zwingen. Dort waren der Zaun und der graue Stein. Das Licht ihrer Fackel wurde zusehends schwächer. Die Schatten fraßen es auf, und bald würden sie auch Idun verschlingen. Die Angst wand sich in ihrem Bauch wie eine Schlange. Idun steigerte ihr Tempo, sie lief so schnell sie konnte.

Umhang und Zopf schlugen gegen ihren Rücken.

Wie konnte Alfhild ihr das antun? Ihre Augen brannten vor Tränen. Aber sie musste Mut haben, musste zeigen, was sie konnte.

Etwas flatterte auf sie zu. Weiter vorn auf dem Weg nahmen schwarze Schatten Formen an. Idun blieb stehen und hob die Fackel. Ihr Arm zitterte vor Furcht.

Etwas war dort. Etwas Entsetzliches.

Die Geisterwesen schwebten auf sie zu. Idun rang nach Luft. Sie versuchte zu schreien, brachte aber keinen Laut heraus.

Die Schatten kamen näher, sie flossen über den Boden, bewegten sich drohend auf sie zu. Idun brach in Tränen aus. Jetzt war es aus. Sie hatte versagt. Ihre Fackel flackerte wieder. Bald wird sie erlöschen, das Licht zu ersticken, das war immer das Erste, was sie machten. Idun wurde von Kraft und Willen verlassen. Sie ließ sich zu Boden sinken. Jetzt war es aus. Sie würden sie umbringen.

»Idun!«

Diese Stimme kannte sie gut.

»Steh auf.«

Vielleicht war das hier Blendwerk? Idun erhob sich mit zitternden Knien. Die Schatten wurden zu neun Wesen. Ganz vorn stand die Mondgöttin mit ihrem goldenen Gesicht und ihrem erhobenen Stab, hinter ihr warteten Vögel und Disen.

Idun starrte die Gestalten überrascht an. Sie war gerettet. Gesegnet.

Die Mondgöttin nahm ihre goldene Maske ab. Strenge wütende Blicke musterten Idun.

»Was machst du hier?«

»Mutter!«

Die Erleichterung war so groß, dass sie kaum sprechen konnte.

»Mutter, ich bin so froh, dich zu sehen«, schluchzte sie.

Freya antwortete mit tonloser Stimme:

»Kriech nicht wie eine Leibeigene auf dem Boden herum. Steh auf. Zeig Würde.«

2

Freya spürte, wie die alte Wut in ihr aufstieg. Warum konnte die Kleine sich nicht besser benehmen? Wieso lag sie hier jammernd auf dem Boden? Nicht genug, dass sie untauglich war, musste sie ihre Mutter noch dazu in Schande stürzen? Freya hielt sich die goldene Maske vor ihr Gesicht. Jetzt war sie wieder zur Mondgöttin geworden.

»Alfhild schickt mich zu dir. Die Asen haben einen gewissen Freyr gebracht«, sagte Idun vorsichtig.

Freya schnaubte verächtlich. Alfhild hatte offenbar kaum Vertrauen zu ihren Kräften. Begriff die Königin nicht, dass Freya schon seit Tagen auf Freyrs Ankunft gewartet hatte?

Von Alfhilds Hof her war Lichtschimmer zu sehen. Die Zeit drängte. Das spürte Freya tief in ihrem Herzen. Als ihre Priesterinnen sich ihr anschlossen, klirrten Dolche und Schmuckstücke leise. Ein schwacher Wind zog über den Weg und spielte mit dem Umhang auf ihrem Rücken. Freya hob ihren Stab und kniff die Augen zusammen.

Die Luft um sie herum verdichtete sich. Ein schwacher Geruch von verbrannter Erde breitete sich in der Dunkelheit aus. Dann kam die Kälte, langsam zog sie über den Weg. Freya packte ihren Schlangenstab fester und eilte weiter.

Dafür hatte sie keine Zeit. Nicht jetzt.

Einige schwarze Schatten schwebten über dem Boden. Ein

Rabe stieß einen heiseren Warnruf aus. Bleiche Schatten über der Heide. Freya blickte durch Dunkelheit und Wirklichkeit hindurch.

Die Toten hatten sich versammelt.

Junge Männer, Mädchen von den Höfen, sogar eine alte Priesterin, verbittert, weil sie in der Finsternis verloren waren. Krankheit hatte ihr Leben beendet, noch war ihrem Geist ihr schmerzhafter Todeskampf anzusehen.

Dort war auch die alte Rot von der Insel Utön. Das Leben war ihr zu kostbar gewesen, nicht einmal jetzt mochte sie es loslassen. Rot wollte lieber auf der Totenheide bleiben, statt über den Helweg in die Arme der Göttin zu wandern.

Freya beschleunigte ihr Tempo. Weiter vorn auf dem Weg stand der Jüngling, der am Sommerfieber gestorben war, und sah die Priesterinnen neugierig an. Neben ihm stand ein kleiner Junge, der gerade Laufen gelernt hatte. Greise und Kinder, erwachsene Männer.

Die Namen der meisten Geister waren über die Jahre verloren gegangen. Freya musterte ihre Gestalten, suchte nach verblichenen Erinnerungen an die Leben, die sie einst geführt hatten.

Die Geister lebten im Grenzland zwischen Licht und Finsternis. Ihre Gebeine waren verbrannt worden, aber sie waren nicht zur Göttin gegangen, noch nicht. Einige hatten bleiben wollen, um das Land und ihre Nachkommen zu schützen. Das waren die wohlwollenden.

Andere blieben aus Angst vor ihrem neuen Dasein. Sie zu begreifen, war so gut wie unmöglich, denn auf der Totenheide gab es keine Freude. Aus ihrer Angst speiste sich die Finsternis. Aus diesen Geistern wuchsen Alfheims Fesseln heran. Aus Mächten der Finsternis, erfüllt von Chaos, Hass und Rachsucht.

Freya sah die bösen Geister weit hinten auf der Heide, deren Hass ihr in der Nacht entgegenschlug wie eiskalte Wogen.

Sie lächelte wütend hinter ihrer Maske. Sie hatte die Geister an diesen Boden gekettet, hatte sie in die Schatten gezwungen. Als Freya in Alfheim eingetroffen war, hatten die Geister sich auf der Insel frei bewegen können und alle Lebewesen gequält. Freya betrachtete das glühende Band aus Beschwörungen, das sie um die Heide gezaubert hatte.

Leise murmelte sie hinter ihrer goldenen Maske einen Spruch. Das Band funkelte auf, erfüllt von neuer Kraft.

Die bösen Geister wurden zurückgetrieben, einen Schritt, zwei. Wütend fauchten sie Freya an.

»Ich hatte Angst, über die ganze Heide laufen zu müssen, um euch zu holen«, sagte Idun hinter Freyas Rücken.

»Sei still«, fauchte eine Priesterin.

Freya wandte sich um und blickte ihre Tochter erstaunt an. Obwohl Idun nicht hellsichtig war, schien sie doch etwas wahrzunehmen. Idun zog ihren Umhang fester um ihre Schultern und schaute sich ängstlich um. Dieses dumme Mädchen. Schließlich wurde in Alfheim keine so gut beschützt wie sie.

Kein Geist konnte sich Idun nähern, solange ihre tote kleine Schwester über sie wachte. Hnoss umtanzte ihre ältere Schwester, wob einen Kreis aus Licht. Die langen blonden Haare der Kleinen schimmerten wie Mondlicht um ihren zarten Körper. Hnoss lachte und wirbelte herum. Der Anblick durchbohrte Freyas Herz wie ein Messer. Sie musste schlucken. Es war zwar so viel Zeit vergangen, aber trotzdem konnte sie es kaum ertragen, den Geist ihrer Tochter zu sehen.

»Du bist wie ein Goldregen in der Nacht«, flüsterte sie.

Was hätte Hnoss für eine Priesterin werden können, wenn sie nur ihre volle Kraft erreicht hätte!

Freya fiel das Atmen schwer, jeder Atemzug wurde zum Kampf. Sie hob ihren Stab und eilte weiter.

Als die Priesterinnen den Hofplatz erreichten, senkte sich sofort gespanntes Schweigen über die dort Versammelten. Gesinde in braunen Kitteln, Krieger mit Alfheims rotem Stierzeichen auf den Schultern, Frauen, deren lange Gewänder wie reife Kornfelder wehten, alle machten den Priesterinnen Platz.

Freya nickte würdevoll als Antwort auf deren Begrüßung. Was waren das doch für kleine Menschen. Was für traurige Menschenreste. Sie rückte ihre Maske gerade und war dankbar, dadurch vor den verzückten Blicken der anderen geschützt zu werden.

Alle hier Anwesenden hatten schon um Freyas oder um die Hilfe einer der anderen Priesterinnen gebeten. Sie kannte ihre tiefsten Geheimnisse, ihre verbotenen Träume.

Dort stand die rundliche Moira, verbittert, weil Alfhild ihr nicht mehr Macht über den Hof gab. Dort war Lagi, der einen Sommer zuvor beim Fischen seinen Onkel ermordet hatte und noch heute behauptete, der sei ertrunken. Und die Magd Linna zeigte stolz ihren gewölbten Leib. Auf ihr hatte ein Fluch gelastet, durch den in ihr kein Leben keimen konnte. Freya hatte diesen Fluch aufgehoben, hatte aber nicht verraten, dass er von Linnas eigener Mutter stammte.

Astrid verbeugte sich huldvoll. Hinter ihrer Zurückhaltung verbarg sich ein wahnsinniges Verlangen nach der Macht und dem Gatten der Königin. Kaum kehrte Alfhild ihr den Rücken zu, schon umschmeichelte sie Sigvard wie eine brünstige Stute.

Freya sah die Angst dieser Menschen. Sie wussten nicht, wovor sie sich mehr fürchteten, vor ihrem Wissen oder davor, dass sie Alfheim wieder den Geistern überlassen könnte.

Astrids Verbeugung war ebenso elegant wie das Muster auf einer bronzenen Brosche.

»Sei gegrüßt, du Mächtige, du Auserwählte der Göttin.«

Freya verlangsamte ihre Schritte.

»Die Königin hat mich gebeten, dich zu Wiborgs alter Hütte zu führen«, sagte Astrid und setzte sich in Bewegung.

Die anderen machten Platz und tuschelten aufgeregt miteinander.

Astrid blieb vor der Lehmhütte stehen und winkte mit der Hand. Die geflochtene Tür stand offen und in der Dunkelheit drängten sich die Alfenpriester mit ihren weißen Umhängen aneinander. Sie bildeten gerade einen Kreis, eine dumpfe Trommel hallte in der Nacht wider.

»Nein! Keine Todesrituale!«

Die Alfenpriester erstarrten, als Freya die Hütte betrat. Einige riefen etwas, aber sie hörte nicht hin. Sie sah jetzt nur noch Freyr.

Freya fiel auf die Knie. Der Schmerz lag wie ein blutroter Dunst über seinem ausgemergelten Leib. Er hatte Schmerzen, entsetzliche Schmerzen. Sie konnte diese Schmerzen selbst spüren. Sie wurde davon zerschnitten wie von Messern. Freya biss die Zähne zusammen und stöhnte leise. Geliebter Bruder, einziger Freund.

Freyrs magere Wangen leuchteten weiß vor dem Hintergrund des Bärenfells, auf dem er lag, er hatte die Augen geschlossen. Er war so alt geworden. So ausgezehrt. Bilder aus früheren Zeiten tanzten in ihrer Erinnerung.

Der schöne Freyr, der auf dem Frühlingsopferfest von Vanaheim zusammen mit Gullveig der Göttin gehuldigt hatte. Männlicher als jeder andere, erfüllt von Weisheit. Schon damals hatte er an ihrer Seite gestanden. Als sie Thor gerettet hatte und deshalb von allen anderen verstoßen worden war, war er da gewesen. Tapfer und treu hatte er in den düstersten Zeiten zu ihr gehalten. Sogar als Königin Åse sie den Asen als Friedensgeschenk überantwortet hatte, hatte er seinen Mut behalten und Freya und der Göttin vertraut. Ihr geliebter Bruder. Er durfte nicht sterben.

Freya biss sich energisch auf die Lippe, vertrieb ihre Qualen mit Schmerz.

Vergeblich. Ihre Augen brannten vor Tränen.

Freya berührte ihre Maske mit der Hand, dankbar für deren Schutz und Stärke.

»Ich werde dich retten«, flüsterte sie leise.

Und wenn sie in Hels Totenreich hinabsteigen müsste, um seinen Geist zu holen, er würde überleben.

Freyr bewegte sich nicht, seine Augen waren noch immer geschlossen. Trotzdem wusste sie, dass er sie gehört hatte.

Seit Tagen hatte sie seine Krankheit im dunklen Wasser der Opferquelle gesehen. Sie hatte ihn zu sich gerufen, hatte ihn beschworen, zu ihr zu kommen, damit sie seine Qualen lindern könnte.

»Fürchte dich nicht«, flüsterte sie und legte die Hand auf seine fieberheiße Wange. Die Zeit drängte. Das Leben strömte bereits aus ihm heraus.

Freya schaute zu den Alfenpriestern und Königin Alfhild hoch.

»Bringt ihn sofort auf meine Insel«, sagte sie und richtete sich auf.

»Niemals.«

Widar schlug die Arme übereinander.

»Lass uns in Ruhe. Wir haben bereits mit den Ritualen begonnen.«

Er musterte sie voller Abscheu und Zorn. Freya starrte ihn an.

»Wie kannst du es wagen, so mit der Auserwählten der Göttin zu sprechen?«

Ihre Stimme war ein leises Zischen. Kein unwissendes Mannsbild würde zwischen ihr und Freyr stehen. Widars Blick irrte umher. Die Alfenpriester traten von einem Fuß auf den anderen, einige tuschelten leise in den Schatten.

»Wir ehren den Mann, der einst Alfheims Hohepriester

war. Nicht einmal du kannst uns das verweigern«, erklärte Widar mit schwächerer Stimme.

Deshalb also. Freyas Zorn ließ ihre Hände zittern. Der schwanzlose Widar wollte Freyrs Leben opfern, wenn er nur das Grabfeuer anzünden und zu den Menschen von Alfheim sprechen könnte. Was für eine jämmerliche Gestalt.

Er hatte sie gehasst, seit sie nach Alfheim gekommen war. Wo er versagt hatte, hatte sie gesiegt.

Freyas Kräfte waren um vieles größer als seine. Das wusste Widar, ebenso wie die Menschen von Alfheim, die sich lieber an sie wandten. Jetzt versuchte er, seine Macht zurückzugewinnen.

Freya hob den Kopf und sammelte ihre Stärke. Sie spürte, wie die Unsicherheit der Alfenpriester wuchs. Immerhin waren sie gescheit genug, um sich vor ihr zu fürchten.

»Ich werde Freyr das Leben zurückgeben. Willst du mir das verweigern, Alfenpriester?«

»Der Zwillingsgott verlangt, dass wir die Rituale durchführen.«

»Du sehnst dich nach seinem Tod! Das sehe ich dir an. Du willst sein Grabfeuer anzünden und in deiner ganzen Macht strahlen.«

»Freyr liegt im Sterben, bist du so blind, dass du das nicht sehen kannst?«

»Genug jetzt!«

Königin Alfhild schaltete sich ein. Sie war wütend, ihre Augen loderten vor Zorn.

»Freyr ist kein saftiger Knochen, um den ihr euch wie die Hunde prügeln könnt.«

Freya senkte den Kopf. Alfhild hatte Recht. Freya hatte sich würdelos verhalten.

»Lass mich meinen Bruder heilen«, bat sie.

»Kannst du das? Kannst du ihm wirklich die schwarze Seuche austreiben?«, fragte die Königin düster.

»Ja«, antwortete Freya ohne zu zögern.

Widar konnte seinen Zorn nicht verbergen.

»Meine Königin, ich bitte dich, Freya spricht die Unwahrheit.«

Seine Worte trieften vor Hass.

Alfhild hob eine Hand, die Ringe an ihren Fingern funkelten.

»Nimm deine Priester und geh. Möge die Göttin uns zehnfach verfluchen, wenn wir jemals die Hoffnung auf Leben aufgeben«, erklärte sie wütend.

Dann holte sie tief Atem und beruhigte sich.

Widar deutete eine Verbeugung an und verließ dann mit seinen Alfenpriestern die Hütte.

Idun konnte sich an den Asen nicht satt sehen. Das waren echte Krieger, prachtvolle Männer mit Schwertern und kostbaren Umhängen. Was für ein Erlebnis. An Winterabenden am Feuer hatte sie die Sänger von den Taten der Asen erzählen hören, und jetzt saßen sie hier in der Halle, lachten und wirkten dennoch beängstigend.

Der ganze Abend war wie ein kostbares, unerwartetes Geschenk. Auf den Sitzbänken des Langhauses drängten sich die Gäste, die Alfenpriester und Hofleute. Das Gesinde rannte mit dampfenden Holzschüsseln voller Wurzeln, Grütze und Fleisch umher. Der beste Met war hervorgeholt worden und Sigvard sorgte dafür, dass jedes Trinkhorn bis an den Rand gefüllt wurde. Niemand sollte Königin Alfhild mangelnde Gastfreundschaft nachsagen können.

Die Kinder schliefen schon lange, und nun zog Loki seine Flöte hervor. Der rhythmische Gesang über die Freuden des Frühlingsopfers hallte fröhlich von den Dachbalken wider. Einige stimmten ein, aber die meisten redeten miteinander. Schließlich waren in Alfheim nicht jeden Tag Asen zu bewundern. Alle wollten wissen, was sich in Idunvallen zugetragen hatte und wie der Kampf gegen König Gorm weitergegangen war.

Idun legte das flache Brot weg. Ihr ganzer Körper prickelte so sehr, dass sie auch nicht einen Bissen mehr essen konnte.

Stattdessen schaute sie verstohlen den Jüngling an, der auf der Nachbarbank saß. Er unterhielt sich mit einem Alfenpriester, trank und lachte.

Bragi hatten sie ihn genannt. Idun flüsterte in Gedanken diesen Namen immer wieder und spürte, wie die Wärme durch ihren Körper strömte. Bragi – der schönste Mann, den sie jemals gesehen hatte.

Langsam knöpfte er seinen Umhang auf und legte ihn auf sein Knie. Das Feuer ließ seine blanke Lederbrünne aufleuchten. Dann schaute er sich suchend um.

Ihre Blicke begegneten sich.

Idun schlug errötend die Augen nieder. Ihr Herz hämmerte wie besessen. Als sie es dann wagte, wieder aufzuschauen, blickte sie direkt in seine Augen. Er lächelte und Idun lief abermals rot an.

»Hör auf damit!«

Ein spitzer Ellbogen, der ihre Taille traf, brachte sie in die Wirklichkeit zurück.

»Du glotzt wie eine läufige Hündin. Vergiss nicht, dass du von hoher Geburt bist, und benimm dich«, sagte Moira und legte die Hände auf ihren dicken Bauch.

»Ich kann ja verstehen, dass sie dir gefallen, aber hüte dich vor den Asen, Mädchen.«

»Aber Königin Alfhild hat doch gesagt, dass sie unsere Freunde sind.«

»Das schon. Aber was man sagt, ist das eine und was man tut, etwas anderes. Asen und Wanen leben zwar seit vielen Jahren in Frieden miteinander, doch zuvor haben sie Kriege geführt.«

Moira schüttelte traurig den Kopf.

»Das war ein Elend! Deine Mutter hat dir sicher alles erzählt.«

Idun schüttelte den Kopf. An der Feuerstätte ihrer Mutter wurden die Asen wirklich nicht oft erwähnt. Aber Moira war auf der ganzen Insel bekannt als Klatschbase und wenn sie Lust hatte, konnte sie viel erzählen.

»Ich weiß gar nichts«, sagte Idun unschuldig.

Moira warf einen Blick auf die Mägde, die die übervollen Schüsseln umhertrugen. Die schienen zurechtzukommen. Und Erik stand neben dem Feuer und hielt Wache. Da konnte sie doch die Gelegenheit nutzen. Die Kleine war wirklich arm dran, und früher oder später würde irgendwer ihr alles erzählen müssen.

»Naja, ich will mich kurz fassen. Es ist eigentlich eine Schande, dass du nicht weißt, was vor deiner Geburt passiert ist. Aber du weißt doch sicher, dass deine Mutter Priesterin in Vanaheim war, und dass wir dann gegen die Asen Krieg geführt haben?«

Idun nickte.

»Weißt du, dass deine Mutter sich damals geweigert hat, Thor der Göttin zu opfern, obwohl sie das versprochen hatte? Freya hatte einfach den Verstand verloren, das kannst du mir glauben.«

Idun starrte den riesigen Asen, der zwischen Alfhild und Sigvard auf der anderen Seite der Feuerstätte saß, überrascht an. Seine Armmuskeln spannten sich, wenn er sein Trinkhorn hob. Idun konnte es nicht fassen. Das konnte doch nicht möglich sein. Ihre Mutter sollte ihn in Schutz genommen haben? Diesen Riesen?

Moira lachte zufrieden.

»Das hat ungeheuer viel Staub aufgewirbelt, wie du dir sicher denken kannst. Thor, als Gefangener der Wanen, sollte der Göttin geopfert werden. Aber sein Kriegsgott zwang Freya, ihn zu befreien, und danach sind sie zusammen geflohen. Sie waren einen ganzen Sommer im Wald verschwunden. Vanaheims Hohepriesterin war außer sich vor Zorn und schickte Riesen und Ungeheuer hinter ihnen her, aber Freya besiegte sie alle. Angeblich haben sie dort im Wald einen großen Zauber ausgeführt und Freya soll ins Totenreich hinabgestiegen sein, um neue Kraft zu finden.«

Immer wieder musste Idun Thor anstarren, der breitbeinig dasaß und an seinem Fleischstück nagte.

Moira raffte ihr Gewand, um aufzustehen.

»Bitte, Moira, erzähl weiter«, flehte Idun und legte ihr die Hand auf den Arm.

»Naja, ich hab ja noch mehr zu tun«, antwortete Moira nicht ganz abweisend, sie schien sich gern bitten zu lassen.

»Wo du doch so klug bist und so viel weißt, sag, was dann passiert ist.«

Moira lächelte nachsichtig.

»Freya und Thor gingen zu den Asen nach Idunvallen. Dort blieb sie einige Jahre, dann kam sie wieder zurück. Ich glaube, die Asen wollten sie auf irgendeine Art betrügen, das versuchen sie immer wieder, denn sie sind so tückisch wie Echsen mit gespaltener Zunge. Ja, du kannst dir sicher denken, was dann wieder los war. Aber wir sind sehr dankbar, dass sie jetzt bei uns wohnt, das kann ich dir sagen. Vanaheim hat deine Mutter schändlich behandelt. Die sollten sich allesamt schämen. Und die Asen auch«, sagte die Hausfrau mit ernster Miene.

Idun trank einen Schluck Wasser aus ihrem Holzbecher. Ihr Mund war wie ausgedörrt.

Sie hatte zwar gewusst, dass zwischen ihrer Mutter und Vanaheim Zwietracht herrschte. Niemand nannte den Namen der Königin oder der Hohepriesterin in Freyas Gegenwart jemals laut. Warum, wusste Idun allerdings nicht.

Aber dass ihre Mutter mit Thor geflohen sein sollte? Herrschte deshalb zwischen ihrer Mutter und Vanaheim eine solche Feindschaft? Wegen eines Mannes?

»Jetzt begreifst du sicher, warum es besser ist, einen Bogen um die Asen zu machen. Sieh dir Ylva an, diese Närrin!«

Moira watschelte auf ein mageres Mädchen zu, dem ein Brett mit Brot zu Boden gefallen war.

Idun starrte Thor an. Er beugte sich vor und warf seinen Knochen ins Feuer. Einen Moment lang blickte er in die Flammen. Sein Gesicht war viereckig und klar geschnitten. Mehrere Narben zogen sich über seine Wange. Seine langen roten Haare waren zu einem Pferdeschwanz gebunden. Um seine starken Arme wanden sich Tätowierungen, fremdartige Wesen und Zeichen. Er sah stark und unheimlich aus.

Thor hob seinen Blick und sah ihr ins Gesicht. Verlegen hielt Idun Ausschau nach Moira. Aber die war nirgendwo zu sehen.

Der Ase starrte sie so lange an, dass sie ganz verwirrt wurde. Idun hob den Kopf und versuchte, den grimmigen Krieger anzulächeln. Der verzog keine Miene. Dann wandte er sich ab und unterhielt sich mit Sigvard. Das, was er gesehen hatte, gefiel ihm offenbar nicht.

Idun atmete langsam auf.

Dann schaute sie abermals verstohlen zu dem schönen Bragi hinüber. Er sagte etwas zu Astrid und lachte. Seine Zähne leuchteten weiß im Feuerschein.

Wie es wohl wäre, mit ihm zusammenzuleben! Idun lächelte verträumt vor sich hin. Sie sah sich und Bragi auf einem reichen, gut versorgten Hof. Mit ihm an ihrer Seite würde sie sich niemals fürchten müssen. Er würde sie vor Feinden und Gefahren beschützen und ihr schönen Schmuck schenken. Abends, wenn er von den Feldern käme, würden sie zusammen am Feuer sitzen. Alle würden Idun um ihre schönen Kinder und ihren Mann beneiden. Sogar die Priesterinnen würden ihren Hof als den prachtvollsten in der ganzen Gegend bezeichnen. Und sich wundern, warum sie nicht schon viel früher begriffen hatten, wie tüchtig Idun doch war.

Bragi rückte sein Schwert gerade.

Ihre Wangen loderten auf und sie wandte sich ab. Was waren das für Gedanken? Er würde sich gar nicht für sie interessieren. Ein Mann wie er wurde von schönen Frauen ausgewählt, nicht von mageren Elendsgestalten wie ihr. Diese Schande würde sie ihnen beiden ersparen.

Freya hockte neben dem nackten Freyr und streichelte seinen Körper.

Gelbweißer Eiter sickerte aus den Beulen in seinen Achselhöhlen. Sein Hals war von schwarzen Flecken übersät.

Sie überlegte. Hier half kein normaler Zauber. Diese Fäulnis verlangte größere Stärke. Freya sah zu den acht Frauen hinüber, die sich an den Hüttenwänden zusammengedrängt hatten. Trotz ihrer Kenntnisse hielten sie sich möglichst weit von Freyr entfernt. Die Angst vor der Ansteckung saß tief.

Freya hatte das Gesinde über die bösen Zeiten tuscheln hören. Sie nahmen es den Asen übel, dass sie die schwarze Seuche nach Alfheim geschleppt hatten. Manche Menschen ohne Macht fürchteten sich vor allem, was sie nicht kannten.

Sie fuhr mit den Fingern über Freyrs Rippen. Spürte, wie die Krankheit in ihm ruhte.

»Ich beginne jetzt. Macht euch bereit.«

Die Priesterinnen drängten sich dichter aneinander. Sie wussten alle, was zu tun war. Njörunn zog einen Bund getrockneter Kräuter aus ihrem Ranzen. Umständlich wickelte sie die brüchige Rinde ab und zerkrümelte die Kräuter über dem Feuer. Süßer, bitterer Rauch füllte die Hütte, ließ ihnen Tränen in die Augen treten.

Wiborg schlug Zauberstäbe aneinander, zuerst langsam, dann so schnell wie Herzschläge. Es hallte dumpf in der Hütte wider.

Freya schloss die Augen und atmete tief durch. Ihr Körper

wurde immer schwerer, als eine seltsame Stille sich über sie senkte. Sie glitt zwischen die Welten.

Njörunn stimmte einen gellenden Zaubergesang an, den Freya im Rauch als eine funkelnde Spirale wahrnahm. Die anderen stimmten ein, ihre Stimmen verwoben sich miteinander und lösten sich dann wieder. Freya atmete schwer. Ihre Gedanken wollten aufwärts, fort vom Körper, der sie an dieses Leben kettete. Ihr Geist war frei und ewig. Oben bei den schwebenden Disen gab es keinen Schmerz, keine Reue.

Aber Freyas Fleisch wollte sie nicht loslassen. Schwere Wellen aus Schmerzen spülten über sie hinweg. Ihr Körper bebte verzweifelt. Noch ein wenig. Freya sammelte ihre Kraft, zwang sich wieder nach oben. Jetzt.

Sie war befreit. Endlich. Ein jubelndes Gefühl von Erleichterung überkam sie, als sie zum Dach der Hütte emporstieg. Schwereloser Friede erfüllte ihren Geist. Der Schmerz verflog.

Unten auf der geflochtenen Schilfmatte lag ihr Körper, wie ein weggeworfener Ranzen. Ihr blaues Gewand schien wie Wasser über den Boden zu strömen.

Freya schwebte zwischen den Lichtdisen und genoss es, der Schwere ihres Körpers entronnen zu sein. Hier gab es keine Belastungen, keine Wehmut, keine Angst. Sie erwiderte lachend die Liebkosungen der Disen, schwebte mit ihnen in einem wilden, erleichterten Tanz.

Aber sie konnte nicht bei ihnen bleiben. Der Gesang der Priesterinnen band sie an ihre Aufgabe. Traurig riss sie sich los und zwang sich zur Rückkehr zu Freyr. Sie schwebte über ihm, genoss die Farben seines wunderbaren Gemüts. Aber in ihm wütete die schwarze Seuche.

Die Krankheit bestand aus schwarzen Fäden, die sich in Freyrs Brust wanden. Sie fraßen seine Lebenskraft, langsam und unerbittlich. Nie zuvor hatte Freya so etwas gesehen. Die schwarze Seuche war ein Fluch, der ihm seine Stärke nahm. Wer diese Seuche auf ihn geworfen hatte, musste unendliche

Kraft besitzen. So verschlungen und sorgfältig geschaffen waren die Zeichen, die durch Freyr glitten.

Wer hatte ihrem Bruder das angetan?

Freya suchte einen Weg, spürte die Anwesenheit der Priesterinnen, trank von ihrer Kraft. Woher dieser Fluch auch stammen mochte, sie würde ihn mit ihrer Kraft vertreiben. Niemand konnte sich mit ihr messen. Langsam glitt Freya in seinen Körper.

Freya nahm seinen Schmerz auf, eignete sich seine Qualen an. Schleichende Fäulnis fraß sich in ihren Hals. Sie öffnete seine Augen, sah ihren eigenen Körper, der sich auf dem Boden schreiend hin und her warf.

Der Gesang forderte sie auf zurückzukommen. Sie hatte nicht mehr viel Zeit. Rasch ließ sie ihre Kraft Freyrs ausgemergelten Leib füllen. Dann vertrieb sie den Fluch, weg, fort. Sie kämpfte gegen die Finsternis an, schrie ihre mächtigsten Beschwörungen.

Vergeblich. Für einen kurzen Moment glitt das Bild einer fremden Frau an ihr vorbei. Freya schärfte ihren Blick, versuchte, diese Frau zu erkennen, aber die versank wieder im Verborgenen.

Njörunns Lied rief nach ihr, riss und zerrte an ihrem Gemüt. Die Zeit drängte. Freya verließ ihren Bruder und kehrte in ihren eigenen Körper zurück. Die Schwere ihrer Arme und Beine war unerträglich. Der Schmerz wütete in ihrem Magen. Ihr Mund schmeckte nach Erde und Würmern. Freya schloss erschöpft die Augen und schlief ein.

Thor hob sein leeres Horn. Ein Knecht schenkte ihm sofort aus dem Metschlauch nach.

»Dass Vanaheim von der schwarzen Seuche befallen ist, wusste ich, aber dass auch Idunvallen davon betroffen ist, ist eine schlimme Nachricht. Wie ernst ist die Lage?«, fragte Alfhild.

»Viele von uns liegen im Sterben«, antwortete Thor und etwas Met schwappte aus seinem Horn.

Alfhilds Worte hatten ihn mehr erschüttert, als er zeigen wollte. Die Seuche tobte also auch in Vanaheim. Er war so sicher gewesen, dass die Hexen die Kranken heilen könnten. Jetzt wurde diese Hoffnung zerbrochen.

Thor schaute zu der schönen Alfhild hoch, ihr Blick war mitfühlend, fast mütterlich.

»Habt ihr auch hier in Alfheim die Seuche?«

Die Königin schüttelte den Kopf.

»Erst seit vorhin.«

Ihre Stimme klang säuerlich.

»Da habt ihr Glück gehabt«, sagte Thor und verbarg seine Verbitterung.

Der Anblick der Wanen, die sich in ihrem Reichtum sonnten, ließ sein Herz brennen. Es war ein Fehler der Asen gewesen, Freundschaftsbande zu ihnen zu knüpfen. Für diese Schwächlinge waren seine Männer im Kampf gegen Gorm gefallen. Aber jetzt war Schluss!

Thor leerte sein Horn. Der Met war schwach wie Wasser und schmeckte nach Ziegenpisse.

»Es ist nicht das Glück, das Alfheim von der Seuche verschont hat. Ich glaube, die Göttin hat sich erbarmt, weil ihre mächtigste Dienerin hier lebt«, sagte die Königin.

Dann stimmte es also. Thor begegnete Alfhilds Blick.

»Gesegnet ist die, die von den Mächten beschützt wird«, murmelte Thor und hob abermals sein Horn. Als der blonde Knecht es gefüllt hatte, leerte er es mit einem einzigen Zug.

Freya war hier, und bald würde er vor diese Hündin treten. Er starrte ins Feuer und verbarg sorgfältig seinen Zorn. Ihm blieb nichts anderes übrig. Die Königin musterte ihn immer wieder mit scharfem Blick.

»Gerade jetzt ist Freya dabei, Freyr zu heilen.«

Thors Hoffnung loderte auf wie trockener Zunder.

»Kann sie das? Wenn nicht einmal die Hexen in Vanaheim die schwarze Seuche besiegen können, wie soll dann Freya den Kranken heilen?«

Er konnte seine hoffnungsvolle Erwartung nicht verbergen.

»Du ahnst ja nicht, was sie alles kann.«

Alfhild schnaubte. Ihr Schmuck klirrte leise, als sie sich zu Thors Ohr vorbeugte.

»Sie ist selbst fast eine Göttin. Freyas Macht ist unendlich«, flüsterte sie.

Alfhild ließ sich in ihrem reich verzierten Sessel zurücksinken und schaute auf das Gedränge um die Feuerstätte. Ihre Hände spielten zufrieden mit den geschnitzten Armlehnen.

Ein Knecht brachte eine Schüssel mit Fleisch. Thor nahm sich ein vor Fett triefendes Stück, aß und dachte dabei nach. Noch war Freyr nicht verloren. Das war eine gute Nachricht für die Asen. Der schwarze Tod konnte besiegt werden. Aber Tiwaz war in grimmiger und unbarmherziger Stimmung. Unter allen Hexen auf der Welt gab es nur eine, vor der er kriechen musste, und das war sie. Seinen Zorn würde er brav hinunterschlucken müssen. Bis auf weiteres.

Er stellte sein Horn auf den Boden. Odins Worte hallten in seinem Kopf wider. Es gibt kein besseres Gepäck für eine Reise als gesunden Menschenverstand; und keine schlechtere Wegzehrung als ein Übermaß an Met.

Thor schaute vorwurfsvoll zu Baldur hinüber, der sein Horn geleert hatte und noch mehr forderte.

»Es heißt, dass Odin trotz seines hohen Alters noch einmal Vater geworden ist«, sagte Sigvard, der neben Baldur saß.

»Das stimmt. Der Alte gibt nicht auf«, sagte Thors Bruder.

Seine Stimme klang undeutlich. Baldur war betrunken, obwohl der Abend noch jung war. Wie ihm das mit dieser Metpisse der Wanen gelungen war, war ihm ein Rätsel. Thor ließ seinen Blick die Sitzstöcke entlangwandern. Seine übrigen Männer benahmen sich gut. Sie wussten, wie sie sich unter den lauten Wanenfrauen, den Hexen, den Kriegern und den gut angezogenen Alfenpriestern zu verhalten hatten. Sie nippten nur am Met, schwiegen und hörten zu.

Thor nickte beifällig.

»Arme Frigg«, sagte Alfhild.

»Meine Stiefmutter ist tot. Mein Vater hat sich zwei neue junge Frauen genommen, schön und zart wie frisch aufgeblühte Blumen. Sie wärmen sein Bett während der letzten Tage seines Lebens«, sagte Baldur und lachte.

Alfhild schnaubte unwillig. Dann reckte sie würdevoll den Rücken.

»Asen und Wanen haben wahrlich unterschiedliche Sitten.«

Thor erhob sich. Er war nicht über das Sommermeer gesegelt, um dem betrunkenen Gefasel seines Bruders zu lauschen. Er gab Baldur ein Zeichen, dann ging er hinaus, um seine Blase zu leeren. Neugierige Blicke folgten ihm. Die kühle Nachtluft klärte seine Gedanken.

Schon bald wurde die Tür aufgerissen und Baldur kam zum Vorschein.

»Du bist betrunken«, sagte Thor kurz.

Baldur grinste.

»Du irrst dich, hochverehrter Bruder. Ich freue mich nur darüber, dass ich endlich wieder über die Hexenwiesen des Volkes wandern kann, für das wir auf dem Schlachtfeld so bereitwillig verbluten.«

Baldur zog seine Stange hervor und pisste gegen die blassgelbe Lehmwand. Er schwankte, fiel gegen das Strohdach und kam lachend wieder auf die Beine.

Thor seufzte tief.

»Bald werden die Reiher des Vergessens deinen Verstand verschlungen haben.«

Baldur verstaute schwankend seine Stange in seinen Beinkleidern.

»Ehrwürdiger Bruder. Held und Häuptling. Willst du mir etwas von Unvernunft erzählen? Unser Vater ist bei Gorm gefangen. Wann wirst du, mein unfehlbarer Bruder, das endlich zugeben?«

»Schweig!«

Thor schaute sich auf dem dunklen Hofplatz um. Verdammter Narr! Da stand er hier in Alfheim und verriet, dass Odin zu Gorm gefahren war, um Friedensverhandlungen zu führen.

Aber Baldurs trunkene Zunge ließ sich nicht stoppen.

»Wir hätten nicht hinter Gorm herrennen und um Freundschaft betteln dürfen. Schwanzlos, das sind wir, wenn wir nicht bald zu den Göten segeln und unseren Vater holen.«

Thor packte Baldur so hart am Hals, dass dieser röchelnd um Atem rang.

»Jetzt schweigst du, sonst schlage ich dich auf der Stelle tot.«

Thors Zorn ließ Blitze durch seinen Kopf jagen. Sollte sein eigener Bruder ihn bei Fremden in Schande stürzen und sich wie ein Klatschweib aufführen? Jetzt reichte es! Baldur wand sich unter seinen Händen. Seine Augen quollen hervor. Metversessener Narr, man müsste ihm Vernunft einbläuen. Aber trotzdem war er sein Bruder.

Thor ließ Baldurs Kehle los.

Baldur fiel zu Boden. Wie ein Hund schnappte er auf allen vieren nach Luft. Thor zog ihn auf die Füße.

»Geh zum Boot und schlaf deinen Rausch aus.«

Baldur schwankte mit gesenktem Haupt zum Strand davon. Thor sah hinter ihm her, bis er in der Dunkelheit verschwunden war. Er seufzte tief. Ließ die Abendluft seinen Zorn abkühlen.

Baldur mochte zwar betrunken sein, aber in dem, was er gesagt hatte, lag auch ein Körnchen Wahrheit. Möglicherweise war Odin wirklich bei König Gorm gefangen. Der Vater hatte zurücksein wollen, ehe das Laub an den Bäumen gelb wurde. Und jetzt hatten sie fast keine Blätter mehr. Sie konnten nicht mehr warten.

Thor ging zur Kochgrube und wärmte sich an der nur noch schwelenden Glut.

Jahr für Jahr hatten Asen und Wanen gegen Gorm gekämpft, ihren bitteren Feind. Aber die Zeiten hatten sich verändert. Viele der Stämme im Süden hatten sich unter Gorms Hammer vereint. Dessen Macht wuchs und wuchs. Und außerdem ehrte er Tiwaz. Gorm gehörte zu ihnen.

Friede und Freundschaftsbande mit Gorm würden den Asen Reichtum schenken, hatte Odin gesagt. Die Wanen sollten sehen, wie sie zurechtkamen. Die Asen hatten genug Blut für sie vergossen. Deshalb war der goldgierige Odin zur Göteninsel gesegelt, um Friedensverhandlungen zu führen.

Thor ballte die Fäuste und schaute in die Glut der Kochgrube. Schwarze Seuche und Feinde. Er würde sie beide besiegen. Aber nur ein Narr ging ohne Plan vor. Und anders als Baldur war Thor kein Narr.

Idun wischte sich den Schweiß aus der Stirn. Es war heiß. Das Feuer loderte im Gedränge auf, munteres Lachen mischte sich unter das Flötenspiel. Der alte Svetjod sprang jetzt umher und schlug mit den Händen gegen seine Fußsohlen. Idun lachte über den lustigen Tanz.

»Ich habe schon Lieder über die Frauen von Alfheim gehört, aber keins davon wird deiner Schönheit gerecht«, sagte eine Männerstimme hinter ihr.

Idun schaute mit freudig klopfendem Herzen auf. Es war Bragi. Offenbar hatten die Mächte sich ihrer erbarmt. Er lächelte und setzte sich neben sie.

Ihr Herz hämmerte jetzt wie wahnsinnig. Der schönste Mann, den sie je gesehen hatte, saß neben ihr auf der Bank. Was für ein Glück! Sie schaute verstohlen zu ihm hinüber, merkte, wie ihre Wangen glühten. Der Göttin sei Dank für Dunkelheit, Rauch und Hitze.

»Bist du Alfhilds Tochter?«

Idun schüttelte den Kopf. Sie hätte etwas sagen müssen, aber ihr Mund war verschlossen.

»Ich heiße Bragi. Ich gehöre zu Thors Gefolge. Er ist mein Häuptling. Der Mann da hinten.«

Idun schaute zu dem Riesen hinüber, der durch die Tür kam und sich zwischen Alfhild und Sigvard setzte. Sie biss sich auf die Lippe. Ich muss etwas sagen, dachte sie. Ich kann nicht stumm wie ein Baum hier sitzen. Dann geht er.

»Hast du einen Namen?«

»Ich heiße Idun«, flüsterte sie und hoffte, dass er ihr Herz nicht hämmern hörte.

Bragi trank aus seinem Horn und fuhr mit den Fingern über die Bronzebeschläge.

»Das ist ja seltsam, ich komme aus Idunvallen und du heißt Idun. Das muss ein Zeichen sein!«

Er lächelte strahlend und zeigte dabei die weißesten Zähne, die sie jemals gesehen hatte. An diesem Jüngling war einfach alles vollkommen. Er konnte nicht wirklich sein. Vielleicht war er ein Gott? Möglich war das. Götter nahmen doch oft menschliche Gestalt an. Sie schauderte vor Wollust zusammen, als er ihr die Hand auf den Rücken legte. Dann nahm er ihren kupferroten Zopf und streichelte damit ihre Wange.

»Idun, so schön, dass sie einen ausgewachsenen Mann zum Weinen bringen kann.«

Idun lachte und wandte sich ab. Ein seltsames Glücksgefühl breitete sich in ihr aus. Bragi wollte wirklich neben ihr sitzen, er wollte ihre Haare berühren. Das war wunderbar.

Sie schaute sich verstohlen um und hoffte, dass die anderen sahen, welch großes Glück ihr da widerfuhr. Aber in diesem Moment kam Sot zur Tür herein. Die junge Priesterin ging langsam vorbei und schielte zu den Asen hinüber. Idun packte ihren Rocksaum. Bitte, mach, dass sie mir Bragi nicht wegnimmt. Bitte, Göttin, lass mich ihn behalten, und sei es nur für ein paar Minuten.

»Sag mal, Idun, wenn du nicht Alfhilds Tochter bist, wer ist dann deine Mutter?«, fragte Bragi langsam.

Idun schluckte.

»Sie ist Priesterin auf der Insel. Sie heißt Freya.«

Bragi riss die Augen auf und legte vorsichtig den Zopf zurück auf ihre Schulter.

Was war jetzt los? Was hatte sie getan? Dann begriff sie. Bragi hatte Sot entdeckt. Natürlich fand Bragi Sot interessanter. Sot erwiderte seinen Blick und lächelte ihr sanftes, lockendes Lächeln, mit dem sie jeden Mann betörte. Idun biss die Zähne zusammen. Sot würde ihn auswählen. Idun durfte nicht zeigen, wie traurig sie das machte. Sie musste Haltung bewahren.

Aber Bragi hatte nur einen kurzen Blick für Sot, dann wandte er sich wieder Idun zu. Das Licht des Feuers spiegelte sich in seinen blauen Augen.

»Wenn Freya deine Mutter ist, dann bist du nicht nur schön, sondern auch von hoher Geburt und reich. Ich bin wahrlich ein glücklicher Mann, dass ich heute Abend solche Gesellschaft habe – wenn du meine Anwesenheit gestattest. Oder soll ich dich in Ruhe lassen?«

Idun schüttelte den Kopf und lächelte. Sie hatte das Gefühl, über der Bank zu schweben.

»Ich fühle mich geehrt«, konnte sie herauspressen.

Bragi schaute sie erstaunt an. Die Musik hallte zwischen den Wänden wider. Moira legte Holz nach, und abermals loderte das Feuer auf. Der schöne Ase hob sein Trinkhorn.

»Dann trinke ich auf deine Schönheit und deine Ehre.«

Freya kam zu sich. Bewegungslos starrte sie die Zeichen an, mit denen die Hüttenwände bemalt waren. Licht und Schatten des Feuers tanzten darüber und schienen ihnen Leben einzuhauchen. Rote Elche sprangen über die Wand, ein buhlendes Paar huldigte der Göttin.

Langsam kehrte sie in die Wirklichkeit zurück und konnte sich wieder bewegen. Ihr Rücken war schweißnass, ihr Kopf schmerzte. Sie war schwach und müde nach der Reise.

Zwei ihrer Priesterinnen lehnten an der Wand und ruhten sich aus. Die anderen waren wohl vor Rauch und Hitze geflohen und feierten in Alfhilds Halle. Freya drehte langsam den Kopf und stöhnte auf. Jede Berührung schmerzte hinter ihren Augen wie glühende Kohlen. Der Hunger riss an ihren Eingeweiden.

Gleich darauf war Njörunn bei ihr. Freyas Kopf wurde gehoben, eine Tonurne an ihre Lippen gehalten. Freya trank gierig, ohne auch nur den Geschmack der warmen Milch wahrzunehmen.

Sie hatte das Gefühl, neues Leben zu erhalten, ihre Erschöpfung verflog, die Kopfschmerzen ließen nach. Bald konnte sie sich aufsetzen.

»Hier«, sagte Njörunn und reichte ihr ein warmes Stück Fleisch.

Freya riss mit den Zähnen etwas davon ab und schluckte, ohne gekaut zu haben. Das Fett lief über ihr Kinn und tropfte auf ihr Knie. Der Hunger war unerträglich.

»Ich musste dich zurückrufen. Du hast fast nicht mehr geatmet«, sagte Njörunn besorgt.

Plötzlich erinnerte Freya sich an den Zauber in Freyrs Körper. Die Schande brannte ihr im Bauch. Sie hatte versagt. Das Fleisch blieb ihr im Hals stecken. Das konnte doch nicht möglich sein. Sie, die Mächtigste von allen, hatte den Fluch nicht brechen können.

Freya zwang sich zu schlucken, aber dann lag das Fleisch wie ein Stein in ihrem Magen. Plötzlich wurde ihr schlecht, angewidert warf sie den Knochen ins Feuer.

Freya rückte näher an Freyr heran, legte ihm die Hand auf die Brust und streichelte seine Rippen mit den Fingerspitzen. Er schlief mit leichten Atemzügen.

Geliebter Freyr. Sie beugte sich über ihn und küsste seine grauen Lippen.

Ich werde ein Heilmittel finden, gelobte sie. Ruh du dich aus. Suche Kraft im Schlaf. Morgen heile ich dich. Bald sitzt du an Alfhilds Feuerstätte und lässt dein Licht über uns alle scheinen.

Freyr seufzte auf und drehte sich auf die Seite.

Freya wandte sich zu Wiborg um.

»Sprich heute Nacht deine mächtigsten Kraftsprüche über Freyr.«

Müde hob Wiborg den Kopf und schaute vom Boden hoch, wo sie auf ihrem Umhang geschlafen hatte.

»Ich muss mich nur ein bisschen ausruhen«, sagte sie erschöpft.

»Bleib wach, wenn ich mit dir rede.«

Wiborg fuhr hoch.

»Die Göttin hat dir die Gunst erwiesen, bei mir dienen zu dürfen. Danke ihr mit Hingabe und harter Arbeit«, fauchte Freya wütend.

Wiborg erbleichte und legte sich die Hand aufs Herz.

»Dein Wort ist mir Befehl.«

Freya schnaubte. Dass sie nicht begriffen, dass Faulheit und Nachlässigkeit einer Priesterin zur größten Schande gereichten. Noch nie war bei ihnen jemand an der schwarzen Seuche erkrankt. Jetzt lag Freyrs Leben in ihren Händen und sie würde ihn heilen. Aber dazu mussten alle ihre gesamten Kräfte aufwenden. Eine Schlamperei würde Freya ihnen nicht durchgehen lassen.

Njörunn stellte ihr eine Holzschüssel mit Wasser hin.

Freya feuchtete einen Wollbausch an und wusch sich damit. Das kühle Wasser schärfte ihre Sinne.

Dann stand sie auf und wartete, während Wiborg und Njörunn ihre Gewänder ordneten.

Njörunn wischte Erd- und Staubflecken von dem meerblauen Stoff. Dann reckte die Priesterin den Rücken und stellte die Frage, die ihr auf dem Herzen brannte.

»Kannst du ihn wirklich heilen?«

Freya musterte sie kalt, in ihren Augen lag nicht die Spur eines Gefühls.

»Freyr hat keine normale schwarze Seuche. Auf ihm lastet ein Fluch«, sagte sie dann endlich.

Njörunn erstarrte.

»Wer hat ihn geschickt?«

»Es war ein fremder Zauber. Ich habe so etwas noch nie gesehen. Aber unter meiner Macht wird er zusammenschrumpfen«, verkündete Freya und überzeugte sich im Licht des Feuers davon, dass ihr Gewand jetzt wirklich sauber war.

Njörunn kratzte sich an einem Flohstich am Hals. Erst jetzt sah sie, wie mitgenommen Freya wirkte. Die Arbeit dieses Abends hatte an ihren Kräften gezehrt. Aber trotzdem hielt sie sich aufrecht. Trotzig strich sie ihre Zöpfe und ihren Umhang glatt.

Fremder Zauber und Besucher von weither. Ein Gefühl kommenden Unheils ließ Njörunn zusammenschauern. Sie verdrängte ihr Unbehagen und versuchte zu lachen.

»Thor wird über deine Schönheit staunen.«

Freya erstarrte.

»Thor?«

»Er ist in Alfheim. Ich habe ihn gesehen. Und Wiborg auch.«

Freya schaute ins Feuer und holte langsam Atem. Die Hütte schien zu schwanken.

»Das hat keine Bedeutung«, sagte sie und hustete.

Njörunns messerscharfer Blick ruhte auf Freya. Er war erfüllt von Unglauben.

Aber Freya brauchte sich Njörunn gegenüber nicht zu rechtfertigen. Sie bückte sich, griff nach einem Zweig und warf ihn ins Feuer, wo er knisternd aufloderte.

»Dennoch hast du verlangt, dass wir Masken trugen, verborgen waren wir für alle Blicke, wie die Würmer in der Erde«, sagte Njörunn.

»Schweig und kritisiere nicht die, die mehr Verstand hat als du.«

In diesem Moment begann Freyr, vor Kälte zu beben, der Schweiß lief über seinen Körper. Njörunn tunkte einen Wollbausch in eine Kanne und wischte ihn mit langen Zügen damit ab.

»Das Fieber verlässt seinen Körper.«

Freya zeichnete eine Schutzrune, die in der Luft aufglühte und sich dann über Freyas gequälten Bruder senkte. Wiborg brachte eilig einen Holzbecher, den sie ihm an die Lippen hielt. Der Absud aus Weidenrinde und Kraftbeeren lief über seine Wangen, aber ein bisschen davon konnte er doch hinunterschlucken, und bald kam Freyr wieder zur Ruhe. Njörunn zog das Bärenfell über seinen Körper.

»Wacht über den geliebten Freyr der Wanen. Wenn ihr eure Aufgabe nicht erfüllt, dann werden die Reifriesen euch an den Boden ketten«, sagte Freya düster.

»Sei ohne Sorge«, erwiderte Njörunn.

Freya ging durch die aus Weidenruten geflochtene Tür und zog sie hinter sich zu. Der Abend war überraschend kalt. Die Wärme hatte Alfheim verlassen. Das war an sich schon ein böses Zeichen. Njörunns Stimme drang durch die Wände der Hütte.

»Ich würde Thor nicht von meiner Schlafbank schubsen. Mit dem sollte man reiten gehen.«

»Ja, das schon. Aber das müsste er dann übernehmen, ich bin zu erschöpft für irgendwelche Künste«, sagte Wiborg.

Das schallende Lachen der Priesterinnen war im Dunkeln zu hören. Freya zog ihren Umhang fester um ihre Schultern.

Weiße Schatten glitten durch die Dunkelheit. Natürlich hatten sie auf sie gewartet, listig wie jagende Wölfe. Freya hob den Kopf. Sie hatte nicht vor, sich von Widar Angst einjagen zu lassen. Die Alfenpriester drängten sich um sie wie weiß gekleidete Seeleute. Widar trat vor und stemmte die Hände in die Hüften.

»Dein Hochmut muss ein Ende haben. Nicht einmal du kannst dem Zwillingsgott einen sterbenden Bruder stehlen.«

Freya holte langsam Luft. Warum trug sie ihre Maske nicht? Aber die lag noch neben Freyr auf der Matte.

»Hüte deine Zunge, Alfenpriester, sonst werde ich sie und die schlaffen Stangen deiner Priester verzaubern.«

Der Blick des Mannes wurde jetzt unsicher. Freya lächelte. Was waren sie doch jämmerlich, dachte sie.

»Deine Rede kann mir keine Angst machen. Aber ich bitte die Göttin, dir Verstand und Herz zu schenken, damit wir unseren sterbenden Bruder ehren können«, sagte Widar. Seine Priester murmelten beifällig.

Der Neumond in dieser Nacht hatte offenbar den Geistern und Widar gleichermaßen Kraft geschenkt. Alle hatten den Verstand verloren.

»Freyr wird nicht sterben.«

»Er hat die schwarze Seuche. Kein menschliches Wesen besitzt die Macht, ihn zu heilen.«

»Ich wohl«, schrie Freya.

Widar wich einen Schritt zurück und starrte sie voller Entsetzen an.

»In Vanaheim spricht man die Wahrheit. Dein Wahnsinn wird dich ins Verderben treiben. Möge der Zwillingsgott dir die Schande vergeben, die du über seine Auserwählten bringst.«

Freyas Kopf tat jetzt wieder weh, die Müdigkeit lastete wie

schwere Felsblöcke auf ihren Schultern. Warum war Widar so hasserfüllt?

Als sie jung gewesen waren, hatten sie voller Freude miteinander geschlafen, er war froh und mit dem Leben zufrieden gewesen. Jetzt vergiftete er das Gemüt seiner Priester mit seiner Bitterkeit und tat alles, damit sie sich von Freya und der Göttin abwandten. Sie hatte diesen Streit ja so satt.

»Du weißt, dass du nicht siegen kannst«, sagte sie müde.

Widar erblasste vor Zorn.

»Warte nur ab, du flachbrüstige Sau«, fauchte er.

»Schweig«, brüllte Freya und trat einen Schritt auf ihn zu. »Ich habe genug gehört. Verschwinde oder nimm hier und jetzt den Kampf gegen mich auf.«

Sie hob die Hand mit dem Stab und versuchte, ihre versickernden Kräfte zu sammeln. Der Versuch, Freyr zu heilen, hatte sie ermattet, aber das wusste Widar ja nicht.

Er trat einen Schritt zurück.

Was war er doch für ein feiger Wicht, ebenso erbärmlich wie alle anderen.

Sie lächelte spöttisch, als er sich geschlagen abwandte und auf das Langhaus zuging. Dieser Kampf war gewonnen, aber Widar war nicht dumm. Er würde nie vergessen. Sie musste ihn genau im Auge behalten. Sie erwiderte die wütenden Blicke der Priester, die sich langsam entfernten. Die Luft war gesättigt von ihrem Abscheu.

»Freya, kümmerst du dich um meinen Jungen?«

Der alte Njörd tappte auf sie zu. Er streckte seine magere Hand nach ihr aus. Freya zögerte, nahm sie dann aber. Njörd brachte ihr keine leidenschaftlichen Gefühle entgegen, vielmehr das Gegenteil.

»Ich habe getan, was ich konnte«, antwortete sie.

»Das ist gut, mein Mädchen. Ich weiß, dass du dein Bestes tust«, sagte der Alte und trocknete seine Tränen.

Freya schaute den alten Mann voller Liebe an. Ihren Vater.

Den Mann, der ihre Mutter geliebt hatte, Königin Åse. Diese Vorstellung war noch immer so seltsam wie damals. Aber sie hatten nie darüber gesprochen.

Doch seit dem Tag, an dem sie hergekommen war, war Njörd zu ihr gekommen, wenn sie Hilfe brauchte. Er hatte ihr gute Ratschläge erteilt und war immer fürsorglich gewesen. Mein Vater, dachte sie traurig. Sein Kummer muss noch größer sein als meiner.

»Geh zu deinem Sohn.«

»Danke.«

Njörd drückte ein letztes Mal ihre Hand.

»Ich spüre Bosheit in seiner Krankheit«, flüsterte er.

»Du hast Recht«, erwiderte Freya leise und hielt die Hüttentür für ihn auf. Als Njörd vor seinem Sohn stand, schloss sie die Tür wieder.

Die Alfenpriester verschwanden in Alfhilds Halle. Freya holte tief Luft.

Inzwischen war es Nacht geworden und eine feuchte Kälte hatte sich über den Hof gelegt. Aus den offenen Türen des Langhauses waren gedämpfte Stimmen und die Klänge einer einsamen Flöte zu hören. In der Kochgrube war noch ein wenig Glut vorhanden und der Geruch von gebratenem Fleisch hing schwer über dem Hofplatz.

Ihr lief das Wasser im Munde zusammen. Freya spürte ihren Hunger. Ohne weiter darüber nachzudenken, zog sie ihren Umhang fester um ihre Schultern und lief dem Licht und der Wärme entgegen. Sie hatte den halben Weg hinter sich gebracht, als sich ein Schatten von einer Hüttenwand löste.

»Es stimmt also. Du kannst die schwarze Seuche besiegen?«

Freya erstarrte. Es war seine Stimme – stark und rau.

Kein blasser Schatten aus einem Traum, nicht das leise Wispern, das sie hörte, wenn sie in die Opferquelle schaute. Er war wirklich. Thor war hier.

Ihr Herz hämmerte los.

»Ja«, antwortete sie, ohne sich umzudrehen.

»Gut.«

Seine Anwesenheit erweckte alle alten Erinnerungen zum Leben. Freya schloss die Augen, die Bilder jagten wie eine Frühlingsflut durch ihren Kopf. Thor lief durch den Wald, sein Gesicht war von Genuss erfüllt, ihr stummer Abschied, als sie ihn wortlos verließ. Für ihn hatte sie ihrem Volk und ihrer Göttin getrotzt.

Ein Scharren, schwere Schritte, ein Klirren. Jetzt stand er vor ihr. Sie nahm den Geruch seines Atems wahr. Freya öffnete langsam die Augen und begegnete Thors Blick.

Der war von Hass erfüllt.

Aus dem Langhaus war nichts mehr zu hören. Die Welt konnte sie nicht erreichen. Freya hob den Kopf. Die Bilder, die sie in sich getragen hatte, verblassten und zerfielen. Er hatte sich verändert. Die Jahre hatten tiefe Furchen in sein Gesicht gekerbt. Der Jüngling war für immer verschwunden, ebenso dessen Sorglosigkeit. Thor war zum Mann geworden, zum Krieger. Sein Blick war härter, fordernder, aber es gab dort noch etwas anderes. Sie suchte in seinen dunkelblauen Augen, sah die Müdigkeit, die sich hinter dem Ekel verbarg. Freya hätte wissen müssen, dass er weder vergessen noch verzeihen würde, dass sie ihn verlassen hatte. Aber die Göttin hatte diesen Dienst von ihr verlangt. Und deshalb hatte sie nicht bei Thor bleiben können.

Versuch das zu verstehen, flüsterte sie in Gedanken. Ich habe dich seit unserer Trennung jeden Tag vor mir gesehen. Ich habe für dein Wohlergehen geopfert, habe in der Opferquelle deine Schritte überwacht. Jeden Tag, an dem die Sonne aufgeht, verfluche ich, weil du nicht bei mir bist.

Langsam verrann die Zeit. Das Schweigen ragte zwischen ihnen auf wie eine Mauer.

Was war das nur für eine verdammte Nacht.

Ihr Bruder rang um sein Leben. Thor stand nach all diesen Jahren vor ihr und hätte sie offenbar am liebsten umgebracht.

Freya fasste sich an die Stirn. Glühende Messer schnitten durch ihren Kopf. Sie holte zitternd Atem.

»Freyr ist von einem Fluch getroffen worden. Ich konnte ihn noch nicht aufheben«, sagte sie mit heiserer Stimme.

Thor schlug die Arme übereinander. Unter seinem Hass sah sie das Misstrauen aufleuchten.

»Wer hat das getan?«

»Ich werde morgen nach Antworten suchen«, sagte sie stolz.

Die Kiefermuskeln bewegten sich unter seiner glatt rasierten Haut. Er hatte neue Tätowierungen auf seinen Armen. Die Muskeln spielten. Sie hatte vergessen, wie stark er war. Und wie weich die Haare auf seiner Brust unter ihren Fingern.

»Die Krankheit hat uns hart getroffen und wenn jemand sie geschickt hat, dann richtet sich das gegen uns alle. Kannst du helfen?«, fragte Thor.

»Ich kann alles, was ich will«, sagte sie würdevoll und riss ihre Blicke von seinem Leib los.

Er nickte und grinste dann verlegen, als falle es ihm schwer, das Nächste laut zu sagen.

»Gut, denn ich brauche deine Hilfe.«

Eine Narbe leuchtete weiß auf seiner Wange. Sie hätte gern gewusst, woher er die hatte, aus welchem Kampf.

»Na?«

Thor spuckte aus, als müsse er sich eines giftigen Bissens entledigen. Freya legte den Kopf schräg und versuchte, ihn mit Blicken zu besänftigen.

»Komm morgen zu mir, wenn die Sonne am höchsten steht.«

»Ist das ein Versprechen, das du halten wirst, oder hast du wieder vor, zu verschwinden?«

Was sollte das denn nun? Er sah vielleicht aus wie ein Krieger, aber er hörte sich an wie ein übellauniges altes Weib.

»Such dir andere Hilfe, wenn dir das nicht passt«, sagte sie kurz.

Er lachte bitter.

»Du würdest doch lieber Freyr umbringen, als meinem Volk zu helfen.«

Jetzt reichte es. Freyas Wut ließ ihren Kopf dröhnen. Sie packte ihren Stab, sammelte Kraft. Die Mächte der Finsternis fegten über Alfheim. Welcher Wahnsinn hatte in dieser Nacht die Gemüter der Männer verdunkelt? Alle suchten Streit mit ihr! Aber bei der Göttin – sie würde es ihnen allen zeigen!

»Ich hege keinen Groll gegen dich, Thor, Sohn des Odin. Bisher habe ich in aller Freundschaft mit dir gesprochen, aber noch ein Wort, und ich verbrenne dich zu Asche«, fauchte Freya.

Thor hob Mjölnir, trat dicht an sie heran und starrte wütend auf sie hinunter. Freya nahm den Geruch von Met und Schweiß wahr.

»Die Zeit, in der du mich mit deinen falschen Drohungen bezwingen konntest, ist vorbei«, schrie er.

Freya lachte und kniff die Augen zusammen.

»Dann schlag mich doch einfach tot. Aber ich schwöre dir hier und heute, dass mein Geist dich nie in Ruhe lassen wird. Ich werde dich heimsuchen, bis du dich in deiner Verzweiflung umbringst«, fauchte sie und ließ ihn stehen.

Als ob dein Geist jemals aufgehört hätte, mich zu quälen, dachte Thor.

Er steckte den Hammer wieder in seinen Gürtel. Sah, wie sie über den leeren Hofplatz lief. Was war er doch für ein Narr, dass er geglaubt hatte, mit ihr reden zu können. Er hatte geglaubt, seine Wut im Griff zu haben, aber ein Blick hatte gereicht, und schon hatte der alte Hass seine Worte gelenkt.

Thor fluchte in Gedanken.

Freya verschwand im Langhaus, hocherhobenen Hauptes und unbezwinglich. Ihr Anblick schmerzte wie eine alte Wunde.

Er bat Tiwaz um Stärke, dann spuckte er wütend in den Staub.

Verdammte schöne Hexe. Sie trieb ihn zum Wahnsinn.

3

Mjölnir in Thors Hand war wie ein Gewittersturm. Die Blitze des Hammers spalteten die Köpfe der Göten, ließen sie schreiend auf den brennenden Boden sinken. Thor brüllte in seinem Siegesrausch. Der Kampfeswahn brachte sein Blut zum Kochen, machte ihn unüberwindlich.

Ein Feind kam mit erhobenem Schwert auf ihn zugestürzt. Thors Schritte waren langsamer, doch er schlug blitzschnell zu. Mjölnir lag ruhig in seiner Hand. Er traf das Rückgrat des Göten. Krachend zerbrachen die Wirbel, der Feind ging zu Boden. Im selben Moment wurde Thors Rücken von einem Schlag getroffen.

Kraftlos sank er auf das Schlachtfeld.

Todesvögel flogen über den Himmel. Sie verfinsterten die Sonne, ließen alles schwarz werden.

Der Göte hob sein Schwert, Rausch und Triumph ließen seine Augen leuchten. Hoch, er musste auf die Beine kommen. Thor kämpfte mit seinem widerstrebenden Körper, versuchte sich auf die Füße zu zwingen, aber die Vögel ließen sich auf seinen Schultern nieder, ließen ihn schwer werden.

Dann löste das Schlachtfeld sich auf. Dunkelheit umschloss ihn sanft. Alles war still, nur sein keuchender Atem war noch zu hören. Das hier ist nicht wirklich, dachte Thor. Das ist ein Traum.

Stumme Männer gingen durch das Grenzland zwischen Leben und Tod. Ihre Schritte hallten rhythmisch im Nebel wider. Thor empfand achtungsvolle Trauer.

Erik Langbogen, Ruge, Blutaxt, Tvorg – alle, die an seiner Seite gefallen waren. Sie sahen ihn nicht. Stumm und verbissen zogen sie an ihm vorüber. Eine Ewigkeit kam und ging. Die Reihen aus stummen Männern setzten sich unendlich fort.

»Trinkt ihr in Tiwazens Halle, werdet ihr dort von wunderschönen Frauen bedient?«

Sein Ruf verhallte ungehört. Gleich darauf waren sie verschwunden. Doch nun nahm in den Schatten eine vertraute Gestalt Form an. Jorunn, seine Mutter. Ihr Mund bewegte sich stumm. Thor streckte die Hand nach ihr aus, versuchte sie zu erreichen, aber sie glitt hinaus in die Dunkelheit.

»Bleib doch!«

Die Zeit lief rückwärts. Odin hob seinen Speer und schlug damit immer wieder auf den leblosen Leib der Mutter ein. Ihr Blut mischte sich mit dem Schlamm auf dem Hof. Bei jedem Schlag erbebte ihr Körper.

Thor schrie seinen Vater an, flehte ihn an aufzuhören. Er versuchte zu Jorunn zu stürzen, um ihr Leben zu retten, aber irgendwer hielt ihn zurück.

Plötzlich war Thor derjenige, der seine Mutter mit dem Speer schlug. Wieder und wieder. Jorunn musste sterben. Der Regen prasselte herab, das Gewitter zerfetzte den Himmel. Seine toten Männer traten aus den Schatten hervor. Sie lachten über Thors Mutter. Schlugen einander in den Rücken. Dann waren die Priesterinnen da, die, die er als Jüngling gesehen hatte. Er versuchte, sie beiseite zu stoßen, aber seine Hände glitten durch ihre Nebelkörper. Die Priesterinnen hoben die Arme zum Vollmond und stießen ihre gellenden, entsetzlichen Schreie aus. Schwarze Wesen schwebten vom roten Mond herab. Der Regen verwandelte sich in Blut. Und das

Blut schäumte über Thor hinweg, füllte seinen Mund und floss in seinen Hals.

Es drohte, ihn zu ersticken. Thor versuchte, das gerinnende Blut mit den Fingern aus seinem Mund herauszuholen.

Thor fuhr hoch und warf das Fell beiseite. Seine Hand suchte nach Mjölnir. Er schloss die Finger um den kühlen Griff und holte keuchend Atem.

Mochte Tiwaz sich erbarmen. Thor atmete langsam, zwang sich zurück in die Wirklichkeit. Langsam löste der Traum sich auf und stieg zu den Dachbalken hoch. Würde es denn nie ein Ende nehmen? Er schüttelte den Kopf. Sein Körper war in kalten Schweiß gebadet, die Narbe auf seinem Rücken schmerzte.

Er schaute sich um. Eine schwache Glut schwelte noch in der grauen Asche der Feuerstätte. Es war noch nicht Morgen. Aber alles war ruhig.

Thor legte sich wieder hin, noch immer hielt er Mjölnir in der Hand. Er zwang sich, ruhig durchzuatmen, um zur Ruhe zu kommen. Verdammter Traum. Fast hätte er ihn um den Verstand gebracht. Die Männer hatten zum Glück nichts gemerkt. Sie schnarchten laut unter ihren Fellen. Thor lag ganz still da und lauschte, dann streckte er die Hand nach seinem Trinkhorn aus. Es war leer. Wütend ließ er es auf den Boden fallen.

»Ich kann neuen Met holen.«

Thor fuhr zusammen. Bragi lag grinsend auf seinem Fell. Hoffentlich hatte er nichts mitbekommen. Vielleicht hatte Thor geschrien? Es wäre nicht das erste Mal gewesen.

Thor stand auf.

»Ich geh nach draußen.«

Bragi war der Letzte, den er jetzt sehen wollte. Der Junge dichtete Lieder über Thors Großtaten auf dem Schlachtfeld und trug sie auf den Höfen von Idunvallen vor. Die Männer bezeichneten Thor als Helden. Sie glaubten, Tiwaz selbst übernehme beim Kampf seinen Körper. Und deshalb könnten sie auch nicht verlieren, solange Thor sie anführte.

Es stimmte schon, dass Thor sein Volk verteidigt hatte, seit er groß genug gewesen war, um ein Schwert zu halten. Er hatte auf der langen Wanderung nach Idunvallen ja auch keine andere Wahl gehabt. Aber welchen Preis hatte er dafür bezahlen müssen?

Thor räusperte sich und pisste gegen die Wand des Langhauses.

Feuchtigkeit hing in der Luft und es roch faulig. Später an diesem Tag würde es Regen geben.

Thor strich seine Beinkleider gerade und spuckte auf den Boden. Sein Mund schmeckte nach altem Met. Verdammte Freya. Die halbe Nacht hatte er versucht, sie aus seiner Erinnerung fortzutrinken. Sie an Alfhilds Seite sitzen zu sehen, war wie von einem Schwert durchbohrt zu werden. Glücklicherweise war er nicht lange in der Halle geblieben.

Thor schüttelte langsam seinen schmerzenden Kopf. Tiwaz war wahrlich nicht gnädig. Das ganze Unglück der Welt sammelte sich auf Thors Schultern. Schwarze Seuche und Verdammnis, der verschwundene Odin. Und jetzt brauchte er Freyas Hilfe, musste vor ihr kriechen wie ein schwanzloser Narr. Die Einzige, die ihm helfen konnte, war die, zu der er am wenigsten Vertrauen hatte. Es fiel ihm schwer, sich das einzugestehen. Aber diesmal war er immerhin vorbereitet. Er würde nicht auf ihre glattzüngigen Versprechungen hereinfallen. Diesmal würde sie seinen Willen tun müssen.

Die Tür knarrte. Thor fluchte in Gedanken, als Bragi neben ihn trat und sein Morgengeschäft verrichtete.

»Ganz schön viele schöne Frauen hier auf dem Hof«, sagte der Junge, als er fertig war.

»Pass du ja auf deine Stange auf«, sagt Thor.

Probleme mit Alfhild brauchte er nun wirklich nicht auch noch.

»Ich saß gestern neben einem schönen Mädchen. Sie hat Feuerhaare und Augen dunkler als Rans Abgründe.«

Thor erinnerte sich. Das Mädchen hatte ihn angestarrt, als er am Feuer gesessen hatte. Aber nicht mit Lust, wie Frauen das sonst taten, sondern mit Staunen und Angst.

»Sie ist Freyas Tochter und heißt Idun.«

Thors Kopfschmerzen machten sich bemerkbar. Dann aber wurden seine Gedanken klar. Jetzt begriff er, was Bragi da gesagt hatte.

Freyas rothaarige Tochter. Eine Tochter? Seine Tochter! Zehn Söhne hatte er gezeugt, die Hälfte davon war noch am Leben. Aber eine Tochter hatte er nicht. Jedenfalls wusste er von keiner.

Er sah den grinsenden Bragi an.

»Keine schlechte Entdeckung, was?«, fragte der Junge zufrieden.

Thor schüttelte abwehrend den Kopf. Er versuchte, sich zu erinnern, wie viele Sommer seit seiner Trennung von Freya gekommen und gegangen waren.

Freya musste das Kind unter dem Herzen getragen haben, als sie damals aus Idunvallen geflohen war. Nicht genug, dass sie ihr Wort gebrochen hatte, sie hatte ihm auch noch sein Kind genommen. Plötzlich war Thor hellwach. Ihn überkam die Wut. Noch immer wachte Tiwaz über ihm. Und jetzt besaß er die Waffe, die er brauchte.

»Gut gemacht, Junge. Das war gescheit von dir«, sagte Thor und legte Bragi die Hand auf die Schulter.

Der Jüngling reckte stolz den Rücken.

»Die Kleine war sicher hin und weg, als du mit ihr geredet hast. Die Weiber rennen doch wie läufige Hündinnen hinter dir her«, sagte Thor dann.

»Sie kam mir eher vor wie ein geprügelter Hund. Ich

glaube, sie war noch nie mit einem Mann zusammen. Aber ich wäre gern der Erste«, sagte Bragi grinsend.

Thor runzelte die Stirn. Was redeten sie hier? Es ging immerhin um seine Tochter.

»Wenn du gestattest«, fügte Bragi eilig hinzu.

»Sie ist ängstlich, sagst du?«

»Ja.«

Thor schaute schweigend in den Nebel. Der Wind hob die grauen Schwaden. Jetzt konnte er den groben Stamm des Sippenbaumes sehen. Die Tür knarrte, ein Junge mit blonden, zerzausten Haaren kam herausgerannt und pisste. Als er fertig war, stürzte er auf seinen nackten Füßen zurück in die warme Halle. Zwei zottige Hunde knurrten einander unten beim Schweinepferch an.

»Ich habe einen Auftrag, den nur du mit deinen schönen Worten und deinem hellen Kopf ausführen kannst. Die anderen sind für solche Dinge nicht geeignet.«

Bragis Augen leuchteten auf.

»Was verlangst du?«

»Dass du Idun umgarnst, so gut du nur kannst. Zwing ihr deinen Willen auf. Schaffst du das wohl?«

»Das ist bereits geschehen«, antwortete der Junge stolz.

»Gut, denn das ist wichtig für mich und für Idunvallen.«

Thor schaute aus zusammengekniffenen Augen die verschwindenden Nebelschwaden an. Jetzt zeichneten sich die Hütten auf der anderen Seite des Hofplatzes vor der Dunkelheit ab.

Seine Tochter. Die Kleine war also von hoher Geburt.

Bei den Wanen galt die Abstammung von der mütterlichen Seite her und wenn Freya die Mutter war, dann war Königin Åse in Vanaheim die Großmutter. Und wenn Gefion nicht erst kürzlich eine Tochter aus sich herausgequetscht hatte, dann war die Kleine die einzige Erbin von Vanaheims Reichtümern. Thor lächelte zufrieden. Das war wirklich nicht schlecht.

Diese tückische Freya, das hatte sie ihm vorenthalten wollen. Aber jetzt hatte Tiwaz ihm diese Möglichkeit zur Rache geschenkt. Er lächelte grimmig. Nicht einmal ihre Göttin würde sie jetzt noch retten können.

Gefion packte Bluthufs zottige Mähne, trieb ihn noch schneller über den schlammigen Pfad. Der Tag war bisher nur eine vage Verheißung im Osten. Gefion erschauderte. Der trostlose Regen stahl sich durch Umhang und Beinkleider. Sie drehte sich um. Die erschöpfte Sigrid klammerte sich an ihr dunkelbraunes Ross.

Hinter ihnen thronte Åses Prachthalle auf der Anhöhe. Darunter drängten sich die Höfe aneinander. Der Weg schlängelte sich vorbei an dem Gewimmel aus Langhäusern, Hütten und Feldern. Die Hallen der Priesterinnen waren auf der anderen Seite der Bucht zu sehen und in der Ferne ahnte sie das schwarze Skelett des im Frühjahr abgebrannten Hofes.

Dieser Anblick gab Gefion Kraft. Sie tat das Richtige. Wenn Göndul noch am Leben gewesen wäre, hätte sie es genauso gemacht, hätte ihr Schicksal in die eigene Hand genommen. Hätte die Macht gefordert, die ihr zustand. Die Erinnerung an ihre Pflegemutter tat Gefion gut. Gönduls Kraft und Klugheit fehlten ihr so sehr. Aber Göndul war durch die Schwerter der Leute aus Finnmark ums Leben gekommen, als diese die Insel der Quänen überfallen hatten. Vier Schwerter waren vonnöten gewesen, um das Leben der Kriegerkönigin zu beenden. Es war ein würdiges Ende gewesen.

Gönduls Tod hatte die Quäninnen dermaßen erbost, dass sie die Angreifenden ins Wasser getrieben hatten. Und damit war deren Schicksal besiegelt gewesen. Lebende und Tote, alle waren der Meeresgöttin Ran geopfert worden. Angeblich waren hundert von ihnen in Stücke gehauen worden. Kein einziges Leben war verschont geblieben.

Der Strand war vom Blut der Gefallenen rot gefärbt gewesen. Ran, die Trügerische, hatte die Geschenke verschlungen und seit jenem Tag den Quäninnen gute Winde und reiche Beute beim Fischen beschert. Danach hatten sie Hrist zu ihrer neuen Königin gewählt.

Gefion wischte sich den Regen aus den Augen. Ihre Schwestern fehlten ihr so sehr. Seit zwei Sommern hatte keine Quänin mehr Vanaheim besucht, obwohl ihre Insel nur zwei, drei Segeltage weiter östlich gelegen war.

Gefion wusste, warum. Die Quäninnen fühlten sich nicht wohl in Gesellschaft von weichhäutigen Frauen, die gern mit trägen Männern zusammen waren. Während die Quäninnen nach alter Sitte lebten, hatte Vanaheim sich von seinem eigenen Reichtum verderben lassen. Hier gab es jetzt nur noch Intrigen und verblassende Macht.

Aber bald würden die alten Freundschaftsbande neu geknüpft werden. Wenn Gefion erst Königin wäre, würde ihr Volk wieder wie früher in Demut leben. Und dann würden die alten Freundinnen zum Drachenthron zurückkehren. Wenn Snotra sie nicht zur Königin über Vanaheims Küsten und Inseln ernannte, dann würde sie eben einen anderen Weg einschlagen müssen.

Bluthuf wieherte leise, als sie auf einem Hof an einigen Pferden vorüberkamen. Die Tiere drängten sich in ihrem Pferch aneinander und schienen zu schlafen. Ein Schatten huschte über den Hofplatz, eine Magd, die Holz holen wollte. Als sie die Reiterinnen entdeckte, lief sie durch die Dämmerung auf sie zu und schwenkte dabei die Arme.

»Anhalten, ich bitte euch!«

Das Mädchen erreichte Bluthuf und schaute zu Gefion auf. Sie war sichtlich am Ende ihrer Kräfte.

»Ich kann nicht mehr. Hilf mir«, keuchte sie.

Gefion hätte sich erbrechen mögen, als sie das Langhaus betrat. Der süßliche Gestank von Fäulnis und Krankheit trieb ihr die Tränen in die Augen. Sie presste sich ihren Umhang vor die Nase und wartete, bis ihr Magen zur Ruhe gekommen war. Aus der Dunkelheit war gedämpftes Stöhnen und Schluchzen zu hören.

»Das sind alle«, sagte die Magd.

Gefion wartete, bis die andere an der Feuerstätte eine Fackel entzündet hatte, und ging dann zu den Schlafbänken weiter. Urnen, Felle, Stoffstücke und halb abgenagte Knochen lagen auf dem Boden herum. Ein Strohhaufen stank nach Urin.

»Ich schaffe das einfach nicht alles allein«, sagte das Mädchen, wie um Entschuldigung bittend.

»Du tust mehr, als irgendjemand verlangen kann«, sagte Gefion und ging zu den Schlafbänken, während sie sich auf den Anblick der Kranken gefasst machte.

Die lagen bewegungslos unter ihren Fellen. Irgendjemand jammerte leise.

Der Gestank wurde immer schlimmer. Das feuchte Bettstroh dampfte. Gefion blieb vor zwei Kindern stehen. Das Kleinere, ein Mädchen, weinte leise. Sie klammerte sich an ihren älteren Bruder, der leblos dalag und aus leeren Augen zur Decke hochstarrte. Sigrid legte ihm die Hand auf die Stirn und schüttelte den Kopf.

Gefion biss die Zähne zusammen. Der Junge war immerhin erlöst. Das Leiden der Kleinen jedoch tat ihr weh. Sicher würde auch sie nicht mehr lange leben. Ihre mageren Beine ragten unter ihrem schmutzigen Kittel aus dem Bettstroh heraus. Armes Kind. Gefion deckte den dünnen Körper mit einem Schaffell zu.

»Versuch dich auszuruhen«, sagte sie mit belegter Stimme. Aber die Kleine weinte nur trostlos.

»Hier können wir nichts mehr tun«, flüsterte Sigrid.

Gefion schluckte und ging weiter zur nächsten Bank. Ein Mann und eine Frau schliefen dort nebeneinander. Vielleicht waren sie auch tot. Gefion wusste es nicht genau, und sie wollte es auch nicht wissen. Auf der nächsten Schlafbank lag eine ältere Frau, ihr Körper bebte unter den Fellen. Ihre grauen Lippen bewegten sich lautlos. Erst nach einigen Atemzügen konnte Gefion Yder erkennen, die Besitzerin des Hofes.

Gefion biss die Zähne so fest zusammen, dass es wehtat. Das hier war schlimmer, als durch das Gift der Leichenstrände waten zu müssen. Wie konnte die Göttin ihr Volk mit solchem Leid strafen? Hatten sie denn nicht geopfert und ihr gegeben, was sie begehrte?

Die Magd versuchte, einem halbwüchsigen Jungen Wasser einzuflößen, aber er konnte nicht schlucken. Das Wasser floss ihm über die Wangen. Die Magd ließ die Urne sinken, schaute Gefion hilflos an und schwankte. Sie konnte vor Erschöpfung kaum noch stehen. Gefion nahm ihr die Urne aus den Händen.

»Waren die Priesterinnen schon hier?«

»Ja, sie haben ihre Beschwörungen vorgetragen, haben die Krankheit aus den Beulen genommen und draußen an die Bäume gehängt. Aber niemandem ging es danach besser. Wirklich niemandem.«

Gefion hob den Kopf des Jungen und hielt ihm die Tonurne an die grauen Lippen. Diesmal konnte er etwas Wasser schlucken. Vorsichtig legte sie seinen Kopf auf das Stroh und stellte die Urne daneben.

»Du leistest wirklich schrecklich viel, Kleine.«

Die Magd ließ ihre Blicke von Gefion zu Sigrid wandern.

»Kann mir denn niemand helfen? Die Toten müssen verbrannt werden. Ich kann sie nicht allein tragen und die Nachbarn wollen nicht kommen«, flüsterte sie.

In diesem Moment erwachte Gefions Zorn. Diese verdammten Feiglinge von Vanaheim. Die konnten doch nur Gold zählen und sich einen Wanst anfressen. Und wo waren jene, die die Macht besaßen, diese Krankheit zu heilen? Die

Priesterinnen würden ihre Pflicht tun, und wenn sie sie eigenhändig aus ihren warmen Höhlen schleifen müsste.

»Vor Sonnenuntergang wirst du Hilfe erhalten. Das schwöre ich«, erklärte Gefion und verließ die Halle.

»Mögen die Mächte dir beistehen«, flüsterte die kleine Magd.

Aber Gefion war bereits verschwunden.

Freya drückte den Eschenstab auf Freyrs Beule, sodass der gelbe Eiter hervorquoll. Sie schmierte das Holzstück sorgfältig mit dem Eiter ein und legte es dann in die Schale, die Wiborg ihr hinhielt.

Wortlos ging die Priesterin hinaus, um die Stäbe an der Opfertanne zu befestigen. Der Baum hinter dem Langhaus sollte Freyrs Krankheit auf sich nehmen.

»Er sieht schon besser aus«, sagte Alfhild.

Freya streichelte die Haare ihres Bruders.

Er atmete ruhig, seine Stirn war nicht mehr so heiß wie am Vortag. Das Fieber schien ihn zu verlassen. Freya lächelte siegesgewiss. Sie hatte sich sicher geirrt. Der Fluch war gebrochen. Sie hatte nicht versagt. Sie legte die Hand auf Freyrs Wange und streichelte sie sanft.

Die einstige Schönheit ihres Bruders war noch immer zu erkennen, aber niemals würde er wieder so schön sein wie damals, als sie gemeinsam beim Frühlingsopfer der Göttin gehuldigt hatten.

Mann und Frau, Gott und Göttin, Bruder und Schwester.

Freya hob die Hand und versetzte ihm eine schallende Ohrfeige.

Langsam öffnete Freyr die Augen und sah sie hellwach an.

»Du«, flüsterte er und hustete.

Plötzlich stand Njörunn mit einem Becher voll Wasser neben ihnen. Freyr leerte ihn gierig und ließ sich dann wieder auf sein Lager sinken.

»Meine so sehnsüchtig vermisste Schwester«, stöhnte er und lächelte ein wenig.

»Bald bist du wieder gesund«, sagte Freya stolz.

Freyr schüttelte den Kopf.

Sie musterte ihren Bruder überrascht. Begriff er denn nicht, dass er sich auf dem Weg der Besserung befand?

»Auf dir lastete ein Fluch, aber den habe ich vertrieben«, erklärte sie geduldig.

»Gegen Hyndlas Kraft bist du machtlos«, flüsterte er.

Die Priesterinnen in der Hütte tuschelten erregt miteinander. Freya brachte sie mit einem wütenden Blick zum Verstummen. Freyrs Fieber war offenbar höher, als sie geglaubt hatte. Keine andere Priesterin konnte sich mit Freya messen. Wer diese Hyndla auch sein mochte, Freya wollte sie zertreten wie einen Käfer.

»Wo finde ich sie?«

Wieder hustete Freyr. Sie wartete ungeduldig, bis sein Atem sich wieder beruhigt hatte.

»Du bist jetzt in Alfheim. Ich werde dieser Hyndla im Zauber gegenübertreten. Ich werde sie aus deinem Körper vertreiben.« Sie beugte sich vor und nahm sein verschwitztes Gesicht in ihre Hände.

»Nein!«

Freyr klammerte sich an ihre Hände und drückte sie so hart, dass Freyas Finger wehtaten.

»Such keinen Streit. Nicht jetzt. Noch nicht.«

Freya lächelte beruhigend. Der Arme, er hatte keine Ahnung, wie mächtig sie inzwischen geworden war.

Und obwohl er krank war, versuchte er, ihr Kraft und Rat zu geben.

»Die Asen sind verflucht, du darfst ihnen nicht beistehen«, keuchte Freyr und schloss die Augen.

Warum sollte sie sich dafür interessieren, was aus Idunvallen wurde? Sicher redete er im Fieberwahn.

Freya schmiegte ihr Gesicht an seinen Hals, er stank nach Eiter und Krankheit.

»Niemals werde ich dich kampflos gehen lassen. Beim Alfenopfer wirst du wieder gesund sein. Das verspreche ich dir«, flüsterte sie ihm ins Ohr.

Königin Alfhild hatte genug gehört und gesehen. Als ob es nicht reichte, dass die Asen Freyr mit seiner schwarzen Seuche hergeschleppt hatten. Jetzt hatte er auch noch einen Fluch mitgebracht.

»Was ist das für ein Finsterweib?«, fragte sie und warf sich den Umhang über die Schultern.

Freya erhob sich und schüttelte langsam den Kopf.

»Ich weiß es noch nicht. Aber bald wird sie meine Kraft kennen lernen«, sagte sie und drehte sich zu Wiborg um.

»Ruf die Priesterinnen zusammen. Wir werden für Freyr einen weißen Hengst opfern.«

Wiborg machte große Augen, senkte aber nur schweigend und demütig den Kopf. Alfhild verließ die Hütte und trat hinaus in den blaugrauen Tag. Freya folgte ihr und trat schweigend neben die Königin. Sie spürte deren unterdrückten Zorn.

»Er hat dich vor einem Kampf gewarnt«, sagte Alfhild.

Freya wandte langsam den Kopf. Ihre Wut war verflogen. Jetzt waren ihre grünen Augen ganz und gar gefühllos.

»Mit diesen Dingen kenne ich mich besser aus als du, Königin.«

»Ich will nur dein Bestes, Verwandte«, erwiderte Alfhild und verbarg ihren Zorn über diese Respektlosigkeit.

Denn wenn Freya im Kampf gegen diese andere Priesterin unterlag, dann würden abermals die Kräfte der Finsternis über Alfheim hereinbrechen. Davor fürchteten sie sich alle, weshalb Freya auch solche Macht über sie besaß.

»Freyrs Worte waren durch seine Krankheit verdüstert. Mir kann niemand etwas anhaben«, sagte Freya.

Alfhild schaute über den Hofplatz. Svea und einige andere Kinder spielten neben den Holzstapeln. Sigvards Männer kamen mit ledernen Wasserschläuchen auf das Haus zu. In der Kochgrube dampfte bereits die rote Glut. An diesem Abend sollte den Gästen das Beste aufgetischt werden, was das Haus überhaupt bieten konnte.

Verdammte Asen. Auch die waren ein Grund zur Sorge. Freyr hatte sie als verflucht bezeichnet. Aber ohne die Schwerter der Asen würden die Wanen Gorm allein gegenüberstehen. Und damit noch nicht genug.

»Einer von Sigvards Männern hat gestern Abend, als er zum Pissen draußen war, in der Dunkelheit die Asen belauscht. Odin ist bei Gorm«, sagte Alfhild zornig.

Freyas Augen funkelten auf.

»Diese tückischen Schweine, da kommen sie mit Freyr zu meiner Halle gekrochen und winseln um Hilfe. Und zugleich plant ihr schlappschwänziger König Vanaheims Untergang.«

»Die Asen werden sich gegen Gorm wenden«, sagte Freya.

Alfhild seufzte besorgt.

»Wie soll das möglich sein?«

Ein leichtes Lächeln spielte in den Mundwinkeln der Priesterin.

»Da kann ich dir behilflich sein.«

Idun wusch sich im Bach. Das kalte Wasser vertrieb die letzten Reste des Schlafs. Sie fühlte sich seltsam wach. An diesem Tag war alles ganz anders. Noch nie hatte sie gesehen, wie schön die Bäume waren oder wie der graue Himmel schimmerte. Hatte am Abend zuvor doch wirklich Bragi neben ihr gesessen – und sich in ihrer Gesellschaft wohl gefühlt!

»Ich hoffe, dass er mich mag«, sagte sie zu Sot.

Aber die Priesterin murmelte nur vage etwas vor sich hin, hob ihr Gewand und stieg ins Wasser. Idun musterte ihre Freundin traurig. Sonst hatte sie nachts wach gelegen und

Sots Erzählungen über die Jünglinge gelauscht, die an ihr Herz gerührt hatten. Und nun war es einmal umgekehrt. Warum wollte Sot ihr jetzt nicht zuhören?

Aber die hatte ihre ganzen Verehrer wohl inzwischen satt. Sie hatte es auch nicht leicht gehabt mit den vielen Bewunderern, die um ihre Aufmerksamkeit kämpften. Noch dazu musste Sot im Namen der Göttin viele heilige Pflichten ausführen. In der letzten Nacht hatte sie neben dem kranken Freyr gesessen, und das war bestimmt anstrengend gewesen.

Idun trocknete sich mit ihrem Umhang ab und zog ihre Lederschuhe an. Eine Haarsträhne hatte sich aus ihrem Zopf gelöst und sie stopfte sie sorgfältig wieder zurück. Jetzt würde sie ordentlich aussehen, wenn ihr Bragi über den Weg liefe.

Das jubelnde Gefühl in ihrer Brust stellte sich wieder ein. Ihr Körper wurde warm, wenn sie nur seinen Namen dachte. Und wenn Bragi sie nun auch mochte, vielleicht sogar verliebt in sie war? Wahnsinnsgedanken und Eitelkeit. Aber sie musste einfach davon träumen, und sei es nur für einen kurzen Moment.

Sot bückte sich und wusch sich im plätschernden Wasser.

»Sag, was meinst du? Mag er mich?«, rief Idun.

Sot starrte sie an, während das Wasser über ihr Gesicht strömte.

»Wie kannst du nur so dumm sein? Begreifst du denn nicht, dass er dich nur bespringen will? Du bist ihm doch egal.«

Iduns Freude erhielt einen Dämpfer. Das konnte nicht sein. Bragi war so lieb.

»Er hat gestern Abend an der Feuerstätte meine Hand gehalten«, sagte sie und ärgerte sich darüber, wie jämmerlich ihre Stimme klang.

Sot schüttelte ungläubig den Kopf.

»Er gehört zu den Asen! Die sperren die Frauen ein und

zwingen sie, sich zu Tode zu arbeiten. Weißt du nicht mehr, was meine Mutter erzählt hat? Sie war dort als Leibeigene! Sie weiß, wie sie leben. Kein Ase ehrt die Göttin.«

Idun sah schweigend zu, wie Sot aus dem Bach stieg. Warum war Sot so böse? Sie musste schrecklich müde sein, dann war sie immer so. Bragi war doch ein Held.

»Er hat vom Krieg gegen Gorm erzählt. Sie haben uns gegen unsere Feinde verteidigt«, sagte sie zaghaft.

Sot ließ ihren Umhang sinken, plötzlich sah sie tatsächlich müde aus.

»Dumme Kleine. Warum sollte er sich aus einer Halle voller schöner Frauen gerade dich aussuchen? Wach doch aus deinen Träumen auf!«

Idun hatte das Gefühl, als hätte ihr jemand in den Bauch geschlagen. Ihr traten die Tränen in die Augen, aber sie zwang sie zurück, sie wollte nicht weinen, jetzt nicht. Sot kehrte ihr den Rücken zu und zog ihre Schuhe an.

Idun ließ sie ohne ein Wort stehen. Sie ging in den Wald. Sot hatte Recht. Sie schwang sich den Umhang um die Schultern und schaute traurig zu den Baumwipfeln empor. Sie hatte sich alles eingebildet, es war nur ein Trugbild gewesen. Sot war nicht gehässig, sie war aufrichtig. Ehrlichkeit war kostbar, auch wenn sie wehtat.

Bragi war ein hoffnungsloser Traum. Kein Mann würde Idun jemals begehren.

In jedem Herbst und jedem Frühling stand sie in ihrem schönsten Gewand einsam bei den Opferfesten. Nicht einmal die Alten und Hässlichen wollten sie. Die Männer umwarben die schönen, furchtlosen Mädchen, die lachend um das Feuer tanzten. Sie wollten keinen stummen Spatz wie Idun. Das wusste sie inzwischen, und es machte ihr nichts aus. Die Göttin schenkte jedem Menschen sein eigenes Lebensgewebe. Die einen waren schön und bunt, die anderen grau und alltäglich wie ein Arbeitskittel. Wie Idun eben.

Sie blieb bei einer Bluteiche stehen und ließ die Hand über den glatten Stamm wandern. Wenn sie nur ein wenig Freude schenken könnte, würde sie froh und zufrieden sein. Aber sogar das misslang ihr. Wie damals, als sie zur Prüfung der Priesterinnen angetreten war. Idun schluckte, schlang sich die Arme um den Leib. Es war eine schreckliche Schande gewesen, dass sie ihre Mutter mit ihren Tränen beschämt hatte.

Sie hatte das nicht gewollt, hatte versucht, dagegen anzukämpfen, aber die Finsternis machte ihr Angst. Als sie später dann um Verzeihung bat, hatte Freya sich abgewandt, wollte nichts hören. Die arme Mutter, sicher war es hart für eine so mächtige Priesterin, eine Tochter zu haben, die nicht sehend war. Wenn nur Hnoss noch da wäre. Dann hätte Freya eine Tochter, die ihren Umhang umlegen könnte, eine, die das verstehen würde, was sie ihr beizubringen versuchte.

Aber Hnoss hatte nur neun Sommer gelebt.

Trauer ballte sich in Iduns Brust zusammen. Sie ging mit raschen Schritten durch den Wald, um den Schmerz hinter sich zu lassen. Die Erinnerung an ihre kleine Schwester war noch immer wie eine offene Wunde in ihrem Herzen. Aber nicht nur Idun litt unter dem Tod ihrer Schwester.

Sie sah ihre Mutter vor sich, bei einem der seltenen Male, wo sie allein an der Feuerstätte gesessen hatten. Freya erzählte, dass Hnoss schon als Kind Gesichte gehabt hatte. Dabei war Freyas verspannter Mund weich geworden und ihre Augen hatten sich mit Leben gefüllt. Und deshalb wusste Idun, wie sehr Freya litt.

Sie blieb stehen, zog den Schuh hoch, der ihr fast vom Fuß gerutscht wäre.

Damals hätte Idun gern ihr Leben gegen das von Hnoss getauscht. Aber nicht einmal dieses Geschenk konnte sie ihrer Mutter machen. Hnoss war verschwunden und Freyas Schoß unfruchtbar. Es gab nur noch Idun, die Schwache, die nicht sehend war.

Damals war ihr Traum von einem eigenen Hof und vielen Töchtern geboren worden. Freyas Gabe sollte vererbt werden. Und dann würde sie froh sein und Idun endlich lieben.

Idun lächelte traurig. Sie sehnte sich so sehr danach, ihr eigenes Kind in den Armen zu halten, zu sehen, wie die Kleine ihre weichen Arme bewegte.

Sie seufzte und schaute sich zwischen den Bäumen um. Der breite Weg führte weiter oben am Hang entlang. Langsam ging sie weiter.

Nichts von dem, was sie sich wünschte, schien einzutreffen. Nicht einmal die Alfenpriester suchten ihre Gesellschaft. Sie wusste, dass sie sich ein Herz fassen, sich einen aussuchen, vortreten und ihm die Hand aufs Herz legen müsste. So einfach war das schließlich. Sie hatte es schon oft gesehen.

Aber sie traute sich nicht. Wenn der Mann sie dann ablehnte? Dass ein Alfenpriester sich von ihrer Hässlichkeit abwandte, wäre mehr, als sie ertragen könnte. Trotzdem beschloss sie, es zu versuchen. Beim Alfenopferfest würde sie sich Mut antrinken und dann den schlichtesten aller Männer aussuchen. Doch schon bei dieser Vorstellung krampfte ihr Magen sich angstvoll zusammen.

»Welch strahlende Göttin erleuchtet den Wald mit ihrer Schönheit?«

Diese Stimme! War er denn wirklich? Idun blieb überrascht stehen. Bragi stand mitten auf dem Weg und lächelte auf seine wunderbare Weise. Sein Mantel hing kess über seiner einen Schulter, seine Hand ruhte mannhaft auf dem Schwertknauf.

»Ich habe dich gesucht.«

Plötzlich war Iduns Freude verflogen. Sots Worte hallten in ihrem Kopf wider. Warum spielte er mit ihr? Machte es ihm Freude, sich über eine magere Jammergestalt wie sie lustig zu machen? Begriff er nicht, wie weh ihr das tat? Aber so dumm war sie ja nicht. Jetzt nicht mehr. Ihr Traumgewebe war zerrissen. Wortlos starrte Idun den Boden an.

»Bist du mir böse? Sag mir, womit ich deinen Zorn erregt habe!«

Er stand jetzt vor ihr, die Luft erfüllte sich mit seinem herben Duft. Ein Finger unter ihrem Kinn zwang sie, aufzuschauen. Sie wich aus.

»Zerstöre doch deine Schönheit nicht durch Schwermut!«

Seine Stimme war sanft wie eine Liebkosung.

Idun rang nach Atem. Sie wünschte von ganzem Herzen, dass er die Wahrheit spräche. Aber das tat er nicht. Sie würde sich nicht zum Gespött machen und ihn damit prahlen lassen, wie leicht sie zu überreden gewesen war.

Sie starrte die braunschwarzen Blätter an. Wich seinem fragenden Blick aus.

»Ich gehe erst, wenn du mir gesagt hast, warum du mich heute verabscheust«, sagte Bragi.

Er hatte Recht. Sie musste die Wahrheit sagen. Idun riss sich zusammen, hob den Kopf, wich seinem Blick aber aus.

»Ich weiß, dass du mich nicht schön findest, also lass mich in Ruhe«, sagte sie wütend.

Bragi stemmte verwundert die Hände in die Seiten.

»Was ist das denn für ein Irrsinn? Habe ich nicht deiner Schönheit gehuldigt, seit ich dich an der Feuerstätte gesehen habe?«

Erst jetzt erwiderte Idun seinen Blick.

»Das meinst du nicht ernst. Geh.«

Das zu sagen, kostete sie all ihre Kraft. Jeder Teil ihres Körpers schrie nach seiner Nähe.

»Niemals«, widersprach Bragi mit lauter Stimme. »Und niemand soll mir sagen, was ich meine. Du und nicht schön? Solchen Unsinn habe ich noch nie gehört.«

»Aber …«

Mehr konnte sie nicht sagen, denn nun legte Bragi seine Arme um sie und zog sie an sich.

Idun hielt den Atem an. Seine Hände streichelten ihren Rücken und sie bebte vor Wohlbehagen. Sie konnte sich ihm nicht widersetzen, jetzt nicht. Sie schloss die Augen, fühlte sich bei ihm geborgen. Sie nahm seinen herben Duft nach Mann und Leder in sich auf. Wenn das nur immer so sein könnte. Bragi strich ihr eine Haarsträhne von der Wange.

Sein Blick war fragend und voller Wärme. Wenn sie sich nun geirrt hatte? Wenn sie wirklich sein Herz berührt hatte!

»Erzähl mir, welche Bosheit dir heute Morgen widerfahren ist«

Die Lederbrünne war kühl unter ihren Armen. Der Dolch lag an ihrer Hüfte, aber sie wagte nicht, sich zu bewegen. Nicht jetzt, wo ihr Körper wie Wasser durch seine Arme floss. Sie konnte sich doch einen Moment mit ihm gönnen. So tun, als sei das alles die Wahrheit, als fühle er sich wirklich zu ihr hingezogen. Vielleicht hatte die Göttin ihn gesandt, um ihr die ersehnten Kinder zu schenken. das wäre doch immerhin möglich. Idun schaute zu Bragi hoch, Freudenschauer rieselten durch ihren Körper. Die Wege der Mächte waren unergründlich.

»Das spielt keine Rolle«, flüsterte sie.

»Bestimmt nicht?«

Sie schüttelte den Kopf. Bragis Gesicht öffnete sich zu einem Lächeln. Wieder strömte die Freude wie flüssiges Gold durch Iduns Körper. Der graue, dunkle Wald gewann neues Leben, alles strahlte vor Licht und Schönheit. Der Weg war leer, bis auf einen Vogel, der einen Strauch rascheln ließ. Vom Hof her waren Stimmen zu hören. In der Ferne bellte ein Hund.

»Komm!«

Seine Hand schloss sich warm um ihre. Idun ging schweigend neben ihm her, fort vom Hof, hinein in den schützenden Wald. Unter einer mächtigen Eiche blieben sie stehen.

Bragi breitete seinen Umhang auf dem Boden aus und Idun zögerte einen Moment, bevor sie sich auf dem kostbaren Stoff niederließ. Dabei kam sie sich vor wie eine Königin.

»Ich habe dich die ganze Nacht immer wieder vor Augen gehabt«, sagte Bragi und nahm seinen Gürtel ab. Vorsichtig legte er ihn ins Gras, dann ließ er sich neben Idun gleiten.

Idun starrte seine blonden Haare an, die sich auf seiner Stirn lockten, und war von seiner Schönheit wie geblendet. Wenn das doch nur die Wahrheit wäre, dachte sie.

»Ich habe auch an dich gedacht«, konnte sie herausbringen.

Bragis Gesicht öffnete sich zu seinem überirdisch schönen Lächeln, dann wurde er wieder ernst.

»Das ist so wichtig für mich. Ich habe mein Leben Tiwaz geweiht, meine Zeit auf Erden wird mir von meinem Gott geschenkt. Nur im Kampf kann ich seinen Namen ehren. Es ist ein ruhmreiches Leben, aber auch ein sehr einsames«, sagte er ernst.

Als Idun das hörte, empfand sie tiefes Mitleid. Dass er so gefährlich lebte! Die bloße Vorstellung, er könnte ums Leben kommen, war unerträglich. Wenn sie nur seine Qualen lindern, ihm ein wenig Freude schenken könnte.

»Aber ich will mich nicht beklagen«, sagte Bragi und legte die Hand auf sein Schwert.

»Ich bin bereit, im Kampf gegen den Feind zu sterben.«

Er sah traurig und doch entschlossen aus. Idun spürte, wie die Tränen unter ihren Augenlidern brannten. Wieso klagte sie, wo sie doch geborgen in ihrem Reichtum leben durfte? Ihre Sorgen waren klein und erbärmlich im Vergleich zu Bragis großartigem Kampf.

»Gibt es denn keine Freude in deinem Leben?«, flüsterte sie.

Er zuckte mit den Schultern.

»Ich habe auf Idunvallen einen Hof mit achtzehn Rindern

und zwölf Schweinen. In dieser Hinsicht geht es mir gut. Drei Leibeigene habe ich erbeutet, und jetzt dienen sie mir.«

Idun starrte Bragi überrascht an. Er musste sehr reich sein, so jung, und schon mit eigenem Hof! Wenn sie doch bloß zusammenleben könnten. Sie würde ihr ganzes Leben der Aufgabe widmen, ihm Freude und Fürsorge zu schenken.

Idun schaute in den grauen Himmel und strich ihr Gewand gerade. Sie durfte keine Angst haben, jetzt nicht. Wenn sie diese Frage nicht stellte, würde sie niemals eine Antwort erhalten.

»Hast du eine Frau, die mit dir lebt?«, fragte sie mit leiser Stimme und wurde rot.

Bragi schaute ihr ernst in die Augen. Idun biss sich auf die Lippe und wartete auf die unvermeidliche Antwort.

»Ich habe nie eine taugliche Hausfrau finden können.«

Er verstummte und für einen Moment schien er sich fast zu fürchten. Idun hielt den Atem an, sie wagte nicht zu hoffen. Dann holte er tief Luft und fügte hinzu:

»Bis ich dich hier auf dem Hof an der Feuerstätte gesehen habe. Die Mächte sollen mich mit Stummheit schlagen, wenn ich lüge. Ich möchte dich auf meinen Hof mitnehmen.«

Idun brachte kein Wort heraus. Die Freude schien sie zu zerreißen. Sicher hatte sie sich verhört. Oder er log sie an, lockte herzlos mit dem, wonach sie sich am meisten sehnte. Sagten doch alle, auf die Asen sei kein Verlass.

Sie sah ihn flehend an. Spürte, wie ihre Brust sich vor Sehnsucht zusammenkrampfte.

»Blende mich nicht mit Lügen«, flehte sie.

Bragi nahm ihre Hand und drückte sie. Er lächelte unsicher.

»Ich lüge dich nicht an. Ich habe den ganzen Morgen Mut gesammelt, um dir diese Frage stellen zu können«, sagte er und legte den Kopf schräg.

Idun schloss die Augen. Sie wagte nicht, seinen Worten zu glauben.

»Du willst nicht, das verstehe ich ja. Warum solltest du einem einfachen Mann aus der Sippe der Asen folgen?«

Seine Stimme klang leise und gequält. Idun öffnete die Augen. Bragi ließ ihre Hand los und erhob sich.

»Ich bitte um Verzeihung«, sagte er steif.

Er nahm sein Schwert und ging mit langen Schritten über den Weg davon.

»Warte!«

Idun sprang auf, ihre Knie zitterten.

»Du irrst dich«, rief sie schnell.

Er blieb stehen, drehte sich langsam um. Wartete. Idun presste ihre zitternden Hände auf ihren Rock.

»Ich wage nur nicht zu glauben, dass das die Wahrheit ist«, schluchzte sie und schlug die Hände vors Gesicht, um ihre Tränen zu verbergen. Bragi stürzte auf sie zu und nahm sie behutsam in die Arme.

»Glaubst du, ich lüge?«

Seine Stimme war erfüllt von ehrlicher Verwunderung.

»Wie kann eine Frau von so hoher Geburt wie du, dermaßen gesegnet mit Reichtum und Schönheit, daran zweifeln, dass sie der Traum eines schlichten Asenkriegers ist?«

Idun weinte an Bragis Schulter. Er meinte es ernst. Er wollte sie. Es stimmte. Pures Glück strömte durch ihren Körper.

Bragi gab ihr einen sanften Kuss.

»Komm, wir setzen uns, wir haben viel zu besprechen«, sagte er dann.

Idun wischte sich die Tränen ab und lächelte.

Gefion peitschte Bluthufs Hals, um das Pferd zum schnellen Galopp zu bewegen. Sie sprengten an einer alten Hütte am Wegesrand vorbei. Das Dach war eingestürzt, verfaulende Zweige ragten in den dunkelgrauen Himmel. Überall waren überwucherte Felder und Reisighaufen zu sehen. Verfall und Fäulnis.

Sie ritt zu den beiden auf der Anhöhe gelegenen Langhäusern. Die Priesterinnen lebten vom Reichtum, der Gefions Mutter gehörte, sie hatten geschworen, den Menschen von Vanaheim zu dienen. Trotzdem saßen sie müßig im Warmen. Abermals schlug Gefion mit der Peitsche auf ihr schweißnasses Tier ein. Das Pferd jagte auf den schlammigen Hofplatz.

»Snotra!«

Gefions Ruf hallte zwischen den beiden Langhäusern wider. Das Strohdach war von Gras überwuchert, der Zaun halb eingestürzt. Die Gärten waren leer.

Ein Blatt fiel langsam vom Sippenbaum in den Schlamm. Sigrid band ihr Pferd an.

»Man sollte glauben, dass sie unseren Besuch vorausgesehen haben.«

»Auf jeden Fall werden sie ihn jetzt bemerken.«

Sie lief auf die Halle zu und riss die Tür auf.

»Aufgestanden. Eure Königin ist da«, rief sie wütend.

Vanaheims Hohepriesterin nahm an der Feuerstätte ihre Morgengrütze zu sich. Sie war wohl gerade erst erwacht, denn ihre weißen Haare hingen ihr noch ungeflochten auf die Schultern.

»Hier sitzt ihr also in schönster Ruhe, ich muss schon sagen«, erklärte Gefion und sah die Priesterinnen an, die überrascht aufsprangen. Faule Weiber!

»Was soll das? Hüte deine Zunge oder geh«, sagte die Hohepriesterin und schob sich eine Hand voll Brei in den Mund. Sie würde nicht gehorchen. Diese verdammte Hündin, dachte Gefion.

»Wie kannst du es wagen, hier zu sitzen, während die Menschen von Vanaheim sterben?«, brüllte sie.

»Du kommst also wegen der schwarzen Seuche«, sagte Snotra und kaute langsam weiter.

Gefion sah alles nur noch durch einen blutroten Schleier.

Hohepriesterin hin oder her, sie wollte sich Respekt verschaffen.

»Sprich endlich!«

Snotra trank aus einer Tonkanne und murmelte etwas Unverständliches. Gefion sah die Kranken im Langhaus vor sich.

»Uns sind die Hände gebunden«, teilte Snotra endlich mit.

»Wie meinst du das?«

Langsam erhob Snotra sich. Ihre rot unterlaufenen Augen glänzten bedrohlich.

»Die schwarze Seuche ist die Strafe für Vanaheims Sünden.«

»Welche Sünden?«

Snotra schnaubte verächtlich.

»Du weißt genau, was ich meine.«

Gefion schaute sich verlegen im Saal um. Die Priesterinnen versuchten eifrig, ihre Zustimmung zu zeigen.

»Nein.«

»Es ist wieder über uns gekommen, die Krankheit ist die Strafe«, knurrte Snotra.

»Die Strafe wofür denn? Was haben die Kinder getan, die auf ihren Schlafbänken dahinsiechen? Womit könnten Yder und ihre Töchter den Tod verdient haben, wo sie euch doch immer ihre besten Kühe geschenkt und der Göttin freudig und eifrig gedient hat? Wie kann mein Volk die Mächte so verärgert haben, dass es verdient, von der schwarzen Seuche dahingerafft zu werden?«

Gefion trat dicht an die Hohepriesterin heran. Sie hätte die Alte umbringen können.

Snotra klammerte sich an ihrem Stab fest und hielt ihn wie einen Schild vor sich hin.

»Du hast die schwarze Seuche über dein Volk gebracht. Du hast die Göttin beleidigt!«

Die Hohepriesterin spuckte diese Worte aus.

Gefion brachte kein Wort heraus. Die Alte hatte offenbar den Verstand verloren.

»Du lügst«, konnte sie dann endlich sagen.

Snotras dünne Gestalt verlor ihre gebrechliche, schwache Haltung. Gefion wich einige Schritte zurück. Vanaheims Hohepriesterin wuchs in der Dunkelheit, ihr Stab glühte bedrohlich, als sie ihn auf Sigrid richtete.

»Alles kommt von der Bosheit, die du an deinem Busen nährst. Sie hat deinen Schoß verflucht, hat ihn leer und unfruchtbar gemacht. Wer bist du, dass du es wagst, den Frieden in unserer heiligen Halle zu brechen, wo du doch selbst Vanaheim in den Untergang treibst!«

Snotras Stimme war ein dumpfes Dröhnen.

Ihre Worte ließen Gefions Zorn erneut auflodern. Sie hatte diese Priesterinnen mit ihren ungerechten Urteilen und ihrem geheuchelten Wohlwollen einfach satt.

»Hüte dich. Du stehst Vanaheims Königin gegenüber!«

Gefions Stimme klang wie das Knurren eines wilden Tieres.

»Du wirst niemals Königin. Nicht, solange ich lebe.«

Snotra warf den Kopf in den Nacken und lachte schrill und heiser. Dieses Geräusch traf Gefion wie ein Messerstich, es durchschnitt ihren letzten Rest an Vernunft. Sie sah die kranken Kinder vor sich. Nahm den Gestank ihrer Beulen wahr.

»Schweig!«

Aber Snotra wollte nicht aufhören. Ihr grelles Lachen triefte vor Verachtung.

Die alte Vettel musste aufhören. Sie musste jetzt den Mund halten.

Gefion zückte ihren Dolch. Hohepriesterin hin oder her, jetzt sollte Snotra lernen, Vanaheims angehender Königin Respekt zu erweisen.

»Ich warne dich«, brüllte Gefion.

Snotras Gesicht wurde vor Hass verzerrt, sie beugte sich vor.

»Glaubst du, ich fürchte mich vor dir, du unfruchtbare kleine Busenleckerin!«

Der Wahnsinn schlug über Gefion zusammen.

Sie bohrte ihren Dolch in die Hohepriesterin, weich glitt er zwischen die Rippen der Alten.

Snotra schwankte. Ein feuchtes Röcheln entrang sich ihren dünnen Lippen. Dann fiel sie mit dumpfem Aufschlag rückwärts auf den Boden. Ihr blaues Gewand wurde vom Blut langsam dunkel gefärbt.

Ruhe. Endlich herrschte Ruhe.

Die Rachedisen schrien in Gefions Kopf. Sie erfüllten sie mit wilder Blutrunst.

Sie setzte sich rittlings auf Snotra, zog den Dolch aus der Toten heraus und bohrte ihn wieder und wieder in den alten dünnen Leib. Erst als der Wahnsinn sich legte, ließ Gefion den Dolch atemlos sinken. Finstere Befriedigung wogte durch ihren Körper.

Sie erhob sich und schaute sich lachend um, während sie sich das Blut abwischte.

Die Wirklichkeit rückte näher. Jetzt hörte sie durch das Dröhnen in ihrem Kopf hindurch die Schreie der Priesterinnen. Sie rauften sich die Haare, wanden sich auf dem Boden, starrten sie voller Entsetzen an. Sigrid riss an ihrem Arm, sie war außer sich, stieß einen lauten Ruf aus.

Die Rachedisen verstummten.

Was hatte sie getan?

Gefion schaute wie gelähmt auf Snotras leblosen Körper hinunter. Vanaheims Hohepriesterin war tot. Ein Donnerhall wurde immer lauter. Die Erde bebte unter ihren Füßen. Mochte die Göttin Erbarmen zeigen.

Sie waren verdammt.

Es war schon später Morgen, als Njörunn die Hütte verließ, um Essen zu holen. Freyr schlief ruhig. Botaid wachte über ihn. Njörunn konnte sich also eine kleine Pause gönnen.

Sie legte den Umhang über ihre Schultern und schaute in den blauen Himmel. Verdammte Kälte. Einige warme Tage mehr hätten wirklich nicht geschadet.

Sie grüßte Astrid, die vorüberjagte, und ging dann weiter zur Kochgrube.

Dort hockten Baldur und Loki, zusammen mit einem Jüngling, den Njörunn noch nie gesehen hatte. Sie sahen müde aus, ihre Augen waren rot unterlaufen und sie bewegten sich nur langsam.

»Ihr habt wohl Alfhilds Kenntnisse im Metbrauen ausgekostet«, lachte Njörunn.

Baldur schaute neugierig auf. Er hatte blaurote Flecken am Hals, und für einen Moment glaubte Njörunn, auch er trage die Seuche in sich. Dann aber ging ihr auf, dass diese Flecken einem Handgemenge entstammen mussten.

»Dich habe ich schon einmal gesehen«, sagte er.

Njörunn lächelte kurz und winkte eine Magd mit verschlissenem Kittel und Ruß auf den Wangen zu sich.

»Bring uns etwas zu essen.«

Die Magd senkte den Kopf und holte sofort Holzschalen. Als sie zurückkehrte, schöpfte sie braungraue Grütze aus dem Kessel. Njörunn nahm ihre Schüssel und zog ihren Essstab aus dem Gürtel.

»Du hast ein gutes Gedächtnis, Sohn Odins. Wir sind uns in unserer Jugend bei einem Frühlingsopfer in Idunvallen begegnet.«

Baldur machte zuerst ein überraschtes Gesicht, dann fiel ihm alles wieder ein.

»Über diese Erinnerung kann ich mich wirklich nicht beklagen«, sagte er mit breitem Grinsen.

Njörunn zuckte mit den Schultern. Seit jenem Tag war so viel Zeit vergangen, dass er keine Bedeutung mehr hatte.

Die Grütze war dick und mit Honig gesüßt. Njörunn aß gierig, bis ihr Magen voll und warm war. Die Magd hockte vor der Feuerstätte, blies Leben in die Glut und legte heiße Kochsteine neben den Kessel. Niemand sagte etwas. Njörunn schluckte den letzten Bissen hinunter, leckte ihren Essstab ab und steckte ihn wieder unter ihren Gürtel. Dann schaute sie Baldur an. Er war wirklich alt geworden, seit sie damals zusammen der Göttin gehuldigt hatten. Seine einstige Schönheit war verblichen, seine Haare waren strähnig und farblos und sein rotes Gesicht aufgedunsen. Trotzdem starrte er sie an wie ein brünstiger Hengst.

»Lebt meine Verwandte Siv noch immer bei euch?«, fragte Njörunn. Sie hatte seit einer Ewigkeit nicht mehr an die Wanenpriesterin gedacht, aber Baldurs Anblick erweckte die Vergangenheit zu neuem Leben.

»Aber natürlich. Sie ist Thors Hausfrau und hat ihm prachtvolle Söhne geboren.«

Er legte die Hand auf die Schulter des gedrungenen Jünglings, der neben ihm saß.

»Das ist ihr Erstgeborener, Ull. Freyr ist sein Vater und Thor hat ihn großgezogen.«

Njörunn riss die Augen auf. Sivs Sohn!

Der ernsthafte Junge starrte sie wütend an. Er wies keinerlei Ähnlichkeit mit Freyr oder Siv auf. Er wirkte nur feindselig. In seinen blaugrauen Augen stand Hass.

»Dann bist du doch ein Wane und gehörst zu uns«, sagte Njörunn überrascht.

Ull sprang auf.

»Nie im Leben würde ich mit Hexen und Ungeziefer leben!«

Er lief mit wütenden Schritten davon und Loki ging ihm wortlos nach.

Njörunn schaute den beiden überrascht hinterher.

»Der Junge hatte sich auf Freyrs Totenfahrt vorbereitet,

aber jetzt sagt Thor, Freya habe versprochen, ihn dem Leben zurückzugeben. Das ist zu viel für ihn«, sagte Baldur zu Ulls Entschuldigung.

Dieses eine Mal war Njörunn sprachlos.

Wenn die Alfenpriester von Ull erführen, dann würden sie verlangen, dass er bei ihnen bliebe. Mit Freyr als Vater und einer Wanenpriesterin als Mutter musste der Junge doch eine ungeheure Kraft besitzen.

Sie räusperte sich.

»Taugt er zu irgendetwas?«

Baldur schlug die Arme übereinander.

»Er ist ein tüchtiger Jäger. Kommt nie mit leeren Händen nach Hause.«

Njörunn versteckte ihr Lächeln. Der Zwillingsgott war in dem Jungen stark vertreten. Das war deutlich. Aber die Asen hatten das Gemüt des Jungen von den Wanen und ihrem Glauben abgewandt. Sie schaute über den Hofplatz hinweg zum Strand, wo Ull gerade zum Schiff hinauswatete. Das musste sie Freya erzählen.

»Wann segelt ihr nach Hause?«

»Wenn ich das wüsste«, erwiderte Baldur mit unerwarteter Bitterkeit. »Thor ist vor einer Weile hinaus auf die Heide gegangen.«

»Die Göttin sei uns gnädig«, murmelte Njörunn.

Freya hielt sich beim Totenhaus auf. Wollte er sie dort treffen? Beunruhigt schaute Njörunn auf.

»Was sucht er da?«

»Das Heilmittel gegen die schwarze Seuche, was sonst?«

»Wütet die arg bei euch?«

Baldur machte eine hoffnungslose Geste. Njörunn holte langsam Atem. Vorahnungen ließen ihre Kopfhaut prickeln.

»Die Strafe der Göttin zeigt sich auf unterschiedliche Weise«, sagte sie und ließ Baldur mit einem kurzen Nicken sitzen.

Thor schaute über die Ebene hinaus, die Totenheide, wie Sigvard sie beim Gelage des vergangenen Abends genannt hatte.

Über die Leute von Alfheim konnte man ja sagen, was man wollte, aber die Sache mit der Nachwelt nahmen sie nicht leicht. Noch nie hatte er gesehen, dass den Toten so viel Arbeit und Reichtümer gewidmet worden wären. Der Grabhügel, der über Alfhilds Hof wachte, war hoch wie ein Berg. Die Steine an seinem Fuß so groß wie Kinder. Und hinten an der Landzunge ragte Alvarins altes Totenhaus auf. Nicht dorthin jedoch war er unterwegs, sondern zu dem Wäldchen weiter hinten, das vor dem Hof der Alfenpriester lag. Königin Alfhild hatte gesagt, dort liege das andere Totenhaus, das sie jetzt benutzten.

Dort konnte er Freya finden.

Er folgte dem von spitzen Steinen umsäumten Weg, bis er den Hain erreicht hatte. Das Laub raschelte warnend, als er den rot angestrichenen Grenzpfahl erreichte. Thor blieb stehen und schaute zum Totenhaus hinüber, kalte Schauer jagten über seinen Rücken. Das Haus war kleiner als das auf der Landzunge, die Steinmauern schienen jedoch zu leben. Ihm schauderte und er verdrängte jeden Gedanken an das Nachleben.

Freya hatte ihm versprochen, in ihrer Opferquelle nachzusehen, wer sein Volk verflucht hatte. Sie hatte es versprochen, und nun würde sich herausstellen, ob sie zu ihrem Wort stand.

Thor lächelte bitter. Er hatte sich offenbar um den Verstand getrunken, wenn er wirklich glaubte, sich auf diese Verräterin verlassen zu können. Sie war ja nicht einmal hier. Keine Menschenseele weit und breit. Die Opfersteine lagen kahl da, das Grabfeuer war leer und kalt.

Thor fuhr zusammen. Er hatte nur kurz etwas Blaues hinter dem Totenhaus gesehen, dann stand Freya auch schon vor ihm. Sie hatte sich die Haare um den Kopf geflochten und sah aus wie die Totengöttin selber, als sie vor ihm in dem welken Gras stand.

»Stehst du zu deinem Wort?«, fragte Thor.

Sie nickte und sah ihn mit ernster Miene an.

Glotz du nur, du Hündin. Ich kenne jetzt deine Schwäche, dachte Thor, während er seinen Zorn mühsam hinunterschluckte.

»Gut«, sagte er und versuchte, seine Stimme freundlich klingen zu lassen.

Ein bitterer Geschmack breitete sich in seinem Mund aus.

Freya hob eine Augenbraue. Sie wirkte wenig überzeugt. Verdammte Hexe. Was wollte sie? Sollte er sich vielleicht nackt zu ihren Füßen winden?

»Ich werde dir meine Kräfte leihen, wenn du schwörst, deinen Hass auf mich hinunterzuschlucken«, sagte sie.

Thor schnaubte, gab sich aber alle Mühe, seinen Zorn zu bezwingen.

»Du verlangst viel.«

Sie schaute ihn aus ausdruckslosen Augen an.

»Niemand kann den Mächten trotzen. Du nicht, ich nicht. Triff deine Entscheidung, vergiss die Vergangenheit und ich werde dich in die Zukunft schauen lassen, oder verharre in deiner trüben Verbitterung, und dann bekommst du nichts von mir. Die Entscheidung liegt bei dir.«

Sie drehte sich um und ging den Hang hinunter, zum Wasser. Thor zögerte nicht lange und folgte ihr. Die Wut drohte ihn in den Wahnsinn zu treiben. Trotzdem hatte er keine Wahl. Schweigend folgte er ihrer geschmeidigen Gestalt, sah, wie ihr blaues Gewand sich an ihren schlanken Leib schmiegte. Ich müsste es dir vom Leibe reißen, dich zu Boden zwingen und dich mit meiner Stange zum Schweigen bringen, bis du nie wieder redest. Thors Fingerknöchel wurden weiß, als er die Fäuste ballte.

Sie stiegen in einen flachbödigen Nachen. Wortlos ruderte Freya sie über den Sund. Am anderen Ufer folgte er ihr in den Wald.

Noch nie hatte er so hohe Bäume gesehen wie hier, verzerrte Riesen, die jeden seiner Schritte bewachten. Thor schaute sich unwillig um. Das waren Hexenzeichen, so viel begriff er immerhin. Der Nebel schlang sich um die bemoosten Baumstämme. Es war still wie in der Nachwelt.

Er fröstelte, der feuchte Boden erinnerte ihn an seine Albträume. Jetzt musste er vorsichtig sein. Loki hatte gesagt, er dürfe von Freya auf keinen Fall etwas zu essen oder zu trinken annehmen. Denn dann würde er für immer an sie gekettet sein. Und sie durfte nichts nehmen, was ihm gehörte, kein Haar, keinen Faden aus seiner Kleidung.

Er schaute hoch zu den Baumriesen mit ihren gespreizten Zweigen. Sie sahen aus wie von Kampffesseln bezwungene Männer. Unglückliche Geister, auf ewig von den Hexen verdammt.

Sie gingen lange weiter, bis Freya bei einem von grauen, runden Steinriesen umgebenen Tümpel stehen blieb. Auf dem schwarzen Wasser war nicht eine einzige Bewegung zu sehen. Das Ufer war überhäuft von Opfergaben, von Urnen und Armbändern. Auf einem Pfahl verfaulte ein Pferdekopf.

Freya drehte sich um und musterte ihn mit einem viel sagenden Blick.

»Warte und schweige. Was immer passieren mag.«

Sie fiel auf die Knie, hielt die Hände über die schwarze Wasseroberfläche und murmelte Hexenworte vor sich hin.

Thor setzte sich auf einen Stein. Seine Abneigung gegen das, was hier vorging, bohrte sich wie Stacheln in seine Hand. Hinter ihm prasselte und raschelte es. Eine Ewigkeit kam und ging. Die Kälte kroch unter seine Kleidung und ließ seine alten Narben schmerzen. Thor seufzte, rutschte ein wenig auf dem Stein hin und her und schaute verstohlen zu Freya hinüber, die sich noch immer unbeweglich über das Wasser beugte.

Ihre Brüste unter dem blauen Gewand waren jetzt noch voller. Er ließ sie nicht aus den Augen, versuchte, sich daran zu erinnern, wie er sie in seinen Händen gehalten hatte. Zuletzt hatten sie sich beim Frühjahrsopfer auf Idunvallen gepaart. Er hatte sie bei Vollmond am Strand genommen. Bei dieser Erinnerung glühte seine Stange. Thor rutschte abermals auf dem Stein hin und her. Er dachte daran, wie Freya sich unter ihm vor Genuss gewunden hatte, er hörte ihr wollüstiges Stöhnen. Sicher war damals Idun in ihren Bauch gelangt. Eine Tochter. Ihre gemeinsame Tochter.

Langsam schüttelte Thor den Kopf. Tiwaz hatte wirklich immer eine Überraschung auf Lager. Aber was geschehen war, war geschehen. Er durfte sich nicht beklagen. Siv war eine gute Hausmutter und kümmerte sich aufs Beste um den Hof. Sie war von giftigem Wesen, aber bei ihnen war nur selten jemand krank. Feine Jungen hatte sie geboren, das Vorratshaus war übervoll, niemand musste Hunger leiden.

Das alles hätte Freya nicht geschafft. Er konnte nur froh sein, dass er ihr entronnen war.

»Gorm hat eine Priesterin an seiner Seite. Und sie hat euch die schwarze Seuche gesandt.«

Freyas Stimme war ein dumpfer Sprechgesang.

Thor fuhr zusammen und ließ sich beschämt aus seinen Erinnerungen reißen.

»Warum hegt sie Groll gegen uns?«

Freya fuhr nun ihrerseits zusammen, seine Stimme hatte sie aus ihrer Trance gerissen. Verdammter Narr, der nicht einmal wusste, wie man sich an einer Opferquelle verhält!

»Ich hab doch gesagt, dass du schweigen sollst«, fauchte sie.

Thor hob seine Hände, um sich zu entschuldigen.

Freya atmete einige Male tief durch. Dann zwang sie ihre

Sinne, abermals in die schwarzen Geheimnisse der Opferquelle zu wandern. Ihre Kraft leuchtete über dem stillen Wasserspiegel. Hinunter, tiefer in die Vergangenheit. Bilder von damals und heute füllten das Wasser mit Chaos und Zerstörung.

»Priesterin«, flüsterte Freya. »Zeig dich.«

Die Fremde schaute sie aus dem Wasser an. Brennende Langhäuser. Blutende Menschen und verendetes Vieh. Schreiende Krieger, zerspaltene Schädel. Axtzeiten, Trauerzeiten. Die Priesterinnen verfluchten, schickten Hunger und Dürre. Freya kannte die Worte ihrer Beschwörungen, lauschte ihrem rhythmischen Gesang, sie wiegte sich hin und her.

Für einen Moment sah sie Thor, sah schreiende Asen. Feuer loderte zum Himmel empor. Der alternde Odin, gefesselt auf der Insel. Blut über Vanaheim, ewige Finsternis über Idunvallen. Dann versanken die Bilder wieder in der Opferquelle. Der schwarze Wasserspiegel kam zur Ruhe.

Freya schwankte hin und her, glitt zwischen den Welten dahin. Die Waldgeister sprangen über die Blätter, lärmend und ungeheuer neugierig auf ihre Gäste. Freya trank von der ruhigen Stärke der heiligen Steine. Langsam kehrte sie in die Wirklichkeit zurück.

Vorsichtige Schritte hinter ihrem Rücken. Thor hockte sich neben sie.

Freya schluckte, ihr Magen schmerzte vor Hunger.

»Wo ist dein Vater?«

Thor zögerte, was an sich schon eine Antwort war.

»Er legt Frauen aufs Kreuz und trinkt Met, wie immer«, sagte er dann endlich.

»Du lügst. Die Priesterin, die die schwarze Seuche geschickt hat, steht unter dem Schutz von König Gorm. Ich habe Hyndla von Odins Stärke trinken sehen. Sie hat ihn bei sich.«

Thor starrte sie überrascht an.

Freya legte die Hände aneinander und trank von dem heiligen Wasser. Es schmeckte nach Erde. In ihrem Kopf erhoben sich flüsternde Stimmen, aber so leise, dass sie sie nicht verstehen konnte. Sie versuchte, nicht auf diese Stimmen zu achten und lieber über das nachzudenken, was sie in der Opferquelle gesehen hatte.

»Du hast den Zorn der Priesterin auf uns herabgerufen«, sagte Freya.

Alles war im Gewebe. Aber bis Alfheim sollte die Macht dieser Hündin nicht reichen. Dafür würde Freya sorgen.

Thor fuhr zusammen. Die Schuld jagte wie ein blitzender Fischschwarm durch seinen Leib. Sollte der Fluch der Priesterinnen ihn denn für immer verfolgen? Hatte er nicht genug gebüßt? Er war doch so jung gewesen, als er sie erschlagen hatte, geblendet vom Blutrausch, den Odin aufgepeitscht hatte. Und wie hatten sie die Seuche schicken können?

»Wer ist sie?«

Freya zuckte mit den Schultern.

»Gorms Priesterin ist mächtig. Deine Waffen können dir jetzt nicht helfen.«

»Du aber kannst es.«

Freya lächelte höhnisch. Es gab auf dieser Welt keinen Grund – fast keinen –, warum sie ihre Kraft für die Asen vergeuden sollte.

Thor musterte sie zornig.

»Welche Bürde legst du mir auf? Sag mir, was ich tun soll.«

Freya erhob sich. Ihre Beine schmerzten, ihr Gewand war feucht.

Die Stimmen in ihrem Kopf wurden jetzt lauter. Hüte dich vor der Finsternis, der Alb kommt, flüsterten sie immer wieder. Ihr wurde schlecht. Freya schaute sich besorgt um. Nicht jetzt. Sie würde vom Alb überfallen und bewusstlos geschlagen werden, wenn der böse Geist sie in Fetzen riss. Sie musste machen, dass sie fortkam. In Sicherheit. Thor durfte sie so nicht sehen.

»Ich kann dir nicht helfen, nicht jetzt«, sagte sie, während die Stimmen in ihrem Kopf vor Entsetzen loskreischten.

Thor schüttelte den Kopf. Sie musste doch irgendetwas tun können. Sie mussten Gorm angreifen. Wenn sie ihm nur helfen könnte. Er sah sich nach Freya um. Jetzt entdeckte er sie zwischen den Bäumen, sie lief in eine andere Richtung.

»Warte!«

Er stürzte hinter ihr her, sprang über einen Stein, hatte sie fast erreicht, als sie stehen blieb und aufschrie.

Thor erstarrte. Freya sank zu Boden und raufte sich die Haare. Ihr Geschrei ging ihm durch Mark und Bein.

»Was ist los?«

Er packte ihre Schulter, aber Freya schlug seine Hand fort. Dann verstummte sie. Ihr Gesicht war kreideweiß und erfüllt von Entsetzen, ihre Augen waren leer und schauten in die Ferne.

»Hexenkünste«, murmelte Thor und bekam eine Gänsehaut.

Freya schien nun vollständig den Verstand verloren zu haben, es war, als habe eine böse Macht ihren Körper in Besitz genommen. Aber das war eigentlich nur die gerechte Strafe für die üble Mitteilung, die sie ihm da gemacht hatte. Wie konnte sie ihm alle Schuld zuschieben? Thor atmete tief, bezwang seinen Zorn. Sie war eine Hexe. Freya hatte ihn bestimmt angelogen, um ihn zu verwirren und sich für das Vergangene zu rächen. Alles, was sie gesagt hatte, war gelogen gewesen, um zu verbergen, dass sie die schwarze Seuche nicht heilen konnte. So waren sie, die Wanen, voller trügerischer Reden und kunstreicher Ausflüchte. Und Freya war die Falscheste von allen. Er musterte sie mit Verachtung. Sie jammerte wie ein sterbendes Tier, zerkratzte sich mit den Fingernägeln die Haut auf ihrem Bauch. Tiwaz strafte sie.

Er verließ sie, als sie sich im verfaulenden Laub wand. Ging durch den Wald, zwischen den bemoosten Baumstämmen hindurch, Schritt für Schritt, fort von ihrem erstickten Geschrei. Sollte sie dort liegen bleiben und ihre Bosheit aus sich herauskreischen.

Dann setzte ein kalter Regen ein. Thor zog sich den Umhang über die Schultern und schauderte zusammen. Der Regen fand den Weg unter seinen Harnisch und lief über seine Brust, kalt wie der Finger einer Toten.

Thor blieb stehen.

Freya lag wehrlos im Wald.

4

Heilige Mutter. Was hatte sie nur angerichtet? Snotra war die Verbindung zwischen Vanaheim und der Göttin. Ohne sie waren sie schutzlos, die Sonne würde sich abwenden, Felder und Früchte würden verschwinden. Ohne Snotra waren sie dem Weltenchaos preisgegeben.

Gefion lief im Langhaus hin und her. Ihr Kopf drohte zu bersten, weil die Priesterinnen so laut schrien. Sie weinten, rauften sich die Haare und flehten die Mächte an, sie zu verschonen. Gefion blieb stehen und schaute hinunter auf den leblosen Körper der Hohepriesterin.

Deren einer Arm lag über der Brust, der andere war nach hinten gebogen. Ihre Augen starrten glasig zur Decke hoch. Der Dolch war begraben in Snotras blutiger Brust, der um den Schaft gewickelte Goldfaden funkelte im Blut.

Gefion blieb stehen und bohrte sich die Nägel in die Hand, zwang ihre verwirrte Angst zurück. Sie musste etwas tun, die Priesterinnen beruhigen, aus Snotras Tod einen Vorteil für sich ziehen. Wie hätte Göndul sich verhalten?

Die Erinnerung an ihre Pflegemutter ließ ihr Blut langsamer durch ihren Körper fließen, ihre Ruhe kehrte zurück, ihre Gedanken nahmen Form an.

»Schweigt«, rief sie den Priesterinnen zu.

Nach einer Weile verstummten diese widerwillig. Gefion erwiderte ihre entsetzten Blicke voller Gelassenheit.

»Trauert nicht um Snotra. Die Göttin hat meine Hand gelenkt, ich war ein Werkzeug ihres Willens. Ihr alle habt sie und mein Volk im Stich gelassen. Und das hier war die Strafe.«

Gefion stemmte die Hände in die Seiten und schaute sich um. Jetzt musste sie zeigen, dass sie stark genug war, um Åses Umhang auf sich zu nehmen. Sie konnte die anderen nur durch selbstverständliche Kraft bezwingen.

Aber die Priesterinnen waren erfüllt von Misstrauen. Eir machte Zeichen, die das Böse abwenden sollten. Sogar Sigrids Gesicht war in verdutzter Angst erstarrt.

»Geht hinaus zu den Höfen, helft den Menschen von Vanaheim. Dann wird auch die Göttin, der ihr dient, mit euch zufrieden sein.«

Ein angespanntes Schweigen senkte sich über das Langhaus. Gefion holte tief Luft. Die Priesterinnen wechselten Blicke.

»Wie kannst du es wagen, in Anwesenheit ihrer Auserwählten den Willen der Göttin zu deuten?«, fragte Frid.

Gefion trat vor die Priesterin hin, so dicht, dass ihre Haut sich berührte.

»Die Göttin hat zu euch gerufen, aber ihr habt nicht gehört. In ihrer Verzweiflung über die sterbenden Kinder hat sie mich zu ihrem Werkzeug ausersehen. Schande über euch alle!«

Gefion zog ihr Schwert und ging von einer Priesterin zur anderen.

»Ihr nennt euch Vanaheims Beschützerinnen. Winter um Winter esst ihr euch an unseren Früchten fett. Eure Feuerstätte lodert hoch auf, denn wir hacken Holz und schleppen es hierher. Aber wenn die Menschen von Vanaheim, die euch an ihrem Busen genährt haben, euch brauchen, dann kehrt ihr ihnen den Rücken zu.«

Sie spuckte auf den Lehmboden.

Die Priesterinnen schwiegen. Keine bewegte sich.

»Wir werden sterben«, sagte Frid leise.

Gefion hob das Schwert.

»Ihr habt die Wahl, entweder ihr sterbt jetzt oder später. Wagt es bloß nicht, mir mit euren Künsten zu kommen. Ich bin die Königin von Vanaheim, eure Herrscherin.«

Das Blut sang in Gefions Körper. Sie war wahrlich das Werkzeug der Göttin, das spürte sie jetzt. Nie zuvor war sie so mächtig und so lebendig gewesen wie in diesem Moment.

Die alte Eir bewegte sich als Erste. Sie ging zu ihrem Bett, zog einen kleinen Ranzen aus Hirschleder hervor und legte ihn über ihre Schulter.

»Ich werde meine Pflicht tun, solange es diese Insel noch gibt. Aber die Mächte sind erzürnt, ohne eine Hohepriesterin kann Vanaheim nicht bestehen.«

Gefion schob ihr Schwert in ihren Gürtel.

»Ihr wisst alle, dass es nur eine Hohepriesterin gibt. Zwei Schwestern sollen über Vanaheim herrschen, eine mit Macht über das Gold, die andere mit Macht über die Geister. Ich werde Freya holen lassen. Wenn sie anstelle von Snotra den Umhang der Hohepriesterin auf sich genommen hätte, dann hätte die schwarze Seuche uns niemals gelähmt«, sagte Gefion.

Wortlos verließ sie die Halle der Priesterinnen. Blitze zerfetzten die Wolken. Der Wind riss an ihrem Umhang.

»Was machen wir nun?«, schrie Sigrid durch den Sturm.

»Das hier hätte ich schon längst tun sollen«, erwiderte Gefion.

Der Alb löste sich auf. Langsam kam Freya zu sich. Leder an ihrer Wange, Arme, die sie umfingen. Thor trug sie durch den Wald. Ihr Thor.

Sollten die Kälteriesen sie verschlingen, damit sie von dieser Erde verschwinden könnte.

Er hatte gesehen, wie sie vom Alb geritten worden war. Er hatte sie in den Händen des Schwarzen gesehen, ohne Kontrolle, ohne Macht.

Warum war es jetzt passiert? Eine Mondwanderung nach der anderen war geschehen, ohne dass der Alb seine Klauen in sie geschlagen hatte. Jetzt, wo sie Verstand und Würde so dringend brauchte, wurde sie zu Boden geschlagen, vor den Augen des Einzigen, dessen Bewunderung sie sich wünschte.

Freya atmete tief durch. Konzentrierte sich auf das, was jetzt vor ihr lag. Der Regen fiel in ihr Gesicht. Ihre Kleider klebten nass an ihrem Körper, sie zitterte vor Kälte. Thors Haut fühlte sich warm an.

Der Alb war nicht mehr da. Es war vorüber. Das Fleisch war ihr nicht von den Knochen gerissen worden. Der Schrei in ihrem Kopf war verstummt. Jetzt musste sie ihre Gebrechlichkeit verbergen und ihre Vernunft wieder sammeln. Alles war so, wie es sein sollte.

»Lass mich runter«, flüsterte sie.

Thor blieb stehen und musterte sie abwartend.

»Ich wollte dir nur helfen«, sagte er und ließ sie vorsichtig zu Boden gleiten.

Ihre Beine fühlten sich an wie Wollgras, die Baumstämme um sie herum schwankten. Die Disen umschwebten sie, verbargen sie in ihren grauen Mänteln, die die Welten auflösten. Ein schöner Jüngling kam aus dem Wald, auf seinem Kopf thronte ein Hirschgeweih, seine Brust war bemalt mit klarblauen Zeichen. Es war der Zwillingsgott, er lächelte sie wohlwollend an. Weiter hinten in dem dicken grauen Nebel ahnte sie die Waldgeister, schimmernde Schatten aus der Urzeit. Freya schüttelte den Kopf, ihre Sicht klärte sich. Ihr Gemüt war zerbrechlich wie ein verwitterter Tonbecher. Müde lehnte sie ihre Stirn an Thor. Der Regen lief in kleinen Bächen über seinen Harnisch. Ein herber Duft nach Rauch und Männlichkeit band sie an seinen Körper.

Thor.

Ihr Zorn kehrte mit voller Kraft zurück. Er ließ ihren Körper in dem kalten Regen glühen. Thor brachte ihrer aller Untergang. Trotzdem war er wie Gift in ihrem Blut.

Freya schluckte und wandte sich ab.

»Ich hatte ein Gesicht«, log sie.

»Das war kein schöner Anblick.«

Sie schaute auf die Lehmflecken ihres Gewandes hinunter.

»Warum hast du mich nicht allein gelassen?«

Thor lächelte verlegen.

»Deine Not war groß.«

»Und dein Abscheu auch.«

Vorsichtig strich er ihr eine feuchte Haarsträhne von der Wange. Seine Finger glühten an ihrer Haut.

Sie musterten einander schweigend. Der Regen prasselte auf den Boden, rhythmisch wie Trommeln vor einem Opferfest. Langsam kehrte Ruhe ein.

Thor wollte sich um jeden Preis ihre Hilfe sichern. Deshalb hatte er an ihrer Seite ausgeharrt. Das begriff sie immerhin. Freya zog sich ihren schweren Umhang über die Schultern und rückte die Schnalle gerade.

»Ich kann dir nicht helfen.«

Thors Wohlwollen verschwand, seine Maske zerfiel.

»Meine Männer sind auf Vanaheims Stränden gefallen, jetzt sterben sie an einer Krankheit, für die es bisher keine Heilung gibt. Trotzdem kehrst du mir den Rücken zu.«

Seine Stimme klang wie das Knurren eines wilden Tieres. Freyrs Stimme hallte in ihrem Kopf wider. Die Asen sind verflucht.

»Ich habe es schon einmal gesagt und ich sage es noch einmal. Die schwarze Seuche ist ein dir auferlegtes Joch. Ich kann dir nicht helfen. Mein Schicksal ist es, Freyr zu heilen.«

Thor packte ihren Nacken.

»Du schuldest mir Hilfe. Noch ehe der Winter zu Ende ist,

wirst du mein Volk heilen und gegen Gorms Hexe kämpfen. Und wenn nicht meinetwegen, dann für dein Volk.«

»Nein.«

»Verdammte, verräterische Wanen«, fauchte Thor und stieß sie von sich wie eine giftige Schlange.

»Es steht dir nicht zu, uns Verräter zu schimpfen. Was hat Odin bei Gorm zu suchen? Welche Ränke werden hinter unserem Rücken geschmiedet?«

Thor gab keine Antwort, er starrte sie nur wütend an. Freya lächelte verächtlich und antwortete für ihn.

»Dein Vater ist dort, um mit dem König der Göten Frieden zu schließen, oder nicht? Die Eide, die ihr uns geschworen habt, wolltet ihr wie verfaulte Knochen wegwerfen. Eine ärgere Schwanzlosigkeit kann ich mir nicht vorstellen.«

Thor legte wütend die Hand auf Mjölnir. Der Regen strömte über ihn hinweg, seine Augen waren kalt und voller Hass. Freyas Lächeln verschwand, sie hob den Kopf, erwiderte seinen Blick. Ihre Beschämung war verflogen, ihre Stärke zurückgekehrt. Thor sollte sie nicht herausfordern können.

»Wir sind für euch gestorben, meine Männer sind verblutet, als sie die Wanen verteidigt haben. Und wie habt ihr es uns gedankt? Gar nicht. Erzähl mir nichts von Verrat«, brüllte Thor.

Er trat vor, presste seinen Körper an ihren und packte abermals ihren Nacken.

»Und nenn mich nicht schwanzlos!«

Seine Stimme hallte zwischen den Baumstämmen wider.

Freya kochte vor Wut. Plötzlich lächelte sie. Vergeblich presste sie die Hand auf den Mund, aber sie konnte ihr Lachen nicht unterdrücken.

»Hast du den Verstand verloren?«, fragte Thor verdutzt.

Freya schüttelte den Kopf und beruhigte sich wieder.

»Du bist nicht schwanzlos. Du bist vieles, aber das nun wirklich nicht.«

Der Zorn des Asenhelden verflog.

Er grinste und erwiderte ihren Blick.

Die Erinnerungen kehrten zurück. Sie dachte daran, wie die Muskeln seines Rückens sich bewegten, wenn er in sie eindrang, wie seine Augen sie einst voller Zärtlichkeit angesehen hatten.

Das Regen lief ihr den Rücken hinab. Thors Finger umfassten ihren Hinterkopf. Und wenn die Mächte ihr das Herz aus dem Leib rissen, sie würde nicht aufhören können, ihn zu begehren.

Sein Körper war viel zu heiß an ihrem. Freya presste die Hüfte gegen seine Oberschenkel. Dieser Augenblick war aus der Zeit herausgeschnitten. Ein Geschenk der Göttin. Und sie wollte ihn, hier und jetzt.

Freya leckte sich den Regen von den Lippen und küsste ihn voll wütender Lust.

Endlich.

Thors Arme schlossen sich so fest um sie, dass er sie fast zerdrückt hätte. Er küsste sie wie wahnsinnig. Der Zorn peitschte ihr Begehren nur noch auf. Thors Stange wuchs an ihrem Bauch. Freya rang nach Atem. Sie musste ihn in sich haben. Jetzt. Hungrig riss sie an seinen Beinkleidern, versuchte, sie zu entfernen.

Thor hob ihr Gewand, seine Hände waren warm an ihrer Haut.

Er hob sie gegen einen Baum. Ein heftiger Stoß, dann war er in ihr. Freya umschloss Thor mit ihren Beinen, nahm ihn hungrig in sich auf. Er vertrieb Alben und Schatten und füllte sie mit seiner Männlichkeit.

Er stöhnte erstickt, stieß immer härter zu. Heiße Wellen durchspülten sie, wuchsen zu einem bebenden Ende.

Thor kam wieder zu sich und musterte sie mit heißem Erstaunen. Freya ließ sich zu Boden gleiten. Sie strich ihr feuchtes Gewand gerade, warf einen Blick auf den keuchenden Thor.

»Das ändert nichts.«

Ehe er antworten konnte, war sie verschwunden.

Idun lehnte sich an Bragis warmen Leib. Seine Hand strich langsam über ihre Haare.

»Der Regen hat jetzt fast aufgehört«, flüsterte Bragi und küsste sie behutsam auf die Stirn.

»Ich will noch hier bleiben«, sagte sie.

Sie hatten Schutz unter den Steinplatten gesucht und dort im trockenen Laub gesessen. Nichts außer dem Jüngling neben ihr hatte noch irgendeine Bedeutung.

Idun staunte noch immer über das, worum Bragi sie unter der Eiche gebeten hatte. Sie sollte ihm gehören. Diese Worte waren so groß, dass sie alle ihre Gedanken ausfüllten. Aber jetzt wusste sie, dass er es ehrlich meinte, immer wieder hatte er seine Worte wiederholt. Bragi wollte mit ihr unter den Hammer treten, wollte, dass sie auf seinem Hof lebte und die Töchter gebar, von denen sie geträumt hatte.

Sie schaute in sein schönes Gesicht, nahm den Zopf, der auf seiner Schulter lag.

Alles an Bragi war weich und stark, in ihm gab es keine Bosheit. Für ihn würde sie sich die Haare abschneiden und der Göttin in der Opferquelle weihen, mit einem Gebet um Fruchtbarkeit. Jetzt wusste sie, welche Welt außerhalb von Alfheim auf sie wartete.

Bragi hatte ihr von seinem Leben in Idunvallen erzählt, von seinem Hof und dem Reichtum, der über Felder und Wiesen wogte. Er erzählte von den Kämpfen, an denen er teilgenommen hatte. Es war wie eine unbekannte Sagenwelt, die nun aus den Nebeln hervortrat. Bragi war gegen Gorms blutrünstige Krieger angetreten. Hatte sie auf dem Schlachtfeld bezwungen, sie mit seinem Mannesmut besiegt. In unendlichen Mengen waren sie auf ihn zugestürmt, Riesen und Ungeheuer aus der Unterwelt, Frauen, die alle Waffenlisten kannten; sie alle hatten auf Seiten der Göten gegen die tapferen Asen gekämpft. Rücken an Rücken hatten sie einen Tag und eine Nacht ausgehalten. Ströme von Blut waren über den Boden geflossen.

»Ohne den tapferen Thor wären wir verloren gewesen. Wie ein Schnitter hat er die Feinde hingemäht. Sie fielen wie reife Roggenhalme. Tiwazens Licht umstrahlte Odins Sohn. Ohne unsere Helden wären wir des Todes gewesen.«

»Was ist dann passiert?«, hatte sie mit zitternder Stimme gefragt.

»Wir haben sie alle bezwungen. Nach dem Ende des Kampfes lagen sie wie hingemäht auf Tiwazens Acker«, hatte er stolz geantwortet.

Er erzählte, wie er über die Gefallenen auf dem Schlachtfeld hinweggestiegen war, als die Todesvögel bereits das Gebein der Göten fraßen. Bragi war bei jedem Göten stehen geblieben und hatte ihm Schmuck und Amulette entrissen. Die kostbarsten Waffen hatte er ebenfalls in seinen Ranzen gestopft.

»Ihre Frauen trugen die schönsten Ringe. Die Beute war so groß, dass mein Ranzen bis an den Rand gefüllt war, und bald konnte ich weder gehen noch stehen, denn mein Reichtum war zu schwer zu tragen«, hatte er berichtet.

Idun seufzte glücklich. Mit Bragi an ihrer Seite würde sie sich niemals wieder fürchten. Und er wollte sie. Sie sah sich in einer goldenen Halle stehen, umgeben von Asen, die ihr Achtung und Bewunderung entgegenbrachten. Und Bragi wachte an ihrer Seite.

Idun lächelte. Ein Glück wie ihres würde es unter Asen und Wanen kein zweites Mal geben. Und alle in Vanaheim würden Idun beneiden. Sie würden über sie voller Achtung sprechen und ihre Tüchtigkeit loben.

»Schöne Maid, ich weiß, dass die Zeit allzu knapp ist, aber ich muss meine Frage noch einmal stellen. Willst du mir folgen, denn wir brechen bald auf, vielleicht schon morgen?«, fragte Bragi.

Iduns Sehnsucht ließ ihre Brust schmerzen, aber dann verließ ihr Mut sie.

»Das kann ich nicht. Meine Mutter würde es niemals gestatten.«

Bragi lachte leise, aber es war kein freundliches Lachen, sondern das Knurren eines Wolfs.

»Deine Mutter. Die hat dich gestern an der Feuerstätte kein einziges Mal angesehen, nicht einen Blick hatte sie für ihre Tochter.«

»Freya trägt eine schwere Last und sie trauert um Freyr. Ihr eigener Bruder ist sehr krank.«

»Wir trauern alle um ihn, aber trotzdem kehren wir den Lebenden nicht den Rücken zu«, erklärte Bragi und lehnte sich an den Felsen hinter ihm.

Sein Blick war scharf, seine Stimmung hatte sich verändert.

»Ich habe gestern an der Feuerstätte auch noch andere Dinge gesehen, dein Platz war bei Gesinde und Kriegern, nicht an Alfhilds Seite.«

Idun hätte fast losgelacht.

»Warum sollte ich neben der Königin sitzen?«

»Weil du von Geburt her über ihr stehst«, sagte Bragi empört.

Idun streichelte seine glatt rasierte Wange.

»Alfhild ist die Königin, sie steht über uns allen.«

»Weißt du nichts von dem Blut, das in deinen Adern fließt?«, fragte er erstaunt.

Idun blickte ihn überrascht an.

»Freya ist meine Mutter.«

»Und dein Vater?«

Idun schlug die Augen nieder. Warum war er so böse?

»Ich weiß nicht, wer er ist. Das spielt doch wohl keine Rolle.«

Bragi holte einige Male tief Atem, nahm ihre Hand und beugte sich vor.

»Bei uns gilt das Blut des Vaters. So will es unser Brauch. Und du, meine Holde, gehörst du den höchststehenden Asen«, sagte er feierlich.

Wovon redete er da? Wie könnte sie denn für die Asen wichtig sein? Sie war doch hier. In Alfheim.

»Thor ist dein Vater«, sagte Bragi mit ernster Stimme.

Idun starrte ihn verständnislos an. Thor? Der große Häuptling, den Bragi so heiß verehrte?

Sie lachte unsicher. Machte er Witze?

Dann fiel es ihr wie Schuppen von den Augen. Moira hatte ihr doch alles erzählt. Freya war mit dem Asen durch den Wald geflohen.

»Meine Mutter hat ihn früher gekannt.«

»Das kann man auch anders ausdrücken«, grinste Bragi und ging mit leuchtenden Augen vor ihr in die Hocke.

»Thor ist dein Vater. Odin dein Großvater. Freya deine Mutter, und dann muss Königin Åse in Vanaheim deine Großmutter sein. Eine höhere Geburt kann keine Frau von menschlichem Geschlecht haben. Du bist eine Königin.«

Er streckte die Hand aus und streichelte sanft ihre Brust.

»Und du gehörst mir«, fügte er zufrieden hinzu.

Idun schaute Bragi verwundert an. Es passierte so viel, dass sie nicht alles begreifen konnte. Erst trat Bragi in ihr Leben, und nun auch noch das.

Sie hob den Arm und musterte die blauen Adern in ihrem Handgelenk.

In diesen Adern floss also das Blut des Hammerträgers.

»Was bedeutet das?«, flüsterte sie.

Das Licht, das durch die Steinquader des Hünengrabes fiel, ließ Bragis Augen grau und blau schimmern.

»Ehre und Freude«, antwortete er und lächelte.

Dann wurde er wieder ernst.

»Komm mit mir, und du wirst leben wie eine Königin. Siehst du nicht, was sie dir hier antun, sie bringen dir keine Achtung entgegen und behandeln dich wie eine Magd. Du bist zu gut für sie.«

Idun errötete und wandte sich ab. Sots Worte hallten in ihr wider. Idun sei dumm. Ihre Mutter schäme sich ihrer. Und jetzt saß hier der stattlichste Mann der Welt und nannte sie eine Königin.

»Das kann nicht stimmen. Du irrst dich.«

»Nein. Es ist die Wahrheit.«

Bragi zog sie an sich, legte die Hand auf ihren Bauch und spielte mit ihrem geflochtenen Gürtel.

»Wer schenkt dir Bronzehalsbänder? Wie viele Diener gehorchen deinem kleinsten Wunsch? Das alles werde ich dir geben, wenn du mit mir nach Idunvallen kommst. Wenn die Sippe deiner Mutter deinen Wert nicht erkennt, dann werden dich die Männer deines Vaters jedenfalls schützen. Komm mit mir, ich schwöre, dass ich dich immer verteidigen werde.«

»Aber ich kann nicht, meine Mutter wird das niemals zulassen«, sagte Idun verzweifelt.

»Dann sag deiner Mutter nichts und komm heimlich mit uns.«

Idun schloss die Augen. Es war unmöglich. Alle würden wütend auf sie sein.

Bragi hielt sie in den Armen.

»Hab keine Angst. Ich werde über dich wachen. Mach mich glücklich. Ich brauche dich.«

Idun schwieg, seine Worte hatten sie betäubt. Sie konnte nicht mehr klar denken. Lange starrte sie schweigend auf das gelbbraune Laub auf dem Boden. Wie sollte sie Alfheim verlassen können und den Zorn aller anderen auf sich ziehen? Sie erschauderte in Bragis Armen, spürte seine Wärme an ihrem Körper. Wie sollte sie Nein sagen können? Sie könnte doch Freude in sein hartes Leben bringen. Er brauchte sie. Das war wunderbar. Niemand hatte sie je gebraucht.

»Überleg es dir, mein Goldschatz, aber lass uns zuerst zu Thor gehen. Dein Vater sehnt sich danach, dich kennen zu lernen.«

Bragi erhob sich aus dem Schutz des Hünengrabs und streckte die Hand aus.

»Komm, gehen wir zum großen Helden der Asen.«

Idun sah diese Hand lange an. Aber als ihr Blick seinem begegnete, wuchs ihre Entschlossenheit. Sie ließ sich von ihm auf die Füße ziehen.

Wer war sie, dass sie das Geschenk der Göttin verschmähen könnte?

Gefion betrat Åses Prachthalle. Sie schüttelte sich wie ein Hund den Regen aus den Haaren und legte den nassen Umhang ab, während sie ihre Gedanken sammelte. Es hatte keinen Sinn, sich den Kopf über das zu zerbrechen, was passiert war. Snotra war tot, jetzt galt es für Gefion, alle unter ihren Willen zu zwingen.

Sigrid nahm ihr den Umhang ab, sie war noch immer erschüttert und verängstigt.

»Waja vom Ältestenrat war mit ihren drei älteren Töchtern hier. Und da haben wir den alten Rolf.«

Gefion schaute sich in der Halle um.

Waja saß mit gesenktem Kopf an der Feuerstätte, ihre Töchter schauten Gefion neugierig an. Der alte Rolf wiegte sich auf der Sitzbank hin und her und fuhr sich durch den Bart. Das Gesinde war in seine Arbeit vertieft.

Åse dagegen war nirgends zu sehen. Der Drachenthron war leer. Gut.

Gefion legte die fünfzig Schritte zu dem flammenden Feuer zurück und ließ die Glut die Kälte aus ihren Händen vertreiben.

»Sei gegrüßt, ehrwürdige Waja, ich höre, du bringst böse Nachricht«, sagte sie, ohne aufzublicken.

»In meiner Gegend gibt es vier Kranke, und es wird noch ärger kommen«, berichtete die alte Frau.

»Und schlimmer steht es bereits in Vibervik«, sagte Rolf.

»Es muss etwas geschehen, sonst sind wir alle dem Untergang geweiht.«

Gefion holte Luft, der Augenblick war gekommen. Jetzt musste sie ihr Schicksal in die richtige Richtung lenken.

»Ich habe die Beule weggeschnitten, die Vanaheim vergiftet hatte«, sagte sie mit einer Stimme, die in der ganzen Halle zu hören war.

Gespanntes Schweigen senkte sich über Feuerstätte und Gäste. Das Gesinde unterbrach seine Arbeit und lauschte, Waja schaute Vanaheims angehende Königin erstaunt an.

»Was sagst du da?«

Gefion reckte sich und schickte ihnen ihre Kraft.

»Heute Nacht war die Göttin bei mir. Die Botschaft der Strahlenden war mächtig und erfüllt von gerechtem Zorn. Sie sagte, unsere eigenen Priesterinnen hätten die schwarze Seuche nach Vanaheim geholt.«

Ein Murmeln lief durch die Halle. Gefion schaute ihre Untertanen mit ernster Miene an. Misstrauen und Entsetzen waren in deren Augen zu sehen.

»Mir ging es wie euch. Wie können unsere Auserwählten uns verraten? Aber wie dürfte ich an den Worten der Göttin zweifeln?«, fügte Gefion dann hinzu.

»Die Priesterinnen haben sich von der Göttin und von meinem Volk abgewandt. Snotra diente anderen Mächten als denen, denen sie ihren Eid geschworen hatte. Die Göttin verlangte, die Beule wegzuschneiden. Ich war ihr Werkzeug.«

Gefion hob das Kinn und sah ihre Untertanen an.

»Snotra ist tot.«

Eine Magd schrie auf, die anderen weinten oder wechselten

stumme Blicke. Der alte Rolf murmelte Unzusammenhängendes vor sich hin.

Waja packte die Hand einer ihrer Töchter.

»Wir sind verdammt«, murmelte sie.

»Nein!«

Gefions Stimme knallte wie ein Peitschenhieb und brachte alle zum Schweigen.

»Erst wenn Freya auf Vanaheims Hügeln Opfer bringt, wird der Blutdurst der Göttin gestillt sein. Die Zeit von Sünde und Wohlergehen ist zu Ende. Jetzt bricht die Zeit der Entbehrungen an. Seid dankbar dafür, dass sie überhaupt noch Erbarmen hat.«

Bis auf das Schluchzen der einen Magd war in der Halle nichts mehr zu hören.

Der alte Rolf blickte Gefion voller Zuversicht an. Selbst Wajas Misstrauen schien geschwunden zu sein. Gefion spürte, wie in ihrer Brust ihre Kraft wuchs. Nun hielt sie den Sieg in der Hand.

Hoch erhobenen Hauptes ging sie zum Drachenthron weiter und nahm darauf Platz. Eine Woge der Kraft durchflutete sie, als sie die geschnitzten Schlangen der Armlehnen streichelte.

»Geht zu jedem Hof, berichtet, was passiert ist. Die Priesterinnen sind mit Hilfe unterwegs. Ich habe ihnen befohlen, die sichere Priesterinnenhalle zu verlassen, um dem Volk zu dienen. Geht jetzt alle, geht sofort. Lasst mich mit meiner Trauer allein.«

Waja erhob sich als Erste. Die Alte war noch nicht vollständig überzeugt, aber es gab nichts, was sie hätte tun oder sagen können.

»Verzweifelt nicht, noch wacht die Göttin über uns Wanen«, sagte Gefion.

»Mögest du Recht haben, Gefion. Ich hoffe und glaube, dass du Freya holen lässt, sobald das möglich ist. Ohne Hohepriesterin können wir nicht überleben«, sagte Waja.

Gefion klatschte in die Hände.

»Hallwi!«

Eine ältere Frau mit wettergegerbter Haut trat vor den Thron. Ihre hirschlederne Kleidung und ihr Halsband aus Raubtierzähnen zeigten, dass in ihren Adern quänisches Blut floss.

»Nur Vanaheims bedeutendste Seefahrerin kann diesen Auftrag übernehmen. Hallwi, fahr du nach Alfheim, um meine Schwester Freya zu holen. Ohne sie sind wir verloren. Brich sofort auf, unser Schicksal liegt in deinen Händen.«

Hallwi kratzte sich nachdenklich in ihren grauen Haaren.

»Kann schwierig werden. Riecht nach Sturm.«

»Willst du dich mir widersetzen?«, fragte Gefion kühl.

»Ich werde segeln. Wenn Ran mich verschlingt, dann ist das wohl der Wille der Mächte«, antwortete Hallwi und zuckte mit den Schultern.

»Das wird nicht passieren. Deine Aufgabe ist von der Göttin gesegnet, sie wacht über dich. Und ich werde dich reich belohnen.«

»Bring ein Opfer für mein Wohlergehen«, sagte Hallwi und winkte ihren Frauen, um ihnen Befehle zu erteilen.

Gefion tauschte einen Blick mit Waja, die ein grelles Lachen ausstieß, ehe sie, gestützt von ihren Töchtern, zur Tür ging. Die Töchter blickten Gefion voller Achtung an. Ihre Herzen hatte sie jedenfalls gewonnen.

Die Halle leerte sich rasch, am Ende war Gefion mit Sigrid allein.

»Du hast es geschafft«, flüsterte die Blonde.

»Jedes Wort, das ich heute Morgen gesagt habe, war die Wahrheit.«

Gefion schaute ihre Geliebte an.

»Reite zurück zu den Priesterinnen, sorg dafür, dass sie ihre warme Halle verlassen. Und hör dir danach an, was die Leute auf den Höfen sagen.«

»Aber …«

»Gehorche deiner Königin!«

Sigrid senkte den Kopf, in ihrem Blick lag Verwirrung.

»Ich habe doch sonst keine, auf die ich mich verlassen kann«, sagte Gefion mit sanfter Stimme.

Sigrid verneigte sich erleichtert und lief dann durch die Doppeltür hinaus. Gefion holte Atem und schaute sich in der Halle um. Endlich allein.

Sie hob die Hand und musterte ausgiebig deren Schwielen und schwarze Nägel. Am Handgelenk befanden sich noch Spuren von geronnenem Blut. Ihr Körper kam ihr schwer vor, als sie sich vom Thron erhob und auf das Dunkel der Schlafbänke zuging. Dort war alles still.

Åse schlief ruhig in ihrem Bett aus Stroh und Fellen. Ihr Mund hing schlaff nach unten, ihr Atem ging tief und regelmäßig. Gefion setzte sich auf die Bettkante und betrachtete die Frau, die ihre Mutter war.

Schlaf und Alter löschten Åses Strenge aus. Sie sah verletzlich aus und war nicht mehr die beängstigende Königin mit den harten Mundwinkeln.

Gefion seufzte und streckte die Hand nach Åses Mantel aus, der an der geflochtenen Schilfwand hing, mit der das Bett von den anderen abgeteilt war. Sie sollte wohl trauern, aber sie fühlte sich nur noch leer.

Zwischen ihr und Åse hatte es niemals Liebe gegeben. Für Åse war Gefion ein notwendiges Übel gewesen, eine ihrer Pflichten als Königin. Sie hatte zwei Töchter gebraucht, um Kleinköniginnen und Häuptlinge vom Fortbestehen des Reiches zu überzeugen. Trotzdem war die Kälte der Mutter schwer zu ertragen gewesen. Niemals ein freundliches Wort, nie eine tröstende Umarmung.

»Wie du mich gehasst hast«, flüsterte Gefion der Schlafenden zu.

Sie zögerte, dann nahm sie die Hand der alten Frau und

fuhr sich damit langsam über die Wange. Die trockenen Runzeln kratzten auf ihrer Haut.

Sie ließ die Hand auf das Lammfell sinken, während die Bitterkeit mit voller Kraft zurückkehrte.

Freya hatte immerhin bei ihrer Tante Gullveig aufwachsen und deren Macht und Fürsorge genießen dürfen. Freya, die Auserwählte, immer wegen ihrer Schönheit verehrt, immer wegen ihrer Heiligkeit umworben.

Die Göttin war jedoch auch Gefion gnädig gewesen, denn sie hatte Åse dazu gebracht, Gefion zu Königin Göndul zu schicken. Dort hatte sie für eine kurze Zeit bei Verwandten leben können, bis zu dem verfluchten Tag, an dem das Schiff ihrer Mutter sie nach Hause geholt hatte. Eine Ewigkeit lang hatte sie dann in der Pracht dieser Halle gelitten. Jetzt war das endlich vorbei.

Åse röchelte im Schlaf. Gefion fuhr zusammen.

Die Angst, die sie noch immer vor dieser ausgedörrten Greisin empfand, machte sie wütend. Aber jetzt war keine Zeit für Zweifel. Sie musste es tun, für Vanaheim.

Gefion faltete den Umhang zusammen, schaute die wellenförmigen Muster an, die sich im Wollstoff zeigten.

Åse würde nichts spüren. Ein schmerzloser Tod im Schlaf. Niemand sollte sehen, was passiert war, niemand sollte etwas merken.

Ein scharfer Schmerz bohrte sich in ihren Bauch. Sie biss die Zähne zusammen, dachte daran, was Åse immer gesagt hatte: Eine Königin gehört ihrem Land, ihr Wille und ihr Wunsch müssen immer hinter dem zurückstehen, was das Beste für Vanaheim ist.

Sie war die Letzte in der Blutlinie, die bis in den Morgen der Zeiten zurückreichte. Gefions Schicksal war es, den Drachenthron zu übernehmen. Sie war zu rücksichtsloser Stärke geboren.

Åse musste sterben, für Vanaheim.

Gefion schaute sich um, die Schlafbänke waren leer, die Halle verlassen. Sie hob den Umhang und drückte ihn auf Åses Gesicht. Der röchelnde Atem wurde durch den Stoff gedämpft. Ihre Mutter hob die Hand, ihre Finger kratzten über Gefions Arm.

Gefion beugte sich über ihre Mutter, presste den Umhang fester in deren Gesicht. Die alte Frau spannte ihren Körper an und warf sich in ihrem unerwarteten Todeskampf hin und her.

Dann erstarrte Gefion. An Åses Arm war etwas Schwarzes zu sehen.

Sie riss den Umhang vom Gesicht ihrer Mutter. Mit dunkelgelbem Eiter gefüllte Beulen prangten in der Achselhöhle der Greisin. Gefion schnappte nach Luft und schaute in die Schatten. Eine seltsame Müdigkeit fraß sich in ihren Körper. Ihre Hand zitterte leicht, als Gefion den Umhang auf den Lehmboden fallen ließ. Åse lag bereits im Sterben.

Freya nahm das trockene Gewand entgegen, das Kol ihr reichte, und streifte es sich über den Kopf. Der blaue Wollstoff umfing ihren Körper wie eine warme Umarmung. Freyas Oberschenkel waren noch feucht von Thors Samenerguss. Ihr Körper fühlte sich schwer an.

Kol öffnete den Schmuckschrein, Gold und Bronze funkelten in dem geschnitzten Kasten. Freya griff nach ihren Kleinoden.

»Du kannst gehen.«

Aber die Hausfrau zögerte noch.

»Ein Boot ist von den äußeren Inseln gekommen. Sie haben einen Kranken an Bord.«

Freya schnaubte.

»Soll ich, die Auserwählte, mich um einen Mann von den äußeren Inseln kümmern? Soll ich vielleicht auch noch Pissruten binden und den Abtritt säubern?«

Kol errötete und biss sich auf die Lippe.

»Die Priesterinnen sind bei Freyr. Ich dachte …«

»Dann lass sie herkommen. Sofort.«

Kol verbeugte sich und verschwand im Nebenzimmer. Freya sah ihr hinterher, dann ließ sie sich auf den Hocker neben der Schlafbank sinken.

Hatten denn an diesem verdammten Tag alle den Verstand verloren? Begriffen sie nicht, welche Last Freya zu tragen hatte? Sie suchte zerstreut zwischen ihren Halsbändern und entschied sich endlich für das Größte. Vier Reihen aus Sonnenspiralen wanden sich über das weiche Gold. Sie fühlte sich ein wenig besser, als sie das Geschmeide in ihrem Nacken schloss. Sie musste würdevoll und mächtig sein, wenn sie für Freyr das Opfer zelebrierte.

Thor sollte ihre Macht sehen. Wie hatte er glauben können, sie werde Freyr wegen der Kranken von Idunvallen vernachlässigen? Diese eingebildeten, verräterischen Asen!

Sie schloss die Augen, sah Thor vor sich und lächelte. Er hatte jetzt bestimmt allerlei Stoff zum Nachdenken. Freya lehnte sich an die Schlafbank, genoss die Wärme der Feuerstätte und überließ sich ihrer Müdigkeit. Die Schlafbänke waren dunkle, leere Löcher an den Wänden der Halle. Bündel und Urnen pendelten langsam unter den verstaubten Dachbalken. Langsam legte sich ihre Spannung, ihr Körper wurde weich und warm. Ihre Augen wurden schwer, doch als Freya gerade in den Schlaf glitt, veränderte sich die Luft. Sie verdichtete sich und roch nach Brand.

Verzweifelt schaute Freya auf. Etwas befand sich in der Halle. Konnte sie denn nicht ein einziges Mal verschont bleiben?

Nahm es denn nie ein Ende?

Hnoss stand neben der Feuerstätte.

»Ich habe Sehnsucht nach dir, Mutter.«

Bei diesen Worten stöhnte Freya vor Schmerz auf. Ein glühendes Band schloss sich um ihren Kopf. Schwarze Flecken schwebten vor ihren Augen.

In all den Jahren hatte sie Kranke und Schwache geheilt, hatte demütig der Göttin gedient. Trotzdem hatte sie ihren kostbarsten Besitz nicht retten können.

Alvarins Totenhaus hatte Kräfte angelockt, die Freya damals nicht erkannt hatte. Sie hatten die kleine Hnoss auf die hohen Mauern geholt. In ihrer Ahnungslosigkeit hatte sie sich von der Bosheit verleiten lassen, die im Inneren des Totenhauses auf sie wartete.

Einige Schritte auf der Mauer waren alles, was sie gebraucht hatten. Die Kräfte der Dunkelheit hatten Freyas kostbarsten Schatz zerstört, hatten ihr Genick auf dem Steinboden gebrochen. Freya sah es so deutlich vor sich, als sei es eben erst passiert. An diesem Tag hatte der Alb begonnen, an ihrem Fleisch zu nagen. Die düstere Trauer war ihre Strafe.

»Ich hätte über dich wachen müssen«, flüsterte Freya.

Ihre Schande war wie eine blutende Wunde. Wahnsinnsqualen und Totentrauer. Wenn sie nur ihr Kind zurückhaben könnte.

Hnoss schimmerte in den Schatten, sie wuchs, die Luft in ihrer Nähe wurde heller.

»Komm zu mir, Mama, du fehlst mir so«, bettelte sie mit kindlicher Stimme.

Freya fuhr sich mit der Hand über ihre nassen Haare. Spürte ihre Sehnsucht nach der Nachwelt. Erst dort würden ihre Fesseln gelöst werden und ihre Qualen ein Ende nehmen.

Hnoss lief zu Iduns Schlafbank hinüber und betrachtete die Kleidungsstücke ihrer Schwester. Sie sah so lebendig aus, fast, als sei das Schreckliche nie passiert.

»Auch Idun kommt zu mir. Noch nicht gleich, aber bald.«

Hnoss wurde traurig, ihre Unterlippe zitterte.

»Über Idun wachst du auch nicht. Wir sind Schatten für dich.«

Ihre Worte trafen Freya wie ein Fausthieb.

»Nein!«

Sie sprang auf, der Schrein fiel zu Boden und die Schmuckstücke verteilten sich auf dem Lehmboden.

»Alles, was ich im Leben bekommen hatte, habe ich euretwegen aufgegeben. Diesen Vorwurf darfst du mir also nicht machen!«

Der Geist löste sich langsam auf.

»Warte! Bleib bei mir!«

Sie streckte die Hand aus, aber Hnoss verschwand langsam in den Schatten.

Freya sank auf die Knie. In ihrem Kopf wütete ein Schmerzenssturm.

Wenn sie nur Ruhe finden könnte. Wenn ihr das hier nur erspart bliebe!

Aber sie, die Vollkommene, konnte die Anklagen ihrer toten Tochter nicht entkräften. Freya schaute zur Decke hoch.

»Mutter, gib mir Kraft«, flüsterte sie mit zitternder Stimme.

Die Männer warteten am Strand. Sie wollten lieber in der Kälte stehen und ihr Boot bewachen, statt an Alfhilds warmer Feuerstätte zu sitzen. Sie drängten sich um ein Feuer zusammen, das im Nebel hoch aufloderte. Es regnete jetzt nicht mehr. Trotzdem hatten sie sich Felle über die Schultern gelegt, um sich vor Feuchtigkeit und Kälte zu schützen. Thor schaute sie stolz an, als er von der Heide hergewandert kam. Sie waren prachtvolle Burschen. Hocherhobenen Hauptes standen sie da und scherzten miteinander.

»Und da machte sie die Beine breit und ließ einen fahren«, hörte er Ottar sagen und die Männer brachen in grobes Gelächter aus.

Rådar schlug dem Witzbold so heftig auf den Rücken, dass dem fast das Wolfsfell von den Schultern gerutscht wäre.

Thor drängte sich zwischen seine Krieger, begrüßte sie und wärmte sich die Hände am Feuer. Er hustete und fröstelte. Der Regen hatte ihn bis auf die Haut durchnässt.

»Warst du unten bei Ran, um über das Wetter zu verhandeln?«, fragte Loki.

Die Männer grinsten. Ull warf einige Zweige aufs Feuer, das knisterte und aufloderte.

»Ich hol dir einen trockenen Umhang«, sagte der Junge und watete hinaus zum Boot.

Thor schaute ihm zufrieden hinterher. Da hatte er einen braven Knaben großgezogen.

Baldur begegnete durch die Flammen hindurch seinem Blick.

»Wann segeln wir?«

»Heute Nacht«, antwortete Thor und fuhr sich mit den Händen über sein regennasses Gesicht.

Seine Hände rochen so sehr nach Freya. Irrsinn und Liebeszauber. Der Duft ihrer Feuchtigkeit ließ seinen Unterleib brennen. Bestimmt hatte sie einen Zauberspruch über ihm aufgesagt, hatte seine Sinne verhext. Sonst hätte er sie doch im Wald liegen lassen, statt sich wie ein brünstiger Hengst mit ihr zu paaren. Aber was geschehen war, war geschehen. Und er bereute es wahrlich nicht.

Thor trat näher ans Feuer heran und schaute seinem Bruder ins Gesicht. Baldur hatte trotz seiner Betrunkenheit Recht gehabt. Sie mussten in den Kampf gegen Gorm ziehen. Er hatte nicht viel Vertrauen zu Freya, aber wenn sie in der Opferquelle Odin bei Gorm gesehen hatte, dann gab es keinen Grund, ihr nicht zu glauben. Verdammter halbblinder Graubart! Odins Durst nach Macht und Gold hatte ihnen dieses Unglück beschert. Thor trug keine Schuld. Bestimmt hatte Freya sich geirrt.

Es war Odin, ihr Allvater, der Gorm aufgesucht hatte, um heimlich einen brüchigen Frieden zu schließen. Und jetzt mussten sie in den Krieg ziehen, um ihren Speermeister zu befreien.

Aber wenn Gorms Priesterin die schwarze Seuche geschickt hatte, dann würde sie teuer dafür bezahlen müssen.

Trotzdem wäre es besser, Freya mit auf die Fahrt zu nehmen. Hexe gegen Hexe, so könnten sie den Kampf gewinnen.

Er nahm den Umhang, den Ull geholt hatte, und legte ihn sich um die Schultern.

»Nachts zu segeln ist nicht so leicht. Die Kälteriesen kommen von Norden hergewandert. Ich spüre ihren stinkenden Atem bis ins Mark«, sagte Baldur.

»Wir haben keine Wahl«, sagte Thor.

Er musterte seine Männer mit ernster Miene.

»Die Hexe Freya hat mir eine Nachricht von unseren toten Kameraden übermittelt.«

Die Männer schauten auf.

»Schleift eure Schwerter. Tiwaz ruft. Ein großartiger Kampf erwartet uns. Es wird der Größte und Wichtigste, den ihr in eurem jämmerlichen Leben erfahren könnt.«

Die Männer lachten.

»Sag, dass wir gegen Gorm kämpfen werden«, rief der alte Rain.

Thors Ja wurde mit Jubel begrüßt.

»Unser Friedensangebot hat er abgewiesen. Stattdessen hat Gorm Odin gefangen genommen. Unser großer Häuptling sitzt gebunden wie ein Hund.«

Die Männer schrien vor Wut.

Rain zog sein Schwert und schwenkte es durch die Luft.

»Dann wird mein beißendes Eisen ihn bluten lassen.«

»Und meins auch«, rief Thor.

Stolz und Stärke erfüllten seine Brust. Wie sollte er mit diesen Kriegern an seiner Seite verlieren können, mit Ull, Rain, Loki, Baldur, Ottar, Rådar, Sakse?

Der Feind, dem sie entgegentreten würden, war viel stärker als sie. Trotzdem gab es in ihren Blicken keinen Zweifel, dort sah Thor nur Stärke und Wut. Sie verdienten nur das Beste. Keine Hexe, keine finstere Kraft würde ihnen schaden können. Dafür wollte er sorgen.

Alfhild lehnte sich an den Türpfosten und schaute besorgt über den nebelgrauen Hofplatz. Vor dem eilig angesetzten Opferfest an diesem Abend war noch so viel zu erledigen.

Die Mägde rannten in den Vorratshäusern aus und ein. Aiki kam mit zwei Lederschläuchen voller Wasser in jeder Hand vom Bach her. Bei der Kochgrube leerte sie sie über dem Kochgeschirr aus.

Moira schickte sie sofort, um noch mehr zu holen.

Alfhild sah diesen Arbeiten zufrieden zu. Auf ihrem Hof ging alles gut, alle kannten ihre Aufgaben. Die Welt mochte ein von Finsternis erfülltes Chaos sein, hier immerhin herrschte Ordnung.

Die Männer hatten schon die für das Opfer bestimmten Schweine geschlachtet. Ausgeblutet hingen sie an den niedrigsten Ästen des Schutzbaumes.

Sigvard zog den Feuersteindolch aus dem Gürtel, spuckte darauf und schlitzte dann den Bauch des braunen, zottigen Schweins auf. Das blaugraue Gedärm klatschte auf die geflochtene Strohmatte.

Bolde half Vadrik, den dampfenden Fleischhaufen zur Kochgrube zu tragen. Alfhild ließ ihren Erstgeborenen nicht aus den Augen. Er war dunkel und alles andere als hässlich. Aber sein Gemüt blieb ihr fremd. Bolde sagte nur selten etwas und wenn Frauen dabei waren, wirkte er unbeholfen. Am liebsten war er mit seinem Vater zusammen. Er ähnelte niemandem aus der ganzen Sippe. Alfheims Königinnengeschlecht waren immer Durchhaltevermögen und gute Laune nachgesagt worden. Nicht einmal ihr Vater Alvarin, der den Königinnenumhang hatte auf sich nehmen müssen, nachdem seine Schwester im Süden beim Bronzehandel erschlagen worden war, hatte als schwermütig gegolten. Der Einzige, der vielleicht mit Bolde Ähnlichkeit gehabt haben könnte, war ihr Urgroßvater mütterlicherseits, Didrik der Jähzornige. Aber der hatte schon als junger Mann seine Zähne verloren und seine Schmerzen mit Met und Bier verjagt. Alfhild seufzte und schlug die Arme übereinander. Die Bronzespirale an ihrem Handgelenk leuchtete auf.

Ein wütender Wind fegte vom Meer herein. Die Wellen kochten wie in einem blaugrauen Kessel. Alfhilds flachbödiges Schiff wiegte sich unruhig unter Rans harten Liebkosungen. Alfhild fröstelte, war froh, dass sie sich für ihr Wintergewand entschieden hatte und sah zu, wie Bolde unter einem weiteren Schwein die Strohmatte ausbreitete.

An dem Tag, an dem sie schreiend und blutend diesem Jungen das Leben geschenkt hatte, hatte sie geschworen, ihn nicht zu Pflegeeltern zu geben, wie es bei den Wanen sonst Brauch war. Sie wollte ihn bei sich haben, wollte eine Mutter für Töchter und Söhne sein. Moira hatte gemurrt und es als ungesund für eine Königin bezeichnet, aber Alfhild setzte sich durch.

Doch der Junge hatte von klein auf eine engere Beziehung zu Sigvard und wehrte sich gegen Alfhilds Mütterlichkeit.

»Geht's gut?«, rief sie Sigvard zu.

Ihre Stimme ließ ihn von den Schlachtschweinen aufblicken. Er lächelte und kam mit langen Schritten auf sie zu. Er sah müde aus nach dem nächtlichen Trinkgelage mit den Asen, seine Augen waren rot unterlaufen, seine Wangen rau und unrasiert. Doch trotz der langen Zeit, die sie nun schon zusammenlebten, wurde ihr beim Anblick ihres Gatten heiß.

»Sechs Schweine haben wir für das Opfer getötet. Das muss reichen«, sagte er.

»Die Alfenpriester müssen bald losgehen und die Leute zusammenrufen.«

Sie wurden von einem schrillen Schrei in einem Vorratshaus unterbrochen. Svea und Ingvild kamen zum Vorschein, gefolgt von einer wütenden Magd.

Die Mädchen kicherten, als sie zusammen mit einem bellenden Hund am Langhaus vorbeirannten.

Alfhild lächelte voller Stolz über die Wildheit ihrer Töchter. Dann fiel ihr ein, wen sie schon den ganzen Tag vermisste.

»Wo steckt Idun?«

»Sie schien sich gestern Abend in der Halle sehr gut mit Bragi verstanden zu haben«, sagte Sigvard mit viel sagendem Blick.

Das klang bedrohlich. Für die Asen war der Vater ungeheuer wichtig. Und wenn sie erführen, wer Iduns Vater war, dann könnte allerlei geschehen. Die Bronzestäbe in Alfhilds Gürtel klirrten leise, als sie einige unruhige Schritte machte. Sogar der blinde Njörd konnte die Verwandtschaft zwischen Idun und Thor erkennen. Das verhieß nichts Gutes für Alfhilds Pläne.

Alfhild schaute wütend zu Bolde hinüber, der mit seinem Steinmesser einem Schwein das Fell abzog. Verdammter Trödler. Wenn er nur Verstand genug hätte, um Idun zu umwerben, dann müsste Alfhild sich hier nicht mit dieser neuen Sorge auseinandersetzen. Aber der Junge brachte ja nie ein Wort heraus, wenn Idun in der Nähe war.

»Du musst jetzt handeln.«

Sigvard schüttelte besorgt den Kopf.

»Das wird nicht leicht. Bolde hat kein Interesse an Idun. Er läuft einer der Mägde hinterher.«

»Das ist mir egal. Alfheims Zukunft ruht auf seinen Schultern. Begreift er das nicht? Ist er denn schwachsinnig?«

»Ich werde ein ernstes Wort mit ihm sprechen«, sagte Sigvard.

»Du wirst dafür sorgen, dass er meinen Willen tut. Nicht mehr und nicht weniger.«

Alfhild schnaubte über Sigvards Zaghaftigkeit. Sie hätte sich selber um die Sache kümmern müssen. Wenn Bolde und Idun erst unter den Hammer getreten wären, würde die Blutmacht des Mädchens hier auf dem Hof bleiben. Reichtum und Macht würden damit fester an Alfheim gebunden.

Jetzt strich ein Ase um Idun herum wie ein hungriger Wolf. Schön wie ein Gott war er noch dazu. Alfhild hatte ihm am Vorabend selber so manchen Blick zugeworfen. Das hier verhieß nichts Gutes. Die Asen waren nicht dumm. Sie würden begreifen, welcher Schatz dieses Mädchen war.

Alfhild schaute zur Heilhütte hinüber. Die Priesterinnen Botaid und Sot wachten an der Tür. Mit ernsten Mienen standen sie in der feuchten Kälte.

»Kann ich wieder an die Arbeit gehen?«

Alfhild nickte Sigvard kurz zu.

»Aber heute Abend will ich sehen, dass unser Sohn die Kleine umschmeichelt.«

Sigvard verzog zweifelnd das Gesicht.

»Alles, was du begehrst, meine Königin«, sagte er und küsste sie leicht auf die Stirn.

Dann ging er zu Bolde hinüber, legte dem Jungen die Hand auf die Schulter und zog ihn von den Schweinen weg.

Alfhild schaute zufrieden zu ihnen hinüber, dann hob sie die Hand und winkte Sot zu sich.

Die junge Priesterin verneigte sich mit überraschtem Gesicht vor Alfhild. Die beiden hatten noch nie miteinander gesprochen.

»Ist unserem geliebten Freyr die Gesundheit wiedergeschenkt worden?«

Sot legte die Hand aufs Herz.

»Er schläft einen stärkenden und ruhigen Schlaf. Das verheißt Gutes für seine Genesung«, erwiderte sie mit dunkler, singender Stimme.

Alfhild lächelte besorgt.

»Es gibt etwas, das mir heute Morgen Sorgen macht. Wo steckt Idun? Die Kinder fragen nach ihr.«

Sot wich dem Blick ihrer Königin aus.

»Ist sie mit dem Asen zusammen?«, fragte Alfhild streng.

Sot zögerte einen kurzen Moment.

»Ich glaube, ja«, sagte sie dann.

Alfhild legte besorgt den Kopf schräg.

»Das ist nicht so gut.«

»Ich habe versucht, ihr klar zu machen, dass sie sich vor den Asen hüten soll, aber sie hört nicht auf mich. Er hat ihr den Kopf verdreht.«

Jetzt war Alfhild sich ihrer Sache sicher. Sie versuchten, die Kleine zu umgarnen. Sie sah sich Sot genauer an. Die war eine tüchtige Priesterin, das wusste Alfhild, aber sie war von niedriger Geburt. Ihre Mutter war Leibeigene der Asen gewesen. Das konnte Alfhild ausnutzen. Außerdem war das Mädchen schön, ihre Brüste waren füllig unter dem blauen Gewand.

»Du musst mir auf dem Opferfest beistehen und der Keil sein, der sich zwischen Idun und Bragi schiebt«, sagte Alfhild.

»Ich werde alles tun, was du begehrst, Königin«, sagte Sot demütig.

Alfhild sah und erkannte den Machthunger, der die Augen der Priesterin glänzen ließ. Sie lächelte zufrieden.

Das Schiff der Asen war nicht so reich verziert wie Alfhilds breitbäuchiges Fahrzeug. Bragi erklärte, Skidbladnir sei gebaut worden, um stark und schnell zu sein, und das sah Idun nun, als sie sich schüchtern dem Strand näherte.

Die Männer ließen ihre Arbeit sinken, als sie Idun und

Bragi erblickten. Sie starrten die beiden neugierig an. Iduns Herz schlug heftig und sie errötete.

»Da ist Thor«, sagte Bragi.

Der rothaarige Riese am Bug hob die Hand zum Gruß.

Bragis Hand schloss sich um Iduns.

»Hab keine Angst. Vergiss nicht, dass du von viel höherer Geburt bist als alle diese Männer. Du kannst ihnen befehlen, was du willst. So mächtig bist du.«

Idun versuchte zu lachen. Dieses Gerede über ihre Herkunft kam ihr unwirklich vor, wie ein viel zu großer und viel zu kostbarer Umhang, der um ihre Schultern gelegt wurde.

Zwei Arme schlossen sich um ihre Mitte, Bragi trug sie über das Wasser und hob sie über die Reling. Idun kletterte an Bord und sah sich um. Die Männer glotzten. Sie versuchte, den Kloß in ihrem Hals hinunterzuschlucken.

Gleich darauf stand der Riese vor ihr. Ihr Vater. Der Held. Das Deck schwankte unter ihren Füßen.

»Willkommen, Idun. Es freut mich, dass du gekommen bist.«

Seine raue Stimme klang so freundlich, was ihn gleich weniger beängstigend erscheinen ließ. Thor legte den Arm um ihre Schultern und schaute sich im Boot um.

»Das hier ist Idun, meine einzige Tochter. Ich erkenne sie hier und jetzt als solche an. Ehrt sie, sonst erschlage ich euch mit meinem Hammer.«

Die Krieger lachten gutmütig.

»Wie kann so ein hässlicher Kerl eine so schöne Tochter haben«, sagte ein blonder Mann und kam auf Idun zu.

»Das ist mein Bruder Baldur, dein Onkel«, sagte Thor.

»Du ehrst unsere Sippe, Nichte«, sagte der blonde Krieger, senkte den Kopf und legte sich die Faust auf die Brust.

Die Männer folgten diesem Beispiel. Idun staunte über diese Ehrerbietung.

»Sie erkennen deine hohe Stellung an. Von nun an werden

sie dich mit ihrem Leben verteidigen«, flüsterte Bragi hinter ihrem Rücken.

Idun sah die Krieger überrascht an. Sie wollten für sie kämpfen? Sie bis in den Tod verteidigen? Ihr Körper wurde weich vor Stolz und Freude. Nie mehr würde sie sich vor irgendetwas fürchten müssen.

Idun holte tief Luft und versuchte, das viele Glück zu erfassen, das die Göttin ihr an diesem Tag geschenkt hatte. Bragi, diese Männer, ein Vater, der ein Held war. In ihrem Kopf drehte sich alles.

»Hat der Junge dich gut behandelt?«

Idun schaute Thor überrascht an. Was meinte er wohl?

»Ja«, flüsterte sie verlegen.

»Wenn er sich nicht benimmt, dann sag mir Bescheid«, knurrte Thor und schaute Bragi, der sich räusperte, grimmig an.

»Ich habe etwas mit dir zu besprechen, Häuptling. Etwas, das ich laut und vor den Ohren deiner Tochter sagen muss.«

Thor schlug die Arme übereinander. Der große Hammer an seinem Gürtel schwenkte hin und her. Der muss ja ungeheuer schwer sein, dachte Idun.

Bragi schien nervös zu sein, als er hier vor Thor stand. Verschwunden waren sein Mut und seine Gelassenheit.

»Ich habe Idun gebeten, mit mir unter den Hammer zu treten und auf meinem Hof zu wohnen«, sagte Bragi kurz und presste ihre Hand.

Idun wurde ganz und gar von Glück erfüllt. Aber Thor blieb ernst. Er schaute Bragi mit strenger Miene an.

»Da hast du eigenmächtig gehandelt«, sagte er drohend.

»Ich bitte um dein Einverständnis, hier und jetzt.«

Bragis Wangen waren rot, seine Hand, die Iduns umklammert hielt, war schweißnass.

Idun sah von einem zum anderen, langsam begriff sie. Bragi hatte Angst vor Thor, trotzte ihm aber um ihretwillen. Das war seltsam. Alles, was sie für Trugbilder und glattzüngige Rede gehalten hatte, stimmte. Bragi liebte sie wirklich. Ihr letzter Widerstand zerfiel zu Staub. Freude jubelte in ihrer Brust.

»Was sagst du dazu, Idun? Die Jungen müssen sich um deine Gunst schlagen. Willst du Bragi denn?«, fragte Thor, jetzt freundlicher.

Idun schaute zu dem Helden empor, den ihre Mutter in ihrer Jugend so geliebt hatte. Vor langer Zeit hatte Freya für Thor alles geopfert. Sie hatte Åse getrotzt und ihr Volk verlassen, um Thors Leben zu retten. Jetzt konnte Idun für Bragi dasselbe tun. Sie würde ihm Liebe schenken und Freude in sein hartes Leben bringen.

Sie drückte Bragis Hand und lächelte. Freya würde sie verstehen; Idun folgte schließlich ihrem Beispiel.

Das hier war das Schicksal, das in ihrem Lebensgewebe lag, und bald würden Iduns und Bragis Kinder die Geschichte der Liebe ihrer Eltern hören.

»Nichts möchte ich lieber«, flüsterte sie.

Thor musterte Bragi scharf.

»Das geht alles ziemlich schnell. Bei Sonnenaufgang wusste ich noch nicht, dass ich eine Tochter habe, und mittags will sie schon mit einem meiner Männer unter den Hammer treten.«

Idun errötete und starrte die groben Planken an.

»Deine Mutter wird damit nicht einverstanden sein«, sagte Thor zu Idun.

Sein Umhang hing über seiner einen Schulter, sein Schwertarm war frei. Schwarze Tätowierungen rankten sich von der Faust bis zur Schulter.

»Sie hat dich gerettet und ist mit dir geflohen«, sagte Idun.

Thor schnaubte.

»Seither ist viel passiert.«

»Ich habe Idun gebeten, uns heimlich zu begleiten«, sagte Bragi.

Idun hielt den Atem an. Was, wenn Thor das nicht gestattete?

Der musterte sie mit ernster Miene und zuckte dann mit den Schultern.

»Wir segeln heute Nacht nach dem Opfer. Es freut mich sehr, wenn du uns begleitest. Du hast mein Wort darauf, dass wir dich ehren werden. Du hast nichts zu befürchten«, sagte Thor.

Bragi sah sie an. Jetzt musste sie antworten.

Idun fühlte sich, als stände sie vor einem bodenlosen Abgrund. In diesem Moment entschied sie über ihre Zukunft. Ihr Volk würde wütend auf sie sein.

Aber wenn Freya erst ihre Enkelkinder sähe, würde sie sich freuen. Das Schiff bewegte sich sanft unter Iduns Füßen. Hier war sie geborgen. Sie drückte Bragis Hand. Bei dem Asen war keine Bosheit zu finden. Bei ihm würde sie alles bekommen, wovon sie geträumt hatte.

»Ich komme mit«, flüsterte sie.

Idun holte zitternd Atem, ihr Mut überraschte sie. Aber ihre Entscheidung war gut und richtig. Das spürte sie tief in ihrem Herzen.

Thor musterte das magere Mädchen, das da zitternd neben Bragi stand. Die Kleine benahm sich wie eine verprügelte Leibeigene. Nichts an ihr erinnerte an seine ungebärdigen Söhne, die sich die ganze Zeit miteinander rauften.

Wie konnte er der Vater dieses Angsthäschens sein? Er wagte kaum, sie anzurühren, aus Angst, ihr dabei die Knochen zu brechen.

Die Männer schlugen Bragi auf die Schultern und wünschten ihm viele Söhne. Der Junge stand stolz neben Idun. Thor schnaubte. Aber es war schließlich seine Schuld.

Iduns hohe Geburt war für Bragi wie ein goldener Schatz. Seine Stellung würde sich um vieles erhöhen, wenn er sie an seiner Seite hätte. Natürlich ergriff der Junge diese Möglichkeit, seine Macht zu vergrößern und zugleich Thor einen Gefallen zu tun. Er hatte klug gehandelt, das musste Thor zugeben.

Er lehnte sich an die Reling, während die jungen Liebenden miteinander tuschelten.

Freya würde wütend sein. Aber wenn Idun erst mit Bragi verheiratet wäre, würde sie den Asen zu Hilfe kommen müssen. Bald würde Freya bei ihnen von Hof zu Hof gehen und die schwarze Seuche vertreiben. Das war wichtiger als alles andere. Dem Band, das sie bald vereinen würde, könnte sie nicht entkommen.

Und Freya würde ihnen im Kampf gegen Gorm helfen müssen.

Thor umschloss zufrieden Mjölnirs Schaft mit der Hand und sah Idun an. Nur ein Narr pries das Eis, ehe er sicher auf dem anderen Ufer stand, und die Wünsche einer Frau waren so trügerisch wie das Herbstwetter.

Noch war das Mädchen nicht unter den Hammer getreten, noch konnte vieles geschehen.

Thor schaute zu Alfhilds Hof hinüber. Auf dem Hofplatz eilten die Menschen hin und her, das Ufer war leer. So gern er es auch getan hätte, er konnte die beiden nicht sofort vermählen. Das hätte ihm und Idun nur Schande eingebracht. Ohne ein Fest würde er von allen wegen seiner Heimlichtuerei verspottet werden und Idun würde von den anderen Frauen wie eine Leibeigene behandelt werden. Er musste zeigen, dass er sie als seine Tochter ehrte, sonst würde die Kleine ein hartes Leben haben. So viel wusste er immerhin über die Welt der Frauen.

Thor zog Mjölnir aus dem Gürtel und lächelte Idun an.

»Wir Asen haben einen Brauch. Die jungen Leute, die unter den Hammer treten wollen, schwören, ihr Versprechen zu halten.«

Die Männer murmelten beifällig.

»Ich habe hier ein Eidband«, sagte Loki und durchwühlte seinen Ranzen; dann zog er das Band heraus, in das viele Kraftzeichen eingewebt waren.

Thor begegnete Bragis Blick, er sah, wie der Junge zögerte, als sei ihm eben erst der Ernst der Lage aufgegangen. Wenn Bragi erst geschworen hätte, würde er nicht mehr umschwanken können. Idun sah verängstigt aus.

»Mach dir keine Sorgen, du wirst ein großes Fest und kostbare Geschenke bekommen, wenn wir erst in Idunvallen sind und ihr unter dem Hammer steht.«

Dann hob Thor seinen Hammer.

»Leg die Hände darauf.«

Iduns Hand zitterte über der goldenen Bronze. Sie war so klein in Bragis Pranke. Loki fing an, in einer fremden Sprache zu singen, seine Stimme hob und senkte sich, während er das Eidband um ihre Hände wickelte.

Idun schien kurz vor einem Zusammenbruch zu stehen. Loki umkreiste die beiden, murmelte seine Beschwörungen, segnete sie mit seiner Kraft. Als er verstummte, ergriff Thor das Wort.

»Bragi, schwöre bei Tiwaz, dein Versprechen zu halten und meine Tochter zur Frau zu nehmen.«

Der Junge schluckte, ehe er antwortete.

»Ich schwöre.«

»Idun, schwöre bei der Göttin, deinen Eid nicht zu brechen und dich von Bragi nicht abzuwenden.«

»Ich schwöre«, flüsterte sie.

»Dann steht es fest. Und wer den Eid bricht, möge wegen dieser Treulosigkeit vertrieben und verhöhnt werden.« Thors Stimme hallte über das Wasser.

»So möge es geschehen«, sagten die Männer wie aus einem Mund.

Thor schob Mjölnir wieder unter seinen Gürtel und schaute die jungen Leute zufrieden an. Er fühlte sich überaus wohl in seiner Haut. Eine Hochzeit war genau das, was seine Leute in diesen düsteren Zeiten brauchten. Sogar Siv würde sich darüber freuen.

Loki löste das Band, ließ die beiden frei. Bragi war bleich wie eine Eisscholle. Thor grinste. Jetzt hatte der Knabe eine wichtige Lektion gelernt. Man soll sich sehr gut überlegen, was man sich wünscht, denn es kann passieren, dass man es auch bekommt.

Der weiße Hengst bäumte sich auf. Dampf quoll aus seinen Nüstern. Die Muskeln bewegten sich unter seiner angespannten Haut. Freya strich dem Tier beruhigend mit der Hand über den Hals. Schnaubend tänzelte der Hengst vor dem Langhaus der Alfenpriester hin und her.

»Es ist eine Ehre, auserwählt zu sein, du solltest dich freuen.«

Das Pferd bewegte die Ohren. Freya nickte Svava zu. Es war ein makelloses Tier – ein hervorragendes Geschenk für die Göttin.

»Du verschwendest unser prächtigstes Tier.«

Freya drehte sich langsam um.

Widar stand mit verschränkten Armen vor dem Langhaus der Alfenpriester. Seine Verbitterung stank wie verfaultes Fleisch. Freya seufzte tief. Widars Widerwille machte ihr zu schaffen wie ein Flohstich.

Die Priester zogen die heiligen Pferde zwar groß, doch die Tiere gehörten ihnen nicht, ebenso wenig wie die Bronze und das Gold, aus denen sie ihre kostbaren Gegenstände schmiedeten.

»Der Hengst gehört der Königin, der wir alle dienen«, erwiderte Freya förmlich.

Diese offene Feindschaft zwischen Widar und ihr durfte während des Opfers nicht weitergehen. Alle Kraft musste sich auf Freyr konzentrieren.

Svava und ein Alfenpriester führten das Pferd fort.

Freya warf sich den unsichtbaren Kraftmantel der Göttin über die Schultern und trat vor den Hohepriester. Selbst sein knochiger Körper strahlte Unwillen aus. Unter seinem Kittel ragte sein Bauch hervor. Er war so weit von Freyrs geschmeidiger Schönheit entfernt! An diesem Mann gab es nichts, woran die Göttin hätte Vergnügen finden können. Hinter Widar standen seine Priester. Freya kannte einige von ihnen gut, da sie bei Opfern und Fruchtbarkeitsfesten ihre Männlichkeit genossen hatte.

Jetzt sahen sie sie abwartend und ängstlich an, verschanzten sich hinter verschränkten Armen. Aber dort stand auch der alte Njörd, erleichtert sah sie seinen gekrümmten Rücken und seinen strähnigen Bart.

»Der Kummer um Freyr verdüstert unsere Gemüter«, sagte sie.

In diesem Moment stellten sich ihre Kopfschmerzen wieder ein. Nicht jetzt. Der Schmerz bohrte sich durch ihre Stirnknochen.

Freya biss die Zähne zusammen. Sah den schweigenden Widar an.

»Es kann schwer für einen Mann sein, die Wege der Göttin zu verstehen. Aber die Mutter zu missachten, bedeutet, die Weltordnung infrage zu stellen«, sagte sie wie zu einem Kind.

»Du bist nicht die Hohepriesterin der Wanen. Diesen Mantel und diesen Stab trägt Snotra in Vanaheim«, erwiderte Widar lässig.

Freya schüttelte langsam den Kopf. Der Schmerz wanderte weiter, jetzt spürte sie ihn als weiß glühenden Stachel in Stirn und Nase. Diese Qual ließ sie alles durch einen blutroten Schleier sehen. Trotzdem blieb ihre Stimme ruhig.

»Geht, lasst uns allein«, sagte sie zu Widars getreuen Mannen.

»Ruft Alfheim zusammen«, sagte Widar, ohne Freyas Blicken auszuweichen.

Die Priester ließen sie widerwillig unter den kahlen Zweigen des Sippenbaumes stehen. Nur der alte Njörd blieb, er tastete sich zu Widar heran und klammerte sich in seiner Blindheit an dessen Arm.

Als Ältester unter ihnen besaß er das Recht, ihnen zuzuhören. Freya aber konnte sich nicht bezwingen, obwohl Njörd jedes Wort vernahm.

»Hat der Zwillingsgott dir vor Schamlosigkeit den Schädel verfaulen lassen? Jeden Vollmond kämpfe ich gegen die Finsternis, die du nach Alfheim geholt hast, aber trotzdem willst du mich herausfordern.«

Freya starrte Widar in die Augen, bis er seinen Blick senkte.

»Es stimmt schon, dass das Totenhaus, das wir gebaut haben, Alfheim fast ins Verderben gestürzt hätte. Das ist meine Schuld und ich habe der Königin teuer dafür bezahlen müssen. Aber kannst du in deinem Hochmut nicht sehen, dass ich wirklich nur Freyr ehren will?«, sagte Widar.

Freya schnaubte. Widar war eine Schlange in Menschengestalt, die Gift und Zerstörung über Alfheim ausspie. Und sie wusste, worum es ihm ging.

»Schluck deine Lügen hinunter. Wenn Freyr wieder gesund ist, wird er seinen Platz als Hohepriester der Alfen wieder einnehmen. Du wirst dann wie ein abgenagter Knochen beiseite geworfen. Das weißt du, und davor hast du Angst.«

Die Priester kamen jetzt mit den beiden riesigen Bronzeluren aus ihrem Langhaus. Sie schauten besorgt zu Freya herüber, als sie auf dem Weg zum Boot vorübergingen. Bald würde der dumpfe Klang der geschwungenen Luren über das Wasser hallen und die Bewohner des Inselreiches zur Opferfeier laden.

Njörd meldete sich mit besorgter Stimme zu Wort.

»Die Alfenpriester ehren die Göttin seit dem Morgen der

Zeiten. Widar, beuge dich vor Freya, steh ihr in dieser schweren Stunde bei, oder gib deinen Umhang auf. So kann es nicht weitergehen. Ich bitte euch beide im Namen meines Sohnes, schließt Frieden. Rettet ihn für das Leben.«

Traurig sah Freya die Verzweiflung ihres Vaters. Widar schluckte wütend, musste aber angesichts der weisen Worte des Greises schweigen.

»Ich bitte um Verzeihung, Priesterin. Du hast Recht, der Kummer hat mein Gemüt zerfressen. Ich beuge den Nacken vor deiner Übermacht«, sagte Widar und legte die Hand aufs Herz.

Die Falschheit seiner Worte war offensichtlich, aber Freya verzog keine Miene.

»Ich nehme deine Entschuldigung an, geh mit meinem Segen.«

Widar verbeugte sich und verschwand im Langhaus. Sein reich verzierter Umhang wippte trotzig auf seinem Rücken.

Njörd legte Freya die Hand auf den Arm und umschloss ihn mit vor Alter schmerzenden Fingern.

»Führe mich zu Freyrs Krankenbett. Ich will heute Nacht an der Seite meines Sohnes wachen.«

Die Nähe des Alten linderte ihre Kopfschmerzen.

»Es ist mir eine Ehre«, sagte Freya und ging langsam über den Weg zu Alfhilds Hof. Es war nicht weit, nur einige Steinwürfe, aber die Schritte des Alten waren langsam und müde. Seine weißen mageren Beine ragten unter seinem Kittel hervor. Die Lederschuhe schlurften über die verfaulenden Blätter auf dem Weg.

»Bald wirst du hier mit deinem Sohn gehen«, sagte Freya tröstend.

Njörd schwieg.

»Widar wird dir niemals verzeihen, dass du ihm so viel Macht genommen hast«, sagte er nach einiger Zeit.

»Er ist ein schwanzloser kläffender Welpe«, sagte Freya.

»Die Mächte strafen die, die auch schwache Feinde nicht ernst nehmen.«

Freya lächelte. Nicht einmal Njörd kannte ihre ganze Kraft, aber seine Fürsorge tat ihr gut.

»Du hast eine schwere Last zu tragen, Tochter. Dein mächtiges Blut ist ein Geschenk und ein Fluch zugleich.«

Freya schaute überrascht auf. Er hatte seine Vaterschaft noch nie zuvor erwähnt. Das hätte Vanaheims Sitten widersprochen. Aber die Insel, auf der Freya geboren worden war, war weit weg und hier in Alfheim war das etwas anderes. Freya schluckte.

»Die Göttin gibt mir Kraft, Vater.«

Der Alte lächelte unter seinem weißen Bart.

»Du konntest kaum laufen, als die Mächte mich zwangen, deine Mutter zu verlassen. Und das tut mir auch nach dieser langen Zeit noch immer weh. Wir alle müssen uns dem Gewebe beugen. Vanaheims Königin muss zwei Töchter gebären. Und als ich an ihrer Seite lebte, blieb ihr Schoß Jahr für Jahr leer, nachdem du und dein Bruder zur Welt gekommen wart.«

»Deshalb bist du mit Freyr heimgekehrt«, sagte Freya.

Ihre Tante Gullveig hatte ihr das erzählt, sie konnte sich noch gut daran erinnern.

»Der Junge war meine ganze Freude«, sagte Njörd lächelnd und blieb stehen.

»Unter den Wanen hat es niemals einen besseren Mann gegeben«, sagte Freya.

Seine Augen füllten sich mit Tränen. Vorsichtig wischte Freya sie mit ihrem Umhang weg.

»Wenn ich die Mächte um einen einzigen Gefallen bitten dürfte, dann würde ich gerne vor meinem Tod einmal deine Schönheit sehen«, flüsterte er.

Freyas Herz durchzog eine zärtliche Trauer. Njörd war die Quelle von Freyrs Güte. Es war eine arge Schande gewesen, dass ihre Mutter ihn hatte fortschicken müssen. Seine Milde hätte Åses kalte Stärke mildern können.

Njörd war wirklich ein wahrer Diener des Zwillingsgottes, so wie sein Sohn.

Sie nahm seine Hände und legte sie vorsichtig an ihr Gesicht. Die steifen Finger suchten sich ihren Weg. Freya blieb ganz still stehen, sie schloss die Augen. Wenn ich nur Freyr durch das Opfer heilen kann!

Sie sog die raue Luft in sich ein, verdrängte ihren Zweifel. In dieser Nacht würde sie Alfheim und der Mondgöttin ihre Kraft zeigen. Die in Freyr wütende Bosheit würde unter ihrem Zauber zerfallen.

»Du bist wahrlich schön«, sagte der Alte und ließ zufrieden seine Hände sinken.

Sie nahm seinen Arm und sie gingen weiter über den schlammigen Weg auf den Hof der Königin zu. Die Kühe grasten gelassen im gelben Gras der Totenheide und Schafe und Ziegen mischten sich wie weiße Inseln darunter. Der Nebel lag in einem grauen Ring um den Fuß des Grabhügels. Hnoss schwebte in der schweren Feuchtigkeit vorüber.

Freya sah zu einer Schar von Totenvögeln hoch, die mit heiserem Geschrei über den Himmel jagten.

Ihre Sehnsucht nach Freyr wuchs. Sie wollte nicht warten, bis sie wieder wie früher mit ihm sprechen könnte. Schwester und Bruder, Priesterin und Priester. Seit sie Idunvallen verlassen hatte, fehlte ihr seine freundliche Unterstützung. Als Auserwählte der Göttin stand sie hoch über ihren Priesterinnen, nicht einmal die Königin kam ihr an Macht und Geburt gleich. Aber Freyr war ihrer fast würdig.

»Das Alter lässt meinen Leib verwittern. Einst konnte ich Ran beschwören, jetzt kann ich nicht einmal mehr von Hof zu Hof gehen. Ich habe nur noch Kummer und Schmerzen«, sagte Njörd.

»Dein Wissen gehört zu Alfheims Schätzen«, antwortete Freya und drückte seinen Arm.

Sie hatten den Hofplatz erreicht. Vorsichtig führte sie ihn zu der Hütte. Als sie die Tür öffnen wollte, sah sie, dass sein Schuhriemen sich gelöst hatte. Freya ging in die Hocke, hob den Lederriemen auf und band ihn vorsichtig. Danach richtete sie sich wieder auf.

Njörd war erschöpft. Die kurze Wanderung hatte seine Kräfte verzehrt.

»Ich danke der Göttin dafür, dass deine Demut noch nicht verflogen ist.«

Freya lächelte den Alten strahlend an, dann führte sie ihn in die rauchige Wärme der Hütte. Njörunn und drei andere Priesterinnen wachten bei ihrem schlafenden Bruder.

»Ruh dich jetzt aus, deine nachlassenden Kräfte verdunkeln dein Gemüt«, sagte sie herablassend.

»Das mag schon sein«, erwiderte der Alte und setzte sich mit dumpfem Stöhnen neben Freyrs Lager auf eine Strohmatte.

Freya musterte ihren kranken Bruder. Bald, dachte sie. Bald.

Njörunn stellte den Mörser weg, in dem sie Kräuter für Freyas Arzneien zerstoßen hatte.

»Wir müssen miteinander reden.«

Freya folgte ihr hinaus auf den Hofplatz.

Dort beugte Njörunn ihren Kopf zu Freya und flüsterte:

»Ich habe mit Baldur gesprochen, und der hat mir so einiges erzählt. Einer der Asen, Ull, ist Sivs Sohn. Freyr ist sein Vater.«

Freya runzelte die Stirn und erinnerte sich an den Knaben, bei dessen Geburt sie vor langer Zeit in einer Hütte in Idunvallen geholfen hatte. Sie lehnte sich an die Tür. Die Weidenruten knarrten unter ihrem Gewicht. Die falsche Siv, die sich als Freundin ausgegeben hatte und von der Freya dann in der Not verraten worden war. Der alte Hass loderte neu auf.

Diese Hündin Siv, die mit giftigem Gemüt Netze der Bosheit wob.

»Ihre Brut ist hier auf Alfheims Boden?«

Njörunn grinste. »Der Junge ist von Siv und Thor großgezogen worden. Er will von seinem Wanenblut nichts wissen. Die Asen haben ihn von uns entfremdet. Aber mit Freyrs Blut in den Adern …«

»… wird er beim Opfer wertvoll sein«, vollendete Freya den Satz.

Sie schaute zum Schiff in der Bucht hinüber. Masten bewegten sich hin und her. Diese verdammte Siv sollte Freyas Macht zu spüren bekommen.

»Hol den Asen mit dem Wanenblut!«

Njörunn verschwand mit leichten Schritten am Ufer. Freya fuhr sich mit den Händen über ihren schmerzenden Schädel und lächelte. Siv würde einen anderen Sohn zurückbekommen als den, von dem sie sich verabschiedet hatte. Aber Freya wollte vorsichtig sein. Die Spur des Mondes am Himmel sollte leichter zu sehen sein als ihr behutsamer Zauber.

Alfhild zog eine Grimasse, als Moira ihr die Haare kämmte. Diese Frisiererei würde sie noch zum Wahnsinn treiben. Sie saß jetzt schon seit einer Ewigkeit still auf ihrem Stuhl, während Moira ihr Locken drehte und feststeckte, bis sie wie eine Königinnenkrone auf ihrem Kopf prangten. Vor einem Opferfest musste sie sich in all ihrer funkelnden Pracht zeigen. Aus ihrem ganzen Reich würden die Menschen zusammenströmen. Als Königin war sie ihnen an Geburt und Reichtum überlegen. Und das musste sie nun auch zeigen.

Moira zog die Locken an ihren Ohren durch Goldringe.

Schweiß lief ihr über die Stirn.

»Man darf sich nicht kämmen, wenn Leute auf See sind«, sagte Ingvild und schaute ihre Mutter auffordernd an.

»Das stimmt. In Frauenhaaren wohnt sehr viel Kraft. Wenn

du dich kämmst, wird sie freigesetzt und wenn du am Wasser sitzt, kann es Sturm geben. Deshalb müssen die Haare geflochten werden«, sagte Moira.

Svea legte eine Hand auf ihre Locken, wie um sie zu bändigen.

»Warum hat Sigvard keine Kraft in seinen Haaren?«

Alfhild lachte die Kleine an.

»Der ist doch ein Mann. Seine Kraft sitzt allein in seinem Rumpf. Nur Frauen bekommen von der Göttin Lebenskraft und Zauber. Wie würde es denn aussehen, wenn Männer Kinder gebären könnten?« Die Mädchen kicherten entzückt.

Dann wurde Ingvild ernst.

»Die Alfenpriester können doch auch zaubern.«

Alfhild und Moira wechselten einen belustigten Blick.

»Das stimmt. Sie können Kräfte in einem Stein bezaubern, können sie wie Wasser fließen lassen und sie dann zum Stillstand bringen«, sagte Alfhild und legte ihre Hand auf ihr breites Bronzearmband.

»Und wie machen die das?«

Die Mädchen schauten ihre Mutter verständnislos an.

»Das werdet ihr besser verstehen, wenn ihr größer seid und euer Blutungsfest gehabt habt«, sagte Moira.

Alfhild ließ sich im Sessel zurücksinken und lächelte. Es war nicht leicht, zwei kleinen Kindern die Welt zu erklären.

»Warum hat die große Göttin neun Töchter und nicht zwölf?«, fragte Ingvild.

»Warum ist die große Göttin die Größte?«

»Jetzt reicht's, macht, dass ihr hier wegkommt«, sagte Moira streng. Widerwillig trotteten die Mädchen davon.

Idun steckte ihren Wickelrock in den Ranzen und zog ihn dann mit zitternden Händen zu. Mehr würde sie in ihr neues Leben nicht mitnehmen. Das Wams und den wärmenden langen Rock, ihr Bronzehalsband und die Armbänder.

Plötzlich wollten ihre Beine sie nicht mehr tragen. Sie ließ sich auf die Schlafbank sinken und umklammerte ihren Zopf. Das alles war wie ein gewaltiger Traum. Aber es war Wirklichkeit. Bragi gehörte ihr, wie ein vom Himmel gefallener Schatz.

Sie hatten vor ihrem Vater geschworen, vor diesem mächtigen Häuptling, der sie beschützen würde. Nie wieder würde Idun sich fürchten müssen.

Idun schaute sich in Alfhilds Halle um. Jordar brachte einen Arm voll Holz und ließ ihn neben der Feuerstätte auf den Boden fallen. Moira schrie eine Magd an, dann wandte sie sich wieder Alfhilds Haaren zu,

Sie würden ihr fehlen. Aber eines Tages würde sie mit kostbaren Geschenken zu Besuch kommen. Dann würde sie neben Alfhild sitzen und alle würden sie ehren. Freya würde Iduns erstgeborene Tochter auf den Arm nehmen und Idun für das Leben danken, das sie ihrer Sippe geschenkt hatte.

»Spielen wir?«

Svea zupfte an ihrem Rock.

»Jetzt nicht«, antwortete Idun.

Die Kleine schaute sie traurig an, dann lief sie zu ihrer älteren Schwester, die auf den Mahlstein schlug.

Iduns Herz tat weh. Es fiel ihr schwer, die Kinder zu verlassen, aber bald würde sie ja ihre eigenen haben. Vorsichtig stand sie auf. Noch immer zitterten ihre Knie, sie fühlte sich matt und kraftlos, als sie auf die Tür zuging.

Alfhilds Stimme hallte durch das Langhaus.

»Da bist du ja. Komm her.«

Idun blieb mit pochendem Herzen stehen. Wenn Alfhild es nun wusste! Sie hatte sie bestimmt mit Bragi gesehen und alles durchschaut. Sie würde sie nicht weglassen. Idun wagte nicht, die Königin anzusehen, als sie durch die Halle ging. Sie versteckte den Ranzen hinter ihrem Rücken.

»Ich habe für heute Abend einen ehrenvollen Auftrag für dich«, sagte Alfhild und lächelte ihr strahlendes Lächeln.

»Ich … fühle mich so geehrt«, konnte Idun herauspressen, erstaunt über Alfhilds Güte.

»Du sollst mir auf dem Fest zur Seite stehen. Du wirst zusammen mit Bolde hinter meinem Sessel wachen.«

Iduns Kehle schnürte sich zusammen. An jedem anderen Abend hätte sie sich zutiefst geehrt gefühlt. Aber wenn sie der Königin aufwarten musste, würde sie den ganzen Abend nicht von ihrer Seite weichen können. Sie versuchte vergeblich, sich ein Lächeln abzuringen.

»Was ist los? Du siehst ein bisschen blass aus.«

»Ich fühle mich auch wirklich nicht so gut.«

»Bald wird es dir besser gehen«, sagte Alfhild.

Die Gedanken wirbelten durch Iduns Kopf. Was sollte sie jetzt machen? Sie musste eine Fluchtmöglichkeit finden. Was, wenn die Asen nun ohne sie segelten?

Bolde kam auf sie zu, übellaunig wie immer. Aber er hatte sich gewaschen und gekämmt. Sein Umhang ließ eine Schulter frei, sein Schwertgehänge war so lang, dass es fast nach Sitte der vornehmen Krieger über den Boden schleifte.

»Ich freue mich, zusammen mit dir über meine Mutter wachen zu dürfen«, sagte Bolde steif.

Idun musterte ihn überrascht. Wieso freute er sich darüber? Bolde hatte in seinem ganzen Leben noch kein Wort an sie gerichtet.

»Kann ich dir einen Becher Met oder Bier holen, ehe die Gäste eintreffen?«

Idun schnappte vor Verwunderung nach Luft. Was war nur mit ihm los? Wieso dieses höfliche Benehmen?

»Mutter?«

»Ja, mein Sohn.«

Er ging mit langen Schritten auf die Mettonnen zu.

»Das ist ein guter Junge. Er braucht jetzt nur noch eine Frau, die ihn zu sich nimmt«, sagte Alfhild.

Idun schwieg. Sie fragte sich, ob Bragi wohl verstehen

würde, was passierte, wenn er sie hinter Alfhilds Sessel entdeckte. Er musste doch begreifen, dass sie dieses Amt nicht verweigern konnte. Vor Sorge bekam sie eine Gänsehaut.

»Die Frau, die mit meinem Sohn unter den Hammer tritt, wird großen Reichtum und viel Macht erhalten.«

Idun nickte zerstreut, als Alfhild das sagte.

Sie würden doch nicht ohne sie aufbrechen? Das würde Bragi niemals zulassen. Wieder breitete sich dieses Schwindel erregende Glücksgefühl in Iduns Bauch aus. Sie hatten den Eid abgelegt.

Bolde kehrte mit zwei Trinkhörnern zurück. Idun leerte ihren Met in einem Zug.

Die Türen wurden aufgerissen.

Die lispelnde Ilthiaud von der Nachbarinsel kam herein, gefolgt von ihrer Sippe. Ihre Töchter und die alten Frauen sahen sich mit leuchtenden Augen um, während Ilthiaud vor der Königin auf die Knie fiel.

»Wir sind hergeeilt, sowie die Luren uns zum Opfer gerufen hatten.«

Man sah ihnen an, dass sie überstürzt aufgebrochen waren. Ilthiaud hatte ihre Haare in einem Netz verstaut und sah neben Alfhilds strahlender Pracht in ihrem braunen Kittel und Umhang schlicht aus.

In diesem Moment traf Rodiaud von Västerviken ein, dicht gefolgt von Bjärta und ihrem Mann von Östgården. Langsam wurde es eng.

Die Gäste unterhielten sich munter, während sie darauf warteten, die Königin begrüßen zu dürfen. Moira schrie das Gesinde an, sie sollten den Gästen Met einschenken.

Idun stand schweigend hinter Alfhilds Rücken und sah zu, wie die Leute von Alfheim der Reihe nach vortraten und der Königin ihre Ergebenheit versicherten.

Alfhilds Wärme war jetzt verflogen. Sie sprach steif und feierlich, wie es sich für eine Königin gehört.

Das hier war ihr Volk, mit ihrem schlichten Blut und ihrem geringen Verstand waren ihr die Menschen zum Gehorsam verpflichtet. Idun hatte Alfhild einmal mit ihren Töchtern darüber sprechen hören. Auch durfte man die Hofleute nicht tadeln, weil sie keinen großen Verstand besaßen und so vieles nicht begriffen. Das muss ich mir merken, dachte Idun und starrte aufgeregt zur Tür. Wenn er nur bald käme.

Die Gäste unterhielten sich lebhaft miteinander. Die Männer von den Lindhöfen trafen ein und riefen fröhliche Begrüßungen.

Bolde trat neben ihr nervös von einem Fuß auf den anderen. Ein Schweißtropfen lief von seiner Stirn über seine Wange. Er wischte ihn mit seinem Umhang weg, sah Idun an und lächelte starr. An diesem Abend benahm er sich wirklich seltsam.

Ein Gast nach dem anderen traf ein. Iduns Herz sank. Es war heiß und die Menschen standen dicht gedrängt. Der Met ließ die Leute laut und offenherzig werden. Dieses unerwartete Opferfest führte die Menschen von Alfheim seit dem Sommerfest zum ersten Mal zusammen.

Unruhig biss Idun sich in die Wange. Es war so stickig, dass sie kaum atmen konnte. Sigvards Männer verspritzten Met. Kaum ging eine Magd mit einer Fleischschüssel vorbei, griffen sie schon zu und stopften sich den Mund so voll, dass das Fett ihnen übers Kinn lief. Der Met stieg ihnen bereits zu Kopf. Sie stießen einander an, zwei forderten sich gegenseitig zum Armdrücken heraus.

Dann verdunkelte die Türöffnung sich. Zuerst kam der breitschultrige Baldur herein, dann folgten Bragi und die anderen. Die Stimmen der Gäste wurden noch lauter. Idun biss sich auf die Lippe und versuchte vergeblich, Bragis Blick einzufangen.

Irgendetwas stimmte nicht. Er wollte sie nicht mehr, sie konnte seinen Wankelmut spüren.

Endlich sah er sie an. Iduns Blicke flehten. Fahr nicht ohne mich. Verlass mich nicht.

Bragi schaute sich um und sah wie Njörunn und drei Priesterinnen die Halle betraten. Das Stimmengewirr legte sich.

Alfhild erhob sich würdevoll und legte sich den Umhang über den Arm.

»Lasst uns die Mächte gnädig stimmen«, verkündete die Königin und machte sich auf den Weg zur Opferstätte.

Bolde nahm Iduns Arm. Für einen Moment sah sie Bragis Umhang, dann war er verschwunden.

5

Die Geister glitten durch die Mauern des Totenhauses. Ihre Anwesenheit war beruhigend, ganz anders als die bedrohlichen Kräfte draußen auf der Heide. Hier hatten die Toten in der Nachwelt ihre Ruhe. Freya hockte sich auf den flachen Stein, auf dem Gaben abgelegt wurden, um die Geister gnädig zu stimmen: ein Stück Brot, eine Urne mit Sauermilch, ein schön geformter Stein. Sie trank die Ruhe dieses Ortes und ihre Kraft wuchs. Der Lärm des Gelages in Alfhilds Halle war nur gedämpft zu hören. Freya entfernte eine verwelkte Blume und schaute zum Licht empor. Ein einsames Lachen gellte durch die Dunkelheit. Aber es gab auch andere Geräusche.

Schwere Schritte gingen über den Boden. Die Geister glitten abwartend zwischen Steine und Lehm der Mauern zurück. Die Bäume flüsterten mahnend. Freya erhob sich.

»Nur ein Narr trotzt der Heide mit seinem Mut.«

Widerwillig lächelte sie in die Dunkelheit.

Thor löste sich aus den Schatten.

»Wir müssen miteinander reden«, sagte er schroff.

Freya schluckte. Ihre gemeinsame Zeit war gekommen und gegangen.

»Ich komme nicht in Feindschaft«, sagte Thor.

Sie schaute ihn abwartend an. Thor sah müde aus, seine Blicke wirkten besorgt. Sein früherer Zorn war verflogen.

»Du legst Hexenfesseln um meinen Pflegesohn.«

Deshalb war er also gekommen. Freya lächelte vage.

Sie hatten dem Jungen einen berauschenden Trank gegeben, und nun schwebte er zwischen den Welten. Es war nicht leicht gewesen, denn der Junge war misstrauisch. Aber als Ull am Lager seines kranken Vaters gesessen hatte, hatte Freya ihm erklärt, er könne Freyrs Leben retten, wenn er nur diesen Becher leerte. Worauf der Junge den Becher bis auf den Grund geleert hatte.

»Sein Blut muss uns beim Opfer beistehen«, sagte sie.

»Aber du hast ihn nicht deshalb zu dir gelockt.«

Freya schüttelte langsam den Kopf.

»Nein.«

Er machte zwei Schritte auf sie zu, trat dichter an sie heran. Der Umhang hing schwer über seinen Schultern. Die Luft zwischen ihnen verdichtete sich.

»Wir wecken das Wanenblut des Jungen, wir wollen sehen, ob er seine Kraft einfangen kann. Das können Asen weder begreifen noch durchführen.«

Thors Blick verdüsterte sich.

»Wer gibt dir das Recht, mit seinem Leben zu spielen?«

»Das, wozu er geboren wurde, kann kein Mensch ihm verweigern«, erwiderte Freya überrascht.

Thor schaute sie mit unergründlicher Miene an, dann nickte er, als habe er einen Entschluss gefasst.

»So ist es«, sagte er und ging zum Totenhaus weiter.

Seine Schritte waren geschmeidig wie die eines Wolfs. Er fuhr mit der Hand über die Mauern. Seine Blicke waren erfüllt von Misstrauen.

»Du weilst lieber hier bei den Toten als unter den Lebenden auf dem Fest«, sagte er.

Freya lächelte traurig. Es stimmte schon, dass sie unter Geistern und Erinnerungen leichter Ruhe fand als zwischen den schreienden Menschen von Alfheim, die sie anbettelten, ihre jämmerliche Zukunft zu denken. Aber sie war nicht die Einzige, die in den Schatten der Nachwelt weilte.

»Ich trage jedenfalls nicht meine toten Männer mit mir herum«, sagte sie mit sanfter Stimme.

Thor fuhr zusammen. Sie sah seinem Blick an, dass er spürte, wie die Toten sich an seiner Kraft festklammerten. Männer, die seine Lebenskraft nicht loslassen mochten, um sich dem Leben in der Nachwelt nicht stellen zu müssen.

»Sie kommen im Traum zu dir, nicht wahr?«

Thor nickte kurz.

»Du hättest sie beschwören, sie machtlos machen müssen. Jetzt werden sie immer stärker, während du ausgezehrt wirst.«

Er wandte den Kopf ab, aber nicht schnell genug, sodass sie den Schmerz in seinen Augen sehen konnte. Er wurde gequält und war in seiner ganzen Kraft verletzlich.

Sie legte die Hand an seine Wange, streichelte sie liebevoll.

»Du bist zu einem harten Schicksal geboren«, flüsterte sie.

Thor packte ihre Hand, drückte sie an sein Gesicht. Lange blieb er bewegungslos und mit geschlossenen Augen stehen.

»Hilf mir«, bat er dann endlich.

Es war ein Flehen. Seine Worte rissen tiefe Wunden in seinen Stolz. Freya rang um Atem. Sie spürte, wie ihr schrecklicher Kummer neue Nahrung fand.

»Jeder Atemzug, seit ich dich verlassen habe, war von Sehnsucht erfüllt.«

Sie bereute diese Worte sofort, aber es war zu spät. Sie hatte sie laut gesagt, und nun nahmen sie in der Wirklichkeit Gestalt an.

Thor entfernte ihre Hand von seiner Wange und musterte sie mit einem unergründlichen Blick.

Dann ließ er sich auf einen Opferstein sinken und machte sich an Schwert und Hammer zu schaffen.

»Die Mächte sind uns nicht gnädig gewesen«, seufzte er.

Sie tauschten ein trauriges Lächeln und betrachteten die Vergangenheit ohne Groll. Blutende Erinnerungen waren zu Narben geworden.

»Es war schwer für mich, nicht zu wissen, wo du warst«, sagte Thor.

»Ich habe bei dem Alten Volk gelebt, habe ihren Zauber gelernt und meine Kraft gestärkt. Nach zwei Sommern ließ Alfhild mich dann herholen.«

Freya musterte die Narbe auf seiner Wange voller Liebe. So viel verlorene Zeit.

»Ich will alles über dich wissen«, flüsterte sie.

»Es gibt nichts zu sagen.«

Freya versuchte, seinen Blick einzufangen, aber er wandte sich ab. Das spielte keine Rolle. Sie durchschaute seine Heldenmaske.

Freya ging zur Querseite des Totenhauses. Dort streichelte sie den Klingstein, den das Alte Volk ihr geschenkt hatte. Eingemauert über dem Eingang wachte er über die Geister. Sie fuhr mit dem Finger über das Göttinnenzeichen, wischte Staub von den verbrannten Knochen, die sie in die Mauer eingelassen hatten. Kein Geschenk könnte kostbarer sein als dieses hier.

Sie nahm den kleineren Stein, der auf seinem Sims ruhte, ließ ihn zwischen ihren Händen rollen, bat um Erlaubnis, seine Stärke zu benutzen. Dann schlug sie damit gegen die graue raue Oberfläche des Klingsteins. Der volle Ton hallte durch den Hain. Thor sprang auf und machte große Augen. Freya lächelte ihn kurz an, dann schlug sie die Steine abermals gegeneinander. Der Klingstein ließ sein mächtiges Lied voller Friede und Kraft ertönen. Immer schneller schlug sie nun die Steine gegeneinander. Die Schatten, die Thors Gemüt umgaben, kamen zur Ruhe. Sie kniff die Augen zu, murmelte eine Beschwörung. Die umschloss nun Thors Schatten. Die Toten in seinem Gefolge setzten sich zur Wehr. Vergeblich.

Widerwillig begaben sie sich zur Ruhe. Die Luft in seiner Umgebung beruhigte sich.

Freya legte die Steine weg und sprach einen Friedenszauber.

Er sah sie mit erleichtertem Erstaunen an. Als sei er von der neu gewonnenen Freiheit überwältigt.

»Mein Geschenk an dich sind einige ruhige Nächte«, sagte sie.

»Mein Dank sei dir gewiss.«

Der Wind trug munteren Gesang zu ihnen herüber. Der Friedenszauber umschloss sie immer dichter. Nicht einmal der kühle Abendwind konnte ihn durchdringen.

Freya fuhr wieder mit der Hand über Thors Wange. Seine Haut erfüllte sie mit heftiger Sehnsucht.

Thor schaute ihr mit ernstem Blick in die Augen, dann beugte er sich über sie und küsste sie. Ein behutsamer Kuss, der vor unterdrückter Kraft zitterte. Sie kam ihm mit ihrem ganzen Hunger entgegen.

Aber dann entzog sie sich seinen Armen. Thor wich einige Schritte zurück.

»Was hast du mir da für Hexenkräfte auferlegt?«

Wieder ließ er sich auf den Opferstein sinken und schüttelte traurig den Kopf.

»Mein Gemüt wird zerrissen«, stöhnte er gequält und fuhr sich mit der Hand durch die Haare.

In diesem Moment wusste sie, dass sein Verlangen ebenso groß war wie ihres. Nichts hatte sich verändert. Alles war wie früher.

Freya ließ ihren Umhang sinken und ging auf ihn zu. Langsam setzte sie sich rittlings auf seine Beine. Thor zögerte für einen Moment, dann schloss er seine Arme um sie.

Sie küsste tröstend seinen Kopf. Wiegte ihn wie ein trauriges Kind. Freya bewahrte jeden Atemzug in ihrem Herzen auf.

Es war ein kurzer Moment, den sie ihrem Schicksal gestohlen hatten. Dann zog er sich innerlich von ihr zurück.

Thor hob sie von seinen Knien und stand mit trauriger Entschlossenheit auf.

»Ich weiß, dass Idun meine Tochter ist«, sagte er mit heiserer Stimme.

Freya schloss die Augen. Sie hätte es wissen müssen. Natürlich war Thor dahintergekommen. Sie hätte Idun verstecken müssen, ehe die Asen gekommen waren.

»Idun geht nur mich etwas an«, sagte sie kurz.

Der Wind stahl sich zwischen sie, verschlang ihre Wärme.

Thor schaute ihr lange in die Augen. Er schien mit sich zu ringen.

»Ich bitte dich ein letztes Mal um deine Hilfe. Steh meinem Volk gegen die schwarze Seuche und gegen Gorm bei. Ich bitte dich von ganzem Herzen.«

Freya schüttelte den Kopf. Sie war an ihre Vergangenheit gebunden, wie durch ein blutiges Halsband, und sie war der Göttin verpflichtet.

Thor hob verzweifelt die Hand.

»Dann möge das geschehen, was geschehen muss.«

Freya sah, wie er in der Dunkelheit verschwand. Wie hatte er das gemeint? Sie begriff es nicht.

Aus der Ferne war fröhliches Lachen zu hören.

Sie sammelte ihre Kräfte und drängte ihre Sehnsucht mit aller Kraft zurück. Tief atmen, den Boden unter den Füßen spüren. Freya warf sich den Umhang über die Schultern, rückte ihr Halsband gerade. Die Opferhandlung musste beginnen.

Sie ging zum Altar, hob den Becher mit dem berauschenden Getränk und leerte ihn bis auf den Grund, mit einem Gebet um Vergessen und Macht.

Die Luren der Alfenpriester klagten in der Nacht. Die Menschen schrien aus voller Kehle, ließen Schilde und Schwerter klirren. Der Lärm verscheuchte die Geister von der Heide und bahnte den Lebenden einen Weg durch das Totenreich. Idun ging langsam hinter Alfhild her. Sie hob die Fackel, um den Weg auszuleuchten.

Der Lärm machte ihr Kopfschmerzen. Das Lachen und Geschrei der Leute von Alfheim erschienen ihr als Hohn.

Sie schaute sich zu der Prozession der tanzenden Menschen um. Astrid küsste betrunken einen jungen Priester. Moira hing über einem von Sigvards Kriegern. Vom Met lüsterne Hände stahlen sich unter Röcke und Kittel. Wo war Bragi?

Die Unruhe füllte ihren Magen wie ein Klumpen kalter Brei. Wenn sie nun gesegelt waren und sie hier zurückgelassen hatten? Vielleicht hatte er die Sache bereut, hatte eingesehen, dass sie nicht gut genug war. Sie hätte sich von Alfhild davonstehlen müssen. Warum war sie nur geblieben?

Ein kalter Wind ließ Staub und Laub über die Prozession wehen, die Fackeln flackerten in der Nacht. Aber die Mächte konnten in diesem Moment der Lebenslust der Menschen nichts anhaben.

Idun machte einen falschen Schritt und wäre fast gestürzt. Boldes feste Hand fing sie auf.

»Danke«, flüsterte sie.

»Ich freue mich, dir helfen zu können«, erwiderte er und sah sie mit demselben seltsamen Blick an, den er schon den ganzen Abend gehabt hatte.

Idun schaute sich noch einmal um. Nun sah sie einen Asen, einen dunkelhaarigen Mann mit langem Bart. Sie waren nicht gesegelt. Langsam atmete sie auf. Die Erleichterung ließ ihren Körper weich werden. Sie reckte sich, um besser sehen zu können, ganz weit zurück in den sich windenden Zug aus Menschen, die zum Opferplatz tanzten. Das war er. Ihr Herz klopfte wild. Bragi lachte und nahm eine Frau in seine Arme.

Idun keuchte auf. Es war Sot. Die beiden tauschten heiße Küsse. Die Hände der Priesterin verschwanden unter Bragis Kittel. Bragi blieb stehen und hob sie hoch, Sots Beine schlangen sich um seinen Leib.

Idun wandte sich ab, starrte Alfhilds Locken an und kämpfte mit den Tränen. Es war zu Ende. Bragi hatte eine andere gefunden. Sein Eid war wertlos gewesen. Iduns Zukunft war auf diesem Weg durch die Heide zerbrochen worden. Natürlich hatte er sich für die schöne Sot entschieden. Sicher hatte sie sich bei den Asen zum Gespött gemacht, und nun schämte er sich ihrer. Aber sie durfte nicht neidisch sein. Ihre Augen brannten vor Tränen. Ein solcher Mann hatte nur das Beste verdient.

Bolde musterte sie neugierig. Idun schluckte ihre Tränen hinunter, klammerte sich an ihre Fackel. Sie wollte ihre Verzweiflung nicht zeigen, nicht vor Bolde.

Jetzt hatten sie den Grabhügel erreicht, das trunkene Lachen wurde langsam leiser. Idun trat hinter die Königin. Sie standen ein Stück weiter oben am Hang, Bolde trat neben ihr unruhig von einem Fuß auf den anderen.

Verzweifelt suchten Iduns Blicke nach Bragi. Wo mochte er jetzt sein?

Das dumpfe Lied der Luren schallte über die Heide.

Die Menschen von Alfheim bildeten mit den Fackeln in der Hand einen Kreis um den Hügel. Eine brennende Schlange schien ihn zu umfangen.

Noch immer suchten Iduns Blicke Bragi. Die beiden waren verschwunden. Schweiß lief ihr über den Rücken. Ihre Hände zitterten vor Angst. Dann schlang sich ein Arm um ihre Taille. Idun erstarrte und schaute überrascht zu Bolde hoch. Er lächelte verlegen und seine Hand wanderte weiter nach unten.

»Was erlaubst du dir?«

Empört riss sie sich von ihm los. Hatte Bolde den Verstand verloren?

»Sei nicht so dumm, Idun. Du weißt doch, dass wir zusammengehören, du und ich«, flüsterte er.

Sie starrte vor sich hin und kämpfte mit den Tränen. Waren jetzt alle verrückt geworden? Sie wollte Bolde nicht, nicht jetzt, niemals.

»Lass mich in Ruhe!«

Wo war ihr Geliebter? Gütige Göttin, mach, dass Bragi mich heute Nacht nicht aufgegeben hat.

Eine Frau und eine Mann verließen den Lichtkreis und verschwanden Hand in Hand in der Dunkelheit. Wenn er das nun war? Die Angst drohte, sie in Stücke zu reißen. Iduns Blicke jagten verzweifelt hin und her. Alle schauten gespannt zum Hügel hoch. Die Alfenpriester schlugen auf ihre Trommeln. Wie Herzschläge echote dieses Geräusch in der Nacht. Schwere, schläfrige Schläge, die ihre Sinne miteinander verwoben. Es hatte begonnen.

Freya stand ganz oben auf dem Grabhügel und schaute über die Fackeln hinweg.

Sie hob der Mondgöttin ihren Stab entgegen. Die schmerzhafte Kraft floss aus den Wolken herab, füllte ihren Körper mit berauschendem Genuss. Sie und die Göttin waren eins.

Freyas Blut kam zum Sieden. Sie war unüberwindlich, war die Königin über Leben und Untergang.

Die Priesterinnen sangen Kraftbeschwörungen. Der Rhythmus der Trommeln in der Nacht trieb Freya weiter. Sie sank vor dem Opferstein auf die Knie. Dessen raue Oberfläche leuchtete vor Blut und Stärke, als sie sie küsste und die ewige Kraft trank. Alfenpriester kämpften mit dem Hengst, der den Hang hochtänzelte. Das Tier bäumte sich auf, sprang vor. Sonnenspiralen leuchteten blutrot auf seinem weißen Leib.

Freya legte ihm die Hand ans Maul.

»Ich weihe Freyr deine Kraft.«

Die Stimmen der Priesterinnen wurden immer lauter. Freya

hob den Opferdolch nach Westen und bat die Kräfte zu sich. Ihr Körper bebte vor Stärke und Lust. Dann wandte sie sich nach Osten, Norden und Süden.

Die Menschen unten am Hügel betrachteten bewundernd ihre Stärke. Die Kraft der Mondgöttin wuchs, sie drohte, Freya zu zerreißen. Die Zeit war gekommen.

Ull stand bleich zwischen den Priesterinnen, der Junge schwankte hin und her.

Njörunn hielt seinen Arm. Der berauschende Trank, den sie ihm am Lager des kranken Freyr zu trinken gegeben hatten, hatte den Jungen in die Geisterwelt geführt. Er hielt die Augen weit aufgerissen. Jetzt sahen sie das, was sich auf der Heide verbarg.

Sein Geist leuchtete in der Nacht wie ein Regenbogen. Die Disen umschwebten seinen Körper. Er schaute sich überrascht um und schien nicht begreifen zu können, welch verborgene Welt sich ihm da eröffnete.

Freya winkte Ull zu sich.

Njörunn führte ihn zum Opferstein und hob seinen Arm. Überrascht sah der Knabe Freyas Macht. Er legte den Kopf schräg und wusste absolut nicht, was hier von ihm erwartet wurde.

Njörunn befahl ihm, eine Locke seines Vaters auf den heiligen Stein zu legen.

Freya nahm seine Hand, sagte Beschwörungen auf. Dann hob sie das Messer, machte einen Schnitt. Blut tropfte auf den Altar, auf die Locke, in die andere Welt. Ull grinste wie ein Betrunkener. Njörunn führte den Jüngling fort. Seine Schritte waren langsam, zögernd.

Der Hengst wollte sich noch einmal aufbäumen. Wie in Trance hob Freya den Dolch und bohrte ihn in den Hals des Tieres. Das Pferd stieß einen Angstschrei auf. Eine dunkle Welle der Befreiung jagte durch Freyas Körper.

Das Blut spritzte über den Opferstein und auf den Fluch.

Freya zitterte vor Genuss und Stärke. Sie sammelte Kraft und schickte sie ihrem Bruder. Sie sah ihn in der Hütte liegen. Das Schwarze in ihm musste der wohltätigen Kraft des Tieres weichen.

Der Hengst sank in die Knie. Das Blut lief über den Stein und über den Boden. Die Beschwörungen der Priesterinnen lenkten dessen Kraft.

Freya hob ihre blutigen Arme, trank die letzte Lebenskraft des Tieres und schrie:

»Mondgöttin, meine Herrscherin. Nimm meine Gabe entgegen. Löse Freyrs Fesseln.«

Ein kalter Wind kam vom Meer herübergefegt. Der Boden unter Freyas Füßen bebte.

Aber die Göttin blieb stumm. Freya wartete. Der Hengst seufzte auf und starb. Freya ließ ihre blutigen Hände sinken. Freyr würde leben, da war sie sich sicher.

Aber warum war ihre Herrscherin nicht zu hören?

Sie drehte sich langsam um, musterte den Fackelring, der den Grabhügel umgab. Keuchend holte sie in der kühlen Nacht Atem. Der Blutrausch wich einer schmerzhaften Leere.

Eine einsame Fackel verließ Alfhilds Hof, eine zuckende Fackel, die zum Grabhügel jagte. Der Läufer rannte zu Widar und flüsterte ihm etwas ins Ohr. Der Hohepriester stieg den Hang empor. Sie musterte abwartend seinen geraden Rücken und sein höhnisches Lächeln.

Widar strahlte vor Triumph, als er sich vor ihr verneigte.

»Ich habe eine Botschaft für unsere mächtige Priesterin. Freyr ist tot. Er ist während deiner Opferhandlung gestorben.«

Das kalte Mondlicht aus den Wolken ließ ihr Blut zu Eis gefrieren.

Freya blickte verständnislos in Widars hasserfülltes Gesicht. Das konnte nicht möglich sein. Freyr konnte nicht tot sein. Sie, die Höchste unter den Priesterinnen, die Auserwählte, hatte ihn mit ihrer Gabe gesegnet. Und dann konnte Freyr nicht tot sein. Das war unmöglich.

Widar lachte spöttisch.

»Das Blutopfer hat seine Kraft verloren«, rief er den Menschen von Alfheim zu.

Unten vom Hügel her war überraschtes Murmeln zu hören. Die Fackeln bewegten sich unruhig. Widar beugte sich so weit vor, dass sie seinen stinkenden Atem riechen konnte.

»Du verräterische Lügnerin. Von nun an wird niemand mehr dich fürchten. Eine Priesterin, die nicht einmal ihren eigenen Bruder retten konnte. Das ist die Strafe dafür, dass du den Namen des Zwillingsgottes in den Schmutz gezogen hast.«

Er grinste zu der bleichen Mondsichel hoch.

»Deine Macht ist gebrochen!«

Freya taumelte rückwärts. Das durfte nicht sein. Nicht jetzt!

Die Priesterinnen starrten sie misstrauisch an. Freya konnte nicht versagt haben. Freya versagte nie!

Widars Lachen ließ ihre Stärke zerbrechen. Verzweifelt kämpfte sie, um die Überreste ihrer Macht zu sammeln.

»Meine Macht kommt von der Göttin selber«, brachte sie heraus, dann stieg sie den Hang hinab.

Die Menschen von Alfheim wichen ihr flüsternd aus. Alfhild trat neben sie und sagte etwas, das Freya nicht verstand. Sie ging schneller, lief über den Hofplatz, drang in das Dunkel der Heilhütte ein. Die Stille dort war von Totengestank erfüllt. Freyr lag leblos auf dem Boden. Der alte Njörd saß lautlos weinend an seiner Seite. Freya wartete darauf, dass jemand das abstritt, was Widar gesagt hatte. Aber bei Njörd gab es nur Gewissheit.

Wieder verließ alle Kraft ihren Körper. Sie sank neben Freyr zu Boden, griff nach seiner leblosen Hand. Sie, die Unüberwindliche, hatte versagt und ihren Bruder nicht retten können. Die Göttin hatte sich von ihr abgewandt. Freya schrie auf wie ein sterbendes Tier. Der Schmerz durchbohrte sie, sie versank in der Finsternis.

»Ich habe dir in allem gedient. Wie kannst du mich jetzt im Stich lassen?«, flehte sie.

»Schweig, Freya. Bedenke, was du sagst«, mahnte Njörunn und berührte tröstend ihre Schulter.

Freya stieß ihre Hand beiseite und musterte ihren toten Bruder.

Feuerkugeln aus Schmerz ließen ihren Körper zu Asche verbrennen. Die Schande war wie ein ätzendes Gift, das durch ihren Körper strömte.

Njörd sang ein Klagelied und wiegte sich dabei hin und her. Freya kämpfte, um bei Besinnung zu bleiben. Die Dunkelheit erhob sich wie eine schwarze Wand aus dem Boden. Das Dröhnen in ihrem Kopf steigerte sich zu schrillem Geschrei.

Sie nahm ihren Kopf in beide Hände, versuchte, sich an ihre letzten Reste von Vernunft zu klammern. Zu spät.

Der Alb stürzte sich wie ein Raubvogel auf ihren Körper, zerfetzte alles, was Freya war. Lange Messer rissen ihr das Fleisch von den Knochen. Sie weinte in ihren unerträglichen Schmerzen, sie schrie und schlug um sich, um sich zu beschützen. Zerkratzte den schwarzen Schatten mit ihren Fingernägeln. Blutige Fetzen rieselten über Freyr. Ihr Fleisch.

Bodenloses Entsetzen. Die Stimmen in ihrem Kopf brüllten ihren Wahnsinn aus sich heraus. Das Fleisch. Sie musste ihr Fleisch behalten. Freya warf sich dem schwarzen Schatten entgegen. Aber der Wahnsinn war wie ein Stein, immer tiefer zog er sie in den Abgrund des Versagens.

Und es gab nur noch Finsternis.

Idun drängte sich durch die aufgeregten Menschen von Alfheim, die Leute weinten und schrien. Die Nachricht von

Freyrs Tod hatte sich wie ein Lauffeuer verbreitet. Unbeholfen versuchten die Menschen, einander zu trösten.

Idun lief an einigen Mägden vorbei und sah sich um. Die Asen waren verschwunden. Sie waren nirgendwo zu sehen. Die Angst riss und zerrte an ihr. Bragi hatte sie verlassen. Sie stieß die Leute auf dem Hofplatz zur Seite; wenn sie doch nur einen Asen finden könnte, dann wüsste sie, dass die noch da waren.

Das Schiff. Sie musste nachsehen, ob es noch am Ufer lag.

Idun kämpfte sich zum Strand weiter. Der Hang, der zum Wasser führte, war dunkel und leer. Sie lief jetzt immer schneller. Ein Schatten glitt hinter einem Baum hervor und packte sie am Arm. Sie schrie auf und schlug um sich.

»Ganz ruhig, Asentochter.«

Erleichtert erkannte sie die Stimme.

Es war Loki mit dem Fuchsmantel.

»Ich dachte, ihr wärt schon gesegelt. Bragi war mit Sot zusammen. Freyr ist tot und meine Mutter wahnsinnig.«

Sie konnte ihre Worte nicht zügeln. Ihr Mund plapperte einfach drauflos. Plötzlich weinte sie vor Erleichterung.

Loki legte ihr den Arm um die Schultern.

»Komm, jetzt gehen wir zu Skidbladnir.«

Er führte sie zum Wasser, wo das Schiff wartete, fort von den Stimmen in der Dunkelheit.

»Ich dachte, ihr wärt gesegelt«, schluchzte Idun.

»Nicht ohne dich«, sagte Loki und hob sie an Bord.

Zwei Asen standen am Bug, sie senkten ihre Köpfe zum Gruß. Wo war Bragi? Die Bilder in ihrem Kopf wurden immer schrecklicher. Er würde sie doch nicht mehr wollen, wenn er mit Sot zusammen gewesen war.

Loki breitete auf dem Deck ein Fell aus.

»Setz dich.«

Kraftlos sank sie zu Boden.

»Bragi war mit Sot zusammen.«

Loki lachte leise, als er sich vor sie hockte. In den Händen hielt er eine kleine Urne, aus der er ausgiebig trank.

»Knaben wollen sich eben immer amüsieren. Da brauchst du dir keine Sorgen zu machen«, sagte er und reichte ihr grinsend die Urne.

Sie trank vorsichtig. Es war mit fremden Kräutern gewürztes Bier. Es brannte in ihrem Mund, dann kam es in ihrem Magen zur Ruhe.

»Er will mich nicht, jetzt nicht mehr. Und ich kann ihn verstehen«, sagte sie leise.

Loki ließ sich mühsam neben ihr nieder und lehnte den Rücken an den Mast.

»Unsicher ist das, was man in der Brust eines anderen trägt. Bragi liegt gefesselt zu deinen Füßen, gib dich damit zufrieden.«

Er seufzte tief und spielte zerstreut an einem der eingetrockneten Fuchsköpfe herum, die an seinem Umhang hingen.

»Begreifst du nicht, dass die Priesterin ihm einen Liebeszauber auferlegt hat? Bragi konnte sich nicht wehren.«

Idun schaute ihn überrascht an. So etwas würde Sot doch niemals tun.

»Sie ist meine Freundin.«

Loki lachte.

»Nur gut, dass wir dich aus Alfheim fortholen.«

In diesem Moment hörten sie gedämpfte Stimmen. Die Asen stiegen ins Boot. Baldur und Bragi schleppten den bewusstlosen Ull. Sie ließen ihn aufs Deck fallen. Bragi sah sich um, entdeckte Idun und begrüßte sie, als sei nichts geschehen.

»Machen wir, dass wir wegkommen«, rief Thor.

Die Asen setzten sich an die Ruder, und bald glitt Skidbladnir lautlos über das dunkle Wasser.

Iduns Hände zitterten, als sie sich den Umhang um die

Schultern legte. Alfheims Lichter verschwanden in der Nacht. Sie war unterwegs. Jetzt gab es kein Zurück mehr.

Gefion ließ sich auf dem Drachenthron zurücksinken und sah Rudwi von den Nordhöfen die fünfzig Schritte zur Doppeltür der Halle zurücklegen. Gefions Körper schmerzte vor Müdigkeit.

Die Menschenmenge, die hören wollte, was passiert sei, fand kein Ende. Immer wieder erzählte Gefion von Åses Krankheit, dann verneigten sie sich und erkannten sie als Königin an.

Hoffentlich hatte sie damit das Entsetzen über Snotras Tod im Keim erstickt. Das Boot mit der furchtlosen Hallwi hatte die Insel bereits verlassen. Wenn Hallwi dann Freya geholt hätte, würden wieder zwei Schwestern in Vanaheim regieren, eine, die über das Gold herrschte, und eine, die den Mächten diente. Das brauchten die Leute, dass alles so war wie immer.

Gefion nahm ein Stück Fleisch aus der Schüssel, die eine Magd hingestellt hatte, und zerkaute langsam den saftigen Bissen.

Sie hatte ihre Sache gut gemacht. Und sie hatte Åse nicht zu töten brauchen. Das war eine Erleichterung. Sie schaute zu den Schlafbänken auf der dunklen Seite der Halle hinüber. Bald würde ihre Mutter für immer verschwunden sein. Doch die Macht lag bereits in Gefions Händen. Müde begrüßte sie den letzten Besucher.

Der alte Rolf trat vor den Thron und senkte den Kopf.

»Geehrte Königin. Trotz aller Versprechen kümmert sich niemand um die Toten. Du hast uns Priesterinnen und Gesinde versprochen.«

Gefion seufzte tief. Kaum hatten sie ihre Macht anerkannt, schon stellten sie Ansprüche. Der alte Rolf war nicht der Einzige, der sich beklagte. Sie hatte Wagen ausgeschickt, um die

Toten zu holen, aber man schien ihre Befehle nicht auszuführen.

»Ich habe Leute mit Wagen zu euch geschickt.«

»Bei uns war niemand.«

Gefion schluckte den Fleischbissen hinunter.

»Dann verbrennt sie selbst.«

»Ich habe nicht vor, zum Nachbarhof zu gehen und dort Tote zu suchen. Es ist auch so schon schlimm genug für einen alten Mann wie mich.«

Es war überall dasselbe. Die Leute hatten schreckliche Angst vor der schwarzen Seuche und weigerten sich, in die Nähe der Kranken zu gehen.

»Ich werde dafür sorgen, dass sie zu dir kommen, Rolf. Geh jetzt nach Hause. Kümmere dich um die deinen.«

Sie sah den alten Mann erleichtert davontrotten. Aber kaum war er verschwunden, da wurde die Tür abermals aufgerissen.

Gefion fluchte in Gedanken. Nicht noch jemand.

Aufatmend sah sie, dass es Sigrid war, keine vergrätzte Frau von einem der Höfe.

Sigrid lächelte traurig, als sie auf den Thron zulief. Gefion sah schweigend zu, wie ihre Geliebte auf die Knie fiel.

»Na?«

»Die Priesterinnen sind draußen auf den Höfen unterwegs und kümmern sich um die Kranken. Ich habe Eir auf den Hof geschickt, den wir besucht haben. Sie hat auch gehorcht, kein Wort der Klage kam über ihre Lippen.«

Zufrieden ließ Gefion sich zurücksinken. Sie hatte das Versprechen erfüllt, das sie der kleinen Magd gegeben hatte. Jetzt waren die heilkundigen Priesterinnen den Armen zu Hilfe gekommen.

»Was sagen die Leute über Snotras Tod?«

»Ich habe bei Wisna vorbeigeschaut. Dort hat die Seuche noch nicht um sich gegriffen. Sie war wütend, hat dich eine

Schande für deine Sippe genannt. Aber auf den Höfen, wo es Kranke gibt, sind alle erleichtert. Lakwe sagt, es sei an der Zeit gewesen, dass du die Macht ergreifst, denn die Göttin kann Vanaheim nicht schlimmer strafen als durch die Seuche.«

Gefion atmete erleichtert auf. Sie besaß also bereits Macht über die Gedanken ihres Volkes.

»Was sagen sie zu Freya?«

Sigrid zuckte mit den Schultern.

»Die meisten freuen sich auf ihre Rückkehr. Die alte Ylva sagt, Gullveig hätte es so gewollt und Snotra hätte niemals den Umhang der Hohepriesterin auf sich nehmen dürfen.«

Gefion nahm sich noch ein Stück Fleisch und verzehrte es nachdenklich, während das Fett über ihre Finger lief.

Ylva war unter Gullveig Priesterin gewesen, hatte die Hallen der Priesterinnen aber verlassen, als Snotra nach Gullveigs Tod das Amt der Hohepriesterin übernommen hatte. Es gab viele Priesterinnen wie sie. Die würden sich nun unter Freyas Stab versammeln.

Sie schluckte und wischte sich die Hand an ihrem Kittel ab. Ein heißes Gefühl der Befriedigung breitete sich in ihrem Körper aus. Alles war so, wie es sein sollte.

Gefion lächelte Sigrid an, die noch immer zu ihren Füßen auf den Knien lag. Die Augen der Schönen strahlten vor Bewunderung.

»Königinnen und Häuptlinge aus dem ganzen Reich Vanaheim werden den Kopf vor deiner Übermacht senken.«

Gefion beugte sich vor und fasste Sigrids Kinn.

»Du hast mir gefehlt. Hol mir den besten Met, den wir haben. Wir wollen feiern, du und ich.«

Sie schloss die Hand um Sigrids Brust, die so weich, vollendet und voller Leben war. Die Lust machte sie warm und schwer.

»Alles, was du willst, werde ich dir schenken«, flüsterte Sigrid.

Gefion lachte glücklich.
»Glaub mir, meine Schöne. Das wirst du auch müssen.«

Alfhild schaute sich müde in ihrer dunklen Halle um. Langsam kam Alfheim nach seiner tiefen Trauer zur Ruhe. Erst jetzt, in diesem ruhigen Moment, konnte sie ihre Gedanken sammeln und versuchen, in dem Elend klar zu sehen, das ihr Reich da überfallen hatte.

Lautes Schnarchen war von den Schlafbänken her zu hören. Alfhild rieb sich ihren schmerzenden Nacken. Ihr schauderte bei der Erinnerung an Freyrs Tod und an die wahnsinnige Freya, die von den Priesterinnen fortgetragen worden war. Wenn sie nur ihren Verstand zurückgewann, sonst würden die Schatten sie alle verschlingen. Was sollte aus ihnen werden, wenn Freya die Geister auf der Totenheide nicht mehr beschwören könnte?

Die Unruhe brannte in ihrem Magen. Warum hatte ihr das alles passieren müssen?

Alfhild zog sich die Kämme aus den Haaren und schüttelte ihre Locken, bis die über ihren Rücken und ihre Schultern fielen. Es würde jetzt schwer werden, Widar im Griff zu behalten. Er spielte sich schon ziemlich auf. Und wenn Freyr erst auf dem Leichenfeuer lag, würde es noch schlimmer werden.

Sie fuhr sich mit den Fingern durch die Haare und kratzte sich die Kopfhaut.

Außerdem war Idun verschwunden. Die Asen hatten sie mitgenommen. Diese verdammten Verräter!

Wenn nur Sot ihre Pflicht getan und den Jüngling umgarnt hätte, dem Idun da nachgerannt war. Wenn nur Alfhilds zögerlicher Sohn bei Idun geblieben wäre, statt sie am Grabhügel allein zu lassen.

Dann wäre Idun noch immer in Alfhilds Macht.

Sie seufzte tief.

Nach all diesen Jahren hatten die Asen Idun aus dem feinmaschigen Netz gestohlen, mit dem Alfhild das Mädchen umwoben hatte. Aber daran ließ sich jetzt nichts mehr ändern.

Die Tür knarrte. Sigvard kam nach seiner allabendlichen Wachrunde herein. Er ließ sich neben ihr in den Sessel fallen und seufzte müde. Ihr Gemahl hatte anstrengende Tage hinter sich.

»Wir müssten hinter der Kleinen herfahren. Mit den Asen kann man doch reden«, sagte er dann.

Alfhild merkte, wie ihr ein Schauer des Unbehagens über den Rücken lief. Sie kannte ihren Sigvard gut genug, um zu begreifen, dass es ihm nicht um das Mädchen ging.

»Nein. Das kann zu Streit führen und wir müssen Frieden mit ihnen halten, vor allem jetzt, wo sie mit Gorm Freundschaftsbande knüpfen wollen.«

»Wir sollen also nichts unternehmen?«

Alfhild erwiderte müde seinen resignierten Blick.

Ab und zu war er für das Offensichtliche blind.

»Wenn die Kleine mit Bragi unter den Hammer tritt, dann wird unsere Macht bei den Asen wachsen. Freyr ist tot, aber jetzt wird Iduns Blut uns miteinander verbinden. Die Asen können uns nicht verlassen und sich mit Gorm zusammentun, solange Freyas Tochter bei ihnen lebt.«

Sigvard schüttelte langsam den Kopf.

»Du irrst dich. Ich habe mich erkundigt. Thor wird gegen Gorm in den Krieg ziehen. Er hat die Kleine mitgenommen, um sich unseren Beistand zu sichern. Er will, dass wir Schiffe schicken, und er braucht Freyas Kraft. Es ist eine Ehrensache, Alfhild. Die Asen sind für uns gestorben und wir haben es ihnen nicht gedankt. Wenn wir ihnen jetzt nicht helfen, wird die Göttin uns wegen unserer Feigheit strafen.«

Alfhild schaute in die verlöschende Glut der Feuerstätte. Sigvard brannte vor Kampfeslust, sie hatte es die ganze Zeit gewusst, hatte seine Sehnsucht in ihrem Körper prickeln gespürt. Aber ihr Gemahl sollte an keinem fremden Strand sterben. Für keine Ehrensache auf der ganzen Welt.

»Lass die Asen sterben. Meine Pflicht gilt meinem Volk und meiner Sippe.«

»Du opferst Idun und die Eide, die wir geschworen haben.«

Sigvards Worte trieften vor Bitterkeit.

»Du wirst hier gebraucht. Alfheims Schicksal hängt an einem dünnen Faden. Wenn Freya die Geister nicht mehr beschwören kann, werden sie uns verschlingen. Willst du deine Kinder dem Tod überlassen?«

Sigvard musterte sie mit einem Blick, den sie noch nie an ihm gesehen hatte.

»Geliebter Gemahl«, sagte Alfhild sanft. »Gerade du müsstest doch wissen, dass der Umhang einer Königin schwer zu tragen ist. Unterstütze mich in dieser Entscheidung.«

Sie nahm seine raue Hand, liebkoste sie ein wenig.

Sigvard seufzte tief.

»Du hast Recht, Gemahlin, wie immer.«

Freya sank vor dem Altar des Totenhauses auf die Knie. Ihr Kopf schien von unsichtbaren Hämmern blutig geschlagen worden zu sein. Sie hob die Arme zum Nachthimmel. Das Licht der Mondgöttin ließ die Wolken silbern schimmern.

»Mutter!«

Freyas heisere Stimme brachte nur ein Flüstern zustande. Ihr Mund war wie ausgedörrt, ihr Hals schmerzte. Sie konnte weder essen noch trinken. Die Schande lastete zu schwer auf ihr.

Müde ließ sie die Arme sinken und schaute mit leerem Blick zu ihrer Herrscherin empor.

Wie viele Tage und Nächte mochten seit dem Opfer und Freyrs Tod vergangen sein? Sie wusste es nicht mehr. Die Zeit war zu einer einzigen blutenden Wunde zusammengeströmt. Alles war ein böser Traum. Der Alb hatte sie vor den Augen der Königin geritten. Ihre größte Schande war ans Licht gekommen. Alle hatten ihren bodenlosen Wahnsinn gesehen. Freyr war tot. Die Mondgöttin hatte Freya vor den Augen von ganz Alfheim verworfen.

Freya sank auf dem feuchten Boden in sich zusammen. Er schien sie mit kalten Fingern zu betasten. Ausgestoßen und machtlos war sie, ein Nichts.

»Lass mich zu dir kommen«, flehte sie die Mondsichel an.

Ein Windstoß fegte die trockenen Blätter über den Boden. Die Haare an Freyas Armen sträubten sich. Ein Hoffnungsschimmer erwachte zum Leben.

»Warum bestrafst du mich?«

Das kalte Licht verdichtete sich und floss durch ihren gebrechlichen Körper. Die tätowierten Schlangen auf ihren Armen brannten wie Feuer.

Aber die Mondgöttin antwortete nicht auf ihre flehentliche Bitte. Das Licht verrann in der Nacht. Freya schluchzte auf angesichts der Grausamkeit der Göttin.

Sie war verlassen. Einsam und verstoßen. Freya bohrte die Finger in den Boden und stöhnte gequält. Es tat so weh. Sie, die der Göttin mit jeder ihrer Handlungen gedient hatte, war verworfen worden. Ihre Kopfschmerzen fühlten sich an wie ein Steinregen, der ihre Stirn traf. Sie biss die Zähne zusammen und stöhnte leise. Die tuschelnden Stimmen hallten in ihrem Kopf wider, ihre Worte waren jetzt ganz deutlich. »Priesterin ohne Göttin. Die Machtlose. Schande, Schande, Schande.« Sie wuchsen an zu einem Dröhnen, zerrissen sie, schnitten sie blutig.

Freya presste die Hände auf ihre Ohren und schrie. Sofort verstummten die Stimmen. Sie ließ die Hände sinken und holte zitternd Atem. Mochten die Mächte sich ihrer erbarmen. Sie konnte nicht mehr. Freya schaute sich bebend um. Die schwarzen Bäume umgaben sie stumm. Der Boden roch faulig und leicht verbrannt. Sie strich sich die Haare aus der

Stirn. Die Dunkelheit wurde dichter. Auf dem Altarstein vor ihr nahm eine schimmernde Gestalt Form an.

Hnoss.

»Mein Kind.«

Wahnsinn breitete sich in Freya aus, lockte und zog. Kinderstimmen hallten in ihrem Kopf wider. »Komm, Freya, stirb mit uns. Du brauchst nicht länger zu leiden.«

»Schweigt!«

Die Stimmen brachen mitten in einem Satz ab.

Freya holte tief Atem und schaute ihre tote Tochter flehend an. Hnoss' süßes Gesicht war vor Verachtung verzerrt.

»Du wirst für deinen Hochmut bestraft, Mutter. Du hast deine Gaben verworfen.«

Ihre Stimme war dünn und schien von weit her zu kommen.

Freya ließ den Kopf sinken und schrie vor Schmerz auf. Sie schien im Boden zu versinken. Das Flüstern der Stimmen steigerte sich zum Geschrei. Alles in ihr zerbrach. Die Traumbilder, die ihr Leben gewesen waren, zersplitterten und wurden vom kalten Wind verweht. Übrig war nur noch der schmutzige Kern. Zum ersten Mal seit langer Zeit sah sie sich so, wie sie wirklich war.

Freya erbrach sich über dem fauligen Laub, doch es kam nur gelber Schleim, der ihren Mund mit einem bitteren Geschmack füllte. Sie wischte ihn mit dem Umhang ab und zwang sich, ihr wahres Ich zu betrachten.

Hnoss hatte Recht, ihr kleines Mädchen.

Nicht die Göttin hatte versagt, sondern Freya selbst.

Die Sehnsucht nach Macht und Stärke hatte sie verschlungen, hatte ihre Schritte und ihre Handlungen gelenkt. Freya hatte der Göttin schon längst den Rücken gekehrt. Sie konnte das jetzt sehen, als sie hier vor den verwelkenden Blumen auf dem Steinaltar kniete. Hnoss schimmerte in der Nacht, streng und unerbittlich verurteilte sie ihre Mutter.

Langsam begriff Freya. Die Mondgöttin hatte über jeden ihrer Schritte gewacht. Sie hatte ihr die Kraft geschenkt, ihrer Verwandten Alfhild beizustehen, sie hatte ihr Macht und Umhang einer Hohepriesterin gegeben.

Eine Tochter hatte sie zur Erinnerung an Thor bekommen. Gold und kostbare Gewänder hatte sie besessen. Es hatte ihr an nichts gefehlt.

Alle Wünsche waren ihr erfüllt worden.

Aber das hatte ihr nicht gereicht.

Freya schlang die Arme um ihren Leib und jammerte durch zusammengebissene Zähne. Sie sah, wie sie den Menschen von Alfheim voller Verachtung gegenübertrat, den Menschen, denen sie doch dienen sollte. Sie sah, wie sie die Maske der Mondgöttin nahm und ihre Macht mit der göttlichen gleichsetzte. Den Zwillingsgott und seine Priester hatte sie verworfen.

Ihre ganzen Taten waren von Übermut und Trotz gegen die Mächte erfüllt gewesen, denen sie diente. Wie hatte sie nur so blind sein können?

Freya weinte stumm über ihren Wahnwitz. Sie, die Allessehende, war ihrer eigenen Unvollkommenheit gegenüber blind gewesen.

»Du hast Idun ebenso im Stich gelassen wie damals mich«, flüsterte Hnoss.

Feya sah ihre tote Tochter auf dem Altar stehen. Die Hände des Mädchens waren gefaltet, ihr Blick leer und erloschen. Das Totenhaus schimmerte durch ihren dünnen Leib. Sie war tot.

Für diesen Geist, diesen Traum aus der Vergangenheit, hatte Freya Idun den Rücken gekehrt. Sie hatte den Tod dem Leben vorgezogen. Feuerkugeln aus Schmerz brannten in ihrem Bauch. Sie presste die Hände auf die Brust und weinte verzweifelt.

Hnoss lachte, ein boshaftes Lachen, das ihre Augen leuchten ließ.

»Du fängst an zu begreifen, Mutter.«

Freya wischte sich die Tränen von der Wange. Bewegte ihre eingeschlafenen Beine.

»Es ist meine Trauer, die dich hier unten festhält, und ich zwinge dich dazu, über deine Schwester zu wachen«, schluchzte Freya.

»Ja, Mutter.«

Der Geist wurde dunkler und stärker.

»Und ich hasse dich, weil du mich nicht freigibst«, fauchte Hnoss.

In Freya eröffnete sich ein Abgrund der Trauer. Der Alb legte sich um ihren Leib, riss ihn mit seinen Klauen in Stücke. Zerreiß mich, friss mein Fleisch, zerstöre meine Sinne. Mag es geschehen. Freya biss die Zähne zusammen, sammelte sich und leerte ihren Schmerz bis zur Neige.

»Ich gebe dich frei, Tochter. Geh.«

Hnoss stieg vom Altar und ging zum Totenhaus, ohne sich auch nur ein einziges Mal umzusehen. Dann war sie verschwunden.

Freya sank auf das faulige Laub. Jetzt gab es keine Hoffnung mehr. Es war zu Ende.

Sie bohrte ihre Finger in den Boden, riss Erde auf wie ein gejagtes Tier, wälzte sich in ihrer Schande. Dann setzte sie sich hin.

»Komm, Hel, setz meinem Leben ein Ende«, schrie sie.

Die Stimmen hatten Recht gehabt. Im Tod könnte sie Ruhe finden, in seiner Endgültigkeit lag die Verheißung der Befreiung. Freya sank in ihrer Verzweiflung der Tiefe entgegen. Sie schaute hinüber zum Totenhaus, sah eine fremde Kraft Gestalt annehmen.

Ihr Körper fing an zu zittern. Von unsichtbaren Kräften wurde sie auf dem Boden hin- und hergeworfen. Die Stimmen in ihrem Kopf jubelten vor Freude. Jetzt strömte die

Kraft aus dem Totenhaus. Ein schwarzes Tor zur Unterwelt tat sich in der Nacht auf und schreiende Alben quollen aus den sich langsam öffnenden Türen heraus. Freya kam zur Ruhe. Sie lag bewegungslos auf dem Boden und starrte das Tor zwischen den Welten an. Eine seltsame Ruhe breitete sich in ihrem schmerzenden Körper aus. Was auch immer geschehen mochte, schlimmer konnte es nicht mehr kommen. Der Boden bebte.

Dann nahm vor dem Totenhaus eine Frauengestalt Form an.

Freya schnappte nach Luft und presste die Stirn auf den Boden.

»Hel, ich grüße dich«, murmelte sie Lehm und Laub zu.

Die Luft stank nach verwesendem Fleisch und Feuer.

Hel war der Tod, der gekommen war, um sie zu holen. Ihre Leiden waren zu Ende.

»Sieh deine Herrscherin an!«

Die dröhnende Stimme triefte vor uralter Bosheit.

Freya zwang sich dazu, den Kopf zu heben und die erbarmungsloseste unter den neun Töchtern der Göttin anzusehen. Schwarze Nebel umwogten deren Körper. Ihre Augen waren brennende Höhlen. Ihr halber Körper war der einer wunderschönen, lebenden Frau mit rosigen Wangen und glatter Haut. Das war der schöne, schmerzlose Tod, ersehnt und erwünscht.

Aber Hels andere Seite war schwarz versengt und verrottet, wie das Totenreich, über das sie herrschte. Maden wanden sich darin, fauliges Fleisch fiel fetzenweise zu Boden. Das war der quälende, langwierige Tod, die größte Angst der Menschen.

Freya ging in die Hocke und senkte den Kopf. Die Todesgöttin, die Strafende, die die Geister der Eidbrüchigen verzehrte und sie zwang, bis an das Ende der Zeiten über die Giftstrände zu waten.

Hel, die mit sanfter Hand über die wachte, die reinen Herzens waren, wenn sie in die Arme der großen Göttin wanderten. Die Herrscherin über die Wiedergeburt. Die Lebensverzehrerin, die Königin des Chaos.

»Ich bin bereit, dir zu folgen, Königin der Finsternis«, flüsterte Freya.

Vor der Todesgöttin zerfiel ihr Leben zu Staub. Alles, wofür Freya sich gehalten hatte, war nicht mehr von Bedeutung. Vor Hel sind alle Menschen demütig.

Die Todesgöttin lachte dumpf, tausend wilde Tiere knurrten in ihrer Kehle. Sie glitt durch die Schatten und lächelte voller Bosheit.

»Steh auf, Menschenwurm. Ich werde deine Lebensflamme nicht löschen, nicht jetzt, wo du deine vielen Mängel erkannt hast. Von jetzt an wirst du mir gehören.«

Hel lachte höhnisch zur Mondsichel in den Wolken empor. Das Geschrei der Toten zerriss die Nacht. Die Erde wand sich vor Angst. Freya klammerte sich an den zitternden Boden und versuchte das Unfassbare zu begreifen. Hel, die Todesgöttin, hatte sie zu ihrer Priesterin erwählt. Sie war nicht mehr machtlos.

»Ich bin unwürdig, Königin«, keuchte sie.

»Das findet jedenfalls meine Schwester, diese Hündin.«

Hel lachte ihr entsetzliches Lachen. Die Geister im Totenhaus brüllten in ihrer unsterblichen Angst auf. Freya hörte Hnoss schreien, aber sie konnte nichts unternehmen. Jetzt nicht.

Hel kehrte Freya ihre wunderschöne Seite zu.

»Ich werde diesen Ort befreien. Ihm meine unendliche Gnade erweisen.«

Die Todesgöttin wuchs bis zu den Wolken und streckte die Arme aus. Die Geister wurden zu ihr hingezogen, sie trank sie, aß sie, sog sie in ihre endlose Finsternis. Hnoss schwebte schimmernd vorüber. Einen Atemzug lang war sie zu sehen, dann wurde sie von der Dunkelheit verschluckt. Schließlich war alles still.

Hel hatte Alfheims Geister zu sich genommen, keiner war noch vorhanden, weder gute noch böse. Freya war erlöst.

»Wie kann ich dir danken, Königin der Finsternis«, konnte sie nur mühsam herausbringen.

Hel nickte zufrieden und genießerisch. Dann kehrte sie Freya ihre entsetzliche Seite zu und leckte sich die Lippen.

Mengen von Maden fielen zu Boden.

»Du sollst mir treu dienen und der Preis, den du mir schuldest, wird dir wehtun.«

Freya trat einen Schritt vor und schluckte ihre Angst hinunter. Sie musste diese Frage stellen, sonst war sie verloren.

»Königin der Finsternis, wie kann ich Hyndla und die schwarze Seuche besiegen?«

Hel grunzte leise.

»Such das, was ich verloren habe.«

Sie wurde von einem Sturmwind unterbrochen, der aus den Wolken herabfegte und Laub und Erde hochwirbeln ließ. Freya wich verwirrt einen Schritt zurück. Die schwarzen Wolken am Himmel öffneten sich. Mondstrahlen erhellten die Finsternis, die Hel umgab.

Die Todesgöttin lachte zum Mond hoch.

»Böse, Schwester?«

Die Kraft beider Göttinnen wuchs. Freyas Körper bebte jetzt wieder, sie hatte ihn nicht mehr in ihrer Gewalt. Unsichtbare Mächte warfen sie zu Boden.

Als Freya aufschaute, schwebte die uralte Schönheit der Mondgöttin über dem Totenhaus. Die Lebensspendende, die Göttin der Zauberkraft, die Herrscherin über das Verborgene. Ihre weißen hüftlangen Haare umschlangen ihre goldgelbe Gestalt.

Tränen strömten über Freyas Wangen.

»Warum kommst du jetzt, nachdem du so lange nicht hören wolltest?«

Aber die Mondgöttin achtete nicht mehr auf sie.

Sie war Hels wegen da.

»Schwester, willst du mich abermals herausfordern?«

Ihre Stimme war kalt wie das Mondlicht und einsam wie die Wolken.

Hel fauchte in abgrundtiefem Hass. Seit dem Morgen der Zeiten bekämpften diese beiden Schwestern einander nun schon.

»Dieser Mensch gehört jetzt mir.«

Ohne Vorwarnung griff sie ihre Schwester an.

Tausend Gewitter schienen aufzudröhnen, als die Göttinnen aufeinander prallten. Freya schrie vor Angst auf. Blitze jagten über den Himmel, machten die Nacht zum Tag. Sturmwinde rissen an den Bäumen. Die Luft loderte vor Stärke und Macht.

Sie musste fort von hier, sonst würde sie untergehen. Sie musste sich verstecken, sich an den Bäumen festklammern. Der Wind hob sie fast vom Boden hoch. Erde und Laub peitschten ihren Körper.

Dann quoll ihr etwas Heißes aus Nase und Ohren. Sie fuhr sich mit der Hand übers Gesicht und erblickte überrascht ihr eigenes Blut.

Ein entsetzlicher Schrei hallte im Hain wider.

Freya versuchte zu kriechen, sie setzte einen Arm vor den anderen, doch ehe sie sich bewegen konnte, wurde sie von stummer Finsternis umfangen. Einige Atemzüge lang hörte sie nur ihren eigenen Herzschlag. Dann sank sie leblos zu Boden.

Thor schaute zu der verblassenden Mondsichel empor. Die sieben Schwestern waren jetzt neben dem Nordstern zu sehen. Die Dämmerung rückte näher, ein neuer Tag begann. Skidbladnir hatte das offene Meer erreicht. Das Schiff sprengte unter vollen Segeln über die Wellen. Der Mast ächzte leise.

Baldur hatte die eine Hand auf das Ruder gelegt, die andere hielt sich hinter seinem Rücken an einem Tau fest.

Thor gähnte. Er fragte sich, wie arg die schwarze Seuche jetzt wohl in Idunvallen wütete. Wie viele mochten erkrankt sein? Ob es auch einen seiner Söhne getroffen hatte?

Hart war das Schicksal, das den Asen auferlegt worden war.

Freyr war tot. Trotz ihrer großen Worte hatte Freya ihn nicht heilen können. Einsam musste Thor die Wurzel alles Bösen ausbrennen und seinen Vater nach Hause holen. Langsam fasste er einen Plan. Es war jetzt wichtiger zu handeln als zu trauern.

Sie würden einige Tage brauchen, um alle Männer zusammenzurufen. Hoffentlich würden die Stürme so lange Ruhe geben. Sie mussten Ran Opfer bringen, ihr ein prachtvolles Geschenk machen, damit sie sie in Frieden segeln ließ. Nichts durfte jetzt dem Zufall überlassen werden.

Er warf einen Blick zu seiner Tochter hinüber, die in Bragis Schoß schlief.

Freya würde bald in Idunvallen auftauchen. Da war er sich sicher. Sie würde sie zu Gorm begleiten. Vielleicht konnte sie die schwarze Seuche nicht heilen, aber mit der Hexe konnte sie es immerhin aufnehmen. Traurig lächelte er die kalten Wellen an. Jetzt hatte er Freya endlich in seiner Gewalt.

Thor reckte seinen schmerzenden Rücken, sah im Osten das erste Tageslicht aufleuchten. Freya hatte ihm so sehr gefehlt. Das konnte er jetzt zugeben, als er hier einsam an der Grenze zwischen Nacht und Tag stand. Das Leben war nicht dasselbe ohne sie. Bald würde er sie wiedersehen, und dann würde sie ihn mit ihrem Zorn überhäufen. Aber er würde doch in ihrer Nähe sein.

Baldur stieß einen Ruf aus und zeigte zu einer Insel hinüber. Sie war nicht groß, aber immerhin hatte ein Baum sich zusammen mit einigen dicht stehenden Büschen dort festgekrallt.

Thor ließ seine Blicke umherwandern und erstarrte. Ein harscher Gestank mischte sich unter den Salzgeruch des Meeres. Dort hinten war etwas. Er kniff die Augen zusammen und musterte die starren Zweige des Baumes. Das spärliche Morgenlicht fiel auf einen Mast, der sich hinter dem Baum versteckte. Gesegnet sei sein falkenäugiger Bruder.

»Seid bereit!«

Thor versetzte Rådar und Sakse, die zu seinen Füßen schliefen, jeweils einen Tritt. Die beiden sprangen auf und waren sofort kampffähig.

»Versteck das Mädchen«, befahl er Bragi, der sofort die hellwache Idun hinter die Ladung aus Urnen, Fellen und Bündeln zog.

Thor löste Mjölnir von seinem Gürtel. Seine Gedanken klärten sich, er spannte die Muskeln an.

Er packte Ull, schüttelte Leben in den Jungen.

»Los, es wird gekämpft!«

Thors Pflegesohn zwang sich zum Aufwachen und taumelte zu Bögen und Pfeilen hinüber.

Bragi kehrte mit gezogenem Schwert zurück.

Thor ließ die Insel nicht aus den Augen. Bald würden sie sie passiert haben und klare Sicht haben. Der Steven des anderen Schiffes war bereits zu sehen.

»Göten!«

Die Männer refften das Segel. Diesen Kampf wollten sie sich nicht entgehen lassen, niemals würden Asen fliehen wie hasenherzige Weichlinge.

Ull legte einen Pfeil auf den Bogen und hielt Ausschau nach einem Ziel.

Kräftige Ruderschläge, das fremde Schiff schoss aus seinem Versteck. Am Segel leuchtete Gorms schwarzer Widderkopf.

Thor zählte rasch die Krieger im anderen Schiff, während er seinen Umhang fallen ließ.

»Das sind zwölf«, schrie er.

»Ull, halt dich bereit.«

Ein brennender Pfeil durchschnitt den dünnen Morgennebel. Er verfehlte Skidbladnir und fiel zischend ins Wasser.

Baldur drehte das Ruder, Skidbladnir legte sich vor das feindliche Fahrzeug.

Ull spannte den Bogen. Die Luft sang. Der Göte am Ruder fiel tot ins Wasser. Noch elf.

Thor rannte an den Bug und wich einem vorüberjagenden Pfeil aus. Ein weiterer Brandpfeil. Er bohrte sich in die Reling. Rain zog ihn heraus und löschte ihn mit bloßen Händen. Jetzt waren sie zum Entern bereit. Thor hob den Hammer und schrie in die Dämmerung hinaus.

Der bärtige Göte hob sein Schwert.

Thor war zu allem bereit. Mit dem Hammer in der rechten, dem Schwert in der linken Hand. Er zitterte vor Erwartung und sah seine Männer an. Verschworen wie ein Wolfsrudel waren sie bereit, der Beute die Krallen in die Brust zu schlagen.

Skidbladnir traf den Bug von Gorms Schiff.

»Für Tiwaz!«

Thor sprang auf das andere Schiff und schlug einem Krieger den Schädel ein, noch ehe er wieder festen Boden unter den Füßen hatte.

Einem anderen bohrte er das Schwert in den Bauch. Ehe der fiel, traf er mit dem Hammer einen Jüngling vor die Stirn. Die Knochen zerbrachen, das Blut quoll wie ein Wasserfall aus dem Kopf des Jungen. Thor brüllte vor Kraft. Der Blutrausch brannte in seinem Körper. Tiwaz kämpfte an seiner Seite. Thor sah alles, war überall.

Zwei Göten griffen ihn aus entgegengesetzten Richtungen an. Sie bewegten sich langsam, träge wie auf dem Meeresgrund. Der eine hatte ein Bärenfell über seinen Harnisch gelegt, der andere trug ein Schwert mit goldenem Beschlag.

Thor beförderte den einen mit einem Tritt aus dem Weg und bohrte das Schwert in den anderen, ohne sich auch nur umzusehen. Er war unüberwindlich, ein wütender Sturmwind.

Die Schwerter der Asen blitzten im Boot auf wie eilige Fischschwärme. Ihr Geschrei hallte über dem Wasser wider.

Ein alter Mann schlug ihm das Schwert gegen den Rücken. Thor warf sich zur Seite, fing das Schwert des Göten mit Mjölnir auf und presste es gegen den Leib des Feindes.

Dessen Augen strahlten vor Angst. Thor grinste und stieß dem Göten das Schwert in den Bauch. Der stöhnte auf, Blut quoll aus seinem Mund. Sein Blick füllte sich mit Schmerz und erlosch.

»Stirb, du sackloser Wicht!«

Thor zog sein Schwert heraus, wandte sich um, bereit für den nächsten Feind. Doch dort stand Baldur mit erhobenen Händen.

»Genug!«

Thor ließ die Arme sinken und rang keuchend nach Atem. Tiwaz ließ ihn los. Seine Muskeln zitterten vor Erschöpfung. Er hängte Mjölnir wieder in seinen Gürtel. Der Hammer triefte vor Blut.

Er wischte sich mit dem Arm die Stirn und schaute sich dann um. Überall lagen tote Göten. Das Blut schwappte um seine Füße. Einen Schritt von ihm entfernt lag ein Feind auf dem Bauch. Thor spuckte auf dessen Harnisch.

»Tote bei uns?«

»Rain«, sagte Baldur.

Seine Wangen und seine Brust waren blutbespritzt.

Die anderen hatten sich bereits um den toten Rain versammelt. Er lehnte mit dem Rücken an der Reling. Ein Pfeil hatte sich durch den ledernen Harnisch gebohrt und sein Herz getroffen.

Sein durchfurchtes Gesicht war zu einem Schrei verzerrt, seine Augen vor Erstaunen aufgerissen.

»Er war sicher sofort tot«, sagte Ottar.

»Ich habe gesehen, wie er einen erschlagen hat. Er hat gut gekämpft«, sagte Sakse und strich sich den Bart.

Thor musterte seine Männer. Die waren mit einigen Schrammen davongekommen.

»Trauert nicht um Rain, er hatte einen männlichen Tod, wie er ihn sich immer gewünscht hat. Jetzt sitzt er mit unseren Kameraden in Tiwazens Halle und trinkt Met, mit einer schönen Frau auf dem Knie. Wir sollten ihn alle beneiden.«

Die Männer lachten düster. Ein Jammern ließ sie verstummen.

»Lebt noch einer von den Weichlingen?«, fragte Thor.

»Ja, hier hinten«, sagte Baldur.

Thor folgte seinem Bruder nach achtern, wo ein junger Mann vor Schmerzen wimmerte und sich die Hände ans Gesicht hielt. Das war zerschmettert, Blut spritzte aus der Stelle, wo vorher seine Nase gesessen hatte. Die Lebenskräfte strömten aus ihm heraus, aber es würde doch noch eine Weile dauern, bis er tot wäre.

Thor ging in die Hocke. Sicher hatte er diesen Jüngling erschlagen, aber er konnte sich nicht daran erinnern. Das war das Seltsame an solchen Kämpfen, erst viel später fielen ihm die Einzelheiten wieder ein.

»Hör auf zu jammern wie ein Weib.«

Der Jüngling verstummte sofort und sah Thor voller Entsetzen an.

»Warum habt ihr uns aufgelauert?«

Der Göte starrte und schwieg. Thor seufzte müde. Erst jetzt merkte er, wie durstig er war, sein Mund war strohtrocken.

»Sprich und du wirst schmerzlos sterben. Schweig und ich werde Salzwasser in deine Wunden gießen und dir danach den Blutadler in den Rücken ritzen.«

Der Jüngling riss die Augen auf. Thor und Baldur tauschten einen zufriedenen Blick. Der Bruder war auf die Idee gekommen, den Feinden den Rücken aufzuschneiden und die Lunge wie Flügel herauszuziehen. Den Göten jagte das unglaubliche Angst ein. Trotzdem schwieg der Nasenlose noch immer.

Loki hielt einen Lappen ins Wasser. Dann drückte er ihn über der Wunde aus.

Der Junge schrie wie ein Mädchen und warf sich auf die Seite. Seine Lunge röchelte feucht. Ihm blieb jetzt nicht mehr viel Zeit.

»Ihr wollt euch vor dem Frühling ein Bild von uns machen und dann zuschlagen, was?«

»Ja«, stöhnte der Junge.

»Wo ist Odin?«

Der Jüngling wimmerte und verstummte dann. Thor zuckte mit den Schultern.

»Gib mir den Dolch, Baldur, geben wir dem Adler Flügel.«

»Hyndla hat ihn in die Höhle gesperrt«, sagte der Göte rasch.

»Wo ist die?«

»Auf Gorms Hof, mehr weiß ich nicht. Ihr müsst mir glauben.«

»Woher stammt die Hexe?«

»Aus dem Süden, aus den Wäldern.«

Thor packte ihn an den Haaren, zog seinen Kopf nach hinten.

»Die Männer, die meinen Vater begleitet haben, wo sind die?«

»Ich weiß nicht. Ich schwöre bei Tiwaz.«

Thor packte den braunen Kittel des Jungen und riss ihn auf die Füße. Abermals jagte die Wut durch seinen Leib, er sah nur noch Rot.

»Du bist es nicht wert, den Namen des Kriegsgottes auszusprechen.«

Er zog den bronzebeschlagenen Dolch aus dem Gürtel des Jungen, packte dann dessen Beine und warf ihn über Bord.

Schwer fiel der Göte in Rans Arme.

»Das ist mein Geschenk für dich, Meeresgöttin«, rief Thor seinem schreienden Feind zu.

Schon nach wenigen Atemzügen war der versunken.

»Opferst du neuerdings Ran?«, fragte Baldur überrascht.

Thor zuckte mit den Schultern und steckte den Dolch in den Gürtel.

»Es kann doch nichts schaden«, sagte er und ging zurück zu Skidbladnir. Eine strahlende Morgensonne vertrieb Kälte und Nebelschwaden. Die Vögel auf der Insel sangen sorglos.

Die Männer waren bereits mit der Plünderung der Leichen und des Schiffes befasst. Bragi reichte Sakse einige Meturnen. Ottar riss eine Bronzeschnalle von einem Umhang. Zufrieden hob er sie hoch und betrachtete die goldenen Schlangen, die sich umeinander wanden. Ull versuchte einen Ring von einem erstarrenden Finger zu ziehen. Er grinste Thor an, als es ihm gelungen war.

Sakse warf einen Ranzen auf Skidbladnir hinüber. Alles würde unter allen aufgeteilt werden.

»Beeil dich, Ull. Mach Feuer, dann lassen wir das Schiff sinken.«

Der Junge zog Zunder und Feuersteine hervor und entfachte ein Feuer.

Thor schritt über das blutverschmierte Deck. Alles, was irgendeinen Wert besaß, war verschwunden. Ulls Feuer glühte, vorsichtig legte er Reisig auf die zaghaften Flammen. Bald loderten die Flammen hoch.

Mit einem feindlichen Schiff konnte man nicht weitersegeln, ohne von den Geistern der Toten in die Tiefe gezogen zu werden. Da war es besser, das Boot von den Flammen verschlingen und die Geister Ruhe finden zu lassen.

Thor stieg über die Reling in sein eigenes Boot. Seine Beine waren steif und zitterten vor Erschöpfung. Sakse fing an, Skidbladnir vom Schiff der Göten wegzustoßen.

Ull warf mehr Holz in das Feuer und sprang dann auf sein eigenes Schiff zurück.

Das wäre ihm auch perfekt gelungen, wenn er sich beim letzten Schritt nicht verschätzt hätte. So knallte er mit dem Kopf gegen den Mast und sank bewusstlos zu Boden. Die Männer krümmten sich vor Lachen. Nicht einmal Thor konnte sich beherrschen, nachdem er festgestellt hatte, dass Ull noch lebte.

»Tiwaz wird ihm morgen den Schädel mit Gewitter füllen«, sagte Baldur.

»Aber wie konnten sie wissen, wo wir waren? Sie haben auf uns gewartet, haben im Wasser gelauert wie ein alter Hecht. Ich habe ja nichts gegen einen Kampf, aber das hier war schon seltsam«, rief Ottar und ließ vor Baldurs Augen ein Halsband hin und her pendeln. Als Baldur danach greifen wollte, riss Ottar es grinsend fort.

»Wir hätten den Nasenlosen fragen können, aber den hat Thor ja Ran hingeworfen«, erwiderte Baldur.

»Nasenlos, schwanzlos und ein mieser Schwimmer. Es muss hart sein, als Göte geboren zu werden«, sagte Sakse und holte einen Eimer, den er vor Thor hinstellte.

Das kühle Wasser färbte sich rot, als Thor sich darin die Hände wusch. Thor hatte diesen Witz schon häufiger gehört und wusste genau, wie zufrieden seine Männer jetzt waren. Sie freuten sich darüber, dass sie überlebt hatten. Kein anderes Gefühl war dermaßen berauschend.

»Sie leben ja nicht so lange, wir erweisen ihnen da wirklich eine Wohltat«, sagte Baldur und prustete los.

Thor versuchte ebenfalls zu lachen, aber eine schmerzende Leere hüllte alles in einen Nebel. Die Müdigkeit ließ seine Beine schmerzen. Das war der Preis, den er für seine Berserkerwut bezahlen musste.

Er ließ sich aufs Deck sinken. Das Götenschiff loderte inzwischen auf wie eine Fackel. Rußflocken schwebten durch die Luft. Thor seufzte tief.

Idun zitterte vor Kälte. Alles war ein Albtraum, offenbar hatten Alben ihr Gemüt verwirrt. Die Asen konnten sich nicht so aufgeführt haben, wie Idun gesehen zu haben glaubte. Es durfte nicht wahr sein.

Thor hatte einem wütenden Bären geähnelt, als er sich seine Bahn durch die Göten geschnitten hatte, wie ein Mäher durch ein Roggenfeld. Er war nicht menschlich gewesen, in seinem Blutrausch hatte er das Gemetzel sogar genossen.

»Für dich, meine Schöne«, sagte Bragi und hielt ihr einen Ring hin, der noch blutig war von dem Finger, den Bragi einem Toten abgeschnitten hatte, um das Schmuckstück an sich zu bringen.

Idun schlang sich die Arme um den Leib. Bragi, ihr Geliebter, hatte einen Jungen umgebracht, der jünger gewesen war als er selbst. Er hatte gelacht, als der Göte durch sein Schwert gefallen war, hatte sich über dessen Leid gefreut. Bragi, der so schön über die Liebe sprach, ihr zärtlicher, angehender Ehemann, hatte die fremden Männer zerlegt wie Schlachtschweine.

Sie konnte ihn nicht ansehen. Idun wandte sich ab, ihr Mund war wie ausgedörrt und von einem bitteren Geschmack erfüllt. Ihre Hände zitterten.

Im Wasser schwamm der Umhang des Jungen, den Thor über Bord geworfen hatte. Das alles hatte Idun mit angesehen, dann hatte sie sich über der Reling übergeben.

»Dann eben nicht«, sagte Bragi. »Wenn du den Ring jetzt nicht haben willst, dann werde ich ihn für dich aufbewahren. Ich kann das verstehen. Du hast zum ersten Mal bei einem Kampf zugesehen.«

Er sprach sehr schnell, sein Blick flackerte, seine Augen glänzten.

»Wenn wir nicht so tapfer gekämpft hätte, dann wären wir jetzt tot. Wäre dir das lieber?«

Widerwillig schüttelte Idun den Kopf.

Bragi packte ihren Arm. Zwang sie, sich zu ihm umzudrehen.

»Gut, denn wenn wir tot wären, dann würdest du jetzt blutend auf ihrem Deck liegen. Jeder Einzelne von diesen Göten hätte seine Stange in dich gerammt und wenn sie dich blutig gefickt hätten, dann hätten sie dich den Fischen zum Fraß hingeworfen.«

Seine Finger drückten ihren Arm so fest zusammen, dass ihr Tränen in die Augen traten.

»Ich verstehe«, flüsterte sie.

»Und nach so einem Kampf erwartet ein Mann die Dankbarkeit seiner Frau. Verstanden?«

»Verstanden«, murmelte Idun.

Bragi lockerte seinen Griff. Müde ließ er sich auf das Deck sinken und schloss die Augen.

»Nimm mir den Harnisch ab und wasch mich. Aber hol zuerst Met, Baldur weiß, wo der aufbewahrt wird.«

Seine schweißnassen Haare lockten sich in seiner Stirn. Seine Wangen waren rot vor Anstrengung. Aber sein Blick, die fremde Kälte in seinen Augen, machte Idun Angst.

Doch er hatte gekämpft, um ihr Leben zu bewahren. Er war ein Held.

Idun schämte sich ihrer Gedanken. Sie durfte nicht böse sein, weil er sich mit Sot verlustiert hatte oder kaum mit ihr sprach.

Dieses Gefecht, dieser Kampf hatten Bragi arg zugesetzt. Jetzt musste sie ihn pflegen, seine Qualen lindern. Er brauchte sie.

Rasch lief Idun Met holen.

6

Es war seltsam still. Kein Vogel zwitscherte, kein Wind wehte, kein Hund bellte in der Ferne.

Freya öffnete die Augen. Die Morgensonne bohrte sich in ihren Kopf wie Feuersteinscherben. Baumwipfel, die sie nur vage wahrnehmen konnte, bewegten sich vor ihr hin und her.

Sie stöhnte gequält, während die Welt Form annahm. Ihr Herz schlug heftig. Sie lag noch immer vor dem Altar. Und sie lebte noch. Seltsam.

Eine Hand stahl sich unter ihren Nacken. Eine Tonkanne wurde gegen Freyas Mund gepresst. Sie trank gierig das kalte Quellwasser, dann ließ sie ihren Kopf auf den kalten Boden zurücksinken.

Was war passiert?

Langsam kehrte die Erinnerung an die Nacht zurück; Stück für Stück fügte sich alles zusammen. Sie war verstoßen worden. In ihr krampfte sich alles zusammen, vor Einsamkeit und Angst. Sie war die Auserwählte der Mondgöttin gewesen, gesegnet in allem. Freya hatte gelebt, um ihre Göttin zu ehren. Aber das hatte sich jetzt geändert.

Der Boden öffnete sich und zog sie in die Unterwelt. Ihr Magen drehte sich um. Freya hatte eine neue Herrscherin. Sie fuhr sich mit den Fingern über die Stirn. Spürte die blutigen Ränder eines runden, wunden Zeichens.

»Sie ist bei Bewusstsein. Wer hat dich zerkratzt? Woher hast du das Zeichen der Todesgöttin? Kannst du antworten?«, fragte Njörunn.

Ihre unruhigen Augen schwebten in der Luft wie eine Graudise.

»Hel hat gesiegt«, flüsterte Freya.

Die Gewissheit wuchs, als sie das sagte.

Gebrandmarkt wie ein Stück Vieh sollte sie der Todesgöttin dienen und während ihrer letzten Zeit wie ein Wurm über die Erde kriechen.

Freya biss sich in die Wange, besann sich. Der Weg, den sie jetzt gehen musste, sollte von Demut erfüllt sein.

Hel sollte sich ihrer nicht vergeblich erbarmt haben. Freya würde ihre Fehler büßen und ihre alte Macht wiederherstellen.

Freya versuchte sich aufzusetzen, aber ihr Rücken tat zu weh. Njörunn kam ihr zu Hilfe. Njörunns Blick war erfüllt von Mitleid und Abscheu. Freya sah sicher entsetzlich aus. Njörunn war schließlich kein empfindliches kleines Mädchen.

Erschöpft sah Freya sich im Hain des Totenhauses um. Njörd saß in sich zusammengesunken neben ihr, sein weißes Wams war mit Flecken übersät, graue Haarsträhnen standen von seinem Kopf ab. Der Kummer über Freyrs Tod und seine Sorge um Freya lasteten schwer auf ihm. Das konnte sie sehen. Freya schluckte.

Ihr toter Bruder, ihr bitteres Versagen. Und bald würde auch sie sterben. Das war das Schicksal, das auf Hels Priesterinnen wartete. Die Todesgöttin wollte ihre Dienerinnen bei sich in der Nachwelt haben. Aber Freya spürte weder Trauer noch Angst. Es hätte keinen Sinn, das behalten zu wollen, was sie bereits verloren hatte. In der vergangenen Nacht war ihr altes Ich zerstört worden. Die Lebensverschlingerin hatte sie zum Tode verurteilt, doch Freya hatte es nie so genossen, am Leben zu sein wie in diesem Moment. Alles, was sie früher für selbstverständlich gehalten hatte, erschien ihr jetzt als ein kostbares Geschenk.

Freya lächelte den alten Mann an und legte ihm die Hand auf den Arm.

»Vater.«

Der Alte umklammerte ihre Hand. Seine Hand war kalt. Njörd hatte sicher lange bei ihr gewacht.

»Ich habe meine beiden Kinder verloren.«

Seine Stimme zitterte vor Bewegung.

»Noch bleibt mir Zeit«, erwiderte Freya.

Aber sie wusste nicht, wie viel. Deshalb eilte es. Sie musste ihr neues Leben sofort beginnen.

Freya erhob sich, ihr wurde schwarz vor Augen.

Sie lehnte sich an die Mauer des Totenhauses und wartete, bis der Boden unter ihren Füßen nicht mehr schwankte. Njörunn brachte eine Schale voll Wasser und fing an, Freya das verkrustete Blut aus dem Gesicht zu waschen.

»Eine schlimmere Göttin hättest du dir gar nicht aussuchen können.«

Das Gesicht der Priesterin war verschlossen, ihr Blick voller Abscheu.

»Ich bin Hel dankbar für ihr Erbarmen. Ich demütige mich vor ihr und der Welt. Auf diese Weise kann ich verhindern, dass die Finsternis unsere Welt verschlingt. Sie hat mir den Weg gezeigt«, sagte Freya ernst.

Njörunn wusch ihren Lappen in der Schale aus und das Wasser färbte sich rot.

»Weißt du, wie du die schwarze Seuche besiegen kannst?«

»Nein«, flüsterte Freya.

Njörunn rieb so hart über Freyas Wange, dass es wehtat. Sie war zutiefst bewegt, versuchte aber, ihre Gefühle zu verbergen.

»Dann wird das nicht leicht«, sagte sie schroff.

Vage Erinnerungen fügten sich in Freyas schmerzendem Kopf zusammen. Was hatte die Königin der Finsternis noch gesagt?

»Was Hel verloren hat, kann die schwarze Seuche besiegen.«

So war es. Wenn Freya das Verlorene fand, konnte sie Freyr rächen und ihren guten Namen wiederherstellen. Njörd und Njörunn starrten sie überrascht an.

»Vater, du musst wissen, was es ist«, sagte Freya flehend.

Der alte Mann schüttelte unglücklich den Kopf.

»Ich weiß es nicht, Tochter. Wenn ich dieses Wissen besäße, würde ich es dir schenken.«

»Was hat die Lebensverschlingerin verloren? Was kann das sein?«, jammerte Freya.

Njörd rieb sich die Augen und dachte lange nach. Freya musterte den Alten unruhig. Dann lachte er kurz auf.

»Es gibt da etwas. Brisingamen.«

Freya keuchte auf. Hels Halsband! Natürlich! Brisingamen war eine mächtige Waffe, kein Zauber konnte ihren Kräften widerstehen.

»Mit dem Halsband werde ich die schwarze Seuche und die verdammte Hyndla, die sie geschickt hat, verbrennen. Die Hexe muss brennen, weil sie meinen Bruder getötet hat, das schwöre ich hier und jetzt.«

Njörunn schlug mit dem Lappen in die Schale, dass das Wasser nur so spritzte.

»Hat Hel dir den Schädel verbrannt?«

Aber Njörunn würde es bald einsehen. Brisingamen konnte sie alle retten.

Njörd tastete nach Freyas Arm.

»Das ist unmöglich«, seufzte der Alte.

Freya lächelte, Hoffnung schäumte durch ihren Körper. Sie fühlte sich unbesiegbar.

»Nichts ist unmöglich.«

Njörd schüttelte besorgt den Kopf.

»Du begreifst nicht. Das Halsband kennen wir nur aus einer uralten Sage. Wo willst du es finden? Wo willst du suchen?«

Freya schaute zu den Bäumen hinüber, hinter denen die Halle der Alfenpriester lag. Grauer Rauch stieg aus dem Rauchloch des Strohdaches. Langsam holte sie Luft, versuchte sich an die alte Geschichte zu erinnern. Aber ihre Erinnerung war unsicher, sie hatte die Sage seit ihrer Kindheit nicht mehr gehört.

»Erzähl von Hels Halsband, Vater. Von Anfang bis Ende.«

Sie nahm den Arm des Alten und half ihm, sich auf einen Opferstein zu setzen.

»Wenn du glaubst, dass das helfen kann. Es war in uralten Zeiten, ehe die tanzenden Steine aufgerichtet wurden, ehe die Wanen nach Vanaheim segelten. Kälteriesen und Wunderwesen herrschten über die Erde. Aber die Unsterblichen begannen damals, unsere Welt zu formen.«

Njörd veränderte sich, beim Erzählen wurde er von Leben und Kraft erfüllt.

»Der Zwillingsgott begehrte Hel. Aber er durfte sie im Totenreich nicht besuchen. Verzweifelt suchte er nach einer Möglichkeit, um das Lager der Todesgöttin teilen zu können. Eines Nachts kam eine Schlange an sein Bett und flüsterte ihm ins Ohr: Sie sehnt sich nach Freude und Licht, wenn sie durch die Finsternis ihrer neun Welten wandert. Als der Zwillingsgott, der kluge Jäger, am nächsten Morgen erwachte, wusste er, wie er Hel umgarnen konnte.

Beim heiligen Berg rief er die vier Winde zusammen und sie schenkten ihm die Kraft, aus der Unterwelt die schönste Waffe zu erschaffen, die in dieser Welt jemals entstanden war. Das Halsband bestand aus neun goldenen Ringen, auf jeder Seite saß eine Platte mit neun Goldspiralen, für die neun Töchter der Göttin. Der Name dieses Schmuckstücks war Brisingamen, das Strahlende. Seine mächtige Kraft war so stark, dass niemand seiner tödlichen Schönheit widerstehen konnte.

Der Zwillingsgott stieg hinab zu Hel und brachte durch Brisingamen Licht in ihre Welt.

Nicht einmal die Todesgöttin konnte diesem Geschenk widerstehen. Sie nahm den klugen Jäger auf, in ihre Welt, in ihren Körper.

Neun Nächte lagen sie zusammen im Grenzland zwischen Leben und Tod. Hel schenkte dem Zwillingsgott solchen Genuss, dass er sie anflehte, ewig bei ihr bleiben zu dürfen. Aber Hel sagte Nein. Sie wollte allein über ihre Reiche herrschen.

Wütend verließ der Zwillingsgott sie. In seiner enttäuschten Liebe beschwor er Brisingamen zur Erde zurückzukehren. Das heilige Halsband zerfiel an Hels Hals zu Staub. Das Gold kehrte zurück zu dem Berg, aus dem der Zwillingsgott es herausgelockt hatte, seine Kräfte wurden von Wind und Erde aufgenommen. Und dort ruht das Halsband seit dem Morgen der Zeiten.«

Njörd beendete seinen Sprechgesang. Er schüttelte traurig den Kopf.

»Du siehst also, das, was du suchst, kannst du nicht finden.«

Freya schüttelte den Kopf. Der Heilige Berg, das Gold aus dem Fels.

»Was meine Herrscherin begehrt, werde ich ihr geben. Sonst sind wir verloren«, sagte sie.

»Und sie ist auch die Unbarmherzigste unter den neun Töchtern der Göttin«, sagte Njörunn leise.

Der alte Mann schüttelte langsam den Kopf.

»Die Waffe wird aus der Unterwelt durch die Kraft der vier Winde geschaffen. Wer besitzt das Wissen, das dazu nötig ist?«

»Neun Alfenpriester befreien Kraft aus Stein, lassen sie davonfließen und formen daraus, was ihr wollt«, erwiderte Njörunn.

»Das stimmt«, sagte Njörd. »Aber niemand unter uns besitzt dieses Wissen. Das schwöre ich. Um etwas so Mächtiges zu erschaffen, ist ein größerer Zauber vonnöten.«

Wieder schüttelte er den Kopf.

»Es tut mir Leid. Es ist hoffnungslos.«

Die Sonne stand schon höher am Himmel. Freya schloss die Augen, ließ ihren Geist durch die Ebene wandern. Eine seltsame Stille lag in der Luft. Hel hatte die Toten verschlungen, hatte sie in die Nachwelt geholt. Die Totenheide war erlöst. Freya war erlöst.

Und wenn ein solches Wunder möglich war, dann würde sie auch das Halsband finden. Freya hob ihr Gewand, es war zerfetzt, blutig, verschmutzt. Sie musste sich umziehen und sich dann auf den Weg machen. Ihr blieb nicht viel Zeit.

»Es gibt etwas, das du wissen musst«, sagte Njörunn.

Ihre Stimme verhieß nichts Gutes. Freya ließ ihr Gewand sinken und schaute Njörunn in die Augen.

»Thor ist fort. Er hat Idun mitgenommen.«

Freya starrte sie verständnislos an.

Ihr Kind war verschwunden. Die Tochter, die sie in Blut und Schmerzen auf die Welt gebracht hatte.

Sie schüttelte ungläubig den Kopf. Thor konnte sie doch nicht gestohlen haben. Sie hatten doch miteinander geredet. Ihre Feindschaft hatte ein Ende genommen. Wie konnte er ihr das antun? Wie konnte er Idun mit nach Idunvallen nehmen, wo die schwarze Seuche wütete? Wollte er sie umbringen?

Ihr Mund schmeckte mehr und mehr nach Blut.

Mein Kind. Sie schloss die Augen, sah, wie Idun auf sie zugerannt kam. Idun war noch ein Kind und ihre roten Haare umgaben ihren Kopf wie ein goldener Kranz. In der Hand hielt sie einen runden Stein, den sie am Strand gefunden hatte.

Mit ernster Miene legte sie den Stein in Freyas Hand.

»Das ist ein Geschenk, Mutter. Ich habe lange danach gesucht.«

Ihre Stimme war dünn, ihr Blick ausweichend.

Freya dankte ihr, dann kam jemand zur Tür herein und sie ließ Idun stehen, ging zu dem Gast. Den Stein legte sie auf ihren Sitzstock. Sie vergaß ihn. Als sie abends zurückkehrte, hatte ihre Tochter vom vielen Weinen rote Augen. Freya stellte fest, dass sie ihre Faust krampfhaft um etwas geschlossen hielt. Sie öffnete die Finger der Kleinen, sah den Stein, den Idun ihr geschenkt und den sie vergessen hatte.

Idun war weinend davongestürzt. Ihr weichherziges Kind. Freya musste das bei der Kleinen wieder gutmachen, musste sie heilen, solange ihr noch Zeit blieb.

Freya schauderte zusammen, ihr Körper zitterte vor Kälte. Sie legte sich ihren feuchten Umhang um die Schultern.

Njörunn nahm sie in die Arme, wiegte sie langsam hin und her.

»Ganz ruhig, Schwester.«

»Hat Alfhild ihnen Schiffe nachgesandt?«

»Nein. Sie will keinen Streit mit ihnen, jetzt nicht.«

Freya versuchte klar zu denken.

Wollte Thor ihr schaden? Nein, um seine Kinder hatte er sich immer gekümmert. Er hatte andere Pläne.

»Thor muss sich doch irgendetwas davon versprechen?«

Njörunns ruhige Stimme holte Freya auf die Erde zurück.

»Er will, dass ich die schwarze Seuche aus Idunvallen vertreibe, dass ich ihm im Kampf gegen Gorm helfe. Idun ist seine Geisel«, sagte Freya.

»Was wirst du tun?«, fragte Njörunn.

Hels Zeichen ließ Freyas Stirn brennen.

»Möge Thors Same vertrocknen, möge die schwarze Seuche seine Eingeweide verfaulen lassen. Auge um Auge, Zahn um Zahn«, sagte sie.

Thors Hof war viel kleiner, als sie erwartet hatte.

Langsam watete Idun durch das kalte Wasser, der Boden war schlammig, sie schauderte, als der Schlamm durch ihre Zehen drang.

Wenn Bragi ihr vom Zuhause der Asen erzählt hatte, hatte es sich angehört, als schimmerten die Häuser vor Gold und das Vieh vor Fett. Aber die Halle oben auf der Anhöhe sah aus wie einer der kleinsten Höfe von Alfheim.

Idun kletterte am lehmigen Ufer hoch und presste ihre Schuhe an sich. Nun kamen Leute vom Hof angerannt.

Ganz vorn lief eine Frau, die Thor umarmte. Ihr folgten einige halbwüchsige Jungen.

Ull wartete am Strand. Die Jungen kamen angerannt, umschwärmten ihn wie die Bienen. Niemand würdigte Idun auch nur eines Blickes. Sie seufzte. Was, wenn sie hier nicht willkommen war?

Sie schaute sich um, blickte Bragi fragend an.

»Ich muss mit dem Schiff die Küste hinunterfahren, in einigen Tagen bin ich wieder hier«, sagte er.

Iduns Herz wurde so schwer wie ein Stein.

»Ich dachte, wir würden zusammen sein«, rief sie.

Er konnte sie doch jetzt nicht allein lassen.

Bragi zuckte mit den Schultern.

»Du hast gesehen, womit wir zu kämpfen haben. Ich muss meinen Teil der Last tragen.«

»Ich kenne hier keinen Menschen. Du hast gesagt, wir würden auf deinen Hof gehen«, flüsterte Idun.

Bragis Gesicht verdüsterte sich, seine Augen wurden so kalt wie nach dem Kampf. Idun schaute ihn ängstlich an.

Aber sein Zorn war sofort wieder verflogen. Plötzlich hellte seine Miene sich auf und er legte lächelnd die Hand auf ihren Arm.

»Ich bin doch bald wieder da. Mach nicht so ein trauriges Gesicht.«

Idun zwang sich zu einem erleichterten Lächeln. Er durfte nicht böse auf sie sein, nicht jetzt, wo er fort musste. Wie hätte es denn ausgesehen, wenn sie sich im Streit getrennt hätten?

»So gehört sich das. Kein Mann will eine streitsüchtige Frau. Du sollst doch meine Stütze sein«, sagte er lächelnd.

Idun schlug die Augen nieder. Wie hatte sie nur so selbstsüchtig und dumm sein können?

»Verzeih mir, ich hatte mir das nicht überlegt«, flüsterte sie.

Zärtlich streichelte Bragi ihre Wange. Seine Hand war hart und kalt auf ihrer warmen Haut.

»Wir sehen uns bald, mach dich schön für den Tag, an dem wir unter den Hammer treten«, sagte Bragi und watete hinaus zum Boot. Seine Schritte wirkten entschlossen. Unbesiegbar.

Idun sah ihm nach und verlor wieder den Mut. Was sollte sie jetzt tun? Sie hatte sich noch nie so einsam und hilflos gefühlt. Was, wenn er nicht zurückkehrte?

Was sollte sie dann machen?

Ihre Mutter und Alfhild mussten ihr Verschwinden inzwischen entdeckt haben. Sie waren sicher reichlich wütend. Idun schluckte, packte ihren Mantel und klammerte sich an den Wollstoff.

Weiter hinten am Strand war Thor ins Gespräch mit seiner Frau vertieft. Sie sahen zu Idun herüber. Die Frau war wütend. Ihre Augen schleuderten Blitze. Sie hasst mich, dachte Idun verzweifelt.

Draußen in der Bucht lichtete das Schiff den Anker. Bragi stand achtern und hob die Hand zu einem Gruß. Sie musste durchhalten, bis er zurückkehrte und sich um sie kümmern konnte.

Dann würde alles gut sein.

»Das kann doch nicht dein Ernst sein! Nie im Leben darf sie hier bleiben! Wie kannst du die Brut dieser verdammten Hündin herschleppen? In mein Haus?«

Siv war weiß vor Zorn.

Thor seufzte, spürte, wie die Wut in ihm hochstieg. Er hatte die spitze Zunge der Alten ja so satt. Was war das für ein Empfang für einen Mann, der von einem harten Kampf heimkehrte?

»Hier bestimme ich. Du wirst Idun mit all deiner Fürsorge aufnehmen, sonst kannst du gehen«, sagte er.

Siv wurde noch bleicher und holte tief Luft. Thor sah, wie sie ihre Situation überdachte. Falschheit und Intrigen, das beherrschte seine Gattin am besten. Wie eine giftige Schlange wand sie sich über seinen Boden.

Und seine eben erst gefundene Tochter sah aus wie ein verirrtes Hundejunges, wie sie da am Strand stand. Die Arme.

»Es gibt in diesem Leben ein Wesen, das ich mit all meiner Kraft hasse, und das ist Freya. Wie kannst du verlangen, dass ich mich um die Brut kümmere, die sie aus sich herausgepresst hat?«

»Schweig jetzt, Weib«, brüllte Thor und hob wütend die Hand. Jetzt reichte es. Er würde sie Gehorsam lehren. Siv krümmte sich ängstlich zusammen.

»Ich werde tun, was du willst, Gatte.«

Thor konnte sich im letzten Moment noch beherrschen. Seine Hand zitterte vor Zorn. Verdammtes Weib, wollte sie ihn nun auch noch dazu treiben, dass er sie schlug?

Düster ließ er die Hand sinken, sah, dass seine Söhne ihn anstarrten.

Tiwaz sollte Erbarmen haben, damit er nicht würde wie sein Vater.

Thor seufzte tief.

»Zeig deinen guten Willen oder scher dich zurück nach Vanaheim. Mir ist es egal, was du tust.«

Angst und Hass loderten in Sivs Augen auf, dann murmelte sie etwas Unverständliches und ging widerwillig auf Idun zu.

Sicher würde sich alles finden. Wenn Siv sich erst beruhigt hätte, würde es ihr Spaß machen, die Hochzeit vorzubereiten.

Thor nahm den Ranzen auf den Rücken und wandte sich seinen Söhnen zu.

In der Halle der Priesterinnen ging Freya langsam um die Feuerstätte. Ihre seltsame neue Kraft schien sie fast schweben zu lassen. Die Schmerzen der Nacht waren verschwunden, sie hatte sich gewaschen und ihre Haare geflochten.

Das blaue Gewand der Priesterinnen hatte sie abgelegt. Diese Zeit war vorbei. Sie trug jetzt ein dunkles, grobes Gewand, schlicht wie das einer Magd. Auf diese Weise wollte sie ihre Demut zeigen.

Das Zeichen auf ihrer Stirn spannte und glühte. Die acht Priesterinnen saßen stocksteif um die Feuerstätte. Ihre Mienen wechselten zwischen Angst und gespannter Erwartung. Freya hatte ihnen mitgeteilt, dass sie sie verlassen würde, und jetzt sahen sie aus wie verängstigte Kinder. Aber nicht sie brauchten Freyas Hilfe.

Erst jetzt begriff Freya, wie sehr die anderen sich an sie geklammert hatten. Hel schien ihren Augen neue Klarheit gegeben zu haben. Diese acht Frauen kannten sich in den neun Mysterien aus, ihre Kraft war sehr groß. Aber sie wagten nicht, die sichere Halle zu verlassen. Sie hätten die Welt verändern können, jede von ihnen hätte das geschafft, aber sie wollten lieber in der Geborgenheit leben, wollten sich von den dankbaren Menschen in Alfheim leiten und verehren lassen. Kein Wunder, dass Freyas Schritte, jetzt, wo sie von all dem befreit war, so leicht waren.

Sie lächelte und kratzte sich am Arm. Bald würde eine von ihnen die Frage stellen. Wen wollte sie ausersehen? Wer sollte die neue Hohepriesterin sein?

Die braunhaarige Rodälv konnte Tiergestalt annehmen. Ihre Sinne konnten mit den Falken schweben, sie lief mit den Rehen durch den Wald, niemand sah so weit wie sie.

Die schöne Sot war für das Blutopfer geboren. Im Frühling

würde sie das Opferfest leiten und zusammen mit Widar der Göttin huldigen. Freya stellte sich vor, wie die beiden sich auf dem Altar vereinigten, berauscht von Lust und Blut. Das Bild verblasste. Vielleicht wäre die kräuterkundige Sigtjaud doch die Würdigere, oder Wiborg, die in die Zukunft schauen konnte.

Die Frauen musterten Freya unruhig.

Freya schüttelte verständnislos den Kopf; dieses viele Wissen, diese Kraft, und doch erfassten die Priesterinnen ihre eigenen Fähigkeiten nicht. Sie glaubten, ihre Kraft stamme von Freya, obwohl Freya sich doch davon ernährt hatte. Ihr Kreis aus neun Frauen war heilig, aber jede von ihnen konnte ihn verlassen und in der Einsamkeit wachsen.

Wiborg erhob sich und räusperte sich verlegen, ehe sie das Wort ergriff.

»Welche von uns soll deinen Umhang auf sich nehmen?«

Freya ging zu der Wand, an der ihre Stäbe hingen. Neun Stück, einer für jede Tochter der Göttin und für den Zauber, den sie den Priesterinnen schenkte.

Sie fuhr mit der Hand über das glatte Holz, liebkoste die geschnitzten Köpfe. Die Kraft ließ ihre Fingerspitzen prickeln. Das hier war das Symbol für die höchste Macht. Die, die diese Stäbe tragen sollte, musste nicht nur mächtig im Zauber sein, sie musste auch weise sein, in die Herzen der Menschen blicken, deren Willen mit ihrem eigenen lenken. Aber die Macht war auch eine Qual, sie verlangte eine Priesterin reinen Herzens, die den Versuchungen widerstehen konnte. Freya wusste das nur zu gut.

Sie nahm den Lebenszauber von der Wand, den goldenen Stab der Mondgöttin mit seinem Kopf aus funkelndem Bernstein. Wer das kühle Gewicht dieses Stabes trug, war die Mächtigste unter den Priesterinnen.

»Ich gebe meinen Stab und meinen Umhang an Njörunn weiter. Mögest du Alfheims Priesterinnen mit Kraft und Frieden lenken.«

Sie hielt ihrer Freundin den Stab hin.

Die Hoffnungen der anderen Priesterinnen erloschen, aber keine war überrascht, keine empfand Groll, denn Freya hatte eine gute Wahl getroffen.

Nur Njörunn runzelte die Stirn, sie war nicht zufrieden.

»Das ist eine große Ehre, aber ich will sie nicht annehmen«, sagte sie und erhob sich.

»Ich dachte, du hättest sie immer begehrt«, widersprach Freya überrascht.

Njörunn trat vor die Stäbe und legte die Hand auf den kurzen, schwarzen Stab, der für Kriegszauber benutzt wurde.

»Ich folge dir auf deiner Wanderung. Zusammen werden wir Brisingamen finden.«

Sie grinste.

»Irgendwer muss dich doch vom Boden auflesen, wenn du deine Wahnsinnsanfälle erleidest.« Freya lächelte dankbar. Njörunn, die gute Freundin, was war sie doch für ein Schatz.

»Wer soll dann den Hof leiten?«

Sots träge Stimme hallte durch die Stille in der Halle. Wie eine brünstige Stute stand sie da und lechzte nach dem Stab.

»Wiborg«, sagte Freya ohne zu zögern.

Das Gesicht der alten Seherin verzog sich ungläubig.

»Nein, du. Dieser Umhang ist zu schwer für meine Schultern. Ich strebe nicht nach Macht.«

»Eben deshalb habe ich mich für dich entschieden.«

Sie trat vor die Priesterin, legte ihr den Stab in die Hand. Kaum hatten Freyas Finger das Holz losgelassen, da spürte sie, wie die Erleichterung sie durchströmte. Jetzt war sie wirklich frei.

Sie verabschiedete sich schweigend von den Frauen. Es gab nicht mehr zu sagen. In dieser Nacht würden sie sich bei Freyrs Totenfeuer noch einmal begegnen, aber ihre Wege trennten sich bereits hier und jetzt.

»Weißt du schon, wo du suchen wirst?«

Das war Wiborg, die den Kopf jetzt höher trug als zuvor. Der Zauber des Stabes tat bereits seine Wirkung.

»In der Dämmerung findet die Verzweifelte neue Hoffnung«, antwortete Freya und schaute sich in der Halle um.

Überall gab es Erinnerungen an Idun. Das Mädchen saß am Herd, kratzte Wolle, zeigte stolz den Korb voller Äpfel, die sie im Hain gepflückt hatte. Aber Freya wollte nicht über das trauern, was sie verloren hatte, sie wollte um das kämpfen, was noch gerettet werden konnte. Mit einem letzten Gruß verließ sie die Halle. Sie kam sich vor wie neugeboren.

Alfhild ging zusammen mit Widar langsam über den Hofplatz. Die Gäste waren geblieben, um Freyr die letzte Ehre zu erweisen und über die Geschehnisse der vergangenen Tage zu sprechen. Das Totenbegängnis würde Alfhild ein Vermögen an Schlachtvieh kosten.

»Sie sind wie blutrünstige Wölfe«, sagte Widar müde.

Er war erschöpft und wirkte verhärmt. Die Todesrituale der Alfenpriester zehrten an seinen Kräften. Sie hatten hart gearbeitet, um Freyrs Fahrt in die Nachwelt vorzubereiten. Alfhild registrierte die Angst, die Trauer und die Erleichterung, die sich bei ihrem Volk bemerkbar machten.

»Vieh stirbt, Freunde sterben, nur der gute Name lebt weiter. Sie wollen an ihren Feuerstätten etwas über Freyr erzählen können«, sagte sie.

Einer der Bewohner der entfernten Höfe, Ubbe, drängte sich zu ihr durch. Offenbar war er eben erst eingetroffen, denn er trug sein Tragegestell aus Rinden und Holz noch immer auf dem Rücken.

»Stimmt es, dass die Geister uns wieder quälen werden, Königin?«

Alfhild lächelte Ubbe müde an.

»Alles wird so bleiben, wie es ist. Darauf hast du mein Wort«, sagte sie beruhigend.

»Aber wenn Freya machtlos ist und wir die schwarze Seuche hier haben?«

»Noch werden wir von der Göttin beschützt, also fürchte dich nicht«, sagte Alfhild.

Ubbe deutete eine Verbeugung an, denn das Tragegestell hinderte ihn an einer richtigen Ehrbezeigung. Dann ging er weiter, um ein wenig mit den anderen zu tratschen.

»Ich hoffe, du hast Recht«, sagte Widar, als Ubbe verschwunden war.

Alfhild und der Alfenpriester tauschten einen düsteren Blick. Seit zwei Tagen hatte sie mit keiner Priesterin mehr gesprochen. Keine war zu ihr gekommen, um sie über Freya zu informieren. Nicht einmal Sot. Alfhild schnaubte wütend, als sie an Sot dachte. Sie hatte Bragi falsch eingeschätzt. Eine hochbusige Schönheit hatte nicht gereicht, um ihn zu umgarnen. Jetzt war Idun verschwunden. Wenn Alfhild nur wüsste, was mit Freya los war. Bei der Erinnerung daran, wie Freya geschrien und sich auf dem Boden gewunden hatte, fröstelte sie. Hatte Freya tatsächlich ihre Macht verloren? War sie wahnsinnig geworden, oder würde sie Alfheims Geister auch in Zukunft beschwören können? Das ganze Reich war in Gefahr. Aber niemand sagte Alfhild etwas.

Der alte Knecht der Priesterinnen hinderte Alfhilds Boten am Betreten der Priesterinneninsel. Wie ein grimmiger alter Hund hielt er dort Wache. Sie sollte ihn prügeln lassen. Mit der eigensinnigen Heimlichtuerei der Priesterinnen musste jetzt Schluss sein. Alfhild würde ihnen ein für allemal klar machen, wer hier die Königin war.

Stimmen wurden auf dem Hofplatz laut.

»Ein Boot«, schrie jemand.

»Hoffentlich nicht noch weitere Sorgen«, sagte Alfhild.

»Sogar die Mächte haben Mitleid, es muss jetzt reichen mit dem Elend«, sagte Widar mit aufmunterndem Lächeln.

Alfhild sah, wie ein junges Mädchen schnell wie ein Eichhörnchen auf einen Baum kletterte. Sie schaute zu dem Segel hinüber, das sich in der Bucht näherte.

»Ein Boot aus Vanaheim«, rief sie.

Die Stimmen wurden lauter.

Alfhild ging zum Ufer. Ein flachbödiges Boot kam unter vollen Segeln angebraust. Am Bug waren Vanaheims Farben aufgemalt.

Sie zog ihren Umhang gerade und betastete ihre Gürtelschnalle. Das hier verhieß nichts Gutes. Es war spät im Jahr, nur, wer eine eilige Unheilsbotschaft zu verkünden hatte, trotzte den Herbststürmen. Alfhild wartete ungeduldig, bis das Boot in der Bucht vor Anker gegangen war.

Eine Frau mit wettergegerbtem Gesicht, langen Zöpfen und Seehundfellkittel sprang über die Reling, watete ans Ufer und sah sich dort um. Die Leute wichen zurück und machten Platz für Alfhild. Kaum hatte die Frau sie entdeckt, beugte sie demütig das Knie.

»Sei gegrüßt, Königin. Ich bin Hallwi aus Vanaheim.«

»Steh auf und sei willkommen«, erwiderte Alfhild förmlich.

»Ich bringe der Priesterin Freya eine Nachricht von ihrer Schwester Gefion.«

Alfhild schaute die Seefahrerin überrascht an. Vanaheim schickte Freya eine Nachricht? Sie war doch von der Insel verbannt worden.

»Sag mir, was passiert ist«, befahl sie mit scharfer Stimme.

Aber die Frau schüttelte so heftig den Kopf, dass ihre grauen Zöpfe ihr um die Ohren flogen.

»Ich bitte vielmals um Entschuldigung, Königin. Aber meine Worte sind nur für Freyas Ohren bestimmt, das hat Königin Gefion mir eingeschärft. Wo kann ich die Priesterin finden? Es eilt.«

»Was sagst du da? Königin Gefion? Ist Åse tot?«

Ehe die Botin etwas sagen konnte, trat eine in ein schlichtes braunes Gewand gekleidete Frau vor.

»Ich bin Freya, sprich.«

»Mach keine Witze, du bist nicht die Priesterin«, rief eine zornige Stimme.

Die anderen brachen in erregtes Getuschel aus.

Die Frau wandte sich um und lächelte Alfhild müde an.

»Heilige Mutter«, flüsterte die Königin und packte Widars Arm.

Es war wirklich Freya. Ein Brandzeichen leuchtete auf ihrer Stirn. Ihre Augen funkelten belustigt.

»Ganz ruhig, Verwandte«, sagte sie mit ihrem Wahnsinnslächeln.

Alfhild klammerte sich an Widars Arm. Jetzt hatte sie wirklich Angst.

Freya musterte die kniende Frau. Ihr Herz schlug hoffnungsvoll, das Blut sang in ihrem Leib. Nach all den Jahren des Schweigens hatten ihre Mutter und ihre Schwester nach ihr geschickt.

»Steh auf, Hallwi aus Vanaheim.«

Die Frau erhob sich mit steifen Bewegungen und wischte sich Erde von den Beinkleidern, ehe sie das Wort ergriff.

»Snotra ist tot. Königin Gefion sagt, du sollst an ihre Stelle treten.«

Freyas Kopfschmerzen erwachten zu neuem Leben. Es kam ihr vor, als würden an ihrer Stirn Kieselsteine zermahlen.

»Meine Mutter ist tot?«

Ihre Stimme war von Kummer erstickt.

»Nein, noch nicht. Aber sie ist an der schwarzen Seuche erkrankt. Gefion hat ihren Platz eingenommen«, antwortete Hallwi.

Freya starrte das Halsband aus Wolfszähnen an, das die Seefahrerin trug; spürte, wie die Finsternis sich um sie schloss. Die Umstehenden schrien und jammerten, aber das nahm Freya nur vage wahr. Die anderen schienen weit weg zu sein.

Rans Töchter schäumten in der brodelnden See. Warum musste das jetzt passieren? Ein halbes Leben wartete sie nun schon auf diese Nachricht. Und jetzt kam sie in dem Moment, wo sie das überhaupt nicht wollte. Hels Lachen hallte ihr aus der Unterwelt entgegen.

Sie wurde zu Hause gebraucht. Freya fröstelte. Vanaheims grüne Hügel leuchteten in der Ferne. Das war ihr Geburtsrecht. Dazu hatte ihre Tante Gullveig sie erzogen, zur Hohepriesterin von Vanaheim. Freya schaute zu Alfhild hinüber.

Die Königin war leichenblass und klammerte sich an den Arm des ebenfalls erschütterten Widar.

Sie konnte die Angst der beiden verstehen. Vanaheim war ohne Hohepriesterin. Wenn diese Insel unterging, würde sie alle anderen mitreißen. Aber Freya wurde auf den Platz gerufen, für den sie geboren war. Sie sollte Åse wiedersehen. Ihr Magen verkrampfte sich vor Sehnsucht. Endlich war die Zeit gekommen, endlich war Snotra tot.

»Wie ist die Hohepriesterin gestorben?«

Hallwi beugte sich vor und flüsterte, was nur Freya hören durfte.

»Snotra ist verrückt geworden. Gefion hat sie erstochen.«

Freya lachte schallend. Das war ein würdiges Ende für die Hündin, die ihren Platz eingenommen und sie vertrieben hatte. Ihre Schwester hatte sie gerächt, hatte Snotra abgestochen wie eine Schlachtsau.

Jetzt sah auch Hallwi verängstigt aus.

»Es eilt. Die schwarze Seuche macht uns arg zu schaffen. Gefion vertraut darauf, dass du sie von der Insel vertreibst.«

Freyas Lachen verstummte. Sie starrte die Botin mit leerem Blick an, während ihre Träume zerbrachen und auf dem schlammigen Strand zu Staub zerfielen.

Es war ein schöner Moment gewesen, aber doch nur ein Traum aus der Vergangenheit. Ihre jetzige Aufgabe war eine andere.

Sie ging einige Schritte auf das Wasser zu, musterte das prachtvolle Schiff, mit dem Hallwi gekommen war. Fünf Frauen standen an Deck. Eine tüchtige Besatzung, ein sturmsicheres Boot und eine Seefahrerin, die Rans Launen trotzte.

»Du musst mich an einen anderen Ort bringen. Ich muss etwas suchen.«

Jetzt erbleichte Hallwi, ihre Hände zitterten ein wenig.

»Edle Priesterin, ich bitte dich. Gefion war streng und deutlich. Mein Leben ist vertan, wenn ich dich nicht nach Vanaheim zurückbringe.«

Freya legte den Kopf schräg und lächelte freundlich.

»Dein Leben ist auch vertan, wenn du mich nicht dahin bringst, wohin ich will«, sagte sie und schaute sich unter den erschütterten Menschen von Alfheim um. Königin Alfhild starrte sie an wie einen Gast aus der Unterwelt. Vielleicht war sie das ja auch. Nein. Das berauschende Gefühl des Neugeborenseins ließ Freyas Blut kochen. Sie würde Brisingamen finden.

»Wohin willst du?«

Das war Widars Stimme.

»Ich weiß nicht. Vielleicht kannst du mir helfen?«

Sie sah, wie Widar mit sich kämpfte. Er hasste sie, trotzdem versuchte er, sich Vanaheims angehender Hohepriesterin gegenüber korrekt zu verhalten. Freya lachte innerlich. Es fiel ihm wohl schwer, plötzlich vor ihr kriechen zu müssen. Er hatte nie geglaubt, dass sie eines Tages ihren rechtmäßigen Platz einnehmen würde.

Aber ehe er etwas sagen konnte, trat Alfhild vor, erschüttert, aber energisch.

»Wir können nicht hier herumstehen und glotzen wie weidende Schafe. Astrid, kümmere du dich um unsere Gäste aus Vanaheim. Sigvard, grab die Meturnen aus. Moira, leg Fleisch in die Kochgrube.«

Sie schaute Freya und Widar an.

»Das andere besprechen wir unter uns.«

Alfhild warf sich den Umhang um die Schultern und ging auf das Langhaus zu. Freya verließ Hallwi mit einem kurzen Nicken.

»Wir segeln im Morgengrauen.«

Die Seefahrerin seufzte tief.

»Was immer du verlangst, Hohepriesterin.«

Als sie das Langhaus betreten hatten, klatschte Alfhild in die Hände, um alle hinauszuschicken. Ruhelos lief sie dann hin und her, während das Gesinde verschwand. Als die Tür geschlossen worden war, drehte sie sich zu Freya um.

»Was ist passiert? Wohin willst du? Was ist hier eigentlich los?«

Die Wangen der Königin glühten. Sie rang um Beherrschung.

»Du lässt Idun von Thor stehlen und willst sie nicht einmal holen«, sagte Freya wütend.

Alfhild erstarrte.

»Das konnte ich nicht riskieren. Wer weiß, was dann passiert wäre. Sie hätten ihr vielleicht die Kehle durchgeschnitten«, sagte Alfhild und hob hilflos die Hände.

Freya schnaubte, als sie diese Lügen hörte.

»Ich verstehe schon, dass es deinen Zielen widersprochen hätte, Idun von den Asen wegzuholen.«

Alfhild strich sich eine Locke aus der Stirn. Unter ihrer bemühten Beherrschung wütete die pure Angst.

»Ich bin dazu gezwungen, Vanaheims wegen. Vergib mir, ich bitte dich. Und erzähl, was passiert ist. Ich warte schon seit Tagen.«

Die Königin legte ihr die Hand auf den Arm. Freya betrachtete die Goldringe, die sich an den langen, schmalen Fingern drängten, und schluckte ihre Wut hinunter. Das Gemüt der schönen Alfhild war wie Seegras. Niemals würde sie Freyas

Worten gehorchen. Doch die Königin sah nie etwas anderes als Alfheims Wohlergehen. Es hätte keinen Sinn, ihr böse zu sein.

Freya erzählte, was passiert war, dass Hel sie auserwählt habe und Brisingamen sie alle retten werde.

Doch bald erkannte sie, dass Alfhild die Bedeutung des Ganzen nicht begreifen konnte. Nicht einmal Widar, der Hohepriester, konnte diesen Segen erfassen. Aber das spielte keine Rolle.

Freya setzte sich auf eine Bank und fuhr mit der Hand über das glatte Holz. Alfhilds Schätze glänzten an der Wand. Nie hatte sie bemerkt, wie behaglich die Halle der Königin war.

Alfhild ließ sich neben sie sinken, sie duftete nach Rosen und Honig.

»Du kannst uns nicht den Geistern überlassen. Wer soll sie denn sonst beschwören?«

Freya lächelte angesichts dieser Angst.

»Alfheim ist erlöst von dem Bösen, das dein Vater und Widar hergelockt haben. Hel hat sich erbarmt. Es gibt keine Geister mehr, die ihr fürchten müsstet. Wir sind beide frei«, sagte Freya.

Die Erleichterung der Königin strahlte in der Halle wie ein Regenbogen.

»Es ist vorbei?«

Freudestrahlend sah sie Freya an.

»Danke der Todesgöttin, meiner Herrscherin.«

»Ich werde Gold und Alfheims stattlichste Hengste opfern, um ihren Namen zu heiligen«, sagte die Königin.

Freya erhob sich. Sie hatte genug gesagt. Jubelnde Lebenslust erfüllte ihre Brust.

»Du kannst jetzt nicht gehen, wir müssen über das sprechen, was passiert ist«, rief Alfhild verdutzt.

»Seht ihr nicht, dass ich euch schon verlassen habe? Wiborg ist jetzt Alfheims Hohepriesterin. Wende dich an sie.«

»Warte!«, rief Widar und in seinen Augen lag ein tiefer Ernst.

»Du musst Abschied von deinem Bruder nehmen. Das ist wichtig!«

Freya schaute ihn überrascht an.

»Das hatte ich auch vor.«

Idun kauerte sich auf der Schlafbank, die Siv ihr angewiesen hatte, zusammen. Das Stroh war alt und stank und es gab keine Felle, aber sie wagte nicht, sich zu beklagen.

Siv hatte kaum ein Wort zu ihr gesagt, nachdem sie sie widerwillig willkommen geheißen hatte. Jetzt herrschte sie das Gesinde an, drei magere halbwüchsige Mädchen in zerlumpten Kitteln und einen umhanglosen Alten, die umherliefen und sich alle Mühe gaben, Siv zu Willen zu sein.

Sie waren immerhin nicht arm. Die Wand war bedeckt von Schilden und Schwertern, Siv trug Bronze um den Hals und auf ihrem Gewand.

Idun seufzte tief, versuchte, sich auszuruhen, doch sowie sie die Augen schloss, sah sie vor sich die Asen im Kampf. Blut tropfte von Bragis Schwert. Der Junge schrie, als er ertrank.

Idun schauderte zusammen, nun lief ihr der Schweiß den Rücken hinunter. Sie musste daran denken, was Bragi gesagt hatte. Wenn die Asen ihre Feinde nicht getötet hätten, dann wäre Idun heute nicht mehr am Leben. Sie waren Helden. Und der größte Held von allen war Thor, ihr Vater. Niemand hatte so viele getötet wie er.

Idun wandte den Kopf und sah zu Ull hinüber, der ruhig auf den Schaffellen auf seinem Lager schlief. Er war wohl noch immer müde von dem berauschenden Trank, der ihm beim Opferfest gegeben worden war. Sie kannte das schon. Ab und zu schliefen die Priesterinnen nach einem Opfer tagelang.

Als sie an zu Hause dachte, schnürte sich ihre Kehle zusammen. Wenn Freya sie nun holen wollte?

Das durfte nicht passieren. Dann würde sie Bragi niemals wiedersehen.

Idun nahm allen Mut zusammen, den sie überhaupt nur besaß, und ging zu der mit einer Stickerei beschäftigten Siv.

»Ich bitte um Entschuldigung, aber darf ich eine Frage stellen?«

Siv grunzte, blickte aber nicht auf.

»Kann ich bei irgendeiner Arbeit helfen? Ich will niemandem zur Last fallen.«

Jetzt hob Siv den Blick von ihrer Stickerei, ihre Augen waren eiskalt.

»Freyas Tochter will auf meinem Hof helfen?«

»Ich kann fast alles, was eine Hausfrau können muss«, sagte Idun rasch.

Siv legte ihre Stickerei auf die Bank und schnaubte.

»Kannst du spinnen, Wolle kratzen, färben, weben, schlachten und kochen?«

Idun nickte.

»Kannst du sticken, säen, ernten, eggen, Blutgrütze und Sauerfisch herstellen, Kräuter sammeln, nähen und Fell gerben?«

»Natürlich«, sagte Idun überrascht.

Hielt Siv sie denn für eine Königin? Das alles hatte sie schon als Kind von Kol gelernt und sie war dankbar gewesen, als sie dann später nicht mehr alle diese Arbeiten ausführen musste.

Siv stand auf und schaute sie fragend an.

»Kannst du noch mehr?«

Idun errötete unter ihrem Blick, aber ihr war der Ernst des Augenblicks klar.

»Ich kann Äpfel ziehen«, sagte sie wahrheitsgemäß.

Überrascht sah sie, dass Siv jetzt loslachte. Siv lachte dermaßen, dass ihre großen Brüste unter ihrem blassgrauen Wollwams auf und ab hüpften.

»Bei den Zehennägeln der Göttin! Freya kann nicht deine Mutter sein. Bestimmt bist du ein Wechselbalg.«

Idun schaute die ältere Frau überrascht an.

»Na gut«, sagte Siv, »jetzt gefällst du mir schon besser. Du hast ja nicht einen einzigen hochmütigen Knochen im Leib. Du wirst für Bragi bestimmt eine gute Hausfrau sein.«

Sie klopfte mit der Hand auf die Bank und Idun setzte sich vorsichtig neben sie.

»Ich will dir die Wahrheit sagen, ich war wütend auf meinen Kerl, als er dich angeschleppt hat, denn ich kann deine Mutter nicht ausstehen. Aber jetzt merke ich, dass du dein Gemüt von Thors Seite geerbt hast. Seine Mutter, Jorunn, soll eine tüchtige Hausmutter gewesen sein.«

Idun lächelte, sie wusste nicht, was sie sagen sollte. Es war ihr unangenehm, dass so schlecht über Freya gesprochen wurde, aber sie freute sich auch, weil Siv ihr nicht länger grollte.

»Du sagst auch nicht viel, und das ist gut so. Ich kann Frauen, die nur plappern, nicht leiden. Eins musst du erzählen. Wie hast du diese Flatterstange Bragi umgarnen können? Ich hätte gedacht, er würde lieber sterben, als mit irgendeinem Frauenzimmer unter den Hammer zu treten. Aber natürlich, seine Mutter ist ja alt, also braucht er eine, die sich um seinen Hof kümmert. Das ist eine richtig schreckliche Alte, das kannst du mir glauben.«

»Seine Mutter?«

Idun schaute Siv überrascht an.

»Ja, sein Vater ist in diesem Jahr hier im Wald umgekommen, ein Baum hat ihm das Rückgrat gebrochen, deshalb wohnen sie nun allein dort draußen. Aber du heiratest auf keinen schlechten Hof, er ist natürlich nicht so groß wie dieser hier, aber Thor ist ja schließlich auch Häuptlingssohn.«

Siv erhob sich und watschelte zu einer Truhe hinüber. Als sie zurückkam, hatte sie ein Stück weißen Stoff und bunte Fäden in der Hand, die sie Idun zusammen mit einer Knochennadel reichte.

»Zeig lieber gleich, was du kannst. Und jetzt will ich alles über deine Mutter wissen. Und dass du mir ja nichts verschweigst.«

Idun nahm die Stickerei entgegen. Eine Freundin, endlich. Bragis Abwesenheit würde doch nicht so schrecklich sein.

Sie erzählte kurz von ihrem Leben, wusste dabei aber nicht so recht, was sie sagen sollte.

»Ich war einmal eng mit deiner Mutter befreundet, aber sie hat mich grausam im Stich gelassen«, sagte Siv.

Idun stickte schweigend weiter. Ihre Finger waren nicht an die dünne Nadel gewöhnt, aber bald flog diese geschmeidig durch den Stoff.

Siv beugte sich vor und flüsterte ihr ins Ohr:

»Na, mit der Nadel kennst du dich immerhin aus. Ich hoffe, du hast auch das andere gut gelernt, damit du Bragi erfreuen kannst. So verwöhnt von den Frauen, wie er ist«, sagte Siv und lachte.

Thor kam zur Tür herein.

»Ist das Wasser heiß?«

Siv schrie das Gesinde an, das Eimer aus der Kochgrube brachte.

Thor öffnete seinen Gürtel und hängte ihn an einen hölzernen Haken. Schwert und Hammer pendelten an der Wand hin und her.

Gleich darauf hatte er seinen Kittel abgelegt und eine Magd zog ihm Beinkleider und Schuhe aus.

Thor war ganz nackt. Die beiden Mägde wuschen ihn mit Wollsträngen, er stöhnte zufrieden, als sie seinen narbigen Körper abrieben. Sie kicherten und tuschelten, als sie ihn reinigten.

Idun starrte errötend ihre Stickerei an. Siv dagegen achtete gar nicht auf diesen Vorgang.

»Was ist denn los, Kind, eine Wanentochter muss doch schon mal einen nackten Kerl gesehen haben. Du hast deine erste Mondblutung doch wohl schon gehabt?«

Idun starrte die Stickerei an und nickte kurz.

Siv beugte sich vor und flüsterte:

»Du warst doch schon mit einem Kerl zusammen?«

Idun schluckte. Sollte sie lügen? Nein, das hätte keinen Sinn. Sie schüttelte den Kopf.

Siv brach in schrilles Lachen aus und schlug sich auf die Knie.

»Das sag ich dir, man muss sich allerlei anhören, ehe die Ohren vom Kopf abfaulen. Wie kannst du unberührt sein, wo deine Mutter sich doch an jeden Mann heranmacht wie eine brünstige Ziege?«

Alle hatten das gehört. Idun wand sich, die Bank kam ihr hart und kalt vor.

Die Mägde kicherten.

»Ich kann dich gern ficken, wenn du unberührt bist«, sagte der älteste Sohn und seine Brüder prusteten los.

Siv sprang auf und verpasste ihm eine Ohrfeige, die ihn gegen die Wand schleuderte.

»Verschwinde und mach dich nützlich.«

Der Junge verzog sich maulend und hielt sich die Wange. Seine Brüder feixten über diese Demütigung.

Siv ließ sich mit wütendem Schnauben auf die Bank sinken.

»Verdammte Brut, die treiben mich zum Wahnsinn.«

Dann wandte sie sich an Idun.

»Du bist keine Priesterin, aber du bist unberührt und von hoher Geburt. Jetzt begreife ich, warum Bragi mit dir unter den Hammer treten will. Er muss doch zufrieden sein, wo er sich eine Gattin gesichert hat, die ihm Gold und Macht einbringen wird.«

Idun sah Siv verwirrt an.

»Aber ich bin nicht reich und Macht habe ich noch nie besessen.«

Siv seufzte und lächelte fast zärtlich.

»Nun, das kann schon sein. Aber du bist kostbarer, als du glaubst, Kleine. Und Bragi ist gerissen. Hinter seiner Schönheit liegt etwas anderes. Das wirst du bald merken.«

Sie schaute mit ernster Miene vor sich hin, dann setzte sie sich gerade und klopfte Idun aufs Bein.

»Aber wozu so lange schwätzen. Ich helfe dir, dein Hammerfest wird großartig sein, dafür werde ich sorgen. Wir können wirklich ein kleines Vergnügen brauchen, wo die Kerle bald auf ihre wahnwitzige Fahrt gehen.«

Sie beugte sich vor und flüsterte ganz leise:

»Ich begreife nicht, warum sie um Odin kämpfen wollen, der ist doch uralt; besser, Thor wird Häuptling, dann brauchen sie nicht zur Göteninsel. Aber davon wollen sie nichts hören, sie reden nur noch von Krieg und Ehre. Sterben ist eine Ehre. Wahnsinnig, das sind sie. Jetzt haben sie schreckliche Angst davor, an der schwarzen Seuche zu erkranken und auf dem Rücken und ohne eine Waffe in der Hand in die Nachwelt einzugehen. Ja, so sind die Kerle eben.«

Sivs Worte wirbelten durch Iduns Kopf. Bragis alte Mutter, der bevorstehende Krieg, das Fest. Es passierte viel zu viel in zu kurzer Zeit.

»Gut, dass ihr euch miteinander bekannt gemacht habt«, sagte Thor und setzte sich an die Feuerstätte.

Er trug einen sauberen Kittel. Seine langen roten Haare waren gewaschen worden und hingen ihm offen über die Schultern.

»Wann brecht ihr auf?«

Sivs Stimme war sanft und schien um Entschuldigung zu bitten.

Thor zuckte mit den Schultern.

»Wenn wir bereit sind. Ich habe meine Männer zusammenrufen lassen. Aber erst gibt es das Fest.«

Er sah Idun an und lächelte.

»Du freust dich doch sicher, Tochter.«

Idun lächelte schüchtern.

»Mach dir keine Sorgen. Bald wirst du den Bauch hoch tragen. Du wirst Bragi viele prächtige Söhne schenken«, sagte Thor und nahm die Schale, die eine Magd ihm mit schmeichelndem Blick reichte.

Siv schien es nicht zu kümmern, wie das Gesinde sich um Thor herumdrückte. Alfhild hätte sie auspeitschen lassen und dann von ihrem Hof verwiesen. Hier herrschten wirklich andere Sitten. Und das Gerede über die Söhne, die sie gebären sollte. Sie sah ihren Vater verständnislos an, als der seinen Essnapf leerte. Söhne konnten Freya doch im Amt nicht nachfolgen.

Die Tür zum Langhaus der Alfenpriester stand offen. Auf dem Hofplatz lagen Haufen aus Abfall und verbrannten Steinen herum. Freya ging daran vorbei und blieb vor der Schwelle stehen. Sie zögerte, dann ging sie hinein ins Warme.

»Hier haben Priesterinnen keinen Zutritt«, schrie ein Priester wütend.

Freya fuhr zurück und sah an den Wänden hoch. Sie waren von schönem Schmiedewerk aus Bronze und Gold bedeckt. Widar hatte sich im Laufe der Jahre wahrlich bereichert.

Einige Priester drängten sich wütend um sie zusammen. Sie sah ihre gespannten Muskeln unter den kurzen Umhängen mit den kunstfertig geschmiedeten Schnallen.

»Ich bin gekommen, um Abschied von meinem Bruder zu nehmen«, sagte Freya.

»Lasst sie durch«, rief Widar.

Die weiß gekleideten Alfenpriester machten ihr widerwillig Platz.

Widar saß neben Freyrs Kopf, er hatte soeben die letzten Reisezeichen auf die weiße Kleidung des Toten gemalt. Njörd saß am Fußende und murmelte seine Beschwörungen.

Freya fiel vor der geflochtenen Bahre auf die Knie.

Freyr sah so friedlich aus, wie er dort lag, ganz in Weiß. Goldene Stickereien zogen sich über seine Brust dahin. Die Arme waren übereinander geschlagen. Die Lippen grau. Die Augen vor dieser Welt verschlossen.

Mein geliebter Bruder. Verzeih mir.

Die Trauer lag in ihrer Brust wie ein schwerer Stein.

Widar schaute fragend das Zeichen auf ihrer Stirn an.

»Kannst du ihn in der Geisterwelt sehen? Hat Hel dir diese Macht verliehen?«

Freya fuhr sich mit den Händen über die Augen. Nichts wünschte sie sich mehr, als mit Freyr sprechen zu können, aber das war unmöglich.

»Sein Geist ist noch an sein verwesendes Fleisch gebunden, erst nach dem Grabfeuer wird er frei sein«, sagte sie mit heiserer Stimme.

Sie zog die Goldknöpfe hervor, die sie mitgebracht hatte, und legte sie unter Freyrs Hände.

»Nimm sie mit in die Nachwelt. Sie kommen aus Vanaheim«, sagte sie leise.

Ihre Zöpfe waren schwer und zu straff. Sie löste einen nach dem anderen, denn es kam ihr falsch vor, vor ihrem toten Bruder die Kraft ihrer Haare zu zügeln. Nun fielen sie über ihre Schultern wie gesponnenes Gold. Widar schaute sie nervös an, dann flüsterte er einem Priester etwas zu.

Bald dröhnten die Trommeln los. Sie hallten durch die Dunkelheit, um die Menschen von Alfheim zusammenzurufen. Njörds Beschwörungen verstummten.

»Tochter. Ich möchte dich um deinen Segen bitten«, sagte er.

Seine Worte waren gedehnt und schwer.

»Den hast du schon«, sagte sie.

Der Alte hatte einen berauschenden Trank eingenommen, sein Geist reiste durch die Nacht, sein Körper schwankte hin und her.

»Ich werde meinen Sohn durch die Flammen begleiten.«

Freya riss die Augen auf.

»Aber …« Sie blickte Widar fragend an.

»Er hat in der Nacht den Eid abgelegt. Freyr muss geehrt werden, es wäre eine große Schande, einen solchen Mann allein in die Nachwelt wandern zu lassen. Und wer wäre ein würdigerer Begleiter als sein eigener Vater?«

Ein älterer Alfenpriester reichte Njörd eine mit roten Todeszeichen bemalte Urne. Ohne zu zögern leerte Njörd sie bis zur Neige.

Freya streichelte seine runzlige Wange. Ihr Herz schmerzte vor Sehnsucht und Trauer. Sie wollte ihn nicht verlieren, aber seinen Eid durfte sie nicht brechen. Und natürlich war ein freiwilliges Opfer wertvoller als eine verängstigte Magd, die sich schreiend an dieses Leben klammerte. Njörd hatte ihre Bewunderung verdient. Sie hatte nicht das Recht, ihn zu bitten, doch noch zu bleiben; sein Körper war ihm eine Qual, er sehnte sich nach dem Tod. Und bald würden sie einander in der Nachwelt wieder begegnen.

»Gehe in Frieden, Vater. Ich komme bald zu dir.«

Der Alte wiegte sich wortlos hin und her.

»Die Zeit ist gekommen«, sagte Widar und klatschte in die Hände.

Zwei Priester hoben Freyrs Bahre hoch, zwei halfen Njörd auf die Füße. Zusammen gingen sie zum Feuer. Die Trommeln hallten rhythmisch über die Heide.

Freya schaute hinüber zu dem Grabfeuer, das zwischen der Halle der Alfenpriester und dem Totenhaus aufgeschichtet worden war. Es wimmelte nur so von Menschen. Jede Frau, jeder Mann, jedes Kind in Alfheim war gekommen, um Freyas Bruder zu ehren.

Hels Anwesenheit erfüllte die Nacht, Freya spürte sie im Wind.

Die Alfenpriester stiegen auf den Scheiterhaufen. Dort banden sie Freyrs Bahre fest. Alles in Freya tat weh. Sie nahm Njörds Hand, die zitterte und vor Schweiß triefte.

»Niemand verlangt das von dir, alter Mann«, flüsterte sie, obwohl das nicht richtig von ihr war.

Sie sah ihre eigene Trauer, nicht Njörds Befreiung von einem schmerzhaften Leben in Blindheit. Sie musste sich zusammenreißen.

»Verzeih mir, Vater«, flüsterte sie.

Für einen kurzen Moment kehrte er zurück.

»Ein Geschenk für dich habe ich in der Vergangenheit gefunden. Widar wird es dir überreichen.«

»Was ist es?«

Aber der Alte war abermals in seinem Rausch versunken.

Die Alfenpriester stellten sich zwischen Njörd und dem Feuer in einer Reihe auf. Das war ihr Abschied.

Freya presste die Lippen aufeinander und kämpfte, um Mut zeigen zu können. Ihre Hände zitterten, als sie den Dolch in den Gürtel ihres Vaters schob.

»Das ist mein Geschenk für deine Reise. Ich werde Hel bitten, euch beide zu beschützen«, sagte sie mit erstickter Stimme.

Ein Priester nahm Njörds Arm und führte ihn zum Scheiterhaufen.

Die Schritte des Alten waren schwer und langsam. Jeder Alfenpriester küsste ihm die Hand. Den Leuten ging jetzt auf, was bevorstand. Alle flüsterten betroffen miteinander.

Die Alfenpriester stimmten einen Klagegesang an.

»Er geht zur Göttin«, verkündeten ihre dunklen Stimmen zum dumpfen Klang der Trommeln.

Der alte Mann hatte den letzten Priester erreicht. Er blieb stehen und wandte sich plötzlich dem Wald zu. Njörd wusste nicht mehr, wo er war. Zwei Priester nahmen ihn an den Armen. Sie zogen und trugen den Alten auf den Scheiterhaufen.

Kaum hatten sie ihn losgelassen, da versuchte er, wieder herunterzuklettern. Er redete und schrie unzusammenhängend. Njörd war bereits in der Geisterwelt angekommen.

Die Priester legten ihn behutsam neben Freyr und banden den Alten bei seinem Sohn fest.

Alfhild trat mit ihrem Geschenk vor, einem Schwert aus Goldbronze, kostbar und prachtvoll. Dann brachten die anderen Menschen von Alfheim ihre Gaben. Lebensmittel, eine Pflanze oder ein Schmuckstück.

Hels Erwartung ließ die Nacht beben. Das hier war die Ehrenstunde der Todesgöttin, die bereits hungrig ihre Arme öffnete.

Freya hüllte sich mit zitternden Händen in ihren Umhang. Sie durfte nicht weinen, nicht hier, nicht jetzt. Als Auserwählte Hels musste sie Freude und Trost ausstrahlen. Das war ihre Pflicht. Sie durfte ihren Schmerz nicht zeigen.

Die Alfenpriester zündeten ihre Fackeln an, dann wanderten sie neunmal um das Feuer und sangen das Todeslied des Zwillingsgottes. Danach blieben sie stehen. Widar hob seine Fackel, dann hielt er inne und wandte sich an Freya.

»Steh mir bei, Schwester.«

Sie schaute ihn überrascht an und erwachte aus ihrem Trancezustand. Widar ehrte sie vor den Augen Alfheims. Das kam unerwartet.

Langsam trat Freya auf ihn zu, sie hatte das Gefühl, über den Meeresgrund zu wandern. Die Geräusche in ihrer Umgebung waren gedämpft, ihr Mund war wie ausgedörrt.

Sie legte ihre Hand neben der von Widar um die Fackel. Das Holz war kühl unter ihren Fingern, der Rauch duftete nach Kräutern.

Sie hoben gemeinsam die Fackel. Es war jetzt still, ganz still.

Ernste Augen folgten ihnen durch die Nacht.

»Für unsere Brüder!«

Widar und Freya ließen die Fackel sinken. Gemeinsam mit den übrigen Alfenpriestern zündeten sie das Leichenfeuer an. Es erwachte zischend zum Leben und fraß sich gierig durch den Scheiterhaufen. Freya ließ die Fackel los und wich vor der Hitze zurück.

»Hab Erbarmen, Hel«, flüsterte sie, als die Flammen den Gipfel des Scheiterhaufens erreichten.

Der alte Njörd fing an zu schreien, wie ein verängstigtes Kind brüllte er in die Nacht hinaus.

Freya erschauderte. Die anderen traten unruhig von einem Bein aufs andere. Mütter hielten ihren Kindern die Augen zu. Das Dröhnen der Trommeln wurde immer stärker, wie ein Gewitter übertönten sie Njörds Todesschreie.

Nach einigen Atemzügen verstummte Njörd und sein Körper versank in den Flammen.

Läuterndes Feuer, erlösendes Feuer. Das Fleisch schmolz, die Knochen barsten in der Hitze. Es war vorüber.

Ein Funkenregen stob zum Nachthimmel empor. Die Geister verließen die Körper. Befreit begannen sie ihre Wanderung über den Helweg in die Arme der großen Göttin.

Freya atmete erleichtert den Geruch von Hitze und verbranntem Fleisch ein.

Sie sah, wie der lachende Freyr beim Frühlingsopfer tanzte, sie spürte seine Lippen auf ihren. Der Boden griff mit feuchten Fingern nach ihr. Sie sank in die Knie.

»Wir sehen uns in der Nachwelt«, flüsterte sie.

Der Hunger der Flammen war befriedigt, langsam verlosch das Feuer.

Die Menschen von Alfheim zogen sich nach und nach zurück, um über das Geschehene zu sprechen und sich zu freuen, weil sie noch am Leben waren. Die Nacht wanderte langsam vorbei, die Mondgöttin verbarg ihr Gesicht. Diese Verräterin.

Der Boden hatte Freya bereits verschlungen. Sie stand am Bug eines Schiffes, das durch die Unterwelt schwamm. Am Strand der Göten tanzte Hyndla mit ihren funkelnden Zeichen. Die schwarze Seuche verließ ihren Körper und verbreitete sich in Vanaheim. Hyndla war verfault. Die Quelle der Flüche. Hyndla lachte in den Flammen, für sie war Freyrs Tod ein Sieg.

Der Hass erfüllte Freya mit zitterndem Genuss.

»Bald werde ich dir die Brüste abschneiden und vor deine Augen nageln. Und dann kannst du deine eigene Plattheit anstarren.«

Sie lachte über Hyndlas ruckhaften Tanz.

Die Priesterin hatte ja keine Ahnung, was ihr bevorstand. So sicher, wie die Midgardschlange eines Tages die Erde verschlingen würde, so sicher würde Freya Hyndlas Gebeine zerbrechen.

»Tanz, Schwester. Genieß die Zeit, die dir noch bleibt«, flüsterte sie in das knisternde Feuer.

»Bei der Todesgöttin Hel schwöre ich Rache!«

Das Feuer loderte auf, die Flammen fauchten, streckten ihre Finger nach ihr aus.

Hel tauchte in der flirrenden Hitze auf. Sie zeigte ihr schönes Gesicht, den sanften Tod.

»Ich nehme deinen Schwur an, Dienerin«, sagte sie und verschwand.

Das Feuer sank in sich zusammen, das Zischen der Flammen verstummte.

Freya schaute mit leeren Blicken in den schwelenden Aschehaufen und kehrte dann in die Wirklichkeit zurück.

Ihre Beine waren taub, sie spürte sie nicht. Vergeblich versuchte sie aufzustehen, ihr Körper wollte ihr nicht gehorchen.

Eine Hand zog sie auf die Füße. Diese Hand gehörte Widar. Der Alfenpriester war wie erstarrt vor unterdrückter Trauer.

»Sie haben ausgelitten«, sagte Freya.

Zahllose Nadeln bohrten sich jetzt in ihre Beine. Die Trauer musste weichen, das Leben erfüllte sie mit brodelnder Begierde. Das war Hels wertvollstes Geschenk. Im Schatten des Todes brannte die Lebensflamme besonders klar. Das war das Älteste der großen Mysterien. Neu belebt nahm sie Widars Arm.

»Sei nicht traurig, lass uns das Leben genießen«, sagte Freya.

Sie kam sich vor wie berauscht, wie trunken von Met und Kräuterelixieren.

»Njörd war unser Allvater, Freyr unser Held, den wir besungen haben. Das alles haben wir verloren.«

Sie sah seine schmerzende Einsamkeit. Er hatte Angst vor der Verantwortung, die nun auf seinen Schultern ruhte. Njörd hatte ihm immer gute Ratschläge zugeflüstert und ihn im Verborgenen geleitet, er hatte seine Intrigen gemildert.

Freya streichelte Widars Arm, genoss dessen Wärme. In dieser Nacht brauchte er sie. Sie musste die Tage feiern, die ihr noch blieben, musste die Geschenke nehmen, die das Leben ihr anbot.

»Lass uns das Leben genießen«, flüsterte sie und ließ ihre Hand suchend unter Widars Kittel gleiten. Ihr Schoß war feucht wie ein Moor. Er pochte und brannte vor Hunger. Widars Glätte wuchs in ihrer Hand. Sie musste ihn in sich haben. Jetzt. Ein Bach aus Lust floss an ihrem Bein entlang.

»Lass uns Frieden schließen«, keuchte Freya.

Im Grenzland gab es keinen Platz für das, was gewesen war oder werden sollte.

Er küsste sie zuerst zögernd, dann immer hungriger. Freya legte sich vor den Scheiterhaufen, öffnete sich dem Alfenpriester.

Widar drang in sie ein, stieß seine Kraft in ihre Nässe. Der

Genuss durchschnitt ihren Körper, ließ das Leben wirklich werden. Jeder Moment stand ihr brennend klar vor Augen. Die Hitze der schwelenden Glut, die Schritte, die innehielten, um dann in der Nacht zu verhallen.

Zitternd nahm sie seine Stärke entgegen.

Widar ergoss sich in ihr und sank dann keuchend auf ihre Brust.

»Ich danke dir«, brachte er heraus.

Sie streichelte seine schweißnassen Haare, schaute zu den Sternen hoch.

Im Namen der Mondgöttin hatte sie viele Männer genossen. Die Rituale verlangten es, die Göttin mit Leben und Blut zu ehren. Hel dagegen war das egal. Das Einzige, was ein Mensch erhoffen konnte, war, ihrer schönen Seite zu begegnen, wenn sie kam, um sein Leben zu löschen. Und nicht in ihrem Reich verharren zu müssen, sondern in die warme Umarmung der Göttin weiterziehen zu dürfen.

Zu wissen, dass das Leben dem Ende entgegenging, war auch ein wertvolles Geschenk.

Widar zog sich aus ihrem Schoß zurück.

Freya setzte sich auf, sah zu, wie er sein Wams glatt strich. Es war gut, dass sie das getan hatten, das spürte sie. Der Hass zwischen ihnen war verflogen, jetzt herrschte Friede. Ihr war es egal, ob Vanaheims Wünsche dafür gesorgt hatten oder der Tod ihres Bruders und ihres Vaters.

»Dein Vater hat gesagt, du sollst dem Falken folgen.«

Eine bittersüße Sehnsucht erfüllte Freya, als ihr der wahre Inhalt dieser Mitteilung aufging. Ein größeres Geschenk hätte ihr niemand machen können. Widar musterte sie mit ernster Miene.

»Ich hoffe, du verstehst das besser als ich.«

Freya erhob sich. Das Feuer war jetzt zu Asche und Schlacken heruntergebrannt. Im Morgengrauen würden die Gebeine der Toten zusammen mit den Geschenken eingesammelt werden. Ein Jahr lang würden sie im Totenhaus der Alfenpriester ruhen, dann würden die Gebeine im Grabhügel bestattet werden. Freyr und Njörd würde die größte Ehre erwiesen werden, sie würden zusammen mit Alfheims Königinnen und Königen ruhen.

Widar legte seinen weißen Umhang über Freyas dunkles Mägdegewand.

»Wohin du auch gehst, ich wünsche dir alles Glück. Das Schicksal, das auf deinen Schultern ruht, ist schwer und hart«, sagte Widar und in seiner Stimme lag keine Falschheit, sondern nur Fürsorge.

»Bald wirst du meine Gebeine verbrennen, und dann denk an diese Nacht«, erwiderte Freya und merkte, während sie die Worte aussprach, wie wahr sie waren.

Sie lächelte Widar müde an, dankbar für diese Momente der Wärme und des Lebens, die er ihr geschenkt hatte.

»Vieh stirbt, Freunde sterben, nur der gute Name lebt weiter. Leb wohl, Widar. Friede und gute Ernte.«

Er sah sie voller Achtung an.

»Ich habe dich falsch beurteilt. Es gab in dir weder Machtstreben noch Hochmut, ich hatte mich geirrt.«

»Nein, das hattest du nicht.«

Freya kehrte ihm den Rücken zu und ging über die Heide davon. Das Schiff wartete, stumm und wie ein Schatten lag es in der Bucht. Brisingamen und Gorms Hündin, groß war das Schicksal, das sie nun für Vanaheim vollenden musste. Das Licht der Dämmerung zeigte sich am Himmel. Die Disen, die sich über dem Wasser langsam bewegten, bildeten Iduns Gestalt ab.

»Hab keine Angst, Tochter. Bald bin ich bei dir«, flüsterte Freya.

Gefion schaute auf die Bucht von Vanaheim hinaus, die sich unterhalb der Höfe ausbreitete. Die wenigen Boote wirkten von hier oben aus klein. Sie zählte sie sorgfältig. Keine Freya.

Das Warten würde sie noch in den Wahnsinn treiben. Ihre Nächte waren erfüllt von Unruhe und Schlaflosigkeit, und das hatte sie noch nie erlebt. Nicht einmal Sigrids Umarmungen konnten ihr Frieden schenken. Gefion setzte sich auf einen Holzklotz, riss an einem verwelkten Grashalm und kaute darauf herum.

Warum kam Freya nicht, jetzt, wo sie sie brauchte? Ihre verdammte Schwester, hoffentlich hielt ihr Hochmut sie nicht ab. Freya war unberechenbar, aber nicht einmal sie konnte das Amt der Hohepriesterin verschmähen.

»Svetjod!«

Der Knecht kam angerannt und verbeugte sich tief, er sah gut aus und hatte gefällige Manieren.

»Hast du die Höfe benachrichtigen lassen?«

»Ja, Königin. Aber niemand wollte auf mich hören.«

»Sie werden kommen«, sagte Gefion und schaute zu den Grabhügeln hinüber.

Dort würde sie das größte Grab Vanaheims bauen lassen, um ihre Mutter zu ehren, wenn diese erst in die Nachwelt eingegangen wäre. Aber sie brauchte Leute von den Höfen, viele Leute. Es war eine harte Arbeit, die viel Zeit in Anspruch nehmen würde.

»Åse muss geehrt werden«, sagte Gefion.

»Darauf hat die Königin Anspruch«, murmelte Svetjod.

»Dann sorg dafür, dass es geschieht. Hole Leute her, die arbeiten können.«

Svetjod verbeugte sich.

»Ich tue mein Bestes, Königin.«

Seine Augen leuchteten vor Angst.

»Das reicht nicht.«

»Sei Svetjod nicht böse, er gibt sich doch wirklich alle Mühe.«

Sigrid lächelte und setzte sich neben sie.

Gefion erstarrte.

»Was erlaubst du dir?«

Sigrid sprang auf und lächelte unsicher.

»Verzeihung«, flüsterte sie.

Gefion schnaubte. Sigrid durfte nicht zu hochmütig werden. Sie musste wissen, wo ihr Platz war. Bleich und hohläugig war sie noch dazu. Gefion musterte wütend Sigrids schlichten braunen Kittel.

»Warum trägst du nicht den hellgelben, der mir so gut gefällt? Geh dich sofort umziehen.«

»Sofort«, flüsterte Sigrid und wurde rot.

Gefion gab Svetjod ein Zeichen.

»Und du, verschwinde.«

Er verbeugte sich und lief ins Langhaus. Gefion seufzte müde. Um alles musste sie sich kümmern, nichts konnte sie in andere Hände legen. Das war anstrengend und schwer.

Sie hörte Schritte. Gefion erhob sich und schaute über den Weg. Eine einsame Gestalt kam auf sie zu, eine Priesterin. Was mochte das wieder für ein Elend bedeuten?

Gefion lief Eir entgegen. Die Priesterin war erschöpft.

»Ich bringe eine traurige Botschaft«, keuchte sie.

»Komm erst wieder zu Kräften.«

Gefion nahm ihren Arm und führte sie zum Holzklotz, auf dem die alte Frau in sich zusammensank.

»Ich habe sie alle verloren«, sagte Eir dann endlich.

»Alle?«

Gefion lief es kalt den Rücken hinunter, als sie die Bedeutung dieses Wortes erfasste.

»Auf dem Hof lebt niemand mehr. Ich habe getan, was ich konnte.«

Eir schüttelte müde den Kopf. »Das ist das Ende. Wir sind verflucht.«

»Aber dann hol deine Priesterinnen zusammen, führt eure Rituale durch. Ihr müsst doch irgendetwas tun können. Wir sind doch in Vanaheim!«

Eir schaute zu Gefion auf, die Trauer wich ihrem Mitleid.

»Es tut mir Leid, Königin.«

Gefions Geduld versiegte, sie packte Eirs Schultern und schüttelte sie.

»Sei nicht traurig. Kämpfe!«

Dann ließ sie die Alte los. Sie wusste, dass es nichts half, Eir anzuschreien. Aber bei der Priesterin war keine Angst zu sehen, sie drückte einfach nur Gefions Hand.

»Armes Kind. Zu einem solchen Schicksal bist du geboren, wirst Vanaheims letzte Königin sein.«

»Ich werde nicht die Letzte sein«, widersprach Gefion, trotzig wie ein Kind. »Wenn Freya erst da ist, wird sie die schwarze Seuche vertreiben.«

»Du hast großes Vertrauen zu deiner Schwester«, sagte Eir.

Gefion lachte bitter.

»Mein ganzes Leben lang habe ich gehört, dass sie die Auserwählte ist. Da wird es doch Zeit, dass sie das beweisen kann.«

Eir erhob sich und griff nach ihrem Ranzen, der ihr von den Schultern zu rutschen drohte.

»Ich mache dir wegen Snotras Tod keine Vorwürfe, aber ohne Hohepriesterin können wir die Rituale kaum durchführen.«

Es war nicht schwer, zu verstehen, was sie meinte.

»Freya kann jeden Tag hier sein, und bis dahin wirst du dich um die Angelegenheiten der Priesterinnen kümmern.«

Eir senkte demütig den Kopf.

»Dann habe ich eine Bitte. Die Körper der Toten verfaulen in ihren Betten, die Ratten fressen ihre Gebeine. Sie müssen verbrannt werden, sonst werden ihre Geister uns heimsuchen.«

»Ich habe Dienstboten geschickt, die das übernehmen sollen.«

Eir schüttelte den Kopf.

»Die weigern sich, die Toten anzurühren. Lass die Höfe verbrennen.«

»Hast du den Verstand verloren! Ich soll Vanaheims Reichtum anstecken? Und wenn die Flammen sich ausbreiten?«, rief Gefion.

»Der Reichtum hat denen gehört, die in die Nachwelt eingegangen sind, und Nachbarn und Verwandte haben sich bereits um ihr Vieh gekümmert. Lass die Toten mitnehmen, was sie verloren haben. Das ist ein großartiges Geschenk.«

Gefion holte Luft.

»Ich werde es mir überlegen.«

Abermals machte Eir eine demütige Verbeugung.

»Ich möchte deine Mutter sehen, wenn du gestattest.«

Gefion verneigte sich würdevoll. Aber es fiel ihr immer schwerer, ihr Entsetzen zu verbergen. Der Boden schien unter ihren Füßen zu beben, alles drohte einzustürzen. Und sie wusste nicht, wie sie das Unheil abwenden sollte.

7

Die Nadel glitt immer wieder durch den Stoff. Idun machte so kleine und hübsche Stiche, wie sie das überhaupt nur konnte. Sie wollte eine geflügelte Schlange sticken, aber bisher war nur der Schwanz fertig. Die Zeit drängte. Sowie die Stickerei fertig wäre, würde sie sie an dem Gewand befestigen, das sie von Siv bekommen hatte, dem Gewand, in dem sie mit Bragi unter den Hammer treten würde. Es war hellblau. Siv hatte es in ihrer Jugend getragen, jetzt war es der Hausfrau zu klein, während es Idun genau passte.

Mit der verschlungenen Schlange auf dem Gewand würde sie sehr gut aussehen – und Bragi würde stolz sein. Er musste sie doch schön finden.

Idun warf einen Blick zu Siv hinüber, die an ihrem Webrahmen saß, die schweren Schläge füllten das Langhaus. Der Fischgeruch aus der Kochgrube sorgte dafür, dass Idun das Wasser im Munde zusammenlief. In dieser Halle fand sie einen nie gekannten Frieden. Obwohl die Jungen schrien und Siv schimpfte, schien die Außenwelt nicht durch die Lehmwände dringen zu können. Sie schienen beschützt zu sein, während die Welt um sie herum zusammenfiel.

»Du hast dich gut hier eingelebt. Du hast nur einige Tage gebraucht, um das Herz meiner Mutter zu gewinnen.«

Ulls Stimme ließ Idun zusammenzucken. Lautlos hatte er

sich an die Feuerstätte geschlichen, jetzt setzte er sich neben sie, geschmeidig wie ein Raubtier.

Sein Blick war unergründlich und scharf.

»Ich bin Siv dankbar dafür, dass sie sich so gut um mich kümmert«, erwiderte Idun wahrheitsgemäß.

Wenn er doch nur gehen wollte. Etwas an Ull versetzte sie in schlechte Laune. Das durfte sie natürlich nicht laut sagen. Alle auf dem Hof liebten Ull. Wann immer er auf die Jagd ging, brachte er frisches Wildbret nach Hause.

»Deine Mutter hat mir ins Leben geholfen«, sagte Ull und schaute dabei so seltsam, dass Idun nicht wusste, was sie sagen sollte.

Beim bloßen Gedanken an Freya tat ihr vor Sehnsucht der Magen weh. Sie vertiefte sich wieder in ihre Arbeit, ließ den Lauf der Nadel ihr Gemüt beruhigen. Draußen auf dem Hof schrien die Mägde einander an. Die eine wollte mehr Holz nachlegen, die andere fand, es sei ohnehin schon zu viel.

Siv ließ den Webrahmen sinken und ging hinaus, um den Streit zu schlichten.

»Deine Mutter hat mir zweimal auf die Welt geholfen. Du bist von Wanenblut, deshalb weißt du, wovon ich rede«, sagte Ull. Seine Augen leuchteten auf.

Jetzt ging ihr auf, dass er von dem berauschenden Trank sprach, den Freya ihm gegeben hatte.

Idun ließ ihre Stickerei auf ihre Knie sinken.

»Ich weiß nicht mehr darüber als irgendwer sonst. Ich bin nicht sehend.«

Sein Blick füllte sich mit Angst und Hass.

»Ich bin es nicht mehr. Nicht seit der Nacht, in der Freyr gestorben ist. Sie sprechen zu mir und wollen mich in den Wahnsinn treiben.«

Er packte ihre Hand, die Nadel bohrte sich in die Haut, aber der Wahnsinn in seinem Blick hinderte sie daran zu schreien. Also stöhnte sie nur leise vor Schmerz.

»Deine Mutter hat mich verflucht.«

Idun hielt Ausschau nach Siv, aber sie und Ull waren allein in der Halle. Wie konnte er über diese Dinge mit ihr sprechen, wo sie die Mächte doch nie gehört oder gesehen hatte?

»Angeblich ist es ein Segen, die Geister zu sehen«, flüsterte sie gequält und versuchte, ihm ihre Hand zu entziehen.

»Ein Segen! Sie lassen mir keine Ruhe. Sie wollen mich zwingen zu schändlichen Dingen«, rief er verzweifelt und ließ sie los.

Idun zog sich die Nadel aus der Hand und schnitt eine Grimasse. Es war keine schlimme Wunde, aber einige Blutstropfen quollen doch heraus.

Sie wollte sie gerade ablecken, als Ull ihre Hand wieder packte.

Er starrte das Blut an. Seine Augen waren glasig wie die einer Priesterin. Jetzt bekam Idun es wirklich mit der Angst zu tun.

»Was siehst du da?«

Sivs Stimme klang wie ein Peitschenhieb.

Ull ließ los. Rasch leckte Idun das Blut ab und schaute erleichtert zu der Hausfrau hoch.

»Ihre Hexe von Mutter hat Stimmen hinter mir hergeschickt«, sagte Ull mit der Stimme eines beleidigten kleinen Knaben.

Siv musterte ihren Sohn aufmerksam.

»Und was siehst du also«, fragte sie dann mit schlecht verhohlenem Zorn.

Ull verbarg sich hinter seiner braunen Mähne.

»Das sage ich nicht«, wimmerte er.

»Hör auf dich anzustellen wie eine Leibeigene nach dem ersten Ficken. Vergiss nicht, dass ich früher Priesterin in Vanaheim war«, brüllte Siv.

»Das kann ein Mann sich nicht gefallen lassen«, schrie Ull und fuhr sich mit der Hand durch die Haare.

»Du hast den Trank aus freien Stücken getrunken; der Einzige, der dir die Augen geöffnet hat, bist du selber. Also jammere hier nicht herum.«

Ull sprang auf und zeigte auf Idun.

»Ihre Mutter hat mich gezwungen. Sie hat gesagt, ich könnte damit Freyrs Leben retten.«

Siv schnaubte.

»Hab ich dich nicht dein Leben lang vor Freyas Bosheit gewarnt? Aber was tust du, sowie sie einen Finger bewegt? Du rennst mit der Stange in der Hand zu ihr.«

Idun krümmte sich auf der Bank zusammen.

»Freya will alles, Reichtum, Macht und Männer. Sogar für Freyr hat sie die Beine breit gemacht. Ich habe sie beim Frühlingsopfer gesehen, Bruder und Schwester vereint auf dem Altar.«

Siv spuckte in die Asche der Feuerstätte, ihr ganzes Wesen triefte vor Hass.

»Ich hätte kotzen mögen.«

Idun rang um Atem. Das konnte doch nicht stimmen. Wie hätte ihre Mutter so etwas tun können? Sie starrte Siv überrascht an.

»Ich war von klein auf Freyas beste Freundin, aber als ich ihr im Weg stand, hat sie mich zerschmettert, ohne mit der Wimper zu zucken. Sie hat mir Freyr genommen und als Thor sich dann für mich interessierte, hat sie versucht, auch das zu zerstören. Aber niemand konnte das Gemüt deines Pflegevaters verwirren. Er war schon einmal auf ihre Künste hereingefallen und hatte sich müde gefickt. Er hielt zu mir und nahm dich zu sich wie ein Kind von seinem eigenen Asenblut. Aber du, du schwachsinniger Narr, du läufst zu Freya und lässt dich von ihr mit berauschenden Tränken und Versprechungen füllen. Hast du mir denn nie zugehört?«

Ull schien kurz vor einem Zusammenbruch zu stehen. Er war in sich zusammengesunken und wiegte sich hin und her.

»Ich habe nicht mit ihr gebuhlt«, murmelte er so leise, dass es fast nicht zu hören war.

»Dann hast du also doch noch einen Rest Anstand im Leib.«

Siv drehte sich zu Idun um, voller Abscheu, jegliche Freundlichkeit war verschwunden.

Iduns Wangen brannten vor Scham. Von all dem hatte sie doch nichts geahnt. Wie konnte das alles stimmen? Wie hatte ihre Mutter Siv so sehr verletzen können?

Langsam kam Thors Hausfrau zur Besinnung.

»Aber daran bist du doch nicht schuld, Kleine. Es ist schlimm, dass du erst jetzt die Wahrheit über deine Mutter erfährst.«

Siv ließ sich auf die Bank sinken und schlug die Hände vors Gesicht. Idun hätte sie gern getröstet, wagte aber nicht sich zu bewegen oder etwas zu sagen.

»Freya ist böse. Aber Kinder dürfen nicht für die Untaten ihrer Mütter gestraft werden. Du hast ihre Falschheit und ihren gierigen Machthunger nicht geerbt«, sagte Siv.

Dann warf sie einen müden Blick auf Ull.

»Verschwinde aus meiner Halle. Loki ist gekommen, er steht auf dem Hofplatz. Vielleicht kann er dir helfen. Ich kann es nicht und will es auch nicht.«

Idun schluckte. Ihr taten alle beide so Leid. Und ihre eigene Mutter war die Wurzel allen Übels. Wenn sie den beiden doch nur helfen könnte.

Langsam erhob Ull sich.

»Aber ehe du gehst, sagst du mir, was du in Iduns Blut gesehen hast«, befahl Siv.

Ulls Wangen färbten sich aschgrau.

»Ich hatte Bilder im Kopf, von ihr«, sagte Ull und zeigte auf Idun, dann stürzte er aus der Tür.

Idun schaute hinter ihm her. Der Boden unter ihren Füßen schien zu schwanken. Bitterer Geschmack erfüllte ihren

Mund. Sie konnte nichts dagegen tun, sie musste sich über der Stickerei auf ihren Knien erbrechen.

»Kleine, nimm es doch nicht so schwer.«

Idun versuchte alles wegzuwischen. Siv schrie nach den Mägden, und die zogen Idun dann aus. Idun weinte verzweifelt. Über alles, was sie über ihre Mutter gehört hatte, über ihre Reise, über Bragis Abwesenheit. Sie hielt es nicht mehr aus.

Siv zog sie zum Waschfass und spülte Erbrochenes und Scham weg.

»Es tut mir Leid, Kleine, ich weiß ja, dass die Wahrheit schmerzt.«

Ein kalter Wind fegte durch die offene Tür. Idun zitterte vor Kälte.

Bragi durfte das alles nicht erfahren. Dann würde er sie nicht mehr wollen. Und das könnte sie nicht ertragen. Wenn er ihr den Rücken zukehrte, würde sie ins Wasser gehen. Das schwor sie hier und heute.

Siv streifte ihr ein Wams über den Kopf, ein Rock wurde ihr um die Hüften gebunden.

»Meine Güte, du bist zerbrechlicher als ungebrannter Ton«, seufzte die Hausfrau.

In diesem Moment tat sich der Boden unter Iduns Füßen auf. Niemand konnte sie leiden. Das wusste sie jetzt. Auch hier könnte sie nicht zu Hause sein.

Sie schaute ihre Hände an, sie kam sich schmutzig vor, unrein. Wie hatte ihre Mutter das alles tun können?

Was für ein schändliches Erbe trug Idun da mit sich herum?

Hallwi stand am Ruder und schaute misstrauisch zu Freya hinüber. Das ganze Boot war erfüllt von Unlust und Spannung.

»Du musst sagen, wohin wir fahren, wenn du es schon weißt«, verlangte Njörunn.

Freya schaute zum Himmel empor. Die grauen Wolken hingen so tief über dem Wasser, dass die Schiffsmasten sie streiften. Sanft ragten die Felsen aus dem Wasser. Sie waren von Rans ewigen Händen glatt geschliffen worden.

Das Boot knackte unter Freyas Füßen, aber dieses Geräusch war so gedämpft wie jedes andere an diesem Tag. Es war seltsam, sie kam sich vor wie auf dem Giftfluss, nicht wie auf dem Sommermeer.

Sogar der Wind war matt, aber trotzdem blähte er das Segel. Das war so unwirklich wie alles, was passiert war, seit die Asen Freyr nach Alfheim gebracht hatten. Seit dem Tag, an dem ihr Schicksal eine andere Wendung genommen hatte.

Sie sah Idun auf einer der Inseln stehen, an denen sie langsam vorüberzogen. Die Kleine hob mit stolzer Miene einen Korb voll Äpfel. Ihre roten Haare glühten vor der grauen Felswand.

»Nach Westen«, sagte Freya und riss ihren Blick von diesem Trugbild los.

Sogar ihre eigene Stimme schien von weit her zu kommen und nicht mehr zu ihrem Körper zu gehören.

Sie schaute zu dem Falken hoch. Njörds Geschenk führte sie und sie ahnte bereits, wohin sie unterwegs waren.

»Bist du sicher?«, fragte Njörunn.

Freya nickte und versuchte zugleich, sich aus diesem Gefühl der Unwirklichkeit zu befreien.

»Mein Boot werde ich jedenfalls nicht verlassen«, sagte Hallwi, die alles gehört hatte.

Ihre Seefrauen murmelten zustimmend.

»Wir können das Boot nicht verlassen«, sagte ein junges Mädchen hartnäckig.

Freya musterte die anderen mit mildem Erstaunen. Begriffen sie nicht, wen sie hier vor sich hatten? Dann riss sie sich zusammen, denn in ihrem neuen Leben musste sie sich demütigen. Dadurch hatte sie Hels Schutz gewonnen.

»Das ist eure Entscheidung, ich danke euch, wenn ihr mich so weit bringt, wie das für euch möglich ist«, sagte sie mit ernster Miene.

Hallwi drehte das Ruder nach rechts.

»Wir hatten ja wohl kaum eine Wahl«, sagte sie düster.

»Ich war außer mir durch den Tod meines Bruders. Ich habe dich um Verzeihung gebeten. Ich werde euch reichlich für diese Fahrt belohnen.«

Hallwis Miene erhellte sich und sie nickte zufrieden.

»Wir können alle guten Lohn brauchen, nach dem vielen Unheil, das uns in Vanaheim widerfahren ist«, sagte sie zufrieden.

Freya schluckte. Die Erwähnung von Vanaheims Unglück schmerzte sie noch immer.

Sie rückte die Goldplatte auf ihrer Brust gerade. Die war ihr kostbarster Besitz, unschätzbar in ihrer glänzenden Schlichtheit. Die vier Ecken zeigten in den Himmel und in die Unterwelt, gen Osten und Westen. Diese Platte wollte sie gegen Brisingamen eintauschen, Gold gegen Gold. Die Platte fühlte sich kühl an unter ihren Händen.

Der Falke glitt durch die Wolken, senkte sich auf die Wasseroberfläche, stieg in letzter Sekunde aber wieder nach oben. Freya lächelte. Sie war auf dem richtigen Weg. Die Mächte hielten zu ihr.

Thor setzte sich am Strand auf einen Stein und schaute hinaus aufs Wasser. Die Wellen waren grauschwarz, die Nebelschwaden rochen leicht nach Sturm.

Wir sind zu wenige, dachte er. Er brauchte Verstärkung, wenn sie gegen Gorm kämpfen wollten. Sonst würden sie wie die Schweine vor dem Frühjahrsopfer abgestochen werden, wenn sie die Göteninsel überfielen.

Thor warf einen Stein ins Wasser. Vielleicht hatte Freyr wirklich ihr Glück mit sich genommen?

Er hatte mit sieben, acht Schiffen voller kampftauglicher Männer gerechnet. Aber jetzt, da seine Boten von Idunvallens Höfen zurückgekehrt waren, zeigte sich, dass die Männer, die noch gesund waren und ein Schwert heben konnten, nur ein Schiff füllen würden.

Das war ein harter Schlag.

»Was meinst du?«, fragte er Baldur, der bewegungslos neben ihm stand.

»Wenn wir vor Morgengrauen zuschlagen und sie überraschen, dann werden wir siegen, auch wenn wir wenige sind. Wie könnten wir verlieren, wenn du uns anführst?«, fragte der Bruder voller Überzeugung.

Thor wandte sich ab und seufzte tief. Verdammter Gorm! Nachts zerbrach er sich den Kopf über den bevorstehenden Kampf. Sie waren bereits besiegt. Odin würde bei ihren Feinden sterben müssen. Er selbst, der große Krieger, konnte nicht einmal seinen eigenen Vater retten. Das Selbstmitleid, das an ihm nagte, war ungewohnt und unbehaglich, wie erstmals getragene Beinkleider.

Thor erhob sich und schüttelte seine Schwermut ab. Es gab keinen größeren Feind für einen Mann als Mutlosigkeit, noch ehe der Kampf ausgefochten war. Er durfte sich nicht beklagen, auf seinem Hof war niemand krank. Er war kampfbereit und stark. Thor hatte keine Angst vor einem übermächtigen Feind.

»Es ist ehrenhafter, im Kampf zu fallen, als in Qualen dahinzusiechen.«

»Wenn wir Gorm nicht angreifen und unseren Vater befreien, dann müssen wir uns vor Schande die Kehle durchschneiden. Möge Tiwaz Freya an unseren Strand holen, wir könnten ihre Künste jetzt wirklich brauchen«, sagte Baldur.

Für seinen Bruder war das eine weise Rede. Baldur grinste Thor an.

»Du brauchst nicht zu glauben, ich hätte das nicht verstanden. Hexen müssen von Hexen bekämpft werden, das hat unser Vater doch immer schon gesagt.«

Thor warf einen Stein ins Wasser, der nach einem dumpfen Aufprall versank. Langsam breiteten die Ringe sich aus. Schreiende Vögel jagten nach Süden.

Noch bestand die Hoffnung, dass Freya kommen würde, obwohl er bereits daran zweifelte. Aber er hoffte wirklich, dass es bald passieren würde. Ihr Aufbruch hatte sich bereits verzögert. Bald würden die Reifthursen über das Meer kommen, und dann würde das Segeln schwierig sein.

»Stimmt es, dass sie dich mit einem Liebeszauber vergiftet hat?«

Thor seufzte tief.

»Zerbrich du dir lieber den Kopf über die schwarze Seuche und den bevorstehenden Krieg«, knurrte er und reckte sich.

Er hatte nur wenige Männer, aber sie würden für alle Asen kämpfen. Und wenn Gorms Hexe erst tot wäre, würde die schwarze Seuche sie nicht mehr quälen. Thor hatte keine Wahl, er war in die Enge getrieben wie ein gehetztes Wildschwein.

»Was auch passieren mag, wir wollen immer daran denken, dass ein Schiff voller Asenkrieger mehr wert ist als hundert Boote von Gorm«, sagte Thor.

Er ließ Baldur stehen und wanderte ruhelos zu seinem Hof zurück. Solange es Leben gab, gab es auch einen Ausweg.

»Vater.«

Idun stand zwischen den verwelkten Sträuchern am Weg, sie hatte die Arme voll von am Ufer gesammeltem Reisig. Offenbar hatte sie auf ihn gewartet.

»Das ist doch Arbeit für Leibeigene«, sagte Thor, schroffer, als er das gewollt hatte.

Sie musterte ihn unsicher.

»Ich hatte nichts zu tun und Arbeit ist besser als Müßiggang.«

Thor legte ihr tröstend die Hand auf die Schulter. Seine Hand lag groß und grob auf ihrer zarten Gestalt. Sie war ein gutes Mädchen, sein Blut war stark in ihr. Sogar Siv hatte das eingesehen.

»In einigen Tagen wird Bragi wieder hier sein.«

Sie strahlte auf wie der Nordstern. Zum ersten Mal fragte Thor sich, ob der Junge eine solche Frau wirklich wert war.

Dann verlosch ihr Lächeln.

»Ich muss dich etwas fragen.«

Ängstlich biss sie sich auf die Lippe.

»Es betrifft meine Mutter.«

Thor schaute zum Hof hinüber, suchte nach einer Fluchtmöglichkeit. Die Narbe auf seinem Rücken glühte. Was war denn heute nur los? Wohin er sich auch wendete, überall wurde er nach Freya gefragt.

Und Freya ging nur ihn etwas an. Sonst niemanden.

»Ist sie böse?«

Iduns Blick war wie zerschlagen, ihre Schultern hingen nach unten wie verwelkte Blüten. Thor begriff. Die scharfzüngige Siv hatte Idun mit ihrem Gift gefüllt.

»Nein, deine Mutter war nie im Leben böse«, antwortete er müde.

»Aber sie hat Siv schlecht behandelt und Siv sagt, dass Freya mich nie leiden konnte.«

Idun schaute zu Boden.

»Ich glaube, Siv hat Recht«, sagte sie leise.

Was war sie für ein zitterndes Angsthäschen. Aber jetzt würde er zum ersten und zum letzten Mal in diesem Leben ein wirkliches Gespräch mit ihr führen – mit seiner Tochter.

Sie brauchte einen Vater, das hatte er immerhin begriffen.

Thor sah, wie sein eigener Vater seine Mutter mit dem Speer erschlug. Das Blut strömte über den Boden. Odin war zum Berserker geworden, Jorunn verblutete. Er schüttelte wütend den Kopf. Trotzdem spürte er die Hand seiner Mutter auf der Schulter, der Wind wurde von ihrem Geborgenheit schenkenden Duft erfüllt.

Es war ein schlechtes Zeichen, wenn Albträume bei Tageslicht Gestalt annahmen.

Thor schaute hinaus auf die Bucht.

»Ich ehre deine Mutter sehr.«

Idun riss überrascht die Augen auf.

»Freya hat mir das Leben gerettet. Sie wurde dafür hart bestraft, denn meinetwegen wurde sie aus Vanaheim vertrieben.«

»Und ihr seid durch den Wald geflohen«, flüsterte sie.

Thor grinste und kratzte sich am Hinterkopf. Sah vor sich, wie sie durch den Finsterwald gelaufen waren, wie Freya im Angesicht der uralten Bosheit des Waldes ihrer beider Leben gerettet hatte. Später hatte er sie dann gerettet, als sie krank geworden war. Wie sollte er der Kleinen das alles erklären?

Das Band zwischen ihnen könnte niemals zerreißen. Er mochte den Boden unter ihren Füßen hassen, aber das spielte keine Rolle. Im Grunde nicht.

»Ich wollte mit Freya unter den Hammer treten. Sie entschied sich gegen mich. Ihre Göttin zwang sie dazu, einen anderen Weg einzuschlagen. Und du lagst bereits unter dem Herzen deiner Mutter. So geht es im Leben, es kommt selten so, wie wir uns das wünschen.«

Thor lächelte seine Tochter vorsichtig an. Sie wusste so wenig über die Welt. Aber er würde für sie und für seine Söhne in den Kampf ziehen.

Zum ersten Mal seit langer Zeit spürte er, dass es das wert war.

Langsam trat Gefion an Åses Lager. Die Hofleute wichen beiseite, nur ihr unterdrücktes Schluchzen störte die Stille.

Gefion blieb neben ihrer Mutter stehen. Deren Augen starrten leer zur Decke hoch. Gefion drückte sie vorsichtig zu. Åse war tot, die Königin war in die Nachwelt eingegangen. Jetzt unterlag Vanaheim Gefions Verantwortung. Sie hatte alles erhalten, was sie sich gewünscht hatte, doch in diesem Moment hätte sie alles getan, um von der Erfüllung ihrer Sehnsucht verschont zu bleiben.

Gefion verschränkte Åses Hände vor ihrer Brust, suchte mit Blicken nach Eir. Die Priesterin stand am Fußende.

»Das Feuer meiner Mutter soll das mächtigste sein, das jemals zu Vanaheims Himmel aufgestiegen ist. Ruf deine Priesterinnen zusammen, macht euch bereit. Die Göttin soll durch eure Zeremonien und das Opfer erfreut werden. Ich werde meiner Mutter einen kostbaren Schatz geben, über den sie sich im Totenreich freuen kann.«

»Wie du willst, Königin«, sagte Eir.

»Macht sie fertig«, sagte Gefion und verließ die Schlafbänke. Åse war nicht die einzige Kranke in der Halle gewesen. Das gequälte Stöhnen würde Gefion noch in den Wahnsinn treiben.

Sie lief zu ihrem Thron, um in der Geborgenheit des uralten Holzes Trost zu suchen.

Krankheit und Finsternis drohten sie zu lähmen. Nicht einmal Sigrid konnte ihr noch Linderung und Freude schenken. Gefion setzte sich müde auf den Thron und ließ sich zurücksinken.

»Königin, wir müssen miteinander reden.«

Das war wieder Eir. Gefion streckte die Hand nach einem Becher Met aus und trank langsam. Sie wusste bereits, was die Priesterin sagen wollte. Sollte sie doch in Nifelheim brennen! Begriff die Alte denn nicht, wie schwer es war, eine zerbröckelnde Macht zu erhalten?

»Freya kommt nicht«, sagte Eir.

Gefion seufzte tief. Sie hatte alle ihre Hoffnungen in ihre verräterische Schwester gesetzt. Wie hatte sie so töricht sein können? Die weichhäutige Freya, diese falsche Schlange.

Vanaheim stand vor dem Untergang und Gefion war allein.

»Eine große Königin hat die Zeit verlassen, und die neue muss eine schwere Last auf sich nehmen«, verkündete die Priesterin.

Gefion schaute sich um, niemand konnte sie hören.

»Mein Reich bricht zusammen.«

Eir faltete die Hände und schaute Gefion in tiefer Sorge an.

»Das neunte Zeitalter geht dem Ende entgegen. Windalter, Wolfszeiten. Niemand wird verschont, wenn die alte Welt untergeht und die neue sich aus der Asche erhebt.«

»Kein Wort mehr!«

Gefion warf ihren Metbecher nach der Priesterin und sprang wütend auf.

»Mein Volk hat genug gelitten! Ich kehre der Göttin den Rücken zu. Soll sie in Ewigkeit verfaulen für das, was sie uns angetan hat!«

Eir erbleichte.

»Überlege, was du sagst, Königin.«

Aber Gefion hörte nicht mehr zu.

»Ich habe nicht vor, mich von den Mächten unterjochen zu lassen. Ich werde mein eigenes Schicksal erschaffen. Hast du das gehört?«

Sie ballte vor den Augen der entsetzten Priesterin die Faust.

»Ich schwöre, dass ich mein eigenes Leben formen werde. Die Göttin hat nichts für mich getan.«

»Du verstehst das nicht, alles ist im Gewebe«, stammelte Eir.

»Wer hat den Nornen das Recht gegeben, unser aller Leben zu formen? Wer hat ihnen das Recht gegeben, mein Reich zu stürzen? Die Opfer und das Kriechen vor der Göttin müssen ein Ende haben. Das ist mein neues Zeitalter. Hast du das gehört?«

Gefion war so wütend, dass ihre Hände zitterten. Die Göttin hatte sie im Stich gelassen, sie hatte nichts mehr, keine

Verwandten und kein Reich. Sie hatte nur noch Sigrid und eine zitternde Priesterin, die verlangte, dass sie vor den Mächten den Nacken beugte. Nie im Leben!

»Vielleicht hast du Recht.«

Gefion erstarrte.

»Auch ich habe die Hoffnung aufgegeben, Königin. Mein Zauber hat seine Kraft eingebüßt.«

Eir sank mit leerem Blick zu Boden. Gefion starrte die Alte überrascht an.

Eir hatte die Hoffnung verloren, und ohne Hoffnung konnte weder die Königin noch die Priesterin leben. Sie hatte die letzte flackernde Fackel gelöscht.

Und wenn schon.

»Diene mir, erschaffe dein eigenes Schicksal.«

Sie zog Eir auf die Füße.

»Geh zur Opferquelle, such meine Schwester.«

Die Priesterin sah aus wie eine Schlafwandlerin. Ihre Augen waren leer, ihr Wille gebrochen.

»Ich werde gehorchen, Königin.«

»Zeitalter hin oder her, Vanaheim wird weiterleben.«

Eir verbeugte sich und überließ Gefion ihrer wütenden Verzweiflung.

8

Die Vergangenheit ist der Boden, auf dem die Zukunft ruht. Die Zeit ist eine ewige Spirale, langsam windet sie sich durch das Weltall.

Freya dachte an diese Worte, als sie neben Njörunn durch den Wald eilte.

Ein grauer Dunst schwebte über dem Boden, sie konnte nur bis zu den nächststehenden Bäumen sehen. Nach dem Morgenregen tropfte das Wasser von den Zweigen. Karge Äste ragten zum finsteren Himmel empor.

Der Herbst war vorbei, der Wald war einen farbenfrohen Tod gestorben. Die Bäume waren kahl und stumm. Sie ruhten in ihrer Nachwelt, warteten auf den Frühling. Und dann würde der Saft steigen und die Bäume würden wieder grün sein. Das Leben würde auf die Felder zurückkehren. So wand die Spirale sich weiter durch Geburt und Tod, in alle Ewigkeit.

Freya rückte ihren Gürtel gerade. Am Weg wachte der Heilige Stein.

Jetzt war es nicht mehr weit.

Hallwi und ihre Frauen waren beim Schiff geblieben. Die Seefahrerinnen hatten sich geweigert, Freya zu begleiten. Aber Freya brauchte deren Schutz nicht. Sie kannte diesen Wald. Hier hatte sie nichts zu befürchten.

Ein Hirsch entdeckte sie und floh wie ein Geisterwesen.

»Ich wüsste ja gern, wie es ihr geht«, sagte Njörunn, die unter ihrem Umhang fröstelte. Ihr blaues Gewand war fleckig und ein Saum hing herab.

»Wem?«

»Idun, deiner Tochter«, antwortete Njörunn mit bitterer, fast böser Stimme.

Freya schwieg und spürte, wie die Unruhe in ihr aufquoll wie eine Eiterbeule.

»Hast du keine Angst um sie?«

»Das reicht jetzt«, erklärte Freya und blieb stehen. »Ich kann das, was passiert ist, nicht ungeschehen machen. Besser ist es, sich um das, was kommen wird, zu kümmern, als in den bitteren Irrtümern der Vergangenheit verhaftet zu bleiben.«

Sie zog ihren Umhang fester um sich zusammen und ging mit langen Schritten weiter, während sie alle Gedanken an ihre Tochter verdrängte.

Njörunn lief knurrend hinter ihr her.

Der Wald lichtete sich. Jetzt waren sie bald da.

Ihr Mund kam ihr immer trockener vor, je näher sie dem Berg kam. Hoffentlich waren sie nicht fortgezogen. Denn wenn sie hier keine Hilfe bei der Suche nach Brisingamen fand, dann wusste sie nicht, wohin sie sich wenden sollte.

Schon konnte sie zwischen den Baumstämmen die Felswand ausmachen. Freya ging schneller und lief dann hinaus auf die Lichtung. Dort blieb sie stehen und schaute sich keuchend um. Eine steile Felswand ragte in den Nebel. Sie konnte die Höhlen mit ihren Leitern und Seilen sehen.

Aber kein Feuer, nirgendwo ein Lebenszeichen. Alles war verlassen.

Niemand vom Alten Volk ließ sich sehen. Die Hütten waren eingestürzt wie Reisighaufen. Kein Schwein wühlte im Wald nach Nahrung, die Schmiedehämmer waren verstummt.

Freya verließ der Mut. Sie fuhr sich mit der Hand durch ihre feuchten Haare. War alles umsonst gewesen?

»Hier stimmt etwas nicht«, sagte Njörunn.

Freya gab keine Antwort. Ihre Blicke suchten den regenschweren Himmel ab. Der Falke senkte sich durch die Wolken. Also konnte dieser Ort nicht verlassen sein. Der Vogel führte sie. Hier musste es sein.

Sie ging auf den Opferbaum zu, der sich wie ein Schatten auf der Lichtung erhob.

Nun fielen schwere Regentropfen.

Die Kraft im Boden war noch immer stark, sie ließ ihren Körper prickeln. Ihre Anwesenheit war der Erde selber eingebrannt.

»Vielleicht sind sie in Bestlas Höhle«, sagte Freya.

Die Höhle der alten Priesterin lag tief im Berg, ein Stück von den anderen entfernt. Die Öffnung war ein enger Gang. Sie kannte die Höhle der alten Bestla gut, denn dort hatte sie Idun geboren, nachdem sie Thor und die Asen verlassen musste.

Sie gingen am Berg entlang weiter zur Höhle. Der Regen durchdrang jetzt ihre Kleidung.

»Wahnsinn, im Winter herzukommen«, sagte Njörunn.

»Wir haben keine Wahl«, sagte Freya.

Klagen waren jetzt wirklich das Letzte, was sie brauchte.

Sie hatten die Höhle fast erreicht, als Freya ein kalter Warnschauer über den Rücken lief. Sie blieb stehen und schaute in den Nebel.

»Was ist los?«, flüsterte Njörunn.

»Sie sehen uns. Hier ist jemand«, antwortete Freya leise.

Dann reckte sie sich und rief:

»Dwalins Söhne, ich suche euch!«

Der Regen trommelte auf den Boden. Alles war still. Dann raschelte etwas. Eine schwarze Gestalt nahm im Nebel Form an. Sie kam auf Freya und Njörunn zu und wurde mit jedem

Schritt deutlicher. Es handelte sich um einen kleinen, aber kräftigen Mann. Trotz der Kälte trug er nur einen Lendenschurz und einen Umhang. Seine Brust war bedeckt von lockigem grauem Haar, seine Armmuskeln spannten sich. Sein breites Gesicht war mit Spiralen tätowiert.

Freya atmete auf. Jetzt erkannte sie ihn.

»Berling, ich grüße dich.«

Er blieb eine Armspanne von ihr entfernt stehen und musterte sie misstrauisch.

»Bist du ein Trugbild?«

Freya schaute ihn überrascht an.

»Siehst du nicht, dass ich es bin?«

Vorsichtig nahm er ihre Hand und roch daran.

»Du bist aus Fleisch und Blut«, sagte er dann endlich und lächelte so breit, dass nur seine schwarzen Zähne zu sehen waren.

»Ich grüße dich, Wanen-Freya, Freundin unseres Volkes. Dein Anblick erwärmt mir das Herz.«

Freya legte die Hand auf ihr Herz.

»Meine Freude über deinen Anblick ist ebenso groß. Warum hast du an mir gezweifelt, alter Freund? Was ist hier passiert?«

Berling schlug die Arme übereinander.

»Nebeltag. Dann wandern Elend und Trolle über Dwalins Gefilde. Auf nichts ist noch Verlass, nicht einmal auf die eigenen Augen. Die Leute kommen und verschwinden, man hält sie für echt, aber sie sind Trugbilder. Viel Bosheit in der Luft. Besser, vorsichtig zu sein, wenn schwer der Nebel ruht.«

Berling spuckte aus und sah zu Boden. Er war barfuß, dicke Haare wuchsen auf seinen Zehen.

»Was ist deinem Volk widerfahren?«, fragte Freya.

»Komm, wir wollen am warmen Feuer weiterreden«, sagte Berling.

Sie folgten ihm in Bestlas Höhle. Freya kroch auf allen vieren durch den Felsengang. Sie erinnerte sich, es war so eng, als werde sie noch einmal geboren. Aber bald verbreiterte der Gang sich zu einer Höhle.

Freya richtete sich auf und wischte Schmutz von ihrem Gewand. Hier hatten sie sich also versteckt. Ein Feuer loderte auf. Daneben hockten zwei Frauen und drei Männer und starrten die Besucherinnen neugierig an, während Berling mit ihnen sprach.

Die Luft war schwer vor Rauch, es duftete nach Brot. Freya lief das Wasser im Munde zusammen. Sie bückte sich, um Njörunn auf die Beine zu helfen.

»Seltsam, dass sie hier wohnen. Ich hatte Bestlas Höhle für heilig gehalten«, flüsterte die.

»Sicher hat sich vieles geändert, seit wir damals hier waren«, antwortete Freya.

Eine Frau trat vor, um sie willkommen zu heißen. Sie war alt, ihre langen strähnigen Haare waren ergraut. Ihre Brüste hingen schlaff und leer auf ihren Bauch. Sie trug keinen Schmuck, nur ihr Lendenschurz war mit Schlangen bemalt. Dieses Ehrenzeichen deutete darauf hin, dass sie eine Priesterin war.

»Freya aus Vanaheim«, sagte die Frau. »Dein Name glänzt bei meinem Volk.«

»Die Erinnerung an eure Gastfreundschaft ist ein wärmendes Feuer in meinem Gemüt«, erwiderte Freya höflich.

»Dann hoffe ich, es am Leben erhalten zu können. Ich bin Kloska. Seid willkommen an meiner Feuerstätte.«

Sie folgten Kloska zum Feuer und wurden auch von den anderen höflich begrüßt. Außer Berling fand Freya jedoch keine Bekannten.

Er ging vor dem Feuer in die Hocke und wippte auf den Hacken auf und ab.

»Schöne Freya«, murmelte er erfreut.

Ein Mann legte ihr die Hand auf die Schulter und drückte

sie, zur Freude der anderen. Freya lachte. Dwalins Söhne waren niemals schüchtern gewesen.

»Wo sind denn die anderen?«

»Beim Heiligen Berg. Wir werden im Winter den Rest der Ader brechen, dann folgen wir ihnen«, sagte Berling.

»Ich bin froh, dass ich euch wieder gefunden habe«, sagte Freya.

»Du bist wie eine Sonne in unserem Leben«, sagte Berling und tippte mit den Fingern an die Goldplatte auf ihrer Brust.

»Eine kostbare Sonne«, lachte Kloska und reichte ihr ein Stück Brot, das noch warm war. Freya verschlang es hungrig, während sie sich in der Höhle umsah und die Bilder an den Wänden betrachtete. Hirsche wurden von Männern mit langen Stangen gejagt, Frauen drohten mit Doppeläxten. Paare waren gierig miteinander befasst. Die Bilder versetzten Freya in die Vergangenheit zurück.

Thor hatte sie hergetragen, als sie im Sterben zu liegen schien. Obwohl das Alte Volk den Menschen aus dem Weg ging, hatten sie sie aufgenommen.

In dieser Höhle hatte Bestla ihr das Leben gerettet, später hatte die Priesterin des Alten Volkes ihr bei Iduns Geburt beigestanden.

Freya lächelte traurig bei den alten Erinnerungen und fragte, ob Bestla tot sei. Obwohl die Antwort nicht unerwartet kam, war Freya doch traurig, als Kloska Ja sagte.

»Sie war mächtig«, sagte sie. »Sehr.«

Die Priesterin fuhr zusammen und schlang die Arme um den Leib.

Freya nickte. Es stimmte, dass Bestla vielen düsteren Mächten gedient hatte, aber sie hatte Freya in ihren schwersten Stunden geholfen. Ohne Bestla wäre Freya verloren gewesen. Und nur das spielte eine Rolle.

Dann riss sie sich von der Vergangenheit los, die Zukunft

war wichtiger. Sie rückte näher an Berling heran, legte ihm die Hand auf den Arm.

»Ich brauche deine Hilfe.«

»Was kann die Wanengöttin verlangen?«

Berling lächelte und zeigte seine schwarzen, spitz gefeilten Zähne.

»Ich muss Brisingamen finden.«

Das Lächeln verschwand. Er kratzte sich nachdenklich am Bauch.

Die anderen starrten Freya neugierig an.

In Freya kam neue Hoffnung auf. Dwalins Söhne, die Meisterschmiede, mussten alles über Brisingamen wissen. Hoffentlich wollten sie ihr auch helfen.

»Ohne dieses gesegnete Halsband ist mein Volk zum Untergang verdammt, Krankheit und Feinde werden uns ausrotten. Berling, ich bitte dich, hilf mir bei der Suche nach Brisingamen. Überlass uns nicht den Schatten«, flüsterte sie.

Langsam verrann die Zeit, versickerte wie Wasser durch die Felspalten. Dann erhob Berling sich.

»Komm mit, Wanen-Freya. Vielleicht kann ich dir helfen.«

Freya sprang auf. Aber als Njörunn es ihr nachtat, schüttelte Berling den Kopf.

»Nur Freya. Warte hier. Fürchte dich nicht. Wir kümmern uns um dich.«

Njörunn starrte Berling wütend an, aber Freya legte ihr die Hand auf den Arm und bat leise:

»Warte auf mich, hier oder beim Boot. Ich komme zu dir, sobald ich etwas weiß.«

»Sei vorsichtig«, sagte Njörunn düster.

Freya folgte Berling aus der Höhle. Draußen blieb er bei den verfallenen Hütten stehen.

»Warte hier. Ich muss erst fragen, ob ich dich mitbringen darf. Aber nimm dich in Acht.«

Freya grinste. Glaubte Berling etwa, sie könne Menschen

nicht von Trugbildern unterscheiden? Sie schaute hinter ihm her, als er eine Leiter hochstieg und in einer Höhle verschwand. Wen er wohl holen wollte? Aber es war besser, keine Fragen zu stellen. Das Alte Volk war empfindlich, hier war Vorsicht angeraten.

Der Abend warf seine Schatten über den Boden. Aber in den Höhlen war kein Feuer zu sehen, nirgendwo gab es ein Lebenszeichen. Am Ende wurde sie unruhig und hungrig. Ob er sie vergessen hatte? Was verbarg sich in den verschlungenen Gängen?

Es war jetzt fast ganz dunkel. Freya fröstelte.

»Wir haben dich vermisst.«

Sie fuhr zusammen.

Dwalin selbst löste sich aus den Schatten.

Wie hatte er sich so lautlos bewegen können? Überrascht starrte sie den König des Alten Volkes an. Er war so klein wie Berling, aber noch behaarter, was bei seinem Volk als Beweis für Männlichkeit und Kraft galt. Um den Hals trug er ein prachtvolles Halsband aus purem Gold, kunstfertig geschmiedet, auf eine Art, wie Freya es noch nie gesehen hatte. Aber Dwalin war ja auch ein Meisterschmied.

Freya legte sich demütig die Hand aufs Herz und verneigte sich. »Ich grüße dich, König.«

Er musterte sie mit ernster Miene.

»Du hoffst auf unsere Hilfe. Und du bist von Hel auserwählt. Ich weiß noch, wie sie dich in der Höhle meiner Mutter verschont hat.«

Dwalin musterte sie mit scharfem Blick. Freya betete um sein Wohlwollen. Er konnte ihr seine Hilfe nicht verweigern, nicht jetzt. Wenn jemand etwas über Brisingamen wissen konnte, dann er.

»Komm«, sagte er endlich.

Freya atmete auf und folgte ihm zu einer der Höhlen, die

sich auf Bodenhöhe öffneten. Sie war niedrig. Freya musste den Kopf einziehen, als sie hineinging, konnte sich nach zwei Schritten aber wieder aufrichten.

Dwalin entzündete eine Fackel und ging durch die Höhle, in der früher die Schweine gehaust hatten. Es roch noch immer nach diesen Tieren. Links ahnte Freya die Schmiede, aber nicht dorthin war Dwalin unterwegs. Sie folgte ihm tiefer in die Höhle, die sich immer mehr verengte. Dwalin sagte kein Wort, als er sie durch den gewundenen Gang führte.

Der wurde immer enger. Bald musste Freya sich bücken, inzwischen tat ihr alles weh. Und das Atmen fiel ihr immer schwerer. Am Ende musste sie auf allen vieren kriechen.

»Führst du mich hinab zu Hel?«

Dwalin drehte sich nicht um und sagte auch kein Wort. Freya biss müde die Zähne zusammen, die Steine rissen ihre Knie blutig. Sie stieß mit dem Kopf an, der Schweiß strömte ihr über den Leib. Sie waren nun schon so lange unterwegs. Viel zu lange. Sie war fast am Ende ihrer Kräfte. Starr vor Müdigkeit sah sie, wie der Gang sich endlich verbreiterte, sodass sie sich wieder aufrichten konnte.

Ihr Gewand war zerfetzt und schmutzig. Sie war außer Atem. Dann plötzlich, hinter einer Kurve, öffnete sich ein Saal, wie sie noch nie einen gesehen hatte.

»Was ist das?«, rief sie überrascht.

Dwalin blieb stehen und steckte seine Fackel in einen Halter an der Wand. Der Saal war hell erleuchtet.

Die Höhle war so hoch, dass vier erwachsene Wanen dort hätten aufeinander stehen können. Weiße, grobe Säulen verbanden Boden und Decke. Es war feucht, das Geräusch tropfenden Wassers hallte zwischen den Felswänden wider.

»Das ist Nardo, die Wegscheide«, sagte Dwalin.

Seine Stimme hatte etwas Endgültiges. Freya wischte sich den Schweiß von der Stirn. Angstschauer jagten über ihren Rücken. Was war das hier für ein Ort?

In der Ferne bellte ein Hund, leer und öde hallte dieses Geräusch zwischen den Felswänden wider. Sie erkannte dieses Gebell. Es stammte von Gram, dem Hund, der vor der Gnipahöhle vor Hels Reich angekettet war. Waren sie denn ihrer Herrscherin hier so nah?

Dwalin löste seinen Hammer von seinem Gürtel, der größte Schmied von allen schaute sich um. Freya schluckte, ihr Hals brannte vor Durst.

»Kannst du mir helfen, das zu finden, was ich suche? Es eilt«, sagte sie.

Er schaute sie aus glasigen Augen an.

»Ich weiß, was passiert ist und was geschehen wird. Alles ist im Gewebe, auch der Untergang der Menschen.«

Freya senkte den Kopf.

»Dann danke ich dir für deine Hilfe.«

Dwalin lachte leise, streckte die freie Hand aus und strich über Freyas Brust. Seine groben Finger drückten zu und zogen an ihrem Gewand.

Freya sah ihn voller Überraschung und Angst an. Der Dwalin, den sie einst gekannt hatte, hätte sie niemals so beleidigt. Etwas stimmte hier nicht. Die Luft stank nach einem fremden Zauber. Sie wich zurück, um sich der Hand des Schmiedes zu entziehen. Grams Gebell hallte noch lauter wider.

»Wir lieben dich sehr, Priesterin. Meine Mutter hat dich wie eine Tochter aufgenommen«, murmelte Dwalin.

Freya war sich nicht mehr so sicher, mit wem sie hier redete.

Dwalin schaute sich im Saal um und grinste.

»Bestlas Geist ist stark hier, sie weiß alles und wacht.«

Freya schaute zu den weißen Säulen hinüber. Die Zeit ging zu Ende, das spürte sie ganz deutlich.

»Kannst du mir helfen? Ich bitte dich, Dwalin, ich würde alles dafür tun.«

Er grinste.

»Wirklich alles?«

»Ja«, antwortete sie ernst. »Kannst du Brisingamen schmieden?«

Dwalin lachte nur leise und lief zwischen den Säulen hin und her. Ängstlich folgte Freya ihm.

Nein, so war der König des Alten Volkes nicht. Sie schaute sich unruhig um und murmelte einen Schutzzauber, ließ sich von dessen sanften Armen umfangen. Sie hob die Hand, sprach noch einen, der von Kraft erfüllt war.

Alles wurde schwarz. Freya blieb mit klopfendem Herzen stehen.

»Dwalin?«

Ein grobes Lachen hallte zwischen den Wänden wider. Etwas fegte durch die Dunkelheit. Freya warf sich zur Seite, stieß mit der Wange gegen eine Säule. Ein Windhauch jagte vorüber. Er stank vor Bosheit.

Sie war in die Falle gegangen. Wie ein Lamm war sie zur Schlachtbank geführt worden. Nicht Dwalin hatte sie hergebracht. Sondern etwas anderes, ein verfluchtes Trugbild.

»Wer bist du?«

Freyas Ruf hallte zwischen den Felswänden wider.

»Du suchst also Brisingamen? Glaubst du wirklich, das könnte dir und deinem Volk helfen?

Die Stimme war grob, gehörte aber einer Frau. Freya presste sich an die Säule, klammerte sich an den rauen Stein.

Hyndla. Sie musste es sein.

Freya verfluchte ihre eigene Torheit.

Der Wind jagte wieder vorbei. Der faulige Gestank löste in Freya Brechreiz aus.

Sie sammelte ihre Kräfte, versuchte vergeblich, in der Höhle Kraft zu schöpfen.

Aus der Dunkelheit lösten sich Gestalten. Mit böser Absicht schlichen sie näher. Freyas Herz klopfte wild. Dann leuchtete ein Wesen auf. Eine Frau erschien zwischen den Schatten. Die Hexe.

Freyas Zorn vertrieb ihre Angst. Wie hatte sie sich nur wie eine schwachsinnige Leibeigene von einem Trugbild in die Irre führen lassen können?

»Suchst du Streit, Hyndla? Komm her, du Pissrute, dann werde ich dich zu Asche verbrennen.«

Freya hob die Hände, sprach einen Feuerzauber. Er glühte zwischen ihren Händen auf, beleuchtete die Höhle.

Hyndla stand nur eine Armlänge von ihr entfernt. Ihr Körper war nackt und mit Kraftzeichen bemalt, die Haare hatte sie sich mit Lehm eingeschmiert.

»Du kannst mich nicht besiegen, bald werde ich dein Blut trinken, während deine unverbrannten Knochen in der Erde verfaulen.«

Die Augen der Hexe loderten vor Hass.

Freya schleuderte Feuer auf das Trugbild. Hyndla hob die Hand und wischte den Zauber beiseite.

»Deine Zauber sind wie Flohstiche«, sagte sie mit tonloser Stimme und musterte Freya mit leerem Blick.

Das Hundegebell dröhnte in Freyas Kopf, ihre Wut schlug wieder in Ohnmacht um. Die Höhle bebte, Kieselsteine trafen ihren Kopf. Freya wich einige Schritte zurück, drückte sich gegen eine andere Säule. Hyndla fauchte. Die Priesterin hob ihre Hand, warf eine Kampffessel von unerhörter Kraft; nie zuvor hatte Freya das erlebt.

Die Zeit schien still zu stehen.

Freya versuchte verzweifelt sich zu bewegen. Die Säule schien sich in ihren Rücken zu bohren. Freya riss und zog an der unsichtbaren Fessel. Es half nichts. Freya war gefangen. Verzweifelt ließ sie den Kopf sinken. Die Fessel brach ihren Willen. Es hatte keinen Sinn, sich zu widersetzen. Besser, sie ergab sich ihrem Schicksal. Grams Gebell hallte in ihrem Kopf wider. Freya schloss die Augen. Was war sie doch für eine Närrin gewesen. Berling hatte sie gewarnt. Aber sie hatte nichts begreifen wollen.

Sie starrte in die Finsternis.

Abermals hob Hyndla ihre Hände. Die Kraftzeichen an ihrem nackten Leib schimmerten. Sie war schön, in all ihrer Erbarmungslosigkeit.

»Warum«, konnte Freya herauspressen.

Hyndla strahlte in ihrer berauschenden Macht.

»Weil es möglich ist«, erwiderte sie mit heiserem Lachen.

Freya versuchte, Kraft zur Gegenwehr aufzubringen. Vergeblich. Immer rascher ging sie dem Untergang entgegen, brachte angesichts des Todes aber nur Staunen auf.

Plötzlich flammte in der Höhle Licht auf. Grams Gebell verstummte. Männerstimmen hallten zwischen den Wänden wider. Hyndla fauchte vor Zorn. Lodernde Fackeln, laute Rufe.

»Ich warte«, flüsterte sie und verschwand in der Felswand.

Die Kampffessel lockerte sich. Freya fiel hilflos auf den rauen Steinboden.

Vier Männer kamen auf sie zu.

Dwalin, Berling, Alfrik und Grer. Sie hielten Äxte und Hämmer in der Hand, ihre Gürtel klirrten, alles an ihnen war erfüllt von segensreichem Leben. Diese Männer waren keine Trugbilder, sie waren aus Fleisch und Blut. Entsetzt zogen sie Freya auf die Füße.

»Was machst du hier?«

Dwalin musterte sie erschüttert.

»Ich bin deinem Trugbild gefolgt, es hat mich hergeführt.«

Der König des Alten Volkes und seine Männer tauschten einen Blick.

»Das ist kein Ort für eine deines Geblüts.«

Freya zuckte mit den Schultern, sie spürte ihre Lebenskraft zurückkehren.

»Daran kann ich jetzt nicht mehr viel ändern. Sagt mir, wo ich bin. Es war eine lange Wanderung hierher.«

»Seht das Helzeichen auf ihrer Stirn«, sagte Alfrik und hob seine Fackel.

Freya bückte sich, damit die anderen es sehen konnten.

»Bist du blind für den Zauber in diesem Berg?«

»Verstehst du nicht, wo du hier stehst?«

Freya richtete sich auf, schaute sich um. Sie hatte noch nie von einem solchen Ort gehört, obwohl Bestla ihr doch so viel Wissen übermittelt hatte.

Eine heilige Höhle. Langsam ging ihr auf, wie sehr sie von Angst und Sehnsucht in die Irre geleitet worden war.

»Hyndla ist meine Feindin. Sie hat mich hergelockt.«

»Nein«, sagte Dwalin und schob sich die Axt in den Gürtel. »Der Berg selbst hat dich in die Höhle geführt. Kein Mensch hat bisher einen Fuß in diese Höhle gesetzt.«

Freya sah die Angst der anderen. Sie murmelten und tuschelten miteinander. Afrik strich sich über den Bart.

»Die Göttin muss mich hergeführt haben, und euch auch«, erklärte Freya, wobei sie ihre Zweifel gut verbarg.

Dwalin schlug seine kurzen Arme übereinander und schaute mit gerunzelter Stirn zu ihr hoch.

»Du suchst Brisingamen und endest hier, also kann das wirklich ein Zeichen sein.«

Freya hob den Kopf und fragte freimütig:

»Kannst du mir helfen?«

»Lass uns anderswo darüber reden. Hier können wir nicht bleiben.«

Er machte kehrt und ging los. Freya folgte ihm durch eine andere Öffnung in der Felswand als die, durch die sie gekommen war. Dieser Gang war höher. Sie brauchte den Kopf nicht einzuziehen.

Der Gang wand sich wie eine Schlange. Freya schwieg. Es gab viele Fragen, die sie gern gestellt hätte, aber ihr war klar, dass es besser war zu warten. Am Ende erreichten sie einen Bach, der sich plätschernd seinen Weg zwischen den Felsen suchte. Freya blieb stehen und löschte mit dem kalten Wasser ihren Durst. Freya, die Friedensstörerin, raunte das Wasser.

»Wodurch störe ich den Frieden? Was ist das hier für ein Ort?«, flüsterte sie, aber der Bach gab keine Antwort, sondern setzte stumm seinen Weg durch den Berg fort.

Dann ging es aufwärts, sie mussten lange klettern, und als Freya schon glaubte, am Ende ihrer Kräfte zu sein, erreichten sie eine Höhle. Hier lebte jemand, an den Wänden waren Felle und Urnen aufgestapelt, die rauen Steine waren mit leuchtenden Bildern bemalt. Durch eine Öffnung war der Nachthimmel zu erahnen. Freya sog erleichtert die frische Luft in sich ein.

Alfrik fiel auf die Knie und machte Feuer. Bald konnte Freya sich in der Wärme ausruhen. Dwalin reichte ihr ein Stück Brot, das sie hungrig verschlang.

Die vier Männer wirkten jetzt ruhiger, sie schienen ihre Besorgnis in der heiligen Höhle zurückgelassen zu haben.

»Sag mir, warum du das mächtigste Schmuckstück von allen suchst.«

Freya schluckte den letzten Rest Brot hinunter und erzählte, was passiert war, seit die Asen Freyr nach Alfheim gebracht hatten. Sie verschwieg nichts, das Alte Volk musste alles über die schwarze Seuche und über Hyndla erfahren, die Freyas Volk verflucht hatte.

Sie lauschten schweigend, ab und zu wechselten sie einen Blick oder grunzten. Danach war Freya heiser und müde, aber die Angst ließ sie weiterreden.

»Ihr besitzt das verborgene Wissen, ihr Meisterschmiede. Niemand kennt die Geheimnisse des Berges besser als ihr. Ich bitte euch demütig, helft mir, Hyndla zu besiegen und mein Volk zu retten. Nicht meinetwegen, denn mein Leben ist verwirkt, sondern für meine Tochter.«

Dwalin schwieg lange, dann sagte er:

»Du verlangst sehr viel. Es ist schwer, die Kraft aus dem Berg zu locken, es ist gefährlich und schmerzhaft.«

Freya schaute den König des Alten Volkes hoffnungsvoll an.

»Aber du bist dazu in der Lage?«

Dwalin grunzte leise.

»Es lässt sich machen«, sagte er.

Freya nahm die goldene Platte von ihrer Brust und legte sie Dwalin vor die Füße.

»Das kann ich dir dafür geben.«

Dwalin fuhr mit der Hand über das Gold, dann blickte er seine Männer lange an. Sie zögerten, Furcht lag in ihren Blicken.

»Begreifst du, was Brisingamen ist? Kennst du seine Macht?«

Freya schüttelte den Kopf angesichts dieser Frage.

»Nur Brisingamen kann mein Volk retten. Das ist genug für mich.«

Berling grunzte, warf Reisig ins Feuer und sah zu, wie es aufflammte.

»Brisingamen zu schmieden, ist mit Blut und Schmerzen verbunden«, sagte er.

»Ich werde alle meine Kräfte aufbieten, um diese Schmerzen zu lindern.«

Dwalin trank aus einem Lederschlauch und wischte sich dann mit dem Handrücken den Mund ab.

»Der Wahnsinn der Menschen ist dem Alten Volk fremd. Deshalb haben wir uns weit fort von euch verkrochen. Aber Bestla hat dich sehr geschätzt, sie hat oft gesagt, dass du eine gute Zukunft in deinen Armen trägst. Deshalb werden wir deinen Willen tun, Freya, Wanenpriesterin.«

»Dwalins Söhne wollen den Tod der Wanen nicht auf ihrem Gewissen haben«, sagte Alfrik.

»Außerdem hat der Berg dich hergeführt«, sagte Dwalin.

Freya atmete auf. Die Hoffnung gab ihr neue Kraft.

»Wann könnt ihr anfangen, wann kann Brisingamen fertig sein?«

»Wir werden vier Nächte brauchen, um die Waffe aus dem

Berg zu zwingen«, antwortete Dwalin und erhob sich. »Seltsame Dinge werden geschehen. Zauber und Mächte werden Gänge und Höhlen füllen. Bleib hier, schenk uns Linderung, denn unsere Qualen werden groß sein.«

»Ich bin euch ewig verbunden und verspreche, euch beizustehen.«

Dwalin seufzte tief.

»Nicht das Ausmaß dieser Arbeit fürchte ich, sondern die Kräfte, die wir wecken. Mögest du sie auf kluge Weise leiten, Freya. Sonst sind wir alle dem Untergang geweiht.«

Der braunschwarze Hund lief hin und her und schnüffelte zwischen den Baumstämmen herum. Ab und zu schaute er zu Idun hoch und wedelte mit dem Schwanz. Idun lächelte. Einen treuen Freund hatte sie doch immerhin. Der Hund folgte ihr nun schon den ganzen Morgen.

Idun ging in die Hocke und strich das Laub auf dem Boden beiseite. Die Schweine hatten die meisten Eicheln schon gefunden, aber Idun konnte doch noch einen halben Korb füllen.

Sie fand eine, die fast in den feuchten Boden eingetrampelt war. Der Hund kam angerannt und beschnupperte sie, dann lief er wieder davon.

Sie freute sich über seine Gesellschaft. Der Wald war nicht so bedrohlich wie der zu Hause, aber auch hier konnte sie ab und zu das Rascheln der Wesen hören. Geister gab es überall und sie spürte ihre Blicke im Rücken.

Idun schaute zum Hof hinüber, das Strohdach leuchtete zwischen den Bäumen auf. Sie durfte nicht zu weit gehen. Wenn sie sich verirrte, würde sie für immer verloren sein. Eigentlich sollte sie mit einer Näharbeit an der Feuerstätte sitzen, aber sie hatte einfach frische Luft schnappen müssen, das linderte die quälende Unruhe.

Wenn ihre Hände nicht beschäftigt waren, drohten ihre

Gedanken sie zu ersticken. Sie entfernte weitere Blätter, suchte mit Blicken.

Was Freya getan und was Thor gesagt hatte, ließ ihr keine Ruhe. Konnte Siv denn wirklich eine Lügnerin sein? Wenn Siv aber die Wahrheit sagte, dann war Idun von Schande gezeichnet.

Es raschelte. Idun fuhr zusammen.

Ein Igel kam aus einem Blätterhaufen gewatschelt. Der Hund knurrte und wollte das Tier jagen, das sich bereits zu einer Stachelkugel zusammenrollte. Idun lächelte und richtete sich auf.

»Man kann mit ihnen sprechen. Das weißt du, oder?«

Idun erschrak.

Es war Ull. Er lehnte mit dem Bogen in der Hand an einem Baum.

»Wie lange bist du schon hier?«

Ihre Stimme klang ängstlich und elend.

»Lange genug«, sagte er mit ernster Stimme.

Idun schaute den Asen missmutig an. Als sie den Hof verlassen hatte, hatte Ull am Herd gesessen und seinen Bogen repariert. Jetzt stand er hier, mit gespanntem Bogen. Es war schon seltsam.

»Willst du jagen?«

Was für eine dumme Frage, dachte sie. Er zuckte mit den Schultern. Der Hund knurrte, seine Haare sträubten sich. Ull starrte das Tier an und murmelte etwas für Idun Unverständliches.

Der Hund wich zurück und verschwand zwischen den Bäumen. Dann sah Ull sie mit einem seltsamen Blick an, bei dem Idun eine Gänsehaut bekam. Seine Augen waren vollkommen glasig.

Der Griff ihres Korbes triefte vor Schweiß. Vorsichtig trat sie einen Schritt zurück. Ull blieb stehen und schaute sie schweigend an. Er sah ernst aus, gequält.

Idun wich einen weiteren Schritt zurück.

»Ich gehe jetzt nach Hause. Deine Mutter wartet auf mich«, sagte sie und zwang ihre Stimme zur Ruhe.

»Bald wirst du mit Bragi unter den Hammer treten.«

Unruhig biss Idun sich auf die Lippe. Mit einigen geschmeidigen Schritten, wie ein Wolf auf der Jagd, hatte Ull sie erreicht.

»Du wirst ihm viele Söhne gebären, was?«

Er spuckte diese Worte aus, als hätten sie einen bitteren Geschmack. Jetzt wurde Idun wirklich nervös. Ull und Bragi waren Freunde. Ull hätte nicht so zu ihr sprechen dürfen.

»Du bist blind. Weißt du das?«

Idun gab keine Antwort, mit raschen Schritten ging sie auf den Hof zu. Sie hatte Angst. Wo war der Hund? Wo hatte er sich versteckt? Sie schaute sich im Eichenwald um. Offenbar war er weggelaufen.

Ull folgte ihr mit lautlosen Schritten. Nicht einmal ein Rascheln war zu hören. Wenn er nun gar kein Mensch war. Vielleicht war er ein Geist. Ab und zu konnten Geister Menschengestalt annehmen, das hatte Idun schon häufiger gehört.

»Stimmt etwas nicht?«, fragte sie vorsichtig.

Ull lachte leise, es klang wie das Knurren eines Hundes.

»Alles ist genau so, wie es sein soll«, antwortete er.

Er packte ihren Arm, zwang sie, stehen zu bleiben.

»Wir müssen miteinander reden.«

Idun versuchte sich loszureißen, zuerst vorsichtig, aber je ängstlicher sie wurde, um so heftiger widersetzte sie sich ihm.

»Lass mich in Ruhe.«

Ihr Mund war vor Angst wie ausgedörrt.

Ull grinste und schaute sie mit seinem glasigen Blick an.

»Wovor hast du Angst, Wanenmädchen?«

Sein Griff verstärkte sich. Idun keuchte vor Schmerz auf. Ull starrte ihr Handgelenk an.

»So kostbares Blut«, murmelte er.

»Bitte, Ull. Hör auf. Lass mich los.«

Sie bemühte sich verzweifelt, sich von seinem Zugriff zu befreien.

Der Korb fiel auf die Blätter, die Eicheln kullerten über den Boden.

»Warum wehrst du dich? Begreifst du denn nicht?«

Er schaute sie überrascht an, als sei sie hier die Wahnsinnige. Eiskalte Schauer liefen Idun über den Rücken, sie war wie gelähmt. Ull hatte den Verstand verloren. Er wollte sie umbringen, da war sie sich sicher.

»Bitte.«

Ull drückte sie gegen einen Baum, mit einer Wucht, die ihr den Atem verschlug. Mit der einen Hand hielt er ihre Hände fest, mit der anderen streichelte er ihre Wange. Dann erstarrte er und schaute sich um.

»Hörst du sie?«

Idun hielt den Atem an. Wenn doch nur irgendjemand käme! Von den Bäumen her war ein schwaches Rauschen zu hören. Eine Krähe war aus der Ferne zu hören. Ansonsten war alles still. Ganz still.

»Bitte, lass mich los.«

Ulls Gesicht war ganz nah an ihrem. Seine braunen Haare kitzelten ihren Hals. Dünner heller Haarflaum wuchs auf seiner Wange. Auf der Stirn klebte ein Rest vertrockneten Lehms. Er roch nach fauligen Blättern und Fleisch.

»Wehr dich nicht. Ich bitte dich«, flüsterte Ull.

Idun kämpfte mit den Tränen.

»Lass mich los«, schluchzte sie.

Der Schweiß lief ihr über den Rücken. Ulls braune Augen füllten sich mit traurigem Mitgefühl.

»Ich kann nicht, deiner Mutter wegen, deines Blutes wegen, wegen allem, was geschehen wird«, flüsterte er an ihrer Schläfe.

Iduns Herz überschlug sich. Er würde sie umbringen.

In diesem Moment verlor sie die Beherrschung. Sie schrie so laut, wie sie nur konnte. Kämpfte gegen seinen Zugriff, trat ihm gegen das Bein. Eine Hand wurde auf ihren Mund gepresst. Erstickte ihren Schrei.

»Schweig, sonst breche ich dir das Genick«, keuchte er.

Iduns Tränen fielen auf Ulls Hand.

Sie hielt jetzt ganz still.

Sie wollte nicht sterben, nicht jetzt, noch nicht.

Sie zitterte, der Boden bebte unter ihren Füßen. Sie hatte keine Kraft, war durch und durch schwach.

Ull nahm die Hand von ihrem Mund.

»Das ist schon besser.«

Er drückte sie zu Boden, packte ihre Beine, riss sie auseinander.

»Bitte, tu das nicht.«

Er legte sich auf sie, so schwer, dass sie kaum atmen konnte. Keuchend riss er ihr Gewand bis zu ihrer Taille hoch. Nasses Laub zerkratzte ihre nackte Haut. Seine Hand lag kalt auf ihrem Oberschenkel.

Das hier passierte nicht. Es war ein entsetzlicher Traum. Idun ballte die Fäuste und lag ganz still da. Mach, dass er mich nicht umbringt.

Grunzend drang Ull in sie ein.

Ihr Schoß wurde zerrissen, wurde in eine blutende Wunde verwandelt. Der Schmerz war unerträglich.

Ull keuchte laut an ihrem Ohr.

Sein Gewicht tat ihr weh. Idun weinte und schaute zu den stummen Baumstämmen hinüber. Ein Stück von ihnen entfernt ragte ein bemooster Stein auf. Den starrte sie an; wenn sie ihren Blick darauf konzentrierte, würde sie überleben. Bald würde es vorbei sein. Bald würde es nicht mehr wehtun.

Ull riss an ihren Haaren, stieß fester zu.

Wenn ich ganz still liegen bleibe, dann bringt er mich nicht um. Das Moos auf dem Stein war dunkelgrün. Eine Vogelschar zog über den Himmel. Nein, sie musste den Stein anschauen. Das hier passiert nicht. Es ist ein Albtraum. Ich bin nichts.

Ull stöhnte auf.

Das Gewicht wurde von ihrer Brust entfernt. Er wälzte sich von ihr herunter. Etwas Heißes lief aus ihrem Schoß.

Idun blieb liegen und starrte das Moos an. Sie war nichts. Das hier war nicht passiert.

Ull erhob sich und rückte seinen Gürtel gerade. Dann hockte er sich neben sie und streichelte ihre Haare.

»Kein Wort zu Thor und auch nicht zu Bragi, ist das klar?«

Ihr Herz klopfte wie wild. Ein braunschwarzes Blatt klebte am Moos fest.

»Ja«, flüsterte sie.

Ihr Hals tat weh. Der Boden war kalt unter ihrer nackten Haut. Ull streifte ihr Gewand nach unten und küsste sie auf die Stirn.

Idun blieb ganz still liegen und horchte. Es war ganz still. Kein Wind, kein Vogel, kein Ull. Sie hatte überlebt.

Mühsam kam Idun auf die Beine. Sie erbrach sich heftig. Dann wischte sie sich mit trockenen Blättern den Mund ab. Sie ging in die Hocke und starrte lange ihren zerfetzten Rocksaum an. Was war mit ihr geschehen?

Ihre Hand zitterte, als sie den braunen Rock hob.

Blut klebte an ihren Oberschenkeln, nicht viel, nur ein Rinnsal. Idun wischte auch das mit trockenen Blättern ab. Dann ließ sie sich ins Gras sinken und starrte wieder das grüne Moos an.

Die Welt löste sich auf und fiel in Stücke. Was würde Bragi jetzt von ihr denken? Sie war nichts.

Ein Schnuppern an ihren Haaren, eine kalte Schnauze. Der Hund war wieder da. Er bellte und leckte ihre Wange. Idun legte den Arm um das Tier, sog den Geruch des feuchten

Fells in sich ein. Die Zunge des Hundes machte ihre Wange feucht.

»Kleiner Hundebruder«, flüsterte sie.

Das Tier machte einige Schritte, schaute sie auffordernd an. Er wollte mit ihr nach Hause gehen.

Der Hund hatte Recht. Vielleicht käme Ull zurück, um sie doch noch umzubringen?

Sie musste fort. Warum war sie noch immer hier? Ihr Magen krampfte sich zusammen, als sie sich erhob. Wams und Rock waren von Lehm und Schmutz bedeckt. Siv würde böse sein. Die Kleidungsstücke gehörten ihr, und nun hatte Idun sie ruiniert.

»Gehen wir nach Hause«, sagte sie.

Es war nicht weit, bald hatten sie die Hofgrenze erreicht.

Und wenn er nun dort war? Idun nagte an ihrem Daumennagel. Was sollte sie nur machen? Sie blieb auf dem Hofplatz stehen und schaute zum Langhaus hinüber. Der Rauch der Feuerstätte quoll aus dem Loch im Dach und schwebte dann zum Wald hinüber. Idun zitterte vor Kälte. Sie hatte Blutgeschmack im Mund. Als sie ihren Daumen anschaute, bemerkte sie, dass er blutete.

Der Korb. Offenbar hatte sie den Korb im Wald verloren. Wie hatte sie nur so dumm sein können? Sie musste ihn holen. Körbeflechten war harte Arbeit. Man brauchte lange für einen Korb. Sie schaute zwischen den Feldern und Pferchen zum Wald hinüber und nagte nun am Nagel des kleinen Fingers. Sie musste zurückgehen. In diesem Moment öffnete sich die Tür und Siv kam heraus. Überrascht blieb sie stehen und sah Idun an.

»Sind die Wölfe hinter dir her?«

Idun biss immer fester in ihren Nagel. Bitte, nicht böse sein.

Die Hausfrau kam mit wehenden Röcken auf sie zu. Der Hund verzog sich zum Abfallhaufen.

»Ich wollte den Rock nicht ruinieren. Bitte, verzeih mir«, sagte Idun.

»Aber Kleine, was ist denn los? Komm, du bist ja ganz blau gefroren. Ich hab mich schon gefragt, wo du wohl bleibst.«

Siv nahm ihren Arm, zog sie mit sich. Die Wärme schlug Idun entgegen, als sie das Langhaus betrat. Sie fuhr zusammen, als sei sie geschlagen worden. Ull saß an der Feuerstätte. Er schaute vom Bogen auf seinen Knien auf und musterte sie überrascht.

»Was ist passiert?«

Idun zitterte am ganzen Leib. Sein Geruch hing ihr noch immer in der Nase. Wie konnte er so falsch sein? Sie starrte ihre bebenden Hände an.

»Du hast ja blaue Flecken!«

Siv fluchte leise, dann ergoss ihre Fürsorge sich über Idun wie eine warme Welle. Die Hausfrau führte sie zur Feuerstätte und schrie den Mägden zu, sie sollten Wasser holen. Das Feuer wärmte Iduns Körper. Sie starrte mit leerem Blick ihr blutendes Knie an. Wann konnte das passiert sein? Sie wusste es nicht.

»Wer hat das getan?«

Was im Wald passiert war, sah sie wie durch einen Nebel.

Sie schluckte. Zwischen ihren Beinen brannte alles. Und sie war so schmutzig. Wie hatte sie sich so schmutzig machen können? Warum hatte sie den Korb vergessen?

»Idun, sieh mich an. Was ist passiert?«

Sivs Stimme klang böse und streng.

»Es war Ull«, flüsterte Idun und bereute es sofort. Ull hatte ihr Schweigen befohlen. Wenn er sie nun umbrachte!

Siv erstarrte und schien ihren Ohren nicht zu trauen.

»Ull?«

Idun starrte die Flecken an ihren Handgelenken an. Jetzt war auch Siv böse auf sie. Was sollte nur aus ihr werden?

»Ull hat dich geschlagen? Jetzt antworte schon, Kind.«

Sie musste etwas sagen.

»Ja, es war Ull«, sagte Idun.

Sivs Blick verdüsterte sich.

»Dann lügst du, Mädchen, denn Ull hat den ganzen Morgen hier am Feuer gesessen.«

Freya lehnte sich an die Steinwand und sah den Sturm über der kahlen Heide unter ihr wüten. Die Sache mit Idun eilte. Die Kleine brauchte sie, das spürte Freya ebenso deutlich wie den Wind, der an ihrem Rock riss. Besorgt schaute sich durch die Höhlenöffnung.

Die Birken krümmten sich im Wind. Das hier war Riesenland, die Reifthursen tanzten bereits. Bald würden die Kälteriesen den Boden in Besitz nehmen, und dann würde kein Schiff mehr segeln können. Sie musste aufbrechen, ehe es zu spät war.

In der Ferne sah sie ein Licht. Vielleicht hatte das Alte Volk sich dort angesiedelt.

Sie war jetzt weit von dem Berg entfernt, den sie zuerst betreten hatte und wusste noch immer nicht, warum sie hier gelandet war. Der Zauber in diesem Berg war wirklich fremd. Sie spürte seine Kraft in den dunklen Nischen der Höhle. Sie spürte, wie sie durch den rauen Stein strömte, aber Freya konnte sie weder bezwingen noch begreifen.

Aber das spielte keine Rolle. Wichtig war nur die Arbeit der Meisterschmiede, der Klang ihrer Hämmer, der durch den Berg hallte. Bald würde sie das Halsband tragen. Bald würde sie ihrem Volk neue Hoffnung schenken. Das hier war die vierte Nacht. Bald würde sie ihrer Tochter zu Hilfe eilen können. Dieser verdammte Thor! Wenn Idun etwas zustieße, würde sie ihm die Pisskrankheit auf seine elende Stange hexen.

Schleppende Schritte brachten sie dazu, sich umzusehen. Dwalin betrat die Höhle und sank am Feuer zu Boden. Freya lief hinüber, um ihm zu helfen. Jede Nacht war einer der Schmiede zu ihr gekommen.

Und jetzt war die vierte Nacht, Dwalins Nacht, die Sturmnacht. Sein Gesicht war grau vor Erschöpfung. Seine Augen waren erfüllt von Verzweiflung. Die Arbeit an Brisingamen zehrte an der Lebenskraft der Schmiede.

»Leg dich hin und ruh dich aus«, sagte Freya.

Dwalin ließ sich auf sein Bett aus Reisig und Fellen sinken und schloss die Augen. Sie holte mehr Holz, ließ die Flammen den König des Alten Volkes wärmen.

»Ihr rettet uns alle«, sagte sie und band ihm die Schuhe auf.

Er schien ihre Fürsorge nicht einmal zu bemerken. Freya zog ihm die Hose aus. Hammer und Werkzeug klirrten, als sie seinen Gürtel auf den Boden legte. Dann fuhr sie mit der Hand über seinen muskulösen Körper.

Sie hatte gelernt, was die Schmiede von ihrer Erschöpfung befreite, was sie ins Leben zurückholte. Zauber allein reichte hier nicht aus, Dwalins Männer brauchten mehr. Freya küsste zärtlich seine Lippen und stieg auf ihn. Langsam streifte sie ihr Gewand über den Kopf und schmiegte sich an ihn. Ihre Haut, ihre Wärme und Nähe vertrieben die Kälte, die den Schmied lähmte.

Dwalins raue Hände schlossen sich um ihre Brust, zuerst suchend, dann fordernd.

Freya lächelte, als er zwischen ihren Beinen steif wurde. Sie bewegte sich ein wenig, ließ ihn eindringen. Langsam, zärtlich ritt sie den König zurück ins Leben.

Ihr Genuss strömte in seinen gequälten Körper. Dwalin stöhnte erleichtert und befreit.

Danach schlief er ein.

Der Wind heulte in der Höhlenöffnung. Freya hockte vor dem Feuer und wartete. Als Dwalin erwachte, fühlte er sich belebt und munter. Lachend schnallte er den Gürtel um.

»Ich danke dir.«

»Wird es heute Nacht fertig?«, fragte sie.

Dwalin legte die Hand auf ihre Schulter.

»Komm mit.«

Sie lächelte erwartungsvoll. Endlich.

Er führte sie durch die Gänge, hinunter in den Berg, tief in den Anfang der Schöpfung. Feuchte Felswände schlossen sich um sie, der grobe Steinboden war bedeckt von Lehm und Kies.

Aus der Ferne waren Hammerschläge zu hören. Der uralte Fels flüsterte die Geschichte, als die Welt aus Chaos und Feuer erschaffen worden war. Freya fühlte sich schwach und verloren. Der Berg überwältigte sie. Aber nicht einmal das konnte ihre Freude verringern.

Das war der Weg hinaus aus der Finsternis. Brisingamen war ihre Rettung.

Langsam verhallte das Hämmern.

Der Gang öffnete sich zu einer kahlen Höhle, düster und ohne Bemalungen. Um die Feuerstätte lag Werkzeug verstreut, die Esse ruhte, die Glut verlosch. Die drei Männer saßen erschöpft in der Höhle. Schmutzig und verschwitzt schauten sie Freya mit leeren Blicken entgegen.

Sie folgte Dwalin zu einem großen Stein neben der Feuerstätte. Dort lag es unter einem Fell. Schon jetzt spürte sie dessen Kraft. Freyas Herz klopfte. Das Zeichen auf ihrer Stirn glühte und pochte.

Dwalin musterte sie besorgt.

»Schwöre mir, Brisingamens Kraft niemals gegen dein eigenes Blut einzusetzen.«

»Ich schwöre«, flüsterte Freya, ohne den Blick von dem braunen Fell loszureißen.

»Schwöre, lieber Leben zu bewahren als zu nehmen.«

»Ich schwöre.«

»Mögen die Mächte sich unser erbarmen, da wir dir diese Waffe geben«, sagte Dwalin traurig.

Langsam zog er das Fell beiseite.

Brisingamens goldenes Licht erfüllte die Höhle. Freya schnappte nach Luft. Die strahlende Schönheit des Halsbandes verschlug ihr die Sprache. In ihrem ganzen Leben hatte sie noch nichts so Schönes gesehen.

Neun Halbmonde aus Gold verschmolzen zu einem breiten Kragen, der sich auf jeder Seite zu einer viereckigen Platte verjüngte. Und dort verschlangen sich neun Spiralen in ewiger Bewegung miteinander.

»Wenn du Brisingamen an dich genommen hast, gibt es keinen Weg zurück. Es trinkt dein Leben. Du musst mit dem Tod dafür bezahlen«, sagte Dwalin.

Freya streichelte Brisingamen, spürte die pulsierende Kraft durch ihren Körper strömen. Sie zitterte vor Aufregung.

»Ich weiß. Tu es.«

Ihre Stimme war rau vor Begierde.

»In Hels Namen beschwören wir dich«, sagte Dwalin und hob das Halsband hoch.

Freya leckte sich die trockenen Lippen und schloss die Augen.

Das kühle Gold wurde um ihren Hals gehängt. Brisingamen legte sich zurecht, seine Kraft nahm Freya langsam in Besitz.

Freya öffnete sich, lud den Zauber zu sich ein. Die Kraft des Geschmeides sickerte in ihr Inneres, zuerst vorsichtig, wie ein Gebirgsbach. Licht und Genuss füllten ihren Körper.

Sie spürte, wie der Zauber stärker wurde. Der Bach wurde zum Wasserfall. Schonungslos wurde sie mit brennendem Licht davon erobert. Der Genuss wurde unerträglich stark und beängstigend. Freya stieß einen Schrei aus.

Sie wurde zu Boden geschleudert und zitterte am ganzen Leib. Sie zerkratzte sich den Hals mit ihren Fingernägeln, versuchte, sich Brisingamen herunterzureißen. Das war zu viel. Das Halsband ließ sie zu Asche verbrennen.

Grobes Dröhnen ließ die Welt erbeben. Namenlose Wesen verschlangen Freyas Geist, tranken das, was sie war.

Hels Lachen hallte zwischen den Felswänden wider. Freya stürzte. Unerträgliche Schmerzen, pure Angst ergriffen sie. Sie wurde über die Messer des Gnarpflusses gezerrt, musste vom Gift der Narnstrände trinken. Sie wurde durch das größte aller Tore gerissen und endete schließlich in Nifelheim.

Freya stand vor Hel, am Ufer der Quelle Vergelmeer.

Keuchend legte sie die Hand auf Brisingamen. Der Schmerz war verschwunden, die Angst ebenfalls. Die Kraft des Halsbandes floss wie Feuerfluten durch ihren Körper, sie fühlte sich jetzt unbesiegbar.

»Herrscherin der Finsternis, ich grüße dich«, sagte sie.

Hels Augen loderten auf.

»Neu erschaffen ist das, was ich mehr begehre als alles andere. Gib mir Brisingamen.«

Hel streckte ihre verwesende Hand aus, mit der sie die Boshaften in ihre neun Reiche holte.

Freya starrte die Königin der Kälte traurig an.

»Ich muss seine Kraft benutzen, um die schwarze Seuche zu besiegen und mein Volk zu retten. Du hast versprochen, mir diese Zeit zu lassen«, flüsterte sie.

»Du solltest lernen, Fremden nichts zu glauben.«

Hel ließ sich zurücksinken und lachte schallend. Große Steinbrocken lösten sich aus der Felsendecke und stürzten in die Quelle. Freya schluckte und schaute zu den elf Flüssen hinter dem Rücken der Todesgöttin hinüber.

Hel musste gewusst haben, dass Freya Brisingamen suchen würde. Sie hatte Freya benutzt, um das Halsband von Dwalin und dessen Söhnen schmieden zu lassen.

Die Todesgöttin hatte nie vorgehabt, ihr zu helfen, sie hatte sich nur von Freya das Halsband holen lassen.

Brisingamen zog und zerrte an ihrem Hals. Es wollte zu seiner Herrscherin.

Freya musste einen Ausweg finden. Es durfte nicht hier und jetzt enden.

»Ich bitte dich, Hel, ich werde dir das geben, was dir gehört, aber lass mich zuerst deinen Namen ehren«, bat Freya rasch.

Hel wuchs. Wie eine blauschwarze Riesin erhob sie sich über dem Quellwasser.

»Göttin des Todes und der Finsternis. Lass mich Brisingamens Kraft nutzen, um dir den Genuss des Kampfes zu schenken, Königin von Nifelheim, aber lass zuerst meine Feinde die Niederlage und die Asche kosten.«

Zischende Schlangen wanden sich um Hels Arme. Die Schwarze leckte sich die Lippen.

»Lass mich dich während meiner letzten Lebenstage ehren. Lass mich Rache an meiner Feindin Hyndla nehmen«, bat Freya.

»Kämpfe können mir nicht mehr Tote schenken als Hyndla. Sie ist meine getreue Dienerin. Sie ist nicht so leichtgläubig wie du«, fauchte Hel.

Ein gequälter Schrei hallte über dem Wasser wider. Freya fror jetzt, ihre Hände bebten, Frostrauch quoll aus ihrem Mund.

»Hyndla ist trügerisch, Herrscherin. Ich kann dir mehr Tote schenken, als die schwarze Seuche es vermag.«

»Ich mag trügerische Wesen, die amüsieren mich«, sagte die Todesgöttin grinsend.

»Willst du keine Toten, die dir geweiht sind? Gesinde, das deiner Unerschütterlichkeit huldigen kann?«

Hel hob vom Boden ab, kam auf Freya zugeschwebt. Ihr Gestank war unerträglich.

»Meine neun Welten sind verödet«, seufzte sie traurig. »Gute Geister wandern weiter ZU MEINER VERDAMMTEN

MUTTER, DIE MICH ZU DIESEM DASEIN VERURTEILT HAT!«

Die Todesgöttin brüllte die Worte zur Welt der Lebenden hoch. Die Unterwelt bebte angesichts ihres Zorns.

»Von der Macht, die die Allmutter ihren neun Töchtern geschenkt hat, wurde mir das härteste aller Schicksale zuteil. Wer in der Welt der Menschen huldigt mir? Wer ehrt mich?«

Freya rang um Atem.

»Beim Schwert meiner Mutter, bei der Ehre der Wanen, ich schwöre. Gib mir nur Zeit, dann bekommst du Tod und Anbetung. Mein Leben ist in deiner Welt nur ein Augenblick, bald wird Brisingamen um deinen Hals liegen.«

Das Helzeichen schmerzte unerträglich, heißes Blut lief ihr über die Stirn und hinunter auf ihr Gewand.

Erleichtert sah sie, wie die Todesgöttin ihr die schöne Seite zukehrte.

»Blut und Opfer?«

»Alles, was du willst.«

»Ich bin nicht unbillig«, sagte Hel selbstzufrieden, ohne ihren Blick von Brisingamen abzuwenden. »Du kannst zurückkehren. Geh und hole meine Ernte ein«, lachte Hel und hob die Hand.

Freya verschmolz mit Brisingamen. Strahlendes Gold, mächtige Waffe, pulsierendes Licht. Freya war ein Feuersturm im Wald, sie war eine brennende Sonne über verdorrter Erde. Keine Finsternis, keine Schatten waren in ihrer Anwesenheit möglich. Sie war das Licht, das die Bosheit aus der Welt vertrieb. Freya legte die Hände auf ihr Halsband und weinte vor Glück. Sie waren gerettet.

Träge Weichlinge. Gefion stand einsam vor den Überresten von Åses Totenfeuer und schaute zu den Grabhügeln hinüber. Die Arbeit am Hügel ihrer Mutter hatte noch nicht einmal begonnen. Es war wirklich wie verhext. Sie hatte doch alles bis ins letzte Detail geplant und überlegt.

Tag für Tag ließ sie Leute benachrichtigen, aber niemand kam. Sigtjaud behauptete, der Boden sei zu nass und schwer zum Graben, sie müssten bis zum Frühjahr warten.

Diese Ausflüchte trieben Gefion zum Wahnsinn. Sie verstand ja, dass die anderen sich die harte Arbeit ersparen wollten. Aber Åse würde durch einen Hügel geehrt werden, und wenn Gefion den eigenhändig anlegen müsste. Dort sollten die verbrannten Knochen ihrer Mutter zusammen mit überreichen Grabbeigaben ruhen.

Wolfszeit und Schicksalsmond. Gefion schaute zu dem durch die Wolken wandernden Mond, der Seuchen ankündigte, und fröstelte. Diese bösen Zeichen hingen nun schon lange über ihnen. Als ob sie nicht wüsste, was die bedeuteten.

Viele der Höfe waren jetzt abgebrannt. Vanaheims Leben versickerte, die Seuche hatte Vanaheims Adern aufgeschlitzt, und jetzt verblutete Gefions Reich.

Gefion ging in die Hocke und rieb sich ein wenig Asche auf die Stirn.

»Nichts lässt du von meinem Erbe übrig«, flüsterte sie.

Hinter ihrem Rücken bewegte sich etwas. Gefion legte die Hand auf ihr Schwert.

»Ich bin's.«

Erleichtert drehte sie sich zu der schönen Frau um, die eng eingehüllt in ihren Umhang aus der Finsternis hervortrat.

»Du bist ein tröstlicher Anblick.«

Sigrid lächelte müde, doch als Gefion die Arme um sie legen wollte, wich sie zurück.

»Was ist los?«

Sigrid war in letzter Zeit nicht sie selbst gewesen. Sie war müde und übellaunig, ihre Schönheit verblasste. Jetzt zog sie sich den Kittel über die Schultern. Ihre Brust leuchtete in der Abenddämmerung weiß auf. Gefion begriff.

Es gab keine Hoffnung mehr, nichts, woran sie glauben konnte. Ihre Geliebte musste sterben. Schweigend sahen sie einander an. Für ihre Trauer waren keine Worte nötig.

»Verlass Vanaheim. Rette dein Leben«, flüsterte Sigrid.

Eine helle Locke hatte sich aus ihrem Zopf gelöst. Gefion strich sie hinter Sigrids Ohr. Ihr Zorn kroch wie ein Hornissenschwarm über ihre Haut. Jetzt reichte es wirklich mit dem vielen Unglück.

»Nie im Leben«, sagte sie, packte Sigrids Hand und riss sie mit sich zum Langhaus, hinein in die Wärme, durch die Dunkelheit zur Feuerstätte, wo Eir vor den Flammen hockte.

»Wo steckt meine verdammte Schwester!«

Gefion ließ Sigrids Hand los und schaute die alte Priesterin auffordernd an.

»Sie befindet sich jenseits der Welten.«

»Kein Priesterinnengewäsch, sag mir die Wahrheit! Ist sie tot?«

Sigrid ließ sich zu Boden sinken, sie war bleich und sah müde aus. Gefion schrie in die Dunkelheit.

»Gesinde! Bringt Essen und Felle!«

»Ja, Königin«, antwortete eine erstickte Stimme.

Gefion stemmte die Hände in die Seiten und starrte die alte Eir an, die kurz vor dem Zusammenbruch stand.

»Freya lebt. Sie hat die Waffe gefunden und zieht jetzt in den Kampf.«

»Pisswarmes Gefasel.«

Gefion ging weiter zur Wand und riss die Bronzeschilde herab, warf sie zu Boden und trampelte darauf herum.

Eir sprang voller Entsetzen auf.

»Sie hat ein Mittel gegen die schwarze Seuche gefunden.«

Gefion erstarrte mitten in einem Tritt und schaute die Alte abwartend an.

»Wo ist sie?«

Eir schüttelte den Kopf.

»Ich weiß es nicht, Königin. Meine Opferquelle zeigt mir nicht alles.«

»Alfheim«, murmelte Gefion und befahl dem Gesinde, sich um die Kranke zu kümmern.

Man brachte Sigrid etwas zu essen und wickelte sie in Felle. Die junge Frau aber starrte nur leer vor sich hin.

Und dieser leere Blick traf Gefion ins Herz. Sie musste ihre Geliebte retten.

»Veber!«

Der halbwüchsige Junge kam mit einer Fackel in der Hand angelaufen.

»Hol Ane Seefahrer und bete zur Göttin, dass der Alte noch lebt. Nimm ein Pferd, es eilt.«

Sofort stürzte der Junge davon.

Gefion schaute hinter ihm her, bis er durch die Doppeltür verschwunden war.

Als sie sich wieder Sigrid zuwandte, schüttelte diese langsam den Kopf.

»Wie geht es dir?«

Gefion ging in die Hocke und legte Sigrid die Hand aufs Knie.

»Es hat keinen Zweck«, flüsterte Sigrid.

Gefion sprang wütend auf.

»Wenn ich sage, du wirst leben, dann wirst du leben. Meine verdammte Hündin von Schwester wird dich heilen. Das sage ich, und so wird es geschehen.«

Gefion setzte sich an die Feuerstätte und ließ sich eine Schale mit in Milch gekochtem Gemüse reichen. Sie aß rasch, ohne auf den Geschmack zu achten. Tod und Vernichtung. Von den Schlafbänken her hörte sie das Gejammer der Sterbenden. Was im Namen der Mächte sollte sie nur tun? Bleiben und über eine tote Insel herrschen, oder das Leben ihrer Geliebten retten? Diese verdammte Freya, alles war ihre Schuld. Wenn sie nur gekommen wäre und ihre Pflicht getan hätte.

Jetzt saß Gefion mit ihrem ganzen Reichtum hier und konnte nichts tun, um die Einzige zu retten, die ihr etwas bedeutete.

Sigrid hustete. Sie bereitete sich auf den Tod vor, das war für alle deutlich zu sehen.

Gefion warf ihren Essnapf auf den Drachenthron und schaute düster zu, wie das Gemüse sich über den Schnitzereien verteilte.

Wenn sie doch nur ihre Macht und ihren Reichtum gegen Sigrids Leben eintauschen könnte. Was hatte es denn für einen Sinn, das alles zu besitzen, wenn das Licht ihres Lebens erlosch?

Gefion war dazu geboren, ihr Volk zu verteidigen. Sie konnte es nicht verlassen. Sie musste jetzt stark sein und durfte unter ihrer Last nicht schwanken.

»Eir kann dich nach Alfheim bringen. Dort wird Freya dich heilen«, teilte sie Sigrid mit.

»Königin, bedenke, dass du eine Entscheidung treffen musst«, mahnte die Priesterin.

»Was du nicht sagst«, fauchte Gefion.

Eir faltete die Hände über ihrem Bauch und blickte sie mit ernster Miene an.

»Nur eine Hand voll Höfe auf den äußeren Inseln ist bisher von der Seuche verschont geblieben. Das hier bedeutet Vanaheims Untergang. Fahr nach Alfheim. Nimm die Reichtümer mit, die durch alle Zeiten hindurch deine Sippe begleitet haben, bring sie und dich selbst in Sicherheit. Du hast für dein Volk getan, was du konntest, rette jetzt dein Erbe«, flehte die alte Priesterin.

Gefion stöhnte gequält. Wie könnte sie die Kranken im Stich lassen? Wer sollte sich um das Vieh kümmern?

»Ich bleibe hier, wenn du willst. Ich kann alle nötigen Pflichten ausführen. Segle du mit Sigrid nach Alfheim. Du hast für dein Volk getan, was du konntest, jetzt musst du deine Sippe und das Blut in deinen Adern schützen.«

Gefion hatte das Gefühl, zerrissen zu werden. Aber Eir hatte schon Recht, sie musste ihren Stolz hinunterschlucken und klug vorgehen. Traurig sah sie zu, wie Sigrid sich zum Ausruhen auf die Bank legte.

Die Tür wurde geöffnet. Veber kam zurück. Er brachte zwei halbwüchsige Knaben mit, die Gefion noch nie gesehen hatte. Die drei Jünglinge kamen jetzt eilig auf sie zu und sanken auf die Knie.

»Ane ist tot, das sind sein Sohn und ein Knecht. Sie waren die Einzigen, die kommen konnten«, sagte Veber.

Die beiden Jungen waren bleich. Sie blickten Gefion müde und ängstlich an.

»Seid ihr krank?«

Der größere Junge schüttelte den Kopf.

»Die Göttin hat uns verschont, aber wir sind die Einzigen.«

Seine Stimme klang verbittert. Gefion entging nicht der hasserfüllte Blick, mit dem der Junge Eir bedachte.

Ohne Bedenken hätte Gefion Ane befohlen, Sigrid nach Alfheim zu bringen, wo sie Freya um Hilfe bitten könnten. Aber niemals würde sie ihre Geliebte diesen Knaben anvertrauen.

Eir schaute sie so auffordernd an, dass es geradezu schmerzte. Gefion seufzte tief. Ihr Schicksal war bitter, aber sie konnte sich jetzt nicht mehr selbst belügen. Für Åse würde es keinen Grabhügel geben; ihr Volk lag im Sterben. Fast zweihundert Wanen waren in die Nachwelt eingegangen und ebenso viele lagen krank in ihren Betten. Es war zu Ende.

Sie musste Vanaheims Rettung anderswo suchen.

»Ich werde nach Alfheim segeln. Ihr könnt Veber beim Beladen des Schiffes helfen«, teilte sie den beiden Jungen mit.

»Eine weise Entscheidung, Königin«, sagte Eir.

Düster betrachtete Gefion den von ihrer Sippe gesammelten Reichtum.

Die Bronzeschilde lagen noch immer auf dem Boden. An

der Wand hing der Bildteppich, der erzählte, wie die Göttin die Wanen vor der großen Katastrophe gerettet und sie dann zu dieser Insel geführt hatte. Jetzt war es Gefion, die den Teppich von der Wand nehmen und fortbringen würde. Sie seufzte tief.

Aber es sollte nur für kurze Zeit sein. Sie würde zurückkehren, sowie sie Freya dazu gebracht hätte, Vanaheim zu retten. Ihr Land sollte wieder groß und mächtig werden.

»Wir segeln, sowie das Boot bereit ist. Veber, hol die Mägde zusammen.«

Veber führte die Jungen in die Vorratskammer der Halle. Gefion schloss die Augen und fing an zu planen, das Denken beruhigte sie ein wenig.

Was sollte sie mitnehmen? Und für wen war noch Platz im Boot? Sie erhob sich und fuhr mit der Hand über Sigrids Haare.

»Alles wird wieder gut«, flüsterte sie. »Das verspreche ich.«

Freya erwachte, weil jemand sie schüttelte. Ihre Augenlider kamen ihr schwer wie Steine vor, als sie sie mit Gewalt aufriss.

Vor ihr hockte Dwalin. Er wirkte unruhig, besorgt. Der Meisterschmied zeigte auf die Höhlenöffnung.

»Geh zu deinem Boot. Sie warten auf dich.«

Ehe Freya antworten konnte, war er wie ein Schatten in der Nacht verschwunden.

Freya setzte sich auf und griff sich an den Hals. Brisingamen war noch vorhanden. Sie atmete erleichtert auf und schaute sich um. Der Gestank von Schweinekot plagte ihre Nase.

Sie befand sich wieder in der Höhle, in die Dwalins Trugbild sie geführt hatte. Draußen tobte der Wind.

Freya sprang auf, zu rasch. Ihr wurde schwarz vor Augen. Aber gleich darauf strömte eine unbezwingliche Kraft durch ihren Körper. Das war Brisingamens Geschenk, wie ihr sofort bewusst wurde.

Sie hatte es geschafft. Sie hatte Dwalins Misstrauen und Hels List besiegt. Sie hätte jubeln mögen. Brisingamen gehörte ihr. Sie war neu geboren, unüberwindlich.

Freya hob die Arme und rief den Mächten zu:

»Mich zwingt ihr nicht in die Knie!«

Sie lachte und tanzte über den Schweinekot. Das schwere Gold um ihren Hals ließ sie vor Freude singen.

Freya hatte die Höhlenöffnung erreicht, ein Schritt trennte sie noch von der Ebene draußen, als ein eiskalter Wind sich um ihren Körper schloss.

»Hast du denn immer noch nicht begriffen, Wanentochter«, flüsterte der raue Wind.

Freya ließ beschämt die Arme sinken.

»Mein Hochmut hätte mein Gemüt fast wieder vergiftet«, rief sie überrascht.

Sie musste den Verstand verloren haben. Wie hatte sie sich so aufführen können? Nachdem sie so hart bestraft worden war, versuchte sie noch immer, die Mächte herauszufordern.

»Hel geht aus jedem Kampf als Siegerin hervor«, fauchte der Wind und spielte mit Freyas Umhang.

»Was soll ich tun?«

»Tu, was du tun musst, aber mit gesenktem Haupt. Nur so kannst du die Göttin erweichen.«

Freya rieb sich das Gesicht. Geronnenes Blut zerbröselte unter ihrer Hand. Sie sehnte sich nach einem Bad, nach ihrem Volk, nach ihrer Tochter.

»Ich danke dir, Sturmdise, und ich bitte dich um deinen Beistand auf meiner Fahrt über das Meer.«

Der Wind schlug ihr den Umhang gegen den Rücken.

»Ich beschütze dich bereits, Wanentochter. Rans Herz dagegen ist schwerer zu erweichen, ihre Macht ist größer als meine.«

Gleich darauf war alles still. Freya machte einige vorsichtige Schritte durch das verwelkende Gras.

Das Boot. Hoffentlich war es noch vorhanden. Sie rannte los. Ihre Schritte fielen ihr leichter als je zuvor. Die Kraft des Halsbandes trug sie über Schlamm, Baumstämme und verwelkendes Laub.

Hel, boshafte Priesterinnen und Kinderdiebe. Sie würden für alles bezahlen, was sie ihr angetan hatten.

Die Bäume beugten sich über Freya und peitschten sie mit ihren Zweigen. Freya lachte und lief noch schneller, vorbei an heiligen Steinen, hinunter zum Wasser. Dort ruhte Hallwis Schiff. Freya blieb stehen und lächelte zufrieden. Sie hatten auf sie gewartet.

»Mögen die Mächte uns Kraft schenken.«

Njörunn schaute überrascht zu, wie Hallwi das Seil sinken ließ und zum Waldrand hinüberschaute.

Sie folgte dem Blick der Kapitänin. Ihr Herz überschlug sich.

Es war Freya. Nach der langen Zeit des Wartens kehrte sie zurück.

Mager und mit wilden Blicken kam sie herbeigeeilt, gehüllt in ein zerfetztes Gewand. Sie sah aus wie ein Geisterwesen aus einem Moor. Freya blieb vor dem Schiff stehen und schaute zu ihnen hoch. Ihr Lächeln ließ Njörunns Blut gefrieren.

»Was hat sie denn da um den Hals?«, flüsterte Hallwi verdutzt.

Njörunn schluckte und ging über die Laufplanke zu der Priesterin, die sie schon ihr ganzes Leben lang kannte.

Ihr Körper war eiskalt vor Furcht.

»Ich habe es geschafft«, flüsterte Freya mit einem irrwitzigen Lächeln.

Njörunn schluckte ihre Verzweiflung hinunter und schaute Freyas Halsband an.

Es bestand aus einigen verschmutzten Steinen und Stöckchen, die mit Lederriemen aneinander befestigt waren.

»Ich habe Brisingamen. Jetzt kann ich die Kranken heilen und Hyndla bezwingen. Wir werden siegen.«

»Du hast Großes geleistet«, sagte Njörunn traurig.

Freyas verfilzte Haare schwangen im Wind, sie war schmutzig, ihre Augen glasig vor Wahnsinn. Sie war verloren, und mit ihr die Hoffnung, die schwarze Seuche zu besiegen. Njörunn nahm ihre Hand und führte sie über den Brettergang auf das Schiff.

»Segeln wir nach Alfheim«, sagte Njörunn und half Freya beim Hinsetzen.

Sie wickelte Freya in ein wärmendes Wolfsfell und reichte ihr dann ein Stück Brot. Freya griff danach, aß aber nicht. Ihre Hand lag schlaff auf dem Fell. Sie schaute zu den Wolken hoch.

»Siehst du den Falken? Der führt uns«, flüsterte sie.

Njörunn legte den Arm um Freya und küsste zärtlich wie eine Mutter ihre Haare. Der Himmel war leer, bis auf die grauen Wolken. Dort gab es keinen Falken.

Der Wind füllte das Segel und trug das Schiff über die Wellen.

»Wie viele Tage war ich fort?«

»Denk nicht darüber nach«, antwortete Njörunn und verfluchte sich, weil sie Freya mit Berling hatte weggehen lassen. Sie wusste, dass Freya vor einem Sturz in die Finsternis gestanden hatte, aber trotzdem hatte sie sie ziehen lassen. Und dann hatte sie sie auf der Heide und in den Höhlen verzweifelt gesucht.

Jetzt war es vorüber.

Njörunn nahm Freya das Stück Brot aus der Hand, brach ein Stück ab und schob es ihr in den Mund. Freya kaute und schluckte, ohne das zu merken. Ihr Blick haftete noch immer an den Wolken.

Njörunn musterte verzweifelt Freyas Kette aus Stöckchen und Steinen.

Brisingamen war ihre Hoffnung gewesen, jetzt waren sie alle verloren.

»Sag mir, wie viele Tage war ich fort? Waren es vier oder fünf?« Njörunn seufzte tief. Lügen hatte hier keinen Sinn.

»Du warst eine ganze Mondwanderung fort«, sagte sie deshalb.

9

Idun schrubbte ihren Arm so heftig, dass Blut aus der Haut quoll. Sie ließ die Hände sinken und sah zu, wie das Wasser in der Schüssel sich rot färbte. Die blauen Flecken an ihren Handgelenken wurden jetzt schwarz.

Die Schande brannte in ihr wie Feuer. Aber sie war ja selbst schuld, schließlich war sie in den Wald gegangen.

Sie war nicht zu Hause in Alfheim, und in Idunvallen war eben alles anders. Wenn sie im Haus geblieben wäre, wäre nichts geschehen. Und jetzt hatte sie den Unwillen aller auf sich gelenkt.

Warum hatte sie Ull auch angeschwärzt? Sie war so dumm, dass der Wind durch ihren Schädel wehte. Wenn sie das alles nur ungeschehen hätte machen können!

Sivs wütende Blicke brachten ihren Rücken zum Brennen. Sie hatte seit Tagen kaum ein Wort zu Idun gesagt. Aber jeder Moment von Ulls schändlicher Gewalttat war in Iduns Erinnerung eingeätzt. Trotzdem beteuerten alle, er habe das Langhaus nicht verlassen. Die Leibeigenen flüsterten untereinander, zeigten auf Idun und lachten, wenn sie sich unbeobachtet glaubten. Und Ull starrte sie nur wütend an und verhielt sich seltsam. Sie konnte seinen Anblick nicht ertragen.

Idun wischte sich die Hände an ihrem Rock ab.

Die Jungen rangen jetzt miteinander. Siv rief, sie sollten

aufhören. Die Männer standen ins Gespräch vertieft an der Feuerstelle. Sie redeten über den Kampf auf der Göteninsel, denn sobald der Wind sich gelegt hätte und die letzten Krieger eingetroffen wären, würden sie aufbrechen.

Auf dem Hofplatz bellte ein Hund. Idun erstarrte, aber Hufschläge waren nicht zu hören. Langsam atmete sie auf.

Wie sollte sie Bragi unter die Augen treten, jetzt, wo sie vor seiner ganzen Sippe Schande über ihn gebracht hatte?

Niemals würde er jetzt noch mit ihr unter den Hammer treten wollen. Das konnte sie verstehen. Der arme Bragi, jetzt würde er sehen, wie sie wirklich war. Eine verrückte Lügnerin. Wertlos.

Sie biss sich auf den Fingernagel. Thor lachte an der Feuerstätte, sogar sein Wohlwollen war verflogen. Er sah sie missmutig an, als sei sie ihm eine Last.

»Hast du keine Arbeit?«

Siv lehnte mit übereinander geschlagenen Armen an der Wand. Ihre Wangen waren rot, ihr Blick düster.

»Ich weiß nicht, was ich tun soll«, sagte Idun und blickte sie flehend an.

Der Blick der Hausfrau wurde sanfter.

»Ich habe mir das überlegt, was du über Ull gesagt hast. Ich glaube, dir ist ein Trugbild begegnet, Kind. Irgendwer hat die Gestalt meines Sohnes angenommen. Es sind schon seltsamere Dinge passiert.«

Idun schauderte es.

»Aber wer?«

Siv lachte düster.

»Hier in der Gegend könnte das nur einer.«

Sie zeigte auf Loki, der in seinen Fuchspelz gehüllt neben Thor stand. Ein bitterer Geschmack füllte Iduns Mund. Der Boden unter ihren Füßen schien zu schwanken.

»Das muss ich Thor sagen. Er muss es erfahren.«

»Sei still, Kind«, fauchte Siv und kniff sie in den Arm. »Stör

Thor nicht mit solchen Dingen, wo er in den Krieg ziehen muss. Sein Gemüt darf jetzt nicht belastet werden. Davon hängt sein Leben ab.«

Idun kämpfte gegen ihre Tränen an. Ihr Arm tat weh. Aber Siv hatte Recht. Sie durfte Thor nicht mit ihren Sorgen behelligen.

»Naja, so schlimm kann es doch nicht gewesen sein. Man muss auch etwas vertragen können. Außerdem warst du allein im Wald unterwegs, und da ist es wirklich deine eigene Schuld. Du solltest schweigen und froh sein, wenn Bragi dich nach allem immer noch will«, sagte die Hausfrau schroff.

Iduns Augen brannten vor Tränen.

»Ich wollte das doch nicht.«

Sie war so unglücklich, dass sie kaum sprechen konnte.

»Trotzdem ist es passiert. Hör auf meinen Rat, schweig und mach niemandem Vorwürfe. Es ist ein bitteres Los, als Frau geboren zu sein, du musst lernen, damit zu leben, oder du gehst unter. Das sage ich dir.«

Siv lief mit wehenden Röcken weiter.

Idun starrte Loki an. Der saß breitbeinig da und fuhr sich mit der Hand durch die strähnigen Haare. Siv hatte Recht. Idun musste vergessen. Die Geschichte aus ihren Gedanken verbannen, als sei sie nie geschehen. Sie war von einem Trugbild verflucht worden. Im Wald war nichts passiert. Ein betäubender Nebel schloss sich um ihren Körper. Der Schmerz ebbte ab und verschwand. Loki sah sie an und lächelte freundlich.

Idun hätte sich übergeben mögen.

Sie presste die Hand auf den Mund, ließ die Wäschebank stehen und stürzte hinaus.

Der kalte Wind linderte die Übelkeit ein wenig. Idun zog sorgfältig die Tür hinter sich zu. Die Kräuterbündel, die Siv als Schutz gegen böse Geister aufgehängt hatte, bewegten sich im Luftzug.

Wenn Idun im Haus geblieben wäre, dann wäre der Albtraum ihr erspart geblieben. Aber sie war einfach zu dumm.

Ohne Umhang lief sie über den Hofplatz. Der Wind wirbelte ihr Staub in die Augen und in ihren Mund, sodass ihre Zähne knirschten, wenn sie sie zusammenbiss. Dann hörte sie im Wind eine schwache Stimme. Diese Stimme rief ihren Namen. Idun blieb stehen und schaute sich verzweifelt um.

Drei Reiter tauchten am Waldrand auf. Ihre Pferde sprengten mit flatternden Mähnen dahin. Einer war Bragi. Er war hier. Was sollte sie jetzt machen?

Die Pferde kamen auf den Hofplatz getrabt.

Bragi sprang von seinem und kam auf sie zugelaufen. Seine Augen leuchteten glücklich, er war von einem strahlenden Licht umgeben.

Idun wand sich unter diesem Lachen. Sie hatte ihn durch ihre Unfähigkeit besudelt. Sollte sie ihm alles erzählen oder Sivs Rat befolgen und schweigen? Aber es wussten doch ohnehin schon alle. Wie könnte sie die Sache dann verheimlichen?

Sie biss sich auf den Daumennagel und trat einen Schritt zurück.

Gleich darauf umfingen seine Arme sie.

»Was machst du für ein düsteres Gesicht? Freust du dich denn nicht, mich zu sehen?«

Seine Freude machte ihre Trauer nur noch schwerer zu ertragen.

Idun rang sich ein Lächeln ab.

»Das ist schon besser. Hattest du Angst, mir könnte etwas passieren?«

Idun nickte stumm und starrte seine Umhangschnalle an, ein Blatt mit verschlungenen Ranken.

»Hab keine Angst, mir können die Feinde nichts antun.«

Er streichelte ihre Wange. Seine Finger hinterließen glühende Spuren auf ihrer Haut. Idun errötete. Sie hatte das Gefühl, innerlich zu verbluten.

»Was ist passiert? Erzähl.« Die Freude in Bragis Augen verwandelte sich in Unruhe.

»Wir sollen doch bald unter den Hammer treten. Da dürfen wir keine Geheimnisse voreinander haben.«

Der Wind spielte mit seinen Haaren. Er strich sich eine Strähne aus der Stirn. Idun begegnete seinem Blick. Bragi war viel zu gut für sie. Aber er musste erfahren, was passiert war. Nur, was sollte sie tun, wenn er sie dann nicht mehr wollte?

Idun raffte all ihren Mut zusammen.

»Ich habe eine schlechte Nachricht.«

Bragis Lächeln verschwand. Er ließ sie los und trat einen Schritt zurück. Er ahnt schon, dass ich unrein bin, dachte sie. Das geht nie im Leben gut. Sie biss so fest die Zähne zusammen, dass der Sand dazwischen knirschte.

»Sprich!«

Idun holte Atem.

»Ein Mann hat mich im Wald vergewaltigt.«

Sie sprach so leise, dass der Wind ihre Worte fast übertönte. Das Licht, das Bragi umgeben hatte, erlosch, seine Augen wurden schwarz, er schien zu wachsen, als er zornig nach seinem Schwert griff.

»Wer?«

Der Boden schien unter Idun zu beben, ihre Wangen brannten. Sie hätte schweigen müssen. Warum war sie immer so dumm?

Aber sie hatte nicht vor, Bragis Leben aufs Spiel zu setzen. Sie durfte keine Zwietracht unter den Kriegern säen. Denn das könnte Bragi das Leben kosten, und wenn er nicht überlebte und sie an seinem Tod schuld wäre, was sollte sie dann noch auf der Erde?

»Ein Fremder im Wald«, flüsterte sie und starrte zu Boden.

»Bei Tiwazens stinkendem Atem!«

Bragi fuhr herum und ließ sie stehen. Idun schwankte. Sie

bohrte ihre Nägel so tief sie konnte in ihre Handfläche, aber das konnte Schwindel und Übelkeit nicht vertreiben.

»Bitte, verzeih mir. Ich wollte das doch nicht«, rief sie.

»Nicht? Und warum rennst du dann in den Wald und machst die Beine breit? Warum bleibst du nicht im Haus, wie sich das für eine Frau gehört?«

Bragi spuckte in den Staub und musterte sie voller Abscheu. Alles, was sie an ihm geliebt hatte, war verschwunden.

Ihre Beine wollten sie nicht tragen. Langsam sank Idun in den Staub.

Alles war verloren, sie hatte so viel gewagt und schließlich doch versagt.

»Steh auf, kriech hier nicht auf dem Boden herum«, fauchte Bragi und schaute zu seinen Begleitern hinüber, die ein Stück entfernt standen.

So bin ich eben, dachte sie. Jetzt siehst du, was ich bin. Nichts.

Bragi drehte sich um und ging auf die Halle zu. Dann blieb er stehen und schien zu zögern.

Idun rang nach Luft, eine schwache Hoffnung keimte in ihrer Brust. Wenn er sie nun doch noch haben wollte? Vielleicht war er einfach zu überrascht gewesen und brauchte Zeit. Vielleicht war es noch nicht zu spät. Aber Bragi ging einfach weiter, ohne sich umzusehen. Er hatte die Halle fast erreicht, als die Tür aufgerissen wurde. Thor kam zum Vorschein.

Idun betete. Sie flehte die Göttin an, bat um Erbarmen, als Thor auf Bragi zuging. Staub wirbelte um die beiden Männer, als sie miteinander sprachen. Idun erhob sich, ihre Beine kamen ihr jetzt stärker vor. Ihre Handflächen waren grau vor Schmutz.

»Du musst zu deinem Wort stehen und sie nehmen«, sagte Thor.

Idun trat näher. Die Männer würdigten sie keines Blickes.

»Ich wollte eine Unberührte. Eine, die nur mir gehört. Tiwaz weiß, wer seine Stange in sie gestopft hat.«

»Den Eid, den du geschworen hast, kannst du nicht brechen. Das Leben kommt selten so, wie man es sich wünscht. Nimm also Vernunft an.«

Iduns Herz klopfte. Wenn sie nur auf die richtige Weise zusammengegeben würden, würde alles gut werden. Sie würde die beste Hausfrau unter allen Asen sein. Alles, was er sich wünschte, würde er bekommen.

Bragi seufzte tief.

»Na gut, dann muss ich wohl.«

Thor lachte und legte ihm die Hand auf die Schulter.

»Hast du das gehört, Kleine?«, rief er Idun zu. »Mach dich bereit. Heute Abend wird gefeiert.«

Idun schwieg. Sie konnte wieder atmen, die Schlinge um ihren Hals hatte sich gelockert. Aber Bragis Blick war erfüllt von Widerwille und Abscheu.

Mein Geliebter. Ich werde dich glücklich machen, dachte sie. Was auch passieren mochte, sie würde den Rest ihres Lebens der Aufgabe widmen, ihrem Mann Freude zu schenken. Er würde sie wieder voller Liebe ansehen.

Thor ließ Bragi ins Langhaus eintreten, zögerte einen Moment und ging dann hinterher. Die Männer saßen an der Feuerstätte. Über dem Feuer brodelte ein Kochtopf, Essensduft füllte das ganze Haus. Die Mägde liefen hin und her und füllten die Becher der Männer mit Met.

»Seht, hier kommt die angehende Hausfrau«, rief Thor.

Die Männer murmelten beifällig, aber Idun sah, dass ihre Blicke nicht unbeschwert waren. Bragi starrte übellaunig ins Feuer.

Idun kam sich vor wie ein weggeworfener Knochen, der auf einem Abfallhaufen verfault.

»Das ging ja entgegen aller Erwartungen gut«, murmelte Siv und zog sie zur Waschbank. »Ich habe Thor hinausgeschickt, als ich Bragis Pferd kommen hörte. Ich dachte mir schon, dass er versuchen würde zu kneifen.«

Idun starrte die freudestrahlende Siv mit leerem Blick an.

»Jetzt freu dich doch, Kleine. Heute Abend stehst du unter dem Hammer.«

»Er will mich nicht. Er will eine Unberührte.«

Siv legten den Kopf in den Nacken und lachte grob.

»Diese verdammten heuchlerischen Asen. Bragi hat schon als Junge seine Stange in alles gesteckt, was sich überhaupt bewegen konnte. Wieso reißt der den Schnabel so weit auf? Es gibt hier im ganzen Haus kein Frauenzimmer, mit dem er es nicht getrieben hat. Und nur die Göttin weiß, wie viele Bälger er in den Dörfern hinterlassen hat ... Mach du dir wegen Bragi keine Sorgen, sowie du ihm einen Sohn geschenkt hast, hast du seinen Sack im festen Griff.« Sie beugte sich vor und flüsterte: »Das ist das Geheimnis, verstehst du. Wenn du erst seine Söhne geboren hast, bist du deinem Mann heilig. Das ist die Gabe der Göttin an uns Frauen. Nicht einmal ihr verdammter Tiwaz kann gegen die Fürsorge eines Mannes für seine Sippe etwas ausrichten. Also, Kopf hoch, Kleine. Warte hier, dann bringe ich die untauglichen Leibeigenen auf Trab, und dann mache ich dich so schön, dass Bragi vor Stolz unter seinem Kittel ganz groß wird.«

Idun ließ sich auf den Hocker neben der Waschbank sinken und wartete, während Siv die Mägde zusammenstauchte. Sie hoffte ja so sehr, dass Thors Gattin Recht hätte. Das hier war einfach zu viel für sie. In ihrem Kopf drehte sich alles und sie fühlte sich ganz schwach.

Plötzlich hatte sie solche Sehnsucht nach ihrer Mutter, dass ihr die Tränen in die Augen traten. Wenn sie doch nur neben Freya sitzen und deren warmen Duft einatmen könnte. Wenn sie doch nur für einen kurzen Moment bei ihr sein könnte. Freya würde außer sich vor Zorn sein, wenn jemand ihrer Tochter zu nahe träte. Sie hätte Idun verteidigt. Aber Idun hatte ihre Mutter verlassen. Sie hatte sich für Bragi entschieden. Jetzt musste sie zu ihrer Entscheidung stehen. Die Würgeschlinge um ihren Hals zog sich wieder zusammen.

Idun verdrängte diese quälenden Gedanken. Sie zwang sich, dem Gespräch der Männer zuzuhören.

»Sturm oder nicht, das ist Skidbladnir doch egal«, sagte Baldur.

Thor schüttelte den Kopf.

»Lieber im Kampf fallen als wie ein Stein versinken.«

»Trotzdem eilt es. Das Wetter scheint nicht besser zu werden.«

»Es kommen noch weitere Männer von den entfernt gelegenen Höfen. Wir müssen warten, wir brauchen jedes Schwert«, sagte Ull.

»Was kannst du machen, Loki?«

Der Schamane zuckte mit den Schultern.

»Was getan werden kann, ist bereits geschehen.«

Thor musterte seine Männer, sie waren wenige, aber sie waren bereit. Vielleicht wäre es besser, dem Wind zu trotzen, dann könnten sie überraschend zuschlagen.

Er seufzte und sah zu Idun hinüber. Wo steckte Freya? Jeden Morgen wartete er vergeblich darauf, ihr Schiff in die Bucht segeln zu sehen.

»Wir fahren an Alfheim vorbei und nehmen die Hexe an Bord«, sagte er.

Die Männer verstummten und wechselten Blicke. Siv wurde stocksteif.

»Wir brauchen ihre Künste«, sagte Thor und kratzte sich im Nacken.

»Anderswo juckt es dich wohl nicht«, sagte Siv wütend.

Die Männer starrten ins Feuer. Keiner sagte ein Wort.

»Soll Gorms Weib mich vielleicht in den Tod schicken?«

Siv zuckte mit den Schultern und watschelte davon.

»Es ist ein Umweg«, sagte Baldur zweifelnd und sah Thor an.

»Kalt ist es auch«, sagte Sakse und schliff weiter seinen Dolch.

»Mein Entschluss steht fest.«

Abermals schaute Thor verstohlen zu Idun hinüber. Sie schien mit den Tränen zu kämpfen. Warum in Tiwazens Namen freute sie sich nicht auf das Fest? Thor hatte doch dafür gesorgt, dass Bragi sie nahm. Was wollte sie denn noch? Thor spuckte ins Feuer, während sich unerwarteterweise Schuldgefühle bei ihm einstellten. Er konnte sich schon vorstellen, wie unter den Männern getuschelt wurde. Dass er, der große Asenkrieger, seine eigene Tochter nicht hatte beschützen können.

Das war das Letzte, was er brauchte, jetzt, wo sie in den Krieg ziehen mussten.

Es war schon ein Elend, dass Idun diesem Fremden über den Weg gelaufen war. Und es war seltsam. Im Wald gab es keine Spur, keinen Hinweis auf ein Handgemenge, nichts. Er war mit Ull draußen gewesen und hatte alles abgesucht, aber nicht einmal die Hunde hatten etwas gefunden.

Sicher hatte Siv Recht, die Kleine war nicht ganz bei Verstand und erzählte allerlei, um sich Aufmerksamkeit zu verschaffen. Thor klammerte sich an diese Erklärung, ließ sich davon beruhigen. Und am Abend würde sowieso alles vergessen sein.

Nicht ganz bei Verstand oder nicht, sie war die einzige Erbin von Vanaheim, ihr Blut war wertvoll. Und sie war seine Tochter. Thor drehte sich um und nahm das Methorn entgegen, das eine Leibeigene ihm reichte. Er leerte es bis auf den Grund. In dieser Nacht wollte er beim Reiher des Vergessens Zuflucht suchen.

Draußen war es fast dunkel, als Siv einen Schritt zurücktrat und zufrieden lächelte. Siv schaute hinab auf das hellblaue Gewand und fuhr mit der Hand über die Stickerei, die sie auf Iduns Brust befestigt hatte. Eine Leibeigene legte dieser den

Umhang um die Schultern und schloss die wie eine Blume geformte Schnalle.

»Jetzt fehlt nur noch der Zopf.«

Siv hob das Messer.

»Nein.«

Idun packte ihre Haare. Gehorsam hatte sie sich waschen und ankleiden lassen, wie eine Strohpuppe, mit der Kinder spielten, aber jetzt musste sie sich einfach wehren.

»Der muss der Göttin in der Opferquelle dargebracht werden.«

Siv verzog unwillig den Mund.

»Auf die Idee kommst du ein wenig spät, Kleine. Wir können jetzt nicht in den Wald hinausrennen. Die Kerle sind ja jetzt schon halb betrunken. Wenn du Bragi haben willst, musst du ihn jetzt nehmen, solange er noch aufrecht stehen kann.«

Idun seufzte. Was sollte sie sagen? Es kam ja doch nichts so, wie sie gehofft hatte. Sie ließ ihren Zopf los. Siv schnitt ihn mit einer raschen Bewegung ab. Dann legte sie ihn auf die Waschbank und säuberte die Haare.

Wehmütig musterte Idun ihren langen roten Zopf. Ihr Leben und ihre Kraft.

»Ja, so.«

Idun tauschte einen Blick mit der Leibeigenen, die ihr geholfen hatte.

»Du bist so schön wie Gold«, sagte die Magd freundlich.

Baldurs Hausfrau Nanna trat vor Idun und musterte sie ausgiebig. Die junge Frau wohnte auf dem Nachbarhof und war eben mit ihrem Gefolge zu Pferd eingetroffen. Sie lächelte Idun aufmunternd zu.

»Hab keine Angst«, sagte sie sanft und reichte Idun das geschnitzte Horn, das sie in der Hand hielt. »Trink das auf einen Zug, dann wird alles leichter.«

Idun warf einen letzten Blick auf ihren Zopf. Dann hielt sie sich das Horn an die Lippen und trank. Sofort überkam sie ein Brechreiz. Das Horn enthielt keinen Met, sondern etwas Stärkeres. Sie wollte es sinken lassen, aber Nanna presste es gegen ihre Lippen.

»Du musst alles trinken, Mädchen.«

Idun zwang sich zum Schlucken, sonst wäre der Trank auf ihr schönes Kleid gespritzt. Als sie das Horn sinken ließ, lächelte Nanna liebevoll. Iduns Magen glühte. Wärme breitete sich in ihrem Körper aus. Nanna hatte Recht gehabt. Sie war jetzt viel ruhiger und hatte das Gefühl, das alles ginge sie nichts mehr an.

»Danke«, flüsterte sie.

»Das Beilager ist nicht immer so angenehm«, sagte Nanna.

»Das ist eine Unsitte, die ich nicht begreife. Unnatürlich ist das. Die Wanen kennen so etwas nicht.«

Nanna musterte Siv mit strengem Blick, ihr sanftes Lächeln füllte sich mit Gift.

»Jetzt lebst du schon so lange bei uns und willst dich noch immer nicht an unsere Sitten halten?«

Zu Iduns Überraschung schienen die Worte der jüngeren Frau Siv hart zu treffen.

»Naja, das nun nicht, aber schön ist es trotzdem nicht.«

Dann griff Siv nach Iduns Hand und zog sie zur Feuerstätte. Die Männer verstummten. Sie starrten sie voller Bewunderung an. Idun wurde rot und suchte Bragis Blick.

Seine Augen leuchteten ein wenig. Er war nicht mehr ganz so abweisend. Erleichtert atmete sie auf.

Ihr Herz klopfte heftig wie die Trommeln beim Frühlingsopfer. Wie gut, dass Nanna ihr diesen Trank gegeben hatte. Ohne dessen einlullende Wärme wäre sie jetzt gestorben.

»Milde Mächte, wie schön sie ist«, sagte Baldur.

Die Männer murmelten zustimmend. Eine Bewegung, die sie aus dem Augenwinkel heraus wahrgenommen hatte, ließ Idun sich umschauen. Ein Stück von der Feuerstätte entfernt stand Loki mit verschränkten Armen. Er grinste herablassend.

Idun schlug die Hand vor den Mund, ihr Magen drehte sich um, sie hätte sich übergeben mögen. Aber ehe sie sich bewegen konnte, hatte Thor sich schon erhoben.

»Meine Tochter ist lieblicher als der Tau auf einer Blütenknospe.«

Sein betrunkenes Grinsen vertrieb Iduns Übelkeit.

»Tu deine Pflicht, Kerl«, sagte Siv mit derber Freundlichkeit und legte Iduns Hand in Thors. Er führte sie zu Bragi, der sich erhob und sich die Hände an seinem guten Kittel abwischte.

Er hat ebenso große Angst wie ich, dachte Idun überrascht.

Thor legte ihre Hand in Bragis. Bragis Hand war schweißnass. Sie sahen einander hilflos an. Idun war wie gelähmt. Sie hätte im selben Moment jubeln und weinen mögen.

»Ich werde alles für dich tun, wenn du mir nur nicht böse bist«, flüsterte sie.

Bragi drückte tröstend ihre Hand. Erleichtert holte Idun Luft.

Gleich darauf hielt Thor den Hammer über ihre Köpfe.

Loki trat vor und sang in der alten Sprache ein Lied. Idun verstand die Worte nicht, hatte sie aber auch an der Feuerstätte ihrer Mutter schon gehört. Die Tränen traten ihr in die Augen und sie kämpfte dagegen an.

Gleich darauf war alles schon vorbei.

»Die Frau Idun aus Alfheim, meine Tochter, gehört jetzt Bragi aus dem Geschlecht der Asen«, sagte Thor und ließ den Hammer sinken.

Die Männer sprangen auf und schlugen Bragi auf den Rücken.

Idun schaute sich verwirrt um. War das alles? Waren sie jetzt zusammen?

Nanna und Siv lächelten freudestrahlend. Sie sah sie wie

durch einen Nebel. Jetzt glühte ihr ganzer Körper, sie fühlte sich heiß und schwach.

»Dann geht's los«, sagte Bragi.

Die Männer johlten und fingen an, sie zu den Schlafbänken zu schieben.

»Zeig jetzt, dass du etwas in deiner Stange hast«, rief jemand.

Alle lachten.

Idun erblickte Ull im Gedränge, Loki grinste. Alles wurde ein einziges Chaos.

»Wohin gehen wir?«

Aber Bragi gab keine Antwort. Er zog sie zu einer Schlafbank und fing ungeschickt an, ihren Gürtel aufzubinden.

»Was erlaubst du dir?«

Der Boden unter Iduns Füßen schwankte. Die lachenden Gesichter der Männer verschwammen in einem wilden Wirbel.

»Zeig dich mit Stolz«, flüsterte er und zog ihr das Gewand aus.

Nackt stand sie vor ihrem Vater und dessen Männern. Schweigend und grinsend glotzten die sie an. Idun errötete und versuchte, sich mit ihren Händen zu bedecken.

Dann drückte Bragi sie aufs Stroh. Sofort zog sie die Felle über sich.

»Da hast du dir aber eine sittsame Hausfrau angeschafft«, rief einer von Thors Männern, ein Riese, dem das Fett aus dem schwarzen Bart tropfte.

»Wollen doch mal sehen, mit welchen Künsten sie dich erfreuen kann.«

Bragi legte sich neben sie. Er war böse, das sah sie seinen Augen an. Jetzt hatte sie ihm schon wieder Schande gemacht.

Die Männer klatschten in die Hände. Die Mägde lachten schallend. Idun kam sich vor wie die Priesterin beim Frühjahrsopfer. Die Luft war von derselben schweren Erwartung erfüllt.

Sie versuchte sich daran zu erinnern, was sie beim Opfer gesehen hatte. Alle tanzten, liebkosten einander mit eifrigen Händen. Alle waren froh. Hier war das ganz anders.

»Was soll ich tun?«, fragte sie ängstlich.

»Versuch so auszusehen, als ob du gern mit mir hier liegst. Dann gehen sie«, sagte Bragi wütend.

»Wie soll ich das denn machen?«, keuchte Idun.

Was wollte er, sollte sie tanzen? Ihn liebkosen? Sie konnte nicht mehr denken, in ihrem Kopf drehte sich alles. Die Männer klatschten noch immer in die Hände. Jetzt stimmten sie ein Lied an, über ein Mädchen, das den Geißböcken hinterherlief, weil sie keinen Kerl hatte. Und deshalb machte sie für alles Viehzeug die Beine breit.

Warum gingen sie nicht? Was erwartete er von ihr?

Wenn er es nur sagte, dann würde sie doch alles tun, um ihm eine Freude zu machen.

»Mach schon, es ist ja schließlich nicht das erste Mal. Du kannst doch immerhin so tun!«

Das Händeklatschen kam ihr vor wie Peitschenhiebe. Idun unterdrückte ein Schluchzen.

»Verzeih mir«, flüsterte sie.

»Verflucht«, fauchte Bragi und legte sich auf sie.

Die Männer jubelten und zogen sich dann einer nach dem anderen zurück. Idun schaute ihren Rücken entsetzt hinterher. Hinten an der Feuerstätte spielte jetzt jemand auf einer Flöte.

Bragis gerötetes Gesicht presste sich auf ihres. Er machte sich zwischen ihren Beinen zu schaffen, versuchte in sie einzudringen. Idun wurde eiskalt. Sie lag ganz still da, konnte sich nicht rühren. Dann erzwang er sich fluchend einen Weg in sie hinein. Idun biss die Zähne zusammen. Sie hatte das Gefühl, in Stücke gerissen zu werden. Aber sie musste das hier durchstehen, musste ihrem Mann mit ihrem Körper Freude machen.

Bragi keuchte. Zwischen Iduns Beinen brannte und schmerzte alles. Sie lag wieder auf dem Rücken im Wald. Ull verging sich an ihr. Seine Hände hielten ihre Handgelenke fest. Der Geruch von fauligem Laub füllte die Schlafbank.

Die Männer lachten sie aus. Sie war wertlos. Sie war nichts. Tränen liefen ihr über die Wangen.

Bragi stöhnte. Sie legte die Hand in seinen schweißnassen Nacken und schaute zur Feuerstelle.

Loki stand jetzt allein dort, er schaute zu ihr herüber. Obwohl sie wusste, dass man in der Dunkelheit nichts sehen konnte, hatte sie das Gefühl, in seine Augen zu blicken. Jetzt drehte auch Ull sich um und starrte sie missmutig an. Bragi stieß ein letztes Mal zu. Sein Körper erstarrte und bebte. Dann ließ er sich neben sie sinken, schweißnass und unzufrieden.

»Begreifst du nicht, dass du mir Schande machst, wenn du wie eine Holzpuppe im Bett liegst? Du hättest dich zeigen müssen, damit die anderen Kerle sehen, was sie niemals bekommen werden.«

Idun wischte sich die Tränen ab und schluckte.

»Verzeih mir.«

Sie zwang sich zu einem Lächeln, das um Entschuldigung bat.

»Wenn ich es nur vorher gewusst hätte.«

Bragi kehrte ihr den Rücken zu und legte sich zum Schlafen bereit.

»Du musst dich nach unseren Sitten erkundigen, wenn du hier leben willst«, murmelte er.

Sein Atem ging langsamer. Bald schlief er. Idun lag noch immer auf dem Rücken und starrte zu den Balken hoch. Ihre Oberschenkel klebten und sie musste sich dringend erleichtern. Aber auf keinen Fall würde sie sich jetzt aus dem Haus wagen.

Hinten bei der Feuerstelle lachten und tranken die Männer. Die Frauen standen daneben und redeten miteinander.

Idun zog sich das Fell bis ans Kinn und schlang die Arme darum. Dieser Abend war ganz anders verlaufen, als sie es gehofft und sich erträumt hatte. Aber Bragi hatte sie nicht verstoßen. Jetzt musste sie zeigen, dass sie seiner wert war, musste ihm in jeglicher Weise Freude machen. Sonst würde er sie nie wieder leiden können.

Sigrid taumelte mit gesenktem Kopf vorwärts. Ohne Hilfe konnte sie kaum noch einen Schritt machen.

Gefion sah zu, wie die Jungen sie an Bord von Åses Prachtschiff hoben. Sie waren spät dran, der Tag war schon weit fortgeschritten. Es waren zu wenige Helfer da gewesen, um Gefions Reichtümer auf das Schiff zu bringen. Jetzt war alles im Boot untergebracht, die Kisten mit Gold, Schilden, Schalen und Schmuckstücken.

Das Prachtschiff lag deshalb tief im Wasser.

Aber trotzdem hatte sie vieles zurücklassen müssen: Möbel, Salz, Vieh, Lebensmittel und vor allem Kupfer und Zinn, mit denen Vanaheim seit dem Morgen der Zeiten Handel getrieben hatte. Aber die Zeit des Bronzegusses war zu Ende und allein der Gedanke daran ließ Gefions Brust sich zusammenkrampfen. Den Drachenthron hatte sie aus freien Stücken zurückgelassen. Sie würde Vanaheim ja nicht für immer verlassen, sondern nur vorübergehend. Die Königin würde zurückkehren. Das mussten alle begreifen. Auch sie.

Gefion ging einige Schritte hinaus in das kalte Wasser, spürte, wie es durch ihre Schuhe drang und ihre Füße kühlte. Es war so weit.

Sie blieb stehen und schaute sich schweren Herzens um. Eine heruntergekommene Schar hatte sich am Ufer versammelt. Eir war die Älteste, der Rest bestand aus bleichen Mädchen und einigen Erwachsenen, die noch immer am Leben waren, sowie zwei von den jüngeren Priesterinnen. Ein kleines Mädchen weinte in den Armen ihrer Schwester.

Hinter ihnen standen Hütten und leere Fischgestelle, am Hang oberhalb von Gefions Halle lagen verbrannte Höfe. Ihr Reich war zerfallen und zerschlagen. Die, die nicht der schwarzen Seuche erlegen waren, waren zu Freunden auf dem Festland geflohen. Die kleine Schar am Strand war alles, was geblieben war.

In der Ferne erhoben die Grabhügel sich wie weiche Brüste. Dort waren seit dem Anbeginn der Zeiten ihre Ahninnen begraben worden. Deren Geister wachten über Gefions Geburtsrecht.

Gefion legte die Hand auf das Schwert ihrer Sippe, auf Sigil, um Kraft zu schöpfen. Von allen schweren Stunden, die sie in ihrem Leben durchgemacht hatte, war das hier die schwerste.

Sie ließ ihr Volk im Stich.

Sie verließ es. Aber nur für den Winter, danach würde sie mit einer gesunden Sigrid und mit ihrer Schwester Freya als Hohepriesterin zurückkehren.

Das Schiff war bereits schwer beladen und sie hatte so viel Gesinde samt Kindern und Verwandten mitgenommen, wie überhaupt nur Platz fand. Draußen in der Bucht wartete die Fischerin Ranhild mit ihrem voll beladenen Boot. Auch sie würde mit nach Alfheim segeln und Nachbarn und Verwandte in Sicherheit bringen.

Eir trat ans Wasser. Gefion ging ihr schweren Herzens entgegen.

»Du handelst klug. Fahr ohne Sorge, ich werde dein Reich hüten.«

»Ich schwöre, dass ich zurückkehren werden. Aber mein Reich ist größer als diese Insel. Die Küsten, Alfheim, Hallunga, die Häuptlinge im Süden, sie alle gehören dem Volk der Wanen an und sind mir untertan.«

Eir runzelte die Stirn.

»Willst du Alfhild herausfordern?«

»Sie muss sich wie alle anderen meiner Macht beugen.«

»Wie denn? Alfheims Königin besitzt Krieger und Gold«, flüsterte Eir.

Gefion warf so energisch den Kopf in den Nacken, dass ihre kurzen Haare gegen ihre Wange schlugen.

»Meine Stellung ist mein Schicksal und mein Recht.«

Eir senkte demütig den Kopf.

»Dann werde ich über dein Reich wachen, in dieser Welt und in der nächsten.«

»Du bist Vanaheims Licht. Danke für deinen Beistand«, sagte Gefion und drückte die Schulter der alten Priesterin.

Eir streichelte ihre Hand. Mehr gab es nicht zu sagen.

Gefion nahm Abschied von ihrem Volk und verließ das Ufer von Vanaheim.

Das Prachtschiff mit dem Schlangenkopf am Bug legte ab und verließ die Bucht von Vanaheim. Gefion stand bewegungslos da und sah zu, wie die Hügel der Insel verschwanden. Im Frühjahr würde sie zurückkehren, und dann würde alles so sein wie früher. Vanaheim würde auferstehen.

Sie riss ihren Blick von der Insel los. Das Schiff war voller Menschen – schlafende kleine Kinder, ängstliche Mädchen, Jugendliche voller Abenteuerlust und Mut. Sigrid ruhte auf ihrem Lager. Veber verteilte die wärmenden Felle, die Gefion aus der Halle mitgenommen hatte.

Sie hatten jetzt das offene Meer erreicht. Eiskalter Wind kam von achtern, füllte das Segel und ließ das Boot über die Wellen jagen.

»Kurs halten«, rief Gefion Anes Sohn am Steuerruder zu.

Zwei, drei Tage würden sie unterwegs sein. Sie schnupperte im Wind und runzelte die Stirn. Sturm lag in der Luft. Hoffentlich blieb Ran ruhig, Gefion durfte nicht auch noch diese kostbare Ladung verlieren.

Die bleiche Sigrid setzte sich an Deck auf. Sie drückte sich die Hand auf den Mund.

»Musst du dich erbrechen?«

Sigrid schüttelte den Kopf.

»Ich fühle mich gar nicht gut«, sagte sie mit jämmerlicher Stimme.

»Mach dir keine Sorgen, bald wird es besser. In Alfheim findest du Heilung. Bald wird es dir wieder gut gehen, das schwöre ich dir.«

Sigrid versuchte zu lächeln, aber ihre Augen waren traurig. Sie glaubte Gefion nicht.

Ein Windstoß ließ das Boot sich aufbäumen wie ein Pferd. Der Wind wurde immer stärker. Verfluchtes launisches Herbstwetter, jeden Tag konnte es mehrere Male umschlagen. Gefion schaute hinaus auf das grauschwarze Meer und hüllte sich fester in ihren Umhang. In der Ferne kämpfte Ranhilds Boot mit den Wogen.

Es war schon Abend, sie müssten sich einen Unterschlupf für die Nacht suchen. Gefion befahl Anes Sohn, das Land anzusteuern.

Die Wellen wurden immer höher. Ran war schlechter Laune und die Dunkelheit brach herein. Das Boot jammerte, als die Meeresgöttin daran zog. Aber wohin sie sich auch wandten, überall erhoben sich die Wogen. Gefion überkam ein Gefühl bevorstehenden Unheils. Die wütende Ran hielt ihr Schicksal in den Händen.

Eine Welle schlug über die Längsseite herein. Gefion wäre fast umgeworfen worden. Sie rang nach Luft. Die Kinder schrien und weinten. Eine weitere Welle ergoss sich über die Reling.

»Refft das Segel«, brüllte Gefion.

Die Frauen schrien einander zu, sie kämpften bereits mit den Schoten. Etwas zerriss. Das Segel! Bei der elenden Opferquelle der Göttin, nicht jetzt!

Die Reste flatterten im Wind. Das Schiff hatte Schlagseite. Bei allen bösen Zaubern!

Gefion rannte zum Ruder. Eine weitere Welle schleuderte sie hilflos gegen die Reling. Ihr Kopf schlug gegen das Holz und ihr wurde schwarz vor Augen. Jetzt bekam sie wirklich Angst. Der Wind zerriss ihren Schrei.

Sie kämpfte sich auf die Füße. Eine Frau versuchte, zusammen mit Anes Sohn das Steuerruder in den Griff zu bekommen.

Gefion packte die glatte Reling und rang nach Luft.

Ein Schatten erhob sich über dem Schiff.

»Die Blutige«, flüsterte sie, ihr Mund war vor Furcht wie ausgedörrt.

Es war die Meistgefürchtete von Rans Töchtern, die Mörderin mit den blutigen Haaren.

Gefion warf sich über Sigrid, packte deren Leib. Gleich darauf brachen die Wellen mit ohrenbetäubendem Dröhnen über sie herein. Wirbelnde Kälte und übermächtige Stärke schlossen sich um sie.

Gefion klammerte sich an Sigrid fest, als sie in die eiskalte Tiefe gerissen wurden. Greip, die Greiferin, zog sie ins Reich ihrer Mutter. Rans Töchter umfingen sie mit ihren nassen Armen. Sie fielen zu Boden, waren verloren in der eiskalten Finsternis. Tausend Bilder tanzten durch Gefions Kopf. Etwas traf ihre Schulter, sie merkte es kaum. Es fiel ihr immer schwerer, Sigrid festzuhalten. Ihre Arme und Finger wurden taub. Verdammt! Sollte sie hier sterben wie ein Fisch im Netz? Nie im Leben! Sie hatte nicht vor, sich kampflos zu ergeben.

Der Zorn weckte ihre letzten Kräfte. Gefion strampelte mit den Beinen, befreite sich aus Greips Zugriff. Sie kämpfte wütend gegen die Wassermassen, zwang sich nach oben. Sigrid lag schwer in ihren Armen. Gefions Kräfte gingen zur Neige. Ihre Lunge drohte zu bersten. Weiße Flecken tanzten vor ihren Augen. Dann brach sie durch den Wasserspiegel. Gefion schnappte röchelnd nach Luft. Sigrid hustete in ihrer Umarmung. Sie lebte!

Gefion schaute sich zwischen den Wellen um. Ihr Schiff war verschwunden. Die Kinder! Die Frauen!

Ihr ganzer Reichtum, die gesammelten Schätze ihrer Sippe.

Sie schrie wie ein Tier.

»Ran, du goldhungrige Hündin. Möge dein Reich austrocknen!«

»Sei still«, flehte Sigrid. »Hol nicht noch mehr Unglück über uns.«

Gefion schlug wütend mit der Faust ins Wasser.

»Halte deinen Sturm an, Räuberin. Hast du denn immer noch nicht genug?«

Das Wasser um sie herum war voller Gegenstände und Holzstücke. Nicht weit von ihnen entfernt sah Gefion einen kleinen Rücken, bewegungslos trieb er in den Wellen.

Gefion schluchzte verzweifelt. Die Kinder.

Sie trat Wasser, um nicht unterzugehen, aber das Schwert zog sie nach unten und Sigrid wurde in ihren Armen immer schwerer. Atemlos griff sie nach dem Schwert. Sigil war seit dem Morgen der Zeiten von einer Königin an die andere vererbt worden. Es war das Einzige, was ihr noch blieb. Sie versank im Wasser. Entsetzt kämpfte sie sich wieder nach oben. Rang nach Luft. Sigrid hing um ihren Hals, die Kranke zitterte vor Kälte. Gefions Beine waren vor Erschöpfung nicht mehr zu spüren. Sie musste sich entscheiden, was sie loslassen wollte. Sigrid oder Sigil. Die Wellen wiegten sie auf und ab.

Sollten alle ungerechten Mächte doch in Nifelheim brennen.

Gefion betastete den Ledergürtel um ihre Hüften und versuchte, mit steifen Fingern das Schwert zu lösen.

Vergeblich. Sie legte die Hand auf das Schwert und wollte es schon aus der Scheide ziehen, als auf dem Wasser ein Schatten vorüberglitt. Ein Stück Holz. Endlich ein wenig Glück.

Gefion kämpfte sich hinüber, was schwer war, mit Sigrid im Arm und Sigil an der Hüfte. Endlich konnte sie das rettende Holz ergreifen, es war ein Stück vom Mast. Es war glatt und mit steifgefrorenen Händen nicht leicht zu fassen. Aber sie konnten keuchend Luft holen, als sie sich festgeklammert hatten. Gefion war erschöpft. Bald hätte sie keine Kräfte mehr.

»Ran, ich bitte dich. Du hast alles bekommen, was du wolltest«, sagte sie zähneklappernd.

Gleich darauf legte der Wind sich. Die Meereskönigin schien ihr Flehen gehört zu haben. Gefion versuchte verzweifelt einen klaren Gedanken zu fassen. Ihr Körper war so starr, dass sie ihn kaum noch spürte.

Ihre Kräfte versiegten, bald würde alles zu Ende sein.

»Ich kann nicht mehr«, flüsterte Sigrid.

Gefion küsste sie auf den Mund. Es musste einen Ausweg geben, es musste Hilfe geben. Nicht einmal die Göttin konnte so unbarmherzig sein.

»Komm her, Ran, dann werde ich dich zu Rauch verbrennen!«

Gefion brüllte ihre Wut über die Ungerechtigkeit der Meereshündin aus sich heraus, schrie angesichts ihres verfluchten Schicksals. Als sie verstummte, hörte sie in der Dunkelheit leise Rufe. Gefion schaute sich um. In der Ferne leuchtete eine Fackel.

»Hierher. Hier sind wir«, rief sie.

Der Anblick des flackernden Lichtes, das jetzt näher kam, erschien ihr als Wunder. Gefion schüttelte Sigrid, lachte und weinte. Ranhilds kleines Boot kämpfte sich schwer und überladen durch die Wellen.

Die Göttin hatte sie verschont. Bald zogen starke Arme Gefion über die Reling. Ein Mantel wurde um ihre Schultern gelegt. Ihr Körper zitterte vor Kälte, aber zugleich war sie so glücklich, dass sie es kaum spürte.

Die Fischerin stand am Ruder und spähte suchend über das Wasser.

»Ranhild sagt, dass sie suchen wird, bis es keine Hoffnung mehr gibt«, sagte eine Frau von Vilkeskär. Ihre Lippen waren blau, ihre graubraunen Haare jedoch trocken. Sie hatte sich das richtige Boot für die Reise ausgesucht.

Gefion krümmte sich unter ihrem Umhang. Ihre Zähne klapperten so sehr, dass ihr Kopf schmerzte. Das Boot war überfüllt, sogar ein Kind, ein kleiner Junge, war aus Rans Fängen gerettet worden.

Der Wind hatte sich gelegt. Gefion bleckte die Zähne und fluchte leise. Jetzt war die Meeresgöttin wohl zufrieden, die triefnasse Sau.

»Wie viele habt ihr aufgefischt?«

»Mit euch beiden sind es sechs«, sagte die Frau von Vilkeskär.

»Es war ein seltsamer Anblick, das Meer wollte dein Schiff verschlingen, das war deutlich zu sehen. Nur um euch herum ragten die Wellen so hoch auf. Ich verstehe das nicht.«

Gefion zog sich mit zitternden Händen den Umhang um die Schultern. Wams und Beinkleider klebten eiskalt an ihrem Körper. Verdammte Kälte. Die saugte jegliche Lebenskraft aus ihr heraus.

»Die gierige Ran verlangte Vanaheims Reichtum. Und jetzt konnte sie ihn mit einem Bissen verschlingen«, sagte sie bitter.

»Warum strafen die Mächte uns so hart?«

Die Frau von Vilkeskär musterte sie verzweifelt.

»Wenn wir unser Ziel erreicht haben, ist es vorüber«, sagte Gefion.

So war es. Sie würden überleben und wenn sie Alfheim erreicht hätten, würde alles wieder gut werden.

Das Boot wiegte sich im Abendwind. Die Überlebenden schauten wie gelähmt auf das Wasser. Irgendjemand jammerte, eine Frau weinte leise.

Gefion legte die Arme um Sigrid und zog sie an sich, um ihr Wärme zu schenken. Sie hatte an diesem Tag so viele Schätze verloren und nur Sigrid und Sigil behalten dürfen.

Gefion ballte die Fäuste und schaute über das Wasser. Sie würde schon dafür sorgen, dass sie auch weiterhin beide behalten könnte. Nie mehr würde sie etwas verlieren. Es konnte kein Zufall sein, dass ihr das Schwert ihrer Ahninnen gelassen worden war. Sie begriff durchaus, was das bedeutete.

Die Nacht war ein endloser Kampf. Sie drückten sich aneinander, um sich zu wärmen. Die Eingeschlafenen wurden gekniffen und geschüttelt. Trotzdem starb ein Mädchen, das noch nicht einmal die erste Monatsblutung gehabt hatte, still und schweigsam ging sie in die Nachwelt ein. Sie versenkten sie in den Wellen. Während der schmächtige Leichnam vom Boot fortgetrieben wurde, sprach Gefion über Mut und Ausdauer.

Als sie verstummt war, sah sie die Menschen im Boot an.

»Wir werden überleben. Ist euch das klar?«

Die anderen nickten müde.

»Dort beginnt das Sommermeer, dort gehen wir an Land, ja?« Ranhild zeigte eilig auf einige Felsen. Sie hatte eine Hand auf dem Steuerruder liegen und lenkte Segel und Schoten. Ihre blonden Haare waren kurz geschnitten, sie machte ein düsteres Gesicht.

»Ja, halte auf die Insel dahinten zu«, sagte Gefion.

Ranhild hatte Recht. Sie brauchten Ruhe und Wärme. Ungeduldig wartete sie, bis das Boot angelegt hatte. Endlich Land. Gefion half Sigrid aus dem Boot. Bald flackerte unter der Felswand ein Leben spendendes Feuer auf. Stumm wärmten sich Vanaheims Überlebende. Es wurde dunkel und sie hielten es alle für besser, hier zu schlafen, als durch die Nacht zu segeln. Außerdem brauchte Ran Ruhe.

In der Morgendämmerung stachen sie dann wieder in See.

Ihre Stimmung war besser geworden, denn sie hatten gegessen und waren jetzt trocken. Aber es war fast schon wieder dunkel, als sie endlich Alfheim erreichten. Alvarins Totenhaus glitt an ihnen vorüber, und bald zeichnete Alfhilds Halle sich vor dem Nebel ab. Die Hunde bellten.

Gefion spuckte ins Wasser und sah Sigrid an. Sie schlief wieder, das Fieber ließ ihren Körper glühen. Hoffentlich konnte die verdammte Freya sich um sie kümmern. Sonst würde Gefion ihre Schwester mit bloßen Händen zerreißen. Und Alfhild sollte sich ja in Acht nehmen. Gefion besaß zwar kein Gold mehr, aber sie hatte nicht vor, um die Gunst ihrer Verwandten zu betteln. Ein falsches Wort, und sie würde der Königin den Dolch in den Leib jagen.

Der Klang eines einsamen Horns schallte über das Wasser. Gefion stand auf und schaute zum Ufer hinüber. Sigvard und seine Krieger wachten, bereit, sich Freunden und Feinden zu stellen.

Sie rief ihren Namen, dann schwieg sie, bis das Boot das Ufer erreicht hatte.

»Verwandte, unser wärmstes Willkommen sei dir gewiss«, rief Alfhild und trat aus den Schatten heraus.

»Was ist passiert?«

»Vanaheim ist in der Finsternis versunken. Unsere Heimatinsel gibt es nicht mehr.«

Alfhild erbleichte. Sie sah mit großen Augen zu, wie Gefion und die Frauen im Boot sich sammelten, um an Land zu steigen.

»Kommt, wärmt euch an meiner Feuerstätte.«

Schon bald saßen sie am wärmenden Feuer.

Die Priesterinnen hatten Sigrid in ihre Obhut genommen.

Alfhilds Hausfrau lief herum und schrie Befehle, alle Mägde rannten umher und holten, was immer benötigt wurde. Die Mädchen aus dem Boot schauten sich verwirrt um, als sie in Umhänge gehüllt wurden und plötzlich Schüsseln mit dampfendem Essen in Händen hielten. Viele weinten vor Verzweiflung.

Gefion hob die Hände über das Feuer und spürte, wie ihr Körper langsam zum Leben erwachte.

»Wo ist meine Schwester?«, fragte sie Alfhild.

»Sie ist vor einer Mondwanderung von Alfheim fortgesegelt. Nur die Göttin weiß, wo sie sich jetzt aufhält.«

Gefion starrte ins Feuer, sie hatte das Gefühl, noch einmal zum Meeresboden gezogen zu werden. Dieses Feuer, diese Halle waren nur ein Traum. Sie schloss die Augen und spürte, wie ihr Körper sie verriet. Greip lachte, sie hatte am Ende doch noch gewonnen. Es gab keine Luft mehr, der Kampf war zu Ende. Gefion konnte Sigrid nicht mehr festhalten. Sigrid entglitt ihren starr gefrorenen Armen. Ihre blonden Haare wehten wie Seegras, als sie zitternd starb. Gefion stürzte in die Verzweiflung.

In der Ferne bellten die Hunde. Alle redeten, Stimmen von draußen wurden laut, Wind fegte durch die Tür. Gefion kniff die Augen zusammen. Sie konnte nichts mehr aufnehmen.

»Beim Zeichen der Göttin, was sind das für seltsame Mächte, die sich heute Abend bewegen?«, fragte Alfhild neben ihr.

Gefion öffnete langsam die Augen.

Auf der anderen Seite der Feuerstätte stand eine Frau mit einem wahnsinnigen Lächeln auf den Lippen. Ihre dunklen Kleider hingen ihr in Fetzen um den Leib.

Gefion schüttelte den Kopf. Das war Freyas Trugbild. Ein rotes Zeichen leuchtete auf ihrer Stirn. Ihre feuchten Haare klebten an ihrem Kopf. Sie schien eben erst Rans Reich entstiegen zu sein.

Freya legte stolz die Hand auf einige Stöcke und Steine, die sie um den Hals trug.

»Sei gegrüßt, Schwester. Hier habe ich Brisingamen, unsere Rettung.«

Langsam richtete Gefion sich auf. Sie sprach, also konnte sie nicht tot sein.

»Ich bin es«, sagte die dunkel Gekleidete mit sanfter Stimme.

»Du verdammte Hündin, wie konntest du Vanaheim im Stich lassen? Wie konntest du mich im Stich lassen? Ich spucke auf dein Zeichen. Ich verfluche das bittere Schicksal, das für deine Geburt gesorgt hat«, schrie Gefion und warf ihren Umhang zu Boden.

Ihre letzte Hoffnung starb hier und jetzt auf Alfhilds Boden. Alles war vergebens gewesen. Freya war verrückt. Gefion ließ sich wieder auf die Bank sinken.

Freya staunte über ihre wütende Schwester. Jetzt war sie doch hier. Spürte Gefion denn nicht Brisingamens goldglänzende Kraft?

Gefion war sicher vor Kummer wahnsinnig geworden. Freya liebkoste ihr Halsband. So musste es sein. Gefion brauchte sie. Sie hatte während der ganzen Fahrt hierher die Nähe ihrer Schwester gespürt. Der Untergang hatte im Wind gelegen. Ruhelos hatte sie darauf gewartet, endlich hier in Alfheim an Land gehen zu können, wo Sigvard sie am Strand erwartet und ihr erzählt hatte, was geschehen war.

Der Schmerz um Vanaheim war so groß, dass sie sich ihm nicht stellen konnte. Er betäubte sie, fraß ihre Kraft. Aber jetzt musste sie stark sein. Ihrer Schwester zuliebe.

»Ich wünschte, ich wäre an deiner Seite gewesen«, sagte Freya.

Gefions Wut ließ die Luft in der Halle beben.

»Wünschen und im Stich lassen, das hast du immer besonders gut gekonnt.«

»Ich musste das hier finden.«

Freya legte die Hand auf Brisingamen und spürte, wie dessen Kraft ihre Hand wärmte.

Gefion schlug die Hände vors Gesicht und seufzte tief.

»Du hast den Verstand verloren, Schwester. Sicher hat ein Geist dich nach dem Schmuck geschickt, oder ein Flüstern in der Luft, vielleicht ein Bach, der dich betört hat. Verstehst du nicht, dass du nicht gescheit bist«, rief sie und entriss einer Magd einen Becher Met, leerte ihn mit einem Zug und warf ihn ins Feuer.

Im Langhaus war es ganz still. Die Menschen starrten sie überrascht an. Die Flüchtlinge aus Vanaheim kämpften mit den Tränen.

Freya seufzte tief. Die arme Gefion, ganz allein hatte sie diese Last getragen. Langsam ging sie an dicht besetzten Bänken vorbei und trat neben Gefion.

»Jetzt bin ich hier, Schwesterchen, um dir zu helfen. Ich kann deinen Zorn und deine Enttäuschung ja verstehen.«

Sie nahm Gefions Hand und legte sie an ihre Brust.

»Aber wenn du meine Hilfe willst, dann solltest du deine Zunge besser hüten«, sagte Freya so leise, dass nur ihre Schwester es hören konnte.

Das ging nur sie beide an, denn alle hörten ihnen zu und jedes Wort würde bis an das Ende der Zeiten weitererzählt werden.

Gefion riss wütend ihre Hand zurück.

»Hochmütig und klug wie eh und je. Sogar jetzt suhlst du dich in Überlegenheit. Aber ich bin deine Königin, zeig mir deine Achtung, denn von Geburt her stehe ich hoch über dir.«

Freya biss die Zähne zusammen und spürte, wie ihr alter Zorn zum Leben erwachte. Hier kam sie zu Gefion, in Freundschaft und mit der Waffe, die die schwarze Seuche besiegen konnte, aber ihr wurde nur Unverständnis und Misstrauen entgegengebracht. Räudige Hündin. Wenn alles noch so gewesen wäre wie früher, hätte sie eine Kampffessel auf ihre scharfzüngige Schwester geworfen.

Aber sie hatte geschworen, sich zu demütigen.

Jede maß die Stärke der anderen. Dann schlug Gefion die Augen nieder.

»Sigrid hat die schwarze Seuche, ich wollte dich um Hilfe bitten«, sagte sie einlenkend.

Freya reckte sich würdevoll. Das war ein guter Anfang. Jetzt konnte sie Brisingamens Macht zeigen.

»Führ mich zu ihr. Ich werde ihre Krankheit bezwingen.«

Gefion starrte sie wütend an.

»Auch ich trauere«, flüsterte Freya.

Die Worte blieben ihr im Hals stecken. Vanaheim war zerstört, erinnerte sie sich.

Der Boden bebte unter ihren Füßen. Lachende Frauen tanzten auf den weichen Hügeln der Insel. Priesterinnen sangen bei den heiligen Steinen ihre Gebete. Ihr Zuhause. Ihr Leben.

Der Schmerz drohte Freya zu überwältigen.

Gefion hatte Recht. Sie hätte da sein müssen. Wenn sie Brisingamen nur früher gefunden hätte. Die Stimmen in ihr erhoben sich flüsternd.

»Verräterin, Lügnerin. Du warst zu langsam, zu träge«, höhnten sie.

Die Schmerzen schlossen sich um Freyas Kopf wie eine steinerne Haube.

Sie war schuld daran, dass Vanaheim von der Finsternis verschlungen worden war. Wenn sie das Halsband früher gefunden hätte, hätte sie den Untergang der Insel verhindern können.

»Mutter ist tot«, sagte Gefion.

Freya zuckte zusammen. Åse war tot.

»Bewahre Haltung«, fauchte Gefion. »Vergiss nicht, wer du bist. Mach dich hier nicht vor aller Augen zum Gespött.«

Diese Worte waren wie ein Echo aus der Vergangenheit. Freya sah sich als Kind in der Halle ihrer Mutter. Åse saß auf dem Drachenthron, beängstigend und würdevoll.

»Hör auf zu heulen, Freya. Zeig Würde.«

Die Worte schmerzten wie Peitschenhiebe. Åse musterte sie voller Abscheu.

Freya wischte sich mit ihrer Patschhand eine Träne ab. Sie war noch klein, ein Kind nur.

»Verzeih mir, Mutter.«

Vergeblich kämpfte sie mit ihrer Trauer. Sie musste ihrer Mutter Freude machen. Sie durfte nicht auf ihren Schoß klettern. Sie musste Würde zeigen. Freya schloss die Augen. Ihr Körper zitterte vor Sehnsucht. Wenn Åse sie doch nur in die Arme nehmen könnte. Wenn sie nur aufhörte, sie voller Abscheu anzustarren.

»Ich werde euch zu der Kranken führen«, kam Alfhilds Stimme von weither.

Freya kehrte in die Wirklichkeit von Alfheim zurück. Verzweifelt klammerte sie sich an Brisingamen, griff zu dessen Stärke, um ihre Trauer zu vertreiben.

Das Verlorene konnte sie nicht zurückholen. Åse war tot. Die Zeit für eine Versöhnung war verstrichen. Idun tauchte aus den Schatten auf. Freya schluckte ihre Sehnsucht hinunter.

»Gehen wir?«, flüsterte sie.

Die Nachtluft vertrieb die Vergangenheit, Freyas Gedanken klärten sich, als sie auf die Heilhütte zugingen.

Alfhild lief mit raschen Schritten vor ihr her. Obwohl die Königin das zu verbergen suchte, war sie zufrieden. Alfheim war das Reich, das durch Vanaheims Untergang am meisten zu gewinnen hatte. Jetzt hielt Alfhild die Macht in der Hand.

Freya schaute verstohlen zu Gefion hinüber und hätte gern gewusst, was diese jetzt vorhatte. Das Schicksal schien sie beide auszulachen. Einst hatte Freya geschworen, in Vanaheim niemals Zwietracht zuzulassen, weil die Insel dann untergehen würde. Sie hatte ihre Heimat verlassen und ihr Heimweh und ihr Verlangen nach ihrer rechtmäßigen Macht verdrängt. Und weil sie nichts getan hatte, hatte sie ihr Volk verurteilt. Vanaheim war nicht mehr und Freya war daran schuld, aber wenn sie hingefahren wäre, dann wären Alfhild und deren Reich untergegangen.

Ein Riss im Nachthimmel zeigte die Sterne. Verbittert schaute Freya zur Göttin empor, unmenschlich und ganz allein lenkte diese zusammen mit ihren Töchtern die Welt.

Die Menschen waren Spielfiguren in ihren Händen, wehrlos wurden sie gezwungen, den Fäden im Lebensgewebe der Nornen zu folgen. Sie konnten nur hilflos um Erbarmen betteln. Aber jetzt besaß Freya eine Waffe, mit der sie ihr Schicksal ändern konnte.

Freya lief über den kalten Hof zur Hütte, in der Freyr gestorben war. Gefion ging mit zusammengebissenen Zähnen neben ihr her.

»Dein Zorn wird dich noch zerreißen, Schwester. Kämpf nicht dagegen an, lass ihn dich verschlingen. Deine Wut ist deine Stärke.«

Gefion schüttelte überrascht den Kopf.

»Hast du den Verstand verloren? Kannst du die schwarze Seuche heilen, oder hat die Finsternis dich verschlungen?«

»Den Verstand verloren?«

Freya lachte kurz und trat in die Wärme der Hütte.

Sot hockte neben einem nackten Mädchen, das klapperdürr war und Beulen unter den Armen hatte. Sigtjaud und Wiborg zerstampften Kräuter. Sie starrten Freya an wie einen Geist.

»Da bist du ja wieder. Der Name der Göttin sei gepriesen«, flüsterte Wiborg.

»Hast du dich unter meinem Umhang wohl gefühlt?«, fragte Freya.

»Lieber äße ich Zehennägel«, sagte Wiborg ernst.

Njörunn glitt hinter Freya, ihre Augen waren erfüllt von der stillen Trauer, die sich ihrer bemächtigt hatte, seit Freya aus der Höhle zurückgekehrt war.

Freya ging neben der Kranken in die Hocke und legte ihren Umhang ab. Für einen Moment verwandelte Sigrid sich in Freyr, doch sie war nicht so krank wie Freyas Bruder es gewesen war, als er hier auf der Strohmatte gelegen hatte.

Trotzdem war keine Zeit zu verlieren.

»Ich bin so weit«, verkündete sie und die Priesterinnen trafen ihre Vorbereitungen.

Je länger Freya Sigrids Brust betrachtete, umso deutlicher war der Fluch zu sehen. Die dunklen Fäden schlangen sich um ihren Körper.

Freya legte den Kopf schräg und lächelte. Dann legte sie der Kranken beide Hände auf und glitt in die Krankheit hinein. Es ging leicht, wie durch warme Butter.

Brisingamens Stärke strömte aus Freyas Händen in den Fluch. Ihre Finger brannten wie Feuer. Die Krankheit wurde entzündet, ein Faden nach dem anderen verließ den Körper der Kranken. Sie stiegen zum Strohdach der Hütte empor und lösten sich zu einem vagen Staub auf. Dann war alles vorüber.

Freya hob die Hände und musterte sie überrascht. Wie konnte das alles so einfach sein? Ihr Geist war nicht einmal gereist, es hatte keinen Kampf gegeben, nichts.

Brisingamen kam auf ihrer Brust zur Ruhe. Sein Licht erfüllte Freya mit warmer Freude.

Die Kranke sah sie erleichtert und ängstlich an.

»Du bist geheilt.«

Freya lachte die Priesterinnen an.

»Es geht. Ich habe es geschafft.«

Keine sagte auch nur ein Wort, nicht einmal Njörunn, die verlegen von einem Fuß auf den anderen trat.

»Geht es ihr besser?«

Gefion setzte sich neben Sigrid und streichelte sanft ihre Haare.

Freya strahlte vor Glück.

»Ich schwöre es bei dem goldenen Brisingamen, das ich um den Hals trage.«

Gefions Blick verdüsterte sich.

»Holst du daher deine Kraft? Aus einem Halsband aus Holz und Stein«, sagte sie ungläubig und drückte die Hand der Kranken.

»Was redest du da? Seht ihr nicht die goldene Macht des Geschmeides?«

Freya blickte die anderen erstaunt an und streichelte Brisingamens Gold. Aber die Priesterinnen schüttelten die Köpfe.

»Ihr glaubt wirklich, dass ich den Verstand verloren habe.«

Sie erhob sich.

»Egal. Ihr werdet schon noch begreifen, wer hier blind ist.«

10

Gefion gähnte und setzte sich auf. Neben ihr schlief Sigrid mit ruhigem Atem. Die Hütte stank nach altem Ruß und nach Kräutern. Eine leere Holzschale lag zusammen mit ein wenig Rinde auf dem Boden. Es war kalt. Die Winterkälte stieg aus dem Boden. Sie fröstelte und zog das von Sigrids Schultern gerutschte Elchfell hoch. An der Wand war Holz aufgestapelt. Sie könnte also dem erloschenen Feuer Leben einhauchen.

Gefion rieb sich schlaftrunken die Augen, während der Tag langsam Gestalt annahm. Sie wusste nicht mehr, was sie glauben sollte. Vanaheims Untergang, Rans Diebstahl ihres Schiffes und jetzt auch noch Freya, die Abfall um den Hals trug und als Gold ausgab.

Eine verrückte Schwester war das Letzte, was sie brauchen konnte.

Aber dennoch. Sie hob das Fell hoch und musterte Sigrids Beulen. Die waren über Nacht doch kleiner geworden?

Die Tür öffnete sich und knarrte dabei. Kaum dachte man an jemanden, schon stand diese Person auf der Schwelle. Freya kam mit einer Breischale in der Hand herein. Sie sah heute vernünftiger aus, ihr Blick war ruhiger, sie hatte sich die Haare geflochten und trug saubere, unversehrte Kleider.

Gefion erhob sich.

»Sie hat ruhig geschlafen«, sagte sie und nahm die Schale entgegen.

Die Schale enthielt Roggengrütze mit etwas Honig. Gierig verzehrte Gefion die Mahlzeit. Zwischendurch schaute sie immer wieder Freya, die an Sigrids Beulen roch, besorgt an.

»Die sehen besser aus«, sagte Freya endlich.

Gefion atmete erleichtert auf. Es würde gut gehen. Alles würde sich zum Besten wenden.

»Was hast du jetzt vor?«

Gefion musterte ihre Schwester überrascht. Wie konnte sie eine solche Frage stellen?

»Mich rächen«, antwortete sie.

Freya sah ihre Schwester mit ernster Miene an. Sie war wirklich abgemagert. Die Haut spannte sich über ihren Wangenknochen wie bei einem bettelarmen Dienstmädchen.

»Die schwarze Seuche ist von einer gewissen Hyndla geschickt worden, die Gorm dient«, sagte Freya dann.

Gefion zerbrach ein Stück Holz und warf die Teile ins Feuer. Sie flammten auf wie die Höfe, die sie in Vanaheim hatte verbrennen müssen. Ihr sterbendes Volk war in den Flammen zu sehen. Hyndla.

»Ich werde ihr die Leber herausschneiden und sie auf dem Scheiterhaufen verbrennen«, fauchte Gefion und schaute verstohlen zu Freyas Hals mit der seltsamen Kette hinüber.

»Hilfst du mir? Oder lässt du mich auch diesmal im Stich?«

Freya spürte, wie der Zorn in ihr aufstieg. Aber sie durfte Gefion nicht böse sein. Jetzt mussten sie zusammenhalten.

»Zwei Schwestern, Seite an Seite. Ich werde Hyndla gegenübertreten und sie von dieser Erde fortbrennen«, erwiderte Freya.

Gefion lächelte zufrieden und beugte sich tiefer über das Feuer. Erst jetzt sah Freya die Furchen um ihre Augen. Die Zeit hatte ihrer Schwester zugesetzt. Das hatte sie früher nicht bemerkt.

»Kannst du sie besiegen?«, fragte Gefion.

Freya reckte sich.

»Mit Brisingamen kann ich alles.«

Gefion biss sich auf die Lippe. Sie schien nicht überzeugt zu sein.

»Ich sehe nur Stöckchen und Steine.«

Freya schüttelte eifrig den Kopf.

»Das ist Hels Blendwerk. Hier, fass es an.«

Sie packte Gefions Hand, presste sie auf das funkelnde Gold. Aber die Schwester machte ein verständnisloses Gesicht. Wütend ließ Freya ihre Hand los. Hel war wahrlich treulos und grausam. Keine ihrer Beschwörungen konnte das Blendwerk der Todesgöttin entlarven. Und nun hielten alle sie für wahnsinnig.

»Ich bin nicht verrückt«, sagte sie ernst.

»Solange du die schwarze Seuche heilst, kannst du machen, was du willst«, sagte Gefion müde.

Freya sah ihr schweigend beim Essen zu. Sie wartete, sammelte sich. Gefion begann zu erzählen.

»Es war schlimm in Vanaheim. Sie sind verfault und dann gestorben. Sie mussten leiden. Junge, Alte. Kinder.«

Freya starrte in die Flammen und kämpfte mit ihrer Trauer.

»Erzähl von Mutter.«

Gefion seufzte tief.

»Sie war am Ende nur noch verwirrt«, antwortete sie sachlich.

Freya spielte mit einem geschnitzten Holzstück, das bei Geburten verwendet wurde. Sie fuhr mit den Fingern über die rauen Zahnspuren.

»Hat sie mich jemals erwähnt?«

Ihre Stimme klang wie die eines kleinen Mädchens.

Gefion sah sie an.

»Ab und zu klärten sich ihre Gedanken. Und da hat es ihr Leid getan, dass sie uns so verletzt hat. Ich glaube, sie hatte Sehnsucht nach dir.«

Freya versuchte zu schlucken, aber ein kalter Kloß steckte ihr im Hals. Sie begann, mit dem Stöckchen auf dem Boden eine Spirale zu zeichnen.

»Ich habe Snotra erstochen«, sagte Gefion ernst.

Freya grinste.

»Das ehrt dich«, meinte sie und erwiderte den Blick ihrer Schwester.

»Wenn du anstelle von Snotra Hohepriesterin geworden wärst, wäre Vanaheim nicht untergegangen. Dann wäre alles noch vorhanden.«

Gefions Augen wurden schwarz vor Verzweiflung. Freya schüttelte langsam den Kopf. Die ganze Nacht war sie wach gelegen und hatte sich darüber den Kopf zerbrochen.

»Nein. Ich hätte nichts ändern können«, widersprach sie.

Die Trauer um Vanaheim kehrte zurück, so tief und betäubend, dass sie unfassbar schien. Es war ihr Traum gewesen, heimzukehren, ihr Ziel. Jetzt war alles verschwunden. Mit einem Schlag ausgelöscht. Von Hyndla.

Freya erschauerte. Die Rache könnte sie läutern, das war Hels Wille, das war es, was ihr Leben und ihre Sippe forderten. Rache. Dieses Wort schmeckte süß und lebendig.

»Ran hat unseren Reichtum verschlungen, uns bleibt vom Sippenschatz nur noch Sigil«, sagte Gefion trotzig und legte die Hand auf das Schwert.

Ihr Gesicht verwandelte sich in das des kleinen Kindes, an das Freya sich noch erinnerte. Eigenwillig, stur und streitlustiger als zwei Hengste zwischen brünstigen Stuten.

»Du hast überlebt und bist mit dem Schwert zu mir gekommen. Das hat einen Sinn.«

Gefions Miene war unergründlich.

»Wir werden Vanaheim wieder aufbauen«, erklärte sie.

»Ich hoffe, du hast Recht«, erwiderte Freya und trank aus einem Holzbecher einen Schluck Wasser.

»Du hast eine Tochter«, sagte Gefion.

Freya nickte stumm. Das Atmen fiel ihr schwer.

»Erzähl, mit wem hat sie Ähnlichkeit? Ist Mutters Blut stark in ihr?«

Freya schloss die Augen, sah Idun vor sich. Damals, als sie sich von Hnoss verabschiedet hatte. Die Tote war so klein, als sie auf ihrer Bahre lag. Ihre Haare waren wie gesponnenes Gold um ihr bleiches Gesicht. Das Licht ihres Lebens war erloschen.

Idun war untröstlich. Sie wollte Hnoss nicht verlassen, weinend wachte sie über ihrer Schwester, bis der Leichnam geholt wurde.

Idun hatte ihre Schwester geliebt. Obwohl sie nur drei Jahre älter gewesen war, hatte sie sich wie eine Mutter um Hnoss gekümmert. Idun hatte mit ihr gespielt, hatte ihre Schritte bewacht. Aber dann hatte Hnoss sich weggeschlichen und sich das Genick gebrochen.

Idun umarmte den leblosen Leib ihrer Schwester, küsste ihre Wangen. Freya schaute schweigend zu. Sie konnte nichts empfinden und keinen Gedanken fassen.

Sie konnte ihr totes Kind nicht einmal anfassen.

Idun schaute mit flehenden Augen zu ihr auf. Sie wirkte wie ein geschlagener Hund. Ihre roten Haare, Thors verfluchtes Erbe, hingen offen und ungeflochten um ihr vom Weinen entstelltes Gesicht.

»Bitte, verzeih mir, Mama. Ich hätte auf sie aufpassen müssen«, flehte Idun und weinte, bis ihr zarter Körper nur noch zitterte.

»Aber das hast du nicht«, sagte Freya. »Jetzt ist sie tot und du bist daran schuld.«

»Erzähl von Idun«, sagte Gefion noch einmal.

Freya kehrte in die Wirklichkeit zurück. Das Feuer knisterte und knackte. Die Luft war verräuchert. Sie drückte sich die Hand gegen den Hals und zwang sich zum Antworten.

»Idun ähnelt weder dir noch mir. Sie ist mild wie ein Sommerwind und kennt sich mit Näharbeiten und Hofarbeit aus. Wenn sie sich um die Apfelbäume kümmert, tragen sie süße Früchte.«

Freya verstummte. Mehr konnte sie nicht sagen.

»Das hört sich wahrlich nach einem fremden Vogel in unserem Nest an. Über unsere Ahninnen kann man doch sagen, was man will, aber besonders tüchtige Näherinnen sind sie nie gewesen«, sagte Gefion grinsend. »Wo ist die Kleine? Wann kann ich sie kennen lernen?«

Freya erwiderte den Blick ihrer Schwester.

»Thor hat sie gestohlen«, flüsterte sie.

Gefion riss die Augen auf.

»Gestohlen?«

»Er hat sie mit sich nach Idunvallen gelockt.«

»Warum sollte ein Wanenmädchen Thor folgen?«

Freya seufzte tief. Musste Gefion alles aufwühlen, sie war ja schlimmer als ein Schwein in einem Eichenwald.

»Thor ist ihr Vater. Und offenbar hat sie sich mit einem von Thors Kriegern herumgetrieben.«

»Ach, so war das also. Das hatten wir ja schon mal.«

Gefion grinste so breit, dass Freya die Breireste zwischen ihren Zähnen sehen konnte.

»Jetzt erfährst du also selber, wie das ist. Mutter fand es auch nicht lustig, als du damals mit Thor durchgebrannt bist. Das Leben ist eine Spirale, alles wiederholt sich.«

Gefion streckte die Hand nach Sigil aus, das hinter ihr auf der Bank lag. Es klirrte leise, als sie die blanke Klinge aus der Scheide zog.

»Aber diesmal werden wir eingreifen.«

Freya sah ihre Schwester an. So musste es sein. Sie würde Idun um Verzeihung bitten, sie würden sich versöhnen. Die Schlinge um ihren Hals löste sich. Dankbar atmete sie auf.

»Thor wird gegen Gorm in den Krieg ziehen. Er will, dass ich ihn begleite und gegen Hyndla kämpfe«, sagte Freya.

»Sehr gut, das kommt ja wie gerufen«, sagte Gefion und legte die Hand auf Sigrid.

Die schlief noch immer, sie atmete ruhig, ihr dünner Leib strahlte eine gesunde Ruhe aus. Gefion fuhr ihr sanft über die Haare und musterte sie mit einem Blick, den Freya noch nie an ihrer Schwester gesehen hatte.

Dieser Blick erfüllte sie mit Neid. Zahllose Liebhaber jagten an ihrem inneren Auge vorbei. Gut aussehende Burschen. Aber welcher davon hatte sie je mit einem solchen Blick bedacht? Nur einer.

Vor Sehnsucht krampfte ihr Herz sich zusammen. Das hier war ihre letzte Zeit im Leben.

Aber das, was sie begehrte, konnte sie nicht bekommen.

Freya erhob sich, mahnte zur Eile.

»Meine Priesterinnen werden sich um deine Frau kümmern. Wir wollen sofort aufbrechen«, sagte sie und verließ die Hütte.

In Alfhilds Halle waren alle wach. Die Königin war schon frisiert und angezogen, als Freya an ihr Lager eilte.

»Ich segele nach Idunvallen«, sagte Freya.

»Du wirst Begleitung haben«, antwortete Alfhild unwillig und blickte Sigvard, der gerade sein Schwert umschnallte, wütend an.

Er war kampfbereit. Freya schaute sich um. Seine Männer packten ihre Ranzen und machten sich bereit zum Aufbruch.

»Wenn die Asen gegen Gorm in den Krieg ziehen, müssen wir sie begleiten. Das verlangt unsere Ehre«, verkündete Sigvard.

»Streitlust und Stehstange, das sind deine Probleme. Vanaheim ist untergegangen. Es ist nicht mehr da! Sollen denn noch mehr Wanen für den Asenhäuptling sterben? Nie im Leben! Das verbiete ich!«, fauchte Alfhild.

»Diese Macht hast du nicht«, rief Gefion.

Freya fuhr überrascht herum. Ihre Schwester trat hocherhobenen Hauptes in die Halle und legte dabei die Hand auf Sigil.

»Dein Gemahl hat Recht, Alfhild. Wir müssen den Asen beistehen und mein Volk rächen. Das verlange ich, die Königin der Wanen.«

Gefions Stimme hallte durch den Saal.

Alfheims Königin schnappte verstört nach Luft. Aber Gefion stand unerschütterlich vor ihr und erwiderte den Blick.

Die Luft zwischen den beiden Königinnen zitterte vor Spannung. Freya trat einen Schritt zurück. Sie kam sich vor wie mitten in einem Unwetter.

»Du hast kein Recht, meinem Mann in meinem Reich Befehle zu erteilen«, sagte Alfhild, eher erschüttert als wütend.

» Ich bin Vanaheims Königin und du bist mir untertan«, erwiderte Gefion.

Freya staunte. Das also war aus ihrer kleinen Schwester geworden, eine echte Königin, in Geist und Gestalt. Es konnte kein Zweifel daran bestehen, welche der beiden Königinnen die überlegene war.

»Du bist wahnsinnig. Alles, was du hattest, hast du verloren. Das ist mein Reich. Meins«, sagte Alfhild mit schriller Stimme.

Fast hätte sie die Fassung verloren. Und das hatte Freya noch nie erlebt. Jetzt ging ihr auf, worin die beiden Königinnen sich unterschieden.

Die Königin von Alfheim war noch nie herausgefordert worden. Ihr Platz im Leben war selbstverständlich gewesen, genau wie die Macht, die die Göttin ihr geschenkt hatte. Alfhild war alles in den Schoß gefallen. Gefion dagegen hatte schon als Kind kämpfen müssen. Sie war unter den quänischen Kriegerinnen aufgewachsen, war von deren Königin Göndul in Jagd und Kampfkunst ausgebildet worden. Danach hatte Åse sie gelehrt, die Gemüter der Menschen zu lenken.

»Ich schwöre, dass ich unser Volk rächen werde. Ich werde meine Pflicht den Toten gegenüber erfüllen. Möge Vanaheim nicht vergeblich untergegangen sein, mögen die Toten Frieden im Blut unserer Feinde finden.«

Jede Frau und jeder Mann in der Halle stimmten ihr da zu.

»Folgt mir und tötet die Hexe, die mein Volk mit der schwarzen Seuche geschlagen hat.«

»Ehre sei Königin Gefion«, rief Freya.

Die Hofleute stimmten jubelnd ein. Die Krieger zogen ihre Schwerter, hoben sie zu Gefions Ehren, Freya lächelte vor sich hin.

Das hier war der letzte Dolchstoß in Alfhilds Rücken. Sie war geschlagen, und sie wusste es. Jetzt versuchte sie, die Reste ihrer Macht zu retten.

»Du hast Recht, Königin Gefion. Verzeih meine harten Worte. Die Trauer um Vanaheim hat mein Gemüt verwirrt. Du sollst alles haben, was du begehrst.«

Gefion steckte das Schwert zurück in die Scheide.

»Wir gehören beide zum Volk der Wanen, wir müssen dem Feind einig gegenübertreten.«

Alfhild senkte den Kopf.

»Ich brauche gute Krieger«, rief Gefion. »Ich kann euch keine glattzüngigen Versprechungen machen. Der Feind ist stark, viele werden den Tod finden.«

Sie verstummte und stemmte die Hände in die Seiten. Im Langhaus war es ganz still. Sogar die Kinder schwiegen.

»Wir stehen am Rande des Untergangs. Aber die Göttin wird über uns wachen, denn wir kämpfen für eine gerechte Sache.«

Gefion hob ihr Schwert. Sigil strahlte in der dunklen Halle wie Sternenlicht.

»Folgt mir und gewinnt Unsterblichkeit!«

Stolz erhob sich eine stämmige Frau aus Vanaheim.

»Ich folge dir, Königin.«

Ihre Worte lösten eine Sturzflut aus Gelöbnissen aus. Bald drängten sich alle um Gefion.

Freya war überrascht und sprachlos.

»Sie ist wirklich erwachsen geworden«, sagte Njörunn und lehnte sich an die Wand.

»Sie ist die reine Sagenkönigin«, erwiderte Freya.

»Ach was«, Njörunn grinste und musterte Freya von Kopf bis Fuß. »Du bist ja wirklich auch nicht schlecht.«

Das Schiff aus Alfheim war schwer beladen. Die Krieger drängten sich auf dem Deck.

Hallwi zündete in der steinernen Brandpfanne ein Feuer an und hängte die Pfanne dann über das Feuer.

Sigvard hatte eine Hand auf das Steuerruder und die andere auf den Sonnenstein gelegt. Kaum zeigte die Sonne sich zwischen den Wolken, da hob er den rauen Stein und sah nach, wie das Licht darauf fiel. Mithilfe des Steines und einer runden Scheibe mit einem Stab in der Mitte konnte er ihre Position bestimmen. Sigvard Weitfahrer machte seinem Namen wirklich alle Ehre.

Freya trat zu Gefion, die angespannt war wie ein Bogen und seit dem Aufbruch aus Alfheim kaum einen Moment still gesessen hatte.

»Du hast Alfhild ja wirklich und wahrhaftig in ihre Schranken gewiesen«, sagte Freya lächelnd.

Gefion kratzte sich im Nacken.

»Ich habe eine Hohepriesterin ermordet, ich habe meine Mutter und mein Volk sterben sehen. Glaubst du, da kann eine Kleinkönigin mir noch Angst machen?«

Freya blickte ihre Schwester forschend an. Ihre Stärke schien plötzlich zu zerbrechen. Abgrundtiefe Verzweiflung war in den braunen Augen zu ahnen. Die Trauer um Vanaheim schien sie von innen her zu zerfressen.

»Reiß dich zusammen. Die Göttin steht der bei, die sich selbst hilft.«

»Die Göttin?« Gefion lief tiefrot an. »Was hat die Göttin denn für mich getan?«

Sie spuckte ins Wasser.

»Die Muttergöttin und ihre neun Dirnen von Töchtern, Ran, die Mondgöttin, Hel, ich hab sie alle so satt. Wohin wir uns auch drehen und wenden, überall steht eine Göttin und verlangt Geschenke und Opfer.«

Sie beugte sich über die Reling und schrie ins blaugraue Wasser.

»Ich werde nie mehr vor Göttinnen kriechen.«

Freya schloss die Augen und murmelte einen Friedenszauber. Gefion war wahnsinnig, wie konnte sie es wagen, die Mächte herauszufordern? Das würde sie alle noch teuer zu stehen kommen.

Ran bewegte sich verärgert, ihr Geruch drängte durch das Wasser nach oben. Ein silbriger Rücken glitzerte zwischen den Wogen.

»Greip, meine Freundin, ich grüße dich«, rief Freya.

Rans Tochter tauchte kurz im Schaum auf und übermittelte Freya:

»Meine Mutter ist erzürnt über deine Schwester. Das wird sich rächen.«

Die langen Arme der Greiferin streckten sich im Wasser aus, immer auf der Suche nach einem neuen Opfer, immer hungrig auf Leben.

»Gefion hat vor Kummer den Verstand verloren, ich flehe euch an, habt Erbarmen. Ihr habt bereits alles Gold unseres Reiches verschlungen. Und viele Wanen habt ihr zu euch geholt.«

Das Wasser kochte in leuchtendem Silber. Greips Arme wogten hin und her.

»Habe ich Gefion nicht losgelassen, als mir aufgegangen ist, dass sie deine Schwester ist? Habe ich mich nicht erbarmt?«, flüsterte Rans Tochter.

Freya beugte sich über die Reling.

»Schöne Greip, bitte deine mächtige Mutter, uns auf unserer Fahrt beizustehen. Wenn alles gut geht, werdet ihr funkelndes Gold und blutvolle Körper erhalten. Das schwöre ich euch.«

Greip blitzte kurz auf und verschwand in der Tiefe.

Freya richtete sich mit klopfendem Herzen auf. Das war schlimm. Ran konnte sie alle verschlingen. Hoffentlich hatte sie sie besänftigen können.

Wütend sah sie ihre Schwester an.

»Hast du denn vollständig den Verstand verloren? Jetzt hältst du den Mund! Verstehst du nicht, dass du uns ins Verderben stürzt?«, schrie sie.

Gefion schüttelte überrascht den Kopf.

»Ich werde schweigen. Aber nenn mich nicht wahnsinnig. Immerhin unterhalte ich mich nicht mit Seegras.«

Thor kratzte sich am Bart. Der Wind stank nach Reifthursen. Bald würden die Kälteriesen über das Meer tanzen und ihnen den Weg versperren. Die Zeit zum Aufbruch war gekommen.

Er seufzte tief.

Mit seinen zwölf Männern sollte er die größte Streitmacht bezwingen, über die irgendein König jemals verfügt hatte. Außerdem würden Gorms Männer sich für den Winter versammelt haben. Schlimmer hätte die Lage gar nicht sein können.

Trotzdem hatte er keine Wahl.

Zuerst legte er sich den Umhang um die Schultern, hüllte sich dann in ein Wolfsfell und fuhr schließlich mit der Hand über Mjölnir und sein Schwert. Thor lächelte seine Söhne an, die ihm mit großen Augen dabei zusahen.

Er hatte sich bereits unter vier Augen von jedem verabschiedet.

Siv reichte ihm den Ranzen aus Hirschleder.

»Sei vorsichtig, aber liefere einen guten Kampf.«

Schweigend erwiderte er ihren Blick. Worte waren zu unbedeutend, wenn ein Mann in den Kampf ziehen musste.

Thor und seine Krieger würden auf der Göteninsel fallen. Das hier war ihre Todesfahrt.

Er seufzte. Hinten an der Feuerstätte umarmte Bragi Idun, nicht heiß und hungrig, sondern freundlich wie ein Bruder. Thor hoffte wirklich, dass das Mädchen bereits ein Kind unter dem Herzen trug, eine andere Erinnerung an ihren Gatten würde sie nicht haben.

Er streichelte die Köpfe seiner Söhne.

»Nicht vergessen, seid lieb zu eurer Mutter.«

»Das verspreche ich«, sagte einer nach dem anderen.

Ihre Wangen mochten verdreckt sein, ihre Augen aber leuchteten vor Intelligenz. Seine Söhne. Sein Alles.

Es würde schwer für sie sein, den Vater zu verlieren. Hoffentlich würde seine Sippe sich gut um sie kümmern. Aber dafür würde Siv schon sorgen. Solange sie am Leben war, brauchte er sich um seine Söhne keine Sorgen zu machen. Ungeschickt streichelte er die Wange seiner Hausfrau.

»Dann geht's los«, sagte er.

Schweren Herzens ging er, gefolgt von Bragi, über den Hofplatz. Loki wartete schon, zusammen mit den anderen. Der Schamane hob den mit einem Zaubertrank gefüllten Kraftbecher.

»Trink dich stark, Asenkrieger!«

Der Götenschädel unter Thors Händen war blank und abgegriffen. Thor nahm einen großen Schluck, es schmeckte bitter und abgestanden, dann reichte er den Becher weiter.

Loki trank als Letzter. Er hob den Becher zu den Wolken und nahm dem Feind seine Kraft.

Als er den Schädel sinken ließ, hörten sie vom Strand her Rufe.

»Ein Wanenboot!«

Thor rannte aufgeregt zum Ufer. Das flachbödige Schiff kam soeben in die Bucht gesegelt. Gesegnete Hoffnung. Er grinste breit.

»Freya ist doch noch gekommen. Du hast Recht gehabt«, rief Ull überrascht.

»Ein wenig Ehre haben die Wanen also doch noch im Leib. Seht, da ist Sigvard«, sagte Baldur zufrieden.

Thor atmete auf. Er hatte Recht behalten. Während dieser ganzen schweren Wartezeit hatte er Recht gehabt. Das hier änderte alles.

Freya stieg als Erste an Land. Thor runzelte die Stirn, als die magere Wahnsinnsgestalt auf ihn zukam. Was hatte sie denn da für Stöckchen um den Hals? Und das Zeichen auf der Stirn, was mochte das bedeuten? Er ging ihr entgegen, ganz allein erwartete er sie. Verdammte Hündin, auf das hier hatte er gehofft, seit sie Alfheim verlassen hatten. Sie hätte ihm so viel Verzweiflung ersparen können, wenn er nur gewusst hätte, dass sie kommen würde.

»Zufrieden?«

Ihre Stimme klang lässig und herausfordernd zugleich.

»Ich habe Tiwaz gebeten, dich kommen zu lassen«, erwiderte er aufrichtig.

Die grünen Augen funkelten vor Zorn.

»Ich sollte dich zu Asche verbrennen«, fauchte sie. Aber Thor war zu erleichtert, um sich auf einen Streit einzulassen.

»Ohne dich kann ich Gorm nicht besiegen«, sagte er.

»Du hast meine Tochter gestohlen.«

Freyas Augen funkelten, das Zeichen auf ihrer Stirn war flammend rot. Was war das für eine fremde Kraft, die sie in Besitz genommen hatte?

»Unsere Tochter ist uns aus freiem Willen gefolgt. Einst hast du dich entschieden, mir zu folgen. Weißt du noch?«

Sie schnaubte und zog wütend ihren Umhang zurecht.

»Ich hatte ja wohl kaum eine andere Wahl.«

»Damals hast du mir das Leben gerettet. Ich hoffe, du wirst das jetzt wieder tun«, sagte Thor.

Langsam erlosch die Wut in den grünen Augen.

»Das hoffe ich auch«, sagte sie.

Freya schaute zu Thor auf. Sie konnte ihn nicht hassen, nicht jetzt, niemals. Die Vergangenheit musste ruhen. Vor dem Schicksal, das jetzt auf sie wartete, verblichen die früheren Unstimmigkeiten.

Die Begegnung mit Hyndla würde ihr Tod sein. Während der Überfahrt war diese Gewissheit in ihr immer stärker geworden. Jetzt ging es nur noch um Versöhnung.

»Wo ist unsere Tochter?«

Thor schaute zum Haus hinüber.

»Dort hinten, nehme ich an.«

»Ich bin Gefion, die Königin von Vanaheim. Falls das irgendwen interessiert.«

Thor fuhr zusammen und begrüßte Freyas Schwester dann höflich.

»Ich hoffe, du bringst Hilfe, Königin.«

»Ich werde Gorms Hündin auf einen Baum spießen und über ihr jämmerliches Flehen lachen, während sie verblutet. Das ist die Hilfe, die ich dir anbieten kann.«

»Und die ich gern annehme«, sagte Thor zufrieden.

Gefion ließ ihren Blick nicht von seinen Augen weichen.

»Mein Volk ist euch großen Dank dafür schuldig, dass ihr allein gegen Gorm gekämpft habt. Jetzt möchte ich das wieder gutmachen. Lass uns dieses verdammte Arschloch besiegen oder gemeinsam sterben.«

Freyas Blicke suchten Idun. Idun stand ein Stück hinter den Männern, halb versteckt hinter einer windgebeutelten Tanne. Mein Mädchen. Freya trat vorsichtig vor.

Idun sah verängstigt aus. Ihr Zopf war verschwunden, ihre Haarsträhnen ragten unter ihrer Lederhaube hervor.

»Sie haben dich also so schnell wie möglich verheiratet«, sagte Freya und seufzte tief.

Idun schien mit den Tränen zu kämpfen, dann aber hob sie den Kopf und riss sich zusammen.

»Verzeih mir, Mutter, dass ich dich ohne ein Wort verlassen habe.«

Idun zeigte eine Entschlossenheit, die Freya noch nie an ihr gesehen hatte. Idun verschränkte die Hände vor ihrem Bauch, sie schwankte zwischen Angst und Würde.

»Ich bin dir nicht böse«, sagte Freya so freundlich, wie sie nur konnte.

Sie musste ruhig und besonnen sein, wenn sie das zerrissene Band flicken wollte.

Es war ihre Schuld, dass Idun hierher geflohen war. Sie hatte das Mädchen vernachlässigt.

»Ist das der Mann, mit dem du unter den Hammer getreten bist?«

Freya musterte den bildschönen Jüngling neben Thor.

»Ja, Mutter«, antwortete Idun stolz.

Wie hatte sie nur so einem Trottel nachlaufen können? Der war doch hohl wie eine Meeresgrotte.

Freya biss die Zähne zusammen. Sie musste ihre Zunge hüten, musste die Fehler der Vergangenheit vorsichtig überspielen.

»Ist hier auf dem Hof irgendjemand krank?«

Idun schüttelte den Kopf.

»Behandeln sie dich gut?«

Idun nickte.

Ihre Wangen waren vom Wind gerötet. Sie war so klein,

wie sie hier stand, dünn und elend. Ihre Blicke waren von Angst erfüllt. Sie hatte Angst vor ihrer eigenen Mutter.

In Alfheim hatte Idun oft so ausgesehen. Freya erinnerte sich an eine Situation, als Idun auf dem Hofplatz mit den Hunden gespielt hatte; bei Freyas Anblick war ihr Lächeln erloschen und sie hatte so ausgesehen wie jetzt.

Freya hüllte sich in ihren Umhang, wie um sich vor ihren Schuldgefühlen zu schützen.

Was hatte sie angerichtet?

Sie sah ihre eigene Mutter vor sich, wie sie auf dem Drachenthron in Vanaheim saß, spürte die bohrende Sehnsucht danach, ihr nahe zu sein. Aber Åse, die große Königin, hatte sie voller Kälte gemustert. Hatte Freya sich ebenso verhalten?

Was war sie doch für eine blinde Närrin gewesen.

Das Leben war eine Spirale. Was einmal passiert ist, wird sich wiederholen, bis in alle Ewigkeit. Nur wenn man einen neuen Weg einschlägt, kann man den Kreis durchbrechen. Das ist das größte Geschenk an die Menschheit und ihre ärgste Last.

»Du bist zu Hause immer willkommen. Bei mir«, sagte Freya mit sanfter Stimme.

Für einen Moment huschte Kummer über Iduns Gesicht. Sie flüsterte etwas, das im Wind nicht zu hören war.

»Was sagst du?«

Freya trat so dicht an ihre Tochter heran, dass sie den Geruch von Kochgrube und Rauch wahrnahm. Sie legte die Hand auf den sommersprossigen Arm, streichelte ihn ein wenig.

»Ich will bei meinem Gatten bleiben«, sagte Idun mit heiserer Stimme und krümmte sich wie ein geprügelter Hund.

Freya musterte sie überrascht. Begriff sie denn nicht, dass sie zu ihrem eigenen Volk gehörte? Dort lag doch ihre Zukunft.

»Sei nicht wahnsinnig. Du kannst nicht wie eine Leibeigene leben. Ich werde dafür sorgen, dass sie dich nach Hause bringen«, sagte Freya und gab sich alle Mühe, um ihre Stimme ruhig klingen zu lassen.

Idun entriss ihr ihren Arm.

»Nein, Mutter. Meine Entscheidung steht fest.«

Was hatten sie nur mit dem Mädchen angestellt?

»Du weißt nicht, wofür du dich entschieden hast.«

Freyas Stimme klang wütender, als sie das gewollt hatte. Besorgt biss sie sich auf die Lippe, aber es war zu spät, um ihre Worte zurückzunehmen.

Idun trat einen Schritt zurück.

»Gute Fahrt auf deiner Reise.«

Noch ehe Freya den Mund aufmachen konnte, rannte Idun mit wehendem Umhang zum Hof hinüber.

Es war hoffnungslos. Warum wollte sie nicht hören? Merkte sie denn nicht, wie sehr Freya an einer Versöhnung gelegen war?

»Wir brechen auf. Zur Göteninsel«, rief Gefion.

Freya sah hilflos zu, wie Iduns Rücken hinter dem Gebüsch am Hang verschwand. Und dann war sie nicht mehr zu sehen.

Ihre Tochter hätte sie ja wohl wenigstens ausreden lassen können, ehe sie davongestürzt war. Begriff sie nicht, welche Sorgen Freya sich um sie machte?

Schweren Herzens ging sie auf das Boot zu. Freya starrte zu Boden. Sie hatte versagt.

»Freya.«

Diese Stimme kannte sie von früher her. Eine beleibte Frau trat ihr in den Weg. Das gerötete Gesicht kannte Freya, es war die vor Gift triefende Siv.

»Wo ist der Dolch, den du mir in den Rücken stoßen willst?«

Siv hob abwehrend die Hände.

»Ich habe mich gut um deine Kleine gekümmert.«

Freya starrte ihre ehemalige Freundin wütend an. Deren Stimme und Blick wirkten aufrichtig, aber niemand war falscher als Siv, das hatte Freya lernen müssen.

»Du also hast das Gemüt meiner Tochter gegen mich gekehrt. Du bist wohl nie zufrieden, du schlangenzüngige Hündin. Es hat nicht gereicht, mich zu verleumden, jetzt willst du auch noch Iduns Leben zerstören.«

Siv schnappte nach Atem wie ein Fisch an Land. Freya grinste spöttisch.

»Ich warne dich, wenn du meiner Tochter auch nur ein Haar krümmst, dann werde ich deine Kinder umbringen, eins nach dem anderen.«

Siv war durch diese Drohung so erschüttert, dass sie kaum sprechen konnte.

»Wenn du meine Jungen anrührst, dann reiße ich dir das Herz aus dem Leib. Falsch und giftig, das bist du. Wenn Idun nicht so ganz anders wäre als du, dann hätte ich sie längst von diesen Stränden vertrieben«, brachte sie endlich heraus.

»Komm, Schwester, wir müssen in den Kampf segeln«, rief Gefion vom Boot her.

Freya musterte Siv von Kopf bis Fuß. Sivs Worte hatten sie ein wenig beruhigt. Vielleicht wagte sie wirklich nicht, Idun das Leben schwer zu machen. Thor war ja schließlich der Vater der Kleinen.

»Grüß Idun und sag, dass sie nichts zu befürchten hat. Ich wache über sie, in diesem Leben und im nächsten.«

Siv schaute zu Boden.

»Unter einer Bedingung werde ich ihr das sagen.«

Freya schaute ihre Feindin überrascht an.

»Sorg dafür, dass Thor überlebt.«

Freya lächelte bitter.

»Dann hat jede von uns ihre Geisel.«

Sie kehrte Siv den Rücken zu und lief über die nassen Steine davon.

Die anderen waren schon an Bord gegangen.

Verräterische Siv, ob sie jetzt, als Thors Dienerin, wohl zufrieden war? Sie hatte alles bekommen, was sie sich gewünscht hatte, und dafür hatte sie mit ihren Schwestern und ihrem Volk bezahlen müssen.

Hallwi half Freya an Bord. Freya lehnte sich an die Reling und zog die Schuhe aus.

Der Wind füllte die grauen Segel der Asen, fegte ihr Schiff hinaus aufs offene Meer.

Thor stand mit verschränkten Armen am Bug. Seine langen roten Haare flogen im Wind. Bronze funkelte auf seinem Mantel und an seinem Gürtel, das Wolfsfell über seinen Schultern ließ ihn noch größer aussehen.

Über ihnen verdunkelte sich der Himmel. Eine seltsame Dunkelheit zog sich über das eiskalte Meer. Die Luft verstummte.

Freya lief zum Bug. Sie konnten das Ufer schon nicht mehr sehen, jetzt waren sie auf unruhigem Meer unterwegs.

Hyndlas Nähe war überall zu spüren. Sie reiste mit den Winden, die Wellen waren ihre Augen. Sie sah sie alle, wartete, wachte. Bereitete sich auf den letzten Kampf vor.

Freya legte die Hand auf Brisingamen, streichelte das Gold.

Die Sonne wurde schwächer, glitt immer weiter weg, hinein in Unheil verkündenden Schatten.

Sie würden durch die ewige Nacht reisen. Mächtig war die Priesterin, die sie heraufbeschwören konnte. Freya fühlte sich vom Zweifel wie gelähmt. Wie sollte sie diese Hyndla besiegen können, die doch die Kraft einer Göttin besaß?

Das Schiff der Asen jagte über die Wellen. Thor stand am Bug, zielstrebig und unbezwinglich. Er fürchtete weder den Himmel noch die Mächte. Jetzt, wo es keine Hoffnung mehr gab, würde er trotzdem kämpfen.

Das war Thors größte Stärke.

Freya musste ihm folgen und es ihm nachtun. Vor ihrem Tod würde sie Hyndla überwinden. Sie würde weiterkämpfen, wenn die Hoffnung erloschen war und die Dunkelheit sich um sie schloss.

»Wir werden dem Ende gemeinsam begegnen. Mehr kann ich nicht verlangen«, flüsterte sie Thor zu.

Aber der Wind zerfetzte ihre Worte.

Der Sturm brach los.

Idun wanderte über eine einsame Heide. Der Sturm riss an ihrer nassen Kleidung. Um sie herum war alles öde und leer.

Sie hätte sich fürchten müssen, aber sie hatte diesen Traum nicht zum ersten Mal. Alles war ihr vertraut. Eine Frau nahm zwischen den Schatten neben ihr Gestalt an. Es war Freya. Ihr Blick war sanft und besorgt.

»Was ist los, Mutter, was belastet dich?«

»Ich habe dir so Unrecht getan«, sagte Freya traurig und verschwand in der endlosen Heide.

In der Ferne schrie ein Vogel.

Idun riss die Augen auf. Kehrte zur Schlafbank und in die Wirklichkeit zurück. Das Stroh stach ihr in den Rücken, die Jungen schnarchten. Sie zog sich das Fell über den Kopf. Noch war Nacht, das spürte sie. Bald würde eine weitere dieser seltsamen Dämmerungen einen kalten Tag bringen. Aber noch nicht.

Idun kuschelte sich unter dem Schaffell zusammen und sah die traurige Freya vor sich. Jede Nacht kam derselbe Traum. Es war so seltsam. Freya würde so etwas doch niemals sagen.

Allerdings war sie bei ihrer Begegnung am Strand freundlich gewesen. Sie hatte gesagt, Idun sei zu Hause immer willkommen. Noch nie hatte ihre Mutter so zu ihr gesprochen.

Idun knabberte an einem Fingernagel.

Sie hatte sich in ihrem ganzen Leben nicht so gefürchtet

wie an dem Tag, an dem sie Freya getrotzt hatte, aber ihr war nichts anderes übrig geblieben.

Sicher hatte Siv Recht: Sie war eine erwachsene Frau mit einem eigenen Ehemann. Und da musste sie Würde zeigen und konnte nicht zu ihrer Mutter nach Hause fliehen, wenn irgendwo ein Problem auftauchte.

Idun drehte sich fröstelnd auf die Seite. Sie war jetzt erwachsen.

Eine leichte Übelkeit machte sich in ihrem Magen breit. Nicht schon wieder. Idun atmete tief durch. Von der Feuerstätte her breitete sich ein Licht aus. Es hatte schon jemand Feuer gemacht.

Die Übelkeit wurde immer stärker. Sie hatte das Gefühl, jetzt schon seit einer Ewigkeit müde und krank zu sein. Ein bitterer Geschmack war in ihrem Mund, wie von verdorbener Milch.

Idun setzte sich auf. Sie brauchte nur etwas zu essen, dann würde die Übelkeit sich legen. Sie zog ihren Rock an und legte sich den Umhang um die Schultern, dann schlich sie zur Feuerstätte.

Siv kniete vor den Flammen, sie schien weit weg zu sein. Ihr Gesicht war entspannt, ihr Blick in die Ferne gerichtet.

»Du siehst aus wie die Priesterinnen auf der Insel«, sagte Idun überrascht.

Siv fuhr zusammen und schaute Idun wütend an.

»Verzeihung«, flüsterte Idun.

Sie hatte Siv nicht verärgern wollen.

Siv richtete sich auf und wischte ihren Rock ab.

»Erzähl ja nicht weiter, was du hier gesehen hast«, sagte sie mürrisch.

»Das verspreche ich«, versicherte Idun.

»Ich habe die Männer gesucht. Wer weiß, wie es ihnen in diesen bösen Zeiten wohl geht. Mitten am Tag ist es bereits dunkel. In der Luft hängt sehr viel Bosheit, das kannst du mir glauben.«

Idun erstarrte.

Sivs Gesicht wurde weicher, sie setzte sich auf die Bank und warf ein Stück Holz ins Feuer. Idun schaute zu den Urnen hinüber. Sollte sie es wagen, sich ein Stück Brot zu holen? Besser, sie wartete noch einen Moment. Sie ließ sich auf den Sitzstock sinken und rückte so nah ans Feuer, wie das überhaupt nur möglich war.

»Kannst du zaubern?«

Siv beugte sich vor und flüsterte:

»Ich besitze meine Fähigkeiten noch, auch wenn unwissende Asen das gar nicht gern sehen. Schwachsinnige Narren.«

Siv sah wirklich traurig aus. Offenbar hatte sie Heimweh nach Vanaheim. Vanaheim war aber auch der schönste Ort auf der Welt. Die Heimatinsel der Wanen. Auch Idun hätte diese Insel zu gern einmal gesehen.

»Hast du Vanaheim Thors wegen verlassen?«

Siv lachte düster.

»Thors wegen? Nein.«

Leises Schnarchen war von den Schlafbänken zu hören, das trockene Holz knackte im Feuer.

»Wer hat dich denn dazu gebracht, Vanaheim zu verlassen? Wo du doch sogar Priesterin warst«, fragte Idun.

»Freyr«, flüsterte Siv in die Flammen. »Mein schöner Freyr.«

Idun musterte die verträumt vor sich hin blickende Siv. Der Alfenpriester musste eine ganz einzigartige Persönlichkeit gewesen sein. Alle sagten nur Gutes über ihn. Fast hätte man Freyr für einen Gott halten können.

Idun konnte ihren Blick nicht von Siv losreißen.

Die Übelkeit kam und ging, wie Wellen an einem Strand.

»Aber du wolltest doch mit Thor zusammenwohnen«, sagte sie vorsichtig und hielt sich die Hand vor den Mund.

Siv riss ihren Blick vom Feuer los.

»Er brauchte eine Frau auf seinem Hof und als er deine Mutter nicht bekommen konnte, nahm er mich. Ich habe in all diesen Jahren in Freyas Schatten gelebt, und jetzt sitzt du an meiner Feuerstätte.«

Langsam schüttelte sie den Kopf.

Idun spielte an ihrem Rock herum. Niemals wollte sie so werden wie Siv, nie. Bragi würde nach Hause kommen. Sie würde alles wieder gutmachen. Zwischen ihnen würde wieder Freude herrschen.

Da war sie sich sicher.

Jetzt schlug die Übelkeit aus vollen Kräften zu. Sie presste die Hand auf den Mund, beugte sich vor. Eine Leibeigene hatte seit Tagen Durchfall, bestimmt hatte sie sich angesteckt.

»Sieh an«, sagte Siv. »Da hast du dir ja schnell ein Kind in den Bauch geholt.«

Idun schaute verdutzt auf.

Siv grinste sie freundlich an.

»Das ist unmöglich.«

»Wirklich? Hat niemand seine Stange in dich geschoben? Was glaubst du denn, woher die Kinder kommen?«

Sie kniff Idun in die eine Brust.

»Tut das weh?«

Idun nickte stumm.

»Hoffentlich ist es ein blonder Knabe. Bragi hätte sicher nicht gern Lokis Schlangenbrut als Erstgeborenen.«

Ein Kind. Eine ganz neue Freude breitete sich in Idun aus und ließ sie ganz schwach und warm werden. Ein eigenes Kind. Sie würde ein weiches Neugeborenes in den Armen halten. Endlich würde sie ein Kind haben, das seine Mutter einfach liebte. Idun fuhr sich verwundert mit den Händen über den Bauch. Konnte das denn stimmen?

Dann erkannte sie den Ernst der Lage.

»Was passiert, wenn es nicht Bragis Kind ist?«

Siv zuckte düster mit den Schultern.

»Wenn es ganz schlimm kommt, dann setzt er es für die Wölfe aus.«

Idun kämpfte mit einer Ohnmacht.

»Aber ich bin doch die Mutter.«

»Andere Länder, andere Sitten. Die Asen sind nicht wie die Wanen. Bragi kann entscheiden, ob er dem Kind einen Namen geben und es als sein eigenes anerkennen will. Und du hast dich seinem Willen brav zu beugen.«

Idun presste die Hände auf ihren Bauch. Nie im Leben dürfte jemand ihrem Kind etwas tun. Lieber wollte sie sterben.

»Was soll ich denn machen?«

»Ganz ruhig bleiben«, riet Siv. »Jetzt gehen wir ein Problem nach dem anderen an. Zuerst muss Bragi nach Hause kommen, und die Gefahr ist groß, dass er im Kampf fällt. Dann musst du das Kindbett überleben. Die Männer brauchen ihren Krieg, aber unser Schlachtfeld ist das Stroh, wo wir schreiend und blutend ihre Kinder zur Welt bringen. Aber wenn es ein Junge ist, der aussieht wie Loki, dann wird Bragi ihn fortschaffen. Bragi ist nicht wie Thor, der sich um jeden Wurm kümmert, der hier zu Welt kommt. Bragi will seine eigenen Kinder. Und sie sind doch auch noch keine Menschen, wenn sie ganz neugeboren sind, nur blutige Würmchen ohne Gefühle oder Verstand. Sie wissen nicht einmal, ob sie leben oder tot sind.«

Nun liefen Idun die Tränen über die Wangen.

»Wenn er mein Kind umbringt, nehme ich mir das Leben.«

»Aber, aber. Ganz ruhig, Kind. Genauso gut kann es doch Bragis Sohn sein, den du unter dem Herzen trägst. Und dann wird er alles tun, was du wünschst und begehrst. Halte einfach den Mund, Kleine, und hoffe aufs Beste. Das ist der einzige Rat, den ich dir geben kann. Und vergiss nicht, dass du viele Kinder bekommen wirst. Dieses eine ist doch nicht so wichtig.«

»Und wenn es von Ull ist?«

Siv spuckte ins Feuer und musterte Idun mit grimmiger Miene.

»Es war Ull«, sagte Idun verzweifelt. »Ich habe ihn so deutlich gesehen wie jetzt dich.«

»Du hast ein Trugbild gesehen, Kind. Ull hat neben mir gesessen.«

»Aber wenn er es nun war. Was passiert dann?«

Siv seufzte und rieb sich die Augen.

»Freyrs Enkelkind, geboren von Freyas Tochter. Nachkomme von Geschwistern. Sehr viel Kraft in einem solchen Kind, aber auch viele Probleme. Bete darum, dass es nicht so ist, denn dieses Kind könnte viel Zwietracht und Zerstörung mit sich bringen.«

Sie erhob sich, ging zu dem Brett, auf dem die Brote lagen, und sagte so leise, dass Idun es kaum hören konnte:

»Es könnte aber auch das Kind sein, das sie alle vereint.«

»Eiswinde, ich beschwöre euch!«

Freya klammerte sich an die Reling und schleuderte dem peitschenden Hagel Brisingamens Kraft entgegen. Sie verdrängte die schwarze Kraft, die das Unheil auf sie gehetzt hatte.

Freya fror ärger als je zuvor in ihrem Leben. Ihr Körper kam ihr vor wie ein einziger Schmerzensknoten.

Schließlich konnten ihre Beschwörungen den Hagel besänftigen. Jetzt sah sie ein Stück weiter im Halbdunkel Skidbladnirs Kampf gegen die Wellen.

Bald sprengten Sturmreiter aus den Wolken, die schonungslosen Winde verschlugen ihr den Atem.

Eine Welle schlug über den Bug.

Totenwellen, Eiswinde, die hungrigen Krallen der Blutigen.

Für jeden besiegten Feind stellten sich zwei neue ein. Es nahm kein Ende. Seit Tagen kämpfte sie nun schon gegen

Hyndlas verdammten Sturm. Aber nicht einmal die Kraft einer Priesterin konnte das Schiff versenken, über das Freya wachte. Brisingamens kaltes Licht führte sie durch die Nacht. Nur ging es langsam, unendlich langsam.

Völlig durchnässt ließ sie sich auf die groben Planken sinken. Ihr Körper bebte, die Kälte zehrte an ihren Kräften.

»Mich zwingst du nicht in die Knie!«

Hyndla musste doch auch erschöpft sein, nachdem sie diesen Sturm aufgepeitscht hatte. Freya wollte sich nicht ergeben, nicht jetzt, nie.

Sie wollte sich nur ausruhen.

Njörunn brachte ihr ein Fell. Sie setzte sich dicht neben Freya, um dieser von ihrer Wärme abzugeben.

»Wir steuern Land an«, schrie sie durch den Wind.

Das Boot lag so tief im Wasser, dass Freya schon glaubte, sie würden sinken.

Gefion schrie Sigvard, der am Ruder stand, etwas zu. Alle anderen hatten sich unter Decken und Fellen verkrochen.

»Wir sind bald da«, rief Njörunn.

Freya schmiegte sich dichter an sie. Sie hatte keine Ahnung, wo sie sich befanden. Verdammte beißende Kälte. Die schnitt sie in Stücke. Wenn sie sich doch nur eine Weile ausruhen könnte.

Freya hüllte sich dichter in ihren Umhang. Genoss dessen Wärme. Sie lehnte ihren Kopf an Njörunns Schulter und versank in einen unruhigen Schlaf.

Sie erwachte, als Sigvard sie zu einem Feuer trug, das im Schutz einiger hoher Steine brannte. Der Wind hatte sich jetzt ein wenig gelegt. Der dunkle Halbtag ging in die Nacht über.

Vorsichtig legte Sigvard sie neben das Feuer.

»Ruh dich aus«, sagte Sigvard und hüllte sie in seinen Mantel.

Freya schaute ihre Kleider an – die trocken waren. Offenbar hatte Njörunn sie auf dem Boot noch umgezogen.

Wie lange sie wohl schon hier waren? Das Schiff war auf das Ufer gezogen. Kräftige Baumstämme waren für das Feuer gefällt worden. Freya schüttelte den Kopf, um ihre Gedanken zu klären.

»Hier.«

Njörunn reichte ihr eine Schale mit saurer Grütze.

Freya aß gierig, bald war ihr Hunger gestillt und ihre Kräfte kehrten zurück. Langsam wurde sie wieder sie selbst. Ein Schatten fiel über sie. Gefion ging neben ihr in die Hocke.

»Gut gemacht, Schwester. Wir haben es dir zu verdanken, dass Ran uns nicht verschlungen hat. Vielleicht ist dein Halsband ja wirklich heilig.«

Freya schaute ihre Schwester empört an. Deren Augen leuchteten, als sei der Sturm ein Spiel gewesen.

»Wie kannst du an mir zweifeln?«

»Wer alles verloren hat, bezweifelt oft das, was noch vorhanden ist. Verzeih mir meine Worte«, bat Gefion eindringlich.

Freya schnaubte. Sie hatte schlechte Laune, und das war nicht gut. Sie musste ihre Stimmung in den Griff bekommen. Sie schaute ins Feuer, versuchte sich zu beruhigen.

Thor starrte sie durch die Flammen an. Mit ernster Miene stand er da, unbeweglich wie ein Felsen.

Dann sagte er etwas zu dem Jüngling, der neben ihm stand. Es war der junge Mann, dem sie beim Opferfest den berauschenden Trank gegeben hatten, Ull, Freyrs Sohn. Düster starrte dieser zu Freya herüber.

Freya schaute neugierig auf. Ull hatte die Kraft seines Vaters geerbt. Das war deutlich für alle, die sehen konnten. Der Zauber lag wie ein Kranz um seinen Kopf. Sie hatte Ulls Sinne wecken können.

Sofort hob sich ihre Stimmung.

»Ist das da Iduns Gatte?«, fragte Gefion und zeigte auf Bragi.

Freya stand auf.

Idun mochte ihre Hilfe abgelehnt haben, aber vor dem Kampf musste sie doch noch eines erledigen.

»Komm mit, Schwester«, sagte sie und ging hinüber zu den Asen.

Sofort trat Bragi vor, legte sich die Hand aufs Herz und verbeugte sich untertänig.

»Es ist eine Ehre, mit dir zu reisen, Freya, Wanendise. Höchste unter den Wanen.«

Freya musterte den Jungen, den Idun sich ausgesucht hatte. Bildschön war er, groß und stattlich mit seinem Schwert. Sein Gesicht war so hübsch wie das eines Mädchens. Aber auch die süßesten Äpfel konnten unter der Schale faul sein.

»Ehrst du meine Tochter?«

Bragi lächelte und verneigte sich ein weiteres Mal. Freya runzelte die Stirn. Was für eine verdammte Kriecherei.

»Idun ehrt mich mit ihrer Schönheit. Sei unbesorgt, hohe Frau. Sie ist meine Königin, ich lebe nur, um ihr zu dienen und sie zu ehren«, sagte Bragi und lächelte.

Freya schaute überrascht zu Thor hinüber, und der wandte sich mit verlegener Miene ab.

»Ja, sein Mundwerk ist immerhin so beweglich wie der Arsch einer magenkranken Kuh«, sagte Gefion.

Sie trat neben Bragi und musterte ihn, von den feuchten Lederschuhen bis zu seinen blonden Haaren. Jetzt machte er ein ängstliches Gesicht. Er war ein glattzüngiger Mann, der daran gewöhnt war, sich seinen Willen zu erschmeicheln.

Das konnte auch Freya sehen.

»Habe ich auf irgendeine Weise dein Missfallen erregt, Königin Gefion? Denn dann bitte ich um Verzeihung«, sagte Bragi jetzt.

Gefion tauschte einen Blick mit Freya, ehe sie antwortete.

»Ich wollte nur sehen, aus welchem Stoff du bist. Du hast dir ja schließlich einen wertvollen Schatz erschlichen.«

»Ich weiß, dass ich unwürdig bin, schlicht bin ich von Geburt, nicht edel wie meine Gattin. Aber ich bin glücklich darüber, dass sie sich für mich entschieden hat.«

Gefion schlug die Arme übereinander und machte ein zufriedenes Gesicht.

Freya schaute dem Jungen in die Augen. Die Göttin mochte wissen, dass sie selbst es nicht geschafft hatte, Idun irgendeine Freude zu schenken. Vielleicht konnte Bragi heilen, wo Freya verletzt hatte? Sie sollte vielleicht nicht versuchen, das neue Leben ihrer Tochter zu zerstören.

»Es ist ein schöner Anblick, wenn Asen und Wanen im heiligen Ehebund vereint werden«, sagte da eine schrille Stimme.

Freya zuckte zusammen. Loki. Diese Stimme hätte sie überall erkannt. Der Schamane trat neben sie und grinste. Die Fuchsfelle wogten um seine Schultern.

»Geh mir aus den Augen, du stinkendes Schwein«, fauchte Freya.

Loki hob abwehrend die Hände.

»Warum diese Feindseligkeit? Ich habe Neuigkeiten für dich, große erschütternde Neuigkeiten«, sagte er und starrte Brisingamen an.

Freya legte schützend eine Hand auf das Gold. Er war es nicht wert, diese Schönheit zu sehen.

»Aus deinem Mund kommen nur Streit und Zwietracht.«

Loki lachte nur.

»Dein schönster Schmuck ist doch wohl deine Tochter?«

Seine Raubtieraugen wurden zu schmalen Schlitzen.

»Weißt du, was ihr im Wald widerfahren ist? Frag Thor«, sagte Loki grinsend.

Ein kalter Wind kam vom Meer herüber und brachte Regen mit. Freya erschauderte. Das hier war schlimm. Böse Vorahnungen machten ihr eine Gänsehaut.

»Was ist passiert?«, fragte sie.

Thor schaute zu Boden, wie um Kraft zu holen, ehe er sprach.

»Idun behauptet, dass jemand sie draußen im Wald vergewaltigt hat, aber wir konnten keine Spuren finden«, sagte er endlich.

Freya holte tief Luft. Ihr Kind war geschändet worden. Sie krümmte sich vor Schmerz.

»Ich habe sie trotzdem genommen«, sagte Bragi.

Was sollte das denn heißen? Und wieso hatte er ihre Tochter nicht beschützt?

Die Finsternis schloss sich um sie. Ohnmächtig sank sie zu Boden.

Aber nun schritt Gefion zur Tat. Sie trat vor Bragi hin und schlug ihn so hart, dass er rückwärts in den Sand geschleudert wurde.

»Glaubst du, du hast dir da eine Kuh eingehandelt? Sie ist die Erbin meines Reiches! Du bist es nicht einmal wert, ihr die Schuhe zu binden!«

Gefions Gesicht war tiefrot, ihre Augen wild vor Stärke.

Bragi wischte sich einen Blutstreifen aus dem Mundwinkel und versuchte aufzustehen. Er war wütend, bereit zum Kampf. Aber Gefion versetzte ihm einen Tritt in den Bauch und er krümmte sich vor Schmerzen.

Sie spuckte ihn an und wandte sich dann Thor zu.

»Was hat du unternommen, um sie zu verteidigen?«

Thor wich zurück. Er schämte sich, das war deutlich zusehen.

»Schwanzlose Asen, was für Schwächlinge.«

Gefion ließ Thor stehen, lief vor seinen Männern hin und her und erwiderte wütend ihre Blicke.

»Was glotzt ihr denn so? Sucht ihr Streit? Dann los. Versucht es mal mit einer, die sich wehren kann!«

Der Umhang wogte auf ihrem Rücken. Sigil funkelte an ihrem Gürtel.

Die Asen wichen zurück, sie wussten nicht, wie sie sich Vanaheims Königin gegenüber verhalten sollten.

Freya kam langsam auf die Beine. Ihre wütenden Schuldgefühle drohten, sie zu zerreißen. Die Mächte mochten sich des Narren erbarmen, der ihr Kind verletzt hatte.

Freya atmete einige Male tief durch. Dann hatte sie sich wieder in der Gewalt.

Loki strahlte glücklich und triumphierend. Auf den brennenden Hass alter Feinde war eben immer Verlass.

»Hast du das getan?«

Loki grinste zufrieden. Er war es. Freya war sich sicher. Sie konnte seine Schuld spüren. Loki hasste sie. Er würde alles tun, um ihr zu schaden.

»Idun ist schwachsinnig, sie hat Ull beschuldigt, aber alle haben ihn an der Feuerstätte sitzen sehen«, sagte Thor.

So war es also gewesen. Loki hatte Ulls Gestalt angenommen, hatte sich als Freyrs Sohn ausgegeben.

»Warum?«

Er grinste.

»Reingefallen, Freya.«

Freya hob die Hand. Wenn er keine Antwort gab, sollte er zu Asche verbrennen. Brisingamen wurde an ihrem Hals heiß. Ihre Kraft wuchs. Jetzt würde sie ein für alle Mal mit Loki abrechnen. Der Schamane wich zurück.

»Willst du mich noch einmal angreifen? Hast du mir nicht schon genug angetan? Ich verfluche dich, Freya, wegen aller Schande, die du über meinen Namen gebracht hast, seit dem Tag, an dem unsere Völker gegeneinander gekämpft haben.«

Freya starrte verdutzt in seine leeren Augen.

Loki war verrückt.

»Stell dir vor, vielleicht wächst mein Sohn in deiner Tochter heran. Was wirst du dann tun? Wer hat dann den Sieg davongetragen, Hexe? Jetzt stehst du hier, total verrückt und willst uns einreden, dein Holzhalsband sei aus funkelndem Gold.«

Gefion brach wie ein Unwetter über Loki herein. Schreiend schlug sie ihn blutig. Keiner der Männer griff ein.

Am Ende erhob sie sich atemlos und mit blutigen Fingern.

Loki lag mit geschwollenen Wangen und blutendem Mund im Sand.

»Ich hatte mich darauf verlassen, dass du Idun schützen und nicht im Stich lassen würdest«, sagte Freya zu Thor.

»Ich dachte, sie habe gelogen«, gab er offen zu.

Loki kam mühsam auf die Füße, Blut strömte ihm aus dem Mund, aber er schien das nicht einmal zu bemerken.

»Soll sie mich verurteilen dürfen? Sieh sie dir doch an!«

Er zeigte auf Freya.

»Wir haben unser Leben in die Hände einer wahnsinnigen Hexe gelegt.«

Lokis Lachen hallte über den Strand. Die Asen sahen Freya misstrauisch und voller Zweifel an. Selbst unter Sigvards Männern und bei Hallwi machte sich Skepsis bemerkbar.

Freya schaute sich überrascht um.

»Sie wird uns alle umbringen. Ihr Gemüt ist verfault und gestört. Wie kann sie es wagen, mich anzuklagen? Iduns Mutter ist eine läufige Hündin, natürlich ist die Tochter auch nicht besser. Sie reibt sich doch an jedem Kerl.«

Grinsend strich Loki sich das Blut vom Mund.

»Er lügt«, brüllte Gefion.

Freya war vor Hass wie gelähmt.

»Sie hat sich an mir gerieben und die Beine breit gemacht. So ist die Gattin, die du dir ausgesucht hast, Bragi. Ich sage die Wahrheit.«

Loki zeigte auf den Jungen. Aber anstatt Idun zu verteidigen, machte der ein unsicheres Gesicht.

Die Krieger am Strand tuschelten untereinander. Freya konnte ihre Zweifel nicht begreifen. Glaubten sie Loki etwa? Hatten sie alle den Verstand verloren? Warum nahm Bragi Idun nicht in Schutz?

»Seht euch Freya an. Sie ist kraftlos, sogar die Alfenpriester sagen, dass sie ihre Fähigkeiten verloren hat. Und sie bildet sich ein, sie könnte Hyndla besiegen!«

Loki warf den Kopf in den Nacken und lachte schallend.

»Wir werden alle sterben!«

»Sie hat uns durch den Sturm geführt«, rief Sigvard.

Loki erstarrte.

»Einen Sturm zu beschwören ist wirklich keine Kunst«, erwiderte er.

In diesem Moment konnte Freya sich aus ihrer Lähmung befreien. Jetzt reichte es. Sie würde das Schwein umbringen.

Freya hob ihre Hände und sammelte ihre Kräfte. Mit Brisingamen machte ihr das keine Schwierigkeiten.

Ihre Kraft schien keine Grenzen zu kennen.

Sie wuchs zwischen ihren Händen, bis sie bebten und glühten.

Loki wich zurück und stieß gegen einen hohen Stein.

Die Luft zitterte vor ihrer Stärke. Sie war fast bereit, die Zerstörung loszuschleudern, als ein schwarzer Schatten Loki packte und den zappelnden und schreienden Mann hochhob.

Thor.

»Sie ist meine Tochter«, brüllte Thor und beförderte Loki mit einem Schlag über den halben Strand.

Kaum war Loki auf dem Boden aufgeschlagen, da stand Thor schon wieder neben ihm. Er klemmte sich den bewegungslosen Loki unter den Arm, Blut quoll aus dem Mund des Schamanen.

Freya ließ enttäuscht die Hände sinken.

»Ich wollte ihn bestrafen.«

»Wir brauchen ihn im Kampf. Wir sind ohnehin schon wenige genug«, sagte Thor mürrisch.

»Wer sich an meiner Tochter vergreift, muss bestraft werden«, fauchte Freya wütend und sah Bragi an.

»Was bist du für ein Jammerlappen, der Idun nicht in Schutz nehmen kann?«

Der Junge erbleichte.

»Ich darf nicht noch mehr Krieger verlieren«, mahnte Thor.

Freya lachte spöttisch.

»Wer schwanzlos ist, wird auch schwanzlos bleiben.«

Bragi riss die Augen auf und griff sich zwischen die Beine.

Hallwi prustete los.

»Ohne Manneskraft, wie ein Kälbchen«, rief sie und schlug sich auf die Schenkel. »Wie schade, bei so einem niedlichen kleinen Asenbengel!«

Die Frauen aus Vanaheim jubelten.

»Ich werde mich rächen«, sagte Bragi so leise, dass Freya ihn fast nicht hören konnte.

»Versuch das nur, du Asenhäschen«, sagte sie mit gehässigem Lachen.

Er kehrte ihr den Rücken zu und verschwand in der Dunkelheit.

Die Asen traten unruhig von einem Fuß auf den anderen und schauten verstohlen zu dem bewegungslos dastehenden Thor hinüber.

Freya holte tief Luft und musterte den blutenden Loki. Dieser Anblick brachte sie zur Besinnung.

Gefion zuckte mit den Schultern, ging zum Feuer hinüber und hockte sich dort hin. Nach und nach versammelten sich alle in der Wärme. Nur Freya und Thor blieben am kalten Strand stehen.

»Wird Bragi sich um Idun kümmern?«

Thor zuckte mit den Schultern.

»Nicht jetzt, wo du ihn behext hast«, antwortete er mürrisch.

Freya musterte ihn überrascht.

»Ich wollte ihm Angst machen, weil er Idun nicht verteidigt hat. Meinst du, ich würde den Mann meiner Tochter behexen? Wofür hältst du mich eigentlich?«

Thor sah sie erleichtert an.

»Bragi ist ein guter Junge. Er hat einen hellen Kopf und ist überaus umgänglich. Sie werden schon gut zusammenleben. Sofern er nicht fällt.«

Freya biss sich auf die Lippe. Thor hatte Recht. Ihre Zeit ging zu Ende. Am nächsten Tag würden sie in den Kampf ziehen, und es war durchaus nicht sicher, ob irgendjemand von ihnen wieder nach Hause zurückkehren würde.

Langsam kehrte Ruhe im Lager ein.

Schilde wurden klirrend zusammen mit Schwertern und Äxten an Steine gelehnt. Hallwi stritt sich mit einem Asen darüber, wie das Fleisch gebraten werden sollte. Sie schrien einander eine Weile an, dann kamen sie überein und fingen an, Glut aus dem Feuer zu kratzen.

Bald verbreitete sich der Bratenduft am ganzen Strand.

Baldur, der sich aus allen Wortwechseln herausgehalten hatte, kam auf Freya und Thor zu.

»Ich hoffe, ich störe nicht zu sehr, aber ich habe doch eine Frage, was den morgigen Tag angeht. Wirst du mit deinen besonderen Künsten Hyndla finden? Und zugleich sehen, wie viele Feinde uns auf Gorms Hof erwarten?«

»Das kann Njörunn. Und bitte sie außerdem, euch mit Beschwörungen zu schützen«, antwortete Freya gereizt.

»Entschuldige meine fehlenden Kenntnisse, was Zauber angeht«, sagte Baldur säuerlich und ging zu Njörunn, die sich am Feuer wärmte.

Sie sprachen eine Weile miteinander, dann verließen sie zusammen das Lager. Freya schaute hinter ihnen her. Baldur würde über die Priesterin wachen, wenn sie Vogelgestalt annahm und über die Insel der Göten flog. Das war gut, denn sonst könnten Raubtiere sich über Njörunns Leib hermachen, während ihr Geist anderswo weilte.

Thor nahm sein Wolfsfell ab und legte es um Freyas Schultern.

»Wir wollen einander wärmen«, sagte er mit sanfter Stimme.

Die zum Kampf gekleideten Frauen und Männer starrten die beiden neugierig an, als sie sich ein Stück entfernt von den anderen hinsetzten. Allen war bekannt, was sich einst zwischen ihnen abgespielt hatte.

Freya schloss die Augen und lehnte den Kopf an Thors Schulter.

Sie musste Zorn und Reizbarkeit unterdrücken. An diesem letzten Abend vor dem Kampf war nichts mehr von Bedeutung. Sie hatte sich mit der Vergangenheit ausgesöhnt. Jetzt blieb ihr nur noch die Gegenwart.

»Du hast mir Kraft gegeben, als ich gegen den Sturm gekämpft habe«, sagte sie.

»Du bist meine Hoffnung, du bist unser aller Hoffnung. Ohne dich hätten wir bereits vor Kampfbeginn verloren«, erwiderte Thor.

Unter seinem Bart leuchtete die weiße Narbe. Ihr geliebter Krieger.

»Du legst mir eine schwere Last auf die Schultern.«

»Dann weißt du, was ich mein Leben lang getragen habe«, sagte Thor und legte den Arm um sie. Freya ließ sich an seinen warmen Körper sinken.

Die Trauer bohrte sich wie spitze Steine in ihre Kehle. Das hier war der letzte Abend in ihrem Leben, das spürte sie. Jeder Atemzug war kostbar.

»Ich werde im Kampf gegen Hyndla umkommen«, sagte sie.

Thor seufzte tief.

»Nur wenige von uns werden überleben.«

Er legte die Wange an ihre Haare und atmete ihren Duft ein.

»Warum durften wir nicht zusammen sein? Wenn ich mir etwas wünsche, dann das. Ich wäre diese Freude wert gewesen«, murmelte er traurig.

Im Feuer tauchte Hels böse Seite auf. Sie lachte, grell und erwartungsvoll.

»Was wir in diesem Leben nicht erhalten, werden wir in der Nachwelt genießen. Du brauchst den Tod nicht zu fürchten, denn ich werde dich dort erwarten«, flüsterte Freya.

Thor hob sie auf sein Knie und drückte sie an sich.

Sie schmiegte sich an seinen Hals. Bei ihm zu sein war das einzige Glück, das ihr noch blieb.

»Genug davon. Wir werden nicht sterben, nicht morgen und auch nicht übermorgen«, sagte Thor verbissen.

Freya sah hinter diese Tapferkeit. Mit kalten, starren Fingerspitzen streichelte sie Brisingamen und versuchte zu lachen.

»Du hast Recht. Wir wollen kämpfen, bis die Zeit ein Ende nimmt«, flüsterte sie und schaute über den vom Wind gepeitschten Strand.

Kahle Lärchen klammerten sich am Boden an. Sturmmeer und Wolfszeit. Freya erstarrte, als ein Blutring sich um die Mondgöttin schloss. Böses Vorzeichen, Zeit des Unheils. Sie waren Überreste einer zum Untergang verdammten Welt.

Zärtlich küsste Thor ihre Wange.

»Ruh dich aus. Bald geht es gegen Gorm.«

Sie schloss die Augen, beruhigt durch seine Nähe.

Das Letzte, was Freya vor dem Einschlafen noch hörte, waren die schweren Schritte der Todesgöttin. Hel suchte sich die Krieger aus, deren Leben sie während des Kampfes ernten wollte.

11

Das Licht der Sterne führte sie zu Gorms Insel. Der Sturm hatte sich gelegt . Langsam stieg der Nebel aus dem eiskalten Wasser empor. Er legte sich um das Schiff, verschlang sich zu Ewigkeitsspiralen.

Das Wasser plätscherte leise. In der Grenzwelt war alles still.

Thor schaute aus zusammengekniffenen Augen in die grauweißen Schleier, er ahnte ein Ufer und einige Bäume. Sie waren am Ziel.

Er drehte sich um, sah seine Männer an. Sie waren bereit, zeigten weder Bedauern noch Angst. Nur feste Entschiedenheit.

Das Schiff glitt mit leisem Scharren auf den Strand. Thor sprang an Land und legte die Hand auf seine Waffen, damit die nicht klirrten. Wenn sie Gorm nicht überraschen konnten, war ihnen der Tod sicher.

Die Sträucher und die vom Wind gepeitschten Bäume oben am Ufer waren in Nebel gehüllt. Alles war still.

Er winkte seinen Männern, sie zogen Skidbladnir auf den feuchten Strand.

Gleich darauf glitt das Wanenschiff auf den Sand, die Krieger sprangen über die Reling. Männer mit Schwertern in der Hand, ohne Umhang, jetzt vor dem Kampf, Frauen mit Äxten und Bögen.

Freya ging als eine der Letzten an Land, zerbrechlich und

dünn legte sie sich den Umhang um die Schultern. Ihre Haare hingen in feuchten Strähnen um ihr bleiches Gesicht. Ihre Augen waren unruhig.

Sie dürfte nicht hier sein, dachte Thor. Er hätte sie beschützen, sie weit vom Feind entfernt zurückhalten müssen, hätte sie nicht zum Mitkommen zwingen dürfen. Was hatte er sich nur dabei gedacht?

Thor versuchte, seine Schuldgefühle zu verdrängen. Die ganze Nacht hindurch hatte er Freyas schlafendes Gesicht betrachtet, hatte über sie gewacht und sie gewärmt.

Wie sollte er sterben können, wenn sie in Gefahr war? Wie sollte er leben können, wenn er sie verlor?

»Baldur.«

Er packte seinen Bruder am Harnisch, zog ihn zu sich.

»Schütze Freya mit deinem Leben.«

Sein Bruder verzog verärgert das Gesicht.

»Das meinst du doch nicht im Ernst?«

»Sie ist wertvoll für uns. Ohne Freya sind wir verloren.«

»Du vielleicht«, knurrte Baldur.

Thor schaute den Hang hoch. Der Tag zog auf, langsam lichteten sich die Nebel.

Gorms Hof lag wie ein grauer Schatten auf der Anhöhe. Er nickte Gefion zu. Sie flüsterte ihren Leuten einige Worte zu, ermutigte die Ängstlichen, lobte die Streitlüsternen.

Thor drängte sich zu Freya hindurch. Ihr Blick wurde weich, als sie ihn ansah.

»Wir nageln die Tür zu und stecken das Haus an. Wenn wir Glück haben, sind seine Krieger drinnen. Odin ist unsere Sache, um den kümmern wir uns.«

Ihre grünen Augen funkelten.

»Halt du dich aus dem Kampf heraus, bis Hyndla auftaucht. Baldur wird über deine Schritte wachen. Egal, was passiert, egal, wer fällt, schwör mir, dass du auf sie wartest.«

Sie ließ die Hand über ihr Halsband aus Stöckchen und Steinen wandern. Thors Kehle zog sich zusammen. Hoffentlich war das Halsband von Kraft erfüllt. Die würde sie brauchen.

Freya schaute zum Hof. Ihre Vorahnungen jagten ihr kalte Schauer über den Rücken. Der Wind stank nach Blut und Entbehrung. Das Laub raschelte, fremde Wesen waren in den Schatten zu ahnen.

»Sie wissen, dass wir hier sind«, sagte sie.

Thor erstarrte und fluchte leise.

»Schnell.«

Seine Männer folgten ihm geduckt den Hang hoch, aufeinander eingespielt wie ein Fischschwarm glitten sie zwischen Büsche und verzerrte Bäume. Bald hatte die Nacht sie verschlungen.

»Vanaheim, folge mir«, flüsterte Gefion und schlug mit ihren Frauen und mit Sigvard und dessen Kriegern einen anderen Weg ein.

Gefion und Thor wollten sich aus unterschiedlichen Richtungen dem Hof nähern. Wo die eine Gruppe versagte, sollte die andere Erfolg haben.

Freya folgte Njörunn mit den Blicken, die Priesterin sollte Gefion mit ihrer Kampfmagie beistehen. Sie drehte sich um und schaute Freya ein letztes Mal an. Entsetzen lag in ihrem Blick.

Als sie verschwunden waren, blieb Freya ratlos neben dem unruhig von einem Fuß auf den anderen tretenden Baldur stehen. Im Wind waren flüsternde Stimmen zu hören. Der Gestank der Bosheit schloss sich um sie, löste in ihr Brechreiz aus.

Zögernd ging sie auf das Haus zu. Bei jedem Schritt spürte sie Hyndlas Nähe stärker. Der schlammige Boden, die Bäume, die stacheligen Büsche, alles triefte vor Fäule.

Schwere Hammerschläge hallten in der Dunkelheit wieder. Sie klangen unnatürlich laut. Jetzt wurde die Tür zugenagelt. Es roch nach Rauch. Auf der Anhöhe loderte das Feuer auf. Freya lief den Hang hoch.

Ein Schatten folgte ihr. Hel.

»Nimm das Opfer entgegen, das wir dir schenken. Sag uns, wo wir Hyndla finden«, flüsterte Freya.

Lautlos glitt die Todesgöttin über den Boden.

»Sie ist überall. Spürst du das nicht?«

Unruhig schaute Freya sich um und als sie den Kopf wieder wandte, war Hel verschwunden. Nur Baldur war noch da, angespannt und wachsam.

Hinten beim Hof loderten die Flammen immer höher auf. Bald flammte das Strohdach mit trägem Knistern auf. Das Feuer färbte den Himmel gelb und rot.

Sie hatten das Haus jetzt fast erreicht.

Die Angstschreie der Sterbenden hätten jetzt über den Hang hallen müssen, aber alles blieb stumm. Kalte Schlangen wanden sich über Freyas Rücken.

»Es ist zu ruhig«, flüsterte sie. »Hier stimmt etwas nicht.«

Gefion sprang streitlüstern auf den Hofplatz. Dort war kein Feind zu sehen. Keuchend holte sie Atem.

Die Türen der Hütten standen offen. Das Feuer verschlang das Strohdach des Langhauses, aber niemand schrie.

Sie packte Sigil, hielt Ausschau nach Göten. Böse Ahnungen machten ihr eine Gänsehaut. Hier gab es keine Feinde. Hier gab es gar nichts.

Die Asen standen zögernd auf der anderen Seite des Hofplatzes.

»Ist das der falsche Hof?«

»Das ist die Königshalle der Göten, ich war schon einmal hier«, sagte Sigvard und zeigte auf die Doppeltüren des Langhauses.

Gorms Widderkopf leuchtete rot hinter den Holzriegeln, die die Asen festgenagelt hatten. Der Wind packte den Rauch, ließ ihn über den Hofplatz fegen.

Gefions Frauen husteten erstickt. Unsichtbare Feinde,

Hexen und leere Häuser. Die Vorahnungen wurden zur Gewissheit.

»Das ist eine Falle, geht in Deckung«, schrie Gefion und rannte auf die Hütten zu.

Aber sie schaffte nur wenige Schritte, dann brachen die Krieger aus der Dunkelheit hervor. Sie blieb stehen, streckte die Arme aus, um ihre Frauen zu schützen. Hunderte von Speeren und Schwertern schlossen sich langsam um sie.

Sie waren umringt.

»Verflucht.«

Gefion blieb überrascht stehen. Sie mussten im Dunkeln gewartet haben. Aber wie?

»Das sind Trugbilder«, rief Sigvard.

»Schweig!«

Die Waffen der Göten waren wirklich genug.

Die Kampfrufe der Asen hallten auf dem Hofplatz wider. Klingen schlugen gegeneinander. Gefion hob Sigil und lachte wütend. Wenn das ihr letzter Kampf sein sollte, dann wollte sie würdig sterben.

»Mir nach!«

Sie sprang einen bärtigen Krieger an, schlug seinen Speer zur Seite. Ihr Schwert schlitzte seinen Hals auf, Blut spritzte heraus. Noch ehe er gefallen war, schlug sie einen anderen Schwertträger nieder.

Die Mauer aus Speerspitzen wurde gegen ihren Körper gedrückt. Fast wäre ihre Haut durchbohrt worden.

»Dann bringt mich doch um«, brüllte Gefion.

Aber die Götenkrieger durchbohrten sie nicht und spießten sie auch nicht auf. Sie drängten sie einfach nur zurück, Schritt für Schritt. Was waren das für Krieger? Sie opferten ein ganzes Haus, umringten sie, ohne sie zu töten. Und sie waren stumm wie Disen.

Sigvard hatte wohl doch Recht gehabt. Sie waren nicht wirklich. Wer konnte solche Macht über so viele Krieger besitzen?

Verlegen ließ sie Sigil sinken und kehrte den Asen den Rücken zu.

Was für ein verdammt elendes Schicksal für eine Wanenkönigin.

Sie fuhr sich mit der Hand über den Kittel. Die Messer, die sie in ihrer Kleidung versteckt hatte, waren noch vorhanden. Sie mochten ihr das Schwert nehmen, aber mit einem Dolch konnte sie immer noch Selbstmord begehen.

Sie drehte sich um. Da stand Thor, kampfbereit, mit dem Hammer in der Hand.

»Was sollen wir tun, Asenhäuptling?«

»Wir warten auf Gorm«, sagte Thor gelassen. »Vergeude keine Kraft an die Krieger. Wir müssen den König und seine Hexe zur Strecke bringen.«

Sigil war schweißnass in Gefions Hand, ihr Mund war vor Kampflust wie ausgedörrt.

Sie sah die Götenkrieger an, die auf eine Speerlänge Distanz blieben. Hässlich waren sie mit ihren schmutzigen Bärten.

»Ich werde eure Herzen braten und verschlingen«, fauchte Gefion und spuckte einen an.

Überrascht sah sie, wie er ihre Spucke wegwischte, ohne zu antworten oder zu handeln.

»Du bist mir ja ein mieser Feigling«, fauchte sie.

»Tiwaz beweint eure Schwanzlosigkeit«, brüllte Thor.

Die Krieger bewegten sich nervös, sie brannten vor Lust, die Angreifer niederzumetzeln, die Luft war gesättigt von ihrem Hass. Aber niemand griff an.

Ihr Wille war gefesselt.

Gefion hörte, wie hinter ihr eine ihrer Frauen schnaubte. Sie wollte sie aufmuntern, doch ehe sie den Mund öffnen konnte, teilten die Gegner sich und ließen einen Mann durch.

Gefion biss die Zähne so fest zusammen, dass es wehtat.

»Komm zu mir«, flüsterte sie.

Thor lächelte düster, als Gorm die Mauer seiner Krieger durchschritt. Groß und mit üppigem Bart kam er auf sie zu, sein Umhang und sein Bart funkelten vor Gold.

Mjölnir lag schwer in Thors Hand. Sein Körper war angespannt wie eine Bogensehne. Wenn Gorm nur ein wenig näher käme, dann würde er den Hammer heben und dem grinsenden König den Schädel einschlagen.

Aber Gorm blieb hinter einer Mauer aus erhobenen Speeren stehen.

»Dir wird die Freude, im Streit zu fallen, nicht gegönnt sein, Thor, Sohn Odins, Tiwazens Auserwählter«, rief er.

Seine Stimme triefte vor Verachtung.

»Wenn du mich haben willst, dann hol mich doch«, sagte Thor.

Er wischte sich mit dem Handrücken den Schweiß von der Stirn. Das Langhaus sackte in sich zusammen und das Feuer erlosch. Der Hofplatz zitterte vor Hitze.

»Ein Krieger, der sich hinter Weibern versteckt, sollte keine so großen Töne spucken«, rief Gorm.

Die Götenkrieger lachten, wurden aber bald wieder ernst. Gorms Macht über sie schien keine Grenzen zu kennen. Wie hatte er sie dermaßen in seine Gewalt bringen können?

Thor ließ seinen Blick über die Krieger wandern. Wo sie sich wohl so gut versteckt hatten? Wie hatte er in diese Falle tappen können?

Er reckte sich.

»Wie kannst du mich anklagen, wo deine Macht doch auf einer Hexe beruht!«

Gorm grinste und strich sich über den Bart.

»Ach, wo du es schon erwähnst. Lass mich dir die Frau vorstellen, der ich dich versprochen habe«, lachte Gorm und winkte den Schatten.

Eine junge, wunderschöne Frau in goldenem Gewand trat zwischen den Kriegern hervor. Goldschmuck und Tätowierungen wanden sich um ihre Arme. Sie schimmerte im Feuerschein.

Thor musterte sie überrascht. Das sollte Hyndla sein? Die hatte er für eine hässliche und zahnlose alte Vettel gehalten.

»Ich sehne mich schon seit langer Zeit nach diesem Tag«, rief sie.

Er erwiderte abwartend ihren Blick. Worauf wollte sie wohl hinaus?

»Du erinnerst dich doch sicher daran, wie du meine Mutter und meine Schwestern niedergemetzelt hast?«

Ihre Stimme wurde dunkler, ihre Schönheit verblasste, denn nun zeigte sie ihr wahres Wesen.

Thor hatte Mjölnir gepackt. Er konnte sich durchaus an die Priesterinnen erinnern, die er getötet hatte. Und für diese verfluchte Tat hatte er teuer bezahlen müssen. Aber was geschehen war, war geschehen. Die Zeit der Reue war vorbei.

Er schaute verstohlen zu den Bäumen am Hang hinüber. Wo war Freya? Jetzt brauchte er sie.

»Ich konnte vor dir fliehen. Ich hatte mich im Wald versteckt, lebte dort wie ein Tier. Lange habe ich nach dir gesucht, Thor. Weißt du, was es für ein Gefühl ist, die Frauen deiner Sippe tot auf dem Boden zu finden?«

Sie hob die Hand und lächelte erwartungsvoll.

Instinktiv zog Thor den Kopf ein. Dann ließ Hyndla die Hand sinken.

Heulende Pfeile schwirrten durch die Luft.

Eine Wanin fiel, in den Hals getroffen. Thor warf sich über sie, versuchte, den Pfeil herauszuziehen. Vergeblich.

Er ließ die Tote los, schaute sich um.

Nur Frauen waren getroffen worden. Blutend, sterbend lagen sie im Schlamm.

Gefion war ins Bein getroffen, sie riss den Pfeil mit einem groben Fluch heraus. Njörunn kroch zwischen die Verletzten.

Thor drehte sich zu der goldenen Hexe um. Sie lächelte siegesgewiss.

Grins du nur, Hyndla, du wirst schreien wie ein Schwein, wenn ich dir über meinem Knie das Genick breche.

»Ist das ein schönes Gefühl, Thor? Ich wollte dir nur zeigen, was es für ein Gefühl ist, zwischen im Kampf gefallenen Frauen zu stehen.«

Gorm, der neben ihr stand, lachte.

»Ganz ruhig, Männer. Wir werden ihnen bald den Blutadler in den Rücken schneiden«, sagte Thor.

»Das sieht nicht gut aus«, sagte Bragi.

»Tiwaz wacht über uns, fürchtet euch nicht. Bald sehen wir uns in der Halle unserer Vorväter«, erwiderte Thor.

Obwohl alles verloren war, wollte er doch wenigstens wie ein Mann sterben.

»Legt eure Waffen auf den Boden«, rief Gorm.

Thor grinste.

»Komm her, Gorm, wenn du dich von Hyndlas Rockzipfel wegtraust. Komm her, dann treten wir einander in ehrlichem Kampf gegenüber, du und ich.«

Aber der König der Göten blieb gelassen stehen.

»Hyndla hat noch etwas, das auf euch wartet.«

Freya presste die Stirn gegen den Baumstamm. Ihr Herz klopfte wild. Was sollte sie jetzt machen? Sie war dieser Priesterin nicht gewachsen. Alles auf dieser Insel war durchsetzt von Hyndlas Bosheit und diese Bosheit raubte Freya den Mut, ließ sie schwach und furchtsam werden.

Hel hatte Recht. Hyndla war überall. Freya atmete schwer, versuchte, sich von der Kampffessel zu befreien, die ihren Willen lähmte. Aber ihre Worte hatten keine Kraft.

»Kannst du sie nicht beschwören?«

Freya schüttelte auf Baldurs Frage hin nur stumm den Kopf. Auf dem Hofplatz drängte sich eine Mauer aus feindlichen Rücken zusammen. Wie sollte Freya so viele verzaubern können?

Ob Gefion noch lebte? Und Njörunn? Sie konnte die beiden nirgendwo entdecken. Die Dunkelheit schloss sich um sie zusammen. Sie durfte nicht fallen, jetzt nicht.

Hinter Freyas Rücken raschelte es. Baldur erstarrte und hob sein Schwert.

Zu spät.

Gorms Kämpfer brachen über sie herein. Starke Hände zwangen Freyas Arme nach hinten. Eine Messerklinge wurde gegen ihre Kehle gepresst. Sie stand ganz still da und atmete schwer. Neben ihr kämpfte Baldur, dann ließ er die Arme sinken. Überwältigt, geschlagen.

Freya traten vor Scham die Tränen in die Augen, als sie durch die Reihen der Götenkrieger gestoßen wurde.

»Hier kommt die Letzte«, sagte Hyndla.

Jetzt, wo sie vor der Hexe stand, die ihr Volk vernichtet hatte, zitterte Freya. Verschlungene Tätowierungen bedeckten Hyndlas Haut. Kraftworte und Beschwörungen waren auf ewig eingeätzt, ein mächtiger, undurchdringlicher Schutz.

Das Helzeichen auf Freyas Stirn schmerzte angesichts dieser Macht.

»Ich werde dich zermalmen und deine Überreste in den Wind streuen«, fauchte Hyndla.

Freya sah in die leeren Augen der Priesterin und ihr schauderte. Die Kampffessel umschloss sie immer fester. Schwach und willenlos schaute sie zu ihren Verwandten hinüber. Gefion lebte, noch. Ebenso Njörunn. Aber bald würden sie alle sterben. Thor starrte sie verzweifelt an.

Freya riss sich zusammen, kämpfte gegen die Schwäche an. Sie musste sich von der Kampffessel befreien, neue Kraft gewinnen. Sie war jetzt in einer anderen Situation als damals in der Höhle, als sie gegen Hyndla angetreten war. Sie hatte ja Brisingamen.

Freya zwang sich, noch einmal Hyndlas leerem Blick zu begegnen.

»Glaubst du, die Rache wird dir Frieden schenken?«

»Wer behauptet, ich suchte Frieden?«

Jetzt bekam Freya wirklich Angst. War sie denn wahnsinnig gewesen, dass sie geglaubt hatte, dieses Geschöpf in die Knie zwingen zu können?

Hyndlas Zauber hatte sogar Gewalt über die Zeit.

Je mehr Freya kämpfte, desto tiefer wurde sie in Hyndlas Bosheit hinabgezogen. Sie konnte nicht einmal Brisingamens Stärke anrufen.

Nicht, dass Hyndla die Macht des Halsbandes zu erfassen schien. Sie hatte es bisher nicht ein einziges Mal angeschaut. Irgendwie wusste Freya, dass das ein Vorteil war, auch wenn sie nicht erkennen konnte, weshalb.

Freya ließ den Kopf hängen. Ihr Wille war gebrochen.

Sie waren in die Falle gegangen. Hyndla hatte den Sturm geschickt, um Freyas Zauber zu messen und sie zu ermüden. Wie Lämmer waren sie alle in den Wolfsbau getappt.

Eine Schwertspitze wurde gegen ihren Hals gedrückt.

»Legt die Waffen nieder, oder ihr seht sie sterben.«

Thor starrte sie noch immer verzweifelt an. Begriff er denn nicht, dass alles verloren war?

Er zögerte lange, dann legte er Mjölnir und sein Schwert auf den Boden. Sofort waren Götenkämpfer zur Stelle und fesselten ihm die Hände auf den Rücken.

Auch Gefion und die anderen wurden gefesselt.

»Bringt sie zu den Steinen«, befahl Hyndla tonlos und verschwand.

»Was hast du mit der Priesterin vor?«, rief Gorm ihr hinterher.

Hyndla drehte sich um und bedachte Freya mit einem gleichgültigen Blick.

»Nimm sie mit. Sie kann mit den anderen sterben.«

Freya wurde über den Weg gestoßen. Sie starrte zu Boden, um ihre Schande zu verbergen.

Die brennende Halle lag jetzt hinter ihnen, einige Steinwürfe weiter ragten mehrere neue Langhäuser auf. Jetzt begriff sie, warum Gorm so bereitwillig sein Heim geopfert hatte. Er hatte es schon vorher aufgegeben.

Freya wurde über eine Heide geführt, die sich dahinstreckte, so weit das Auge reichte. In der Ferne stand ein Steinkreis. Das Licht der Dämmerung ließ die stehenden Steine leuchten wie goldene Tore.

Und diese Steine waren ihr Ziel.

Freyas Blicke suchten die anderen, doch sie konnte nur Götenkrieger entdecken. Bärtige Männer drängten sich um sie zusammen.

»Hyndla wird dir das Fleisch von den Knochen reißen. Bist du auf die Schmerzen vorbereitet, Wanenhündin?«

Der Krieger, der das gesagt hatte, war außer sich vor Angst. Seine Furcht ließ ihre Haut prickeln wie Ameisenstiche.

»Mir machst du keine Angst«, sagte sie.

Er fuhr sich nervös über den Bart, dann wurde er langsamer und fiel hinter ihr zurück.

Jetzt, wo Freya Hyndla nicht mehr gegenüberstand, spürte sie, wie ein Rest ihrer Kraft zurückkehrte.

»Schwankst du, Schwester?«, fragte eine Stimme in ihrem Kopf.

Eine Hand fuhr ihr zärtlich über die Haare.

»Freyr«, flüsterte sie.

Die Luft erzitterte, sie glitt zwischen die Welten. Ihr Bruder ging neben ihr. Er lächelte sanft, seine langen blonden Haare glänzten wie ein Sonnenaufgang.

Dieser Anblick machte sie froh und traurig zugleich.

»Ich freue mich, dass du gekommen bist, um mich in die Nachwelt zu holen.«

Freyr schüttelte mit ernster Miene den Kopf.

»Sie hat deinen Willen mit einer Kampffessel belegt. Und die musst du sprengen.«

»Das schaffe ich nicht«, flüsterte Freya.

Ihre vielen Beschwörungen, ihr ganzer Zauber waren verflogen.

»Du musst und du wirst.«

Freyr streckte die Hand aus und strich über Brisingamen. Das Halsband funkelte auf und pulsierte dann vor Kraft. Die Luft ließ sich leichter atmen. Freyr sprach eine Beschwörung. Sie kam Freya seltsam vertraut vor und sie wiederholte sie Wort für Wort. Kraftworte, mächtige Waffen.

Als die letzte Beschwörung ausgesprochen war, strömte Erleichterung durch ihren Körper. Die Fessel war zerbrochen, Freyas Kraft war wieder da.

»Danke«, flüsterte Freya.

Freyr lächelte sein überirdisch schönes Lächeln.

»Hab keine Angst. Ich werde über dich wachen.«

Freya musterte die weiß leuchtende Gestalt, die einst ihr Bruder gewesen war.

»Du lässt mich niemals im Stich, nicht einmal im Tod.«

»Die Zeitalter mögen ein Ende nehmen und die Sterne erlöschen, aber du wirst immer meine Schwester bleiben. Und jetzt geh und siege!«

Freyr verschwand im grauen Dämmerlicht.

Freya schaute sich mit scharfem Blick um. Die Schatten hatten ihr Gemüt verlassen.

Weit vorn zwischen den Kriegern konnte sie Hyndla erkennen. Jetzt begriff Freya. Die Priesterin war kein Mensch. Dieses Wesen dort vorn war bereits tot. All diese Schönheit, dieses menschliche Fleisch, war ein Trugbild. Wenn Freya es zerschlagen könnte, hätte sie gesiegt. Eine gewisse Gelassenheit breitete sich in ihr aus. In Alfheim hatte sie doch die ganzen Jahre hindurch immer wieder böse Geister beschwört und sie in die Nachwelt geschickt. Hyndla war nicht unverletzlich.

Die Göten standen außerhalb des Steinkreises. Sie lachten erwartungsvoll, als Freya in den Kreis gestoßen wurde. Sie fiel im trockenen Gras auf den Bauch. Riss an den Riemen, mit denen ihre Hände gefesselt waren. Der Wind jammerte zwischen den Steinen.

Dann nahm sie den Gestank war, einen süßen Geruch von Blut, Verwesung und Bosheit.

Was im Namen der Göttin war hier passiert?

Freya kämpfte sich auf die Füße und schaute zu den heiligen Steinen hoch.

Dann hätte sie sich am liebsten übergeben. Menschenopfer. Ein toter Asenkrieger hing mit ausgebreiteten Armen am Stein. Entsetzen und Schmerzen waren mit seinem blauschwarzen Gesicht erstarrt.

Freya drehte sich langsam um.

Daher hatte Hyndla also ihre große Macht.

Dreizehn Steine, dreizehn Opfer. Nein, noch mehr. Frisches Blut strömte aus einer braunhaarigen Frau, die auf einen verwesten Leichnam gebunden war.

Jedes Opfer war mit ausgebreiteten Armen und geschlossenen Beinen festgebunden worden. Arme Menschen, sie hatten unsäglich leiden müssen.

Freya konnte in Gedanken deren Schreie und gequältes Stöhnen hören.

Sie riss an ihren gefesselten Händen. Die Götenkrieger lachten und johlten. Sie schlugen einander auf den Rücken, feierten ihren Sieg. Das hier war eine Schande, auf diese Weise durften Menschen nicht geopfert werden. Hyndla konnte sich nicht auf Dauer über Menschenopfer in dieser Welt bewegen. Das wäre ein Vergehen gegen die Weltordnung.

Welche finstere Göttin konnte der Leichenfresserin das gestattet haben?

»Verdammte Sau, mein Geist wird dich bis in den Tod hinein verfolgen.«

Das war Bragi.

Freya wandte sich um. Er wurde soeben auf einen der Steine gehievt, mit aneinander gefesselten Beinen und ausgebreiteten Armen, genau wie die anderen Opfer.

Er wurde auf einen toten Krieger gebunden.

Bragis Schrei hallte zwischen den Steinen wider. Die Götenkrieger jubelten angesichts seiner Angst.

Hyndla lachte.

Gorm betrat den Ring, zeigte auf Bragi und flüsterte der Hexe etwas ins Ohr. Sie rieb sich aufreizend am König, spielte mit seinem Bart. Neben ihnen knieten Thor und Gefion, mit auf dem Rücken gefesselten Händen. Götenkrieger bewachten sie mit erhobenen Schwertern.

Freya schaute wütend zu der kichernden Hyndla hinüber. Lach du nur, du geile Sau. Ich werde deine verzerrten Sinne zerschlagen und dich zurück zu den bösen Schatten schicken, die dich geboren haben.

Zwei Götenkrieger kamen auf sie zu. Sie hatten vor, Freya wie ein Schlachtschwein festzubinden.

Niemals.

Brisingamen lag um ihren Hals wie glühende Kohlen. Seine Kraft war aus Feuer und Stein geformt.

Hier zwischen den gequälten heiligen Steinen war die Macht des Halsbandes groß.

Freya atmete tief durch, schaute in sich hinein.

Komm, Stärke, komm, Kraft. Die Schreie der Geopferten durchschnitten die Luft. Das half Freya weiter.

Sie suchte nach dem Kern des Halsbandes, versuchte, in dessen ewige Kraft zu gelangen. Die Luft um sie herum sang. Komm, Unterwelt, komm, Feuer. Befruchtet mich, lasst mich wachsen.

Freya fing an zu zittern, die Kraft des Halsbandes riss an ihrem Körper.

Komm, Ewigkeit, kommt, läuternde Flammen. Nehmt meinen Körper. Nehmt meinen Geist. Lasst mich brennen. Für dich. Die Riemen um ihre Hände gaben nach. Freya legte den Kopf in den Nacken und holte Feuer. Die Flammen verbrannten die Schatten. Die Kraft, die lebendige läuternde Kraft ließ sie eins werden mit Brisingamen. Sie war Feuersturm und Ewigkeit des Urgesteins.

Sie war die Rächerin.

Die Götenkrieger flohen aus dem Kreis. Das Licht des Halsbandes schwebte zwischen den Steinen und sengte den Boden schwarz.

»Hyndla!«

Freyas Stimme dröhnte wie der Donner.

Die Priesterin starrte sie überrascht an. Sie hatte Freya unterschätzt, hatte deren Kraft verachtet. Das machte sie schwach.

Freya hob die Hand. Die Welt bebte, grelle Blitze durchschnitten die Wolken.

»Ich verschlinge dich«, schrie sie und ließ den Feuersturm los.

Der umschloss den Leib der schreienden Hyndla.

Das Trugbild zersplitterte.

Das Feuer verbrannte das liebliche Gesicht zu zerplatztem Fleisch, Eiter lief über ihre Wangen. Ihr rußschwarzer Mund verzog sich zu einem Schrei.

Gorm wich entsetzt zurück.

»Du bist zusammen mit deiner Mutter gestorben, lass los, Leichenfresserin, kehr zurück in die Nachwelt«, rief Freya.

Langsam ging sie auf ihre Feindin zu.

Sie wollte Hyndlas Brust aufkratzen, ihr die Eingeweide herausreißen.

»Niemals«, fauchte das Schattenwesen, das sich aus Hyndlas Trugbild erhob.

Das Helzeichen auf Freyas Stirn fing an zu bluten. Freya

verteilte das Blut in ihrem Gesicht und leckte genießerisch an ihren Fingern.

»Mir machst du keine Angst, Geist. Lass mich dir helfen«, lockte sie.

Hyndla stieß einen schrillen Schrei aus und schleuderte eine Todesbeschwörung. Ohne weiter darüber nachzudenken, ließ Freya diese auf halbem Weg verbrennen. Die Asche rieselte auf die verbrannte Erde.

Dann hob sie die Hände und sang den Zauber, mit dem sie in Alfheim die Geister beschworen hatte.

Hyndla erbebte, als die Worte sie trafen.

Sie sank in die Knie. Brisingamen drängte Hyndlas Bosheit zurück. Die Geister verließen sie, die Kraftworte befreiten sie. Freya sah zu, wie die Schatten in Richtung Nachwelt verschwanden.

Ein Fehler.

Ein durchdringender Schrei, und sie wurde zu Boden geworfen.

Hyndla setzte sich rittlings auf Freya und legte ihr ihre Krallen um den Hals. Freya rang röchelnd nach Luft, würgte Kraftworte aus sich heraus, versuchte, die Priesterin damit zu Boden bringen. Sie riss und zerrte an deren Händen, doch keine Sterbliche konnte gegen einen Geist kämpfen.

Sie musste die Beschwörung bis zum Ende aufsagen.

Hyndla heulte wie ein gequältes Tier und drückte immer fester zu. Das Sprechen fiel Freya zusehends schwerer. Ihr Hals blutete, Hyndlas Krallen waren messerscharf.

Freya glitt bereits der anderen Welt entgegen, die Geister sammelten sich. Geduldig warteten sie auf ihren Tod.

Freya fauchte ein Wort nach dem anderen. Jetzt fehlten nur noch wenige. Die Krallen drohten, ihren Hals zu zerfetzen. Freya kämpfte den Rest der Beschwörung aus sich heraus. Langsam lockerte sich der Zugriff um ihren Hals.

Sie stieß Hyndla beiseite und schnappte nach Luft. Hyndla

lag still auf dem Boden, ihre Augenhöhlen klafften wie leere Löcher.

Es war zu Ende.

Freya erhob sich und spuckte auf den schwarz verkohlten Körper. Die Erde bebte, Totenvögel schwebten aus den Wolken herab. Freya trat einige Schritte von dem Kadaver zurück und holte Luft. Danke, Hel, für deinen Schutz.

Ein Fauchen ließ sie herumfahren. Hyndla sprang auf, mit ausgefahrenen Krallen, kampfbereit.

Heilige Mutter!

Sofort ließ Freya die Beschwörung wieder los.

Hyndla stürzte auf sie zu. Freya sprach, so schnell sie konnte. Warum war Hyndla noch immer nicht tot?

Dann erstarrte Hyndla mitten in einem Schritt, röchelte und fiel vornüber zu Boden.

Freya wartete. Der Schweiß strömte in Bächen an ihrem Körper hinab. Ihre Hände zitterten.

Aber nichts passierte.

Vorsichtig trat sie vor und musterte Hyndla.

Ihr Körper war tot.

Es war fast zu Ende.

Die Luft verfinsterte sich und bebte. Hinten bei den Steinen öffnete sich das Tor zur Nachwelt. Hel wartete. Hyndlas Geist wurde in die Umarmung der Todesgöttin gezogen. Ihre wütenden Schreie hallten in der Nachwelt wider. Freya sprach eine Totenbeschwörung, trieb sie Hel entgegen, Schritt für Schritt. Hyndla wehrte sich mit ihrer ganzen Bosheit. Sie klammerte sich ans Leben, kämpfte, um bleiben zu können.

Vergebens.

Atemlos drängte Freya sie die letzten Schritte auf das Tor zu.

Hel umschloss Hyndla und nahm deren Geist mit sich in die Ewigkeit.

Alles verstummte.

Hel stand noch immer da und lächelte Freya hämisch an. »Bald.«

Sie zeigte auf das Halsband.

Freya holte tief Luft. Die Morgenluft ließ ihren Hals schmerzen.

Vanaheim war gerächt, die Bedrohung ihres Volkes aus dem Weg geräumt.

Sie betrachtete Hyndlas im Gras liegenden Leichnam, doch sie verspürte weder Triumph noch Trauer, sondern nur schmerzende Leere.

Erschöpft wischte Freya sich mit dem Arm Blut und Schweiß ab.

Dann drangen Geschrei und Kampflärm in ihre Welt ein.

Außerhalb des Steinkreises tobte der Kampf. Blutige Äxte durchschnitten Menschenfleisch. Sigvard wurde von zwei Göten zurückgedrängt, einer seiner Männer durchbohrte den einen mit seinem Schwert. Ein blonder Asenkrieger fiel mit zerspaltenem Schädel zu Boden.

Gefion kämpfte mit zwei riesigen Männern mit Brünnen und runden Schilden. Sigil wirkte gegen die Hämmer dieser Männer wie ein jämmerlicher Dolch. Freya starrte die Feinde ihrer Schwester an und ließ zwischen ihren Händen eine Kampffessel wachsen. Die schleuderte sie den Göten entgegen, die daraufhin erstarrten. Gefion durchbohrte beide mit ihrem Schwert und verschwand dann hinter einem Stein.

Freya konnte nicht allen helfen. Die Feinde waren zu zahlreich.

Sie hielt Ausschau nach Njörunn, konnte sie aber nirgendwo sehen.

Thor schleuderte Mjölnir hin und her, das Schwert blitzte in seiner anderen Hand, die Krieger, die Gorm beschützten, fielen wie Ähren unter der Sense.

Freya hob die Hände: Schutzbeschwörung, ich schleudere dich.

Wenn der König tot war, war der Kampf gewonnen.

Baldur kämpfte an Thors Seite, vertraute Brüder.

Sie waren jetzt kurz vor ihrem Ziel. Die Kraft glühte zwischen Freyas Händen. Kampffessel, ich schleudere dich.

Thor erlegte den letzten Krieger, der noch vor Gorm stand.

Er stürzte brüllend auf den König zu. Aber Gorm wich aus und schlug Mjölnir mit seinem Schwert beiseite. Er rief seine Männer um Hilfe.

Die Göten stürzten herbei, um ihren König zu retten. Die Asen kämpften tapfer hinter Thors Rücken.

Freya murmelte eine Beschwörung nach der anderen. Thor trieb Gorm gegen einen heiligen Stein, die Schwerter blitzten, Gebrüll hallte über den ganzen Kampfplatz.

Schritt für Schritt wurde Gorm zurückgedrängt.

Die Morgensonne ließ Mjölnir aufleuchten. Thors Hammer traf den Kopf des Königs.

Einen ganzen Atemzug lang konnte Gorm sich aufrecht halten. Das Blut strömte in seinen Bart und auf seine Kleider. Thor stand mit dem Schwert bereit und wartete.

Dann schwankte Gorm und fiel tot zu Boden.

Thor hob im Triumph seinen blutigen Hammer.

»Der König ist tot«, brüllte er. »Sieg den Asen!«

Freya lächelte ihren Krieger voller Stolz an. Das Siegesgeschrei der Asen war auf der ganzen Heide zu hören.

Langsam legte sich der Kampfeslärm.

Die Göten waren wie betäubt. Sie schienen das alles nicht glauben zu können. Aber als die, die den Tod des Königs beobachtet hatten, es ihnen zuriefen, ließen alle die Waffen sinken.

Freya sah, wie Hel zwischen den Gefallenen umherwanderte und ihre Ernte einholte. Diese Toten waren wirklich auserwählt. Sie brauchten nicht in der Grenzwelt herumzuirren. Das Tor zum Totenreich stand für sie weit offen.

»Das ist meine Gabe, Herrscherin«, rief Freya.

Hel hörte nicht auf sie, gierig verschlang sie die Geister der Toten. Freya ließ sie nicht aus den Augen, sie wartete darauf, selbst von Hel heimgeholt zu werden. Doch Hel achtete nicht auf sie.

Bald, hatte sie gesagt.

Aber noch war Freyas Zeit nicht zu Ende.

Sie lief zu Thor hinüber.

Von Blut bespritzt und voller Zorn ließ er Mjölnir sinken.

»Gehen wir. Lasst die Toten liegen«, sagte er müde.

Freya lief weiter zu Gefion, legte den Arm um sie und half ihr beim Gehen. Die Beinwunde der Schwester schien arg zu schmerzen.

Baldur, Ull, Sigvard und drei Wanenkrieger traten neben sie.

Sie waren eine erbärmlich kleine Schar. Nicht einmal die Hälfte derer, die an Land gegangen waren, hatte überlebt. Der Sieg hatte einen hohen Preis gefordert.

Die Frauen aus Vanaheim, die das Geschlecht hätten weiterführen können, waren auf dem Hofplatz gefallen.

Freya drehte sich um, hinter ihr ging Bragi. Der Junge sah aus wie ein Gespenst.

Blut lief über seine Brust. Die rot unterlaufenen Augen blickten leer, als wisse er nicht mehr, wo er sich aufhielt.

Langsam gingen sie zum Ufer. Die Göten wichen ihnen aus und ließen sie widerwillig durch. Die Luft triefte vor Hass und Zorn. Überall lagen Tote.

Auf der dunkelroten Heide leuchtete ein blaues Gewand auf, wie ein Stück Himmel zwischen geronnenem Blut.

Njörunn.

Ihr Schädel war eingeschlagen, ihre Haare von Blut verklebt. Ihre Augen, die so viel Freundschaft und Weisheit ausgestrahlt hatten, zeigten keine Spur mehr von Leben.

»Meine Vertraute«, jammerte Freya.

Der Wind zerrte an Njörunns Gewand. Bestimmt fror sie. Freya wollte sie beschützen, sie zur Ruhe betten. Sie durfte nicht schmutzig und verletzlich da liegen, den Blicken der Göten preisgegeben.

Sie ließ Gefion los und stürzte zu der Toten hinüber. Sie konnte Njörunn doch im Tod nicht verlassen.

Thor aber packte ihren Arm, riss sie zurück.

»Wenn wir hier bleiben, schlagen sie uns tot.«

»Sie ist meine Freundin.«

Thor drückte ihren Arm so hart, dass es wehtat.

»Wir alle haben heute Freundinnen und Freunde verloren. Reiß dich zusammen.«

Das Wolfsfell hing locker über seinem Rücken. Seine Arme glänzten vor Schweiß.

Er hatte Recht.

Freya nickte stumm.

Der Zugriff um ihren Arm lockerte sich.

»Du warst nicht menschlich, als du mit Hyndla gekämpft hast, wie eine Göttin hast du die Luft mit Feuer gefüllt. Die Göten fürchten dich, das kann uns vielleicht das Leben retten.«

Freya holte tief Luft. Sie musste weiterhin Stärke zeigen.

»Ich werde alles tun, was du willst.«

Wieder legte sie Gefion den Arm um die Taille. Thor trat zurück.

»Niemals habe ich so etwas Entsetzliches gesehen wie deinen Kampf gegen Hyndla. Und sieh doch nur dein Halsband an.« Gefion zeigte auf Brisingamen.

»Das leuchtet vor Gold. Du hast die ganze Zeit Recht gehabt.«

Freya schnaubte, ihre Schwester hing warm und lebendig an ihrem Arm. Nur das spielte eine Rolle. Und dass sie von hier fortkamen.

Die Götenkämpfer beobachteten schweigend jeden ihrer

Schritte. Sogar jetzt, wo so viele von ihnen auf der Heide gefallen waren, waren sie unendlich zahlreich.

Ein Wort, und alles wäre vorüber.

»Und in manch anderem hattest du auch Recht«, stöhnte Gefion.

Jeder Schritt tat ihr weh. Freya packte sie fester, hob sie ein wenig hoch.

»Schweig und spare deine Kräfte.«

»Besser wir reden jetzt, solange wir noch leben. Danach wäre es schwer«, sagte Gefion und versuchte zu lachen.

»Wie haben sie gemeinsam besiegt, zwei Schwestern, eine mit Macht über Gold, die andere mit Macht über die Göttin. Die alten Worte treffen zu. Du hast gegen Hyndla gekämpft, mein Dolch hat mich und Thor befreit.«

»Wir sind jämmerliche Reste des Reiches, das einst Vanaheim war«, sagte Freya traurig.

»Nein«, widersprach Gefion energisch. »Was einmal gewesen ist, wird wieder zurückkehren. Das Leben stirbt im Winter, Pflanzen verwelken, Laub fällt, aber verdammt, es wird doch immer wieder Frühling. Also schweig. Hyndla und Gorm sind gefallen. Unsere Feinde sind tot.«

»Noch nicht alle«, sagte Freya und blieb stehen.

Drei Göten traten ihnen mit erhobenen Rundschilden und Schwertern in der Hand in den Weg. Thor trat auf den Vordersten zu, einen schwarzhaarigen Burschen mit lockigem Bart.

»Aus dem Weg oder stirb«, brüllte Thor und versetzte dem Krieger einen Stoß.

Dessen Holzschild fiel zu Boden. Freya fuhr zusammen, als sie das Geräusch hörte. Es klang in der gespannten Stille unnatürlich laut.

»Wir haben gesiegt, der Kampf ist zu Ende. Gebt mir meinen Vater, und wir segeln nach Hause. Tiwaz sei mein Zeuge«, sagte Thor.

Der Schwarzhaarige schaute seine Kameraden zweifelnd an. Was hatten sie zu verlieren?

Gorm war tot. Er hatte keine Söhne hinterlassen. Es gab niemanden, dem sie Treue schwören konnten, niemanden, der ihre Dienste bezahlen würde.

»Der Kampf ist zu Ende«, sagte Freya und ließ ihre Schwester los.

»Wer das Schwert gegen uns erhebt, sei auf ewig verflucht! Hütet euch vor der Auserwählten der Todesgöttin, sonst wird Hel euch in der Nachwelt strafen.«

Der Wind trug ihren Ruf über die Heide, hinüber zu den stehenden Steinen. Die Krieger starrten sie misstrauisch an.

Ein junger Mann trat vor und deutete eine Verbeugung an.

»Ihr habt freies Geleit, Priesterin.«

Der glatt rasierte Jüngling trug einen kostbaren Umhang und ein seltenes Schwert. Offenbar stammte er aus einer vornehmen Sippe.

»Sag mir deinen Namen, Götenspross.«

»Ich bin Grinde, Sohn des Hauglot. Gorm war der Bruder meiner Mutter.«

Der Wind trug ein Geheul über die Heide. Die Mächte waren in der Nähe. Freya schauderte zusammen und sah zu den Toten hinüber. So viele Leben waren hier geopfert worden. Wohin sie auch schaute, überall gab es Tod, Krankheit und Hass.

»Lass deine Waffen nun und für immer schweigen. Zu viel Blut ist zwischen unseren Sippen geflossen. Das hier sind Wolfszeiten, Trauerzeiten, der Schicksalsmond trieft vor Blut. Lass die Wunden heilen und den Frieden Ruhe finden.«

Freya verstummte, erstaunt über ihre Worte. Niemals hatte jemand auf einem Schlachtfeld so gesprochen.

Der junge Grinde verbeugte sich noch einmal, ehe er das Wort ergriff.

»Deine Worte sind weise, Friedenspriesterin. Es ist viel zu

lange her, dass auf dieser Insel jemand über Frieden und Wachstum gesprochen hat. Aber die Göten stehen vor einer neuen Zukunft und wissen nicht, wer Gorms Umhang auf sich nehmen wird.«

»Wo ist mein Vater?«, schaltete Thor sich ein.

Grinde starrte den Asen misstrauisch an.

»Dein Vater steckt in der Höhle beim alten Hof«, erwiderte er mürrisch und wandte sich dem älteren Mann zu.

»Halfdan, hol die gefangenen Asen.«

»Baldur und Ull, geht mit ihm«, befahl Thor.

Die drei Männer liefen über die Heide davon. Wie Wölfe verschwanden sie zwischen den Rauchsäulen am Ufer.

Thor und Grinde traten zurück und musterten einander angespannt und kampfesbereit.

»Leb wohl, Grinde, Götenspross. Mögen die Mächte dir beistehen«, sagte Freya.

Der Jüngling beugte sich vor und flüsterte leise:

»Flieh, Priesterin. Meine Macht ist zu gering, um dich zu schützen.«

Sie flüsterte einen Dank und lief über die Heide davon.

Bald hatten sie die letzten Krieger hinter sich zurückgelassen.

Thor betrat den Hofplatz, auf dem die Feinde sie in der Dämmerung umringt hatten. Noch immer stieg Rauch aus den Trümmern des Langhauses. Die toten Frauen lagen nebeneinander, die Waffen auf ihrer Brust.

Dieser Anblick schmerzte Thor. Es war Sache der Männer, im Kampf zu fallen.

Traurig riss er den Blick von den Toten los. Ull und Baldur warteten schon auf ihn, zusammen mit zwei mageren, schmutzigen Elendsgestalten.

Odin und Heimdal. Sie lebten noch.

Thors Erleichterung wich seinem Zorn.

»Sie haben dich also nicht umbringen können?«

»Ich bin stolz auf dich, mein Sohn, stolz auf euch beide«, sagte Odin mit seiner Greisenstimme und grinste Baldur an.

Die Brüder tauschten einen finsteren Blick.

»Dein Wahnsinn und dein Friedensgerede haben dich in dieses Loch gebracht. Wenn du einen Bogen um Gorm gemacht hättest, dann wäre das alles nie passiert.«

»Mein ältester Sohn nimmt große Worte in seinen Mund. Hast du vergessen, wer der Allvater der Asen ist?«

Odin rückte die Klappe über seinem geblendeten Auge gerade.

Seine grauen Haare trieften vor Fett und Schmutz, seine Kleidung war grau und zerlumpt. Etwas Jämmerlicheres als Odin hatte Thor nie gesehen, sogar Heimdal war sauberer und wirkte stärker.

Thor nahm den Arm des Alten und führte ihn die Böschung hinab zu dem wartenden Boot. Bald würden die Göten sich sammeln und Jagd auf sie machen.

»Aber du hast schon Recht, Junge. Sie haben uns in die Falle gelockt.«

Sein Vater stank wie ein verendetes Schwein. Thor wandte sich angeekelt ab.

»Aber es hat ewig gedauert, bis du gekommen bist«, sagte Odin.

Sie hatten den Strand erreicht. Thor hob den Einäugigen an Bord und schob das Boot ins Wasser. Die Wanen hatten bereits abgelegt. Thor sprang an Bord. Der Wind blähte das Segel.

Thor atmete erleichtert auf. Endlich konnten sie Gorms verdammte Insel wieder verlassen.

12

Das Schiff legte an einer kleinen Insel an, die kaum mehr als ein Felsen war. Thor rieb seine kalten Hände aneinander und schaute hinaus aufs Meer. Im Inneren der Bucht lag das in der Nacht entstandene Eis. Am Ufer funkelten bereifte Bäume und Büsche.

Gut, dass die Männer sich ein wenig ausruhen konnten, der Kampf war hart gewesen und die Fahrt lang und kalt. Sie waren erschöpft, auch die, die sich wie starke Jungbullen aufgeführt hatten, als sie über die Reling gesprungen waren.

»So ist er auf mich losgegangen«, sagte Sakse und führte Heimdal einen Schwerthieb vor.

Thor seufzte. Sakse redete fast ununterbrochen, seit sie die Göteninsel verlassen hatten.

Aber Heimdal lachte so sehr, dass sein Bart auf und ab hüpfte.

»Die Feinde, die du erschlagen hast, werden auch jeden Tag mehr«, rief er.

»Sakse faselt so viel, dass seine Zunge bald faulen wird«, rief Ull und lief hinter ihnen her.

Grinsend gingen sie über den Strand auf die Wanen zu, die sich am Felshang versammelten.

Thor hielt Ausschau nach Freya. Am nächsten Morgen würden sie sich trennen, ihre Schiffe würden in verschiedenen Richtungen davonsegeln. Wo war sie?

Ein heftiges Husten ließ ihn herumfahren. Bragi ging gerade von Bord. Thor runzelte besorgt die Stirn.

»Alles in Ordnung?«

Das war eine blödsinnige Frage, denn jeder konnte sehen, dass Bragi am Kampfzittern litt. Er war leichenblass, seine Hände bebten und in seinen Augen lag Todesangst. Der Junge starrte ihn an und lehnte sich an die Reling. Seine Nase war rot, seine Fingerknöchel vom Frost zerfressen.

»Geh dich am Feuer wärmen«, sagte Thor.

Der Junge sah aus wie ein Greis, als er da mit hängenden Schultern vor ihm stand.

Das war wirklich Besorgnis erregend. Thor konnte sich nur zu gut daran erinnern, was mit Ulf Großaxt geschehen war. Der hatte kein Wort mehr gesprochen und war zu nichts mehr Nutze gewesen, nachdem sie auf der Wanderung der Asen gen Norden mit Feinden aneinander geraten waren.

Nachts hatte er geschrien wie ein Säugling. Am Ende hatte er sich in einem See ertränkt, wo sie ihn in der Morgendämmerung treiben sahen. Ein bitteres Ende für einen tapferen Krieger.

Thor legte dem Jungen die Hand auf die Schulter und drückte zu.

»Ich bin stolz darauf, dich an meiner Seite zu haben.«

Bragis Augen leuchteten auf.

»Danke«, antwortete er mit heiserer Stimme.

»Ich kann mir kein schlimmeres Schicksal vorstellen, als mit einem verwesenden Leichnam zusammen aufgehängt zu werden. Nur wenige hätten das geschafft und danach noch so gut gekämpft. Und das bringt dir große Ehre«, sagte Thor mit ernster Miene.

Der Junge kratzte sich im Nacken, zögerte.

»Ich habe Bilder im Kopf. Ich spüre immer noch das Seil um meinen Leib. Das erwürgt mich«, sagte er und schüttelte sich.

Thor seufzte. Loki würde den Jungen vielleicht heilen können. Aber der Schamane war wohl tot. Zwar hatte niemand seinen Leichnam gesehen, aber er war verschwunden.

»Bald bist du zu Hause und liegst in Iduns Armen. Der Kampf wird dann vergessen sein und alles wird sein wie immer«, erklärte Thor und schlug Bragi auf den Rücken.

Er sah zu, wie der Junge über die Reling kletterte. Bragi würde schon wieder zu sich kommen. Tiwaz würde doch niemals zulassen, dass ein solcher Krieger in Feigheit verloren ging.

Freya tauchte mit einem Arm voll Reisig zwischen den Büschen auf. Ihre Haare wogten ihr über die Schultern. Sie ließ das Holz auf den Boden fallen, ging in die Hocke und machte Feuer.

Seine schöne Freya.

Thor strich sich über den Kopf. Er hatte sich gekämmt und die Haare mit einem Riemen zusammengebunden, sodass sie über seinen Rücken hingen. Gesicht und Hände hatte er sich sorgfältig gewaschen.

»Sie ist schon ein feines Mädel.«

Odin kam über das Deck auf ihn zu. Es war glatt, denn das halb gefrorene Wasser bedeckte die Planken, deshalb bewegte Odin sich vorsichtig.

Auch der Alte hatte sich gewaschen und trug nun saubere Kleidung. Aber sein zerfurchtes Gesicht war übersät von Flohstichen und Wunden. Er sah aus wie ein räudiger alter Hund.

»Bragi hat das Kampfzittern«, sagte Thor schroff.

Odin strich sich über seinen grauschwarzen Bart. Der war inzwischen so lang, dass er fast seinen Bauch erreichte.

»Wir haben anderes zu besprechen«, sagte er mit Greisenstimme.

Thor schaute missmutig zu den anderen hinüber.

Er hatte keine Lust, sich noch einmal anzuhören, wie Odin und die anderen Asen in die Höhle eingesperrt worden waren. Wie Hyndla sie geholt hatte, einen nach dem anderen, bis nur noch er und Heimdal übrig gewesen waren. Wie sie gehofft und zu Tiwaz gebetet hatten, dass Thor sie doch befreien möge.

Er wollte kein Wort mehr über Gorms Insel hören.

Das Wasser schlug gegen das Schiff. Die Sonne ging jetzt unter, schon wurden die Schatten lang.

Freya hatte das Feuer zum Leben erweckt. Sie erhob sich und schaute sich am Strand suchend um. Sie suchte ihn.

»Was willst du, Alter?«, fragte Thor ungeduldig.

Odins Gesicht verdüsterte sich, er richtete sich auf und schien zu wachsen.

»Hüte deine Zunge, mein Sohn. Den Hexen kannst du immer noch nachlaufen. Wenn ich spreche, dann hörst du zu«, brüllte er.

Thor spürte, wie die alte Angst in ihm zum Leben erwachte. Wie ein kleiner Knabe stand er vor seinem Vater, der den Riemen zum Schlag erhoben hatte. Aber diese Zeit war vorüber.

Es war Odin, der die schwarze Seuche über sie geholt hatte. Sein Wahnwitz hätte die Asen fast allesamt das Leben gekostet.

Wenn Thor nicht Gorm und Freya nicht die Hexe besiegt hätte, dann wären sie jetzt alle nicht mehr am Leben gewesen.

Odin verzog den Mund, dünn und elend war der Alte. Thor sammelte seine Kraft, legte die Hand auf Mjölnir.

»Mir machst du keine Angst mehr, Alter«, sagte er.

Odin riss die Augen auf.

»Wie kannst du es wagen, so mit mir zu sprechen!«

Thor sah Furcht in seinem Blick.

»Ich tue, was ich will«, sagte er.

»Widerspenstig bist du geworden, aber ich habe dich gut erzogen. Seit du ganz klein warst, habe ich dein Gemüt abgehärtet. Du gereichst mir zur Ehre, Thor, großer Asenheld.«

Odin hatte diese Worte fast ausgespuckt.

Thor ballte die Faust. Der Zorn ließ seine Schläfen pochen. Odin würde ihn noch zum Wahnsinn treiben. Die Beule war aufgestochen worden, der Eiter, den er schon sein Leben lang mit sich trug, quoll hervor.

»Mein Gemüt geht dich nichts an«, sagte Thor.

Aber seine Stimme klang trotzig wie die eines kleinen Knaben. Warum führte er sich seinem Vater gegenüber auf wie ein Rotzbengel?

Odin fuhr sich mit seinen runzligen Fingern durch den Bart. Der Alte war erschüttert, das konnte Thor sehen. Schon fiel Thor das Atmen leichter.

»Mein Vater war ein boshafter Kerl. Er hat mich so oft geschlagen, dass ich fast verblutet wäre. Aber er hat mich mit seinen Stöcken und Riemen abgehärtet. Ohne ihn hätte ich es nicht geschafft, die Asen vom Schwarzen Meer hierher zu führen. Durch meine Stärke konnte ich uns das Leben retten. Und diese Stärke habe ich an dich weitergereicht. Ohne mich wärst du bei deinem ersten Kampf erschlagen worden. Denk daran.«

Thor holte tief Luft und bezwang seinen Zorn.

Odin hatte die Asen ja wirklich gerettet. Und dafür hatte er alle Achtung verdient. Aber das war jetzt lange her.

»Das Alter verdunkelt deinen Geist.«

Odin seufzte.

»Ich hätte nicht zu Gorm reisen dürfen.«

»Dein Wahnsinn hat viele gute Männer das Leben gekostet«, sagte Thor.

Odin legte die Hände auf die Reling. Frostrauch quoll aus seinem Mund. In der Höhle war er wirklich zu einem alten Mann geworden. Seine Haut war runzlig wie die eines verschrumpelten Apfels.

»Es ist an der Zeit für dich, meinen Umhang auf dich zu nehmen. Ich will dich zum Häuptling der Asen ausrufen«, sagte Odin mit ernster Stimme.

Thor schaute den Alten überrascht an.

Das hatte er sein Leben lang ersehnt und sich gleichzeitig davor gefürchtet.

Drüben am Ufer warf Freya Holz ins Feuer. Odins Worte brachten Thor keine Freude, keinen Stolz. Er verspürte nur Angst.

Häuptling der Asen. Das Netz zog sich um ihn zusammen. Der listige alte Fuchs ließ seine Macht zu leicht los. Odin begriff, dass er die Asen nach seinen Verfehlungen nicht mehr leiten konnte. Deshalb wollte er durch seinen Sohn herrschen. So musste es sein.

Thor spürte, wie der Hass in seinem Bauch wuchs.

»Ich werde deinen Umhang auf mich nehmen. Aber glaub nicht, du könntest mich nach deiner Pfeife tanzen lassen. Die Zeiten sind vorbei.«

Odins Augen wurden schwarz vor Zorn. Er trat einen Schritt auf Thor zu.

»Nicht so zornig, mein Junge. Mein Blut fließt stark in deinen Adern. Alles, was du an mir hasst, wirst du dankbar ausnutzen, wenn du Häuptling bist«, brüllte der Allvater der Asen.

»Ich schwöre bei Jorunn, dass ich niemals so sein werde wie du«, schrie Thor.

Odin lachte spöttisch.

»Was ist das für ein törichtes Gefasel? Machst du mir deshalb noch immer Vorwürfe? Das Weib hat mich doch aufhalten wollen, als ich zum Berserker geworden war, du weißt, was passiert ist. Du warst dabei.«

Thor biss die Zähne so fest zusammen, dass es wehtat. Odin erschlug Jorunn mit seinem Speer. Regen, Blut im Schlamm. Die Schreie seiner Mutter, das Gewitter, das den Himmel erschütterte. Thor packte Odins Kittel und ließ den Alten mit dem Kopf nach unten über die Reling hängen. Der Alte klammerte sich an seinen Armen fest. Seine Finger bohrten sich wie runzlige Krallen in Thors Arm.

»Willst du deinen Vater umbringen?«

Jetzt hatte der Alte Angst. Seine Hilflosigkeit ließ Thors Blut vor Streitlust kochen.

Er brauchte ihm nur noch das Genick zu brechen. Eine kurze Umdrehung, das trockene Knirschen, dann würde Odin in die Nachwelt eingehen. Es wäre eine würdige Rache für Thors Mutter.

Und Thor würde frei sein.

Odin klammerte sich an seine Arme, aber seine Angst ging jetzt zurück. Stattdessen grinste der Vater so breit, dass seine Zähne zu sehen waren.

»Lass erst mal die Berserkerwut über dich kommen, du selbstgerechte Pissstange. Dann erinnere ich dich an die Frauen, die du abgeschlachtet hast. Hyndlas Mutter und die Priesterinnen.«

Thor erstarrte.

»Wer hat die Asen ins Verderben gezogen? Du hältst dich für verdammt edel, aber mein Blut kannst du nicht verleugnen. Das hat dich nämlich am Leben erhalten.«

Möge Tiwaz sich erbarmen. Thor holte tief Atem. Er war das geworden, wovor er sich am meisten gefürchtet hatte. Der rote Nebel verdichtete sich, blendete ihn. Die Wut schrie in seinem Körper. Jeder Muskel an ihm zitterte.

Er brüllte seinen Hass aus sich heraus, stellte den Alten auf die Füße und schleuderte ihn auf die andere Seite des Schiffes.

Odin sank auf dem Deck in sich zusammen.

Thor rang keuchend nach Luft.

Der Alte erhob sich und wischte sich das Blut von der Wange.

»Von jetzt an bestimme ich und du wirst mir gehorchen«, sagte Thor.

Odin lachte.

»Du hast deinen alten Vater besiegt. In deinen Fäusten steckt mehr Kraft, als ich ahnen konnte.«

Thor reckte sich.

Nun sollte für die Asen eine neue Zeit anbrechen. Schluss mit wahnsinnigen Entscheidungen und Fehden. Sein Volk sollte wieder stark werden.

Thor schaute seinen Vater ein letztes Mal an, dann sprang er ans Ufer.

»Alles, was du wolltest, hast du bekommen«, rief Odin.

Nicht alles, dachte Thor und erwiderte Freyas Blick. Nicht alles.

Freya steckte sich ein Stück gebratenen Fisch in den Mund und sah Thor über die Felsplatten kommen, kriegerisch und breitschultrig, das Wolfsfell über die Schultern gelegt. Der Mut verließ sie, als Baldur hinter ihm auftauchte und beide Brüder miteinander sprachen. Hinter ihnen schleppte Odin sich an Land.

Er ging an seinen Söhnen vorbei, ohne sie auch nur eines Blickes zu würdigen. Stattdessen steuerte er auf Freya zu.

Sie schluckte den letzten Rest Fisch hinunter und leckte sich die Finger ab.

»Ich grüße dich«, sagte sie höflich.

»Dass mein Sohn und meine ehemalige Gattin mir in meiner höchsten Not beistehen konnten, was für eine Vorstellung«, sagte Odin und starrte ihr Helzeichen an.

Er sah aus wie ein alter Rabe, mit seinen strähnigen Haaren und dem grauschwarzen Bart. Wunden überzogen seine Wangen. Es war sehr viel Zeit vergangen, seit Freya gegen ihren Willen dem Asenhäuptling zur Frau gegeben worden war. Sie konnte sich noch gut an ihre Verzweiflung und an Thors Zorn erinnern. Und doch war sie nur offiziell Odins Gattin gewesen, nie hatte sie in seinen Armen gelegen. Aber sie hatte ihn das Zaubern gelehrt.

»Ich werde immer dankbar dafür sein, was du mir geschenkt hast, Wanendise. Meine Kräfte waren groß, aber jetzt werden sie durch mein Alter verdunkelt«, sagte Odin.

»Noch bleibt dir sehr viel Macht. Das kannst du mir nicht verhehlen«, sagte Freya und schaute verstohlen zu Thor hinüber. Aber der war noch immer ins Gespräch mit seinem Bruder vertieft.

Die Krieger, die am Feuer saßen, versuchten zu lachen und zu scherzen, obwohl sie so müde waren. Gefion saß auf einem Fell. Ihr Bein quälte sie, aber es würde heilen, Freya hatte sich die Wunde früher am Tag angesehen.

Jetzt ließ Thor seinen Bruder stehen. Er schaute wütend zu seinem Vater hinüber, als dieser vor Freya trat.

»Du bist der Todesgöttin geweiht. Das ist sicher lustig«, sagte Odin grinsend.

Freya hörte nicht auf ihn. Die Sehnsucht nach Thor riss an ihrem Körper. Er schaute ihr tief in die Augen.

»Wann wirst du sterben?«, fragte Odin freundlich. »Denn das ist doch das Schicksal einer, die Hel dient?«

Thors Augen verdüsterten sich. Der verdammte Odin, konnte er ihnen denn nicht wenigstens diese letzten gemeinsamen Minuten gönnen?

»Hel wird mich holen, wenn die Zeit gekommen ist«, sagte Freya.

Thor schien seinem Vater den Hals umdrehen zu wollen.

»Sie ist tückisch, diese Todesgöttin. Aber ich will nicht stören. Ich sehe ja, dass ihr noch immer nacheinander lechzt.«

Odin lachte und ging weiter zu Baldur.

Freya atmete erleichtert auf.

»Es stimmt also? Du wirst sterben?«, fragte Thor.

Sie legte ihm die Hand auf den Arm.

»Ein kleiner Preis für einen großen Sieg.«

Thor ballte die Fäuste und fluchte.

»Ich werde Idun zu dir schicken«, sagte er dann.

Freya schüttelte den Kopf. Idun hatte ihre Wahl getroffen. Sie mochte die Erbin eines untergegangenen Reiches sein, aber Idun war weder Königin noch Priesterin. Freya wollte dafür sorgen, dass der Kleinen diese Bürden erspart blieben.

Sie sah zu Bragi hinüber, der neben dem Feuer hockte. Vielleicht könnten die beiden ja miteinander glücklich werden.

»Pass auf Idun auf. Schwör mir das«, bat Freya und streichelte Thors Hände.

»Du hast mein Wort«, sagte er mit heiserer Stimme und traurigem Lächeln. »Sie wird meine Erinnerung an dich sein.«

»Wir haben diesen Abend, und das ist mehr, als wir vor dem Kampf erwarten konnten«, sagte Freya.

Thor lächelte noch einmal.

»Es wird kalt.«

»Nur ein Weilchen.«

Zusammen entfernten sie sich vom Feuer und gingen über die Felsplatten davon.

Gefion sah sie in der Dämmerung verschwinden. Wie gut, dass Freya noch eine kleine Freude hatte. Während der ganzen Überfahrt war sie düster und schweigsam gewesen. Und wenn sie etwas sagte, dann sprach sie über ihren bevorstehenden Tod, und das war ebenso lustig, wie einer verendeten Kuh beim Verwesen zuzusehen.

Gefion bewegte ihr schmerzendes Bein. Sie hatte nicht vor, Freya jetzt schon zu betrauern. Wenn sie in diesem Leben etwas gelernt hatte, dann, dass man Dinge glauben soll, wenn sie passiert sind, nicht, wenn man glaubt, dass sie passieren werden. Und wieso sollte die Todesgöttin Freya nach diesem harten Kampf nicht doch am Leben lassen?

Verdammte Mächte. Die Menschen waren wie Rindenboote in ihren Händen. Sie wurden hin und her geschleudert, um die Launen der Göttinnen zu befriedigen. Es war einfach ungerecht.

Aber sie konnte nicht mehr leugnen, dass es diese Göttinnen gab. Als sie gesehen hatte, wie die Luft um Freya herum Feuer gefangen hatte und wie Hyndla verbrannt worden war, hatte sogar Gefion die Macht der Göttinnen anerkennen müssen.

Aber das bedeutete nicht, dass sie sie verehren wollte.

Gefion rückte den Verband um ihre Wunde gerade und schaute dann verstohlen zu Bragi hinüber.

Er sah halb verrückt aus, wie er da auf den Hacken hin und her wippte.

Odin hockte sich neben ihn und flüsterte ihm etwas ins Ohr.

Nun sprachen die beiden miteinander. Gefion rückte näher, um sie zu belauschen.

»Wenn sie nun wirklich Lokis Schlangenbrut in sich trägt. Vielleicht lebt sein Geist in diesem Kind. Schon seit dem Kampf träume ich von einem Seil, das mich bindet, einem Messer, das mich wie ein Schlachtschwein zerlegt, und wer mich tötet, das ist Loki.«

Odin fuhr sich mit der Hand über den Bart.

»Du kannst durchaus Recht haben. Träume sind wichtig, wir müssen auf sie hören. Und Lokis Kraft war groß. Was sagt Thor?«

Bragi schnaubte.

»Ich verehre deinen Sohn sehr, er ist mein Held. Verzeih deshalb meine Worte, Allvater, aber Thor denkt mit der Stange, wenn er Freya sieht. Das wissen doch alle. Er umschmeichelt diese Hexe wie ein Hengst eine brünstige Stute.«

Bragi fuhr sich mit der Hand durch die nach allen Seiten abstehenden Haare.

»Freya hat behauptet, meine Stange verzaubert zu haben, aber Thor meint, das sei nicht so ernst gemeint gewesen.«

Odin lachte leise.

»Thor war immer schwachsinnig, wenn es um die Hexe ging.

Achte nicht auf ihn. Komm im Winter auf meinen Hof, dann können wir einander besser kennen lernen. Wenn du deine Zeit an einen alten Mann verschwenden magst, meine ich.«

»Ich fühle mich geehrt und komme gerne.«

Gefion grinste. Was waren die Asen doch für Schwächlinge. Sie konnten nicht einmal in den Kampf ziehen, ohne irre zu reden und Albträume zu haben.

Und dieser Bragi war ja leichter zu spielen als eine Flöte. Freya hatte ihm wirklich eine Todesangst eingejagt. Er würde für Idun ein guter Mann werden, jetzt, wo er das Leben kennen gelernt und ordentlich Prügel eingesteckt hatte.

Und leichtgläubig war er offenbar auch noch. Er begriff nicht einmal, dass Odin ihn für seine Zwecke ausnutzen wollte. Egal, das war nicht ihre Sache. Sie hatte für ihre unbekannte Nichte getan, was sie konnte. Idun würde keine Probleme mit Bragi haben, da war sie sich sicher.

Gefions Sorge galt vielmehr Sigrid. Wenn sie doch nur am Leben war. Gefion verdrängte diesen Gedanken. Es hatte keinen Sinn, sich den Kopf über Dinge zu zerbrechen, die sie bald erfahren würde.

Mühsam kam sie auf die Füße und humpelte zu Sigvard und seinen Männern hinüber.

Gefion hörte und sah nicht, dass Bragi sich zu Odin vorbeugte und flüsterte:

»Was soll ich tun, wenn Idun ein Kind im Bauch trägt?«

Odin lächelte tröstend.

»Ein Mann darf nicht daran zweifeln müssen, dass er der Vater eines Kindes ist. Setz die Brut im Wald aus, sonst wirst du dich um den Verstand grübeln.«

»Aber Loki.«

»Um Lokis Geist kümmere ich mich, wenn er dich quälen will. Du brauchst dir keine Sorgen zu machen.«

»Wenn die Hexe es ernst gemeint hat, dann kann ich keine Söhne bekommen.«

»An dir ist nichts auszusetzen, Junge. Thor hatte Recht. Sie wollte dir nur Angst machen.«

Bragi lächelte den Allvater der Asen erleichtert an.

»Ich bin dir überaus dankbar.«

Odin spielte mit seinem schwarzgrauen Bart und musterte den Jungen mit freundlicher Fürsorge.

»Irgendwann kannst du das vielleicht wieder gutmachen.«

Das Schiff wollte im ersten Morgenlicht lossegeln. Asen und Wanen nahmen auf den vereisten Felsplatten voneinander Abschied.

»Möge unser Schwur immer gelten«, sagte Gefion zu Thor.

Er legte sich die Hand aufs Herz.

»Du hast unsere Freundschaft gewonnen, Königin. Die Asen werden niemals vergessen, dass du ihnen in ihrer düstersten Stunde beigestanden hast.«

»Ich werde daran denken, wenn ich selbst Probleme habe«, sagte Gefion und hinkte zum Schiff der Wanen hinüber.

Freya legte Thor die Hand auf den Arm und streichelte ihn. Ihr Körper war noch immer heiß von der gemeinsamen Nacht.

Aber jetzt musste sie loslassen.

»Kümmere dich um Idun.«

»Ich bräuchte dich an meiner Seite«, sagte Thor düster.

»Ich werde über dich wachen.«

Freya ging auf das Schiff zu. Sie hatte das Gefühl, als ob ihr das Herz aus der Brust gerissen würde.

Kaum war sie an Bord gestiegen, da setzte Sigvard das Segel. Freya blieb schweigend stehen, während Skidbladnir in der Ferne verschwand.

In diesem Leben war ihr ein bitteres Schicksal zuteil geworden. Grimmig und unbarmherzig war es gewesen. Aber bald würde alles vorbei sein.

Es stimmte, sie waren wieder da!

Skidbladnir glitt in die Bucht, rhythmisch bewegten die Ruder sich durch das Wasser.

Idun lief zusammen mit den Hofleuten an den Strand. Sie hatte das Gefühl, über den Boden zu schweben. Die Nächte voller Angst waren zu Ende.

Während der Nacht war eine dünne Schneeschicht gefallen. Sie beleuchtete den ganzen Hof, vertrieb die Dunkelheit.

»Wenn sie nur überlebt haben«, murmelte Siv, als sie auf glatten Lederschuhen den Hang hinunterrutschte.

Die Männer sprangen an Land und zogen das Boot ans Ufer.

Idun erstarrte.

»Es sind so wenige«, flüsterte sie und suchte mit Blicken nach Bragi.

Dann atmete sie erleichtert auf, als sie seinen blonden Schopf entdeckte. Er lebte. Er war zu ihr zurückgekommen.

Welche Schrecken du auch erlebt haben magst, ich werde alles leichter für dich machen, dachte sie und legte die Hand auf ihren Bauch. Wenn er sich nur freute.

Ull half einem alten Mann an Land. Sein Rücken war gebeugt, Haare und Bart waren grauschwarz. Das musste Odin sein.

Die Jungen umschwärmten ihn wie die Bienen. Sie sprangen auf und ab, lachten und johlten. Thor sprach mit Bragi. Loki dagegen war nicht zu sehen. Idun wurde ganz heiß vor Erleichterung, dann riss sie sich zusammen. Sie durfte sich nicht über den Tod eines Menschen freuen.

Denn dann würde sein Geist sie verfolgen.

Sie hatte an diesem Tag so viel Grund zur Freude. Drei Nächte hintereinander hatte sie von Bragi geträumt. Als sie morgens Siv davon erzählte, hatte diese gesagt, das bedeute, dass das Kind von ihm sei. Siv war doch in Vanaheim Priesterin gewesen, und da kannte sie sich mit diesen Dingen aus. Es war wirklich ein glücklicher Tag.

Ihr wurde ganz heiß, als Bragi auf sie zukam. Er war blass und mager und ging mit schweren Schritten über das verschneite Ufer.

»Gattin«, sagte er kurz und ging dann an ihr vorbei.

»Ich bin so froh darüber, dass du wieder da bist«, sagte Idun und lief hinter ihm her den Hang hoch.

Sie rutschte aus und stürzte. Als sie sich aufgerappelt hatte, war Bragi bereits auf dem Hofplatz. Sie rannte hinter ihm her und zögerte kurz, ehe sie die Frage stellte, die in ihr brannte.

»Lebt meine Mutter noch?«

Bragi sah sie nicht einmal an, als er antwortete:

»Die Hexe lebt noch. Hol meine Pferde. Wir reiten nach Hause.«

Sicher war Bragi erschöpft von der Reise und traurig nach dem Kampf. Aber Idun würde ihn gesund pflegen, würde sich um ihn kümmern, damit er wieder zu sich kam. Und sie wusste, wie sie ihn glücklich machen konnte.

Sie holte tief Luft.

»Du wirst Vater«, sagte sie stolz.

Bragi erstarrte. Er sah sie an wie einen boshaften Geist.

»Ein Kind?«

Seine Stimme wurde zu einem heiseren Röcheln.

»Es ist dein Kind. Da bin ich sicher«, sagte sie und versuchte zu lächeln. Warum war er so komisch? Warum freute er sich nicht? Ihr Stolz versank im verschneiten Schlamm.

Bragi starrte ihren Bauch an, als verstecke sie darin ein Untier aus der Tiefe des Meeres.

»Hol die Pferde«, wiederholte er.

Idun lief zum Pferch hinüber. Die Enttäuschung ließ ihre Brust brennen. Sie hätte warten sollen, bis er sich ausgeruht hatte. Es war doch klar, dass er sich nicht über das Kind freuen konnte, solange er erschöpft und mitgenommen vom Kampf war.

Er war doch zum Umfallen müde.

Idun öffnete das aus Weidenruten geflochtene Tor. Die zottigen Pferde hoben neugierig die Köpfe. Idun lächelte. Sie würde sich auch um sie kümmern. Bald würde er wieder er selbst sein.

Sie lächelte noch einmal. Sie waren auf dem Weg nach Hause.

Der Ritt dauerte fast einen halben Tag. Idun klammerte sich mit erfrorenen Händen an der Mähne ihres Pferdes an.

Es war kälter geworden und jetzt rieselten kleine Schneeflocken durch die Luft. Wenn sie nur bald da wären. Sie zitterte vor Kälte und hatte schrecklichen Hunger.

Und dennoch prickelte ihr Körper vor Aufregung. Jetzt würde sie alles erhalten, wovon sie so lange geträumt hatte, ihren eigenen Hof. Das war fast mehr, als sie begreifen konnte.

Sie sah den Hof vor sich, groß und prächtig. Dort würden ihre Kinder zwischen fetten Kühen und üppigen Feldern heranwachsen. Die Kinder würden lachend über den Hofplatz springen.

Wenn nur Bragi ihre Fragen beantworten wollte! Schweigend ritt er vor ihr den Weg entlang. Nicht ein einziges Mal hatte er sich umgesehen. Er hatte es sicher nicht so leicht, der Arme. Sie musste der Göttin dafür danken, dass er noch am Leben war, und sich damit zufrieden geben.

Aber sie waren jetzt wirklich schon lange unterwegs.

Wenn die Kälteriesen sie nun in einem Schneesturm fingen! Dann würden sie erfrieren. Sie schaute besorgt zu den Bäumen hinüber. Wie konnte Bragi sich in diesem endlosen Wald nur zurechtfinden? Der Weg war doch so schmal wie eine Schlangenspur. Wenn sie sich nun verirrt hatten?

Es war fast ganz dunkel, als sie sich einem bewohnten Gebiet näherten. Hier war der Wald abgeholzt worden und neben dem Weg waren Hufspuren zu sehen.

Idun war es vom langen Reiten schon ganz schlecht.

Sie weinte fast vor Erleichterung, als sie in der Ferne das

Haus sah. Aber je näher sie dem Hof kamen, desto mehr sank Iduns Mut.

Es war ein kleines Langhaus, das kleinste, das sie je gesehen hatte. Es war nur zehn Schritte lang und besaß nur ein Nebenhaus.

Sie ritten auf den Hofplatz. Idun rutschte von ihrem Pferd und streichelte dessen Hals. Das zottige Fell war schweißnass. Sie selbst war steif gefroren und ihr Körper schmerzte nach dem Ritt.

Ein alter Mann kam aus dem Haus und übernahm die Pferde. Sein Kittel war grau und verschlissen, sein Rücken gebeugt. Er grüßte Bragi kaum und hatte für Idun nicht einmal ein Wort.

Sie runzelte angesichts dieses unverschämten Leibeigenen die Stirn, dann nahm sie das Bündel mit Kleidern, das Siv ihr gegeben hatte, und folgte Bragi ins Langhaus.

Und dort traten ihr die Tränen in die Augen, es war so schlicht und schmutzig. Sechs Schlafplätze, zwei Sitzstöcke an der Feuerstätte, mehr nicht. Zwei weitere Leibeigene, eine Frau und ein Mann, standen total verdreckt am Feuer und glotzten sie wütend an.

»Mutter.«

Bragi lief zu der grauhaarigen alten Frau, die am Feuer saß.

»Ich bin wieder zu Hause, Mutter. Und ich habe eine Frau mitgebracht, die sich um dich kümmern kann.«

Die alte Frau schaute Idun aus zusammengekniffenen Augen an. Ihre grauen Haare waren geflochten, ihr Kittel war braun und schmutzig, aber sie trug eine Brosche auf der Brust, die wie ein Blatt geformt war.

»Wer ist das? Die kenne ich gar nicht.«

Idun fiel vor der Alten auf die Knie.

»Ich heiße Idun, Mutter.«

»Du bist mir ja eine armselige Kleine. Wessen Tochter bist du?«

Die Stimme der Alten knarrte wie eine alte Tür.

»Sie ist Thors Tochter«, sagte Bragi rasch und winkte Idun, sie solle aufstehen.

Sofort gehorchte sie.

»Thors Tochter.«

Die Alte lachte zufrieden.

»Du hast dich also immerhin aufgerafft und dir eine reiche Frau gesucht. Wie viel Gold bringt sie denn mit?«

Bragi schaute Idun wütend an.

»Es reicht«, sagte er kurz.

»Und wie viel Vieh?«

»Kein Vieh«, sagte Bragi.

Die Alte musterte ihren Sohn verächtlich.

»Hab ich nicht gesagt, du musst dir mehr Vieh zulegen? Du treibst dich mit Thor herum, aber um den Hof kümmerst du dich nicht. Und um mich auch nicht. Und jetzt schleppst du auch noch so ein mageres Ding an. Wie soll die denn auf dem Feld arbeiten können?«

Bragi nahm die Hand seiner Mutter. Er war wütend, auch wenn er das nicht zeigen wollte.

»Alles wird gut, Mutter. Ich bin jetzt zu Hause. Der Hof wird wieder so schön wie zu Vaters Lebzeiten.«

Idun ließ sich auf einen Sitzstock sinken und sah, wie ihre Träume zu Staub zerfielen.

Das also hatte auf sie gewartet. Bragis Gerede von einem prachtvollen Hof und von Reichtum war nur Gerede gewesen.

Die Luft stank nach Kot, Rauch und Schmutz. Auf dem Boden lagen altes Stroh und verwesende Knochen. Es war kalt. Eisiger Wind drang durch das Dach. Und Bragis Mutter verachtete sie.

Und hier sollte sie ihr Kind zur Welt bringen?

»Jetzt glotzt hier nicht herum. Bringt Essen«, schrie Bragi die Leibeigenen an.

Sie verzogen sich wie geprügelte Hunde.

Idun musterte ihren schönen Mann. Sie durfte hier nicht herumquengeln, als sei sie Königin Åse. Sie war mit Bragi unter den Hammer getreten. Sein Hof war vielleicht nicht so reich, wie er behauptet hatte, aber die alte Frau konnte sich doch nicht um alles kümmern.

Idun würde schon dafür sorgen, dass alles schön und sauber würde. Das war die Aufgabe einer Hausfrau, und die würde sie erfüllen.

Gefion sprang am Ufer von Alfheim an Land. Ihr Bein tat weh, aber sie unterdrückte den Schmerz tapfer und hinkte zum Hof hoch. Alfhild kam mit wehenden Haaren und dem Umhang in der Hand über den Hofplatz gerannt.

»Lebt Sigvard noch?«

Gefion zeigte auf das Schiff.

»Deine Freundin liegt in der Heilhütte«, sagte Alfhild und lief zum Strand weiter.

Sigrid saß am Feuer und spann Wolle, als Gefion die Tür öffnete. Sie sprang überrascht auf, die Spindel fiel zu Boden.

»Endlich«, rief sie.

Ihre Wangen waren rosig und gesund, ihre Haare glänzten im Schein des Feuers.

Gefion hätte vor Freude zerspringen mögen.

Sie nahm Sigrid in die Arme und küsste sie gierig.

Ihr Mund schmeckte nach Milch und Brot. Glücklich holte Gefion Luft. Sie hatte sich ja solche Sorgen gemacht.

»Aber du bist ja verletzt«, sagte Sigrid und musterte Gefions Bein. »Leg dich hin, ich kümmere mich um dich.«

»Das ist nicht so schlimm«, sagte Gefion.

Die Wunde in ihrem Bein war fast verheilt, bald würden auch die Schmerzen verschwinden.

»Wir haben einen schweren Sieg errungen. Mein Volk ist im Kampf gefallen.«

Sigrid erstarrte.

»Alle?«, flüsterte sie.

Gefion seufzte tief.

»Sie haben uns durch ihren Tod gerettet. Wir werden ihre Namen an unseren Feuern singen. Ihnen ist es zu verdanken, dass der Feind besiegt ist und dass Vanaheim sich wieder erheben kann.«

»Aber du bist verletzt und brauchst Ruhe. Widersprich nicht, komm jetzt«, befahl Sigrid.

Gefion ließ sich zu den Fellen führen, die auf der Strohmatte ausgebreitet waren. Müde legte sie sich hin. Sie genoss es, still auf dem Boden zu liegen und nicht auf einem wogenden Schiff.

Sigrid legte neues Holz aufs Feuer und zog Gefion dann die Schuhe aus. Die Augen der Schönen waren noch nie so blau gewesen.

»Hast du Hunger? Soll ich was zu Essen holen?«

Gefion schüttelte den Kopf und lächelte müde. Die Wärme des Feuers breitete sich in der Hütte aus. Gefion fühlte sich angenehm schwer.

Sigrid löste das Lederband, das Freya um Gefions Bein gewickelt hatte, und betastete die Wunde vorsichtig.

»Ein Pfeil. Du hättest sterben können!«

Sie beugte sich vor und öffnete Gefions Gürtel. Vorsichtig legte sie Sigil neben das Feuer. Dann zog sie Gefion das Wams aus. Jetzt lag Gefion nackt auf den Fellen. Trotzig richteten ihre Brüste sich in der Wärme auf.

»Ich muss beim Willkommensfest an Alfhilds Feuerstätte sitzen.«

»Du bleibst hier«, sagte Sigrid entschieden und streichelte mit ihrer schmalen Hand Gefions Bauch.

Kleine, heiße Blitze schossen durch Gefions Haut.

»Ich weiß schon, was du brauchst, um wieder zu Kräften zu kommen«, sagte Sigrid lachend.

Ihre Hand stahl sich auf Gefions Brüste. Gefions Brustwarzen erstarrten zu glühenden Kohlen. Ihre Haut wurde heiß vor Hunger. Müdigkeit und Schmerzen waren wie weggeblasen.

Langsam, viel zu langsam zog Sigrid sich das Wams aus. Rote Narben in ihren Achselhöhlen zeigten, wo die Beulen gesessen hatten.

Die Brüste mit ihren hellen Brustwarzen wogten sanft auf und ab.

»Komm«, keuchte Gefion.

Sie erhob sich und streckte die Arme nach ihrer Geliebten aus, doch Sigrid entzog sich ihr. Sie packte Gefions Handgelenke und drückte sie auf die Felle.

»Ganz ruhig, meine Königin. Hier herrsche ich.«

Lange schaute sie in Gefions Augen. Am Ende brannte Gefion vor Erwartung.

Endlich küsste Sigrid sie leidenschaftlich.

Gefion schloss die Augen und genoss es, Sigrids Haut an ihrer zu spüren.

Dann verließ ihre Zunge Gefions Mund und suchte sich einen Weg über Kinn und Hals.

Gefion wimmerte vor Lust.

Ihr Körper zitterte vor Erwartung.

Sigrids Lippen schlossen sich um ihre Brustwarze. Sie leckte sie zuerst vorsichtig, dann saugte sie hart daran. Gefion wand sich vor Lust. Bei der Göttin, wenn sie hier und jetzt sterben müsste, wäre das ein schöner Tod.

Sigrids wunderbare Honigzunge leckte ihren Bauch und wanderte dann langsam weiter abwärts.

»Meine schöne Blonde.«

Gefions Stimme war heiser vor Lust.

Sigrid hob den Kopf, begegnete ihrem Blick. Ihre Lippen leuchteten im Feuerschein blutrot.

»Wem gehörst du?«, fragte sie und ließ ihren Finger über Gefions feuchte Spalte gleiten.

»Ich gehöre dir für immer, du bist mein Alles«, stöhnte Gefion und hob flehend ihren pochenden Schoß.

Sigrid lächelte zufrieden, dann senkte sie den Kopf.

Gefion schrie, als Sigrids Honigzunge sie langsam zum befreienden Genuss brachte.

Die Gesichter der Männer waren gezeichnet von Müdigkeit. Ihre Kleider waren übersät von rotbraunen Flecken, geronnenes Blut stank in der Hitze. Aber sie waren am Leben, und sie hatten gesiegt. Tiwaz hatte wahrlich über ihnen gewacht.

Odin hatte sich in seinen Umhang gehüllt und wiegte sich langsam hin und her.

Baldur saß neben ihm und trank. Sein Gesicht war vom Metgenuss bereits hochrot. Ull starrte mit leerem Blick ins Feuer.

»In diesem Winter sind viele gute Männer ums Leben gekommen«, sagte Thor. »Es sind böse Zeiten für die Asen.«

Die Männer murmelten zustimmend.

»Hört jetzt zu, Männer, hört, was ich euch sage«, verkündete Odin und fuhr sich mit der Handfläche über den Bart.

Thors Stimmung verdüsterte sich. Natürlich musste der Alte ihm das Wort abschneiden. Aber Odin war eben der Einzige, der sagen konnte, was gesagt werden musste.

»Ich bin jetzt lange genug Häuptling der Asen gewesen. Die Dürre im Osten hat mein Volk getötet, ich habe uns durch die Wälder in dieses fruchtbare Land geführt, wo milder Regen unsere Felder nährt. Es war eine schwere und harte Wanderung. Nichts ist uns geschenkt worden, jede Gunst der Mächte haben wir uns erkämpfen müssen. Aber mit Tiwazens Hilfe haben wir unsere Höfe bauen können.«

Die Männer sahen Odin neugierig an. Die Geschichte ihrer Wanderung war ihnen nun wirklich bekannt.

»Meine Zeit ist zu Ende. Ich trete meinen Platz an Thor ab, an meinen ältesten Sohn. Unser tapferster Krieger soll von nun an unser Volk führen.«

Thor sah die Blicke der Männer auf sich gerichtet.

»Ich nehme den Platz meines Vaters als Häuptling ein und wer etwas dazu sagen will, möge jetzt sprechen oder auf ewig schweigen.«

Die Männer hoben ihre Becher und tranken auf sein Wohlergehen. Niemand schien von Odins Entschluss überrascht zu sein.

»Darauf, dass wir die Göten überfallen und verbrennen«, sagte Baldur.

Thor nickte zustimmend.

»Wir werden die Reste ihres Reiches zerschmettern. Aber zuerst müssen wir wieder zu Kräften kommen.«

»Auf den Häuptling der Asen, auf Thor, meinen Pflegevater«, rief Ull.

Abermals tranken die Männer auf Thors Wohl. Sie blickten ihn voller Hoffnung und Achtung an. Mehr konnte Thor nicht verlangen.

Siv trat mit einer Schüssel voller vor Fett triefender Fleischstücke und gekochter Wurzeln an die Feuerstätte. Thor aß schweigend, er dachte an die Pflichten, die ihm jetzt auferlegt waren. Die Männer, die ihn auf dem Kriegszug begleitet hatten, mussten belohnt werden. Die Familien der Gefallenen brauchten Hilfe. Er würde als Erstes zu ihren Höfen reiten und Bericht erstatten. Ull und Baldur sollten ihn begleiten.

Danach würde er alle Asenhöfe aufsuchen und feststellen, wer die schwarze Seuche überlebt hatte. Sicher gab es viele, die Unterstützung brauchten.

Er schaute in die Flammen und sah dort für einen Moment Freya.

Siv war wunderbar, trotz ihrer scharfen Zunge und ihrer giftigen Reden. Es war schon schade, dass er nicht mit beiden leben konnte. Wenn sie sich nur verstanden hätten, dann hätten sie beide auf dem Hof leben und sich um ihn kümmern können. Das wäre für alle das Beste gewesen. Und dann hätte Freya sich nicht der Todesgöttin verschrieben.

Er schnaubte angesichts dieser Träumereien. Die Gegebenheiten waren nun einmal anders. Er hatte Freya für immer verloren.

»Schade, dass Bragi nicht hier ist, er könnte ein Gedicht darüber verfassen, dass ich dir meinen Umhang überlassen habe. Aber er hat sich so schnell mit deiner Tochter verdrückt, dass ich sie mir gar nicht ansehen konnte«, sagte Odin.

Die Augen des Alten funkelten.

»Du solltest auch zu deinen Weibern nach Hause fahren, damit sie dich gesund pflegen können. Ull wird morgen früh mit dem Wagen bereitstehen«, sagte Thor.

Odin lachte.

»Ich mag ja alt sein, aber mein Blick ist noch scharf und mein Verstand funktioniert besser als der der meisten anderen.«

Thor wurde wütend, als Odin eine Pause machte und alle Männer der Reihe nach anlächelte, ehe er einen Schluck aus seinem Horn trank.

»Ich will dir einen einzigen Rat geben, jetzt, wo Gorm besiegt ist. Du kannst vor mir fliehen, Thor, aber dir selbst entgehst du nicht.«

Thor seufzte und erhob sich.

»Komm, Vater, ich werde dafür sorgen, dass du noch vor Einbruch der Dunkelheit zu Hause bist. Du brauchst Ruhe. Und deine Gattinnen sehnen sich nach dir.«

Odin grinste und erwiderte seinen Blick. Aber diesen Kampf hatte Thor bereits gewonnen.

»Die Jugend meiner Frauen ist Grund genug für eine lange Reise. Sie sehnen sich nach mir«, sagte sein Vater und legte sich würdevoll seinen Umhang um.

Hocherhobenen Hauptes ging er dann neben Ull zur Tür.

Thor atmete erleichtert auf.

Jetzt war er wirklich Häuptling.

Alfhild lehnte den Kopf an den Türpfosten und genoss die Wärme. Endlich war der Frühling gekommen. Der verdammte Winter mit dem vielen Unglück lag hinter ihnen. Und er war ungewöhnlich mild gewesen, offenbar hatte die Göttin ihnen weiteres Leid ersparen wollen. Alfheim war von der schwarzen Seuche gnädig behandelt worden.

Auf Alfhilds Hof war niemand an dieser Krankheit gestorben, nicht einmal das Kind einer Magd, und das war mehr, als man von den Mächten begehren konnte. Alfhild schaute zur Bucht hinunter und seufzte zufrieden.

Das Beste von allem aber war, dass Gefion nach Hause wollte.

Sigvard belud gerade ihr Boot. Auch die Mädchen und Bolde waren zum Strand gelaufen. Sie ließ sie nicht aus den Augen. Gefion war ruhiger gewesen als sonst, seit sie von den Göten zurückgekehrt war.

Meistens war sie mit der blonden Schönheit, mit der sie auch ins Bett ging, in der Hütte geblieben oder hatte sich mit Freya auf der Insel der Priesterinnen aufgehalten.

Wenn sie an Alfhilds Feuerstätte gesessen hatte, war sie wortkarg gewesen.

Niemand konnte ihr da Vorwürfe machen, hatte sie doch ihr Reich verloren und die Kriegerinnen, mit denen sie in den Kampf gezogen war, waren gefallen.

Jetzt besaß sie weder Reichtum noch Volk, sie hatte nur ihre Schwester und die Blonde.

Und ihre Zeit mit den beiden zu verbringen, konnte Gefion keine Erbin für Vanaheim verschaffen.

Alfhild lächelte zufrieden vor sich hin.

Die arme Gefion. In Alfheim wurde getuschelt, sie bringe Unglück. Es hieß, Gefion selbst habe die schwarze Seuche über die Wanen gebracht. Die Leute wichen ihr aus, sie hatten Angst, Gefions Unglück könne auf sie übergreifen.

Seltsam, welche Gerüchte in Umlauf kommen konnten.

Jetzt flüchteten die Menschen sich zu Alfhild und baten sie, sie mit ihrer Fruchtbarkeit und ihrem Glück zu segnen.

Alles war so, wie es sein sollte.

Die Hunde sprangen auf und bellten zur Heide hinüber. Eine dunkel gekleidete Frau kam über den Weg. Es war Freya.

Alfhild sah der Priesterin neugierig entgegen.

Freya hatte während des ganzen Winters ihre Insel kaum je verlassen.

»Du bist ein ersehnter Gast«, rief Alfhild.

»Wirklich?«, fragte Freya mit einem kleinen Lächeln.

Brisingamen funkelte um ihren Hals, Gold wand sich um Freyas Handgelenke und ihr Umhang wurde von einer Schlangenbrosche zusammengehalten. Um ihren Kopf trug sie neun Zöpfe. Sie wirkte klarer bei Verstand denn je. Nur Manieren besaß sie nicht.

Alfhild schaute überrascht hinter Freya her, die nun, ohne mit ihr gesprochen zu haben, den Hofplatz überquerte.

»Sie ist verrückt, Brisingamen verzehrt ihre Vernunft«, flüsterte eine Stimme hinter ihrem Rücken.

Alfhild lächelte Widar an.

»Der Zwillingsgott ist stark in Alfheim.«

Sie schaute auf den Schild, den er in der Hand hielt. Auf der glänzenden Fläche tanzte der behörnte Gott mit den Disen.

»Eine schöne Arbeit, die du Gefion da schenken willst. Hast du mir das Gold gestohlen?«

Widar schlug die Augen nieder und errötete leicht.

»Freya hat Hyndla durch Brisingamen besiegt, das vom Zwillingsgott geschaffene Halsband. Ihm haben wir also für unsere Rettung zu danken.«

Alfhild lächelte den Hohepriester verkniffen an. Er hatte den Kampf gegen die Göten genutzt, um seine Stellung zu festigen. Aber Widar war ein guter Diener. Mit seiner Hilfe war Alfhilds Macht gewachsen. Abermals hatte sich Ruhe über ihr Reich gesenkt.

»Es ist Zeit, um von Königin Gefion Abschied zu nehmen«, sagte Alfhild und lachte strahlend in die gleißende Sonne.

Alles war so, wie es sein sollte.

Langsam ging Freya den Hang hinunter. Gefion wartete ungeduldig unten am Strand; als sie Freya entdeckte, rannte sie ihr entgegen.

»Was soll das denn? Wo ist dein Gepäck?«

Freya seufzte tief. Immer wieder hatte sie versucht, ihrer Schwester zu erklären, dass sie nicht mitkommen würde. Aber Gefion hatte nur Ohren für ihren eigenen Willen.

Wütend auf die Mächte hatte sie geschworen, ihre Insel wieder aufzubauen.

»Ich bleibe hier. Das weißt du.«

Gefions Augen füllten sich mit dem Trotz, den Freya so gut kannte.

»Unsere Ahninnen haben Vanaheim den Riesen entrissen, sie haben um jedes Feld gekämpft, das sie von Steinen befreit haben, um jeden Baum, den sie fällen mussten. Komm mit. Es ist unser Land.«

Freya schaute ihr in die Augen.

»Nein, meine Schwester. Du weißt, dass mein Schicksal es anders will. Ich warte auf Hel«, sagte sie.

»Das machst du schon den ganzen Winter, aber trotzdem stehst du hier und atmest und tust deine Arbeit«, knurrte Gefion.

»Warum hörst du nie auf das, was ich dir sage?«

»Vielleicht aus Klugheit?« Gefion grinste breit.

Auch Freya musste lachen. Das Boot war jetzt beladen und bereit. Freya hätte die sanften Hügel ihrer Kindheit wirklich gern noch einmal gesehen. Aber sie musste in Alfheim bleiben, das spürte sie mit jeder Faser ihres Körpers.

»Eir ist noch da, das habe ich in der Opferquelle gesehen. Es gibt auch noch andere Überlebende. Du wirst nicht einsam sein«, sagte Freya.

Gefion schnaubte und sah dabei aus wie ein Rappe mit flatternder Mähne.

»Ich mache mir keine Sorgen. Aber ich bitte dich, schwöre mir eines: Wenn du bis zum Herbst nicht gestorben bist, dann kommst du nach Vanaheim. Komm nach Hause.«

»Du hast mein Wort, Schwester.«

Sie nahm Gefions Hand und streichelte sie vorsichtig.

»Pass auf dich auf.«

Gefion sah traurig aus. Dann kamen Widar und Alfhild, um Abschied zu nehmen, und rasch nahm sie wieder Haltung an.

Freya blieb am Strand stehen, bis das Schiff abgelegt hatte. Als jedoch der Frühlingswind das Segel blähte, ließen sie die Vorahnungen erschaudern. Vanaheim würde seine alte Macht nie zurückerringen. Seine Zeit war zu Ende. Gefion würde vergeblich kämpfen.

Den Wanen war ein anderes Schicksal beschieden.

In düstere Gedanken versunken verließ sie den Strand und ging langsam über die Totenheide zur Halle der Priesterinnen. Wenn dieses lange Warten auf Hel doch bald ein Ende nehmen könnte, denn in ihrem leeren Leben gab es jetzt nur noch eine schmerzhafte Einsamkeit.

Ein milder Wind umfing sie und flüsterte ihr ein Wort zu, das sie seit sehr langer Zeit nicht mehr gehört hatte.

»Walhalla.«

Freya kratzte sich am Arm, versuchte, sich zu erinnern. Das war die Vision, die sie in Hallunda an der Opferquelle gehabt hatte, ehe die Wanen gegen Odin und die Asen in den Kampf gezogen waren. Thor war ihr Gefangener gewesen. Sie hatte sein Leben gerettet, obwohl sie gelobt hatte, ihn zu opfern. Stattdessen aber waren sie zusammen geflohen.

Seit damals waren viele Jahre vergangen.

Und seit jenem Tag war ihr Volk immer wieder von Kummer und Schmerz heimgesucht worden. An die Vision jedoch konnte sie sich deutlich erinnern – Tod und Vernichtung, brennende Häuser. Verlassene Höfe. Aber dazwischen erhob Walhalla sich groß und unendlich. Es strahlte heller als die Sonne.

Freya blieb stehen und schaute hinaus aufs Wasser. Gefions Schiff verschwand hinter der Landzunge.

Jetzt begriff sie. Das neunte Zeitalter lag bereits hinter ihnen. Die Welt der Wanen war in die Finsternis gestürzt. Vanaheim würde niemals wieder auferstehen.

Aber das Neue nahm bereits Form an.

Walhalla.

Die Vögel sangen, die Sonne wärmte ihren Nacken. Freya schaute das Spiralenarmband an, das sich um ihren Arm wand. Das Leben war eine Spirale, die sich durch das Weltall zog und niemals ein Ende nahm.

13

Idun stellte den Eimer auf den Lehmboden und reckte ihren schmerzenden Rücken. Das Kind strampelte, leise und vorsichtig. Sie fuhr mit der Hand über ihren gewölbten Leib und betrachtete stolz ihre Arbeit.

Das Langhaus war vielleicht alt und heruntergekommen, aber jetzt war es immerhin sauber.

Ein Hocker, den sie vom Leibeigenen Stolpe hatte zimmern lasen, stand vor der Feuerstätte. An der Querwand gab es mehrere neue Tonurnen, die sie im späten Winter hergestellt hatte. Einige waren schräg und schief, aber sie konnten doch Samen und Fische darin aufbewahren. Und im Herbst würde sie hinter dem Haus Urnen mit saurer Grütze vergraben. Im vergangenen Winter hatten sie viel zu wenig zu essen gehabt. Das musste jetzt besser werden. Wegen des Kindes.

»In der Grütze ist Sand«, schimpfte Bragis Mutter.

Iduns Lächeln verlosch.

»Was ist los, Mutter?«

Die Alte hob auffordernd ihre Holzschale hoch. Ihre Haare hingen in schmutzigen Strähnen um ihr Gesicht, die Nase war geschwollen und von Ausschlag bedeckt.

Sie stank nach alter Pisse. Ihr braunes Wams starrte vor Schmutz. Idun hatte gebettelt und gefleht, sie waschen zu dürfen, aber die Alte hatte sich geweigert. Manchmal verwirrten sich ihre Sinne und wenn sie Zahnschmerzen hatte, wurde sie wütend wie ein Ameisenhaufen.

»Du willst mich vergiften.«

Ihre Stimme klang wie eine knirschende Tür.

»Nein, Mutter.«

Idun nahm ihr die Schale aus der Hand.

»Geh ein bisschen hinaus in die Sonne. Da ist es schön warm.«

Die Alte verzog ihr Gesicht zu schmutzigen Furchen.

»Was weißt du denn schon, du hast ja kaum eine Monatsblutung. Du rennst hier herum und bringst alles durcheinander. Bragi hätte sich eine richtige Frau suchen sollen, nicht so ein Wechselbalg«, keifte sie.

Idun stellte die Schale auf den Sitzstock.

Plötzlich jagte ein bohrender Schmerz durch ihren Bauch und griff auf den Rücken über.

Es konnte noch nicht so weit sein. Noch nicht. Sie schaute sich voller Angst um. Die Alte legte sich mühsam auf die Bank. Auf dem Hofplatz bellte ein Hund.

»Nicht jetzt«, flüsterte Idun ihrem Bauch zu.

Warum hatte sie gewartet? Sie hatte doch alles genau überlegt und ausgerechnet. Sie wollte Bragi bitten, Siv zu besuchen, um dann dort zu bleiben und ihr Kind zur Welt zu bringen.

Idun biss sich in den Daumennagel.

Jetzt musste sie mit Bragi reden, und es war kein guter Tag für so ein Vorhaben. Er hatte wieder schlecht geschlafen und war noch vor Morgengrauen schweißnass und schreiend hochgefahren.

Der arme Bragi, er hatte es schwer gehabt, seit er vom Kampf zurückgekehrt war. Aber sosehr sie sich auch um ihn bemühte, es half alles nichts. Er wurde immer nur noch wütender.

Idun drückte sich die Hände ins Kreuz und schüttelte sich. Sie musste jetzt tapfer sein. Dem Kind zuliebe.

Sie ging über den sonnigen Hofplatz und dann weiter zum Roggenfeld. Dort war Bragi mit der Sichel am Werk. Er hielt eine Hand voll Halme zusammen, schnitt sie ab und steckte sie in seinen Ranzen, ein ums andere Mal. Sein Oberkörper war braun gebrannt, die Muskeln lagen wie dicke Seile unter der Haut. Auf der Schulter trug er den gefüllten Ranzen. Hinter ihm ging die Leibeigene und las das auf, was zu Boden fiel. Idun wusste nicht einmal, wie diese Frau hieß. Die Leibeigenen redeten nicht mit ihr. Und ihre Sprache war so unklar, dass Idun kein Wort verstand.

Aber immerhin war Bragi zu Hause. Im Winter und im Frühling war er meistens unterwegs gewesen.

Idun wollte nicht einmal daran denken, was er machte, wenn er nicht bei ihr war. Einmal war sie so töricht gewesen, ihn zu fragen. Diesen Fehler würde sie niemals wieder machen.

Idun nagte jetzt wieder an ihrem Nagel. Ihre Hand zitterte ein wenig. Alles würde besser werden, wenn Bragi erst eingesehen hätte, dass das Kind von ihm war, und wenn Idun wieder aussähe wie früher.

»Kannst du kurz kommen?«

Bragi schaute nicht einmal auf. Er schnitt wütend Halme ab. Idun schluckte. Sie wusste, wie sehr er die Feldarbeit verabscheute. Es war wirklich kein guter Tag.

»Verzeih mir, Gatte, aber es eilt, bitte, komm«, flehte sie.

Sie durfte ihn nicht reizen, nicht jetzt.

Bragi hielt inne und seufzte tief. Dann warf er der Leibeigenen den Ranzen zu und kam mit der Sichel in der Hand zum Zaun.

»Was ist?«

Idun lächelte so liebevoll sie konnte.

»Das Kind ist unterwegs, bitte, bring mich zu Siv, lass mich im Haus meines Vaters niederkommen.«

Idun legte sich die Hände auf den Bauch und blickte ihn flehend an.

Bragis Gesicht verzog sich angeekelt.

»Du kannst das Kind in unserem Haus bekommen, für meine Mutter war das gut genug.«

Idun versuchte verzweifelt, ihre Angst nicht zu zeigen. Wie sollte sie hier gebären, ganz allein? Sivs Worte hallten in ihrem Hinterkopf wider. Er konnte das Kind im Wald aussetzen, wenn er wollte. Das durfte nicht passieren.

»Ich habe nur solche Angst, dass deinem Sohn etwas passieren könnte.«

Bragi trat einen Schritt zurück und seine Augen blitzten.

»Meinem Sohn! Willst du mich auch jetzt noch belügen?«

Er wischte sich den Schweiß von der Stirn und sah sie mit dem Blick an, den sie zu fürchten gelernt hatte. Idun versteckte ihre Hände hinter dem Rücken. Er durfte nicht sehen, wie sehr die zitterten, denn das würde ihn nur noch wütender machen.

Zu spät. Bragi setzte wie ein Hirsch über den Zaun.

Das Kind strampelte in ihrem Bauch, als ob es begriffen hätte, wie gefährlich er war.

»Bitte, lass mich zu Siv, ich …«

Idun verstummte, als er die Faust ballte. Bitte, tu dem Kind nichts.

»Warum kannst du nicht lernen zu gehorchen?«, schrie er.

Die Faust traf sie im Bauch. Idun sank zu Boden. Schmerzen durchschnitten sie wie Messer. Das Kind trat so heftig um sich, dass ihr ganz schlecht wurde.

»Bragi, ich bitte dich.«

»Ich weiß, dass du Lokis Schlangenbrut in dir trägst. Mich kannst du nicht an der Nase herumführen. Ich weiß, welches Übel du verbirgst«, fauchte er.

Sie durfte nicht weinen. Jetzt nicht. Idun kämpfte sich auf die Füße.

»Ich will doch nur deinen Sohn gebären.«

Er hob die Sichel und fuhr damit über ihren Bauch. Idun

wurde es eiskalt. Sie starrte die Spitze an, die ihr Wams zerteilte.

»Ich müsste dich aufschneiden und nachsehen«, sagte Bragi tonlos.

Sein Blick war völlig gefühllos. So schlimm war es noch nie gewesen. Ihr Herz hämmerte wie besessen. Sie musste fliehen.

»Auf den Höfen wird über mich gelacht, weißt du das? Bragi hat sich eingebildet, ein unberührtes Wanenmädchen von hoher Geburt eingefangen zu haben. Aber bekommen hat er nur Lokis Brut.«

Idun ging langsam einen Schritt zurück. Bragi schien das nicht einmal zu bemerken.

»Odin hat Recht. Ein Mann darf niemals zweifeln müssen.«

Idun kämpfte mit den Tränen. Sie durfte jetzt nicht weinen. Das würde ihn nur wütender machen. Also zwang sie sich ein Lächeln ab.

»Verzeih mir, mein Geliebter. Ich werde alles wieder gutmachen. Lass mich dir einen Sohn gebären, du wirst stolz auf ihn sein.«

Bragi blickte sie überrascht an und schien aus einem Traum zu erwachen. Er lächelte spöttisch.

»Glaubst du, ich werde dieses Kind am Leben lassen?«

Idun schnappte nach Luft. Sie war wie erstarrt. Ihre Füße schienen am Boden festgewachsen zu sein.

Das Kind strampelte jetzt wieder, zuerst nur ein wenig, dann immer heftiger. Das riss Idun aus ihrer Erstarrung. Langsam wich sie einen Schritt zurück, dann noch einen.

Bragi fing an zu lachen.

»Lauf du nur weg, hier kannst du dich nirgendwo verstecken.«

Thor stützte sich auf den Zaun und sah sich die Kälber an. Neun Stück waren geboren worden und alle hatten überlebt. In diesem Sommer quoll Idunvallen vor Leben geradezu über. Jedes Frauenzimmer hatte einen hohen Bauch und auf den Feldern neigten sich die Ähren.

Die Mächte schienen Krankheit und Tod des Winters ausgleichen zu wollen.

Thor berührte seinen schmerzenden Nacken. Er arbeitete jeden Tag von morgens bis abends, aber schlafen konnte er trotzdem nie. Nacht für Nacht lag er wach und starrte zu den Dachbalken empor. Und doch gab es keinen Grund zur Unruhe, alles war so, wie es sein sollte.

In der Bucht glitzerte das Wasser einladend. Vielleicht sollte er alle Sorgen von sich abspülen? Noch bevor er sich entschieden hatte, hörte er hinter sich Schritte. Ull kam auf ihn zu, mit der besorgten Miene, die er nun schon so lange zeigte. Er war zur Jagd gekleidet und hatte sich Körper und Haare mit Lehm eingeschmiert. Kein Tier im Wald würde die Witterung des Jungen aufnehmen können.

»Was hast du erlegt?«, rief Thor.

Ull spielte an dem Bogen über seinem Rücken herum.

»Einen Hirsch, einen prächtigen Bock.«

Thor lächelte zufrieden.

»Was für ein Glück, dass wir dich haben, Junge.«

»Ich muss etwas mit dir besprechen, Pflegevater«, sagte Ull mit ernster Stimme.

Thor musterte den Jungen neugierig. Er wartete schon lange darauf, dass Ull sich eine Hausfrau nahm, das Alter hatte er nun wirklich erreicht. Vielleicht hatte er jetzt eine gefunden.

»Sag, was du auf dem Herzen hast.«

»Bragi hat unseren Hof schon lange nicht mehr besucht.«

Thor zuckte mit den Schultern.

»Dein Freund fehlt dir, das kann ich mir vorstellen. Aber Bragi hat sich eine Frau genommen, er baut seinen Hof für die Zukunft aus. Du solltest seinem Beispiel folgen.«

Ulls Augen verdunkelten sich.

»Wir müssen hinreiten.«

Thor schaute Ull überrascht an. Was war denn bloß los mit ihm? Er schien völlig außer sich zu sein.

»Wieso die Eile? Ich war doch im Frühling bei Bragi«, sagte Thor.

Damals war es Idun gut gegangen. Sie erwartete ein Kind und deshalb hatte Thor sich alt gefühlt. Aber sie war munter und dienstbeflissen gewesen, ebenso wie Bragi.

Alles hatte sich also bestens gefügt.

»Ich bitte dich, Pflegevater. Wir müssen hinreiten«, sagte Ull.

Er wirkte absolut erschöpft, wie er da stand und von einem Fuß auf den anderen trat. Thor stützte sich auf den Zaun, die Weidenruten ächzten unter seinem Gewicht. Der Junge war seit Freyrs Tod nie wieder so wie früher gewesen. Einsam jagte er im Wald, und kaum war er mit der Beute nach Hause gekommen, zog er schon wieder los. Was hatte Freya beim Totenhaus in Alfheim noch gesagt?

»Wir wecken das Wanenblut des Jungen, wir wollen sehen, ob er seine Kraft einfangen kann.«

War das der Grund für Ulls verändertes Verhalten? Hatte er die Kräfte seines Vaters geerbt?

»Was hast du bei Idun gesehen?«, fragte Thor.

Jetzt wurde er nervös.

Ull schlug die Augen nieder.

»Wir müssen zu Bragis Hof reiten«, sagte er noch einmal.

Thor seufzte tief.

»Dann sollten wir wohl die Pferde holen.«

Bragi war hinter ihr her. Idun rannte durch den Wald. In ihrem ganzen Leben hatte sie sich noch nie so gefürchtet.

Ab und zu hörte sie vom Weg her Hufschläge. Er ritt hin und her und rief ihren Namen, die Jagd schien ihm vorzukommen wie ein lustiges Spiel.

Idun kletterte über einen Baumstamm, auf der anderen Seite glitt sie aus und fiel hin. Erschöpft blieb sie liegen und rang nach Luft.

Sie konnte nicht mehr weiter. Sie war so müde, dass es ihr schwarz vor Augen wurde. Idun schluchzte auf und lehnte sich an den Stamm.

»Hab keine Angst«, sagte sie keuchend zu ihrem Kind. »Dir wird nichts passieren.«

Ihr Bauch zog sich zusammen, sie unterdrückte ein Stöhnen.

Es wurde bereits dunkel. Aber was, wenn sie hier in der Dunkelheit ihr Kind bekäme? Idun kämpfte sich auf die Füße. Das durfte nicht passieren. Sie musste zu Siv gelangen. Der Boden schwankte unter ihren Füßen. Idun sank in das weiche, feuchte Moos und starrte ins Leere.

Sie konnte nicht mehr weiter. Sie würde mindestens einen Tag brauchen, um zu Siv zu wandern, und das würde sie nicht schaffen. Sie würde hier im Wald gebären. Sie und das Kind würden sterben. Wilde Tiere würden sie verschlingen, sowie sie das Blut gewittert hätten.

»Ich habe es immerhin versucht«, flüsterte sie ihrem Bauch zu.

Wenn sie ihr Kind doch nur bei Siv oder bei Freya hätte bekommen dürfen. Sie sehnte sich so sehr danach, die Arme ihrer Mutter um sich zu spüren, nur noch ein einziges Mal. Sie wollte Freya doch nur zeigen, dass auch sie zu etwas taugte. Sie hatte ihren eigenen Hof haben wollen, ihre eigenen Kinder.

Idun legte die Arme um den Bauch und kroch in den Schatten in sich zusammen.

Es war schon besser, sie starb, dann wären die anderen sie los. Aber es war schade um das Kind. Das war es.

In der hellen Sommernacht schimmerten die Schatten wie blaues Licht.

Bragis Rufe waren nicht mehr zu hören. Idun fröstelte. Ihr Mund war wie ausgedörrt, aber sie konnte nicht mehr aufstehen. Sie nahm sich eine Hand voll Moos und leckte daran. Etwas raschelte. Ein Schatten löste sich von den Bäumen. Iduns Herzschlag setzte kurz aus. Ein Mann ging durch das Unterholz. Bragi.

Aber die Schritte waren weich wie die eines Wolfes. Idun presste sich an den Baumstamm und versuchte nicht zu atmen.

Dann ging ihr auf, dass nicht Bragi hier durch die Nacht strich.

Der Mann blieb stehen und schnupperte in der Luft. Es musste der Zwillingsgott sein.

Die Alfenpriester hatten gesagt, der Gott wache über Jäger und Waldleute. Aber warum kam keine Göttin, um sie zu retten?

Vielleicht wachte der Zwillingsgott über Bragi?

Idun bekam vor Angst eine Gänsehaut.

Der Mann kam immer näher, lautlos glitt er durch das Gras. Er hatte einen Bogen umhängen. Besaß der Zwillingsgott so einen? Sie wusste es nicht mehr. Zwei Schritte vor ihrem Versteck blieb er stehen. Idun saß ganz still da und hielt den Atem an. Ihr Herz klopfte so sehr, dass es zu dröhnen schien. Das durfte er nicht hören. Geh weg, sieh mich nicht.

»Komm, du brauchst keine Angst zu haben.«

Idun wäre fast in Tränen ausgebrochen, als sie die Stimme des Jägers erkannte. Es war Ull. Ausgerechnet er!

»Bitte, tu mir nichts«, flüsterte sie.

Der Wald roch jetzt nach verfaulten Blättern, wie damals, als Ull sie zu Boden gedrückt hatte. Ull war daran schuld, dass ihr Leben zerstört war. Und jetzt würde er sie hier im Wald töten.

Sie kroch noch mehr in sich zusammen, als er die Hand ausstreckte.

»Niemand wird dir etwas tun. Das schwöre ich bei meiner Ehre«, sagte Ull.

Idun bewegte sich nicht.

»Ich suche schon die halbe Nacht nach dir. Und Thor auch. Komm jetzt.«

Seine Stimme klang müde und erschöpft.

»Ist Thor hier?«

»Er sucht dich hinten beim Weg.«

Wieder streckte Ull die Hand aus. Was sollte sie machen? Sie hatte keine Wahl.

Langsam nahm sie die Hand und ließ sich auf die Füße ziehen. Ihr wurde schwarz vor Augen, der Boden schwankte.

Ull reichte ihr einen Lederschlauch mit Wasser, den sie gierig leerte.

Sie erstarrte, als er den Arm um sie legte, ließ sich dann aber von ihm durch den blau schimmernden Nachtwald führen.

Ull roch nach Erde. Sein Arm, der ihren gequälten Körper stützte, war stark. Sie fühlte sich wie eine aufgequollene, gestrandete Seehündin, die er über Stock und Stein zerren musste. Plötzlich kam ihr ein entsetzlicher Gedanke.

»Du bringst mich doch nicht zu Bragi?«

»Nein. Nie im Leben«, sagte Ull verbissen.

Idun stieg vorsichtig über einen Baumstamm, dahinter ging es ein wenig abwärts.

»Wie hast du mich gefunden?«

Ull schaute sie kurz an. Zorn und Schuldgefühle lagen in seinem Blick.

»Ich wusste es«, sagte er dann.

»Aber woher?«

Ull gab keine Antwort. Sein Blick suchte etwas zwischen den Bäumen. In der Ferne sang ein Vogel sein trauriges Lied.

»Ich bin froh, dass du gekommen bist«, sagte sie endlich.

»Das musste ich.«

Er blieb stehen und wieherte leise, so echt, dass Idun nur staunen konnte. Ein leises Schnauben war zu hören, dann knackte ein Zweig. Einige Schritte weiter tauchte ein zottiges schwarzes Pferd aus dem Gebüsch auf.

»Setz dich auf Sleipnir.«

Idun mühte sich auf den Rücken des Pferdes.

Als sie oben saß, ging Ull los und das Pferd folgte ihm.

Ein messerscharfer Schmerz durchfuhr ihren Bauch. Sie beugte sich vor und stöhnte. Ull drehte sich um und musterte sie schweigend, bis die Wehe vorbei war. Dann wühlte er in seinem Ranzen und reichte ihr eine Hand voll Gras.

»Iss.«

Sie nahm das Gras und roch daran. Wenn er sie nun vergiften wollte? Aber das Gras roch ganz normal.

»Das hilft gegen Schmerzen«, erklärte Ull.

Idun kaute auf einigen Halmen herum. Es schmeckte entsetzlich.

Sleipnir suchte sich zwischen Baumstämmen und Steinen vorsichtig einen Weg. Er machte einen kleinen Sprung, dann standen sie auf dem Weg. Dort wartete Thor mit seinem Pferd. Bei seinem Anblick wurde Idun ganz warm. Jetzt konnte ihr nichts mehr passieren.

»Wie geht es meinem Mädchen?«

»Das Kind ist unterwegs«, sagte Ull.

Thor sprang vor und legte Idun die Hand auf den Bauch.

»Hab keine Angst, es wird alles gut werden.«

Sein freundliches Gesicht zu sehen, war zu viel. Idun bohrte die Finger in Sleipnirs Mähne und brach in Tränen aus.

Unbeholfen streichelte Thor ihr Bein.

»Es wird schon gut gehen. Jetzt reiten wir nach Hause.«

Ruhelos lief Thor im Langhaus hin und her, während Siv und Nanna Idun untersuchten.

Die Frauen flüsterten. Es dauerte so unendlich lange.

Thor ging hinaus in den flimmernd heißen Nachmittag.

»Man könnte ja meinen, das sei dein erstes Kind. Kinder kommen, wenn es so weit ist«, sagte Baldur.

Er saß zusammen mit Ull im Schatten unter dem Strohdach. Die Hunde lagen schläfrig neben ihnen. Vom Wasser her war das Geschrei der Jungen zu hören. Sie spielten seit dem Mittag dort, als es zu heiß geworden war, um weiter auf dem Feld zu arbeiten. Thor reckte sich und verzog den Mund. Die Frauen waren schon seit dem Morgen mit Idun beschäftigt. Die Kleine wurde immer schwächer und das Kind kam nicht zum Vorschein. Er hatte das schon früher erlebt, bei Tieren und bei Menschen. Und am Ende starben dann Mutter und Kind.

Ull schaute zum Wald hinüber.

»Bragi kommt«, sagte er gelassen.

»Ja, das wird aber auch Zeit«, sagte Baldur.

Thor starrte den Waldrand an. Bald waren Hufschläge zu hören. Bragi kam auf seinem zottigen Pferd auf den Hofplatz geritten.

Er sprang ab und lief auf Thor zu.

»Häuptling, ich grüße dich. Ich bin dir zu tiefstem Dank verpflichtet, dafür, dass ihr Idun bei der Geburt beistehen wollt.«

Bragis klarblaue Augen strahlten freundliches Vertrauen aus. Thor schlug die Arme übereinander.

»Tiwaz wird dich für deine Schamlosigkeit strafen.«

Bragi musterte ihn überrascht.

»Ich verstehe nicht, Häuptling, womit habe ich dein Missfallen erregt?«, fragte er mit Unschuldsmiene.

Thor ballte die Faust. Er hätte dem jungen Dachs die Kehle aufschlitzen mögen. Er hatte Iduns blaue Flecken gesehen, als sie ins Bett gebracht worden war. Flecken, wie seine Mutter sie Jahr für Jahr gehabt hatte, bis zu dem verdammten Tag, an dem sie von Odin erschlagen worden war.

»Als wir zu deinem Hof kamen, wusstest du nicht, wo Idun war. Ull hat sie im Wald gefunden und sie war außer sich vor Angst. Was bist du für ein Kerl, der seine Frau schlägt und sie unmittelbar vor ihrer Niederkunft in den Wald jagt?«

Bragi seufzte tief.

»Ich wollte dich damit nicht belästigen, Häuptling. Du trägst so große Verantwortung und du hast das Wohlergehen deiner Tochter in meine Hände gelegt.«

Er wirkte aufrichtig unglücklich.

»Idun ist nicht ganz so, wie sie sein soll. Sie hat Visionen und redet nicht immer die Wahrheit. Manchmal glaubt sie, das Kind sei von Bosheit erfüllt und zehre an ihrer Lebenskraft. Die Leibeigenen müssen sie Tag und Nacht bewachen, damit sie sich nicht das Leben nimmt. Gestern ist sie geflohen, als wir zur Ernte auf dem Feld waren. Vergib mir, Thor. Ich hätte besser auf sie aufpassen sollen, aber in letzter Zeit schien es ihr besser zu gehen, und wir mussten doch den Roggen einholen.«

Thor schaute Bragi nachdenklich an. Bragi sah besorgt und aufrichtig aus. Wenn er nun die Wahrheit sagte? Er hatte den Jungen doch schon als kleines Kind gekannt, und ehrlich war er immer gewesen.

»Lügst du mich hier etwa an?«

Bragi schüttelte traurig den Kopf.

»Ich wollte dich nicht sehen lassen, wie schlimm es ist. Ich hatte gehofft, dass es ihr besser gehen würde, wenn das Kind erst da wäre. Es ist eine Schande, die ich nur mit Mühe tragen kann. Idun ist mir kostbarer als mein Leben. Ihr könnt euch nicht vorstellen, wie erleichtert ich war, als ich gehört habe, dass sie noch lebt und hier bei euch ist.«

»So besonders gut geht es ihr ja nicht«, sagte Baldur.

»Ist das Kind schon da?«, fragte Bragi eifrig.

»Das Kind will nicht herauskommen«, sagte Baldur mit einem Schulterzucken.

Ull lehnte an der Wand und starrte den Besucher wütend an.

Bragi warf einen kurzen Blick auf seinen Freund und fuhr sich mit den Fingern durch die Haare.

»Kann ich zu ihr?«

Er sah wirklich verzweifelt aus. Vielleicht hatte Thor sich ja geirrt.

»Du hast meine Tochter ordentlich verprügelt«, sagte Thor.

Bragi starrte zu Boden.

»Ja, ich muss sie manchmal zur Ruhe bringen. Sie quält meine alte Mutter und die Leibeigenen. Es macht mir wirklich keine Freude, Idun zu schlagen, aber sie greift meine Hofleute an, wenn der Wahnsinn über sie kommt. Ich begreife nicht, was mit ihr los ist. Vielleicht hat sie das von ihrer Mutter?«

»Ab und zu brauchen sie Prügel, sonst werden sie zu frech«, sagte Baldur.

Thor dachte über alles nach. Vielleicht stimmte ja, was Bragi erzählte. Freya hatte immer schon sehr viel Wahnsinn in sich getragen und Idun war im Grunde auch ziemlich durcheinander, wenn er sich das richtig überlegte.

»Komm, wir wollen nach ihr sehen«, sagte Thor.

Idun lag bleich und schweißnass auf dem Bettstroh.

Sie schlief unruhig und murmelte unverständliche Dinge vor sich hin.

Siv saß neben ihr und stickte. Nanna hob irgendetwas vom Boden auf. Die beiden Frauen schauten Bragi überrascht an.

»Ich bin euch ewig dankbar dafür, dass ihr euch um meine Gattin kümmert. Jetzt muss ich meine Last nicht mehr allein tragen.«

Er setzte sich neben Idun und streichelte ihr zärtlich die Wange. Der Junge liebte sie doch so sehr. Thors Herz schmolz.

»Aufwachen, Gattin«, flüsterte Bragi.

Idun öffnete schläfrig die Augen. Einige Herzschläge lang starrte sie Bragi an. Dann stieß sie einen grellen Schrei aus.

»Holt ihn weg! Er darf mich nicht mitnehmen!«

Sie schlug nach Bragi, weinte und schrie. Siv stieß den Jungen beiseite.

»Hau ab hier«, schrie sie.

Bragi wich zurück.

»Jetzt seht ihr doch, dass sie den Verstand verloren hat.«

Idun schrie weiter und fuchtelte mit den Armen.

»Ich will euch das ersparen. Ich nehme sie mit nach Hause. Wenn ich einen Wagen leihen darf«, sagte Bragi.

Thor schüttelte den Kopf.

»Verschwinde und lass dich nie wieder hier blicken.«

Der Junge schaute ihn verdutzt an.

»Aber ich …«

»Geh, sonst schlag ich dir den Schädel ein.«

Wütend griff Thor nach Mjölnir.

Er hatte sich an der Nase herumführen lassen, aber jetzt sah er klar. Der Junge hatte ihn angelogen. Iduns Blick, als sie Bragi erkannt hatte, war Thor nur zu vertraut gewesen. Seine Mutter hatte Odin so angesehen. Er hatte Jorunns Leben nicht retten können, aber bei Tiwaz, seine Tochter würde niemals dieses Schicksal erleiden müssen.

Bragi wich zur Tür zurück. Er sah überrascht aus, als könne er nicht begreifen, was sich hier abspielte.

»Wie konntest du ihn einlassen? Hast du denn den Verstand verloren?«, fragte Siv wütend. Sie hielt die weinende Idun in den Armen und streichelte tröstend ihre Haare.

»Schweig, scharfzüngiges Weib«, sagte Thor gereizt.

Sivs Gezetere konnte er nun wirklich nicht brauchen.

Idun verstummte. Sie wischte sich die Tränen ab und schaute Thor mit so tiefer Verzweiflung an, dass es ihn ins Herz schnitt.

»Bitte, Vater«, flüsterte sie. »Bring mich nach Hause. Bring mich nach Alfheim.«

Er schüttelte den Kopf. Törichtes Gerede. Er würde nicht mitten in der Erntezeit über das Sommermeer segeln. Das dauerte doch Tage.

»Du liegst doch im Kindbett, Mädchen.«

Iduns Unterlippe zitterte.

Jetzt stand Siv auf und zog ihn beiseite.

»Vielleicht wäre es gar nicht so schlecht, sie nach Hause zu bringen. Das Kind will nicht herauskommen. Besser, sie stirbt in Alfheim und nicht hier. Dann können die Wanen uns nicht die Schuld zuschieben.«

Thor nickte. Siv hatte Recht. Er wollte ungern eine rachsüchtige Königin Gefion auf dem Hof stehen haben, die ihn Bragis wegen mit Vorwürfen überschüttete.

»Vielleicht kann Freya Iduns Leben retten«, sagte Siv und musterte ihn mit scharfem Blick.

Thor kratzte sich an der Stirn.

Freya. Er wagte kaum, an sie zu denken. Es tat zu weh. Aber sie kam nachts zu ihm, wenn die anderen schliefen und er wach lag. Dann sprach er in Gedanken mit ihr. Erzählte ihr, wie es Idun ging und was er tagsüber gemacht hatte.

»Freya ist tot«, sagte Thor.

Siv lachte bitter.

»Glaub mir, sie und ich sind auf ewig im Hass vereint. Die Hündin lebt. Wenn sie tot wäre, dann wüsste ich das.«

Sie lebte noch? Thor wandte sich ab, um seine Freude zu verbergen.

Aber da stand Ull und starrte ihn auffordernd an.

»Mutter hat Recht. Idun muss nach Alfheim, das ist wichtig.«

»Woher weißt du das?«, fragte Thor gereizt.

Warum rotteten sich hier alle gegen ihn zusammen?

»Ich weiß es, so wie ich gewusst habe, dass wir sie holen mussten. Das ist im Gewebe.«

Thor seufzte tief.

Jetzt hörte der Junge sich an wie die Wanen.

»Hör auf ihn«, sagte Siv.

»Die Ernte …«

»Die Jungen und ich schaffen das schon. Baldur kann uns helfen.«

In der Halle war es ganz still.

Siv, Idun, Nanna und Ull sahen Thor gespannt an.

Drachenzähne und Verschwörungen. Wofür hielten sie ihn eigentlich? Für einen Leibeigenen, den sie vor den Pflug spannen konnten?

Er war der Häuptling der Asen. Er fasste hier alle Beschlüsse.

Thor rückte seinen Gürtel gerade und verließ das Langhaus.

Freya pflückte den letzten Apfel und legte ihn in den Korb. Der Apfelgarten war ohne Idun nicht derselbe. Die Früchte waren kleiner und saurer als früher. Den Bäumen fehlte die Fürsorge der Kleinen. Das war deutlich.

Ein warmer Wind fegte über den Hügel und spielte mit ihrem Kleid. Erst jetzt, wo Idun nicht mehr da war, hatte sie ihren Wert erfasst.

Sie hob den Korb hoch, er war so schwer, dass sie ihn kaum tragen konnte. Ihre Kräfte ließen nach. Hel mochte ihr diesen Sommer geschenkt haben, aber bald würde es zu Ende sein. Da war Freya sich sicher. Seit Tagen wurde sie von bösen Vorzeichen gequält. Undeutliche Bilder kamen zu ihr, sie berichteten vom Tod. Und auch Idun war zu sehen. Sie lag im Kindbett und führte die Sippe weiter. Freya hätte gern gewusst, ob das noch bevorstand oder bereits geschehen war.

Sie warf einen letzten Blick auf das Meer und erstarrte. Ein Schiff mit blutrotem Segel durchquerte den Sund. War das ein weiteres Omen?

Freya kniff die Augen zusammen.

»Mach, dass es nicht wahr ist«, flüsterte sie und ließ den Korb fallen.

Die Äpfel kullerten ins Gras, als Freya zum Langhaus hochrannte.

Thor hob Idun hoch. Ihre Stirn war feucht vor Schweiß, ihre Augen glänzten vor Fieber und Schmerzen.

»Wir sind jetzt da«, flüsterte er.

Idun versuchte zu lächeln, war aber viel zu erschöpft. Thor lief mit seiner Tochter auf den Armen den Weg hoch. Ull rannte vorweg, sein Rücken verschwand zwischen den Bäumen.

Wenn nur Freya noch lebte. Wenn sie Idun nur retten könnte, sein tapferes Mädchen. Sie hatte trotz der schrecklichen Schmerzen weder geweint und noch geklagt.

Jetzt konnte er hinter den Bäumen das Strohdach sehen. Er lief schneller, vorbei an einem Kräutergarten und dann auf den Hofplatz.

Ull sprach mit einer braun gekleideten Priesterin. Thors Herz machte einen doppelten Schlag, als die Frau auf ihn zukam.

Freya lebte. Erleichtert atmete er auf.

»Mutter«, flüsterte Idun in seinen Armen.

Freya streichelte ihre Wange, zärtlich und blitzschnell.

»Komm mit. Es eilt«, befahl sie.

Erleichtert folgte Thor ihr in das kühle Langhaus. Freya wusste, was zu tun war. Noch war es nicht zu spät.

»Leg sie hierhin.«

Er legte Idun auf die mit Symbolen bemalte Strohmatte, die Freya ihm angewiesen hatte. Freya rief die Priesterinnen, die sich sogleich um das Lager versammelten.

Freya ging neben Idun in die Hocke und fuhr ihr mit der Hand über den Bauch. Eine andere Priesterin zog ihr den Rock aus. Der Bauch ragte auf wie ein Gipfel. Die beiden Frauen wechselten einen düsteren Blick. Das verhieß nichts Gutes.

Idun schaute ihre Mutter ängstlich an.

»Verzeih mir«, flüsterte sie.

Thor schluckte. Das alles war seine verdammte Schuld. Er hatte sie von Bragi umgarnen lassen, er hatte sie als Köder benutzt, um Freya zum Kampf gegen Hyndla zu holen.

Freya streichelte die Stirn ihrer Tochter.

»Hab keine Angst. Jetzt holen wir das Kind«, sagte sie ruhig.

Eine weitere Priesterin, eine grimmige grauhaarige Vettel, riss Idun das Wams vom Leib. Sie lag jetzt nackt im Kreis der Frauen. Ihre Brüste waren rund und strotzten vor Milch. Dunkle Flecken waren daneben zu sehen.

Freya tastete sie ab.

Dann wandte sie sich an Thor.

»Wie lange geht das schon so?«

Thor rechnete rasch rückwärts.

»Seit sechs Tagen.

Freya schnaubte wütend.

»Warum habt ihr sie den ganzen Weg über das Sommermeer hergeschleppt?«

»Sie wollte unbedingt her und hat gefleht und gebettelt. Siv hat gesagt, dass du noch am Leben bist und dass ohne deine Hilfe Idun und ihr Kind sterben müssen.«

Freyas Augen verdüsterten sich. Jegliche Zärtlichkeit, an die Thor sich so gut erinnerte, war aus ihren Zügen verschwunden.

»Du hast sie also gestohlen und verheiratet, und jetzt, wo sie im Sterben liegt, schleppst du sie hierher«, fauchte sie wütend.

»Ich habe sie beschützt.«

Freya blickte ihn außer sich vor Zorn an.

»Ich sehe doch die Flecken an ihrem Leib. Die Kleine ist so

übel geschlagen worden, dass das Kind vielleicht tot ist. – Verschwinde. Hau ab!«

Thor seufzte tief. Idun sah so klein und hilflos aus, wie sie mit ihrem dicken Bauch dort lag. Hatte Bragi sein, Thors, Enkelkind umgebracht? Nicht einmal Odin war jemals so weit gegangen.

Eine junge, dunkelhaarige Priesterin stieß ihn an.

»Raus!«

Er wich zurück, weg vom Leid und von Freyas Zorn.

Ull wartete auf dem Hofplatz. Mager und braun gebrannt lief er rastlos hin und her.

»Wie geht es ihr?«

»Möglicherweise hat Bragi das Kind getötet.«

Thor hätte gern etwas zerschlagen. Warum musste er sich mit diesem Weiberkram abgeben? Er war der Häuptling der Asen. Sogar sein Vater musste ihm jetzt gehorchen.

»Wenn das Kind tot ist, dann bringe ich Bragi um«, sagte Ull einfach.

Thor sah sich den Jungen genauer an. Er hatte während der ganzen Überfahrt bei Idun gesessen. Sie hatten miteinander getuschelt, er hatte ihr geholfen. So fürsorglich hatte er Ull noch nie erlebt.

»Warum kümmerst du dich so um meine Tochter?«

»Das geht nur mich etwas an«, sagte Ull entschieden.

Thor schnaubte.

»Versuch ja nicht, deinem Vater und deinem Häuptling zu trotzen.«

Ull senkte den Kopf. Er wusste nicht weiter, das konnte Thor sehen.

»Na?«

»Er zwingt mich dazu«, sagte Ull endlich.

Was war das für ein Gefasel?

»Freyr spricht in meinem Kopf zu mir«, sagte Ull und fuhr sich mit den Fingern durch die Haare.

»Ich höre ihn, seit Freya mir diesen berauschenden Trank gegeben hat. Ab und zu reden auch andere. Ich weiß, es klingt verrückt, aber es ist so.«

Thor ging zum Schutzbaum, der mitten auf dem Hofplatz stand. Dort setzte er sich in den Schatten. In der Ferne bellte ein Hund. Durch die offenen Türen des Langhauses waren leise Stimmen zu hören.

Wie konnte Freya in einem dermaßen heruntergekommenen Haus wohnen? Das Strohdach war verfault, die Wände drohten zu zerfallen. Die ganze Halle war baufällig.

Schwarze Seuche, Freyr, Freya, die Hexe und der Kampf mit den Göten. Idun. Es nahm kein Ende.

Thor schaute auf das Meer, das zwischen den Baumstämmen glitzerte. Auf dem Heimweg würde er eine Pause einlegen und Seehunde jagen. Diese Tage wollte er für sich haben. Das hätte er verdient.

Er lehnte den Kopf an den Stamm.

»Ist er hier?«

Ull schaute ihn verwirrt an.

»Wer?«

»Freyr, ist er hier? Hörst du ihn jetzt?«

Ull schüttelte den Kopf.

Thor löste Mjölnir von seinem Gürtel und fuhr mit dem Finger über die verschlungenen Muster des Hammers.

Fünf Kinder waren ihm gestorben. Er konnte sich an ihre Namen erinnern, ihre Gesichter jedoch waren mit den Jahren verblasst.

Immer hatte er sich für einen guten Vater gehalten. Die Jungen machten sich gut und er hatte Ull gern großgezogen. Er hatte sie niemals blutig und bis zur Bewusstlosigkeit geschlagen, so wie Odin das mit ihm und seinen Brüdern gemacht hatte.

Trotzdem gehorchten seine Kinder ihm. Aber jetzt, wo er eine Tochter geschenkt bekommen hatte, war er blind und taub gewesen. Der tote Freyr wachte besser über die Kleine, als er das selbst geschafft hatte. Aber stimmte das wirklich? Freyr hatte die Macht des Zwillingsgottes immer als zweischneidig bezeichnet. Jeder Sieg musste durch ein Opfer erkauft werden.

Ull setzte sich neben ihn.

»Hat Freyr gesagt, wer der Vater von Iduns Kind ist?«, fragte Thor.

Der Junge erstarrte.

»Loki hat gesagt, es sei sein Kind. Er habe meine Gestalt angenommen und sie im Wald vergewaltigt.«

»Lokis Worte sind falscher als das Wasser. Er hasst Freya und sie glauben zu machen, Idun erwarte sein Kind, wäre das Schlimmste, was er ihr überhaupt antun könnte.«

Ulls Augenwinkel zuckten.

»Loki ist tot«, sagte der Junge.

»Ach ja? Hast du seinen Leichnam gesehen?«

Thor ließ Mjölnir hin und her schwingen. Ein Sonnenstrahl traf die Bronze und ließ sie glühen.

Ull sprang auf, geschmeidig wie ein Luchs.

»Ich gehe zum Boot hinunter.«

»Tu das, Junge. Nur sag mir eins: Hat Freyr dir befohlen, Idun im Wald zu überfallen, oder war das deine eigene Idee?«

Ull starrte ihn mit offenem Mund an. Kraftlos ließ er sich dann wieder auf den Boden sinken.

»Na?«

Der Junge schwieg.

»Beide haben mich getrieben«, sagte er endlich.

Thors Finger schlossen sich um den Griff des Hammers.

»Wer noch?«

Seine Stimme klang ganz ruhig.

»Ich wollte ihr nichts tun. Das schwöre ich bei meiner Ehre. Aber sie ließen mir keine Ruhe. Ich musste es tun. Ein Kind mit dem Blut von Freya und Freyr. Das sei wichtig, für die Zukunft.«

Thor starrte Mjölnirs verschlungene Spiralen an. Er spürte, wie die Wut in ihm wuchs.

»Weiter«, befahl er schroff.

»Freyr hat Tag und Nacht in meinem Kopf geredet, sein Geflüster trieb mich fast zum Wahnsinn. Als ich alles Siv erzählte, war sie außer sich. Sie hat mich zu Idun in den Wald geschickt. Meine eigene Mutter. Sie hat es von mir verlangt, für Vanaheim. Und als ich Idun sah«, Ull seufzte tief und fuhr sich wieder mit den Fingern durch die Haare, »da verlor ich die Besinnung, wurde zum Berserker. Die Mächte übernahmen meinen Körper. Es schien einem anderen zu passieren. Die Götter mögen wissen, dass meine Schuld groß und bitter ist«, sagte er mit erstickter Stimme.

Thor erhob sich mit Mjölnir in der Hand.

»Geh zum Boot. Warte da.«

Ull duckte sich wie ein geprügelter Hund.

Thor wartete, bis der Junge zwischen den Bäumen verschwunden war. Erst dann ging er in den Wald, weit weg von der Halle, blieb vor einem Baum stehen und hob Mjölnir. Sein Pflegesohn hatte sich an seiner Tochter vergangen.

Thor schlug auf den Baum ein, dass die Rinde nur so wegspritzte.

Die falsche Siv hatte ihn hintergangen. Sie wurde noch immer vom Hass auf Freya zerfressen, sie wollte alles zerstören, was Freya gehörte.

Jahraus, jahrein hatte er mit ihrem Hass gelebt. Trotzdem hatte er ihr Idun überlassen. Was war er doch für ein Narr. Verdammtes schlangenzüngiges Weib. Ohne sie wäre das niemals passiert.

Er schlug immer härter, der Schweiß lief ihm über den Rücken.

Und seine Tochter musste für diesen Wahnsinn bezahlen.

Thor schrie seine Wut aus sich heraus und hämmerte gegen den Baum.

Mjölnir funkelte auf und verschwand zwischen den Bäumen.

Thor holte keuchend Luft und musterte den zerbrochenen Griff.

»Kämpfe, Mädchen.«

Idun stöhnte und biss die Zähne zusammen. Sie versuchte, sich hinzulegen, aber Wiborg und Sot zwangen sie wieder auf alle viere.

Die Kraftzeichen leuchteten rot auf ihrem Bauch und der spannte und verzog sich und war so groß, dass er fast die Strohmatte streifte.

Freya schaute zwischen die Beine ihrer Tochter. Sie war weit offen. Wenn Freya einen Finger hineinstecke, konnte sie den Kopf des Kindes berühren.

»Bald ist es vorbei«, sagte sie und streichelte vorsichtig die blauen Flecken auf Iduns Rücken.

Sie hatten alle ihre Kraft eingesetzt, um Idun so weit zu bringen. Nicht einmal Brisingamens Macht konnte ihr über das letzte Stück hinweghelfen. Das musste sie allein schaffen. Aber es eilte. Wenn das Kind nicht kam, musste Idun sterben.

Idun wurde von einer neuen Wehe geschüttelt. Ihr Schweiß strömte. Aber sie hatte nicht mehr genug Kraft, um das Kind herauszupressen. Warum wollte es nicht auf die Welt kommen?

»Dreht sie auf den Rücken«, sagte Freya.

Wiborg und Sigtjaud nahmen Idun zwischen sich.

»Idun, hör mir jetzt zu«, sagte Freya mit strenger Stimme.

Idun versuchte, ihre fieberglänzenden Augen auf sie zu richten. Ihr Gesicht war rot und geschwollen.

»Hör jetzt zu!«

Freya hob die Hand und schlug sie ins Gesicht.

Idun zuckte vor Schmerz zusammen, ihr Blick wurde ein wenig klarer.

»Wenn du bei der nächsten Wehe nicht kämpfst, ist alles verloren«, schrie Freya und versuchte, so wütend zu wirken, wie ihr das überhaupt nur möglich war.

Wenn sie sich nur besser um Idun gekümmert hätte, dann wüsste diese jetzt, wie man Kraft sammelt und anwendet. Freya verdrängte ihre Schuldgefühle. Für Reue war später noch Zeit.

»Reiß dich zusammen!«

Idun nickte, sie sah klein und verängstigt aus, als sie so erschöpft und von Schmerzen gequält vor Freya lag.

Sot strich ihr über die Haare. Sie war die ganze Zeit nicht von Iduns Seite gewichen.

»Nicht aufgeben«, flüsterte sie und versuchte, aufmunternd zu klingen, aber ihre Augen waren von Unruhe erfüllt. Freya runzelte die Stirn. Eine verängstigte Geburtshelferin war wirklich keine Hilfe.

»Ich bin froh, dass du hier bist«, sagte Idun.

Sot nahm ihre Hand. Jetzt kämpfte sie wirklich mit den Tränen.

»Danke«, flüsterte sie, aber Idun hörte das nicht.

Eine neue Wehe setzte ein. Idun erstarrte vor Schmerzen.

Freya schaute verbissen die Priesterinnen an, die neben Idun saßen. Dieser Moment war entscheidend. Sie legten sich über Iduns Bauch und drückten das Kind mit aller Kraft heraus. Idun schrie vor Schmerzen.

Freya schob die Finger in sie herein, versuchte, den Kopf zu fassen. Er bewegte sich ein wenig und dann noch ein wenig. Sie zog aus Leibeskräften. Das Kind bewegte sich vorwärts, aber noch nicht genug.

»Mehr, mehr drücken!«, rief sie.

Jetzt war der Kopf deutlich zu sehen. Wasser tropfte aus Iduns Schoß auf die Strohmatte. Freya feuchtete ihren Finger an und steckte ihn in den Mund. Er schmeckte durchaus nicht nach Tod oder Krankheit.

Der Bauch zog sich zitternd zusammen. Das Kraftzeichen leuchtete im Dunkeln rot.

Eine neue Wehe.

Idun schrie verzweifelt, warf den Kopf hin und her.

»Schweig und nutz deine Kräfte für die Geburt«, schrie Freya.

Jetzt konnte sie den Kopf des Kindes ganz umfassen. Die Wehe ebbte ab und Freya holte das Kind heraus ins Leben.

Es fiel mit feuchtem Aufprall auf die Strohmatte.

Ein Mädchen. Freya wischte dem Kind Blut und Schleim aus dem Gesicht.

Ein jämmerliches, blaues Mädchen.

Sie atmete nicht.

Freya schob dem Kind einen Finger in den Mund. Sie drückte auf den winzigen Rücken, doch das Kind lag leblos da, überzogen von Blut und Schleim.

Die Zeit drängte. Das Kind musste atmen.

Freya durchtrennte die Nabelschnur und hob das Kind an den Füßen hoch. Versetzte ihm einen energischen Klaps auf den Hintern. Nichts.

Jetzt atme schon. Was ist denn los mit dir?

Sie versetzte der Kleinen noch einen Klaps und ihre Angst ließ den Schlag härter ausfallen, als sie das gewollt hatte. Das Kind wimmerte. Freya hielt den Atem an und sah, wie es den Mund öffnete und Luft einsog. Und dann fing das Kind an zu schreien, laut und kräftig.

Freya atmete erleichtert auf. Danke, Göttin, dass du das Kind gerettet hast.

Sie wickelte die Kleine in ein Stück Stoff und schaute das schreiende Mädchen triumphierend an.

Ihre Enkelin. Die Erbin Vanaheims.

Freya wurde es vor Stolz ganz warm.

»Ich weihe dich der Göttin, stark und kräftig sollst du werden«, sagte sie mit lauter Stimme und lächelte Idun an.

Erst jetzt sah sie das Blut. Es quoll zwischen Iduns Beinen hervor.

Freyas Lachen verstummte.

»Hol Blutwurz«, sagte sie zu Wiborg.

Sigtjaud presste einen Lappen gegen den Schoß. Das Blut bildete zwischen Iduns Beinen eine dunkle Lache. Es sah böse aus.

Freya verbarg ihre Unruhe, als sie sich neben die erschöpfte Idun setzte.

Die sah das Bündel in Freyas Armen müde an.

»Mein Kind«, flüsterte sie.

Die Kleine verstummte, als sie die Nähe ihrer Mutter spürte. Sie wurde an die strotzende Brust gelegt und fing sofort an, gierig an der Warze zu saugen.

Freya strich ihrer Tochter die schweißnassen Haare aus dem Gesicht, der Stolz brannte in ihrer Brust.

Sie war so dankbar dafür, dass Idun bei ihr war. Dass sie ihr bei der Geburt einer Tochter hatte helfen können. Das war doch ein Geschenk.

Freya musterte die blauschwarzen Flecken am Körper ihrer Tochter. Vor Schuldgefühlen zog sich ihre Kehle zusammen. Wie hatte sie nur so dumm sein können, Idun bei Bragi zu lassen! Sie hätte sie mit Gewalt mitnehmen müssen.

Idun streichelte ihr Kind und musterte es mit liebevollem Blick.

Wenn ich sie doch nur beschützt hätte, dachte Freya.

Wiborg schaute von Iduns Schoß auf. Sie war nervös, das war ihr anzusehen. Sigtjaud hatte nun schon mehrere Büschel Blutwurz angewendet. Der Boden war mit Rindenstreifen übersät.

Der Blutklumpen mit dem Lebensbaum war auch noch nicht herausgekommen.

Idun durfte nicht sterben. Nicht jetzt, wo sie so hart für ihr Kind gekämpft hatte.

Mein kostbares Mädchen. Gib jetzt nicht auf. Du darfst nicht sterben. Nicht jetzt, wo ich mich um dich kümmern kann.

Idun schaute ihr Kind verwundert an. Es war so klein und sein Mund war so stark. Ihre Brust tat weh, wenn die Kleine daran saugte.

Eine Tochter. Eine schöne kleine Tochter.

Der Albtraum war zu Ende.

Idun schaute die kleinen Finger an. Ihr wurde vor Zärtlichkeit ganz warm im Bauch.

Wie war es möglich, dass Fingernägel so klein sein konnten?

Sie streichelte den dunklen Flaum auf dem Kopf des Kindes. Die Haare waren unter ihren Fingern feucht und glatt.

Es war auf keinen Fall Bragis Kind, das war für jede hier deutlich.

Wenn Bragi das gesehen hätte, hätte er das Kind getötet. Die Wölfe hätten es im Wald zerrissen.

Idun schauderte es.

Aber das alles spielte jetzt keine Rolle mehr. Ihr Kind war in Sicherheit. Sie hatte es geschafft.

Das war das Einzige, was hier eine Rolle spielte.

Sie war so müde, so schrecklich müde. Ihr Körper schmerzte wie eine offene Wunde. Aber es war es wert gewesen. Die Tage voller Wehen, die Unruhe, der Schmerz, alles war vergessen, jetzt, wo sie endlich ihr Kind in den Armen halten konnte.

Freya streichelte ihre Haare.

»Ich bin so stolz auf dich«, sagte Freya und küsste sie. Jetzt konnte ihr nichts Schlimmes mehr passieren. Idun schloss die Augen und genoss die Fürsorge ihrer Mutter.

Die Freude durchspülte Idun wie eine warme Welle.

Sie hatte Recht gehabt. Wenn sie nur ein Mädchen zur Welt brächte, dann würde Freya sie lieben.

Das Kind war an ihrer Brust eingeschlafen. Es schlief mit offenem Mund und atmete in kurzen Zügen.

Idun versuchte, die Arme zu heben und ihr Kind zu halten, aber sie hatte keine Kraft mehr.

»Ruh dich jetzt aus«, sagte Freya und nahm die Kleine von Iduns Brust. Idun wollte das nicht, konnte aber nichts sagen.

Sot kümmerte sich um die Kleine.

»Wir müssen Stärke für sie herbeibeschwören«, rief Freya.

Sie schien sich Sorgen zu machen. Was war denn los?

Idun versuchte zu sehen, was die Priesterinnen zwischen ihren Beinen machten, aber sie war zu schwach, um den Kopf zu heben.

»Du brauchst Ruhe. Du hast so hart kämpfen müssen, um dein Kind zu gebären.«

Freyas Augen waren glasig. Ihr Mund war verzogen, sie schien fast böse zu sein.

Idun holte Luft. Etwas Unheimliches passierte. Deshalb fühlte sie sich so seltsam.

Sie schaute zu dem Bündel in Sots Armen hinüber. Mein Kind. Ich werde mich um dich kümmern. Werde dir am Feuer Märchen erzählen, werde neben dir schlafen, über deine Schritte wachen. Die Tränen brannten in ihren Augen. Sie durfte nicht sterben. Sie musste bei ihrer Kleinen bleiben.

Die Schmerzensmesser in ihrem Bauch verschwanden jetzt. Ihr Körper kam ihr stumm und kalt vor.

Die Lebenskraft sickerte aus ihr heraus. Sie konnte sich nicht belügen, nicht jetzt. Aber was sollte aus ihrer kleinen Tochter werden?

Sie schluchzte auf. Sie wollte sie doch so gerne heranwachsen sehen.

Idun schluckte ihre Tränen hinunter, sah Freya an.

»Freust du dich, Mutter?«

Freya lächelte zärtlich.

»Natürlich freue ich mich.«

»Ich wollte dir Enkelkinder schenken.«

»Das hast du doch auch getan«, sagte Freya mit weicher Stimme.

Idun schloss die Augen und versuchte, ihre Kräfte zu sammeln, das zu sagen, was sie schon so lange mit sich herumtrug.

Sie schluckte, ihr Hals war trocken und sie hatte Durst. Die Zeit drängte. Das spürte sie.

»Verzeih mir, dass ich an Hnoss' Tod schuld war. Ich hätte besser auf sie aufpassen müssen. Ich wünschte, ich wäre an ihrer Stelle gestorben.«

Freya fing an zu weinen, sie wandte den Kopf ab, wischte sich die Tränen ab. Aber Idun hatte sie nicht traurig machen wollen. Sie wollte doch nur, dass Freya ihr Kind liebte.

»Ich weiß, wie schwer das für dich war.«

Freya nahm sie in die Arme. Idun schloss die Augen und nahm den warmen, Geborgenheit schenkenden Duft ihrer Mutter in sich auf.

»Es war nicht deine Schuld. Sondern meine. Ich bitte dich, verzeih mir«, sagte Freya und drückte den Mund in Iduns Haare.

Idun seufzte erleichtert. Sie war nicht schuld gewesen. Sie konnte jetzt leichter atmen. Ihre Schuldgefühle lösten sich auf und verschwanden.

Freya wiegte sie hin und her. Jetzt lag sie endlich in den Armen ihrer Mutter, sicher und geborgen.

Idun fröstelte. Sie war so müde.

Das Kind wimmerte.

Idun schaute zu ihrer Kleinen hinüber. Die feinen Haare schauten aus dem Stoffstück hervor.

Ihr Körper sehnte sich nach dem Kind. Sie wollte ihre Tochter in die Arme nehmen, ihr Milch geben. Sie vor allem Übel beschützen.

Die seltsame Müdigkeit ließ nach. Iduns Gedanken wurden klarer. Plötzlich ging ihr auf, was hier passierte. Sie musste sterben und ihr Kind verlassen. Vor Angst wurde ihr eiskalt.

»Mama, kümmere dich um sie«, schluchzte Idun und brach in Tränen aus.

Die Luft zitterte, es wurde dunkler. Die Haare an Freyas Armen sträubten sich. Die Schatten um sie herum wuchsen.

Entsetzt sah sie, wie das schwarze Tor Form annahm.

»Verschwinde, Totenhündin. Lass dich hier ja nicht blicken«, rief sie.

Hel trat aus der Dunkelheit heraus.

»Schweig, Dienerin, gib mir das, was mir gehört«, fauchte sie und streckte die Hand aus.

Freya holte tief Luft und löste Brisingamen. Hoffentlich war Hel nur wegen des Halsbandes gekommen.

Ihre Hand zitterte, als sie es der Todesgöttin reichte.

Kaum hatte Hel das mächtige Gold an sich gerissen, da wurde Freya von dessen Kräften verlassen. Ihre Stärke und ihre Hoffnung waren verschwunden.

Ohnmächtig sah sie zu, wie Hel sich Brisingamen um den Hals legte und dabei vor Wonne zitterte. Dann richtete sie ihre brennenden Augen auf Freya.

»Ich will hier ein Leben ernten.«

In Freya erwachte eine schwache Hoffnung.

Ein Leben nur, dann waren Idun und das Kind in Sicherheit.

»Ich bin bereit.«

Ihr langes Warten war zu Ende. Endlich konnte sie in die Nachwelt gehen, wo Freyr und ihre Mutter sie erwarteten.

Hel leckte ihre schwarzen Lippen.

»Wer hat gesagt, dass ich dich holen will?«

»Wir hatten eine Abmachung.«

Hel legte den Kopf in den Nacken und lachte schrill. Ihre

Stimme dröhnte durch die Halle und ließ die Welten erzittern.

»Ich habe gesagt, dass meine Hilfe einen hohen Preis kostet«, sagte die Todesgöttin und zeigte auf ihre Ernte.

Freya stöhnte vor Schmerz. Nicht Idun. Sie klammerte sich an ihr Kind. Hels Lachen hallte in ihrem Kopf wider.

Der Kummer schien sie zu zerreißen. Hel durfte Idun nicht mitnehmen. Nicht jetzt, wo sie eine Tochter hatte, die sie brauchte. Sie hatte doch so hart gekämpft.

»Du tückische Hündin, mich solltest du doch holen«, schrie sie die Schatten an, denn Hel war nicht mehr da.

Was war sie doch für eine Närrin gewesen. Verdammte Göttinnen, die nach Belieben mit den Menschen spielten. Machtlos waren die Menschen ihnen gegenüber. Sie kamen und nahmen sich, was sie haben wollten, und die Schlimmste von allen war Hel. Unerbittlich holte sie ihre Opfer, junge wie alte.

»Mir ist kalt«, sagte Idun mit schwacher Stimme.

Lautlos weinte sie an der Brust ihrer Mutter.

Gequält schnappte Freya nach Luft und hüllte den dünnen Leib ihrer Tochter in ihren Umhang. Idun war so klein, ein erschöpftes Kind.

»So habe ich mit dir gesessen, als du noch klein warst«, flüsterte Freya. Die Worte drohten, sie zu ersticken, sie musste sie sich aus ihrer Brust reißen.

»Du warst immer so fröhlich. Kannst du dich an deine Puppe erinnern?«

Idun nickte, ihre Tränen versiegten.

»Du warst immer lieb zu allen Kindern. Und sie alle haben dich so geliebt.«

Behutsam streichelte Freya den Arm ihrer Tochter und küsste die schwarzblauen Flecken an den Handgelenken.

Idun zitterte vor Kälte. Ihr Gesicht war grauweiß, ihre Augen matt.

»Ich habe Angst, Mutter.« Ihre Stimme war schwach.

»Das weiß ich«, sagte Freya und biss sich auf die Lippe.

Ihr Mund schmeckte nach Blut. Warum durfte sie nicht gehen? Eine Mutter soll ihr Kind nicht sterben sehen.

»Du brauchst keine Angst vor der Nachwelt zu haben.«

Freya zwang sich zu einem Lächeln und wischte Idun eine Träne von der Wange.

»Es ist nicht gefährlich, das verspreche ich dir. Hnoss wartet auf dich und Åse, deine Großmutter. Und Freyr, den wirst du mögen.«

Freya streichelte Iduns Arm und wiegte sie langsam hin und her.

»Sie werden sich so freuen, wenn du kommst. Überleg doch mal, wie sehr Hnoss sich nach dir gesehnt hat. Bald könnt ihr spielen wie früher als Kinder. Weißt du noch, wie ihr Nachlaufen gespielt habt? Ihr habt so dabei gelacht.«

Die Angst in Iduns Augen verschwand.

»Ich will nicht brennen, versprich mir das«, flüsterte sie.

Das Sprechen fiel ihr zusehends schwerer.

Freya schaute Idun überrascht an, dann fiel ihr ein, wie ihre Tochter vor Angst geschrien hatte, als damals Hnoss' Leichenfeuer aufgeflammt war.

»Das verspreche ich. Du kannst unter der großen Eiche beim Totenhaus ruhen. Willst du das?«

Idun nickte müde. Freya legte ihr die Hand aufs Herz. Sie spürte kleine, schwache Schläge. Ihre Tochter wanderte der Nachwelt entgegen. Freya zwang sich zum Atmen, zwang sich zum Reden.

»Siehst du, wie sie auf dich warten?«

Iduns Gesicht war ganz ruhig. Ihr Blick ging in die Ferne.

»Geh zu ihnen. Da kann dir niemand mehr wehtun.«

Langsam erlosch Iduns Blick.

Ein letztes röchelndes Atmen.

Ihr Herz flatterte und wurde dann still.

Freya streichelte ihre Haare.

Idun war tot.

Freya umarmte ihren leblosen Körper und brach in Tränen aus.

Thor hatte nicht vor, weiter auf dem Hofplatz auf und ab zu laufen. Die Priesterinnen riefen, etwas war passiert.

»Komm, Ull, wir wollen hier nicht herumstehen wie ausgesperrte Hunde.«

Er riss die Tür auf und betrat das Langhaus.

Die Priesterinnen rannten umher.

Freya hielt Idun in den Armen. Sie schrie wie eine Wahnsinnige und zerkratzte sich das Gesicht.

Thor hielt sich am Türrahmen fest. Das Blut hämmerte in seinen Schläfen.

Idun war tot.

Er starrte die dunkelrote Blutlache auf der Strohmatte an. Das Schuldbewusstsein traf ihn wie ein Schlag in den Bauch. Die Lache wuchs, breitete sich über den Boden aus.

Freyas Wahnsinnsgeschrei zerriss sein Herz. Die Priesterinnen wollten sie dazu bringen, Idun loszulassen. Vorsichtig versuchten sie, Freyas Hände von ihr zu lösen.

»Hilf uns«, rief eine alte Priesterin Thor zu.

Er zwang sich dazu, weiterzugehen.

Iduns Kopf hing schlaff über Freyas Arm.

Ihre Beine waren geöffnet, ihr Bauch blutig.

Er ging in die Hocke, streichelte Iduns kupferrote Haare. Ihre Augen starrten ins Leere.

Thor drückte sie vorsichtig zu. Jetzt sah sie aus, als schlafe sie in den Armen ihrer Mutter.

»Sie ist nicht mehr da, lass sie los, Freya«, rief die alte Priesterin.

Aber Freya klammerte sich weinend an ihre Tochter.

Thor seufzte tief, packte ihre Hände, öffnete sie.

Die Priesterinnen umflatterten sie wie blaue Vögel. Sie trugen Idun fort, nahmen sie mit sich.

Thor zog Freya an sich, legte die Hand auf ihren Mund und erstickte ihr Geschrei.

Die Frauen wuschen seine Tochter, machten sie fein. Das war gut. Sie durfte nicht schmutzig und blutig hier herumliegen. Sie musste saubere Kleider bekommen.

Eine junge Priesterin fing an mit heller Stimme zu singen. Thor verstand die Worte nicht, hörte aber, dass es ein Klagelied war, voller Sehnsucht. Die anderen stimmten eine nach der anderen ein. Ihre Stimmen füllten das dunkle Langhaus.

Die Wirklichkeit glitt noch ein Stück weiter fort.

Er nahm die Hand von Freyas Mund. Freya weinte lautlos an seiner Brust.

Hinten auf der Bank saß Ull und musterte zärtlich das Bündel in seinen Armen. Das Kind? Hatte es überlebt?

Thor war Großvater geworden. Er starrte Freya ausdruckslos an.

Sie hatte sich beruhigt und weinte jetzt nicht mehr. Aber in ihrem Blick lag abgrundtiefe Verzweiflung.

»Es kommt vor, dass Kinder sterben«, sagte Thor hilflos.

Freya starrte ihn an.

»Ich hätte sie nicht von hier fortholen dürfen«, sagte er seufzend.

Sie schüttelte den Kopf.

»Nein«, flüsterte sie. »Es war meine Schuld. Ich habe meine beiden Töchter verloren, Hnoss und Idun. Und ich bin zum Leben verdammt. Aber man kann doch nicht leben, wenn die Kinder sterben.«

Thor musterte ihre blutigen Hände. Er wusste nichts zu sagen. Es gab keine Worte.

Ull hockte sich neben ihn und zeigte ihm das Kind. Ein runzliges Wesen mit dunklem Flaum auf dem Kopf. Es sah aus wie ein Vogeljunges.

»Ein Mädchen«, sagte Ull.

Das Kind schrie, ein dünnes, Herz zerreißendes Gejammer.

Der Junge sah ängstlich aus. Vorsichtig fuhr er mit den Fingerknöcheln über die Wange des Kindes. Die Kleine verstummte und ihr Mund suchte nach Ulls Finger. Ull musterte sie voller Stolz.

»Wie schön sie ist«, sagte er.

Thor starrte den Jungen lange an, ehe er antworten konnte.

»Idun hat für ihr Leben teuer bezahlen müssen.«

Ull schlug traurig die Augen nieder.

»Das weiß ich«, flüsterte er. »Möge sie mir in der Nachwelt verzeihen. Aber jetzt weiß ich, wie ich alles wieder gutmachen kann.«

Neun rote Steine lagen auf Iduns Grab. Ein heiliger Kreis, der sie vor allem Bösen beschützte.

Freya fiel auf die Knie und zupfte eine verwelkte Blume von dem feuchten kleinen Grabhügel.

»Findest du es schön hier?«

Die Zweige der uralten Eiche, die über dem Grab wachte, raschelten. Freya spürte Iduns Nähe. Sie wachte über ihr Kind, blieb in dieser Erde, um sich um sie alle zu kümmern.

Idun hatte ihren Willen bekommen. Kein Feuer hatte sie verzehrt. Jetzt lag sie hier im Boden, war auf die alte Weise beerdigt worden.

Freya hatte ihr ihre kostbarsten Halsbänder geschenkt. Sie hoffte, dass Idun sich darüber freute. Sie hatte sich so gern geschmückt.

Freya schaute sich um und blickte über den Hain des Totenhauses hinweg.

Alfhild und Sigvard verschwanden hinter dem Totenhaus. Neben ihnen ging Widar.

Viele waren gekommen, um sich von Idun zu verabschieden. Jetzt wusste sie, wie sehr sie vermisst wurde. Niemand konnte auch nur ein böses Wort über sie sagen.

Freya seufzte.

Ein grauer Nebel schob sich zwischen sie und die Welt. Er legte sich um Freyas Körper, verschlang ihre Kräfte. Sie konnte nichts mehr tun. Helle Frauenstimmen flüsterten in ihrem Kopf, sie waren so leise, dass Freya sie nicht verstehen konnte.

»Bist du bereit?«

Schweigend sah sie zu Thor hoch. Er war gealtert. Seit Iduns Tod war er nicht von ihrer Seite gewichen. Er hatte nicht viel gesagt. Das war auch nicht nötig. Sie verstanden einander ohne Worte.

»Du musst dich von mir verabschieden«, sagte Freya.

Der Nebel umschloss sie immer fester. Alles verschwand für sie. Einsam musste sie dieses qualvolle Leben aushalten. Wenn es doch nur ein Ende nehmen könnte.

Sie hatte die vielen Schmerzen ja so satt.

»Ich habe nachgedacht«, sagte Thor und rückte seinen Gürtel gerade. »Deine Halle steht kurz vor dem Einsturz. Du brauchst ein neues Heim«, sagte er schroff.

Freya starrte seinen von der Sonne gebräunten Arm an.

Was redete er da? Wie konnte er am Grab ihrer Tochter von Häusern sprechen?

»Ich habe am Ufer eine Stelle gefunden. Ull wird mir beim Bauen helfen und Sigvard auch.«

Thor schaute sie flehend an.

Langsam begriff sie.

»Dauert das lange?«

»Im Herbst muss ich nach Hause«, sagte er ernst.

Freya lächelte traurig. Sie würde nicht einsam sein. Nicht ganz.

Thor gab ihr, was er geben konnte. Ihr Thor.

»Du hast dir das Kind noch nicht angesehen«, sagte er.

Freya schaute zu den Opfersteinen hinüber und seufzte tief. Dort saß Moiras Schwester und stillte Iduns Tochter. Ull hatte sie auf einem der Höfe gefunden.

Freya konnte das Kind, das Idun getötet hatte, nicht ansehen. Noch nicht. Freya wandte sich ab und sah den Kreis aus roten Steinen an. Ob Idun unten in der Erde fror?

Sie hatte Idun ihr schönstes Gewand angezogen. Idun sah darin aus wie eine Königin, mit verschränkten Armen und Blumen in der Hand.

Thor packte Freya an den Schultern und drehte sie um.

Ull stand vor ihr und hielt ihr das Kind hin.

»Ich nenne sie Saga«, erklärte der Junge.

Freya zwang sich, nicht auf die Rufe in ihrem Kopf zu hören. Sie runzelte die Stirn, spürte, wie Zorn in ihr aufkam.

»Welches Recht hast du denn überhaupt dazu?«

»Ich bin ihr Vater«, sagte Ull langsam.

Freya schnappte nach Luft.

Endlich. Die Schreie wurden zu leisem Gemurmel.

»Sie ist deine und Freyrs Enkelin. Du weißt, was das bedeutet.«

Ull hob das Bündel und schaute Freya auffordernd an. Freya holte tief Luft und zwang sich, das Kind anzusehen.

Es schlief friedlich in Ulls Armen.

Sein Gesicht war wütend und rot, ein jämmerliches kleines Wesen, mit schwarzem Flaum auf dem Kopf.

Freyas Unbehagen wuchs. Sie wollte mit dem Kind nichts zu tun haben. Noch nicht.

Sie wollte sich schon abwenden, als die Kleine herzhaft gähnte und die Augen öffnete.

Überrascht schnappte Freya nach Luft. Die Kraft schimmerte um das Kind. Sein Blick war erfüllt von Weisheit und Verständnis.

»Stimmt etwas nicht?«, fragte Ull besorgt.

Aber Freya war verloren in den dunkelblauen Augen des

Kindes. Die Trauer lockerte ihren Würgegriff. Freya war so blind für das Gewebe gewesen.

Alles, was sie geliebt hatte, fand sie bei diesem Kind. Alle Blutslinien liefen bei Iduns Tochter zusammen. Freyrs Weisheit, Thors Kraft, Gefions Kampfeslust, Iduns Vertrauen und Freyas mächtiger Zauber.

Aber das war noch nicht alles. Es gab noch etwas, gab noch mehr.

Die Stimmen in Freyas Kopf waren jetzt ganz verstummt. Der graue Nebel löste sich im Sonnenschein auf.

Freya legte den Kopf schräg und kniff die Augen zusammen. Sah die unendliche Macht, die das Kind in sich trug. So klein, und zu einem großen Schicksal geboren.

Saga. Das war ein guter Name, der mit diesem neuen Wesen kam.

Freya streichelte die weiche Wange des Kindes.

»Was siehst du?«, fragte Thor.

»Ich sehe Hoffnung«, antwortete Freya.

Sie lächelte Saga an und merkte, wie das Leben erwachte.

»Ich sehe Walhalla.«

Nachwort

Die Handlung in diesem Buch ist erfunden, spielt sich aber an einem tatsächlich existierenden Ort ab.

Das Alfheim des Buches liegt in Håga bei Uppsala. In der Bronzezeit war dieser Ort ein Knotenpunkt und ein religiöses Zentrum. Es gibt dort einen großen Grabhügel und zwei Totenhäuser. Die Archäologin Helena Victor hat das ältere der beiden untersucht. Ihre Doktorarbeit »Mit dem Grab als Nachbarn« war für mein Buch eine wichtige Inspirationsquelle.

Ein Gang durch den Wald, in dem das Totenhaus liegt, verursacht ein ganz besonderes, fast andächtiges Gefühl. Die Landschaft soll heute noch genauso aussehen wie damals.

Der Klangstein liegt derzeit auf dem Feld, wenn man ihn anschlägt, klingt er fast wie eine Kirchenglocke. Einige Schritte weiter wurde eine junge Frau gefunden, die unter einem Kreis aus roten Steinen beerdigt worden war. Im Buch ist das natürlich Iduns Grab.

Es ist schwer, sich von den Menschen der Bronzezeit nicht faszinieren zu lassen. Die Bedeutung ihrer Höhlenmalereien, ihrer Gräber und ihres Kunsthandwerks ist im Laufe der Zeiten verloren gegangen, aber Schönheit und Mystik sind noch vorhanden. Ebenso spannend ist es, dass vor ungefähr 2700

Jahren in Schweden eine Göttin verehrt wurde. Aus dieser Zeit sind in den Opfermooren bisher nur weibliche Gegenstände gefunden worden.

Aber wir wissen nicht, ob die Menschen der Bronzezeit auf Pferde geritten sind oder ob sie ihre Dächer mit Stroh gedeckt haben. Vermutlich haben sie eine bestimmte Grassorte benutzt. Es steht nicht einmal fest, ob sie gesegelt sind. Das alles sind nur Vermutungen.

Sie wohnten eng zusammen in Langhäusern. Sie wurden geboren, starben, stritten sich und hatten Sex unter demselben Dach. Ihr Leben wurde von den Wettermächten geleitet und von der Frage, ob es im Meer Fische und im Wald Wild gab, ob die Ernte auf den Feldern wuchs, und ob die Hoftiere Junge hatten. Wenn nicht, warteten Hungerwinter und Tod.

Natürlich verbrachten sie viel Zeit damit, die Mächte anzubeten, die ihr Schicksal in ihren Händen hielten.

Die Menschen der Bronzezeit waren tüchtige Seefahrer und reisten viel. Außerdem kannten sie sich mit den Sternen und deren Lauf aus.

Ihre Vorstellung vom Tod war anders als die, die wir heute haben. Für sie war der Tod nur ein anderer Lebenszustand. Die Toten waren nicht für immer verschwunden, sie verhielten sich nur anders als zuvor.

Vor etwa 3100 Jahren kam die Sitte auf, die Körper der Toten zu verbrennen, um auf diese Weise den Geist schneller zu befreien. Man glaubte, dass manche Geister über den Hof wachten, die aber nicht nur gütig waren, sondern auch kontrolliert werden mussten.

Aus diesem Grund wurden Totenhäuser gebaut, in denen die Gebeine vergraben wurden, damit die Geister nicht umherstreiften und die Menschen plagten. Ab und zu wurden den Toten auch Dienstboten mitgegeben.

Menschenopfer können vorgekommen sein, waren aber wohl eine Ausnahme.

Wir brauchen nicht weiter als bis zur nächstgelegenen Felsmalerei zu gehen, um festzustellen, dass die Menschen damals zu Sex eine ganz andere Beziehung hatten als wir heute. Die Bilder zeigen überaus gut ausgerüstete Männer, die sich mit Frauen oder Tieren paaren. In der Bronzezeit war Zartgefühl in dieser Hinsicht nicht angesagt.

Eine witzige Geschichte, die die damalige Auffassung von Fruchtbarkeit illustriert, ist folgende: Eine Bäuerin schnitt einem geschlachteten Hengst das Geschlechtsorgan ab und füllte es mit Äpfeln und Zwiebeln. Abends versammelten sich die Hofleute und reichten das Teil herum. Die Männer waren höflich und passiv, die Frauen sagten Dinge wie: »Ich will dich in mir haben und dich nass machen.«

Es ist schwer, sich heute etwas Vergleichbares vorzustellen.

Ebenso natürlich für die Menschen der Bronzezeit war die Magie, oder das »Seid«, wie es noch im Althochdeutschen hieß. Alles in der Natur galt als beseelt, von den Bächen bis zu den Steinen. Mit einem Baum zu sprechen, galt nicht als sonderbar, im Gegenteil. Bäume wurden als besonders heilig angesehen und während der Wikingerzeit glaubte man, das Universum werde von der heiligen Weltenesche Yggdrasil getragen. Am Fuße dieses Baumes saßen die drei Nornen und in ihrem Gewebe war jeder Faden das Schicksal eines Menschen. Vermutlich existierten solche Vorstellungen bereits in der Bronzezeit.

Mit Geistern zu sprechen, das Wetter anzuflehen oder in die Zukunft zu blicken, war für eine Priesterin der Bronzezeit ganz normal. Meistens beschäftigten sich Frauen mit Magie, Männer galten als dafür ungeeignet.

Die Priesterinnen oder Wölwen kannten sich außerdem mit der Heilkunst aus und wussten sehr viel mehr über die Natur als wir in unserer heutigen Zeit.

Leider konnten sie nicht schreiben.

Die Berichte, die wir besitzen, stammen aus der Wikingerzeit, also 1500 bis 1700 Jahre nach der Handlung in diesem Buch. Deshalb habe ich Mythen und Gestalten aus der Wikingerzeit übernommen, zum Beispiel die Sage von den beiden Göttervölkern, den kriegerischen Asen und den die Fruchtbarkeit verehrenden Wanen, und die Geschichte des Kampfes zwischen den beiden. Vielleicht gab es ja tatsächlich zwei Völker dieser Art, die irgendwann in grauer Vorzeit miteinander verschmolzen sind.

Auch von Hel wurde im Mittelalter berichtet – die Todesgöttin, die über die Unterwelt herrschte und deren Name mit dem Wort »Hölle« verwandt ist.

Idun war die Göttin der Jugend, die den Asen den Apfel schenkte, der sie ewig jung erhielt.

Die Göttin Gefion war die Beschützerin der unverheirateten Frauen.

Von allen Göttinnen aber wurde Freya am meisten geliebt. Sie war die wichtigste Person unter den Wanen und herrschte über Fruchtbarkeit, aber auch über Krieg und Tod.

Die Hälfte der auf dem Schlachtfeld gefallenen Krieger durfte das Nachleben in Freyas Halle verbringen, die andere landete bei Odin in Walhalla.

Die Mythen berichten, dass Freya Brisingamen erhielt, nachdem sie mit jedem der vier Zwerge, die das Halsband geschmiedet hatten, eine Nacht verbracht hatte.

Sie scheint es auch mit ihrem Bruder Freyr getrieben zu haben, wenn wir Loki glauben wollen, der sich als Einziger darüber empörte.

Wenn wir von ihrer Beziehung zu ihrem Bruder und der Art und Weise absehen, wie sie sich das Halsband verschafft hat, dann hat Freya sehr viel von einer modernen Frau. Sie ist selbstständig, besitzt Macht und ist eine allein stehende Mutter mit eigenem Hof und eigenem Vermögen.

Wir können aus den Mythen und ihrer Darstellung des menschlichen Lebens viel lernen. Die altgermanischen Sagen sind grob, brutal, unheimlich und voller Schilderungen des ewigen Kampfes gegen die Natur.

Aber vor allem schildern sie die Mentalität und die Lebensbedingungen der Menschen, die einst in unseren Ländern gelebt haben.

Mehr über Freya und ihre Welt ist zu lesen unter: www.johannehildebrandt.com

Ansonsten – Friede und gute Ernte!

Johanne Hildebrandt.

Danksagungen

Kein Mensch kommt allein zurecht – ich schon gar nicht.

Tausend Dank an:

Jörgen und Christian. Ihr seid das Beste, was ich habe.

Maria Schedin und Camilla Hedberg, für gute Ratschläge beim Aufbau der Geschichte und für Hilfe in der Wirklichkeit, die sich zu meiner großen Überraschung bisweilen jenseits von Iduns Bronzezeitwelt abspielt.

Liza Marklund, Autorin, Verlagsleiterin und meine gute Freundin, für Diskussion, Planung und lange Spaziergänge durch Stockholms südliche Vororte.

Tove Alsterdal, Dramatikerin, für strenges Lektorat und hervorragende Tipps.

Maria Carlshamre, Journalistin und Freundin, für lange Diskussionen über die Personen des Buches und für Hilfe und Unterstützung überhaupt.

Ulrika Larsson, enthusiastische, tapfere und ausdauernde Lektoratsgöttin.

Jan Hägglund für Beratung bezüglich Landwirtschaft und Tierzucht.

Bengt Nordin, Schwedens bestem Agenten, meinem Helden und Beschützer.

Jenny Nordin, Web-Göttin, der ich meine Homepage verdanke.

Helena Victor, Dr. phil. im Fach Archäologie, für schonungslose Überprüfung der Tatsachen, für Artikel, Dissertationen und andere Hilfe.

Ein Buch zu schreiben, ist Teamarbeit – großer Dank gilt also allen im Verlag Forum, die sich so gut um mich und meine Bücher kümmern.

Viveca Peterson, coole Verlegerin, Karin Leijon, Verlagschefin, Irene Westin Ahlberg, Marketingchefin, Annelie Eldh, Isabella Falkowska, Håkan Köhler, Lennart Rudolfsson und allen anderen in der Vertriebs- und Marketingabteilung.

Dank an Anna Torsteinsrud, die die Karte gezeichnet hat, und an Bengt Permatz, der für den Druck verantwortlich war.

Ohne eure Mühen gäbe es dieses Buch nicht.

Glossar

Alfen, auch Alben, Elfen: mit übernatürlichen Kräften ausgestattete Wesen; bei den Nordgermanen kultisch verehrt.

Allvater: der Erste der zwölf Beinamen Odins

Das Alte Volk: Zwerge, die als die von den Germanen zurückgedrängte, zauberkundige Urbevölkerung Nordeuropas galten.

Asen: zentrales Göttergeschlecht der Nordgermanen, galten als besonders kriegerisch.

Baldur: Inbegriff des Guten und Sinnbild der Gerechtigkeit

Bestla: Mutter der Götter Odin, Vili und Ve

Bragi: Gott der Dichtkunst, Gatte der Idun

Brisingamen: Halsschmuck der Göttin Freya, geschmiedet von vier kunstreichen Zwergen.

Disen, im Althochdeutschen Idisi: Nebengöttinnen, die fast immer in Gruppen auftreten, nur ganz wenige haben überhaupt einen eigenen Namen.

Eir: Göttin der Heilkunst

Finsterwald: altnordisch Myrkvir, gefährlicher Grenzwald

Freya: höchste germanische Göttin, Gattin Odins

Freyr: Bruder Freyas, auch Frey genannt, Gott des Wachstums und der Erde

Frigg: Göttermutter, Gemahlin Odins und Mutter Baldurs

Gefion: Kampfgöttin, die alle Jungfrauen nach dem Tod bei sich aufnimmt.

Gnarpfluss: Fluss, der die Grenze zum Totenreich bildet; statt mit Wasser ist er mit Messern gefüllt.

Gnipahöhle: Felshöhle am Eingang zum Totenreich Hels

Göten: eines der ersten namentlich bekannten Völker, die Schweden besiedelt haben; ihr Name lebt weiter in Ortsbezeichnungen wie Göteborg, Gotland.

Gram: Hund, der den Eingang zu Hels Reich bewacht.

Greip: eine der neun Töchter der Meeresgöttin Ran

Gullveig: wanische Zauberin, von den Asen ermordet, was den ersten Krieg der Welt auslöste, den zwischen Wanen und Asen.

Heimdal: Sohn Odins, der ihn zusammen mit Rans neun Töchtern gezeugt hat, Wächter der Götter.

Hel: Todesgöttin, ihr Name ist mit dem Wort »Hölle« verwandt; Frau Holle aus dem Märchen ist ein später Nachhall des Hel-Mythos.

Helweg: Weg, den die Toten wandern müssen, um in Hels Reich zu gelangen.

Hnoss: Tochter von Freya und Od, einem Gott, über den nur wenig bekannt ist.

Hochsitz: geschnitzter Stuhl der wichtigsten Person in einem Wohnhaus, aber nicht so hoch wie der der Göttin geweihte Thron.

Hrist: Walküre und Mundschenkin Odins

Hyndla: Riesin und Zauberin

Idun: Gattin Bragis, Hüterin der Äpfel, die den Asen ewige Jugend schenken.

Jorunn: auch Jörd, Jord, Gemahlin Odins und Mutter Thors

Leichenstrände auch Njástrandir oder Narnstrände: schrecklicher Ort in der Unterwelt, wo ein riesiger Adler haust, der »Leichenverschlinger« genannt wird und mit einem Flügelschlag einen Sturm auslösen kann.

Loki: der absolut Böse in der Götterschar, der gegen alle intrigiert und nur Unfrieden stiftet.

Midgardschlange: riesiges Meeresungeheuer, das sich um Midgard, den von Menschen bewohnten Teil der Welt, ringelt und seinen Schwanz in den Mund nimmt.

Mjölnir: Thors Hammer, der nach jedem Wurf von selbst in Thors Hand zurückkehrt.

Nanna: Gattin Baldurs, sprichwörtlich war ihre Gattenliebe.

Nifelheim: das nördliche Eismeer, die neunte Welt, die von der Todesgöttin Hel beherrscht wird.

Nornen: Schicksalsgöttinnen; sie lenken das Geschick der Menschen und heißen Urd (Schicksal), Werdandi (Werden) und Skuld (Schuld).

Njörd: einer der Meeresgötter, der über den Wind gebietet, Vater von Freya und Freyr.

Odin, auch Wotan, Oden, Woden: in historischer Zeit der höchste germanische Gott

Ottar: König aus dem Geschlecht der Ynglinge

Quänen: Volk finnischen Ursprungs, ihre Nachkommen leben heute in Nordnorwegen und sprechen noch immer ihre mit dem Finnischen verwandte Sprache Quänisch.

Ran: Meeresgöttin

Reifriesen, auch Reifthursen, Frostriesen: Riesengeschlecht, das aus schmelzendem Eis entstanden ist; haust unter einer der drei Wurzeln des Weltenbaumes Yggdrasil.

Saga: Göttin der Dichtkunst und der Unsterblichkeit

Schutzbaum: Baum, der vor dem Wohnhaus auf dem Hofplatz steht und den Schutzgeistern der Sippe als Wohnung dient.

Siv: Gattin des Thor, berühmt durch ihre goldenen Haare

Skidbladnir: Schiff des Freyr, so groß, dass es alle Asen auf einmal aufnehmen kann.

Sleipnir: Odins achtbeiniger grauer Schimmel

Snotra: Göttin der Klugheit und der feinen Manieren

Svea: sagenhafte erste Königin Schwedens

Thor, auch Donar: der stärkste aller Götter, Gewitter- und Wettergott, Sohn Odins und Jorunns

Thursen: Riesengeschlecht

Tiwaz: ursprünglich der wichtigste germanische Gott, entspricht Zeus und Jupiter, wurde später im Glauben durch Odin ersetzt und geriet in Vergessenheit.

Ull: Sohn Sivs, Stiefsohn Thors, kühner Jäger

Vanaheim: Heimat der Wanen

Wanen: Göttergruppe, ursprünglich mit den Asen verfeindet

Widar: Sohn des Odin und der Riesin Grid

Wölwa: Seherin und Prophetin